BENEATH CURSED STARS

AF649694

LEXI RYAN

BENEATH CURSED STARS

Übersetzt von
Violeta Topalova und
Friedrich Pflüger

CARLSEN

Für Heather, die nur mir zuliebe meine Lieblingsbücher gelesen und mich immer wieder mit ihren Forderungen nach Spoilern entsetzt hat. Wir vermissen dich. Ich würde dir alles spoilern, was du willst, wenn wir dafür noch ein einziges Mal gemeinsam am Familientisch zu Abend essen könnten.

KAPITEL 1

JASALYN

Als ich den Fae finde, den ich heute Nacht töten werde, ist er betrunken. Er hat sich im hinteren Bereich einer überfüllten Untergrund-Schenke auf ein altmodisches Sofa gefläzt, seine spitzen Ohren schauen aus einem wirren Schopf aschblonder Locken hervor.

Ich schlängele mich durch die Menge und setze mich auf seinen Schoß, als wären wir alte Freunde.

»Hallo, meine Schöne«, nuschelt er, den Kopf zur Seite geneigt. Sein Lächeln ist so träge wie seine Aussprache.

Unerwartet durchfährt ein Stich der Enttäuschung mein ansonsten so taubes Herz. Wie schade – dass er betrunken ist. Ihn in diesem benebelten Zustand zu töten wird mir nicht das ersehnte Triumphgefühl verschaffen. Fast bin ich versucht, meine Rache zu verschieben, aber ich will nicht riskieren, meine Chance zu verpassen.

Ich ziehe seinen Kopf zu mir hinunter und denke an all die Beleidigungen, die er mir einst aus seinem viel zu hübschen Fae-Mund entgegengeschleudert hat. »Ich habe nach dir gesucht, Vahmer.«

»Seid Ihr ein Traum, oder gibt es Euch wirklich?«, fragt er. Sein Blick hängt wie gebannt an meinen Lippen.

Ich schenke ihm mein bösartigstes Lächeln. »Was glaubst du?«

»Ich glaube, wenn das ein Traum ist, will ich nicht aufwachen.«

Ich lege eine Hand an seinen Kiefer und streiche ihm mit dem Daumen über die Wange. »Keine Sorge«, hauche ich. »Das wirst du auch nicht.«

Vor gerade einmal drei Jahren genossen die Fae in dieser Schenke – die grausamsten, gierigsten Bürger des Unseelie-Reichs – noch ihren unter Mordeus' Herrschaft unredlich erworbenen Wohlstand. Als meine Schwester nach seinem Tod den Thron bestieg, flüchteten sie wie Ratten von einem sinkenden Schiff und verkrochen sich in ihren Löchern, wo sie ihren Reichtum horteten und Pläne schmiedeten, die rechtmäßige Königin zu stürzen.

Hier, in den tiefsten Höhlen der dunkelsten Berge, leben sie jetzt selbst wie Könige. Und schmeißen Partys, bei denen jedwede Grausamkeit nur ihrem eigenen Vergnügen dient.

»Sagt mir, was Ihr wollt«, fleht er, den Blick immer noch auf meine Lippen gerichtet. »Alles, was ich besitze, gehört Euch. Und was ich nicht habe, beschaffe ich Euch.«

So süße Worte aus dem Mund, mit dem er in mein Trinkwasser gespuckt hat, nur um mich zum Weinen zu bringen. So ein hungriger Blick aus Augen, die amüsiert gefunkelt haben, als meine Zellengenossin mit einem Messer blutige Bilder in mein Fleisch ritzte.

Ohne den Mondsteinring an meinem Finger könnte ich seine Nähe keine Sekunde lang ertragen, aber dieser Ring verzaubert mich mindestens genauso sehr wie diejenigen in meiner Nähe.

Ich erhebe mich von seinem Schoß und weiche zurück. »Ich will nur eins von dir, und zwar, dass du mit mir kommst.«

Er folgt mir, und die anderen Gäste beobachten uns verzückt – sie würden um ihr Leben gern den Platz mit ihm tauschen.

Wie jedes Mal, wenn ich meine Feinde aufsuche, sind meine Lippen blutrot. Ich habe sie geschminkt, bevor ich meine Gemächer verließ – um mich daran zu erinnern, welch tödliche Macht in ihnen steckt. Aber weder mein Umhang noch mein Make-up verbergen, wer ich bin. Das ist auch nicht nötig. Der magische Ring an meinem Finger verzaubert alle um mich herum. Sie werden mich nicht erkennen. Sie sind viel zu benebelt, um sich zu fragen, warum mein Gesicht ihnen bekannt vorkommt.

»Nehmt lieber mich mit«, blafft ein muskulöser Zwerg. »Was er Euch geben kann, ist wertlos.«

Eine schöne weißhaarige Fae streckt ihre zarte, blasse Hand nach mir aus. »Nein, nehmt mich.«

Die Menge schiebt sich auf uns zu.

Sie werden mich nicht berühren. Sie sehnen sich danach, aber ohne einen Befehl von mir werden sie es niemals wagen.

»Ihr bleibt alle hier«, sage ich zuckersüß. »Ich komme später wieder.« Es wäre so leicht, ihren Wein zu vergiften und ihnen zu befehlen, zu trinken. Kurz gerate ich in Versuchung, aber ich habe diese Fae noch nie zuvor gesehen. Ich weiß nicht, welche Gräueltaten sie begangen haben. Alle hier Anwesenden haben sich zweifelsohne zahlloser Verbrechen schuldig gemacht, aber selbst mit diesem kalten Herzen werde ich sie nicht grundlos hinrichten. *Denn ich bin anders als sie.*

Ich führe meinen Gefangenen die Treppe hinauf, bis wir draußen auf der regennassen Straße stehen. Die Luft ist kühl heute Nacht und kündigt vom nahenden Wintereinbruch. Ich *sehne* mich nach dem Winter. Sehne mich nach der bitteren Kälte. Dem Eis. Der Taubheit, die in meine Finger und Zehen kriecht.

In diesem Winter werde ich dank des Rings an meinem Finger ein Herz haben, das zu dieser Kälte passt.

»Ich bin sehr stark«, säuselt mein neuestes Opfer mir zu. »Stark und wichtig. Ich könnte mich gut um Euch kümmern.«

Ich wirbele zu ihm herum. »Um Crissa hast du dich nicht gekümmert, als sie in Mordeus' Kerker gefangen war.« Ich starre ihn kalt an und verziehe verächtlich den Mund. »Du hast ihr wehgetan.«

»Wer ist Crissa?«

Natürlich erinnert er sich nicht an sie. Menschen sind den Fae vollkommen gleichgültig. »Sie war das Mädchen, mit dem ich mir die Zelle geteilt habe.«

»Warum liegt Euch so viel an einem *Menschen*mädchen?« Er fragt das in einem Tonfall, als versuche er zu verstehen, warum mir etwas an einem Stück Abfall liegt.

Wir alle waren nur billiges Spielzeug für ihn, und Crissa mit seiner Magie dazu zu bringen, mir gegen ihren Willen ins Fleisch zu schneiden, nur ein Spielchen. »Sie war meine *Freundin*.«

Er schüttelt den Kopf. »In dem Kerker gab es so viele Gefangene. Wenn ich gewusst hätte, dass sie *Eure* Freundin ist, hätte ich ihr niemals etwas angetan.«

»Du hast ihr aber etwas angetan. Du hast sie zum Weinen gebracht und dann hast du sie mitgenommen.«

Er runzelt die Stirn und seine Unterlippe beginnt zu zittern. »Ich habe nur meine Arbeit gemacht. Wenn ich gewusst hätte, dass Euch etwas an ihrer Sicherheit liegt, hätte ich sie niemals dem König übergeben. Er hätte mich dafür zwar bestraft, aber für Euch würde ich jede Strafe auf mich nehmen.«

»Wohin hat Mordeus sie gebracht? Hat er sie getötet?« Sie hatte mir versichert, dass er das nicht tun würde. Mir gesagt, sie sei lebendig wertvoller für ihn als tot. Sie war sich so sicher, dass jemand sie retten würde. »Ich muss herausfinden, ob sie noch am Leben ist und wo ich sie finden kann.« Der grünäugige Fae vor mir ist nicht der erste Kerkerwächter, den ich aufgespürt habe, seit ich diesen Ring besitze, und er wird weder der Erste noch der Letzte sein, an dem ich Rache nehme. Aber er ist derjenige, der meine Freundin fortgebracht hat. Er ist der Einzige, der mir sagen kann, wo sie ist.

»Ich habe sie zum König gebracht. Vielleicht kann er Euch ja sagen, wo sie ist.«

»Der König ist tot«, sage ich mit gerunzelter Stirn. Meine Schwester hat ihn mit eigenen Händen getötet, nachdem sie mich aus seinem Kerker befreit hatte.

Seine Augen leuchten auf. »Ihr wisst es nicht! Unser König lebt! Die Götter haben unser Flehen erhört und ihn uns zurückgegeben!«

»Unmöglich!« Meine Stimme zerschneidet die stille Nacht.

»Es ist möglich. Mordeus war weise und auf alle Eventualitäten vorbereitet. Wir hätten niemals an ihm zweifeln dürfen.«

Die Angst bohrt sich wie ein Meißel in mein gefrorenes Herz.

Ich ringe meine Gefühle nieder und schließe sie wieder dort ein, wo sie hingehören.

Der Fae will nach mir greifen, hält aber inne. Seine Hand schwebt über meiner Schulter. »Seid Ihr wütend auf mich?«

»Das bin ich. *Du* bist der Grund, dass meine Freundin im Dunkeln geweint und gezittert hat. Und du bist der Grund, dass ich sie verloren habe.«

Sein Gesicht verzerrt sich. »Es tut mir leid. Es tut mir so leid. Das wusste ich nicht«, schluchzt er, und Tränen rinnen ihm aus den Augenwinkeln.

Ich wünschte, ich hätte ihn damals im Kerker so sehen können – winselnd und bettelnd. Meine Verachtung *verletzt* ihn. Solange ich diesen Ring trage, würde er alles tun, um meine Gunst nicht zu verlieren.

»Sagt mir, was Ihr von mir wollt«, fleht er. »Ich tue *alles*.«

Es wird allmählich spät. Viel zu bald wird die Sonne aufgehen, und meine Schwester wird nach mir suchen – nach dem schwachen, verängstigten kleinen Mädchen, das ihrer Ansicht nach in dieser Haut steckt. Also mache ich die Sache kürzer, als mir eigentlich lieb ist. Ich klimpere mit den Wimpern und vergrabe die Hand im Stoff seiner Tunika.

Dann verziehe ich den Mund zu einem Lächeln und sehe seinen Kummer dahinschmelzen. Mein Lächeln macht ihn glücklich. Es lässt ihn glauben, dass er irgendetwas richtig gemacht hat.

»Ich will nur eins von dir«, sage ich und lehne mich zu ihm vor.

»Es ist Euer«, haucht er. Atemlos wartet er auf meine Befehle. »Was immer es auch ist.«

»Einen Kuss.«

»Danke.« Er atmet auf – erleichtert, glückselig. Ich habe ihm die Erlaubnis erteilt, sich das zu nehmen, was er sich seit dem Augenblick wünscht, in dem er mich zum ersten Mal gesehen hat.

Jetzt ist die Zeit für die wahre Magie des Rings gekommen. Der Moment, in dem diese roten Lippen seine berühren.

Sein Atem stockt. Er reißt entsetzt den Mund auf, und das Leben schwindet aus seinen Augen. Er sackt an mir zusammen – der Tod, der sich schwer an mich lehnt. Jetzt ist mein Lächeln aufrichtig. Er kann nicht länger Schwächere quälen und sich an ihrem Schmerz ergötzen.

Als ich seine Tunika loslasse, fällt sein lebloser Körper zu Boden.

Ich schneide ihm mit meinem Dolch eine Handvoll Locken ab und verschwinde so leise, wie ich gekommen bin. Die Fae in der Schenke werden sich nicht an meinen Besuch erinnern und die Frau mit dem kastanienbraunen Haar und dem Gesicht der Schattenprinzessin vollkommen vergessen.

***

Meine Gemächer sind gegen Kobolde abgeschirmt, also lasse ich mich von Gommid ans hinterste Ende des Palastgeländes bringen, wo sich nie jemand hinverirrt. Die Sonne ist noch nicht aufgegangen, aber die Wege, die den Palast umgeben, werden von Fackeln beleuchtet, die das pickelige Gesicht meines Begleiters erhellen.

Gommid ist zwei Köpfe kleiner als ich, mit einem Schmerbauch, einer knolligen Nase und einer Zunge, die ihm ständig aus dem mit spitzen Zähnen bewehrten Mund hängt. Er beäugt meinen Zauberring und schüttelt den Kopf. »Vielleicht solltest du lernen, dich auch ohne diese böse Krücke deinen Feinden zu stellen«, sagt er.

Ich ignoriere ihn. Ich weiß nicht, warum der Ring bei Kobolden nicht wirkt, aber ich kenne Gommid gut genug, um zu wissen, dass meine Geheimnisse bei ihm sicher aufgehoben sind, also ist es mir auch egal.

Ich greife in meine Tasche und hole die Handvoll Locken meines Opfers hervor – Gommids Lohn –, halte sie aber noch außerhalb seiner Reichweite. »Ein Fae, mit dem ich heute Nacht gesprochen habe, sagte, Mordeus sei zurück. Hat er die Wahrheit gesagt?«

»Du willst wissen, ob der Fae, *den du getötet hast*, eine ehrliche Haut war?« Er schnüffelt und leckt sich mit der Spitze seiner langen Zunge über die Nase.

Es sollte mich nicht überraschen, dass er weiß, was ich heute Nacht getan habe. Kobolde sind die Hüter der Geheimnisse dieser Welt, und sie wissen immer mehr, als sie preisgeben. Meine Schwester hat mir gesagt, ihr Wissen sei kollektiv. Was ein Kobold weiß, wissen alle. Sie wollte mich damit nicht warnen, sondern mir nur mitteilen, dass sie eine nützliche Ressource sein können, aber ich habe mich schon immer gefragt, was sie mit all diesem Wissen anstellen. Niemand weiß wirklich, wem die Loyalität der Kobolde gilt.

»Ist es nun wahr oder nicht?«, frage ich achselzuckend.

»Deine Schwester sitzt sicher auf ihrem Thron, fürchte dich nicht.«

Ich starre ihn an. »Ich habe keine *Angst.*«

»Ach ja? Trägst du deshalb diesen Ring und jagst unter dem Mantel der Nacht deine Feinde? Muss ich dich noch mal warnen? Du musst du selbst bleiben und darfst nicht dauerhaft zur Bezaubernden Lady werden, sonst übernimmt sie die Kontrolle über dich.«

Ich gehe einen Schritt zurück, in Richtung Palast. »Ich habe keine Lust, mir von einer Kreatur Vorträge anzuhören, die sich ihre Dienste mit Fingernägeln und Haarsträhnen bezahlen lässt.«

Grunzend reißt er mir das Haarbüschel aus der Hand und verschwindet.

Ich mache mir nicht die Mühe, mich in den Mitternachtspalast zu schleichen. Solange ich den Ring trage, ist das völlig unnötig. Ich gehe einfach durch das hintere Tor vom Garten in den Ostflügel, wo die Bediensteten bereits mit den Vorbereitungen für den Tag begonnen haben. Ich spüre ihre Blicke auf mir, als ich durch die Küche schlendere und die schmale Dienstbotentreppe hinaufsteige.

»Du würdest mir damit einen großen Gefallen tun.«

Ich bleibe stehen, als ich aus einem der kleinen Konferenzräume im zweiten Stock die Stimme meiner Schwester vernehme.

»Das ist doch selbstverständlich«, erwidert eine vertraute männliche Stimme.

Ich überquere den Treppenabsatz und stelle mich dicht hinter die angelehnte Tür. Durch den schmalen Spalt kann ich den dunklen Schopf des Königs der Wilden Fae erkennen. Er sitzt mit dem Rücken zu mir an einem rechteckigen Holztisch. Meine Schwester geht unruhig im Zimmer auf und ab, ihre feuerrote Lockenmähne wallt ihr über den Rücken.

»Du läufst noch einen Graben in den Boden, wenn du so weitermachst«, sagt Misha. »Setz dich und hol mal tief Luft.«

Sie wirbelt zu ihm herum und ich weiche zurück – nur für den Fall, dass ihr Blick in Richtung Tür wandert. »Ich kann mich nicht auf meine Pflichten konzentrieren, solange ich mir derartige Sorgen um meine Schwester mache.«

Ich zucke zusammen. Sie macht sich *ständig* Sorgen um mich, und ich hasse es. Ich hasse es, dass ich ihr in ihrem kurzen Leben schon so viel Schmerz und Trauer bereitet habe.

»Es ist jetzt *drei Jahre* her.« Die Verzweiflung lässt die Worte aus ihrem Mund sprudeln. »Aber in ihren Augen sehe ich noch dasselbe Entsetzen wie direkt nach ihrer Befreiung aus Mordeus' Kerker.«

»Deine Schwester ist in meinem Reich immer willkommen«, sagt Misha. »Sie kann so lange bleiben, wie sie möchte.«

Ich soll im Land der Wilden Fae bleiben? Will meine Schwester mich etwa fortschicken?

Brie verschränkt die Arme. »Sie wird überhaupt nicht bleiben wollen. Sie will nichts anderes als in ihrem Zimmer sitzen, schlafen, sich verstecken und so tun, als würde sie nicht in ein paar Monaten selbst zur Fae werden.«

Eine goldbraune Hand streckt sich nach ihr aus und mir wird klar, dass der Partner meiner Schwester, Prinzgemahl Finnian, an dem Ende des Tisches sitzen muss, das ich nicht sehen kann. Er streicht ihr sanft übers Handgelenk. Meine Schwester schaut ihn an und nickt. Sie beruhigt sich sichtlich. Finn gibt ihr Stabilität, bringt ihr Trost und Frieden und leiht ihr, wenn es nötig ist, seine eigene Kraft. Dafür liebe ich ihn. Obwohl er ein Fae ist.

»Sie muss erst einwilligen«, sagt Misha. »Ich habe kein Interesse daran, sie gefangen zu halten.«

»Das wird sie«, sagt Finn. »Wenn Brie ihr klarmacht, dass sie darauf besteht.«

»Sie wird dir deutlich zu verstehen geben, dass sie nur ungern dort ist«, fügt Brie hinzu. »Aber ich glaube, es könnte dir gelingen, sie umzustimmen.« Sie lächelt schwach. »So wie auch bei mir vor nicht allzu langer Zeit.«

»Ich werde mein Bestes geben, aber du kennst deine Schwester. Sie ist nicht gerade … *offen* für Freundschaften. Aber ich werde es versuchen.«

»Ich fürchte, ich muss dich um mehr als nur deine Freundschaft bitten, Misha. Ich will, dass du ihr eine Aufgabe gibst. Sonst wird sie auf Castle Craige auch nichts anderes tun als hier in den vergangenen drei Jahren.«

Misha lehnt sich in seinem Sessel zurück. »Und wieso glaubst du, dass ich mehr Erfolg damit haben werde, sie ins Leben zurückzuholen, als du?«

Brie zieht eine Grimasse. »Sie ist zu sanftmütig, um dich abzuweisen.«

Sanftmütig. Ich kann nur mit Mühe ein höhnisches Schnauben unterdrücken. Ich habe gerade mitangesehen, wie das Leben aus den Augen eines Fae entwichen ist, und es war der absolute Höhepunkt meiner Woche. Dass sie mich für *sanftmütig* halten, beweist eindeutig, wie schlecht sie mich kennen.

»Woran hast du gedacht?«, fragt Misha.

»Das überlasse ich dir. Lass sie am täglichen Regierungsgeschehen teilhaben. Nimm sie mit, wenn du verreist. Bring sie nach draußen. Tu *irgendetwas*.«

»Glaubst du nicht, dass es sicherer wäre, wenn sie sich hier weiterhin in ihren Gemächern einschließt?«

»Falls die Gerüchte sich überhaupt bewahrheiten sollten«, erwidert Brie, »wird Mordeus vermutlich im Unseelie-Reich untertauchen, um seine Anhänger zu versammeln und Kraft aus dem Land zu schöpfen. Er kennt diesen Hof und diesen Palast so gut wie kein anderer, und er weiß nur zu genau, was ich tun würde, um Jasalyn zu beschützen. Ich werde nicht riskieren, dass sie noch einmal meinetwegen verletzt wird. Aber ich darf auch diesen Hof nicht in Gefahr bringen, wenn es zum Schlimmsten kommt und sie Mordeus noch einmal in die Hände fällt.«

Mordeus? Bin ich die Letzte, die von diesen Gerüchten erfährt?

Ich muss ein Geräusch gemacht haben, denn Brie und Misha drehen sich abrupt zu mir um.

»Jas!«, quietscht meine Schwester, läuft um den Tisch herum, reißt die Tür auf und begrüßt mich. Ihre blassen Wangen röten sich, als sie mich sieht. »Warum bist du nicht im Bett?«

Ich streiche mit dem Daumen über den Ring, der immer noch an meinem Mittelfinger steckt – als Versicherung, dass niemand von ihnen sich an dieses Gespräch erinnern wird. »Ich konnte nicht schlafen.«

»Ich lasse deine Zofe rufen. Sie wird dir noch etwas Schlaf–«

»Bitte nicht. Ist Mordeus zurück?«

»Bisher sind es nur Gerüchte«, sagt Misha. Er steht auf und kommt auf uns zu. »Du siehst umwerfend aus«, haucht er und lässt seinen Blick über mein Gesicht schweifen. »Darf ich mich erdreisten, dich auf einen kleinen Spaziergang einzuladen?«

Brie schaut ihn verdutzt an. »Ich unterhalte mich gerade mit ihr.«

Ich verdrehe die Augen. Dieser Ring ist sehr effektiv, aber manchmal ist das Ergebnis … völlig absurd. »Konzentriert euch«, befehle ich. »Sagt mir, was ihr über Mordeus wisst.«

Brie schaut zu Misha und Finn, der aufgestanden ist und nun ebenfalls näher kommen will, aber beide stehen unter dem Zauber meines Rings und sind ihr keine Hilfe. Sie seufzt. »Meinen Quellen zufolge gibt es unter seinen Anhängern Gerede über seine Rückkehr – angeblich eine Wiedergeburt«, sagt sie. »Wir haben Spione im Einsatz, die Näheres herausfinden sollen, aber ich will nicht, dass du dir deswegen Sorgen machst.«

Ich lege den Kopf schief und begutachte sie. Sie wirkt vollkommen normal. Beinahe so, als hätte der Ring keinen Einfluss auf sie. Doch in diesem Moment habe ich keine Zeit, mich zu fragen, was das bedeuten könnte. Finn kommt auf uns zu, und als ich in seine Silberaugen blicke, schaudere ich vor Abscheu.

Ich verlagere meinen Blick auf seine dunklen Locken, die so anders sind als das glatte, silbergesträhnte Haar seines grausamen Onkels Mordeus.

Finn deutet auf seinen Stuhl. »Komm, setz dich. Ich hole dir eine Tasse Tee.«

»Nein, danke«, lehne ich ab. »Ich bin müde und will zurück ins Bett.«

»Ich begleite dich«, sagt Misha mit funkelnden Augen. »Nur um sicherzugehen, dass in deinem Zimmer alles so ist, wie es dir gefällt.«

»Bleibt hier und setzt euer Gespräch fort«, sage ich und gehe in Richtung Treppenhaus. »Ihr habt mich nie gesehen.«

Ich wende mich von der unschuldigen Anbetung auf ihren Gesichtern ab und laufe rasch zur Treppe. Hinter mir höre ich meine Schwester fragen: »Was ist denn los mit euch beiden?«

Grinsend kehre ich in meine Gemächer zurück.

Der Wächter, der vor meiner Tür steht, strahlt, als er mich erblickt. Seine Augen sind weit aufgerissen und er grinst bis über beide Ohren.

»Was kann ich für Euch tun, Mylady?«, fragt er. Dryus ist ein entfernter Cousin von Finn und hat dieselben silbernen Augen, goldbraune Haut und dunkles Haar. Er ist jung und freundlich, und er war in den drei Jahren, die er mich schon beschützt, immer nur gut zu mir. Aber seine spitzen Fae-Ohren erinnern mich daran, dass ich ihm nicht trauen kann. Abgesehen von meiner ehemals menschlichen Schwester kann ich keinem Fae vertrauen. Ich war ein dummes kleines Mädchen, als ich noch etwas anderes glaubte.

Ich schaue ihn abschätzend an. »Bist du es nicht allmählich leid, den Babysitter für ein Menschenmädchen zu spielen?«, frage ich.

»Diese Aufgabe ist sowohl lästig als auch ein großes Privileg, Mylady. Aber wie geht es Euch? Seid Ihr müde? Kann ich Euch irgendwie behilflich sein?«

Ich seufze. Seine Ehrlichkeit ist langweilig. Ich hatte mir einen Beweis dafür erhofft, dass sich hinter seinem hübschen Gesicht ein hässlicher Charakter verbirgt. Vielleicht ist der Ring der Grund, dass ich mir einen Anlass wünsche, ihn zu hassen. »Vergiss nicht, dass die Prinzessin die ganze Nacht in ihrem Zimmer war. Sie hat stundenlang gelesen, weil sie nicht einschlafen konnte.«

»Natürlich, Mylady.«

Ich umrunde ihn und gehe in mein Zimmer, hänge meinen Umhang auf und ziehe mein Kleid aus. Dann schlüpfe ich in das Nachthemd, das meine Zofe mir vor acht Stunden bereitgelegt hat. Es kommt mir vor, als wäre das eine Ewigkeit her.

Mordeus ist zurück.

Ich starre auf meinen Zauberring, auf den glatten Mondstein, der von zwei silbernen Sichelmonden eingerahmt wird. Es ist höchste Zeit, ihn abzulegen, doch ich habe Angst vor der brutalen *Menschlichkeit*, die mich dann überfallen wird. Aber vielleicht ist es ja dieses Mal anders. Vielleicht kann ich den Schmerz mit derselben Technik blockieren, mit der man mir beigebracht hat, Fae daran zu hindern, in meine Gedanken einzudringen.

Kaum dass ich den silbernen Ring abgelegt habe, durchströmt mich der Schrecken wie eine Flutwelle und ich sacke auf dem Bett zusammen.

Mordeus ist zurück. Mordeus will einen Weg finden, meine Schwester zu vernichten.

Wahrscheinlich sollte ich mir auch Sorgen darüber machen, was er sonst noch will – darüber, dass er sich den Thron zurückholen und dieses Königreich regieren will, aber das tue ich nicht.

Damit will ich nichts zu tun haben, zur Hölle mit königlichem Fae-Blut und dem Schicksal.

Ich schiebe mich zu meinem Kissen hoch und vergrabe mein Gesicht darin, um mein Schluchzen zu ersticken. Ich nenne einen ganzen Palastflügel mein Eigen, aber Privatsphäre habe ich keine. Neben dem Wächter vor meiner Tür stehen zwei weitere oben an der Haupttreppe und ein dritter an dem Dienstbotenaufgang. Wenn sie mich weinen hören, wird meine Schwester noch vor dem Morgengrauen davon erfahren.

Ich umklammere den Ring so fest, dass er in meine Handfläche schneidet. Wie gerne würde ich ihn wieder überstreifen. Er würde den Schmerz in meiner Brust lindern – ihn zu Eis erstarren lassen, mein Herz betäuben und meine Wut dämpfen. Er würde den Albtraum, den ich gerade durchlebe, in einen Racheplan verwandeln.

Ich könnte es tun. Ich könnte ihn anstecken und an den Wachen vorbeischlüpfen, die mich grüßen und sofort wieder vergessen würden. Aber Gommids Warnung schießt mir plötzlich durch den Kopf: »*Du musst du selbst bleiben und darfst nicht dauerhaft zur Bezaubernden Lady werden, sonst übernimmt sie die Kontrolle über dich.*«

Aber wäre das wirklich so schlimm? Nie wieder so tief zu empfinden? Nie wieder Angst zu haben? Nie wieder so zu leiden? Meine Tage und Nächte damit zu verbringen, die bösartigsten Kreaturen dieses Landes aus dem Weg zu räumen?

Durch das Fenster tastet sich langsam die Morgendämmerung ins Zimmer und erinnert mich daran, dass die Magie meines Rings für die Dunkelheit bestimmt ist und es einen hohen Preis kostet, ihn tagsüber zu benutzen.

Schlaf. Schlaf einfach.

Nachdem ich den Ring in der geheimen Tasche verstaut habe, die ich in die Unterseite meiner Matratze genäht habe, hole ich mir die Kräutertinktur aus dem Medizinschränkchen. Da ich mein Herz nicht betäuben kann, werde ich mich in einen tiefen, traumlosen Schlaf flüchten.

Ich nehme die doppelte Dosis.

KAPITEL 2

JASALYN

»Guten Morgen, du Schlafmütze!«

Die fröhliche Stimme meiner Schwester durchdringt die bleischwere Hülle aus Schlaf, die mich umgibt, und reißt mich mit einem Keuchen aus meinem Albtraum. Einen Augenblick lang erwarte ich, eine dunkle Zelle zu sehen, den Gestank von Urin zu riechen und zu spüren, wie die eisige Kälte des Steinbodens in meine Knochen kriecht.

Aber das Bett ist weich und meine Decken sind warm. Der Tag ist angebrochen, und er hat honigfarbenes Licht mitgebracht, das durch einen Spalt in den Vorhängen fällt.

Die Matratze bewegt sich und ich kann Bries Seife riechen, Zimt und Vanille, kann ihre Wärme spüren. Und ihre Sorge. Ständig diese *Sorge*.

»Tut mir leid, dass ich dich geweckt habe«, sagt sie leise und streicht mit den Knöcheln über meine Hand. »Aber ich muss in ein paar Stunden bei einer Sitzung in den nördlichen Bergen sein und wollte vorher noch etwas mit dir besprechen.«

Bevor ich an Mordeus verkauft und aus meiner Heimat, dem

Menschenreich Elora, nach Faerie verschleppt wurde, habe ich nie viel Zeit damit verschwendet, mir vorzustellen, wie das Leben einer Fae-Königin wohl aussehen mag, aber ich hätte vermutet, dass es aus Dekadenz und Bällen besteht und ... keine Ahnung, daraus, wie eine gnädige Göttin vor ihre Untertanen zu treten. Aber der Erfahrung meiner Schwester in den vergangenen drei Jahren nach zu urteilen, besteht es hauptsächlich aus einer Sitzung nach der anderen. Wenn Brie nicht gerade versucht, die Lords ihres Hofes davon zu überzeugen, sie in ihren Wiederaufbaumaßnahmen zu unterstützen, schlichtet sie kleinliche Streitereien zwischen Schatten-Fae, genau wie eine Schulleiterin, die Kindern die Spielregeln erklärt.

Und als wären die politischen Probleme innerhalb ihres eigenen Königreiches nicht schon aufreibend genug, muss sie außerdem noch die diplomatischen Beziehungen zwischen den Reichen pflegen. Der König der Seelie und der König der Wilden Fae sind zwar ihre persönlichen Freunde, aber die Bewohner der drei Hoheitsgebiete von Faerie sind nicht besonders scharf darauf, ihrem Beispiel zu folgen. Bevor Abriella den Thron bestieg, waren die Seelie und die Unseelie jahrhundertelang verfeindet, und die Wilden Fae waren zwar neutral, wollten aber möglichst wenig mit den anderen zu tun haben.

»Jas?«, sagt Brie und umfasst mein Handgelenk.

Ich zwinge mich, die Augen zu öffnen, bevor ich wieder einschlafe.

Brie trägt ihre Reitkleidung – eine braune Lederhose mit kniehohen Stiefeln, eine Bluse aus weichem, weißem Baumwollstoff und darüber ein Lederwams. Ich bemerke, wie sie die Stirn runzelt, als sie die getrockneten Wachsflecken auf meinem Nachttisch sieht, wo ich jede Nacht Kerzen brennen lasse. Sie weiß, dass ich die Dunkelheit verabscheue, aber ich spreche nicht mit ihr darüber, weil dann diese Sorgenfalte zwischen ihren Augenbrauen erscheint und ihr Blick schuldbewusst wird.

Sie kann nichts dafür, dass unsere Tante mich an einen bösen Fae verkauft hat. Sie kann nichts dafür, dass mich die Dunkelheit an die endlosen Nächte in Mordeus' Verlies erinnert, und an die schrecklichen Dinge, die ich dort ertragen musste.

Sanft streicht sie mit dem Daumen über die kreisförmige Narbe an meinem Handgelenk. Sie ist etwa pflaumengroß und wulstig wie der Knoten in der Rinde eines alten Baums. Ich hasse den Schmerz und die Sorge, die ihr Gesicht verzerren, wenn sie meine Narben anschaut, und ich entreiße ihr mein Handgelenk und ziehe den Ärmel meines Nachthemds darüber.

»Sind es wieder mehr geworden?«, fragt sie und schaut mich forschend an.

»Keine Ahnung.« Bevor sie auf die Idee kommen kann, selbst nachzusehen, ziehe ich mir die Decke bis unters Kinn hoch und klemme sie mit den Armen fest. Ich habe schon längst mehr Narben am Körper, als sie weiß, obwohl ich vermute, dass meine Kammerzofen ihr von dem Spielbrett aus wulstigem Narbengewebe erzählt haben, das auf meinem Unterleib erschienen ist.

»Wenn Finn und ich das nächste Mal Juliana in Staraelia besuchen, könntest du vielleicht …«

»Ekelt dich mein Aussehen derartig an, dass deine Hohepriesterin mich reparieren muss?«, zische ich.

Sie zuckt zusammen, und ich würde meine Worte am liebsten sofort wieder zurücknehmen. Die Narben erscheinen seit meinem letzten Geburtstag in unregelmäßigen Zeitabständen auf meiner Haut. Als Abriella davon erfuhr, habe ich mich einverstanden erklärt, mich von ihren Ärzten untersuchen zu lassen, aber ihre Salben lassen die Narben nicht verblassen, und sie können ihrer Königin auch nicht erklären, woher diese mysteriöse Entstellung stammt. Doch ich fürchte, die Hohepriesterin mit ihren Zauberkräften könnte meiner Schwester weit mehr verraten, als mir lieb ist.

Abriella ist eine mächtige Königin, aber bei mir verhält sie sich wie ein unsicheres Kind. Und das ist allein meine Schuld. Es ist allein meine Schuld, weil ich kaputt bin. Während das Leben in dieser Welt Brie wachsen und gedeihen lässt, fühle ich mich, als müsste ich versuchen, unter Wasser zu atmen.

Ich will nicht, dass Brie erfährt, dass zwar der Zeitpunkt, an dem diese Narben auftauchen, vom Zufall bestimmt ist, die Stellen, an denen sie mich zeichnen, jedoch nicht. Jede Narbe stammt von einer Wunde, die mir in Mordeus' Kerker zugefügt wurde.

Ich will nicht, dass sie erfährt, was mir in diesen Wochen widerfahren ist. Was würde das bringen?

Zumindest habe ich jetzt den Ring und kann meine schlaflosen Nächte dazu nutzen, meine Feinde zu jagen. Zumindest kann ich endlich wieder frei atmen, wenn mein Herz kalt wie Eis ist.

Meine Zofe zieht auf der anderen Seite des Zimmers die Vorhänge auf, und die goldenen Sonnenstrahlen werden zu gleißend hellem Tageslicht, das den Raum erfüllt.

Ich blinzele, richte mich auf und lehne mich an das samtene Kopfteil meines Bettes.

»Es ist schon fast Mittag«, sagt meine Schwester. Es liegt keine Kritik in ihrer Stimme, nur Sorge.

»Ich konnte nicht einschlafen.« Das ist eine Lüge. Nach meiner Kräutertinktur bin ich umgehend in tiefen Schlaf gefallen. *Wo meine Albträume schon auf mich warteten.*

Die Träume, in denen ich meine Zeit in Mordeus' Verlies noch einmal durchleben muss, sind schrecklich, aber noch viel schlimmer sind die Träume, in denen ich mich in seinem Körper befinde. Mein Geist verdreht meine schrecklichsten Erinnerungen so lange, bis ich unsere »Begegnungen« aus seiner Perspektive sehe. In diesen Träumen muss ich das Entsetzen in meinen eigenen Augen sehen, während er mir jegliche Kontrolle entreißt. Ich muss mitansehen, wie ich mich unter seiner brutalen Folter vor Schmerzen winde. Aber das Schlimmste ist, wie ich mich in diesen Träumen fühle. Wie sehr ich meine Macht genieße. Wie befriedigend es sich anfühlt, mich selbst so leiden zu sehen.

Brie schaut hinab auf ihre Hände. Ihr rotes Haar fällt nach vorn und verbirgt ihr Gesicht wie ein Vorhang. Ich habe ihr Haar schon immer geliebt – es ist so orangerot wie die Lilien am Hof der Sonne. Sie hat es in den letzten Jahren wieder lang wachsen lassen, und jetzt fällt es ihr in weichen Wellen über den Rücken. Früher habe ich mich oft hinter sie gesetzt und es für sie zu Zöpfen geflochten.

Aber das war früher. Vor dem Kerker. Vor dem Schattenthron. Bevor der Mensch, den ich auf der Welt am meisten geliebt habe, zu dem wurde, was ich abgrundtief hasse: einer Fae.

»Weißt du, das ist ganz normal«, sagt Brie. »Übermäßig viel zu schlafen ist ein Symptom von Depressionen und …«

»Ich bin nicht depressiv.«

Sie hebt den Kopf und ich verziehe unwillkürlich das Gesicht, als ich den Schmerz in ihren Augen sehe. »Ich weiß, dass du hier nicht glücklich bist. Du kannst mit mir über alles reden.« Ihre Verzweiflung schmerzt mich mehr als die vielen Dolche, die sich in meiner Zeit als Mordeus' Gefangene in mein Fleisch gebohrt haben. »Ich kämpfe jeden Tag für das Wohl meiner Untertanen, habe aber ständig das Gefühl, dass ich dabei bin, dich zu verlieren. Ich kann das nicht, wenn du den Preis für ihr Glück zahlst.«

Dann lass es doch. Aber das kann ich nicht verlangen. Sich um die Fae in ihrem Reich zu kümmern bedeutet Brie alles. Wenn es mich nicht gäbe, wäre sie hier glücklicher als jemals zuvor in ihrem Leben.

Und was wäre die Alternative? Brie ändert mithilfe ihrer Magie ihr Aussehen, damit wir wieder nach Hause gehen können? Ich vermisse Elora, das Land, in dem wir geboren und aufgewachsen sind, aber eher so, wie ich die Unschuld meiner Kindheit vermisse. Es gibt kein Zurück, und das wissen wir beide.

»Du hast so vieles ertragen müssen«, sagt sie. »Zwei schreckliche Traumata, über die du niemals sprichst. Wenn du reden willst …«

»Nein danke.« Ich wende den Blick ab und starre auf meinen Schoß. Wann lässt sie mich endlich in Ruhe?

»Du nähst nicht einmal mehr.«

»Fängst du schon wieder damit an? Warum bist du so besessen von meiner Näherei? Du hast doch bestimmt hundert Dienstboten, die das besser können als ich.« Ich schenke ihr ein Lächeln. Weder das verführerische Lächeln der Bezaubernden Lady noch das zufriedene Lächeln, das meinen Mund umspielt, wenn der Tod meine Opfer mit sich nimmt. Nein, sie bekommt mein Prinzessin-Jasalyn-Lächeln. Sanft und furchtsam, aber dankbar. »Mir geht es wirklich gut. Du hast mir hier ein Zuhause gegeben und damit bin ich zufrieden.« Noch eine Lüge. Allmählich werde ich zu gut darin, ihr zu erzählen, was sie hören will.

»Trotzdem möchte ich, dass du eine Zeit lang in Mishas Königreich bleibst.«

Augenblicklich fällt mir die vergangene Nacht wieder ein. *Mordeus ist zurück und meine Schwester will mich fortschicken.*

Aber das dürfte ich überhaupt nicht wissen, und Brie scheint sich an nichts zu erinnern, also presse ich ein Lachen hervor. »Danke, aber nein danke.« Misha ist der beste Freund meiner Schwester. Für einen Fae ist er ganz nett, aber jedes Mal, wenn er uns besucht, spüre ich, wie er versucht, in meine Gedanken einzudringen. Zum Glück ist er auch derjenige, der mir beigebracht hat, wie ich mich gegen solche mentalen Übergriffe schützen kann. Er hat mich gut trainiert, aber seine Gegenwart macht mich trotzdem immer nervös. Ich habe Angst, meine Schilde könnten versagen. Was würde er tun, wenn er meine Geheimnisse erfährt? Er würde mit Sicherheit meine Schwester informieren, und was dann?

Was würde Abriella tun, wenn sie wüsste, dass ihre verängstigte kleine Schwester in den Bergen eine Spur aus den Leichen ihrer Feinde hinterlässt?

Was würde sie tun, wenn sie wüsste, welchen Preis ich für diese Macht gezahlt habe?

»Das Land der Wilden Fae ist wunderschön«, sagt Brie.

»Das glaube ich gern, aber ich will trotzdem hierbleiben.«

»Du könntest dort ausreiten und dir die Gegend ansehen.«

»Ich kann auch hier ausreiten.«

»Du könntest ganz neu anfangen – weit weg von dem Palast, in dem du so viele Schrecken erlebt hast.« Sie streicht mir eine Haarsträhne aus dem Gesicht, und ich zucke unwillkürlich zurück. Sie reißt ihre Hand weg, als hätte sie sich verbrannt. »Du könntest neue Freundinnen finden. Neue Erinnerungen schaffen.«

Mein Herz zieht sich zusammen. Sie will nicht bloß, dass ich ihren Freund *besuche*. Als sie gestern Nacht darüber sprachen, dachte ich, es ginge um ein paar Tage, höchstens eine Woche. »Du willst, dass ich dort *lebe*?«

»Ich glaube, es würde dir guttun.«

»Ist es so unerträglich für dich?« Die Worte sprudeln aus mir heraus, bevor ich es verhindern kann. »Mich hier zu haben? Zu wissen, dass ich ein bisschen zu kämpfen habe? Ist es so schrecklich, dass du mich fortschicken musst?«

Meine Schwester reißt geschockt ihre schönen haselnussbraunen Augen auf. »Nein!« Vehement schüttelt sie den Kopf, Panik im Gesicht. »Jas, das hast du missverstanden. Ich habe dich unglaublich *gern* bei mir. So gern, dass ich mich manchmal frage, ob es selbstsüchtig von mir war, dich in diesen Palast zu sperren, obwohl du dich anderswo vielleicht … besser erholen würdest.«

Anderswo. Weiter von meiner Mission entfernt. An einem Ort, an dem ich rund um die Uhr die Schattenprinzessin geben muss. Hier lässt man mich wenigstens in Ruhe. Hier kann ich wenigstens die Fae jagen, die mich verletzt haben, und meinem Leben damit eine Art Sinn geben. »Das werde ich aber nicht, also vergiss es.«

Sie beißt sich auf die Unterlippe. Abriella, die mächtige, gefürchtete Königin der Schatten-Fae, geht wie auf Eierschalen, weil sie ihre kleine Menschenschwester nicht verletzen will. Ich weiß nicht, ob ich lachen oder weinen soll.

»Es gibt noch einen Grund«, sagt sie dann. »Es geschehen seltsame Dinge in diesem Reich. Unerklärliche Todesfälle und Gerüchte, die ich … ernst nehmen muss.«

Mordeus. »Was sind das für Gerüchte?«

»Nicht so wichtig. Mach dir keine Sorgen. Bis ich herausfinde, was hier los ist«, fährt sie fort, »möchte ich dich zu Misha schicken. Um sicherzustellen, dass du nicht in Gefahr schwebst.«

Ich spreche die andere Information an, die ich gestern Abend nicht mitbekommen habe. »Unerklärliche Todesfälle? Das ist doch nichts Neues, oder?« Ich kann mir nicht vorstellen, dass die paar Fae, die ich getötet habe, meine Schwester dermaßen alarmieren – vor allem, da diese scheußlichen Kreaturen ohnehin untergetaucht waren.

»Das hier ist anders. Unzählige tote Fae, ohne offensichtliche Todesursache.«

Mein Puls beginnt zu rasen. »Wo?«

»Überall im Reich«, sagt Abriella düster. »Das geht schon seit Wochen oder sogar Monaten so – ich kann nicht genau sagen, seit wann, weil man mich nicht über jeden Todesfall informiert. Wir wissen noch nicht genug, um ein Muster zu erkennen, aber wir erhalten immer wieder Berichte von ganzen Gruppen toter Fae – manchmal nur ein paar, manchmal ein Dutzend auf einmal. Alles deutet darauf hin, dass sie durch Magie gestorben sind, da die meisten unverletzt sind und vor ihrem Tod keinerlei Anzeichen einer Krankheit aufgewiesen haben. Inzwischen bekomme ich alle paar Tage einen neuen Bericht und die Opferzahlen steigen rapide an.«

»Und du glaubst, dass *ich* in Gefahr schwebe?«

Mit einem tiefen Seufzer steht Abriella auf und beginnt, im Zimmer auf und ab zu gehen. »Ich glaube, dass ich mir so lange Sorgen machen werde, bis ich weiß, dass du an einem sicheren Ort bist.«

»Mir passiert schon nichts, Schwesterherz. Ich kann mich verteidigen, habe mentale Schutzschilde und bin gut im Schwertkampf und Bogenschießen. Du hast mich schließlich von den Besten ausbilden lassen.«

»Ich will aber nicht, dass du diese Fähigkeiten *einsetzen* musst.«

Sie schaut aus dem Fenster, aber ihr Blick ist so abwesend, als sähe sie eine ganz andere Zeit und einen anderen Ort vor sich. »Wir hätten nicht so ehrlich mit dem Hof sein dürfen. Wir hätten meine Untertanen glauben lassen sollen, dass Mab dich bereits zur Fae gemacht hat.«

In den ersten Monaten nach Abriellas Thronbesteigung haben sie und ihre Berater wieder und wieder über das »Menschenproblem« diskutiert, wie ich es nannte. Mab hatte Abriella gesagt, dass ich an meinem achtzehnten Geburtstag zur Fae werden würde – also mussten sie entscheiden, ob sie bis dahin so tun sollten, als sei ich bereits Fae, oder ob sie ehrlich sein und damit Abriellas Feinden möglicherweise meinen Schwachpunkt verraten sollten: meine Sterblichkeit.

Niemand hat mich je dazu gedrängt, den Trank des Lebens zu nehmen, der Sterbliche in Fae verwandeln kann. Vielleicht, weil Abriella ihn damals getrunken hat und die Erfahrung so schrecklich war, dass sie mir das nicht zumuten wollte. Vielleicht aber auch, weil sie ahnte, dass mich der Gedanke, zu dem zu werden, was ich am meisten verabscheue, mit Entsetzen erfüllt. Ich habe es nicht hinterfragt, und sie tat es auch nicht.

»Ehrlichkeit erschien mir damals als der beste Einstieg in meine Regierungszeit, aber jetzt frage ich mich, ob ich dich damit zu verwundbar gemacht habe.«

»Ich bin immer im Palast«, wende ich ein. Was beinahe der Wahrheit entspricht. Es sei denn, ich trage meinen Ring, aber dank der Kräfte, die er mit sich bringt, habe ich keine Angst, dass mir etwas passieren könnte, solange er an meinem Finger steckt. »Wo könnte ich sicherer sein?«

Sie verschränkt die Arme. »Du bist in diesem Palast nur sicher, solange unser Feind sich hier nicht genauso gut auskennt wie wir.«

Ich springe aus dem Bett, gehe durchs Zimmer und stelle mich neben sie vor die großen Fenster, die den Mitternachtsgarten des Palasts überblicken. Er ist voller Blumen, die erst im Mondlicht aufblühen und tagsüber recht unscheinbar wirken. Genau wie ich mit meinem Ring und ohne ihn.

»Dich zu Misha zu schicken ist eine reine Vorsichtsmaßnahme«, sagt Brie. »Nur für eine Zeit lang, nicht für immer. Wenn wir herausfinden, was für diese Tode verantwortlich ist, und die Gerüchte überprüft haben …«

»Mordeus?«, frage ich, ohne sie anzusehen.

Sie schweigt lange, bevor sie antwortet. Ich kann ihre Anspannung spüren, ihren Stress. »Man munkelt, er sei wiederauferstanden. Finn und ich besprechen heute mit den Palastwachen zusätzliche Sicherheitsmaßnahmen an den Türen und Palasttoren. Aber es ist gut möglich, dass an den Gerüchten überhaupt nichts dran ist.«

Mein Kiefer schmerzt. Ich muss mich darauf konzentrieren, ihn zu entspannen, bevor mir ein Zahn abbricht.

»Königin Mab ist wiederauferstanden«, sage ich. Die Wiedererweckung der ersten Unseelie-Königin ist eine Geschichte, die Abriella mir wieder und wieder eingetrichtert hat. In diesem Königreich wird unsere Ururur-wer-weiß-wie-viele-ur-Großmutter wie eine Gottheit verehrt. Ihr Blut ist der Grund dafür, dass Brie auf dem Schattenthron sitzt und ich, obwohl als Mensch geboren, an meinem achtzehnten Geburtstag zur Fae werden muss. Über viele Generationen hinweg wurden die Kinder aus Mabs Blutlinie als Menschen geboren und lebten als solche in Elora, wo niemand von ihrem magischen, königlichen Blut erfuhr – nicht einmal sie selbst. Nur auf diese Weise konnte Mab ihre Nachkommen vor dem Zorn ihrer Feinde schützen, aber offenbar hatte diese Gnade mit unserer Generation ein Ende. »Wenn Mab von den Toten auferstehen kann, warum nicht auch Mordeus?«

»Die Götter begünstigten Mab und haben sie für ihre selbstlose Liebe belohnt«, sagt Brie. »Das ist nicht dasselbe.«

Ich schaue sie skeptisch an. Wenn ich in meiner Zeit bei den Fae irgendetwas gelernt habe, dann, dass sie nicht nur bösartig, sondern auch gerissen sind. Ich halte es durchaus für möglich, dass Mordeus für den Fall, dass er einem Anschlag zum Opfer fallen sollte, einen Plan in der Hinterhand hatte, mit dem seine Anhänger ihn wieder ins Leben zurückholen könnten. »Was ist aus seiner Leiche geworden, nachdem du ihn getötet hast?«

Brie holt tief Luft und hält meinem Blick stand. »Das weiß ich nicht. Wenn ich die Zeit zurückdrehen könnte, würde ich so lange bleiben, bis ich seine Leiche brennen sehe. Falls er wirklich zurück ist, bin allein ich daran schuld, und ich werde nicht zulassen, dass du die Konsequenzen für mein Versagen tragen musst.«

»Ich will aber hierbleiben.« Ich will ihn selbst finden. Ich will ihn selbst *vernichten*.

»Ich verspreche dir, dass du rechtzeitig zu deinem achtzehnten Geburtstag wieder hier sein wirst.«

Die Erwähnung dieses bedrohlichen Datums lässt mich zusammenzucken. Als ich den Ring erhielt, kam mir ein Jahr endlos lang vor. Jetzt bleiben mir nur noch neun Monate, und ich fürchte, dass diese Zeit bei Weitem nicht ausreichen wird.

Bries Stiefel schaben über den Steinboden, als sie sich zu mir umdreht. Zögernd legt sie mir eine warme Hand auf die Schulter. »Früher, wenn es geht.«

Heiße Tränen der Wut steigen mir in die Augen.

»Hab keine Angst.« Brie versteht meine Gefühle falsch. »Du bist in Sicherheit, versprochen.«

Sie begreift nicht, dass es mir nicht um meine Sicherheit geht. Ich habe mich an die ständige Angst gewöhnt. Dass Mordeus mir etwas antun könnte, fürchte ich nicht. Aber ich fürchte, dass meine Schwester mich fortschicken wird, bevor ich vollenden kann, was ich begonnen habe, als ich meine Unsterblichkeit gegen einen magischen Ring eintauschte.

★★★

Die Sümpfe im Norden des Herrschaftsgebiets meiner Schwester stinken nach Fäulnis und gärendem Schlamm, und meine Augen beginnen sofort zu tränen.

Gommid verzieht seine schmalen Lippen, als er den blubbernden grünen Schlick begutachtet, der die spärlichen Bäume umgibt. »Die menschliche Fae setzt meine Dienste für seltsame Zwecke ein.«

Ich kann nicht riskieren, dass meine Schwester mich ins Land der Wilden Fae schickt, bevor ich Mordeus aufgespürt habe. Sobald sie und Finn zu ihrer Sitzung aufgebrochen waren, steckte ich mir also meinen Zauberring an und rief Gommid.

»Dieses Menschenmädchen ist keine Fae«, erinnere ich ihn. Ich hasse es, wenn er mich so nennt. *Menschliche Fae*. So etwas gibt es überhaupt nicht. Ich klopfe die Taschen meines Umhangs ab, um sicherzustellen, dass mein Ring noch in der Geheimtasche steckt, in der ich ihn verstaut habe, bis ich ihn nach Anbruch der Dunkelheit benutzen kann. Ich habe den Ring nur ein paar Minuten lang getragen, um den wachsamen Augen der Palastwachen zu entgehen, aber mir ist übel und ich fühle mich schwach.

Als die Hexe, der ich den Ring abgekauft habe, mich warnte, ihn nur nachts zu benutzen, erklärte sie mir das damit, dass sich alle Magie im Gleichgewicht befinden muss. Offensichtlich wird dieses Gleichgewicht dadurch hergestellt, dass es mich krank macht, wenn ich die Macht des Rings bei Tageslicht einsetze.

Der Sumpf gibt rülpsende Geräusche von sich und schickt eine eklig stinkende Brise in meine Richtung. Ich würde mich am liebsten übergeben.

Gommid streckt die Hand aus. »Ich arbeite nicht umsonst, Prinzessin.«

Ich fische einen Zahn aus meiner Tasche und lasse ihn in seine offene Handfläche fallen.

Er reißt seine Glupschaugen noch weiter auf. »Der Schneidezahn eines Unseelie-Wächters. Den hast du nicht selbst entfernt.« Das ist keine Frage.

»Heute Nachmittag im Trainingsraum waren die Wachen neben mir beim Sparring ziemlich aggressiv. Den blutigen Zahn, den einer dabei ausgespuckt hat, habe ich eingesteckt.«

Gommid verstaut ihn in seiner Tasche. »Und jetzt gehört er mir.«

»Was machst du mit dem ganzen Zeug?«

Er grinst und zeigt mir all seine eigenen spitzen Zähne. »Was bekomme ich für diese Information?«

»Vergiss es. Danke …« Er ist schon weg. »… dir«, schließe ich seufzend.

Ich schaue mich in dem stinkenden Sumpf um. Weit und breit ist niemand zu sehen, aber ich habe eine Menge Zeit in der Gesellschaft von Mordeus' Anhängern verbracht und weiß, dass sie hier ein Trainingslager haben. Sobald es dunkel wird, werde ich mir den Ring anstecken und einen seiner ekelhaften Schmeichler fragen, wo ich den auferstandenen König finden kann.

Der Wind rauscht in den Bäumen und die Sonne sinkt in Richtung Horizont. Mir bleibt nicht mehr viel Tageslicht, um das Lager zu finden, also wickele ich mich in meinen Umhang und laufe los.

Je weiter ich den Sumpf hinter mir lasse, desto schwächer wird der Gestank, und endlich kann ich den Duft des Waldes riechen.

Ich liebe diese Jahreszeit in der Menschenwelt – das Farbenspiel der Blätter an den Bäumen und das Rascheln von welkem Laub unter meinen Stiefeln. Ich sehne mich danach – sehne mich danach, nach Elora zurückzukehren und dort zu bleiben.

Aber ich gehöre nicht mehr dorthin. Die Menschen von Elora wissen zwar nichts von meiner Abstammung, aber *ich* kenne die Wahrheit, und wenn ich dort bin, fühle ich mich wie eine Betrügerin. Als könnten die Menschen meiner Heimatwelt die Fae erkennen, die unter meiner Menschenmaske lauert. Der Status meiner Schwester bringt zahllose Regeln mit sich, die ich befolgen muss und die mich zwar ärgern – genauso wie es mich ärgert, dass wir in diese Welt gestoßen wurden, die ich verabscheue –, aber die den Mitternachtspalast dennoch zu dem einzigen Zuhause machen, das ich mein Eigen nennen kann.

Und sie will mich fortschicken.

Ich lehne mich an den dicken Stamm einer Eiche, schließe die Augen und genieße es, den wachsamen Blicken meiner Wächter eine Zeit lang entkommen zu sein.

Ob sie im Palast schon gemerkt haben, dass ich verschwunden bin? Hoffentlich sorgen die Worte, die die Bezaubernde Lady meinen Wachen zugeflüstert hat, dafür, dass sie meine Gemächer erst morgen früh wieder betreten werden.

Ich weigere mich, darüber nachzudenken, was passieren wird, sollte ich Mordeus heute Nacht nicht finden. Ich muss es schaffen.

Eine Hand legt sich schwer auf meinen Mund und heißer Atem tanzt über mein Ohr. »Still!« Eine maskuline Stimme, rau und tief. Ich kann mich nicht befreien, er ist zu groß und zu stark, und ich spüre, wie ich vor Angst erstarre, obwohl ich mich eigentlich wehren müsste.

Panisch ramme ich meinem Angreifer den Ellbogen in den Bauch, und er stöhnt leise, bevor er seinen Griff verstärkt und meine Arme festhält.

Ich öffne den Mund, um zu schreien, aber ich bringe keinen Ton heraus.

Grober Stoff schiebt sich über meinen Kopf, und dann umgibt mich schreckliche Dunkelheit. Ich versuche, zu schreien – *wieder und wieder und wieder* –, aber ich höre keinen Laut. Als hätte ich nie eine Stimme besessen.

Dann verliere ich plötzlich den Boden unter den Füßen und werde über eine Schulter geworfen. Der Aufprall ist so heftig, dass ich aufkeuche.

»Pass auf«, sagt eine weibliche Stimme. »Er hat gesagt, wir sollen vorsichtig mit ihr sein.«

»Sobald wir hier weg sind, gern.«

Er packt mich wie einen sperrigen Sack Kartoffeln, und als er losrennt, werde ich von Kopf bis Fuß durchgeschüttelt. Ich höre das dumpfe Rascheln der Blätter unter seinen Füßen und der Luftzug an meinen Beinen fühlt sich sogar durch meine Lederhose hindurch eisig an. Ich will zappeln, mich wehren, ihn mit all den Methoden verletzen, die meine Trainer mir beigebracht haben, aber ich kann mich nicht bewegen. Meine Arme und Beine sind genauso gelähmt wie meine Stimmbänder.

Dann höre ich leises Wiehern und werde hochgehievt. Ist das ein Pferd?

»Los gehts!« Das Pferd wechselt in den Galopp und wir fliegen dahin. Der Sattel drückt mir in den Bauch.

Ich schlage wie wild um mich. Oder *versuche* es zumindest. Ich kann meine Gliedmaßen nicht bewegen, aber wenn ich mich nach Leibeskräften winde, falle ich vielleicht vom Pferd.

Deshalb wollte Brie, dass ich im Palast bleibe. *Deshalb* muss ich mich an all ihre blöden Regeln halten. Weil sie Bescheid weiß. Wie oft hat sie mir gesagt, dass man versuchen wird, mich zu entführen, und dass ich mich in Gefahr begebe, sobald ich den Palast verlasse?

Und ich? Ich habe mich unseren Feinden wie auf dem Silbertablett präsentiert, zu einer Tageszeit, in der ich meinen Ring nicht tragen kann. Und jetzt hat mir irgendein bösartiger Fae-Zauber meine Stimme und meine Kraft geraubt.

Haben sie vor, mich zu Mordeus zu bringen?

Mein Herzschlag setzt aus und bittere Galle steigt mir in die Kehle. Ich spüre schon seinen heißen Atem auf meinem Gesicht, während er mich verhöhnt. Sehe schon sein grausames Lächeln vor mir, während er mich genüsslich foltert.

»Könntest du sie *bitte* ruhigstellen, bevor sie runterfällt?«, fragt der Fae.

»Na gut«, erwidert seine Begleiterin.

Panik breitet sich in meiner Brust aus. Ich kann nicht atmen. Ich kann nicht –

Ein Windhauch, und dann … werde ich schläfrig. Ich bin so müde. Verzweifelt kämpfe ich dagegen an. Versuche, die Augen offen zu halten. Ich darf keine Schwäche zeigen, wenn ich Mordeus vorgeführt werde.

Mit letzter Kraft konzentriere ich mich auf das donnernde Geräusch der Hufe auf dem Pfad, den beißenden Wind, der meinen Nacken umweht, den fernen Gestank des Sumpfes. Ich zwinge mich dazu, all das in meinem Kopf zu beschreiben und bei Bewusstsein zu bleiben, aber es ist zu spät. Ich sinke hinab in die Tiefe.

KAPITEL 3

FELICITY

»Drei Tropfen jeden Morgen, nicht mehr«, sage ich. Meine runzligen Hände greifen nach der Pipette und ich fülle die kleine Flasche mit dem Heiltrank. »Falls ihr Husten in zwei Tagen noch nicht besser geworden ist, sollten Sie noch mal vorbeikommen. Aber dieser Trank sollte besser helfen als die Thymian-Honig-Variante, die Sie letzte Woche erhalten haben.« Ich gehe zur Theke und reiche der blassen jungen Mutter, die dort auf mich wartet, das Fläschchen.

Ihr Gesicht ist voller Sorge, und die dunklen Ringe unter ihren Augen verraten mir, dass sie seit Tagen nicht richtig geschlafen hat. »Vielen, vielen Dank.« Sie stöbert in ihrem schäbigen Beutel, zweifellos auf der Suche nach ein paar Münzen, um mich zu bezahlen. Ich frage mich, wie oft sie sich wohl schon zwischen etwas zu essen für sich selbst und einem Besuch in der Apotheke entscheiden musste.

Mit einem kurzen Schulterblick überzeuge ich mich davon, dass die Besitzerin des kleinen Ladens – meine Chefin – noch nicht da ist. »Das kostet nichts«, sage ich schnell. »Weil der erste Trank nicht geholfen hat.«

Ihre braunen Augen füllen sich mit Tränen. »Danke«, flüstert sie heiser. »Ich danke Ihnen so sehr.«

Ich höre das Knarren der Hintertür und erstarre. »Gehen Sie jetzt, rasch.«

»Felicity!«, blafft Estella. »Ich muss mit dir reden!«

Die junge Mutter reißt die Augen auf, aber dann eilt sie klugerweise zur Tür hinaus, bevor Estella bei mir angekommen ist.

Ich beschäftige mich damit, meine Station aufzuräumen, und bewege mich mit der ruhigen Anmut der grauhaarigen Fae, deren Gestalt ich seit Beginn meiner Arbeit hier angenommen habe. Inzwischen sind es zwei Monate.

Estella stürmt in den Verkaufsraum und lässt die Tür laut hinter sich zufallen. Äußerlich ist sie auch heute noch so schön wie an dem Tag, an dem ich mich hier um einen Job beworben habe – blondes, seidiges Haar, das ihr lang über die Schultern fällt, leuchtend violette Augen, aristokratische Gesichtszüge und ein hochgewachsener, zartgliedriger Körper –, aber heute sehe ich nur noch Hässlichkeit. Sie ist eine schreckliche Apothekerin, die nur die billigsten Zutaten verwendet, anstatt effektive Heiltränke herzustellen. Die Hälfte ihrer Tinkturen ist so wirkungslos wie schwacher Tee.

»Gestern Abend kam ein junger Fae in den Laden und wollte, dass ich ihm das Geld für die Kontinenz-Tinktur erstatte, die ich seinem Vater verkauft habe. Er sagte, als er sich selbst welche kaufen wollte, hättest *du* ihm gesagt, sie würde ihn nicht vor der gesichtslosen Seuche schützen.« Sie reckt ihr spitzes Kinn vor und bläht die Nüstern.

»Weißt du, was passiert, wenn du so etwas sagst?«

Dieser junge Fae hatte auf der Straße um Geld betteln müssen, bevor er in die Apotheke kam. Ich konnte ihm seine Münzen nicht für ein winziges Fläschchen nutzloser Tropfen abknöpfen. »Wir sollten Produkte verkaufen, die den Leuten *helfen*, anstatt ...«

»Wenn du hier Lügen über meine Produkte verbreitest, fangen die Leute noch an zu reden und bald kauft mir niemand mehr etwas ab.«

»Aber diese Kontinenz-Tropfen schützen niemanden vor –«

»Kein einziger meiner Kunden ist bisher der gesichtslosen Seuche zum Opfer gefallen!«, schnappt sie, bevor ich den Satz beenden kann.

Nur, weil sie in unserem Dorf noch nicht gewütet hat. Aber ich wage nicht, das laut zu sagen. Seit ein paar Monaten vergeht kaum eine Woche ohne eine neue Geschichte über Gruppen von Fae, die ohne erkennbare Ursache tot aufgefunden wurden, deswegen sprechen inzwischen alle von einer Epidemie, der »gesichtslosen Seuche«. Die Opfer werden immer in Gruppen gefunden, blass, aber völlig unverletzt. Wenn man den Gerüchten Glauben schenken kann, waren die meisten vorher kerngesund. Es ist, als würde der Tod selbst uneingeladen zu Versammlungen erscheinen und die Teilnehmer ohne jeden Grund mit sich nehmen.

»Die Leute haben Angst.« Stirnrunzelnd ringe ich die Hände. Unter Mordeus' Herrschaft haben zu viele in diesem Dorf alles verloren. Nachdem er den Thron gestohlen hatte, genügte schon die leiseste Andeutung einer Allianz mit dem rechtmäßigen König, damit Mordeus seine persönliche Armee losschickte und den Besitz und das Zuhause der Beschuldigten zerstören ließ. Ich weiß zwar nicht, wie es war, zu diesen Zeiten hier zu leben, aber ich weiß, wie es sich anfühlt, nichts zu besitzen und nicht zu wissen, wo die nächste Mahlzeit herkommen soll. »Wir sollten das nicht ausnutzen. Wir sollten ...«

»*Wie kannst du es wagen*, du undankbare alte Vettel«, zischt

Estella wutschnaubend. »Ich habe dich nur eingestellt, weil die Kunden deinem Faltengesicht vertrauen und mehr Geld hierlassen, wenn du hinter dem Tresen stehst. Aber das bringt mir nichts, wenn du sie davon abhältst, etwas zu kaufen! Verschwinde aus meinem Laden und lass dich hier nie wieder blicken!«

Ich kneife die Augen zusammen. Es ist nicht leicht, einen Job zu finden, und wenn ich mir diese Chance verbaut habe … »Bitte überlegen Sie es sich noch einmal.«

Sie zeigt mit ihrem langen, manikürten Fingernagel in Richtung Tür. »Verschwinde. Bevor ich dir das, was du mich gekostet hast, aus dem Fleisch schneide.«

Mit gesenktem Kopf mache ich mich auf den Weg zur Tür, die Hände zu Fäusten geballt. Ich war zu lange arbeitslos, bevor Estella mich eingestellt hat, und jetzt muss ich wieder ganz von vorne anfangen. Aber vielleicht ist es besser so. Ich konnte ihre Gier und ihre Lügen kaum ertragen.

Es ist ein sonniger Tag. Ich blinzele im gleißenden Nachmittagslicht, während ich auf die geschäftige Straße trete – und erstarre, als mein Blick auf ein vertrautes Gesicht fällt, das mich von der gegenüberliegenden Straßenseite aus beobachtet.

Mit seinen Reithosen, den weißen Tattoos auf seinen Unterarmen und der Brille auf der Nase wirkt Natan immer noch wie ein harmloser Gelehrter.

Mein Puls setzt einen Schlag aus und beginnt dann zu flattern, als eine berauschende Mischung aus Hoffnung und Kummer mich durchströmt. Sofort suche ich die Straße nach meinem Bruder ab, der nie weit von Natan entfernt ist. Ich habe ihn seit drei Jahren nicht mehr gesehen. Seit meine Mutter mich fortgeschickt hat, um genau zu sein.

Ich schaue mich immer noch suchend um, als mich jemand

am Arm packt und in ein leer stehendes Geschäft neben Estellas Apotheke zerrt.

»Hallo, Felicity«, sagt mein Bruder mit einem wölfischen Grinsen, und Natan schlüpft hinter uns in den Raum.

Hale Kendricks langes hellbraunes Haar ist in seinem Nacken zu einem Pferdeschwanz gebunden, und er sieht mich mit seinen eisblauen Augen so durchdringend an, als könne er all meine Fehler und all meine Misserfolge sehen. Jeden Moment der Feigheit.

Die Tür fällt ins Schloss, und meine Kehle ist wie zugeschnürt.

Natan neigt grüßend den Kopf. Es liegt so vieles in dieser simplen Geste – das Wissen, wer ich unter dieser angenommenen Gestalt wirklich bin, die Erinnerung an die gemeinsamen Abenteuer unserer Kindheit und die Warnung, dass er nur hier ist, um Hale zu beschützen. All dies in einem Nicken.

Anstatt zu lügen und so zu tun, als sei ich tatsächlich die ältliche Fae, die alle sehen, wenn sie mich anschauen, nicke ich grüßend zurück. Dann schaue ich mich in dem leeren Geschäft um. »Was bringt euch in dieses verschlafene Nest?«, frage ich, als hätte ich die beiden nicht an jedem einzelnen Tag der vergangenen drei Jahre schmerzlich vermisst.

»Das Übliche«, sagt mein Bruder, und seine blauen Augen glänzen. »Rebellion. Hochverrat. Aufruhr. Die Weltherrschaft übernehmen.«

Ich nicke und wische meine runzligen Hände an meinem Rock ab. »Wie hast du mich gefunden?«

»Süß, dass du glaubst, ich hätte dich je aus den Augen verloren«, sagt Hale. Er ist mein Bruder, auf jede Art, die wirklich zählt. Wir mögen zwar nicht blutsverwandt sein, aber wir sind gemeinsam aufgewachsen, und er würde mich niemals gehen lassen, ohne genau zu wissen, wo ich mich aufhalte.

»Und wie geht es Mutter?« Beim letzten Wort bricht meine Stimme, und Hales Gesichtszüge werden weicher.

»Warum gehst du nicht nach Hause und findest es selbst heraus?«

Bei dem Gedanken zieht sich mein Magen schmerzhaft zusammen. Als würde ich nach Tagen in der Kälte ein warmes Bett sehen, in dem Wissen, dass ich nicht hineinklettern kann. »Bist du nur gekommen, um grausam zu sein?«

Hale seufzt. »Natürlich nicht, Lis. Ich bin hier, weil ich dich brauche.«

Schuldgefühle steigen in mir auf. Hale will, dass ich unsere Heimat Elora rette, aber mein einziger Wunsch ist es, ihn zu retten.

Er gestikuliert in meine Richtung. »Und wer ist das? Fühlst du dich sicher, wenn du in einem Körper lebst, der nicht mal kämpfen kann?«

Ich kann hervorragend kämpfen, aber ich mache mir nicht die Mühe, ihn zu korrigieren. Trotzig recke ich das Kinn vor. »Und warum geht dich das etwas an?«

»Weil du aufhören musst, die gebrechliche alte Fae zu spielen, und zwar sofort. Es ist Zeit, in deine andere Lieblingsrolle zu schlüpfen.«

»Drückst du dich absichtlich so vage aus, Hale?«

»Stellst du dich absichtlich so dumm an, Lis?« Ich starre ihn wütend an, und er muss lachen. »Bei den Göttern der Ober- und Unterwelt, wenn du mich so ansiehst, kann ich beinahe dein wahres Gesicht erkennen.«

»Und wie sehe ich aus?«, frage ich. »Ich bin bloß neugierig, weil ich mich selbst seit mehr als drei Jahren nicht im Spiegel gesehen habe.«

»Das war deine eigene Entscheidung, als du beschlossen hast, dich lieber dein Leben lang zu verstecken, als deine Bestimmung zu erfüllen«, sagt er achselzuckend.

»Hale …«

»Ich bin nicht hier, um dich umzustimmen.« Sein Blick und seine Stimme sind jetzt sanfter. Er greift in seine Umhängetasche und holt ein zerfleddertes, in Leder gebundenes Notizbuch heraus. »Ich bin deswegen hier.«

Ich starre geschockt auf das Tagebuch – *mein* Tagebuch. Es enthält all meine Aufzeichnungen über die Prinzessin des Schattenreichs, jedes Detail, das ich über sie in Erfahrung bringen konnte, wenn ich ihre Gestalt angenommen habe. Alles nur, um herauszufinden, was das Orakel gemeint hat, als es mir sagte, die Schattenprinzessin könne Hale vor einem frühen Tod bewahren.

»Offenbar nimmst du schon seit Monaten immer wieder Prinzessin Jasalyns Gestalt an.«

Ich lache gezwungen auf. *Niemand* weiß, dass ich manchmal die Gestalt der Prinzessin annehme, weil ich es nur in meinem Zimmer tue. Aber Hale hat ein Blick auf meine dahingekritzelten Notizen gereicht, um herauszufinden, was Sache ist. Jede Erinnerung aus all meinen Transformationen steht in diesem Buch, von den banalsten Momenten ihrer Kindheit bis hin zu ihren dunkelsten Stunden als Schattenprinzessin.

»Du weißt etwas, stimmts?«, fragt er. »Du wusstest noch vor mir, dass sie uns dabei helfen kann, Elora zu retten. Aber wie kann das sein?«

Ich schaue ihn fragend an. Darüber weiß ich rein gar nichts, aber falls sie Hales Rettung ist, kann sie vielleicht uns beiden helfen. »Worauf willst du hinaus?«

»Ich will, dass du die Gestalt der Prinzessin annimmst – aber diesmal nicht nur innerhalb der Sicherheit deiner eigenen vier Wände.«

»Aber sicher«, sage ich sarkastisch. Am liebsten würde ich ihm das Tagebuch aus den Händen reißen. »Und mir eine Zielscheibe auf den Rücken malen, weil ich mich als Mitglied des Königshauses ausgebe? Nein danke.«

»Ablehnen gilt nicht, Schwesterlein. Wenn du uns nicht hilfst, wimmelt es hier bald von Wachen des Unseelie-Königreichs, die nach ihr suchen.«

Ich starre ihn verwirrt an, und es dauert einen Moment, bis der Groschen fällt. »Du hast sie entführt? Du hast *die Prinzessin gekidnappt*?« Ich wirbele herum und schaue Natan an. Ist das ein schlechter Scherz? Aber als ich seine kühle Miene sehe, weiß ich, dass ich richtigliege.

»So ist es«, sagt Hale. »Und da mein gesamtes Team in Gefahr ist, sobald die Königin anfängt, nach ihr zu suchen, musst du in den Palast gehen und dort ihren Platz einnehmen. Und zwar so schnell wie möglich.«

»In den Palast?« Ich schüttele fassungslos den Kopf. Er hat mich schon immer für mutiger gehalten, als ich bin, schon damals, als er mir beibrachte, auf einen Baum zu klettern, in dem ich dann fünf Meter über dem Boden festsaß. Und auch jetzt erwartet er das Unmögliche von mir. »Auf keinen Fall.«

»Doch.«

»Nie im Leben. Das kann ich nicht.«

»Du unterschätzt dich immer noch«, sagt er mit einem Seitenblick auf die geschäftige Straße vor dem Fenster. »Ich habe dich drei Jahre lang in Ruhe gelassen, dir erlaubt, deine Bestimmung zu verleugnen und deine Welt im Stich zu lassen. Aber jetzt musst du deine Pflicht erfüllen. Du *kennst* Jasalyn. Du hast inzwischen …«, er wedelt mit dem Buch in seiner Hand, »… mindestens ein Dutzend Erinnerungen gesammelt.«

Mit vor der Brust verschränkten Armen erwidere ich: »Damit unterschreibst du mein Todesurteil. Du willst, dass ich ihre Gestalt annehme und dann mit ihrer Schwester zusammenlebe. Mit ihren Kammerzofen. Mit all den Leuten, die sie am besten kennen.«

»Bei ihrer Schwester musst du höchstens einen Tag lang durchhalten, dann wird sie dich zu König Misha schicken. Die Königin will die Prinzessin eine Zeit lang vom Hof des Mondes fernhalten.«

Die Rolle der Prinzessin zu spielen wäre im Land der Wilden Fae tatsächlich viel einfacher. Dort wäre ich zumindest nicht tagtäglich von ihren engsten Vertrauten umgeben. Aber warum sollte die Königin ihre Schwester, die sie bislang nicht aus den Augen gelassen hat, auf einmal fortschicken? »Wegen der gesichtslosen Seuche?«

Hale zuckt mit den Achseln und schweigt, aber ich bin mir sicher, dass er mehr weiß, als er zugeben will. Hale ist immer besser informiert, als er nach außen zeigt. Ihm liegt aber auch mehr an mir, als er nach außen zeigt, und ich weiß, dass er mich niemals ohne einen triftigen Grund um diesen Gefallen bitten würde.

»Es ist zu gefährlich. Wenn sie mich erwischen …«

»Ich glaube an dich.« Diese vollkommen aufrichtigen Worte lassen so starkes Heimweh in mir aufsteigen wie schon seit Monaten nicht mehr. Ich vermisse die Beziehung, die Hale und ich hatten, bevor er den Glauben an mich *verlor*.

»Das ist dein Ausweg, Felicity«, sagt er leise, als könne er meine Gedanken von meinem Gesicht ablesen. »Dies ist der Weg, der uns beide nach Hause führen wird.«

Ich spüre ein schmerzhaftes Ziehen in der Brust. Nicht nur ich sehne mich verzweifelt danach, nach Elora zurückzukehren. Hale war erst fünfzehn, als er sein Leben der Aufgabe widmete, die Sieben Magier von Elora zu stürzen und dem rechtmäßigen Monarchen des Landes wieder auf den Thron zu verhelfen. Ich kann nicht nach Elora zurückkehren, solange man auf der Jagd nach mir ist, und mein Bruder erlaubt es sich nicht, solange seine Aufgabe nicht erfüllt ist.

»Und wie genau steht Jasalyn damit in Verbindung?«, frage ich mit zitternder Stimme.

»Ich war beim Orakel.«

Mein Magen hebt sich und mir zittern die Knie. Das Orakel des Lichts ist heilig und ehrwürdig, und ich hasse es mit jeder Faser meines Körpers. Das eigene Schicksal zu kennen kann mehr Fluch als Segen sein. »Nicht alle Prophezeiungen des Orakels sind so simpel«, sage ich zu meinen Händen. Aber es hat mir Jasalyn als Möglichkeit gezeigt, Hale zu retten. Und wenn es Hale Jasalyn als Möglichkeit gezeigt hat, um Elora zu retten, dann …

Ich schiebe die verführerische Hoffnung beiseite, bevor ich ihr Gift in meine Lungen einsaugen kann.

»Ich glaube, du solltest dir anhören, was das Orakel mir diesmal gezeigt hat. Egal, was du von seinen Prophezeiungen hältst«, sagt Hale. Er wartet einen Moment, wahrscheinlich darauf, dass ich ihm in die Augen schaue. Aber das kann ich nicht. »Es war die Prinzessin, Felicity. Es hat mir gezeigt, wie die Prinzessin deinen Vater tötet.« Er legt den Kopf schief und hält mir das Tagebuch entgegen. »Aber vielleicht hast du ja schon vermutet, dass sie eine wichtige Rolle spielen könnte. Ist das der Grund für dein kleines Forschungsprojekt?«

Ich atme ruckartig ein. Die Aussicht auf eine bessere Zukunft lässt mich ganz schwindelig werden. *Gefährlich.*

»Du hast mir schon vor Jahren gesagt, dass du Erith nicht töten wirst«, sagt Hale, und ich zucke zusammen.

»So einfach ist das nicht.«

»Hör zu, Lis. Ich habe eine Alternative gefunden. Das Orakel hat mir die Alternative *gezeigt*. Wirst du uns dabei helfen, diese Chance zu nutzen?«

Mein Herz rast. Mein leiblicher Vater ist zu mächtig geworden, und seine Macht hat schreckliche Konsequenzen für die Mehrheit der Eloraner nach sich gezogen. Selbst wenn mir nicht persönlich daran gelegen wäre, ihn aus dem Weg zu räumen, würde ich Hale bei seiner Mission helfen wollen. Hale hat nie verstanden, warum ich mich weigere, meinen Vater zu töten, denn er weiß nicht, was das Orakel *mir* gezeigt hat. Aber mich verfolgt die Erinnerung an diese Vision bis heute, an die starren Augen meines Bruders, dem das Lebensblut aus den Adern rinnt.

Wenn ich Erith töte, wie es mir vorherbestimmt ist, dann wird auch Hale sterben. Ich weiß nicht, wie diese beiden Ereignisse zusammenhängen, aber ich weiß, was das Orakel mir gezeigt hat.

Und das kann ich Hale niemals sagen, denn er würde mir befehlen, es trotzdem zu tun.

Aber jetzt … jetzt ist die Schattenprinzessin für uns beide zum Schlüssel zu einem neuen Pfad geworden.

»Was muss ich tun?«, frage ich. Meine Hände zittern. Ich kann nicht glauben, dass ich mich auf diesen wahnwitzigen Plan einlasse. Das ist reiner Selbstmord. *Aber vielleicht kann ich nur so Hales Leben retten.*

»Du musst zur Prinzessin werden. Und wenn du auf Castle

Craige bist, musst du König Misha so nahekommen wie irgend möglich.«

»Warum?«

»Damit er sich in dich verliebt natürlich.«

Ich schnaube. »Du überschätzt mich gewaltig.«

Hale grinst. »Und du unterschätzt die Reize eines schönen Menschenmädchens. Er muss dir seinen Gang der Türen zeigen. Falls wir es nicht schaffen, das Schwert zu finden, ist der Gang unsere einzige Möglichkeit, für Jasalyn ein Portal zu öffnen, das sie direkt in den Palast von Elora führt.«

»Aber wir wissen doch gar nicht, ob der Gang der Türen mehr als eine Legende ist«, sage ich skeptisch.

»Die Säle gibt es wirklich. Der Hof des Mondes hat seinen verloren, als die Königin Mordeus die Krone abnahm, aber die Säle der Seelie und der Wilden Fae gibt es noch.«

Es ist eindeutig, welcher die bessere Wahl ist. »Woher weißt du das alles?«

»Während du dich im Schattenreich versteckt hast, hat Shae Nachforschungen angestellt. Wir haben eine Menge dazugelernt, seit du fort bist.«

Ich verziehe das Gesicht, als ich den Namen meines alten Schwarms höre. Shae war stets an der Seite meines Bruders und für mich doch unerreichbar. Dann wurde ich zum Orakel geschickt, und nach meiner Rückkehr dachte ich einen kurzen Moment lang, dass er meine Gefühle vielleicht erwidert. Aber dann musste ich fliehen – mich verstecken, um meine Familie zu schützen – und Shae hat kein einziges Mal versucht, mich zu finden.

Ich verschränke die Arme vor der Brust, als könnte ich so mein Herz zähmen. »Okay. Selbst wenn er recht hat, besagt die

Legende, dass die Säle der Türen heilige Orte für die Reiche sind. König Misha würde niemals einer Menschenprinzessin verraten, wo der Gang liegt – egal, wie gut er sich mit der Königin versteht.«

Hale grinst. »Dann hast du eine Menge Arbeit vor dir.«

»Bitte sag mir, dass du die Zukunft Eloras nicht allein von meiner Fähigkeit abhängig machst, einen Fae-König zu verführen.«

Das bringt mir ein schiefes Lächeln von Natan ein.

»Wir suchen weiter nach dem Schwert«, sagt Hale. »Ich weiß, was das Orakel mir gezeigt hat, und glaube fest daran, dass wir den richtigen Weg finden werden. Allerdings …« Er umreißt mit den Händen meine Gestalt. »Allerdings ist die Prinzessin jetzt schon seit Stunden nicht mehr im Palast, und je länger sie fort ist, desto genauer wird man sie nach ihrer Rückkehr unter die Lupe nehmen.«

Ich starre ihn wütend an. »Dann solltest du sie vielleicht zurückbringen.« Natürlich hat er mir seinen Plan erst verraten, nachdem er die Prinzessin bereits entführt hatte.

»Bring heute Nachmittag deine persönlichen Angelegenheiten in Ordnung und dann schlaf dich aus.« Er drückt mir ein paar Haarsträhnen in die Hand. »Wir kommen morgen wieder, damit du die Prinzessin kennenlernen kannst. Falls du sie vor deiner triumphalen Rückkehr in den Palast noch etwas fragen willst, ist das deine Gelegenheit.«

»Sie hat sich also wirklich bereit erklärt, dir zu helfen?« Erstaunlich. Bevor sie zur Schattenprinzessin wurde, war Jasalyn ein Mensch aus Elora, also ist sie zweifellos in dem Glauben aufgewachsen, dass die Sieben die Menschenwelt gerettet haben. Genau wie alle anderen Bewohner von Elora. »Sie hat eingewilligt, das Oberhaupt der Sieben zu töten, nur, weil du sie darum gebeten hast?«

»Sie ist noch nicht über alle Details im Bilde«, erwidert Hale lässig. »Aber sobald sie Bescheid weiß, wird sie mitmachen, davon bin ich überzeugt.«

Typisch Hale. »Und wenn sie sich weigert?«

Er beugt sich zu mir vor und tippt mir mit dem Finger gegen die Nasespitze. »Mach dir darüber keine Sorgen, Schwesterherz. Das Orakel hat gesprochen.« Er dreht sich zur Tür um, Natan folgt ihm schweigend. »Bis morgen früh.«

Nachdem die Tür hinter ihnen ins Schloss gefallen ist, kann ich nur stumm auf die Haarsträhnen in meiner Hand starren.

Ich bin nicht wie mein Bruder. Er setzt sich, ohne zu zögern, für seine Mission ein, weil er daran glaubt, dass am Ende der Held gewinnt und das Schicksal die Guten belohnt. Früher habe ich das auch geglaubt – bis mein leiblicher Vater herausfand, dass ich noch am Leben war, und die Soldaten, die mich einfangen sollten, den Mann töteten, der mich großgezogen hatte. Ich habe gesehen, welchen Preis das *Schicksal* fordert, und weiß, dass er manchmal zu hoch sein kann.

Aber wenn Hale mit Jasalyn zusammenarbeitet, könnte sich das Blatt wenden. Verfügt sie wirklich über die Macht, Erith, Patriarch der Sieben, aus dem Weg zu räumen? Könnte sie mir den Weg nach Hause ebnen und Hale davor bewahren, viel zu früh aus dem Leben gerissen zu werden?

Ich wünsche mir auch nur einen Bruchteil von Hales Optimismus, doch es fällt mir nicht leicht, auf die Zukunft zu vertrauen. Aber ich werde es trotzdem tun, denn ich bin es meinem Bruder schuldig, es zumindest zu versuchen. Und ich bin es der Welt schuldig, die meine Heimat ist.

KAPITEL 4

JASALYN

Ich wache vom Knistern eines Feuers und dem Klang gedämpfter Schritte auf. In der Luft liegt ein süßer, würziger Duft, der mich an meine Kindheit erinnert, wie an einem Sonntagmorgen aus der Zeit, in der meine Mutter noch bei uns war. Ich kann mir fast bildlich vorstellen, wie sie am Herd steht, den Porridge für unser Frühstück zubereitet und Abriella eine Geschichte erzählt.

Noch wage ich nicht, die Augen zu öffnen. Es ist warm, und das Bett, in dem ich liege, ist so weich. Aber was mache ich mir vor: Ich werde das Haus, das wir verloren haben, nie wiedersehen, und meine Mutter wird niemals zurückkehren, ganz gleich, wie sehr ich mir das auch wünsche.

Als ich die Augen öffne, sehe ich das Innere einer gemütlichen Hütte vor mir. Drei Fae sitzen vor dem Schein eines flackernden Feuers. Sie haben mir die Rücken zugekehrt und halten Becher in den Händen. Ihre gemurmelte Unterhaltung kann ich nicht verstehen. Meinem Bett gegenüber erkenne ich ein Waschbecken unter einem Fenster, durch das aber kein Licht ins Zimmer dringt.

Wie lange habe ich geschlafen?

Einer der Fae dreht den Kopf ein Stück weit und … *Nein. Das sind Männer.*

Ich bin von *Menschen* entführt worden?

Meine Arme scheinen wieder zu funktionieren, also drücke ich mich in eine aufrechte Position hoch. Wenn ich ganz leise bin, kann ich mich vielleicht ungesehen hinausstehlen. *Mein Ring.*

Das Herz rutscht mir in die Magengrube. *Mein Umhang ist verschwunden.*

Wenn ich meinen Ring hätte, könnte ich ihnen einfach befehlen, mich gehen zu lassen, und sie würden sich nicht einmal daran erinnern, dass ich jemals hier war.

Leise schlage ich die Decke zurück. Wenn das Menschen sind, hören sie viel schlechter als die Fae. Wenn ich ganz vorsichtig bin …

Die Matratze quietscht unter mir, und einer der Männer reißt den Kopf herum. Als ich sein Gesicht sehe, stockt mir der Atem.

Diese Augen.

So eisblau, beinahe durchsichtig, als könnte ich durch sie bis auf den Grund seiner Seele blicken.

Ich kenne diese Augen mit den dichten, dunklen Wimpern. Zusammen mit seinem langen hellbraunen Haar könnten sie diesen Mann beinahe *hübsch* wirken lassen – wären da nicht der maskuline, kantige Kiefer und die Bartstoppeln an seinem Kinn. Wäre da nicht die schiere Kraft und Präsenz seines Körpers, als er aufsteht.

Es gab Nächte in Mordeus' Verlies, in denen mich meine Angst beinahe in den Wahnsinn getrieben hätte. Es gab Nächte, in denen die Dunkelheit mich mit Haut und Haaren zu verschlingen drohte und ich mir den Tod wünschte. Bis Kendrick in die Zelle mir gegenüber geworfen wurde und er merkte, wie dringend ich einen Freund brauchte. Bis seine Worte mir halfen, die dunkelsten Nächte zu überstehen.

»Schließ die Augen, Slayer. Morgen geht wieder die Sonne auf.«

»Kendrick?«, frage ich unwillkürlich. Warum ist er hier? Warum bin ich hier? Hat er mich vor meinen Entführern gerettet? Aber warum ist er in Faerie? Er muss nach Mordeus' Tod doch auch freigelassen worden sein. Warum ist er nicht nach Hause gegangen?

Kendrick hebt die Arme, streckt mir die offenen Handflächen entgegen und kommt langsam auf mich zu, als sei ich ein wildes Tier, das er nicht verschrecken will.

»Was machst du hier?«, frage ich. Dabei sollte ich eigentlich etwas ganz anderes fragen. *Was mache* ich *hier? Wer waren diese Leute im Wald?*

»Vorsicht. Sie hat ihre Kräfte zurück«, sagt einer der anderen Männer. Seine Stimme kommt mir vage bekannt vor. Er klingt wie der Fae, der mich entführt hat, aber das ergibt keinen Sinn. Meine Entführer müssen Fae gewesen sein – sie haben mich mit Magie ausgeschaltet –, und dieser Typ ist mit Kendrick zusammen, der niemals zulassen würde, dass jemand mir etwas antut. Wenn Kendrick hier ist, bedeutet das, er hat mich gerettet.

»Sie wird mir nichts tun«, sagt Kendrick, ohne mich aus den Augen zu lassen. »Jas, wir müssen reden.«

Ich schaue zwischen ihm und seinen Freunden hin und her. Beide haben ihre Blicke jetzt auf mich gerichtet. Der eine ist dünn, trägt eine Drahtbrille und einen goldenen Ring im Ohr und hat einen wirren Pferdeschwanz. Der andere ist stämmig, hat langes dunkles Haar, einen kurzen Bart und kalte Augen. Allem Anschein nach ist er ein Freund von Kendrick, aber mich sieht er an, als sei ich eine Schlange, die jederzeit zubeißen könnte.

»Was ist hier los?«, frage ich. »Wie bin ich hierhergekommen?«

»Zu *Pferd*«, sagt der Bärtige knapp.

Die Stimme kenne ich wirklich. »*Du* warst das. *Du* bist derjenige, der mich entführt hat.« Ich schaue verwirrt zu Kendrick. »Aber warum?«

»Hätten wir dich nicht weggebracht, dann hätten dich die Rebellen in diesem Lager mit Sicherheit erwischt«, sagt Kendrick. »Wir hatten sowieso vor, mit dir zu reden, aber weil du dort warst, mussten wir …« Er wechselt einen Blick mit seinen Freunden, bevor er weiterspricht. »… die Sache *beschleunigen*, damit du nicht verletzt wirst.«

Ich springe aus dem Bett, und als meine Füße den Boden berühren, wird mir klar, dass sie mir nicht nur meinen Umhang, sondern auch meine verdammten Stiefel weggenommen haben. Wütend stapfe ich auf Kendrick zu. »Ich habe euch nicht um Hilfe gebeten.« Bei jedem Wort ramme ich ihm meinen Zeigefinger in die Brust.

Sein Blick wandert zu meinem Finger hinab.

»Versuch bloß nicht, deine Magie anzuwenden«, ruft der Bärtige. »Wir machen dich wieder bewegungsunfähig, wenn es sein muss.«

Ich wirbele zu ihm herum. »Welche *Magie*?«, zische ich und verziehe augenblicklich das Gesicht. Hätte ich bloß nichts gesagt. Obwohl ganz Faerie weiß, dass ich ein Mensch bin, haben die Berater meiner Schwester mir immer wieder eingeschärft, niemals zu verraten, dass ich keine magischen Kräfte besitze. Es liegt Stärke in dieser Ungewissheit, in ihrer Unsicherheit.

»Wir wollen nicht, dass jemand Dinge über dich herausfindet, die als Schwäche ausgelegt werden könnten. Und außerdem werden sich deine Kräfte jetzt ohnehin jederzeit offenbaren.«

Mit siebzehn Jahren konnte meine Schwester die Schatten um sich herum kontrollieren, schon als sie noch ein Mensch war. Aber meine Magie stammt ausschließlich von meinem Ring – und den hat eine Hexe in der Menschenwelt geschmiedet. Und ich habe keine Ahnung, wo er jetzt ist. Entweder liegt er im Sumpf, oder er ist dort, wo auch immer Kendricks Leute meinen Umhang versteckt haben.

»*Welche Magie?*«, schnaubt der Bärtige. »Hältst du Menschen für dumm, Prinzessin?«

Kendrick wirft ihm einen Blick zu. »Nicht sehr hilfreich.«

»Ignoriere Remme einfach. Er hat heute keinen Mittagsschlaf gemacht«, sagt der andere Typ. Seine Stimme ist leise und gelassen. Ein sanftes Murmeln, das gut in Bibliotheken und Klassenzimmer gepasst hätte. Sein Gefährte klingt vielmehr nach Schlachtfeldern und Kneipen.

Mit verschränkten Armen starre ich die drei der Reihe nach an. Sollen sie doch denken, ich hätte magische Kräfte. Sollen sie doch Angst vor mir haben.

Kendrick legt den Kopf schief. »Du hast mir nie gesagt, dass du Fae-Blut hast.« In seiner Stimme liegt kein Ärger, eher … Enttäuschung?

»Und du hast mir nie gesagt, dass du ein Entführer bist«, gebe ich zurück.

Er lächelt. »Heißt das, wir sind quitt?«

Die vertrauten Grübchen, die ich unter seinen Bartstoppeln hervorblitzen sehe, werfen mich beinahe um, und ich muss schwer schlucken. In Mordeus' Verlies hatten wir nur sehr selten Anlass zur Freude, aber Kendrick fand immer einen Grund, mich anzulächeln, und sei es nur, um mir dabei zu helfen, durchzuhalten.

»Gib mir meinen Umhang und meine Stiefel zurück.« Ich schaue mich noch einmal in der Hütte um, kann aber keins von beidem entdecken. »Ich muss nach Hause.«

Er schüttelt den Kopf. »Ich fürchte, das geht nicht.«

Meiner Kehle entfährt ein Geräusch, das viel zu sehr nach einem Quietschen klingt. »Ihr könnt jemanden doch nicht einfach … einfach *entführen*!«

»Aber genau das haben wir getan«, sagt Remme trocken.

Ich könnte losrennen, aber sie haben bereits bewiesen, dass sie schneller und stärker sind als ich, und wie weit würde ich ohne Schuhe schon kommen? *Und wie lange würde ich die Dunkelheit der Nacht ohne den Schutz meines Rings ertragen?*

»Du kannst dich glücklich schätzen, dass *wir* dich geschnappt haben«, sagt Kendrick. »Diese Aufständischen hätten dich benutzt, um deine Schwester, *die Königin*, zu erpressen. Wäre dir das lieber gewesen?«

»Und wie wollt *ihr* mich benutzen?«

Kendrick reibt sich das Kinn. »Wir brauchen deine Hilfe.«

Es ist, als würden sie mir gar nicht zuhören. »Ich lehne *höflichst* ab.«

»Hör dir erst an, was ich zu sagen habe«, sagt Kendrick. Er schaut seine Freunde an. »Lasst uns allein, bitte.«

Remme verschränkt die Arme vor der Brust. »Hale, du kannst nicht einfach …«

Kendrick schnippt mit den Fingern und die Tür zu meiner Linken fliegt auf.

Ich starre ihn mit offenem Mund an. *Er hat magische Kräfte.*

»Raus«, sagt er und zeigt auf die Tür.

Der Stille verzieht das Gesicht. »Ich bin nicht begeistert von der Idee, Hale.«

»Raus«, wiederholt Kendrick. Sein Blick wandert vom einen zum anderen. »Alle beide. Ich muss mit der *Prinzessin* reden.« Er spuckt das Wort aus, als habe es einen bitteren Beigeschmack und er wolle es nicht länger im Mund behalten.

Der Stille runzelt die Stirn. »Ich rate dir, nicht mit ihr allein zu sein. Du weißt nicht, wozu sie fähig ist.«

»Da ist die Tür«, sagt Kendrick und nickt in die Richtung, in die sein Finger zeigt.

Die Männer gehorchen ihm nach einem letzten Blick in meine Richtung. Sie ziehen die Tür hinter sich zu, dann bin ich allein. Mit Kendrick.

»Sie nennen dich Hale.«

Er nickt und schaut immer noch zur Tür, als erwarte er, dass die beiden gleich wieder hereingestürmt kommen. »Das ist mein Name.«

»Ich dachte, du heißt Kendrick.«

Langsam wendet er sich mir zu, und als ich in diese Augen schaue, läuft mir ein warmer Schauer den Rücken hinab. »Kendrick ist mein Familienname.«

Ich habe nie gefragt. Im Kerker nannten ihn alle Kendrick, und ich hielt das für seinen Vornamen. Was beweist, dass ich ihn offensichtlich nie wirklich gekannt habe.

Ich schaue zur Tür – die er mit einem Fingerschnippen geöffnet hat. »Du kannst zaubern.«

Herausfordernd zieht er eine Augenbraue hoch. »Von Geburt an ausgebildet.«

»Ich weiß nicht, was ihr von mir wollt, aber ich bin sicher, dass ich euch nicht helfen kann.« *Und ich dachte, du wärst mein Freund.* Diese Worte spreche ich nicht aus, aber seine Züge werden weicher, als könne er den Vorwurf in meinen Augen lesen.

»Hör mir einfach zu, bitte«, sagt er.

Ich halte seinen Blick lange fest. Ich kenne diese Augen. Sie haben mich gerettet – das Mitgefühl in ihnen, die Zärtlichkeit. Als ein Wächter mir wieder und wieder die Finger brach, nur um mich zu heilen und noch einmal von vorn zu beginnen, lockte Kendrick ihn in seine Zelle und brach ihm dort das Genick. Als meine Angst und mein Leid mich zu verschlingen drohten, erinnerte Kendrick mich daran, dass ich nicht allein war.

»Und wenn ich alles gehört habe und trotzdem gehen will? Wirst du mich dann heute Nacht in den Palast zurückkehren lassen?«

Kendrick schließt die Augen und holt tief Luft. »Ich hoffe, wenn du mich angehört hast, wirst du verstehen, warum das nicht geht.«

Meine Brust fühlt sich eng an. »Du hast dich verändert.«

Kendricks Augen werden dunkel, und er mustert mich von den Lippen bis hinab zu den bestrumpften Füßen. Als sein Blick wieder nach oben wandert, verweilt er auf all den Rundungen, die dazwischenliegen. »Du dich auch.«

Mir steigt das Blut in die Wangen. Zwischen uns war es nie kompliziert – es ging nie um Romantik oder Sex. Ich war zu jung und viel zu sehr damit beschäftigt, zu überleben, und Kendrick war … nun ja, nicht die Sorte Mann, die eine unterernährte Vierzehnjährige in einem solchen Licht sieht.

Zum Glück wendet er sich ab und ich kann meine Verlegenheit vor ihm verbergen. Er geht zu einem kleinen Tisch beim Kaminfeuer und befüllt einen Zinnkrug, den er mir anbietet.

Mein Mund ist so trocken, dass ich ihm den Krug am liebsten aus der Hand reißen und den Inhalt in einem Zug leeren würde, aber stattdessen starre ich Kendrick wortlos an, obwohl der Inhalt wundervoll duftet. Es ist der köstliche Geruch nach Zimt und Gewürzen, den ich bereits beim Aufwachen wahrgenommen habe.

»Willst du mich jetzt vergiften?«

»Komm schon, Jas, so dumm bist du nicht. Wenn wir deinen Tod wollten, wärst du dann aufgewacht?«

Von draußen erschallt plötzlich helles, weibliches Gelächter. Ich frage mich, ob das dieselbe Frau ist, die ich bei meiner Entführung gehört habe. Ist sie irgendwie mit Kendrick zusammen?

»Wir wissen beide, dass der Tod bei Weitem nicht das Schlimmste ist, was unsere Feinde uns antun können«, sage ich und schaue ihm fest in die Augen.

»Du konntest mir damals vertrauen und du kannst es auch heute noch«, sagt er leise.

»Wie kann ich überhaupt sicher sein, dass du Kendrick bist?«, frage ich. »Du könntest seine Gestalt angenommen haben. All das könnte ein Trick sein.«

»Weil du mich kennst«, sagt er. Er streckt eine Hand nach meinem Gesicht aus und ich zucke instinktiv zurück.

Die Rückseite meiner Oberschenkel berührt das Bett, und ich flüchte blindlings in eine Ecke und ziehe die Knie an die Brust.

Er seufzt resigniert und lässt sich auf der Bettkante nieder.

Er ist mir so nahe.

Wie viele Nächte konnte ich in diesem Verlies nicht schlafen und habe mir gewünscht, er könne mir so nah sein? Wie oft habe ich seitdem nachts an ihn gedacht und mir nur eine einzige Chance gewünscht, ihm zu danken? Dass ich sie auf diese Weise bekommen sollte, hätte ich mir nie vorgestellt.

Er streckt mir den dampfenden Becher entgegen. »Bitte trink das. Dein Mund ist ausgetrocknet von der Magie, mit der Remme dich ruhiggestellt hat. Wenn du ausgetrunken hast, erzähle ich dir alles, was du wissen musst.«

Ich nehme die Tasse entgegen, weil die Gewürze so köstlich riechen und er recht hat. Mein Mund ist so trocken, dass ich kaum schlucken kann. Ich schnuppere an dem Getränk und versuche, den Geruch der Gifte herauszufiltern, die man mir in meiner Ausbildung gezeigt hat. Mir steigt nichts Beunruhigendes in die Nase, aber es gibt auch eine Menge geruchloser Gifte …

Kendrick nimmt mir den Becher aus der Hand, trinkt daraus und hält währenddessen meinem Blick stand. »Völlig ungiftig.« Er reicht mir die Tasse zurück.

Ich werde nicht daran denken, dass mein Mund gleich an genau der Stelle liegt, wo seine Lippen waren. Ich werde mich nicht fragen, wie sich diese Lippen auf meinen anfühlen würden.

Zu spät.

Ich nehme einen vorsichtigen Schluck, denn ich will nicht nur diese Wüste in meinem Mund loswerden, sondern auch diese unwillkommenen Gedanken. Es ist Apfelpunsch, der sogar noch besser schmeckt, als er riecht. Ich zwinge mich dazu, vor meinem zweiten Schluck abzuwarten – nur zur Sicherheit –, aber ich verspüre nichts Unangenehmes, nur beruhigende Wärme.

»Warum bist du nicht zu Hause?«, frage ich. Weil ich lächerlich bin. Er hat mich entführt. Es sollte mir egal sein, ob er die Familie wiedergesehen hat, die er damals so vermisste.

Kendrick dreht sich auf der Bettkante zu mir, lässt seinen Blick über mein Gesicht schweifen und studiert mich aufmerksam. »Ich war eine Zeit lang zu Hause. Aber was ich brauche, um meine Familie und die Leute, die mir anvertraut wurden, zu beschützen, kann ich nur hier finden. Also bin ich zurückgekehrt, um das zu finden, was Mordeus gestohlen hat.«

»Das Feuerschwert?« Als wir zusammen im Kerker saßen, hatte Kendrick mir erzählt, dass er auf der Suche nach diesem Schwert gefangen wurde.

»Ja. Ich brauche es, wenn ich in Elora nachhaltig etwas verändern will.«

Vor drei Jahren hielt er sich für einen Versager, weil es ihm nicht gelungen war, das Schwert an sich zu bringen.

»Es tut mir leid, dass du es noch nicht gefunden hast.«

»Mir auch. Ich suche schon seit einem Jahr in dieser Welt danach, und ich habe bis heute nichts vorzuweisen.«

Mein Magen verkrampft sich wie nach einem Tritt von Mordeus' Wachen. Er ist seit einem Jahr in Faerie und hat nie Kontakt zu mir aufgenommen. Nicht ein einziges, simples Hallo. *Aber das sollte mir nichts ausmachen.*

»Und deshalb brauche ich deine Hilfe«, sagt Kendrick, der keine Ahnung hat, welcher Schmerz in meinem verschmähten Herzen aufflammt.

»Angeblich ist Mordeus zurück«, sage ich.

Er nickt. »Ich kenne die Gerüchte.«

»Hier bist du nicht sicher. Du bist sterblich, und seine Magie ist so mächtig …«

»Auch Sterbliche können zaubern, Prinzessin.« Er verlagert sein Gewicht und stützt sich in der Mitte des Bettes auf eine Handfläche. »Hast du in deinen vierzehn Jahren in Elora nie einen Magier getroffen?«

»Doch, natürlich, aber …«

Er zieht eine Augenbraue hoch, als wolle er sagen: *Na, siehst du.*

»So naiv bist du nicht. Du bist Mordeus schon einmal in die Hände gefallen. Wie kommst du auf den Gedanken, dass du jetzt unverwundbar bist?«

»Ich weiß sehr gut, dass ich verwundbar bin. Aber ich brauche das, was Mordeus gestohlen hat, um meine Familie zu schützen und alles in Ordnung zu bringen, was in Elora im Argen liegt.«

»Und dabei soll ausgerechnet *ich* dir helfen?«

»Genau.« Er spielt mit einem losen Faden des Bettbezugs. »Unsere Feinde werden von Tag zu Tag stärker – und sie benutzen ihre Macht, um die Kluft zwischen Arm und Reich zu vertiefen. Und zwischen den Magiern und den magielosen Eloranern.«

»Und was hat das mit mir zu tun?«, frage ich kopfschüttelnd. »Ich gehöre nicht mehr dorthin.«

»Weil du an deinem achtzehnten Geburtstag zur Fae wirst?«

Ich runzele die Stirn. »Warum weißt du so viel über mich?«

Sein Mund verzieht sich zu einem Lächeln. »Glaubst du wirklich, es ist mir entgangen, dass du nicht nur die Prinzessin des Schattenreichs bist, sondern auch eine Nachfahrin von Mab? Glaubst du, ich habe die letzten drei Jahre hinterm Mond gelebt?« Er nickt in Richtung Tür. »Warum, denkst du, sind meine Freunde so felsenfest davon überzeugt, dass du magische Kräfte besitzt und mich jederzeit verletzen könntest, wenn dir der Sinn danach stünde?«

Ich will gerade den Mund öffnen und ihm vormachen, dass ich tatsächlich über diese Macht verfüge und es besser für sie alle wäre, sich vor mir zu fürchten, doch als ich ihm in die Augen sehe, kann ich es nicht. Ich kann Kendrick nicht anlügen. Nicht nach allem, was wir gemeinsam durchgemacht haben. »Sie liegen falsch«, sage ich nur achselzuckend. Und dann, weil ich nicht verhindern kann, dass meine Mundwinkel verdächtig zucken: »Jedenfalls, was die magischen Kräfte angeht.«

Das bringt mir ein breites Grinsen ein, zwei Grübchen inklusive. Ein Grinsen, das mich in Schwierigkeiten bringen könnte.

»Du hast dich in den letzten drei Jahren nicht nur äußerlich verändert, Slayer. Bist feuriger als früher.« Er nickt. »Gefällt mir.«

»Wie du bereits gesagt hast, bin ich eine Prinzessin und schwebe ständig in Gefahr. Ich musste lernen, mich selbst zu schützen.« *Auch wenn ich dabei heute voll und ganz versagt habe.* Ich schiebe den Gedanken beiseite und wende mich wieder dem aktuellen Thema zu. »Ich finde es ja bewundernswert, dass du die sozialen Missstände in Elora beseitigen willst, aber ich kann mir beim besten Willen nicht vorstellen, was ich dazu beitragen soll. Dieses Problem besteht schon länger, als ich lebe, und es wird auch noch lange nach meinem Tod weiterbestehen.«

Kendricks Blick wandert zu meinem Mund. »Ich hoffe, du irrst dich, vor allem, da du bald unsterblich sein wirst.«

Ich weiche seinem forschenden Blick aus und betrachte die Reste meines Apfelpunschs. »Hast du einen Plan? Wie du den Armen von Elora helfen willst?« So viele Bewohner meiner Heimatwelt werden zu unmöglichen Konditionen in Verträge gezwungen, die ein Leben in Sklaverei bedeuten. Nachdem unsere Mutter nicht mehr da war, gehörten auch Brie und ich dazu. Wir wurden nur aus unseren Verträgen befreit, weil unsere Tante mich an Mordeus verkaufte, und das wäre nie geschehen, wenn das Schicksal meiner Schwester nicht mit dem des Unseelie-Hofs verknüpft gewesen wäre. Es fällt mir schwer, mir eine Menschenwelt vorzustellen, die armen Seelen wie meiner Schwester und mir freundlicher gesinnt ist als die, die wir erlebt haben. Aber ich muss gestehen, dass mir der Gedanke gefällt.

»Den habe ich«, sagt Kendrick, den Blick ins Leere gerichtet. »Ich habe das Orakel aufgesucht, als ich zu Hause war. Jetzt habe ich Hoffnung, selbst, wenn wir das Schwert niemals finden sollten.«

Ich richte mich auf. »Ich dachte, nur die Sieben Magier von Elora dürfen das Orakel des Lichts befragen.« Die Sieben Magier herrschen mit Güte und Weisheit über meine Heimatwelt. Vor vielen Jahrhunderten, als die Fae Menschen aus Elora raubten, um sie in ihren Kriegen kämpfen zu lassen, fanden sich die Sieben Magier zusammen, um uns zu beschützen. Sie schlossen die Portale und verboten den Fae, Menschen ohne deren Einwilligung nach Faerie zu bringen.

»Das wollen sie die Menschen glauben machen, aber in Wirklichkeit entscheidet nur das Orakel, zu wem es spricht«, sagt er achselzuckend. »Das Orakel hat mir eine Person gezeigt, die diese Revolution für uns entscheiden könnte.«

Mein Magen verknotet sich. »Wen?«

»In meiner Vision, Jasalyn, Schattenprinzessin, Kind von Mab, habe ich *dich* gesehen.«

Jemand hämmert gegen die Tür. »Hale?«, brüllt Remme. »Lebst du noch, du blöder Mistkerl?«

»Mir gehts gut«, ruft er. »Bleib draußen, sonst wäschst du eine Woche lang Skylars Kleider, das schwöre ich dir!«

Ich höre weibliches Gelächter und empörtes Gemurmel, das ich nicht verstehen kann.

»Das muss ein Irrtum sein«, flüstere ich. Ich hasse es zwar, dass ich hier in Faerie festsitze, aber wie soll ich denn an einer Revolution teilnehmen? Unmöglich.

»Hast du eine eineiige Zwillingsschwester?« Kendrick steht auf und macht einen Schritt auf die Tür zu. »Dann gehe ich sie holen. Sag mir, wo ich sie finden kann, wir haben es eilig.«

Ich seufze genervt. »Sei still. Ich verstehe das einfach nicht. Warum ich? Ich will mit diesem Kampf nichts zu tun haben. In neun Monaten werde ich in der Menschenwelt genauso wenig willkommen sein, wie meine Schwester es heute schon ist. Warum sollte das Orakel mich als Schlüssel für euren Sieg nennen?« Ich denke noch einmal über seine Worte nach und schaue ihn dann mit gerunzelter Stirn an. »Du hast gesagt, ich sei eure Hoffnung, falls ihr das Schwert nicht findet. Wen soll ich für euch töten, Kendrick?«

Er hält meinem Blick stand. »Sein Name ist Erith.«

»Ist er aus Elora?«

»Ja. Und ich werde dir alles sagen, was du über ihn wissen musst, sobald du dich dazu bereit erklärt hast, uns zu helfen. Wir werden auch weiterhin nach dem Schwert suchen, weil es ein Portal öffnen kann, das uns direkt zu Erith führt, wo immer er auch sein mag. Aber selbst, wenn wir es nicht finden sollten, haben wir noch eine Chance, wenn *du* auf unserer Seite stehst. Hilf uns. Tu es für deine Heimat, Jas. Es ist deine *Bestimmung.*«

Ich nicke in Richtung Tür. »Aber deine Freunde trauen mir nicht.«

»Du wirst zwar erst in ein paar Monaten offiziell zur Fae, aber in deinen Adern fließt Unseelie-Blut. Wir wissen noch nicht, welcher Seite deine Loyalität gilt.« Er lässt sich wieder auf den Bettrand sinken. »Aber ich glaube fest daran, dass du die Menschen, die schwächer sind als du, beschützen willst. Für mich bist du nicht nur irgendeine Fae-Prinzessin. Du bist meine Freundin. Du bist mein *Slayer*, und seit mir das Orakel dein Gesicht gezeigt hat, glaube ich wieder daran, dass es noch Hoffnung gibt.«

»Du hast mich entführt, weil ich dir *Hoffnung* gebe? Für mich klingt das eher wie ein Hirngespinst. Ich weiß weder, wo dieses Schwert ist, noch, wie ich ohne das Schwert zu diesem Erith kommen soll.« Ich schüttele den Kopf. »Und ich kann nicht einfach so aus dem Palast verschwinden. Meine Schwester wird nach mir suchen. Wahrscheinlich tut sie das bereits.«

Kendrick legt den Kopf schief. »Das bezweifle ich. Nicht, wenn der Wächter vor deinem Zimmer allen, die heute vor der Tür stehen, sagt, dass du von niemandem gestört werden möchtest. Wer dich sprechen will, wird auf morgen früh vertröstet.«

Meine Kehle wird eng. Er hat Helfer im Palast. »Woher weißt du das?«

»Glaubst du, wir haben dich sofort geschnappt, als wir dich zum ersten Mal gesehen haben? Du gehörst zum Königshaus. Du bist die Prinzessin der Unseelie, die nächste Anwärterin auf den Schattenthron. Meine Leute sind nicht so dumm, dass sie dich im Wald entführen, wenn jemand an deiner Seite ist. Wir versuchen schon seit Wochen, an dich ranzukommen.«

»Sagtest du nicht, ihr hättet mich entführt, weil ich in Gefahr war?«

»Es ist uns *gelungen*, dich zu entführen, weil du dich selbst in Gefahr *begeben* hast«, sagt er achselzuckend. »Du hast es uns leicht gemacht. Zu leicht.« Seine Miene wird hart. »Was wolltest du überhaupt in diesem Sumpf? Weißt du nicht, was für Leute sich in dieser Gegend rumtreiben?«

»Ich soll dir also dankbar sein, dass du mich gefangen hältst?«

»Du solltest dankbar sein, dass du bei *uns* und nicht bei *denen* bist, das ist richtig. Wir werden dir nichts tun und dich auch nicht dazu benutzen, dem Reich deiner Schwester zu schaden. Das kann ich von den anderen, die dich heute gern in die Finger bekommen hätten, nicht behaupten.«

»Und was passiert morgen? Ich kann mich nicht ewig in meinem Zimmer einschließen. Morgen werden sie merken, dass ich nicht da bin.«

»Überlass das uns.« Er geht zum Tisch und füllt seinen Becher aus dem dampfenden Krug.

Die Tür bebt, als wieder jemand dagegenhämmert. »Sollen wir heute Nacht hier draußen schlafen, Hale?«

Kendrick ignoriert Remme. »Was willst du noch wissen?«

»Kann ich eine Nacht drüber schlafen?«, frage ich. Im Geist plane ich bereits meine Flucht. Ohne meinen Ring will ich eigentlich nicht von hier verschwinden, aber da ich meinen Umhang nirgendwo sehe, bleibt mir vielleicht keine andere Wahl.

Kendrick kommt auf mich zu und geht vor mir in die Hocke, bis wir auf Augenhöhe sind. »Schlaf ruhig. Aber das wird nichts ändern. Ich brauche dich, Jas.«

Ich hätte niemals gedacht, dass ausgerechnet Kendrick mich verraten würde. Früher hat er mir dabei geholfen, meine Flucht vor Mordeus zu planen, und jetzt plane ich meine Flucht vor ihm.

Sobald alle schlafen, rufe ich meinen Kobold.

KAPITEL 5

JASALYN

»Starr ruhig weiter die Tür an, aber das wird dich nicht auf die andere Seite befördern«, sagt Remme am nächsten Morgen. Ich starre stattdessen ihn an, doch er schmunzelt bloß und reicht mir einen Kaffee. »Du würdest dich vielleicht nicht ganz so elend fühlen, wenn du gestern Nacht nicht so entschlossen gewesen wärst, abzuhauen.«

Ich reiße ihm die Tasse aus der Hand. »Keine Ahnung, wovon du redest«, murmele ich in meinen Kaffee.

»Na sicher doch. Ich habe genau gesehen, wie du mich und Natan beobachtet hast. Was hattest du denn vor? Zu Fuß zum Palast zurückrennen? Oder eins unserer Pferde klauen?« Er nimmt einen großen Schluck aus seiner Tasse. »Weißt du überhaupt, wo wir sind? Hättest du gewusst, in welche Richtung du gehen musst?«

Ich hätte keine Ahnung gehabt, aber deshalb wollte ich ja auch mein Armband einsetzen und meinen Kobold rufen. Aber Koboldarmbänder sind nur für ihre Besitzer sichtbar, und ich habe nicht vor, den einzigen Trumpf preiszugeben, den ich in diesem ganzen Schlamassel noch im Ärmel habe.

Nicht, dass er mir etwas genutzt hätte. Es war immer jemand wach. Ich stand dauerhaft unter Beobachtung. Kendrick weiß besser, wie man auf eine Gefangene aufpasst, als ich mir je hätte träumen lassen.

Der starke Kaffee schmeckt himmlisch. Brie sagt, ich trinke zu viel von dem Zeug, aber aromatischer schwarzer Kaffee gehört zu den wenigen Dingen, die mich überhaupt dazu bringen können, morgens aufzustehen. Zum Glück besteht diese Gruppe nicht aus Teetrinkern. »Wo sind Kendrick und Natan?«

»Die mussten sich heute Morgen mit jemandem treffen«, sagt Remme. »Sie sind bald wieder da.«

Ich betrachte die vier Rucksäcke, die bei der Tür liegen. Gestern Abend waren sie noch nicht dort.

»Geht ihr irgendwohin?«

»Wir sind immer auf dem Sprung, Prinzessin. Wir haben nicht vor, in dieser gottverlassenen Welt sesshaft zu werden.«

Ich verdrehe die Augen. »Und *wo* geht ihr hin?«

»Nach Feegus Keep. Das ist zu Pferd ein paar Tagesreisen von hier entfernt. Die restlichen Gefolgsleute von Mordeus haben dort ihr Hauptquartier.«

»Glaubst du, Mordeus ist auch dort?«

»Der tote König?« Remme schnaubt. »Unwahrscheinlich.«

»Und das Schwert?«

»Wenn wir Glück haben.« Er trinkt noch einen Schluck Kaffee. »Wir suchen nach Safeegis, Mordeus' Sohn. Falls er dort ist, werden wir auch Mordeus' wertvollste Kriegsbeute dort finden.«

Ich war so versessen darauf, Kendrick und seinen Freunden zu entkommen, dass ich gar nicht daran gedacht habe, welche Vorteile es mit sich bringen könnte, bei ihnen zu bleiben. Wenn ich in den Palast zurückkehre, wird meine Schwester mich an Mishas

Hof schicken. Von dort aus wäre es selbst mit meinem Ring viel schwieriger für mich, die restlichen Wachen aus dem Kerker aufzuspüren, und ohne den Ring wäre es völlig unmöglich. Wenn ich bei Kendrick und den anderen bleibe, während sie nach ihrem tollen Schwert suchen, würde mich das direkt zu den Verstecken meiner Feinde führen.

Habe ich den Mut, sie auch ohne die Bezaubernde Lady auszuschalten?

Die Hüttentür öffnet sich und Kendrick schlendert herein. Der Raum wirkt mit einem Mal kleiner – vielleicht wird auch bloß alles außer ihm unwichtig.

Wie konnte ich vergessen, wie groß und eindrucksvoll er ist? Wie durchdringend seine Augen blicken?

Er mustert mich abschätzend. »Guten Morgen, Prinzessin. Ich würde ja gerne sagen, dass du gut erholt aussiehst, aber das tust du nicht.«

»Sind das die Komplimente, mit denen du mich dazu bringen willst, deinen Schurken aus Elora zu töten?«

»Hör nicht auf ihn«, ertönt eine weibliche Stimme hinter Kendrick. »Der Kerl hat den Charme einer Mülltonne.«

Eine Frau späht hinter seinem Rücken hervor. Sie ist so klein wie ich, aber anders als bei mir würde niemals jemand auf die Idee kommen, sie für schwach oder zerbrechlich zu halten. Sie sieht aus wie eine Kriegerin. Das liegt nicht nur an ihrem Erscheinungsbild – weder an dem Schwert, das sie auf dem Rücken trägt, noch an den Messern in ihrem Hüftgurt. Und auch nicht an den Tattoos, die ihre elfenbeinfarbene Haut bedecken, oder an ihren kurz geschorenen hellbraunen Haaren. Nein, diese Frau strahlt pure Wildheit aus. Es ist der Ausdruck in ihren Augen und die Art, wie sie instinktiv die Fäuste ballt und mit ihren Blicken den

Raum absucht, so als warte sie nur darauf, dass jeden Moment ein Angreifer aus einer dunklen Ecke auf sie einstürmt.

Und über ihren Rücken wallt …

»Das ist mein Umhang.« Ich springe vom Bett. »Und das sind meine *Stiefel.*«

Sie grinst. »Wir haben dieselbe Größe.«

Kendrick seufzt schwer. »Zieh die Sachen aus, Skylar.«

»Was denn? Ich wollte wissen, wie es sich in den Schuhen einer Prinzessin läuft.« Sie zwinkert mir zu, löst aber den Umhang und lässt ihn zu Boden gleiten. Ich muss mich zwingen, an Ort und Stelle zu bleiben. Wenn ich zu hektisch nach meinem Ring suche, werden sie begreifen, dass ich den Umhang lieber nicht bekommen sollte.

Er muss noch da sein. Ich habe die Tasche so gut verborgen, dass sie sie bestimmt nicht gefunden hat.

Wenn ich den Umhang habe, dann habe ich auch meinen Ring.

»Und meine Stiefel?«, sage ich. Die sind mir eigentlich ziemlich egal, aber barfuß gehen ist auch nicht ideal.

»Freut mich auch, dich kennenzulernen«, sagt sie. Sie löst nacheinander die Schnürsenkel beider Stiefel und lässt sie zu Boden poltern. Dann zwinkert sie mir erneut zu und schenkt sich aus der Kanne beim Feuer Kaffee ein.

»Was hast du im Palast herausgefunden?«, fragt Remme.

»Im Inneren herrscht das totale Chaos«, sagt Skylar. »Alle streiten untereinander und geben sich gegenseitig die Schuld an der Misere.«

Mein Magen krampft sich zusammen, als ich mir vorstelle, wie es meiner Schwester heute Morgen ergehen muss. Ich habe mir geschworen, dass sie mich nie wieder retten muss, und jetzt glaubt sie, ich sei verschwunden.

»Nach außen hin lassen sie sich nichts anmerken«, fährt Skylar fort. »Sie wollen nicht, dass jemand von ihrem Verschwinden erfährt. Ich verstehe das nicht. Warum schlagen sie nicht Alarm und lassen das ganze Reich nach ihr suchen?«

»Weil sie nicht glauben, dass sie entführt worden ist«, sagt Kendrick mit einem Seitenblick auf mich. »Sie glauben, dass Jas mit ihrem heimlichen Liebhaber durchgebrannt ist.«

»Meinem *was*?«, quieke ich.

»Gute Güte, bist du prüde«, sagt Skylar und legt die Hände um ihre Tasse. »Wartest du auf deinen Märchenprinzen und die wahre Liebe?«

Ich hatte noch nie einen Freund, und die einzigen Fae, die ich jemals geküsst habe, sind danach tot umgefallen. Die Vorstellung, dass ausgerechnet ich einen heimlichen Liebhaber haben soll, ist mehr als lächerlich. »Warum im Namen der Götter sollte meine Schwester das glauben?«

»Das ist eine lange Geschichte«, sagt Kendrick. »Aber sie hat uns etwas Zeit verschafft.«

»Ich bin ganz Ohr.«

Kendrick und Natan wechseln einen Blick, bevor Natan nickt, zur Tür geht und den anderen bedeutet, ihm zu folgen.

Skylar stöhnt auf. »Ich bin gerade erst von einer Erkundungstour zurückgekommen«, grummelt sie. Sie dreht sich zu meinen Stiefeln um, aber ich reiße sie und meinen Umhang an mich, bevor sie danach greifen kann. »Ich wollte deine sowieso nicht«, sagt sie, wendet sich ab und holt ein Paar Stiefel aus einem der Rucksäcke.

Als die anderen gegangen sind und die Tür hinter ihnen ins Schloss gefallen ist, drücke ich meinen Umhang an mich und setze mich wieder aufs Bett. Ich fahre mit meinen Fingern so lange über das Material, bis ich den Ring unter den Stoffschichten ertasten kann. Erleichtert atme ich auf.

Kendrick holt sich einen Stuhl und stellt ihn vor mich. Dann setzt er sich, beugt sich vor und stützt die Ellbogen auf den Oberschenkeln ab. »Wir haben ein paar Dinge in dein Zimmer geschmuggelt«, sagt er. »Es brauchte nicht viel. Ein Schmuckstück, ein paar getrocknete Rosenblätter, ein Liebesbrief – alles relativ leicht zu finden.«

Ich schüttele den Kopf. »Das wird meine Schwester nicht davon abhalten, nach mir zu suchen.«

»Deshalb müssen wir jemanden in den Palast schicken, der deinen Platz einnimmt.«

»Das würde niemals funktionieren. Meine Schwester wird das sofort durchschauen.«

»Aber deine Schwester hat doch vor, dich ins Land der Wilden Fae zu schicken, richtig?«

»Woher weißt du das?«

»Wir haben Informanten im Palast«, sagt er achselzuckend.

»Die Gestalt einer Person anzunehmen ist das eine, aber sich tatsächlich überzeugend in sie zu verwandeln ist eine ganz andere Geschichte.« Allerdings habe ich alle so aggressiv auf Distanz gehalten, dass Misha mich vielleicht wirklich kaum kennt.

Kennt mich eigentlich *irgendjemand* noch? Mein wahres Ich? So, wie ich tief in meinem Inneren bin? Zerbrochen und von grotesken Narben entstellt?

»Felicity ist die Beste auf ihrem Gebiet«, sagt Kendrick. Seine Stimme klingt jetzt sanfter, als könne er den Schmerz in meinen Augen sehen. »Ich kenne sie schon sehr lange. Sie hat sich dazu bereit erklärt, deine Gestalt anzunehmen und als du in den Palast zurückzukehren. Sie wird deinen Platz einnehmen, damit deine

Schwester sich keine Sorgen um dich macht und wir nach dem Schwert suchen können, ohne dass die Königin das ganze Reich auf den Kopf stellt.«

Meine Kehle ist so eng zugeschnürt, dass ich kaum sprechen kann. »Und du vertraust ihr? So nahe wie ich kommt der Königin niemand sonst. Sie könnte die Situation zu ihrem Vorteil ausnutzen und …«

»Ich vertraue ihr von ganzem Herzen«, sagt er sehr ernst. »Und sie würde dich gerne treffen, bevor sie in den Palast geht. Sie hat ein paar Fragen an dich, und ich glaube, du würdest dich auch besser fühlen, wenn du sie kennengelernt hast.«

Ich beiße mir auf die Unterlippe und schaue nachdenklich ins Feuer. Das Flackern und Knistern beruhigt mich.

Mir gefällt das alles nicht, aber ich kann nicht in den Palast zurückkehren und mich zu Misha schicken lassen wie ein Kind, das eine Nanny braucht. Natürlich könnte ich meine Tage bei den Wilden Fae verbringen und mithilfe meines Rings und meines Koboldarmbands auch weiterhin jede Nacht ins Reich der Schatten zurückkehren. Theoretisch könnte ich Kendricks Bitte einfach ablehnen und auf eigene Faust nach Mordeus suchen, aber dafür sind meine Kenntnisse des Unseelie-Reiches zu begrenzt. Mir gehen allmählich die Orte aus, an denen ich suchen kann, und ich habe immer noch eine lange Liste mit Fae vor mir, die ich gerne der Bezaubernden Lady vorstellen würde. Vielleicht wäre es einfacher, bei Kendrick zu bleiben und mir sein Wissen zunutze zu machen.

»Wie sieht es aus, Prinzessin?« Er schaut mich fragend an. »Bist du dabei?«

»Und du bist dir wirklich sicher, dass ich diesen Erith töten kann?«

Er schließt mich in die Arme, hebt mich vom Bettrand hoch und wirbelt mich lachend umher. Als er mich so weit hinunterlässt, dass meine Füße wieder den Boden berühren, grinst er so strahlend, dass ich seine Grübchen unter dem Dreitagebart auf seinen Wangen erkennen kann. Wir sind uns immer noch so nahe, dass ich seinen Atem spüren kann. Sein Körper ist stark und warm, und anstatt mich seiner Berührung zu entziehen, lehne ich mich tiefer in sie hinein. Sehne mich nach mehr. Seine eisblauen Augen erforschen mein Gesicht, und ich muss mich mit aller Kraft davon abhalten, die Hand auszustrecken und ihn zu berühren.

»Bei den Göttern, ich könnte dich küssen«, murmelt er kopfschüttelnd.

Ich erstarre. »Du darfst mich nicht küssen.« Ich weiche zurück und er lässt die Hände sinken. »Versprich mir, dass du mich nicht küssen wirst.«

Er verzieht gequält das Gesicht. »Das war nicht wörtlich gemeint. Ich würde dich natürlich nicht –« Er scheint die Angst auf meinem Gesicht zu erkennen. »Das verspreche ich dir. Ich meinte nur, dass du die Heldin von Elora sein wirst.«

Ich muss schwer schlucken. »Ich kann nicht glauben, dass du wirklich hier bist«, höre ich mich sagen. Die erstaunte Verwunderung in meiner Stimme ist unter diesen Umständen mehr als unangebracht. Ich sollte Abstand zwischen uns bringen. Ich lasse sonst niemanden so nah an mich heran. Aber ich schaffe es nicht. Denn wenn es einen Menschen gibt, nach dessen Nähe ich mich in den vergangenen drei Jahren gesehnt habe und der verstehen könnte, wie unwiderruflich mich die Wochen in Mordeus' Gewalt zerstört haben, dann ist das Kendrick.

Als er lächelt, bilden sich kleine Fältchen um seine Augen. »Hast du dir Sorgen um mich gemacht?«

»Ich habe nie daran gezweifelt, dass du es nach Hause schaffst. Ich hätte nur nicht gedacht, dass ich dich jemals wiedersehe.«

Er greift nach einer losen Haarsträhne, die mir über die Schulter fällt, und zwirbelt sie zwischen zwei Fingern. »Ich habe auch nicht damit gerechnet, dich wiederzusehen.«

»Warum nicht? Für dich wäre es viel leichter gewesen, mich zu finden, als umgekehrt.« Schon wieder habe ich zu viel gesagt und würde meine Worte am liebsten wieder zurücknehmen.

Er atmet hörbar aus. »Aus welchem Grund hätte ich die Schattenprinzessin, Kind von Mab, belästigen sollen?«

Bei seinen Worten wird das Blut in meinen Adern zu Eis und ich weiche einen Schritt zurück. Er lässt mein Haar los und ich sehe einen Ausdruck in seinen Augen aufflackern, den ich nicht genau einordnen kann.

Enttäuschung? »Ich kann nichts für meine Vorfahren oder die Tatsache, dass meine Schwester die Krone akzeptiert hat«, sage ich. »Niemand hat mich gefragt, ob ich Prinzessin werden will.«

Er schüttelt bedächtig den Kopf. »Keiner von uns kann sich die Bürden aussuchen, die uns auferlegt werden. Wir können nur entscheiden, wie wir sie tragen.«

Die Hüttentür öffnet sich mit einem Knarzen und Remme streckt den Kopf herein. »Sollen wir hier draußen schon mal die Pferde satteln?«

»Noch nicht.« Kendrick winkt die anderen herein. »Jasalyn hat sich bereit erklärt, mit uns zusammenzuarbeiten.«

»Wirklich? Einfach so?«, fragt Remme skeptisch.

»Was soll das denn heißen?«

»Das heißt, er kann nicht ganz glauben, dass eine verwöhnte Fae-Prinzessin tatsächlich vorhat, sich für die Sache eloranischer Rebellen einzusetzen«, erwidert Skylar.

Wow. So viel zu weiblicher Solidarität. »Ich bin keine Fae und komme ebenfalls aus Elora, falls du das vergessen hast.«

Sie schnaubt verächtlich. »Ich bin sicher, dass du in den letzten drei Jahren sehr oft an dein Zuhause gedacht hast, während man dich in diesem Palast verwöhnt hat.«

Ich mache einen Schritt auf sie zu. »Du hast keine Ahnung von mir und meinem Leben.«

»Und *du* hast keine Ahnung, wie unser Leben in Elora ausgesehen hat.«

»Genug jetzt«, sagt Kendrick und hält abwehrend einen Arm zwischen uns. »Wir alle haben eine Geschichte zu erzählen, und wir werden die richtige Zeit dafür finden. Aber die ist nicht jetzt.«

»Wie lautet dein Plan, Hale?«, fragt Natan.

Kendrick schaut zum Fenster und kneift die Augen zusammen.

»Felicity müsste inzwischen wach sein. Bring sie bitte sofort hierher. Ich will, dass sie im Palast ist, bevor es dunkel wird.«

»Bist du sicher, dass sie diese Nummer überzeugend durchziehen kann?«, frage ich.

»Ganz sicher.« Skylar stellt sich neben mich und wuschelt mir durch die Haare. Ich versuche, sie abzuwehren, aber bevor ich den Kopf wegdrehen kann, hat sie mir schon im Nacken eine Haarsträhne abgeschnitten.

»Hey!« Ich greife nach dem Haar, so als könnte ich es ungeschehen machen.

»Entspann dich.« Sie bindet die Strähne mit einer Lederschnur zusammen und grinst mich an. »Passt zu der anderen Stelle, die du bereits geschoren hast. Für dein nettes Koboldarmband, richtig?«

Mein Blick zuckt unwillkürlich zu dem Handgelenk, an dem ich mein Koboldarmband trage. Das Armband, das eigentlich nur für mich sichtbar sein sollte.

Skylar kichert. »Hab ich es mir doch gedacht.«

Ich bin auf sie reingefallen, aber ich sage betont gelassen: »Wäre doch dumm, mir das entgehen zu lassen.«

»Sei vorsichtig, wenn du dein Haar weggibst«, sagt sie und steckt die Haarsträhne in einen seidenen Beutel. »Man kann nie wissen, was damit angestellt wird.«

»Und was hast *du* damit vor?«, frage ich.

»Einen Trank brauen, der dein Blut dazu bringt, dich von innen heraus aufzufressen, falls du uns verrätst.«

»Skylar.« Kendrick murmelt irgendetwas von Engelsgeduld in seinen Bart und schüttelt dann den Kopf. »Danach brechen wir wie geplant in Richtung Süden auf.«

»Perfekt«, sagt Skylar und schlägt sich auf die Oberschenkel. »Lasst uns gleich heute Nacht aufbrechen. Wenn wir im Dunkeln reisen, erspart uns das eine Menge Ärger.«

Natan wirft ihr einen Blick zu. »Das ist keine gute Idee, Sky.«

»Wieso nicht?«

»Bist du dir so sicher, dass wir gegen das, was den Fae überall im Land das Leben aussaugt, immun sind, dass du riskieren willst, nachts kreuz und quer durch das Königreich zu reiten?«

Grinsend zeigt sie die Zähne. »Solls doch kommen, das Monster.«

»Natan hat recht«, sagt Kendrick. »Wir können nicht riskieren, nachts zu reisen. Wir brechen morgen früh auf.« Er öffnet den Schrank und holt eine Tasche mit Vorräten heraus. Lange, knusprige Baguettes und Äpfel. Ich betrachte das Spiel der Muskeln in seinen Unterarmen, als er das Brot schneidet.

»Und dann müssen wir noch entscheiden, wer mit dem Mädchen hierbleibt«, sagt Remme.

»Ich nicht«, sagt Skylar schnell.

»Was?« Ich löse den Blick von Kendricks Armen und schaue Remme an. »Wenn ich das Schwert benutzen soll, kann ich nicht hierbleiben.«

»Wenn wir recht haben und es in Feegus Keep versteckt ist, kommen wir dich holen«, sagt Remme.

So war das nicht ausgemacht.

Mein Herz beginnt zu rasen und die Wände der Hütte scheinen auf mich einzustürzen. »Ich lasse mich nicht hier gefangen halten.«

Kendrick schüttelt den Kopf. »Sie kommt mit uns«, sagt er, ohne mich anzusehen.

»Einen Teufel wird sie tun«, faucht Skylar.

»Komm schon«, sagt Remme. »Auch wenn sie gesagt hat, dass sie uns hilft, macht sie das noch lange nicht zu einem Teil des Teams. Sie bleibt hier, bis wir sie brauchen.«

»Ich werde nicht hierbleiben«, zische ich unwillkürlich. Niemals. *Das kann ich nicht.* »Ich habe mich aus freien Stücken dazu entschieden, mit euch zusammenzuarbeiten. *Nicht*, weil ihr mich entführt habt. Das will ich hier ein für alle Mal klarstellen.« Die Vorstellung, in dieser winzigen Hütte eingesperrt zu sein … Mein Atem geht schneller, mein Magen verkrampft sich und –

Kendrick legt mir eine Hand auf die Schulter. Ich habe nicht einmal bemerkt, dass er näher gekommen ist. Er hält meinen Blick fest und murmelt: »Ganz ruhig, Slayer.« Dann, zu den anderen: »Jasalyn kommt mit uns.«

Mein Herzschlag beruhigt sich.

»Das ist total leichtsinnig, Kendrick«, schimpft Skylar.

»Wir sind keine Gefängniswärter«, sagt Natan leise.

Ich blicke immer noch Kendrick an und lasse mich von dem Ausdruck in diesen blauen Augen beruhigen.

»Schließ die Augen, Slayer. Morgen geht wieder die Sonne auf.«

Remme schnaubt. »Wir sollen also mit der *Prinzessin* im Schlepptau kreuz und quer durchs Königreich rennen. Klar, das ist ja auch gar nicht auffällig. Diskretion, dein Name ist Kendrick!«

Kendrick ignoriert ihn und wendet sich an Natan. »Kannst du sie mit einem Verhüllungszauber belegen?«

Er nickt knapp. »Natürlich. Aber wir sollten es nicht dabei belassen. Falls wir jemandem begegnen, der mächtig genug ist, um die Verhüllung zu durchschauen.«

»Gibt es *überhaupt* Fae, die deine Magie nicht durchschauen können?«, frage ich. Meines Wissens können menschliche Magier zwar mithilfe von Tränken Verhüllungszauber wirken, aber eloranische Magie lässt sich mit Fae-Magie nicht vergleichen.

»Ganz schön frech«, murmelt Skylar.

»Ich kann die meisten täuschen«, erwidert Natan. Er wirkt nicht beleidigt. »Ich bin gut.«

Kendrick mustert mich. »Wir könnten ihr die Haare färben.«

»Oder sie kahl rasieren«, schlägt Remme vor.

»Damit deine Freundin und ich als Zwillinge durchgehen?«, frage ich.

Remme zieht eine Augenbraue hoch. »Meine Freundin? Skylar?«

Natan senkt den Kopf und schmunzelt.

»So weit kommts noch«, murmelt Skylar und schaut mich dann abschätzig an. »Damit würde sie total idiotisch aussehen und niemals durchkommen. Und außerdem hat sie doch besonderes Blut, oder? Kind von Mab und so? Ich wette, die können sie schon meilenweit riechen.«

Ich sehe sie herausfordernd an. »Bist du immer so charmant oder nur dann, wenn du neue Freundschaften schließen willst?«

Kendrick dreht sich zu mir um und sagt amüsiert: »Ach, ich weiß nicht, Slayer. Skylar bringt eine Seite an dir zum Vorschein, die eine Menge Spaß macht.«

Natan seufzt und tippt sich nachdenklich mit dem Zeigefinger an die Lippen. »Eigentlich weiß niemand genau, wie sie aussieht«, sagt er. »Die Königin hat verhindert, dass Porträts von ihr an die Öffentlichkeit gelangen, also basieren die Beschreibungen ihres Aussehens größtenteils auf Vermutungen und Gerüchten.«

»Wir konzentrieren uns einfach auf ihre Erkennungsmerkmale und wandeln sie ins Gegenteil um«, sagt Kendrick. »Machen wir es nicht zu kompliziert. Der gesamte Hof wird davon ausgehen, dass sie bei König Misha auf Castle Craige ist, also wird auch niemand nach ihr Ausschau halten.«

»Woran denkt man als Erstes, wenn es um die Schattenprinzessin geht?«, fragt Natan.

»An eine stille, brave Jungfrau«, sagt Skylar. Sie spuckt die Worte wie Beleidigungen aus.

Ich drehe mich zu Kendrick um. »Vielleicht könnte ich eine Perücke tragen und mir etwas unter die Tunika stopfen, damit es so aussieht, als wäre ich schwanger.«

»Aber wir reisen als Fae«, sagt Natan. »Und eine schwangere Fae ist immer etwas Besonderes. Damit würden wir viel zu viel Aufmerksamkeit erregen.«

»Niemand wird versuchen, einen Verhüllungszauber zu entdecken, wenn wir keinen Verdacht erregen«, sagt Kendrick. »Machen wir es nicht zu kompliziert.«

Skylar kichert und zieht damit alle Blicke auf sich. »Überlasst das mir.«

KAPITEL 6

FELICITY

Im Verlies ist es dunkel. Immer so dunkel. Und heute wird die Dunkelheit ausnahmsweise von Stille begleitet. Für gewöhnlich dringen schreckliche Geräusche aus den anderen Zellen herein – das Geheul der Frau, der ihr Kind aus den Armen gerissen wurde, das wahnsinnige Gebrüll des Fae am Ende des Ganges, der seinen Wächtern den Tod androhte und dann schrie und schrie, als sie ihm die Hände abhackten.

In gewisser Hinsicht ist die Stille schlimmer als der Lärm. Die Schreie der anderen Gefangenen erinnern sie zumindest daran, dass sie nicht allein ist. Aber wenn es still wird, füllt nur noch das Rauschen des Nichts ihre Ohren, ihren Geist, ihren ganzen Körper. In dieser Dunkelheit, die so durchdringend ist, dass sie die Hand vor Augen nicht sieht, fragt sie sich, ob sie gänzlich aufgehört hat, zu existieren. Ob dies schon das Nichts ist, das danach *kommt.*

Als sie hier ankam, weinte sie stundenlang. Oder waren es Tage? Zeit ist an diesem gottverlassenen Ort nicht von Bedeutung. Sie weinte, bis ihre Augen brannten wie weiß glühende Kohlen inmitten eines Feuers, schluchzte, bis ihr vor Anstrengung die Brust schmerzte.

Heute Nacht vergießt sie keine Tränen mehr, und als der Wächter sie aus ihrer Zelle zerrt und vor den silberäugigen König bringt, schluchzt sie nicht. Als er ihr die Handfläche aufschlitzt, sie an seine Lippen presst und ihr Blut trinkt, ruft sie nicht nach ihrer toten Mutter. Als er ihr verrät, dass er zu den Fae gehört, die das Blut ihrer Gefangenen trinken, um ihre tiefsten Geheimnisse zu erfahren, schreit sie nicht angstvoll auf.

Heute wünscht sie sich nur den Tod.

Und als er ihr die Pulsadern öffnet und sie stumm zusieht, wie er einen Kelch mit ihrem Blut füllt, hofft sie, dass er nicht allzu lange auf sich warten lässt.

***

Mir schwillt vor Freude das Herz in der Brust, als ich meine alten Freunde vor der kleinen Hütte stehen sehe. Es ist zwar nicht dasselbe, wie nach Hause zu kommen, aber so nahe bin ich meiner Heimat seit Jahren nicht mehr gewesen.

Ich war schon seit Stunden wach, als Natan endlich vor meiner Tür stand, um mich zu Hale zurückzubringen. Die Angst, die mich zuvor bei dem Gedanken befallen hatte, als die Prinzessin in die Öffentlichkeit zu gehen, legt sich, als wir auf die anderen treffen. Jetzt bin ich nur noch dankbar, dass ich ein Teil ihres Vorhabens sein darf. *Ich darf daran teilhaben, Erith zu töten und Elora zu retten. Endlich.*

Hale redet gerade mit Skylar, deswegen bemerkt er meine Ankunft zunächst gar nicht, aber Remme schließt mich fest in die Arme, als ich von meinem Pferd springe.

»Am liebsten würde ich dir eine pfeffern, weil du einfach so abgehauen bist«, murmelt er in mein Haar.

»Ich weiß. Aber ich konnte nicht die sein, die ihr braucht.«

Er grunzt verständnisvoll, lässt mich dann los und knufft mich am Kinn. »Du warst noch ein halbes Kind. Sei nicht zu streng mit dir.«

Natan, Remme, Skylar und Shae waren immer Hales Leute – seine Freunde und Beschützer, die seine nervige kleine Schwester bestenfalls tolerierten –, aber irgendwann begannen sie, auch mir etwas zu bedeuten.

Ich habe sie vermisst.

Ich mustere die Gesichter um mich herum, obwohl ich bereits weiß, dass Shae nicht hier ist. Und ich bin mir auch gar nicht sicher, wie ich mit ihm umgehen würde, wenn er es wäre. Würde sein Anblick mir immer noch wehtun? Würde ich immer noch den Schmerz verspüren, den es mit sich bringt, jemanden zu lieben, der diese Gefühle nicht erwidert?

Ich schiebe diese Gedanken an jugendliche Schwärmereien beiseite, nehme meine Kapuze ab und verändere meine Körperhaltung. Prinzessin Jasalyn, die Schwester der Unseelie-Königin, Tochter Mabs, ist in beinahe jeder Hinsicht klein. Zierlich, nur gut einen Meter fünfzig groß, mit winzigen Händen, einer leisen Stimme und einer zarten Taille. Selbst die Art, wie sie sich bewegt, ist klein. Das Kinn auf die Brust gesenkt, die Augen niedergeschlagen, das Lächeln unsicher. Sie geht durch die Welt, als würde sie am liebsten verschwinden.

Remme nickt anerkennend. »Nicht übel, Kleine.«

Mein Bruder entdeckt mich aus dem Augenwinkel und stutzt.

Ich muss unwillkürlich kichern. Ich kenne diese Reaktion. Es ist die peinliche Verlegenheit eines Mannes, der jemanden sieht, der genauso aussieht wie die Person, in die er verliebt ist.

»Was ist denn so witzig?«, knurrt er.

»Ach, nichts.« Meine Lippen zucken. Jedes Mal, wenn ich die Gestalt einer anderen Person annehme, erhalte ich durch einen

Traum Zugriff auf eine ihrer Erinnerungen. Vor ungefähr einem Monat träumte ich von Hale, gefangen in der Zelle gegenüber von Jasalyn in Mordeus' Kerkern. Er beschützte sie, wenn die Wärter sie folterten und quälten. Ich kenne ihn, also hätte mich sein Verhalten nicht überrascht, wenn er mir davon erzählt hätte, aber es selbst zu sehen und in meinem Traum Jasalyns Erinnerung zu erleben war etwas vollkommen anderes.

Hale verschränkt die Arme. »Lis. Mach mir nichts vor.«

Ich schüttele den Kopf. »Es ist einfach ungewöhnlich, dass du dich von einem Mädchen von deiner Mission ablenken lässt, das ist alles.«

Er zieht erstaunt die Augenbrauen hoch. »Wirke ich abgelenkt?«

Remme kichert, dreht sich aber nicht zu uns um. Ich starre wütend auf seinen Rücken. *Feigling!*

Hales Stirnrunzeln verwandelt sich in Argwohn. »Was hast du gesehen?«

»Genug«, sage ich und streiche meinen Rock glatt.

»Sag es mir«, drängt er.

Ich schaue ihm in die Augen. »Du hast sie gerettet, als du in dieser Hölle für sie da warst.«

Er beißt die Zähne zusammen. »Und weiter?«

»Was ich damit sagen will, ist, dass du sie damals bestimmt nur beschützen wolltest und mehr nicht. Aber ich würde mein Lieblingsschwert darauf verwetten, dass deine Gefühle jetzt, wo deine Prinzessin erwachsen geworden ist, nicht mehr ganz so unschuldig sind.«

»Dabei hast du noch nicht einmal gesehen, wie er sie anschaut«, murmelt Remme.

Aber das habe ich. Ich habe es in dem Sekundenbruchteil gesehen, als sein Verstand ihm noch nicht klargemacht hatte, dass ich nicht sie bin.

»Halt dich da raus, Remme«, sagt Hale.

Skylar zieht eine Grimasse, die Arme verschränkt. »Ich weiß nicht, wieso ihr plötzlich alle den Kuppler spielen wollt. Wir wissen doch genau, dass das keine Zukunft hat.«

Die Miene meines Bruders wird ausdruckslos und er senkt den Blick. Ich bin nicht die Einzige, die mit ihrer Bestimmung hadert. Aber im Gegensatz zu mir würde Hale sich der seinen niemals entziehen. *Und genau das ist das Problem.*

»Du solltest reingehen und die Prinzessin kennenlernen«, sagt Natan, der aus den Schatten zwischen der Hütte und dem Nachbarhaus getreten ist.

»Ich bringe sie rein«, sagt Hale und bedeutet mir, ihm die Holztreppe hinauf zur Eingangstür der winzigen, strohgedeckten Hütte zu folgen.

Ich mustere seine abgerundeten Ohren und frage: »Werdet ihr als Menschen oder als Fae reisen?«

»Als Fae«, sagt er, ohne sich umzudrehen. »Das ist sicherer.«

»Die Prinzessin auch?«

Er nickt. »Ich will nicht, dass irgendjemand sie erkennt, wenn wir mit ihr durchs Land reisen.«

Daran zweifle ich nicht. Und erst jetzt begreife ich wirklich, dass es für ihn nicht nur seine *Mission* ist, die Prinzessin zu beschützen. Für ihn geht es nicht nur um seine Bestimmung und die Zukunft von Elora. Es geht um sie. Um die Beziehung, die in den Wochen, die er in Mordeus' Kerkern eingeschlossen war, zwischen ihnen entstanden ist.

Das Häuschen ist klein und schummrig und wird von einem lodernden Kaminfeuer gewärmt.

Die Prinzessin sitzt vor der Feuerstelle und starrt in die Flammen, als könne sie dort die Lösung all ihrer Probleme finden. Ich habe ihr Gesicht schon oft im Spiegel gesehen, wenn ich ihre Gestalt annahm, aber von Angesicht zu Angesicht ist es etwas anderes.

Ich weiß aus Jas' Erinnerungen, dass die Zeit ihrer Gefangenschaft sie für immer verändert hat. Sie hasst Aufmerksamkeit, und sie *hasst* die Fae, vor allem die Unseelie.

Ich werde nicht schlau aus ihr. Sie ist gleichzeitig zerbrechlich und wütend. Sie ist zart und eiskalt. Früher war sie so sanft und hoffnungsvoll, doch jetzt ist sie hart und bitter geworden.

Die *echte* Prinzessin strahlt etwas aus, das weit über die Zartheit hinausgeht, die ich in ihren Gesichtszügen imitiert habe. Es ist eine Traurigkeit – eine tief verwurzelte Melancholie, von der ich hoffe, dass ich sie niemals vollständig werde duplizieren können. Und noch etwas anderes. Etwas beinahe Ätherisches. Etwas, das nur ein Geschenk der Götter sein kann.

Prinzessin Jasalyn, die menschliche Thronfolgerin des Schattenthrons, besitzt die Ausstrahlung einer Königin.

Als Hale die Tür hinter uns schließt, richtet sie ihre Aufmerksamkeit auf uns und springt auf. »Oh. Hallo. Du siehst wirklich …«

Sie schluckt die Worte hinunter, aber als sie mich aufmerksam mustert, bemerke ich, dass ihre Augen nicht vor Schreck geweitet, sondern konzentriert zusammengekniffen sind. *Sie will, dass es funktioniert.*

»Jas«, sagt mein Bruder und führt mich ins Innere der Hütte, zu der Prinzessin am Feuer. »Das ist Felicity. Meine …« Wir wechseln einen Blick, und ich begreife, dass er mich nicht als seine Familie vorstellen wird. Wir sind zwar nicht blutsverwandt, aber es tut trotzdem weh. »Wir sind alte Freunde.«

Die Prinzessin runzelt die Stirn. »Wie kommt es, dass du in Elora eine Gestaltwandlerin der Fae kennengelernt hast?«, fragt sie verwundert.

Hale meinte, er habe ihr noch nicht alles erzählt, aber so, wie es aussieht, weiß sie so gut wie gar nichts.

»Das ist eine lange Geschichte, aber auf der Reise werde ich sicher genug Zeit haben, sie dir zu erzählen.«

»Ich bin gespannt«, sagt sie, den Blick fest auf mich gerichtet. »Könntest du uns bitte allein lassen, Kendrick?«

»Natürlich.« Er schlüpft leise zur Tür hinaus und lässt zwei Zwillingsprinzessinnen zurück, die einander im Schein des Feuers mustern.

Sie legt den Kopf schief. Ich weiß, was sie sieht. Alles an der Gestalt, die ich in diesem Moment trage, ist mit ihrer absolut identisch – zumindest mit der Version von ihr, von der das Haar stammt, das ich mir gestern Abend vor dem Einschlafen um den Finger gewickelt und an mein Herz gedrückt habe.

Sie streckt eine Hand nach mir aus, hält aber inne, bevor ihre Finger meine Haut berühren. »Darf ich?«

Ich ziehe scharf die Luft ein, halb aus Schock darüber, dass sie sich die Mühe macht, um Erlaubnis zu fragen, und halb aus Mitgefühl, weil ich weiß, warum sie das tut. Die Prinzessin verabscheut es, berührt zu werden. Das habe ich erfahren, als ich zum zweiten Mal ihre Gestalt annahm. In der Erinnerung, die sich mir damals offenbarte, saß sie mit ihrer Schwester an einem Tisch. Sie trank Tee, während die Königin redete, aber sie hörte ihr nicht richtig zu. Sie starrte in die braune Flüssigkeit in ihrer Tasse und flehte ihre Schwester wortlos an, die Hand von ihrer Schulter zu nehmen. *Wieso ertrage ich es nicht einmal, dass meine eigene Schwester mich berührt?*, fragte sie sich in diesem

Moment, und dann folgte der flüchtige Gedanke – mehr ein Gefühl als ausformulierte Worte – *Ich werde niemals wieder ganz ich selbst sein.*

Die Erinnerung war kurz, aber so voll resignierter Verzweiflung, dass ich mir bis zu diesem Augenblick nicht gestattet habe, allzu oft darüber nachzudenken.

Ich drehe meine Handfläche nach oben und nicke knapp.

Mit behutsamen Fingern schiebt Jasalyn meinen Ärmel bis zum Ellbogen hoch und legt die wulstigen, kreisförmigen Narben auf der Innenseite meines Unterarms frei.

»An den Knöcheln?«, fragt sie und nickt in Richtung Boden. »Sind auch Narben«, sage ich.

»Zeig sie mir.« Selbst ihre Befehle sind irgendwie sanft.

Ich schnüre rasch meine Stiefel auf und ziehe sie zusammen mit meinen Strümpfen aus, bis sie die Narben betrachten kann, die, wie ich weiß, ihren bis aufs Haar gleichen.

Ich räuspere mich. »Bevor Ihr fragt«, sage ich, »ich habe auch Narben an den Hüften, und ein ganzes Schachbrett auf dem Bauch.«

»Immer? Oder nur in dieser Gestalt?«

»Nur in dieser Gestalt. Stammen sie aus Eurer Zeit in Mordeus' Kerker?«

Sie schluckt, und ihr Blick wirkt gehetzt. »Ich weiß nicht, woher sie stammen.«

»Mich anzulügen macht unser Vorhaben nur schwieriger.«

Ich kann mir nicht vorstellen, welch schreckliche Dinge Mordeus und seine Spießgesellen ihr angetan haben, nur weil sie es konnten.

»Lass das.« Ihre Stimme ist scharf.

»Was meint Ihr?«

»Dieses Mitleid. Lass das. Es gibt einen Grund dafür, dass ich mich Kendrick angeschlossen habe. Ich will Mordeus finden und ihn dieses Mal persönlich töten.«

Sie tut mir so schrecklich leid, diese gebrochene Hülle eines Mädchens. *Ich werde niemals wieder ganz ich selbst sein.* »Mordeus ist tot.«

Sie richtet sich auf. »Du hast die Gerüchte also noch nicht gehört? Er soll wiederauferstanden sein.«

Ein kalter Schauer läuft mir über den Rücken, dann steigt Übelkeit in mir auf. Sollte das stimmen, wäre ich in ernsthaften Schwierigkeiten. Mordeus war derjenige, der herausfand, dass ich noch am Leben war und meinem leiblichen Vater die Wahrheit verriet. Falls er wirklich zurück ist, wird er mich erneut finden und als politisches Druckmittel benutzen. Fragen schießen mir durch den Kopf. Und Angst. Jetzt will ich unbedingt in Jasalyns Haut bleiben und in das Land der Wilden Fae flüchten, weit weg von dem grausamen König mit den Silberaugen.

»Wie?«, hauche ich.

»Was weiß ich schon von Fae und ihrer Magie?«, erwidert sie matt. »Aber anstatt die Antworten zu finden, räume ich ihn lieber aus dem Weg.«

Innerlich erzittere ich, wenn ich mir nur vorstelle, dass er noch atmet. Aber ihm nahe genug kommen, um ihn zu töten? »Woher nehmt Ihr nur diesen Mut?«, frage ich, aber was ich wirklich wissen will, ist: *Wie kommst du darauf, dass du etwas so Tapferes tun kannst, wo du doch die ganze Zeit so schreckliche Angst hast?*

Sie lächelt. »Magie.«

»Ich dachte, Ihr hättet keine.«

»Nicht meine eigene. Aber ich werde mich von der Magie anderer unterstützen lassen, wenn notwendig.«

Ich weiß nicht, was das bedeutet, und würde mich liebend gerne versichern, dass dieses Mädchen wirklich dazu imstande ist, meinen Bruder vor einem frühen Tod zu bewahren, aber ich habe das Gefühl, dass sie nur ausweichend antworten wird, wenn ich sie bedränge.

»Wie schaffst du das?«, fragt sie unvermittelt. »Ich kenne Gestaltwandler. Eine Beraterin meiner Schwester ist Gestaltwandlerin, aber das hier …« Sie mustert mich wieder, wie ein besonders interessantes Puzzle. »Du bist anders.«

»Inwiefern?«, frage ich. Ich stelle immer lieber eine Gegenfrage, statt zu lügen.

»Ich weiß es nicht genau. Du …« Sie schüttelt erstaunt den Kopf. »Vielleicht kenne ich einfach nur niemanden, der so gut darin ist wie du.«

»Vielen Dank für das Kompliment, Eure Hoheit.«

Ihre Augen blitzen auf. »Bitte, nenn mich Jas und duze mich. Für eine lange Zeit wirst *du* die einzige Prinzessin hier sein.«

Ich schaudere. Der Gedanke ist ernüchternd.

»Weißt du, wie man seinen Geist abschirmt?«, fragt sie. »Bist du darin ausgebildet?«

»Natürlich. Ich könnte diese Aufgabe nicht erfüllen, wenn es anders wäre.«

Sie reckt das Kinn vor. »Misha wird versuchen, in deinen Kopf einzudringen. Er ist derjenige, der mir beigebracht hat, wie man sich abschirmt, und er testet mich immer wieder, um sicherzugehen, dass meine Verteidigung stark genug ist. Du musst ständig auf der Hut sein und darfst dich nie vergessen.«

»Ich habe schon als sehr junges Mädchen mit dem Training begonnen«, versichere ich ihr. »Für jemanden mit meiner Gabe ist diese Fähigkeit essenziell.«

»Okay.« Sie holt tief Luft. »Ich gebe dir Zugang zur Königin. Zu meiner Schwester. Ich vertraue dir, weil Kendrick sich für dich verbürgt. Aber wenn du ihr auch nur ein Haar krümmst, werde ich dir Dinge antun, neben denen Mordeus' Foltermethoden wie ein Kindergeburtstag wirken, und du wirst dir wünschen, er hätte dich gefunden anstatt mich.«

Ich weiß, dass mich das einschüchtern soll, aber die Worte der Prinzessin steigern nur meinen Respekt vor ihr. Vor allem aber helfen sie mir, sie besser zu verstehen.

»Ich werde deine Schwester beschützen, als wäre sie meine eigene. Sie ist eine gute Königin.«

Jasalyn nickt knapp. »Dann sag mir, was du wissen musst.«

»Alles.«

***

Hale und seine Freunde stehen im Kreis und besprechen sich leise murmelnd, als ich in Jasalyns Reitkleidung aus der Hütte komme. Ich kann nicht in einem abgetragenen Kleid in den Palast zurückkehren, ohne verdächtig zu wirken, und sie war gern bereit, die Kleider mit mir zu tauschen.

Ich schließe die Tür hinter mir, verschränke die Arme vor der Brust und starre meinen Bruder grimmig an. »Ist es wahr, dass Mordeus lebt?«

Natan atmet scharf aus. »Habt ihr darüber so lange geredet?«

Hale schaut mich nur besorgt an.

»Glaubst du nicht, dass ich davon wissen sollte?«

»Wir wissen es nicht mit Sicherheit«, schnaubt Skylar. »Sollen wir dich über alle Gerüchte informieren, die gerade in Faerie die Runde machen? Du solltest mal hören, was über diese angebliche

Seuche gesagt wird. Die einen glauben, Mab räche sich damit aus dem Zwielicht heraus an den Nachkommen ihrer Feinde. Andere glauben, dass diese Feuerjuwelen, die sie alle tragen, um ihre Magie zu verstärken, auf einmal giftig geworden sind. Alles nur abergläubisches Gewäsch.«

Ich sehe meinen Bruder an. Er weiß, was für mich auf dem Spiel steht. Für Mordeus bin ich nur ein Bauernopfer. Wenn er glaubt, dass es ihm auch nur ein Quäntchen Macht zurückgeben könnte, mich meinem Vater auszuliefern, würde er es ohne Zögern tun. Hale mag mir zwar hin und wieder mit etwas Ähnlichem drohen, aber er hat zu viel geopfert, um mich am Leben zu erhalten, und ich weiß, dass seine Drohungen reiner Bluff sind.

»Für ihn bist du lebendig immer noch wertvoller als tot«, sagt Natan.

Ich presse ein Lachen heraus. »Echt? Und du meinst, das tröstet mich?« Ich stapfe auf sie zu und binde mein Pferd los. »Danke für nichts, Nate.«

»Hey.« Hale zieht an dem Zopf, zu dem ich mein – Jasalyns – Haar geflochten habe, bevor ich hierhergeritten bin, und ich drehe mich zu ihm um. »Versuch, dir darüber keine Sorgen zu machen.«

»Mordeus ist der Grund, weshalb ich mich kaum noch an mein eigenes Gesicht erinnern kann«, sage ich. »Er ist der Grund dafür, dass dein Vater – *unser* Vater – sterben musste.«

»Und sollte er wirklich zurück sein, bist du im Land der Wilden Fae in Sicherheit«, sagt Hale.

Meine Augen brennen vor ungeweinten Tränen, und mein Sichtfeld verschwimmt. »Und was ist mit dir? Soll ich mir um dich etwa auch keine Sorgen machen?«

Er zieht eine Augenbraue hoch. »Ich dachte, du hasst mich, Schwesterlein.«

Ich schniefe. »Ich will nicht, dass du in seinem Kerker verrottest. Das bedeutet noch lange nicht, dass ich dich nicht mehr hasse.«

»Götter, was für eine Gefühlsduselei«, stöhnt Skylar. »Reißt euch mal zusammen.«

Hale schließt mich in die Arme, und ich höre das Knirschen von Skys Stiefeln auf dem Kies, als sie sich diskret entfernt.

Ich erwidere die Umarmung meines Bruders, und mein Herz schmerzt bereits jetzt angesichts der Einsamkeit, die mich erneut erwartet. »Drei Jahre sind zu lang«, flüstere ich an seiner Brust.

»Das finde ich auch. Mom vermisst dich«, murmelt er. »Finde das Portal, damit wir nach Hause gehen können, okay?«

Ich richte mich auf, nicke und wische mir die Tränen ab. »Ich sollte zum Palast zurückkehren, bevor es dunkel wird.«

Hale schaut zur Tür der Hütte. »Hat sie dir alles gesagt, was du wissen musst?«

»Nicht mal annähernd«, schnaube ich. »Aber das wird schon. Es hilft, dass sie sich so abgeschottet hat.«

»Schotte dich nicht zu sehr ab«, sagt er. »Du musst das Herz eines Königs erobern.«

Ich schüttele den Kopf und besteige mein Pferd. »Ich habe gefragt. Sie sind nur gute Bekannte.«

»Dann mach mehr aus ihnen.«

Ich schaue ihn skeptisch an. »Und wenn wir die Plätze wieder tauschen? Wirst du damit klarkommen, dass die Prinzessin die neue Königin der Wilden Fae wird?«

Er geht ein paar Schritte zurück. »Mir ist alles recht, was die Prinzessin glücklich macht.«

Ich glaube, ihm ist nicht klar, was für einen Unsinn er sich da einredet. »Du weißt schon, dass sie nur mit euch zusammenarbeitet, weil sie Mordeus töten will, richtig?«

Skylar, die drei Meter von uns entfernt so tut, als würde sie ihr Pferd striegeln, lacht bellend auf. »Sie hat Angst vor ihrem eigenen Schatten. Wie sollte ausgerechnet sie es schaffen, einen wiederauferstandenen bösen König umzubringen?«

Hales Brustkorb weitet sich, als er tief Luft holt. »Ich hatte so etwas schon vermutet.« Er klopft meiner Stute auf die Hinterbacken. »Lass die Prinzessin meine Sorge sein. Du hast genug um die Ohren.«

Ich setze die Kapuze meines Umhangs auf und er runzelt die Stirn. »Das ist aber nicht ihr Umhang.«

»Den wollte sie partout nicht hergeben.«

»Dafür hast du die Stiefel bekommen«, sagt Skylar. »*Ich* durfte sie mir nicht mal ausleihen.«

»Gib endlich Ruhe damit«, murmelt Remme. Er reißt Skylar einen Seidenbeutel aus der Hand und wirft ihn mir zu.

Ich fange ihn auf. Auch ohne ihn zu öffnen, weiß ich, was darin ist. Mehr als genug Haare für viele Monate als Prinzessin.

Wenn ich Glück habe, werde ich vielleicht wieder mein eigenes Gesicht im Spiegel sehen können, wenn das alles vorbei ist.

KAPITEL 7

FELICITY

Der Mitternachtspalast ist von einer gespenstischen Schönheit, so als hätten die Unseelie-Vorfahren, die ihn vor Jahrhunderten errichtet haben, mit den Gerüchten gespielt, die ihr verfeindetes Königreich über sie verbreitet hatte. Die Unseelie seien Dunkelheit und Albträume. Herzlos und grausam. Also erbauten sie einen Palast, der mit dem dunklen Nachthimmel verschmolz und dessen Mauern aus schwarzem Quarz bei Mondschein mit den Sternen um die Wette schimmerten.

Ich hatte eigentlich erwartet, bereits auf dem Weg hierher von Spähern aufgegriffen zu werden, aber offenbar suchen sie andernorts nach der Prinzessin, denn ich errege keinerlei Aufmerksamkeit, bis ich direkt vor den Palasttoren stehe. Ich nehme die Kapuze ab und zeige den Fae, die dort stationiert sind, mein Gesicht. Jasalyn hat mir die Namen von rund einem halben Dutzend Wächter genannt, die um diese Zeit im Dienst sein könnten, und mir ihr Aussehen beschrieben. Angespannt nicke ich ihnen zu.

»Horice. Gilberd«, sage ich. »Freut mich, euch zu sehen.«

Sie reißen die Augen auf und wechseln einen Blick. »Prinzessin, was macht Ihr außerhalb des Palastgeländes?«

Prinzessin Jasalyn, das Menschenmädchen, das im Rang nur eine Stufe unter der großen Schattenkönigin selbst steht, ist verschwunden, und der Palast hat nicht einmal seine eigenen Wachposten darüber informiert.

Ich steige ab und reiche Horice die Zügel meines Pferdes. »Ich brauchte einen Tapetenwechsel.«

Er räuspert sich und sie geben mir den Weg frei. »Ja. Natürlich. Wir werden diese Stute einem Stalljungen übergeben, der sich für Euch um sie kümmern wird.«

Ich bin zum ersten Mal im Mitternachtspalast und registriere überrascht, wie atemberaubend die Parkanlagen sind. Ich folge gepflasterten Wegen durch gepflegte Gärten. Überall stehen Fackeln bereit, und ich kann mir den magischen Effekt vorstellen, wenn sie nach Einbruch der Dunkelheit entzündet werden.

Als ich den Palast erreiche, betrete ich ihn durch den Dienstboteneingang, genau wie Jas mich angewiesen hat. Die Sohlen meiner Stiefel gleiten leise über den schwarz geäderten Marmorboden, als ich tiefer in den Palast vordringe – vorbei an einer geschäftigen Küche und einer dampfenden Wäscherei.

Ich gehe einen Korridor entlang und bleibe vor dem kleinen privaten Esszimmer stehen, wo ich Jasalyn zufolge die Königin beim Abendessen mit Prinzgemahl Finnian antreffen werde. Sie sitzen dort mit einer Fae, die ich nicht kenne, deren Teint und Gesichtszüge aber dem König der Wilden Fae enorm ähneln. Den Informationen nach zu urteilen, die Jas mir gegeben hat, muss das Mishas Schwester Pretha sein, eine der Beraterinnen der Schattenkönigin und ihre engste Freundin.

Ich halte zögernd an der Tür inne, um die Anspannung im Raum wahrzunehmen.

Ich spüre die Sorge der Königin. Ihre Verzweiflung.

Sie umklammert ihre Gabel, aber der Teller vor ihr ist unberührt, und sie hat dunkle Ringe unter den Augen, als habe sie in den anderthalb Tagen, die ihre Schwester vermisst wird, keine Sekunde geschlafen.

Wenn ich nicht so verzweifelt darauf angewiesen wäre, dass Jasalyn tut, was mein Bruder ihr zutraut, wäre ich nicht hier. Dieses Risiko würde ich niemals eingehen. Rein körperlich betrachtet bin ich zwar die Prinzessin, aber ich verfüge nur über eine Handvoll ihrer Erinnerungen und die wenigen Informationen, die ich in unserer gemeinsamen Stunde heute Nachmittag erhalten habe. Ich befürchte, dass ihre Schwester mich sofort durchschauen wird.

Ich hole tief Luft. »Abriella«, sage ich leise und betrete den Raum. Ihre Gabel fällt klirrend zu Boden, und im Esszimmer bricht Chaos aus. Stühle werden knarrend vom Tisch zurückgeschoben. Prinzgemahl Finnian steht auf und Pretha drückt sich eine Hand an die Brust. Erleichterung strömt über ihre zarten Gesichtszüge.

Es wäre so verlockend, dieses Zimmer zu studieren und voller Staunen die Leute zu betrachten, die den innersten Kreis der Herrscherin bilden, aber ich konzentriere mich nur auf die Königin. Sie hat Tränen in den Augen, und ihre Unterlippe zittert. »Es tut mir leid«, flüstere ich.

Die Königin erhebt sich. »Lasst uns allein, bitte. Ich muss mit meiner Schwester reden.«

Pretha lächelt mir mitleidig zu. »Ich bin froh, dass es dir gut geht«, sagt sie, bevor sie anmutig aus dem Zimmer schwebt.

Finnian flüstert der Königin etwas ins Ohr.

Sie nickt. »Ich weiß«, haucht sie und drückt ihm die Hände.

Als er an mir vorbeigeht, schenkt er mir nicht wie Pretha ein mitleidiges Lächeln, aber er wirft mir auch keinen wütenden Blick zu, wie er es meiner Vermutung nach gerne tun würde. Stattdessen liegt sein Gesichtsausdruck irgendwo zwischen Mitleid und Wut. Ich bin dankbar dafür, dass Jasalyn beschämt den Kopf senken würde, um seinem Blick auszuweichen, denn es ist eine Erleichterung, den Boden ins Visier zu nehmen.

Während die Schritte sich immer weiter entfernen, gehe ich zu einem kleinen Sitzbereich bei den Fenstern und lasse mich auf ein Sofa sinken. Ich schaue auf die Gärten hinaus, die in der Abendsonne leuchten.

Erst als das Schluchzen der Königin die Stille durchbricht, drehe ich mich um. Sie kniet mit gesenktem Kopf vor mir.

Die Schattenkönigin liegt vor mir auf den Knien.

Innerlich zittere ich wie Espenlaub.

»Ich hätte auf dich hören sollen«, sagt sie zaghaft, obwohl ihre Ausstrahlung immer noch machtvoll ist, »aber das habe ich nicht. Es ist so furchtbar wichtig für mich, dir meine Perspektive nahezubringen, dass ich manchmal vergesse, dass ich auch deinen Blickwinkel beachten muss.«

Als sie den Kopf hebt, rollen Tränen über ihre rosigen Wangen. Ich kenne diese Fae nur aus den wenigen Erinnerungen von Jasalyn, in denen sie vorgekommen ist, aber die nackte Hoffnung in ihren Augen schneidet mir ins Herz. *Deshalb* haben so viele ihrer Untertanen die ehemals menschliche Königin so schnell ins Herz geschlossen. Die bedingungslose Liebe, die sie ihrer Schwester entgegenbringt, schenkt sie auch ihrem gesamten Reich. Ich kann nachvollziehen, dass man ihr gerne folgen möchte, und ich bin ein bisschen neidisch auf die Schatten-Fae, weil sie eine solche Regentin besitzen. Elora hat noch einen langen Weg vor sich, bis wir überhaupt darauf hoffen können, einen so ehrenhaften Anführer zu bekommen.

»Ich hatte solche Angst, dich für immer verloren zu haben«, sagt sie mit zitternder Stimme.

Ich hole mühsam Luft. Ich kann mich nur an der Geschichte entlanghangeln, die Hale und seine Freunde vorbereitet haben – ein heikles Manöver. Die Wahrheit ist, dass ich Fragen über den heimlichen Fae-Liebhaber der Prinzessin unmöglich überzeugend beantworten kann, weil die Prinzessin sich niemals einen heimlichen Fae-Liebhaber zugelegt hätte. Niemals. »Es tut mir leid. Ich war … egoistisch. Bei dem Gedanken, dass ich ihn nie wiedersehen könnte, bin ich in Panik geraten.«

»Du hast mir nicht erzählt, dass du jemanden kennengelernt hast.« Es liegt kein Vorwurf in ihrer Stimme, nur Traurigkeit.

»Ich wollte nicht, dass du das Gefühl bekommst, du müsstest mich vor ihm schützen. Er ist nicht adlig, nur der Sohn eines Bäckers.«

Sie presst die Augen zusammen. »Du hast dich in ihn verliebt«, sagt sie sachlich.

Ich begegne einen Moment lang ihrem Blick und versuche, mir vorzustellen, wie man sich als unzufriedene Prinzessin fühlt, die sich in einen Bürgerlichen verliebt hat. »Ich wollte das nicht. Es ist einfach so passiert.« Ich durchsuche die ungefähr ein Dutzend Erinnerungen der Prinzessin, die ich seit meiner ersten Verwandlung gesammelt habe. Ich muss der Königin etwas bieten, das absolut authentisch ist. Etwas, das sie davon abhält, meine Geschichte anzuzweifeln. Ich schlucke mühsam, bevor ich den Mund aufmache. Ich kenne die Prinzessin nicht, aber diese Worte laut auszusprechen fühlt sich wie ein Verrat an dem Mädchen an, das ich nur ein einziges Mal gesehen habe. »Er ist die erste Person seit dem Kerker, deren Berührung mir keine Übelkeit bereitet.«

Sie schweigt so lange, dass ich den Kopf hebe. Die Königin schaut mit vor Ärger verzerrtem Gesicht aus dem Fenster.

»Ich habe zwar durchaus vermutet, dass du Probleme mit körperlicher Zuneigung hast, aber ich wünschte, du hättest mit mir darüber gesprochen.«

»Damit du noch mehr Schuldgefühle bekommst, obwohl du nichts dafürkannst?«

Sie hebt ihre Hand so langsam und vorsichtig an meine Wange, dass mir das Herz blutet. Die Königin hat lernen müssen, dass Jas ihre Berührungen nicht willkommen sind. Ich spüre, wie sehr sie sich zurückhält. »Ich verzeihe dir«, flüstert sie. Als sie schließlich meine Wange berührt, schließe ich die Augen, achte aber darauf, mich der Berührung nicht hinzugeben, sondern nach einem Augenblick den Kopf wegzudrehen. Ich schaue wieder auf meine im Schoß gefalteten Hände.

»Es gibt Tage, da würde ich am liebsten in die Unterwelt gehen und Mab anflehen, dich schon jetzt zur Fae zu machen, damit du nicht mehr so verwundbar bist«, sagt die Königin. »Das Einzige, was mich davon abhält, ist, dass ich weiß, wie sehr du dich vor dem Tag fürchtest, an dem du zu dem wirst, was ich bereits bin.«

Ich kann ihr nicht in die Augen sehen. Ich komme mir vor, als würde ich ein intimes Gespräch belauschen. Die Königin gibt ihr Innerstes vor mir preis, weil sie glaubt, ich sei ihre Schwester, und ich hasse mich ein Stück weit dafür. Ich hasse es, dass ich sie nicht beruhigen kann. Ich würde ihr gern sagen, dass es mir nicht davor graut, zur Fae zu werden, aber ich weiß, dass Jasalyn bei dem Gedanken nichts anderes verspürt.

»So verwundbar bin ich gar nicht.« Mehr kann ich ihr nicht geben, und ich weiß, dass meine Worte den Schmerz der Königin nicht lindern werden.

Schniefend zieht sie ein Taschentuch aus ihrer Rocktasche. »Du musst nicht zu Misha gehen. Wir finden eine Möglichkeit, wie wir dich hierbehalten können, wenn es das ist, was du willst. Ich will nur –«

»Nein«, platze ich heraus. Dann schlucke ich und sammele mich wieder. Angeblich habe ich hier einen Liebhaber – den ich so ungern verlassen möchte, dass ich mich aus dem Palast geschlichen habe, nur um noch eine weitere Nacht mit ihm zu verbringen –, aber hier ist die Gefahr viel größer, dass ich entdeckt werde. Außerdem muss ich im Land der Wilden Fae nach einem magischen Gang der Türen suchen. »Bitte nicht. Ich habe nachgedacht. Du hattest recht.«

»Bist du ganz sicher?«, fragt sie.

Ich nicke. »Mein Freund … er will auch, dass ich gehe. Er sagt, er habe in einem Dorf nördlich von hier Leichen gesehen.« Ich zwinge mich, zu erschauern, als würde mir allein die Beschreibung Angst einjagen. »Er will, dass ich in Sicherheit bin.«

Die Mundwinkel der Königin heben sich, aber das Lächeln erreicht ihre Augen nicht. »Schön, dass er sich um dich sorgt. Auch wenn es mich schmerzt, dass du mir nie von ihm erzählt hast.«

Darauf will ich lieber nicht näher eingehen, also stehe ich auf. »Ich sollte jetzt packen«, sage ich und gehe in Richtung Tür.

»Darf ich ihn denn wenigstens kennenlernen?«, fragt sie meinen Rücken. »Deinen Bäckerssohn?«

Ich bleibe stehen und schaue zu Boden. »Nein.«

Auch ohne dass ich ihr Gesicht sehen kann, spüre ich an der

Energie im Raum, dass meine Antwort ihr das Herz bricht. »Warum nicht? Schämst du dich für mich?«

»Ich habe es beendet.« Ich kneife die Augen zusammen. Die Königin und alle anderen im Palast müssen meinen erfundenen Liebhaber so schnell wie möglich vergessen. Wenn ich sie nicht dazu bringen kann, die Sache ruhen zu lassen, werden sie versuchen, ihn zu finden, und das kann nur böse enden. Denn jetzt, da ich hier bin, weiß ich genau, was die Königin für ihre Schwester empfindet. Ich weiß, wozu sie fähig ist. Sie würde aus jedem dahergelaufenen Fae einen Prinzen machen, wenn Jas' Glück davon abhinge.

»Glaubst du wirklich, ich würde dir verbieten, mit dem Fae zusammen zu sein, den du liebst?«

»Es ist besser so«, sage ich. Jas bevorzugt es, knapp zu antworten. »Für uns beide.«

Als ich mich wieder zur Königin umdrehe, hat sie sich erhoben und beide Arme fest um sich geschlungen. »Bist du ganz sicher? Es ist wichtig, dass du jemanden in deinem Leben hast, dem du –«

»Ich bin sicher.« Ich deute zur Tür. »Ich packe mir eine Tasche, und dann nehme ich ein Bad und schlafe ein bisschen.«

»Jasalyn, während du fort bist …« Sie zieht eine Grimasse. »Du solltest an deinen Schwächen arbeiten, deine Kräfte suchen und –«

»Ich habe keine magischen Kräfte.« Jas hat mich gewarnt, dass dies ein wichtiges Thema im Palast ist und ich abwehrend reagieren soll, wenn es angesprochen wird.

»Sie schlummern in dir«, sagt die Königin. »Genau wie sie in mir geschlummert haben, schon bevor ich zur Fae wurde. Je früher vor deinem achtzehnten Geburtstag du lernst, sie zu nutzen, desto leichter wird es für dich sein, wenn der Tag kommt.«

Ich verziehe trotzig den Mund. »Was soll das heißen?«

»Ich will, dass du mit Misha zusammenarbeitest und herausfindest, was deine Gabe ist. Er kann dir nicht nur beibringen, dich abzuschirmen, sondern auch, tief in dein Innerstes zu blicken und die Wurzeln deiner Magie zu finden.«

Meine Magie ist den Fae dieser Welt nicht bekannt, aber wenn der König anfängt, in meinem Innersten zu bohren, um Jas – *mir* – zu beweisen, dass Magie in mir steckt, dann wird er feststellen, dass er recht hat. Selbst wenn er nicht versteht, was er dort sieht.

Das kann ich auf keinen Fall zulassen.

»Warum?«, frage ich. »Wozu die Eile?«

»Du bist die Thronfolgerin, meine Schwester.« Ich habe noch nie jemanden so traurig lächeln sehen, wenn es um das Erbe solcher Macht ging. »Mordeus *wird* versuchen, mich zu töten, und sollte es ihm gelingen, dann bist *du* die einzige Hoffnung, die den Bewohnern dieses Königreichs noch bleibt.«

KAPITEL 8

JASALYN

Das Outfit, das Skylar für mich zusammengestellt hat, ist ganz und gar nicht *jungfräulich*. Und ehrlich gesagt ist die Bezeichnung »Outfit« reine Augenwischerei. Das hier ist eher ein *Kostüm*.

»Bist du bald fertig da drin?« Skylar hämmert gegen die Badezimmertür.

»Gleich!« Peinlich berührt starre ich auf mein Spiegelbild.

Das ärmellose grüne Top, das im Nacken gebunden wird, zeigt jeden Zentimeter meines Bauches bis zu der tief geschnittenen und sehr engen braunen Lederreithose.

Mich als Skylars Zwillingsschwester auszugeben war ein Witz, mit dem ich sie ärgern wollte. Hätte ich bloß den Mund gehalten.

Ich erlaube mir zehn Sekunden akuter Verlegenheit, dann recke ich das Kinn, öffne die Badezimmertür und stelle mich dem Urteil der anderen.

Remme, der gerade an der Spüle steht und das Frühstücksgeschirr abwäscht, sieht mich als Erstes. Er hustet, als hätte er sich verschluckt, und lacht dann. »Wow. Wo hast du die Schattenprinzessin gelassen?«

Skylar wirbelt herum. Sie reißt die Augen auf, weniger überrascht als vielleicht … beeindruckt? »Warum versteckst du das alles unter dummen Kleidern und Gewändern?« Sie mustert mich eingehend, und ich zwinge mich dazu, meine Arme locker an den Seiten hängen zu lassen, obwohl ich sie mir am liebsten um den Bauch schlingen würde, um meine Narben zu verbergen. »Natan, verpass ihr überall Tattoos, wenn du sie verhüllst, und decke auf jeden Fall die Narben ab. Sonst fällt sie zu sehr auf.«

»Okay. Kann ich machen«, sagt Natan. Falls er mich anschaut, bemerke ich seine Reaktion nicht, denn jetzt liegt Kendricks Blick auf mir und wandert über meinen nackten Bauch bis zu der hautengen Lederhose. Ich bin nicht mehr das magere, unterernährte kleine Mädchen, das er in Mordeus' Verlies beschützt hat. Meine Schwester und ich haben uns jahrelang von Abfällen ernährt, und ich war so ausgemergelt und überarbeitet, dass sogar meine Monatsblutung zumeist ausblieb. Erst nachdem meine Schwester Königin wurde und ich nach Faerie umsiedelte, begann mein Körper sich zu verändern – wurde rundlicher und voller an einigen Stellen, während andere schmal blieben. Unter Kendricks forschendem Blick wird mir ganz warm, und ich merke, wie sehr ich mir wünsche, dass ihm gefällt, was er sieht.

Er schiebt die Landkarten zur Seite und kommt auf mich zu. Sein Blick wandert *von oben nach unten, vom Scheitel bis zur Sohle.* »Diese Narben hattest du im Kerker noch nicht.«

Die wohlige Wärme verebbt. Er mustert nicht *mich*. Er starrt auf die Narben an meinen Armen und auf meinem Bauch. Nicht Verlangen, sondern Wut liegt in seinem Blick.

Dummes kleines Mädchen.

Er nimmt mein Handgelenk in seine rauen Hände, dreht meine Handfläche nach oben und streicht mit dem Daumen über den Kreis aus wulstigem Narbengewebe auf der Innenseite meines Unterarms.

Seine Berührung lässt mich gegen meinen Willen erschauern.

»Wer hat das getan?«, knurrt er. »Wurdest du verwundet, als Königin Arya versucht hat, die Königreiche zu vereinen?«

»Nein.« Ich halte seinem Blick stand, bringe es aber nicht über mich, den Namen auszusprechen.

»Ihre Schwester hätte alle Wunden und Narben, die Königin Arya verursacht hat, sofort geheilt«, antwortet Natan an meiner Stelle und mustert mich. »Die hier sind anders.«

Kendrick starrt mich nur mit zusammengebissenen Zähnen an.

»Alles klar, Kendrick?«, fragt Skylar. »Hat das bisschen Haut ausgereicht, um dir die Sprache zu verschlagen?«

Ich löse den Blick von Kendricks, um Skylar anzuschauen, und sehe einen Ausdruck auf ihrem Gesicht, den ich nicht erwartet hätte. Ist das Eifersucht? Oder … *Kummer*?

Als ich wieder Kendrick ansehe, hat er seine Aufmerksamkeit zurück auf mein Handgelenk gerichtet. »Das war Mordeus«, sagt er. Ich weiß nicht, warum er es im Gegensatz zu allen anderen sofort erraten hat, zumal es überhaupt keinen Sinn ergibt. Seine Stimme ist eiskalt. »*Er* hat ihr das angetan.« Er starrt auf die Narben auf meinem Bauch. »Das alles.«

»Er und seine Wächter.«

»Du hattest nie Wunden.«

»Bis vor Kurzem hatte ich auch keine Narben«, sage ich achselzuckend, als wären sie mir gleichgültig. Als würde ich es nicht hassen, dass er mich wegen meiner zerfurchten Haut jetzt in einem anderen Licht sieht. »Er hat mich immer sofort wieder geheilt.«

Remme flucht halblaut.

»Natan«, sagt Kendrick.

Natan nickt so heftig, dass ihm beinahe die Brille von der Nase rutscht. »Ich kümmere mich darum.«

Kendrick lässt meine Hand so vorsichtig sinken, als wäre ich ein zerbrechliches Spielzeug, mit dem er nicht länger spielen will. Als er aufsieht, hat sich sein Gesicht zu einem Ausdruck verzerrt, den ich nicht recht einordnen kann. Er dreht sich abrupt um, stürmt aus der Hütte und knallt die Tür hinter sich zu.

Remme will ihm folgen, aber Natan legt ihm eine Hand auf den Arm. »Ich gehe.«

Skylar starrt stirnrunzelnd zur Tür und dreht sich dann zu mir um. »Du solltest deine Haare zu einem Pferdeschwanz hochbinden«, sagt sie dann, als wäre nichts geschehen. »Das wäre das Tüpfelchen auf dem i.«

»Aber dann sieht man die kurzen Stellen im Nacken.«

Sie hebt die Hände, als wolle sie sagen *na und?*. »Ich schneide dir einen gleichmäßigen Undercut, damit es wie eine gewollte Frisur aussieht. Der Look wird krass.«

»Warum hast du mir eigentlich Haare abgeschnitten?«, frage ich. »Braucht Felicity sie aus irgendwelchen Gründen?«

»Das war für meinen Hexentrank«, sagt sie. »Die wichtigste Zutat ist eine Handvoll Haare vom Kopf einer verwöhnten Prinzessin.«

Ich werfe ihr einen wütenden Blick zu, bohre aber nicht weiter nach. Da Kobolde sich mit Haaren und Fingernägeln bezahlen lassen, sammeln wir uns alle gern einen Vorrat zusammen, um ihre Dienste nutzen zu können.

Ich setze mich auf einen der Stühle am Feuer und sie macht sich an die Arbeit. Zuerst fasst sie die Haare an meinem Oberkopf zu einem hohen Pferdeschwanz zusammen, dann schneidet sie die Haare an den Seiten und am Hinterkopf dicht an der Kopfhaut ab. Das Zuschnappen der Schere tut mir fast körperlich weh, aber wenn ich mein Haar offen trage, wird man nicht sehen, wie sie mich zugerichtet hat. Und da ich bereits so viele Strähnen für Gommid abgeschnitten habe, hat es auch vorher nicht wirklich gut ausgesehen.

»In zehn Minuten brechen wir auf«, sagt Kendrick, als Natan und er zurück in die Hütte kommen. »Bis dahin muss sie verhüllt sein.«

Natan reicht mir ein kleines Glasfläschchen mit gelber Flüssigkeit. »Trink das. Damit wirst du aussehen wie eine tätowierte Fae, genau wie Skylar beschrieben hat.«

Ich setze das Fläschchen langsam an die Lippen, halte aber inne, als Natan die Hand hebt. »Trink es in einem Zug aus. Lecker ist es nicht.«

»Sie hat Angst«, sagt Skylar.

Sie will mich nur provozieren, das weiß ich, aber ich schaue ihr trotzdem fest in die Augen, als ich mir die Flüssigkeit in den Mund kippe. Sie landet als weicher Klumpen auf meiner Zunge, den ich schnell hinunterschlucke, bevor ich darüber nachdenken kann, wie ekelhaft der Geschmack und die Textur sind. Als ich anfange zu würgen, ist der Trank schon in meinem Magen gelandet.

»Ganz ruhig«, sagt Remme. »Atme durch die Nase. Du musst das Zeug nicht lange drinbehalten, aber du darfst es nicht erbrechen, bevor …«

»Fertig.« Natan lächelt mir zu und deutet dann zum Badezimmer. »Schau es dir an.«

Als Erstes sehe ich, was Skylar mit meinen Haaren gemacht hat. Die Frisur gefällt mir sogar. Sie passt ganz und gar nicht zum

Stil einer verängstigten kleinen Prinzessin. Es sieht *wirklich* krass aus. Und ich sehe mir selbst überhaupt nicht mehr ähnlich. Nicht nur, weil ich Skylars übertrieben freizügiges Outfit trage, sondern auch, weil dank Natans Trank meine Haut mit Tattoos bedeckt ist und meine Narben verschwunden sind. Dazu kommen noch das unmenschliche Strahlen und die spitzen Ohren der Fae.

Eiskalte Schauer laufen mir über den Rücken. *So würde ich aussehen, wenn ich meine Zukunft nicht gegen den Ring eingetauscht hätte. Dies ist das Erbe, das in meinem Blut lauert.*

Ich verlasse das Badezimmer schnell wieder, weil ich mich nicht länger als Fae sehen will. Als ich in den Hauptraum zurückkomme, haben auch die anderen ihre Tränke genommen und stehen jetzt als Fae vor mir.

»Und, was sagst du?« Skylar hievt sich einen Rucksack über die Schulter und wirft mir dann ebenfalls einen zu.

Ich grunze, als ich ihn auffange. Das Ding ist unerwartet schwer. »Ich sehe aus wie eine Fae.«

»Eine *heiße* Fae«, korrigiert Remme.

Kendrick nimmt mir den Rucksack ab und wirft ihn sich über die Schulter. »Flirten könnt ihr auch auf dem Weg. Wir müssen die Pferde beladen.«

Er geht zur Tür. Remme kichert hinter ihm. »Ich habe bloß ausgesprochen, was wir alle denken.«

Ich folge ihnen und sehe zu, wie die anderen ihre Pferde beladen. Ich habe die Hauptstadt in den vergangenen Monaten unzählige Male verlassen – manchmal mit einem Kobold, manchmal zu Fuß –, aber irgendwie fühlt es sich endgültiger an, mit dieser Gruppe aufzubrechen.

Weil du seit Jahren nie länger als ein paar Stunden von deiner Schwester getrennt warst.

Es gibt nur vier Pferde, was einleuchtet, da sie nur zu viert sind, aber meinen Vorschlag, uns ein fünftes Pferd zu besorgen, quittiert Kendrick bloß mit einem Seitenblick, einem Lachen und den Worten: »Auf keinen Fall.«

Offenbar denkt er, ich würde abhauen, sobald ich auf meinem eigenen Pferd sitze.

Von wegen keine Gefangene.

»Wie weit ist dieses Feegus Keep von hier entfernt?«, frage ich.

»Drei Tagesritte«, sagt Kendrick und zieht den Sattelgurt seiner Stute fester.

Drei Tage? Ich soll *drei volle Tage lang* mit Kendrick zusammen auf einem Pferd sitzen? »Warum lassen wir uns nicht von einem Kobold hinbringen?«

Natan schüttelt den Kopf. »Die Kobolde wissen zu viel. Wir wollen ihnen nicht noch mehr Gesprächsstoff bieten.«

Remme nickt.

Ich schaue zwischen den beiden hin und her. »Was meint ihr damit?«

»Tja, wenn wir das nur wüssten«, sagt Natan, aber er lächelt. Irgendwie mag ich ihn. Wenigstens versucht er nicht wie Skylar, mich durchgehend auf die Palme zu bringen, oder macht sich ständig über mich lustig wie Remme.

»Und wie sollen wir drei Tage lang unterwegs sein? Habt ihr nicht gesagt, wir dürfen nachts nicht draußen sein?«

Remme und Kendrick wechseln einen Blick, und Remme sagt: »Hat sie diesen Palast denn nie verlassen?«

»Dem Beschützerinstinkt ihrer Schwester nach zu urteilen, wahrscheinlich nicht«, sagt Kendrick, aber sein Tonfall klingt freundlich, als würde er Brie nicht dafür verurteilen, dass sie mich beschützen will, als würde er verstehen. Und wahrscheinlich ist er der einzige Mensch auf der Welt, der das wirklich tut.

Er wendet mir seine Aufmerksamkeit zu. »Ich weiß, dass du dich im Unseelie-Reich nicht besonders gut auskennst, aber es ist längst nicht so unzivilisiert, wie du vielleicht glaubst. Es gibt viele Gasthäuser auf der Strecke.«

Skylar mustert mich. »Reitest du oft? Nach drei Tagen im Sattel hat auch die erfahrenste Reiterin Muskelkater.«

Ich recke trotzig das Kinn. »Das wird schon gehen.«

***

Nach drei Tagen? Ich hatte schon nach drei Stunden Muskelkater. Nach acht Stunden brennt mein ganzer Körper wie Feuer. Sogar die Tatsache, dass wir das perfekte Reisewetter haben, kann mich nicht von den grässlichen Schmerzen in meinen Oberschenkeln, meiner Hüfte und meinem Rücken ablenken.

Remme und Skylar führen die Gruppe an und Natan bildet das Schlusslicht, während wir durchs Land reiten. In den Städten drosseln wir das Tempo, in ländlichen Gegenden hingegen kommen wir schneller voran. Heute Vormittag haben wir eine Pause eingelegt, und eine weitere zum Mittagessen, aber nach der kurzen Erholung wieder aufs Pferd steigen zu müssen ist beinahe noch schlimmer als das qualvolle endlose Dahintraben.

Natürlich bin ich schon mal geritten. Nachdem ich zu Brie gezogen war, begann ich sofort nach meiner Genesung, Reitunterricht zu nehmen. Daheim in Elora besitzen nur die Reichen eigene Pferde, also hatten Brie und ich kaum Erfahrung, doch meine Schwester sorgte dafür, dass sich das rasch änderte. Aber natürlich ließ sie mich nie vor einem sehr starken Mann in den

Sattel steigen, für den ich eine Menge komplizierter Gefühle hege, und ich musste auch nie stundenlang auf dem Pferderücken ausharren.

Kendrick hat die Arme um mich gelegt und hält die Zügel locker in den Händen. Ich sitze so steif und aufrecht im Sattel wie nur möglich, um jedweden Körperkontakt zwischen uns zu vermeiden, aber es nützt nichts. Jeder Schritt, jede Bewegung des Pferdes drückt uns gegeneinander.

»Prinzessin«, sagt er, den Mund dicht an mein Ohr gelegt, »wenn du dich nicht entspannst, kommst du morgen früh nicht aus dem Bett.«

»Gut«, erwidere ich trocken. »Ein Tag im Bett klingt herrlich.«

Er murmelt irgendetwas, das sich nach »Wenn du wüsstest …« anhört, bevor er mich enger an sich zieht und mich dazu drängt, mich an seiner Brust zu entspannen.

Er fühlt sich warm und kräftig in meinem Rücken an, eine lebendige Erinnerung an das Gefühl der Sicherheit, das er mir in den dunkelsten Stunden meiner Zeit im Verlies gegeben hat. Meine Muskeln scheinen erleichtert aufzuseufzen und sich zu entspannen. Andere Körperteile reagieren genau entgegengesetzt.

»Ist das besser?«, murmelt er mir ins Ohr.

Die Wärme seines Atems lässt mich wohlig erschauern. »Ja.«

Ich schwöre, dass ich sein Lächeln spüren kann. »Ich bin eigentlich ganz in Ordnung, falls du es vergessen haben solltest.«

Selbst wenn ich damals schon älter gewesen wäre, war die Zeit in Mordeus' Verlies so traumatisch für mich, dass ich Kendrick niemals unter dem Gesichtspunkt körperlicher Anziehung betrachtet hätte. Aber jetzt? Drei Jahre nach den dunkelsten Nächten meines Lebens, wo er hinter mir sitzt und seine warmen

Unterarme um meinen nackten Bauch gelegt hat, während seine Fingerspitzen gelegentlich wie zufällig über meine Seiten streichen? Jetzt hat sich das Gefühl von Sicherheit, das er mir immer noch vermittelt, mit einem wirren Knäuel anderer Emotionen vermischt, die ich lieber nicht zu genau unter die Lupe nehmen will. Remme zügelt sein Pferd neben uns und erspart es mir, etwas erwidern zu müssen.

»Es gibt verschiedene Möglichkeiten«, sagt er. »Vor uns liegt ein Dorf, in dem wir problemlos ein Abendessen und ein paar Zimmer für die Nacht finden können. Wir könnten aber auch weiterreiten und würden dann kurz vor Sonnenuntergang in Elligold ankommen, vorausgesetzt, dass wir unterwegs nicht auf Schwierigkeiten stoßen.«

»Wir sollten weiterreiten«, ruft Skylar, ohne sich umzudrehen. »Je mehr Strecke wir heute machen, desto besser.«

»Ich vermute mal, es gibt einen Grund dafür, dass du schon früher anhalten willst«, sagt Kendrick.

Remme nickt. »Elligold soll viel kleiner sein als dieses Dorf. Es könnte also gut sein, dass dort keine Zimmer für uns frei sind. Unter Mordeus' Herrschaft wurden außerdem viele der kleineren Dörfer in dieser Gegend dem Erdboden gleichgemacht. Wir könnten natürlich auch campen, falls das Dorf nicht mehr existieren sollte, aber da wir besondere Vorsicht walten lassen wollen …«

Kendrick denkt nicht lange nach. »Wir halten an. Wir haben einen langen Tag hinter uns, und ich will nicht, dass Jasalyn morgen so kaputt ist, dass sie den Ritt nicht durchsteht.«

Remme reibt sich die Schulter, als habe er Schmerzen. »Dann reite ich am besten voraus, erkunde das Gelände und suche uns eine Unterkunft.«

»Ich brauche ein Fenster in meinem Schlafzimmer«, platzt es aus mir heraus.

»In *deinem* Schlafzimmer?«, schnaubt Skylar und schaut mich verächtlich an. »Wo, glaubst du, gehen wir hin? In den Palast? Prinzessin, wir teilen uns die Zimmer, und was das Fenster angeht?« Sie zuckt gleichgültig mit den Schultern. »Musst du nehmen, was du kriegen kannst.«

»Tu dein Bestes«, sagt Kendrick zu Remme.

Remme gibt seinem Pferd die Sporen und galoppiert voraus.

»Wer bist du?« Ich drehe forschend den Kopf zur Seite und versuche, Kendrick ins Gesicht zu schauen.

Ich spüre mehr, als dass ich sehe, wie er schmunzelt. »Was ist denn das für eine Frage? Du weißt, wer ich bin.«

»Ich meine, wer du *für sie* bist. Du führst sie an. Sie lassen sich von dir herumkommandieren. Sie gehorchen deinen Befehlen, auch wenn sie anderer Meinung sind als du. Warum?«

»Jede Gruppe braucht einen Anführer, Slayer. Sonst regiert bald das Chaos.«

»Ja, aber warum du?«

»Weil ich der Einzige bin, auf den alle hören, ohne dass am Ende jemand ein Messer zwischen den Rippen stecken hat«, sagt er.

Das klingt ausweichend, aber ich lasse das Thema fallen. Wir haben auf dieser Reise noch viele Tage vor uns, und mir bleibt genügend Zeit, um herauszufinden, was es mit ihm und dieser Gruppe wirklich auf sich hat und was sie sich gegenseitig bedeuten.

Tage und *Nächte*.

»Was für eine Unterkunft wird Remme für uns finden?«, frage ich. Was die Tage angeht, bin ich flexibel – es ist mir egal, ob ich mein eigenes Pferd bekomme oder wie sehr ich meine schmerzenden Muskeln anstrengen muss –, aber die Nächte sind etwas anderes.

Kendrick schließt mich fester in die Arme. »Ich lasse dich nicht im Dunkeln allein«, flüstert er mir ins Ohr. »Versprochen.«

Und mit diesen Worten löst sich meine Angst vor der dunklen Nacht an einem fremden Ort in Luft auf.

KAPITEL 9

FELICITY

Sie hat eine Freundin.

Die Nächte sind immer noch zu dunkel und das Verlies immer noch unerträglich.

Alles tut weh. Ihre Knochen und Muskeln schmerzen von den Nächten auf diesem harten, kalten Boden. Ihr Magen schmerzt, weil sie zu wenig zu essen bekommt, und ihre Kehle brennt, weil sie zu lange geweint hat. Aber heute haben sie ein zweites Mädchen zu ihr in die Zelle geworfen – ein Menschenmädchen. Hellhaarig und zart, wie ein Engel. Genauso verängstigt wie sie.

Jas beobachtet sie von ihrer Zellenecke aus, und zum ersten Mal seit ihrer Ankunft hier fühlt sie sich … besser. Ruhiger.

Ich bin nicht mehr allein.

Das Mädchen wischt sich die Tränen ab und blinzelt zu Jas hinüber. Durch einen Fensterschlitz im Korridor fällt ein winziger Lichtstrahl in die Zelle, und sie kann feines, weißblondes Haar und hellblaue Augen ausmachen.

»Wie heißt du?«, fragt das Mädchen.

Jas blinzelt nur stumm. Sie hat seit Tagen nicht gesprochen, und ihre

Kehle ist immer noch wund von all den Stunden, in denen sie nutzlose Tränen vergossen hat.

»Ich heiße Crissa«, fährt das Mädchen fort.

Jas schluckt. »Jasalyn.« Drei Silben, nur ein raues Krächzen. Das ist nicht ihre Stimme.

»Wer bist du?«

Stirnrunzelnd wiederholt sie sich und versucht, ihre eingerostete Stimme lauter klingen zu lassen. »Jasalyn.«

Crissa lächelt. Ihre rot geweinten Augen glänzen im Licht. »Deinen Namen habe ich verstanden. Ich frage mich, wer du bist. Warum steckst du hier drin?«

Jas schüttelt den Kopf. »Ich weiß es nicht.«

»Mordeus handelt nie ohne einen Grund.«

Jas starrt auf die Fenster im Flur. Sie ist schon so lange hier, dass ihr der Tagesablauf inzwischen vertraut ist. Wenn die Sonnenstrahlen so wie jetzt ins Verlies fallen, folgt bald darauf die Abenddämmerung und danach die Dunkelheit.

In der Zelle neben ihnen schreit ein Baby. Durch die Steinmauern kann Jas die Frau nicht sehen, aber sie hat gehört, wie sie ihr Kind tröstet und die Wärter um mehr Essen und Wasser anfleht, damit ihr Körper die Milch produzieren kann, die ihr Baby braucht.

»Meine Freunde werden mich hier rausholen«, flüstert Crissa. »Wird dich auch jemand retten?«

Ihre Schwester wird kommen. Niemand ist mutiger als Brie. Aber warum braucht sie nur so lange?

Crissa krabbelt auf Händen und Knien durch die Zelle und berührt mit den Fingerspitzen Jas' Handrücken. Sie sackt vor Erleichterung in sich zusammen. Es ist so lange her, dass jemand sie mit Zuneigung berührt hat.

»Bist du verletzt?«, fragt Crissa und mustert ihr Gesicht.

Jas zögert. Ihre Haut ist frei von Wunden und ihr Gesicht weist keine Blutergüsse auf. Sogar die Stelle, wo der König ihr die Hand aufgeschlitzt hat, ist spurlos verheilt. So spurlos, dass sie sich manchmal fragt, ob das wirklich passiert ist oder nur ein Albtraum war. »Nein.«

»Du bist sehr hübsch.« Crissa streicht Jas übers Haar. »Es tut mir leid, dass du hier festsitzt.«

»Meine Schwester wird mich finden. Sie wird mich finden und nach Hause bringen.«

Sie schenkt mir ein trauriges Lächeln. »Sie wird dich retten, aber finden musst du dich selbst.«

Jas versteht nicht, was das heißen soll, und auf einmal ist sie viel zu müde, um nachzufragen. Manche Orte sind so dunkel, dass man nie wieder den Weg hinausfindet.

★★★

»Bring meine Schwester bitte nach Castle Craige, Bakken«, sagt die Königin. »Ihr Gepäck lasse ich nachschicken.«

Der Kobold schaut Abriella skeptisch an und mustert mich dann eingehend. Der persönliche Kobold der Schattenkönigin weiß, dass ich nicht die Prinzessin bin.

Sobald ich mich verwandelt habe, bin ich eine exakte Kopie meines Subjekts in dem Augenblick, in dem sie das Haar verloren hat – und ich rieche auch genauso. Nicht einmal die empfindlichste Fae-Nase wird ein Echo jemals als Betrügerin entlarven. Aber Kobolde merken es immer – was kein Problem gewesen wäre, wenn ich Jasalyns Kobold gerufen hätte, der auf ihre Bitte hin nun auch zu mir kommt. Aber die Königin hat ihren eigenen gerufen.

»Dieses Mädchen hier?«, fragt er die Königin.

Abriella runzelt die Stirn. »Ja, Bakken. Misha erwartet sie.«

Sag es ihr nicht. Lass die Sache auf sich beruhen, flehe ich die sabbernde, glotzäugige Kreatur stumm an.

»Wie Ihr wünscht, Majestät.« Er reicht mir die Hand und ich ergreife sie mit wild klopfendem Herzen, während ich ein stilles Dankgebet an den Bund zwischen Echos und Kobolden schicke, den irgendwelche längst vergessenen Vorfahren unserer Spezies miteinander geschlossen haben.

Im nächsten Augenblick sind wir nichts. Wir wirbeln und drehen uns und sind doch gleichzeitig erstarrt. Bis wir plötzlich am Fuße einer polierten Holztreppe stehen, am schönsten Ort, den ich je gesehen habe.

»Danke, Bakken«, ertönt eine raue Stimme hinter mir.

Ich wirbele herum und sehe mich einer breiten Brust gegenüber, die in eine schillernde Tunika gehüllt ist. Ich muss den Kopf in den Nacken legen, um sein Gesicht zu sehen. »König Misha.« Ich klinge atemlos. Vielleicht, weil ich es *bin*.

Ich habe den Fae mit der goldenen Haut bisher nur auf Gemälden gesehen und Geschichten über ihn gehört, aber ich hätte mich niemals darauf vorbereiten können, dass er von Angesicht zu Angesicht noch viel atemberaubender und schöner ist. Er ist nicht nur groß und breitschultrig, sondern verfügt über eine Ausstrahlung, die den ganzen Raum zu dominieren scheint. Sein schwarzes Haar ist seidig und so lang, dass ich mir vorstelle, wie es wäre, meine Finger darin zu vergraben – die Götter wissen, dass es den meisten weiblichen Fae im heiratsfähigen Alter ganz genauso geht, seit er und die Königin der Wilden Fae im vergangenen Jahr ihre Ehe aufgelöst haben.

»*König* Misha, ja?« Er legt den Kopf schief und mustert mich eingehend. Das silberne Netztattoo auf seiner Stirn leuchtet genauso intensiv wie seine leicht schrägen, kupferfarbenen Augen. Die gerade mein Innerstes erforschen. Ich spüre, wie er seine Klauen in meinen Geist schlägt und versucht, meine Schutzschilde zu durchdringen, während er mein Gesicht betrachtet. Als ich seinem Blick begegne, halte ich ihm so gut ich kann stand und verstärke meine Blockade. Was das Abwehren mentaler Angriffe angeht, habe ich mehr Erfahrung als die Prinzessin. Und mehr zu verlieren, falls ich scheitern sollte.

Ich quittiere seine Prüfung damit, dass ich trotzig das Kinn hebe.

Er lächelt knapp und nickt mir zu. »Willkommen auf Castle Craige, Prinzessin.«

»Jas«, korrigiere ich ihn, genau wie Jasalyn es tun würde. Ich weiß nicht, warum sie ihren Titel ablehnt oder ob ihr überhaupt bewusst ist, dass sie das tut, aber sie hat überaus deutlich gemacht, dass sie mit ihrem Vornamen oder, im Fall von Familie und Freunden, als *Jas* angesprochen werden will.

Misha wirkt angespannt, und ich frage mich, was er wirklich davon hält, die Unseelie-Prinzessin in seinem Schloss zu beherbergen. »Es ist höchste Zeit, dass du mein Land besuchst.«

Bakken mustert mich noch ein letztes Mal, schüttelt dann leicht den Kopf und verschwindet.

Misha deutet mit einer ausladenden Handbewegung auf unsere Umgebung, die sich gleichzeitig wie die Eingangshalle eines prächtigen Palasts und die unberührte Wildnis anfühlt. Ein Bächlein verläuft plätschernd zwischen den steinernen Bodenplatten, und das Treppengeländer besteht aus einer Formation von Zweigen und Ranken, die scheinbar nur zu diesem Zweck aus der Erde gewachsen sind.

Die Abendsonne spielt mit den bunten Blättern des herbstlichen Laubdachs, das die zum Himmel geöffnete Eingangshalle überspannt, und taucht uns in ein Muster aus Schatten und Licht.

»Was passiert, wenn im Winter die Blätter abfallen?«, frage ich, ohne nachzudenken.

»Wenn die Luft zu kühl wird, machen die Blätter der Sonne Platz, um diese Hallen zu wärmen.« Der König schaut zum Blätterdach hinauf. »Mutter Natur kümmert sich um uns, wenn wir es Ihr erlauben.«

Als er in einen Flecken Sonnenlicht schreitet, glänzt sein schwarzes Haar. Dann sieht er mich an und zieht eine Augenbraue hoch. *Du starrst ihn an.*

Schnell schaue ich zu Boden und konzentriere mich darauf, mich so klein zu machen wie möglich.

»Soll ich dir deine Gemächer zeigen?«, fragt er und zeigt auf die Treppe.

»Ja. Bitte. Danke.« Ich ziehe den Kopf ein, hebe meine Röcke an und folge ihm die Treppe hinauf.

Der Korridor am Ende der Stufen ist auf einer Seite von Türen gesäumt, bildet zur anderen aber eine Galerie über die Eingangshalle, sodass das fröhliche Murmeln des kleinen Bachs unsere Schritte begleitet, als ich dem König folge. Er öffnet eine Tür und bedeutet mir, vor ihm einzutreten.

Das Zimmer ist groß und luftig, mit hohen Decken und großen Fenstern, die den Blick über das bewaldete Tal hinter dem Schloss freigeben. An der Wand steht ein riesiges Himmelbett, und eine schmale Tür führt in ein privates Badezimmer.

Der König geht zu einem Arbeitstisch in der Ecke. »Hier findest du Musselin, Nadel und Faden, und ungefähr ein halbes Dutzend verschiedener Stoffballen. Deine Zofe kann meinen

Leuten natürlich jederzeit Bescheid geben, falls du etwas Spezielles brauchst.«

Leider erhalte ich nur die Gestalt der Personen, in die ich mich verwandele, nicht aber ihre Fähigkeiten. Ich hoffe, der König bittet mich nicht, ihm etwas zu nähen, solange ich hier bin. Ich kann zwar eine offene Naht ganz ordentlich wieder zusammenflicken, aber ich habe keine Ahnung, wie man ein komplettes Gewand entwirft, geschweige denn näht. »Das wird völlig ausreichen«, sage ich. »Zurzeit nähe ich nicht viel.«

»Das hat deine Schwester auch gesagt.« Er betrachtet mich forschend, eine Sorgenfalte zwischen den Brauen. »Gibt es einen bestimmten Grund dafür?«

Vielleicht die Tatsache, dass die Prinzessin ihre gesamte Zeit darauf verwendet, den Tod eines gewissen wiederauferstandenen Königs zu planen?

»Es interessiert mich einfach nicht mehr«, erwidere ich mit einem Achselzucken.

Misha verschränkt die Arme und wippt auf den Fußballen auf und ab. »Und was interessiert dich, Pri– Jasalyn?«

Ich zucke noch einmal mit den Schultern, weil ich glaube, dass Jas dasselbe tun würde. »Meine Schwester meinte, deine Bibliothek sei wunderschön.«

»Das ist sie wirklich. Du findest sie, wenn du die Treppe am Ende dieses Korridors hinaufgehst. Als deine Schwester hier im Schloss weilte, war das einer ihrer liebsten Orte.«

»Danke.«

»Ich reite demnächst ins Dorf.« Er schlendert zu dem Nähtisch hinüber und betrachtet ihn eingehend. Dann wirft er mir über die Schulter einen Blick zu. »Könnte ich dich dazu überreden, dich mir anzuschließen? Die Strecke ist beinahe genauso schön wie der Markt selbst. Wir könnten in einem meiner Lieblingsrestaurants im Dorf zu Abend essen.«

Das klingt fantastisch, und ich würde nur zu gerne einwilligen. Ich bin praktisch auf dem Pferderücken aufgewachsen und vermisse es schrecklich, regelmäßig auszureiten. Aber ich schüttele den Kopf und schaue zum Bett. »Ich bin recht müde und würde mich gerne zurückziehen.«

»Es ist noch früh.«

»Im Unseelie-Reich ist es schon später.« Ich gähne, um meine Worte zu unterstreichen.

Zwischen den Augenbrauen des Königs erscheint wieder diese Falte. »Vielleicht erfrischt dich ja ein kleiner Ausflug. Ich merke immer …«

»Bitte? Wir sind uns alle einig, dass ich hier am sichersten bin. Aber ich brauche ein bisschen Zeit, um mich einzugewöhnen.«

Sein Blick ist bohrend, und ich kann die Intensität seines Unmuts beinahe spüren. »Ich wünschte, du würdest mich in deinen Kopf lassen.« Er zieht einen Stuhl unter dem Tisch hervor, die Beine schleifen schwer über den Steinboden. Er setzt sich und stützt die Hände auf den Knien auf. »Ich weiß nicht, was deine Schwester dir erzählt hat, aber ich habe dich nicht nach Castle Craige geholt, um dich zu meiner Frau zu machen.« Sein Mundwinkel zuckt. »Sollte ich noch einmal heiraten, dann nur aus Liebe, und obwohl ich den Verdacht hege, dass deine Schwester uns verkuppeln will, wissen wir beide schon jetzt ganz genau, dass wir nicht kompatibel sind.«

Die Schattenprinzessin und der König der Wilden Fae? Vielleicht sind Hales Verführungspläne ja doch nicht völlig aus der Luft gegriffen.

Misha räuspert sich. »Ich will damit sagen, dass ich nicht vorhabe, mich zwischen dich und deinen Bäcker zu drängen. Oder vielmehr Bäcker*sohn*? Du konntest nicht mal einen Fae finden, der seine Brötchen selbst backt?«

Ich werfe ihm einen wütenden Blick zu.

Misha lacht, tief und voll, und der Klang stellt komische Dinge mit meinem Magen an. »Du bist zu deiner eigenen Sicherheit in meinem Reich, nicht damit ich dich ins Bett locken und dann vor den Traualtar zerren kann.«

Nun, das tut mir fast schon leid für die Prinzessin. Misha ist nicht nur ein *König*. Er ist attraktiv und charmant, und falls der heutige Tag keine Ausnahme darstellt, auch freundlich, gütig und fürsorglich. Wenn Jasalyn wüsste, was gut für sie ist, würde sie alles daransetzen, die Pläne ihrer Schwester Wirklichkeit werden zu lassen.

Aber das würde sie nicht wollen. Die Vorstellung, einen Fae zu heiraten, fände sie entsetzlich. *Beinahe so entsetzlich wie den Gedanken, selbst zur Fae zu werden.*

»Ich bin müde«, sage ich, denn Jasalyn würde dieses Gespräch beenden.

Er nickt knapp. »Natürlich. Lass es einfach deine Zofe wissen, falls du doch noch Hunger bekommen solltest.« Er geht rückwärts in Richtung Tür. »Erhol dich gut. Morgen vor dem Frühstück beginnen wir mit dem Training.«

»Was?«

Sein Grinsen ist so entzückend süffisant, dass ich mich frage, wie es sein kann, dass nicht ständig eine Horde Fae hinter ihm her ist, um es ihm aus dem Gesicht zu küssen. »Training. Du weißt schon, mit Schwertern und Bogen. Wir sehen uns bei Sonnenaufgang.«

***

Ich hätte mit ihm zu Abend essen können. Wahrscheinlich wäre das die klügere Entscheidung gewesen, aber meine Zeit auf Castle Craige muss ein vorsichtiger Balanceakt werden. Einerseits muss ich Misha nahekommen, wenn ich es schaffen will, ihn irgendwie davon zu überzeugen, mir zu verraten, wo sich sein heiliger Gang der Türen befindet. Andererseits darf ich es ihm aber nicht zu leicht machen. Jas hat die vergangenen drei Jahre damit verbracht, sich in ihrem Zimmer zu verstecken und alle wegzustoßen, die ihr nahekommen wollten. Wenn ich plötzlich zu erpicht darauf wirke, mit Misha Freundschaft zu schließen, wird das sein Misstrauen wecken.

Hales Plan ergibt am meisten Sinn. Der Legende nach erfährt die Königin nach ihrer Krönung, wo sich der Gang der Türen befindet, und vielleicht wäre Misha bereit, dies auch seiner Geliebten zu verraten, wenn sie einen triftigen Grund vorweisen kann, weshalb sie davon erfahren muss. Aber ich fürchte, dieses Maß an Vertrauen zu erwerben würde Monate oder sogar Jahre dauern. Da mit jedem Tag, den ich in dieser Gestalt verbringe, die Gefahr wächst, entdeckt zu werden, muss ich einen anderen Weg finden, Hale die Informationen zu beschaffen, die er braucht.

Ich weiß, was ich zu tun habe.

Ich streiche über die Stränge meines Koboldarmbandes. Es ist ein bisschen anders als das Armband, das ich an Jasalyns Handgelenk gesehen habe, aber es funktioniert ganz ähnlich. Wie ihres ist auch meines für andere unsichtbar. Nur der Besitzer eines Koboldarmbandes kann die filigranen Fäden sehen. Mit zwei Ausnahmen: Kobolden und Echos.

Vor langer Zeit kamen die Echos durch ein Portal, um das Volk der Kobolde zu retten. Ohne meine Vorfahren wären die Kobolde in einer der brutalsten Schlachten des Großen Fae-Krieges restlos abgeschlachtet worden, aber meine Spezies erwies ihnen einen Dienst, den die Kobolde noch immer nicht als erwidert betrachten. Bis heute bekommen alle Echos bei der Geburt einen Schutzkobold zugeteilt, und an ihrem siebten Geburtstag erhalten sie ein Koboldarmband und die seltene Gabe, das sehen zu können, was sich sonst nur Kobolden offenbart. Im Gegensatz zu allen anderen wissen wir, ob unser Gegenüber mit einem Kobold zusammenarbeitet, und wir können unsere Armbänder benutzen, ohne dafür eine Bezahlung leisten zu müssen.

Ich zerreiße einen Faden, und Nigel erscheint in meinen Gemächern. Er grinst breit, als er mich sieht. Seine gelben spitzen Zähne sind mit grünlichem Schleim bedeckt – Überreste eines Abendessens, über das ich nichts Näheres erfahren will. »Felicity«, sagt er. »Meine Schöne. Es ist viel zu lange her. Was führt dich ins Land der Wilden Fae?«

»Einer deiner Artgenossen hat mich hierhergebracht – der Kobold der Schattenkönigin. Er hat mich erkannt, und ich glaube nicht, dass er sehr erfreut war.«

Nigel schnüffelt. »Natürlich hat er dich erkannt. Wir lassen uns nicht so leicht blenden wie Menschen oder Fae.«

Ich hebe die Hände. »Ich bin ein Echo. Muss ich mir Sorgen machen, dass er mich verraten könnte?«

»Bakken ist seiner Königin sehr zugetan, aber er wird dich nicht verraten.« Er mustert mein Zimmer. »Wie ich sehe, hat für dich ein neues Abenteuer begonnen.«

»So scheint es«, seufze ich. »Und wenn alles gut geht, darf ich danach vielleicht endlich wieder nach Hause.«

Er legt den Kopf schief. »Das Kind spricht von einem Zuhause, als sei es erwachsen und habe sich eines gebaut.«

Ich schaue ihn ärgerlich an. »Ich vermisse meine Mutter.«

»Du vermisst deine Ahnungslosigkeit. Du willst wieder fünfzehn Jahre alt sein und dich in dem Glauben wiegen, du seist nur ein normales Kind, das von einer liebevollen Familie adoptiert wurde. Du willst dich der Wahrheit nicht stellen.«

Ich vermisse diese Zeit wirklich – die Zeit, bevor Erith seine Männer schickte, um mich zu holen, und mein Adoptivvater bei dem Versuch, mich zu beschützen, getötet wurde. Die Zeit, bevor meine Mutter mir die Wahrheit über meine Geburt gestand, bevor ich zum Orakel ging und herausfand, welch schreckliche Entscheidung meine Bestimmung mir auferlegt hatte. »Ich habe heute meinen Bruder getroffen.« Ich setze mich im Schneidersitz auf den Boden.

»Dein Bruder lebt im Palast von Elora und lässt dich in allen Welten von seinen Schergen suchen.«

Ich schnaube verächtlich. »Dass wir aus demselben Mutterleib stammen, macht uns noch lange nicht zu Geschwistern.«

»Du hast Kendrick den Auserwählten getroffen«, korrigiert er mich. »Und jetzt bist du zugleich glücklich und traurig und so voller Schuldgefühle wie früher, richtig?«

»So in etwa.« Nigel kann meine Gefühle so gut auf den Punkt bringen wie niemand sonst. »Ich werde das Gefühl nicht los, dass alles meine Schuld ist.«

»Schuld ist eine so heikle Angelegenheit …«

»… wenn keine Tat für sich allein steht«, beende ich den Satz. Das sagt er mir schon seit meiner Kindheit, als ich noch ein kleines Mädchen war, das seiner Mutter nicht gestehen wollte, dass es bei einer Rauferei mit Hale ihr Lieblingsblumenbeet zertrampelt hatte. »Ich weiß, ich weiß.«

»Wirklich?« Er pult gelangweilt mit dem Finger in seinen Zähnen herum.

Angewidert schaue ich zur Seite und wechsele schnell das Thema. »Als Jasalyn in Mordeus' Verlies gefangen war, hat sie Crissa dort getroffen.«

»Du wusstest, dass sie seine Gefangene war.«

»Schon, aber ist es nicht interessant, dass er sie in dieselbe Zelle geworfen hat?« Ich denke schon seit meinem gestrigen Traum darüber nach und weiß nicht, was ich davon halten soll. »Mordeus muss das aus einem bestimmten Grund getan haben.«

»Aber du hast mich hierhergerufen, weil du etwas anderes von mir willst. Sag es mir, Kind. Ich habe nicht die ganze Nacht Zeit.«

Ich seufze. Entweder weiß er wirklich nicht, was Mordeus vorhatte, oder er will es mir nicht sagen. Aber er hat recht. Ich habe ihn gerufen, weil er mir eine andere Frage beantworten soll. »Gibt es den Gang der Türen wirklich?«

Er kichert. »Natürlich. Das Kind ruft mich nur, wenn es um die ganz wichtigen Dinge geht.«

»Warum sollte ich deine Zeit mit Banalitäten verschwenden?«, frage ich und lächele meinen alten Freund an.

Er reibt sich den Bauch, und ich vermute, dass er zu viel von diesem schleimig grünen Zeug gegessen hat, bevor ich ihn rief.

»Ist er real?«, frage ich noch einmal.

»Ja«, sagt er. »Sehr real und sehr geheim.«

»Wo kann ich den Gang der Wilden Fae finden?«

»Du weißt, dass ich dir das nicht verraten kann. Du tätest besser daran, das Feuerschwert zu suchen.«

Als ob mein Bruder das nicht schon seit Jahren tut. Ich lege den Kopf schief. »Du weißt, dass ich sterben werde, wenn Erith mich findet, richtig?«

»Der findet dich nicht. Dafür bist du zu gerissen.« Er grunzt. »Der Gang der Türen ist ein magischer Korridor, und etwas so durch und durch Magisches braucht keinen festen Ort. Es wäre sogar gefährlich, wenn die Wilden Fae nur einen einzigen, bestimmten Ort dafür hätten. Es könnte jederzeit jemand zufällig darauf stoßen oder das Geheimnis verraten.«

»Das stimmt«, nicke ich. »Und wo ist er *jetzt* gerade? Sag mir, wo ich suchen muss, Nigel.«

»Ich kann dir nur raten, deinem Herzen zu folgen. Du weißt, dass König Misha auf der Suche nach einer neuen Gemahlin ist.«

Stöhnend lasse ich mich nach hinten fallen und starre zur Decke hoch. »Fang du nicht auch noch an. Dafür haben wir keine Zeit.«

»Du hast dein ganzes Leben lang Zeit, dich zu verlieben.«

Ich setze mich auf und verschränke die Arme vor der Brust. »Der Gang der Türen, Nigel. Konzentrier dich.«

»Den Gang der Türen musst du nicht finden, meine Liebe. Du musst nur die eine Tür finden, das Portal, das dich zum Gang der Türen führt.«

Ich schließe die Augen und nicke. Das klingt einleuchtend. Es wäre die reinste Verschwendung von Zeit und Magie, die zahllosen Portale, die sich im Gang der Türen befinden sollen, zu verschieben, wenn man genauso gut auch nur ein *einzelnes* Portal verschieben kann, das zum Gang führt.

»Okay. Und wo finde ich …« Aber dann sehe ich, dass mein Kobold schon verschwunden ist – seine Lieblingsmethode, um mir zu verstehen zu geben, dass er mir nichts weiter sagen will. »Gute Nacht, Nigel«, sage ich zu der Stelle, wo er gerade noch gestanden hat. »Es war schön, dich zu sehen.«

KAPITEL 10

JASALYN

Das »nächste Dorf« ist beinahe eine Stunde Ritt entfernt, und als wir endlich anhalten, um uns mit Remme zu treffen, bin ich vor Erschöpfung den Tränen nahe. Kendrick schwingt sich als Erster vom Pferd und dreht sich dann um, um mir aus dem Sattel zu helfen, als könne er spüren, wie sehr mir alles wehtut. Wahrscheinlich steht mir der Schmerz aber einfach nur ins Gesicht geschrieben.

Deshalb halten mich alle für schwach und zerbrechlich.

Als er die Arme nach mir ausstreckt, kann ich mir nur zu gut vorstellen, wie sich seine Hände auf meinen Hüften anfühlen würden, gefolgt von meinem Körper, der langsam an seinem herabgleitet. Ich kann mir aber auch vorstellen, dass mich seine Freunde danach nie wieder ernst nehmen würden.

Also straffe ich die Schultern. »Ich weiß, wie man von einem Pferd absteigt, aber danke für das Angebot.«

Er schaut mich skeptisch an, weicht aber zurück. »Wie du wünschst, Prinzessin.« Ich schwinge mich aus dem Sattel und mache dann ein paar taumelnde Schritte, als meine Knie unter mir nachgeben. Kendrick sagt kein Wort, sondern dreht sich einfach um und geht los.

Remme erwartet uns am Eingang unserer Unterkunft, einer schäbigen Taverne, in deren oberen Stockwerken anscheinend Gästezimmer vermietet werden. »Zwei Zimmer«, sagt er und hält zwei überdimensionierte Schlüsselringe hoch. »Sieht aus, als würden wir heute Nacht im Luxus schlafen.«

»Und wer soll das bezahlen?«, fragt Skylar.

»Ich habe Geld«, sage ich. »Ich kann meinen Beitrag leisten.« Aber im Stillen denke ich: *Nur zwei Zimmer?* Werde ich die heutige Nacht mit Skylar oder mit Kendrick verbringen müssen? Ich befürchte, dass Skylar und ich uns bis zum Morgengrauen die Augen ausgekratzt haben werden, aber ich habe auch Angst davor, das Zimmer mit Kendrick zu teilen. Aus völlig anderen Gründen.

Gründe, an die er wahrscheinlich noch nie gedacht hat.

»Ach ja?« Skylar stemmt die Hände in die Hüften. »Du hast also Geld? Und wo ist dieses Geld? Hast du es bei dir?«

»Es ist … ich …« Seit ich bei meiner Schwester im Mitternachtspalast wohne, habe ich kein Bargeld mehr gebraucht. Ich bin die Schwester der Schattenkönigin und kann alles, was ich will, auf Rechnung des Palastes kaufen.

»Vertrau mir, Sky«, sagt Remme. »Wir würden niemals alle zusammen in eins dieser Zimmer passen.«

»Ist schon in Ordnung.« Kendrick schnappt Remme einen Schlüsselbund aus der Hand. »Wir können uns das leisten.«

Skylar nimmt den zweiten Schlüssel. »Dann teile ich das Bett mit der Neuen.«

»Im wahrsten Sinne des Wortes«, sagt Remme. »Es ist ein Stockbett.«

»Im Ernst?«, fragt sie.

Natan blickt auf die Straße und die Verkaufsbuden, die sie säumen, und nickt. »Laut meiner Quellen sind hier während des Kriegs eine Menge Soldaten durchmarschiert. Offenbar sind die Unterkünfte noch nicht umgebaut worden.«

»Ich schlafe oben«, sagt Remme.

»Weil du ein Idiot bist«, sagt Skylar. Sie schaut mich an. »Du schläfst oben. Ich bleibe lieber in Bodennähe.«

»Von mir aus«, murmele ich. Wahrscheinlich werde ich sowieso kein Auge zumachen. Und wenn Skylar herausfindet, dass ich Angst vor der Dunkelheit habe, malt sie wahrscheinlich alle Fensterscheiben schwarz an und pustet die Kerzen aus, nur um sich zu amüsieren.

Du hast deinen Ring. Es wird alles gut gehen.

Remme, Skylar und Natan holen ihre Rucksäcke und gehen in den Gastraum, aber Kendrick streift mit den Fingerknöcheln leicht meine Schulter, also bleibe ich abwartend stehen. Er schaut den anderen nach, bis sie im Haus verschwunden sind, dann sieht er mich an.

»Schaffst du das?«

»Keine Ahnung. Wie stehen die Chancen, dass sie mich im Schlaf umbringt?«

Seine Mundwinkel zucken. »Du wirst mir das zwar nicht glauben, aber sie hat es nicht auf dich abgesehen. Sie ist nur ein bisschen ruppig.«

»Ein bisschen ruppig? Dann ist Wasser ein bisschen feucht.«

Dieses Mal bekomme ich ein echtes Lächeln. Diese Grübchen. Ich muss aufpassen, dass meine ohnehin schon weichen Knie nicht vollständig nachgeben.

»Warte mal kurz.« Kendrick nimmt seinen Rucksack ab, wühlt darin herum und holt dann einen Glimmstein heraus, in etwa so groß wie meine Faust. »Nimm den hier. Der hält bis morgen früh.«

Ich betrachte den Stein. In der Abendsonne wirkt er blass, aber in der Dunkelheit wird er warm und buttergelb leuchten. Das ist Magie aus Elora. Meiner Heimat. Auf einmal habe ich einen Kloß im Hals. »Danke.«

***

»Sagt mir noch einmal, was es mit diesem besonderen Schwert auf sich hat«, fordere ich beim Abendessen. Die Taverne ist heute gut gefüllt, und wir fünf sitzen zusammengedrängt in einer Ecke, vor uns dampfende Schüsseln mit Eintopf und große Stücke Brot.

Remme zieht mit großer Geste sein Schwert aus der Scheide. »Siehst du das?« Er dreht es in alle Richtungen. »Diese Klinge wurde vom letzten wahren König Eloras persönlich geschmiedet, von der Priesterin des Orakels des Lichts gesegnet und über Generationen hinweg an Krieger weitergereicht, die für würdig erachtet wurden, zum Wohl des Landes zu kämpfen. *Dies* ist ein *besonderes* Schwert. Das Feuerschwert ist das *ultimative* Schwert. Es kann Portale an jeden Ort öffnen, verleiht dem Träger Kraft und garantiert die Niederlage deines Gegners.«

Ich schaue in die Runde, aber niemand lacht. Ist das ihr Ernst?

»An dem Unsinn, den du gerade von dir gegeben hast, ist so viel falsch, dass ich gar nicht weiß, wo ich anfangen soll.«

»Unsinn?«, keucht Remme.

»Oje«, sagt Natan.

»Was genau soll daran Unsinn sein?«, fragt Remme.

»Abgesehen davon, dass *du* dieses Schwertes würdig sein sollst? Elora wurde noch nie von Königen regiert, also kann dieses Schwert weder vom ersten, letzten, wahren noch falschen König geschmiedet worden sein. Wir haben die Sieben Magier von Elora, und davor waren wir eine Reihe unabhängiger, von Landadligen regierter Dörfer, die mehr oder weniger isoliert voneinander lebten.«

Skylar schnaubt und schaut Remme an. »Na sicher. Und *dir* wirft sie vor, du würdest Unsinn erzählen!«

Ich lege mir eine Hand auf die Brust. »Hast du vergessen, dass ich auch Eloranerin bin?«

»Habe ich nicht«, sagt Skylar. »Ich kenne nur zufällig die wahre Geschichte Eloras, die die Sieben Magier so verzweifelt vor den Bewohnern unserer Heimatwelt geheim halten wollen.«

Ich lache ungläubig auf. »Willst du mir jetzt etwa weismachen, dass die Sieben Magier die Schurken dieser Geschichte sind?«

Kendrick schaut mich einen Moment lang an, dann nickt er. »Ja«, sagt er. »Falls du wirklich die Wahrheit wissen willst.«

»Die Sieben Magier sind die reinsten Herzen des Landes«, sage ich kopfschüttelnd. »Sie müssen durch das Feuerportal gehen, bevor sie ihr Amt antreten. Mörder würden das nicht überleben.«

»Das stimmt«, sagt Skylar. »Die Sieben lieben es, ihre Heiligkeit zur Schau zu stellen. Deshalb fangen sie erst an zu morden, *nachdem* sie ihren Platz unter den Mächtigsten Eloras eingenommen haben.«

Die Vorstellung, die Sieben Magier könnten irgendjemanden ermorden, ist absolut lächerlich. »Sie sind der einzige Grund dafür, dass die Fae unsere Welt nicht unterwerfen konnten, als die Portale aufgingen. Sie sind die Einzigen, die unsere Welt vor diesen *Monstern* beschützt haben.«

»*Monster*, soso«, sagt Skylar.

Kendricks Blick wandert von meinem Gesicht zu meinen

Armen und den Narben, die unter dem Verhüllungszauber verborgen sind. »Und wie gut haben sie dich beschützt?«

Meine Handflächen werden feucht. Er spricht von meiner Vergangenheit, von den Kerkern, davon, wie leicht es für Mordeus war, seinen Kobold nach Elora zu schicken und mich aus meiner Heimat zu verschleppen. »Das lag an den Verträgen«, sage ich mit zitternder Stimme.

»Und wenn die Sieben so toll sind, warum sind diese ungerechten Verträge dann so weit verbreitet?«, fragt Kendrick.

»Das ist nicht ihre Schuld. Das System ist kaputt. Die …«

»Früher war es anders.« Kendricks Blick ist mitfühlend, beinahe als könne er verstehen, dass er gerade von mir fordert, alles anzuzweifeln, woran ich mein ganzes Leben lang geglaubt habe.

»Und wer sollte deiner Meinung nach über Elora herrschen?«, frage ich. »Diese alte Monarchie, die Remme so verehrt?«

»Fürs Erste.« Kendrick reißt sich ein Stück Brot ab. »Ich will, dass jemand die Herrschaft übernimmt, der wirklich das Beste für alle Bewohner Eloras im Sinn hat und nicht nur für diejenigen, die über besonders starke Zauberkräfte verfügen. Ich will, dass jemand die Herrschaft übernimmt, der bereit ist, die Stimmen der Vertreter aller Territorien des Reiches anzuhören, bevor er seine Entscheidungen trifft – nicht nur die der reichsten.« Sein Blick wird eiskalt. »Und ich will, dass jemand die Herrschaft übernimmt, der nicht so sehr von *Gier* getrieben ist, dass er tagtäglich Kinder in die Sklaverei verkaufen lässt.«

Ich stimme dem, was er sagt, uneingeschränkt zu, aber die Sieben Magier sorgen dafür, dass die Portale zwischen Elora und Faerie geschlossen bleiben. Sie sind der einzige Grund dafür, dass die Fae nicht einfach nach Elora marschieren und so viele Menschen entführen, wie sie wollen. Unsere Welt ist vielleicht nicht perfekt, aber das heißt nicht, dass unsere Herrscher daran schuld sind. »Es könnte schlimmer sein.«

»Aber auch viel, viel *besser.*«

Seine Worte lassen mich nicht kalt. Denn auch wenn ich heute zum ersten Mal davon höre, dass die Sieben Magier die wahre Geschichte Eloras vertuscht haben sollen, wettert meine Schwester schon seit Jahren gegen diese üblen Verträge und die Tatsache, dass Elora nur für die Reichen ein lebenswerter Ort ist.

»Gibt es hier einen Waschraum?«, frage ich und stehe vom Tisch auf.

Skylar schmunzelt und zeigt auf die gegenüberliegende Seite des Raums. »Am Ende des Flurs. Kann sein, dass du warten musst, ich habe gerade einen Ork reingehen sehen.«

Ich ignoriere ihr süffisantes Grinsen und mache mich auf den Weg. Es ist auf absurde Weise lustig, dass sie mich für ein verwöhntes Prinzesschen hält. Seit ich im Palast lebe, fehlt es mir zwar an nichts, aber sie hat keine Ahnung, wie mein Leben davor ausgesehen hat. Meine Schwester und ich mussten bis zum Umfallen schuften, um über die Runden zu kommen. Wir arbeiteten den ganzen Tag, putzten am Abend das Haus unserer Tante und teilten uns in den wenigen Stunden, die wir uns ausruhen durften, ein schmales Bett in einem fensterlosen Kabuff in ihrem Keller. *Und das nur wegen dieser Verträge, gegen die die Sieben Magier nichts unternehmen.*

»Alles okay?«

Ich zucke zusammen. Ich hatte überhaupt nicht bemerkt, dass Kendrick mir gefolgt ist. »Alles, was ich je zu wissen glaubte, ist eine Lüge – mein eigenes Blut eingeschlossen.« Ich schüttele den Kopf und versuche, meine wirren Gedanken zu ordnen. »Und jetzt soll ich auch noch glauben, dass die Sieben Magier, die mächtigsten Zauberer der Menschenwelt, sich genau das System ausgedacht haben, das dazu geführt hat, dass meine Schwester und ich unsere Kindheit als Sklavinnen einer gierigen alten Schreckschraube verbringen mussten?«

Er hebt die Hand, und ich glaube schon, er will mich berühren – und ich glaube, ich könnte es mir vielleicht sogar wünschen –, als er sie wieder sinken lässt. »Die Jahre ihrer Machtübernahme waren schrecklich. In den ersten Generationen danach kannten die Eloraner noch die Wahrheit, aber die Sieben haben alle Spuren der wahren Geschichte unseres Landes beseitigt und alle hinrichten lassen, die es wagten, auch nur darüber zu sprechen. Zwei Generationen später hatten sie unsere Geschichte neu geschrieben. Alles, was wir hier tun, dient dem Ziel, das zu verändern.«

Ich senke den Kopf. »Und dieser Erith, den ich für euch töten soll, ist …«

»Der Patriarch der Sieben. Er führt sie an, und ihn auszuschalten würde die anderen schwächen, aber das Schlimmste daran für sie wäre, ihren siebten Magier zu verlieren. Ihre Magie – ihre Macht – ist an diese heilige Zahl gebunden. Deshalb will ich jetzt zuschlagen, solange sie noch niemanden in der Hinterhand haben, der dazu ausgebildet ist, ihn zu ersetzen. Sobald Erith stirbt, fallen auch die Sieben. Und erst dann können wir damit anfangen, all das, was in unserer Heimat im Argen liegt, wieder in Ordnung zu bringen.«

Sie wollen, dass ich einen der Sieben Magier töte. Nach seiner kleinen Rede am Tisch hatte ich das schon vermutet, aber ihn die Worte aussprechen zu hören lässt Übelkeit in mir aufsteigen. »Ich muss nachdenken.«

»Das verstehe ich.« Kendrick weicht einen Schritt zurück, mustert mich noch ein letztes Mal und wendet sich dann ab, um sich wieder zu den anderen zu gesellen.

Als ich bei dem Waschraum ankomme, steht die Tür leicht offen und ein leises Wimmern dringt nach außen.

Ich klopfe und schiebe die Tür vorsichtig auf. »Hallo?« Auf dem Boden an der Wand zwischen Toilette und Waschbecken kauert eine zierliche Fae mit glühenden Augen und spitzen Ohren unter dem kurzen violetten Haar. »Bist du verletzt?«

Als sie mich erblickt, springt sie sofort auf. »Verzeihung. Ich bin schon weg.«

»Nein, bleib ruhig.«

Ihre Lippe ist aufgeplatzt und sie hält ihren rechten Arm vorsichtig an den Körper gepresst.

»Was ist passiert?«

»Oh. Er hat bloß schlechte Laune.« Sie lächelt, aber ihr Gesicht ist vor Schmerz verzerrt. »Wenn er sich morgen ausgeschlafen hat, ist alles wieder gut.«

Sie sieht zu jung aus, um schon verheiratet zu sein, aber es ist schwer, das Alter einer Fae abzuschätzen. Sobald sie die Pubertät hinter sich gelassen haben, altern sie nur noch sehr langsam. »Dein … Vater?«, rate ich.

»Ehemann«, flüstert sie. »Mein Vater hat mich nach meiner Reife mit ihm verheiratet.«

»Du bist verkauft worden?« Ich dachte, das passiert nur Menschen.

Sie nickt. »Es war ein guter Deal, und mein Vater brauchte das Geld.«

Verkauft. So wie meine Tante mich an Mordeus verkauft hat. Was stimmt denn nicht mit diesen Leuten? »Wann war das?«

»Nächsten Monat sind es zwei Jahre.«

Ich balle die Fäuste, als ich ihre Verletzungen sehe. Stumm zähle ich bis zehn und atme tief ein, bevor ich weiterrede. »Soll ich eine Heilerin für dich suchen?«

Sie schüttelt den Kopf. »Nein. Das wird er sehen. Das wird er merken. Außerdem …« Sie schluckt mühsam. »Außerdem ist er bald weg. Seine Kumpane sind endlich gekommen. Seltsam, dass man für eine so scheußliche Bewegung so dankbar sein kann.«

»Von welcher Bewegung sprichst du?«, frage ich verwirrt.

Ihre Miene erstarrt, und sie mustert mich misstrauisch. »Ich muss wieder an die Arbeit.« Sie wischt sich die Tränen vom Gesicht und reibt sich die Hände an der Hose trocken. »Danke für dein Mitgefühl. Ich weiß das sehr zu schätzen.«

Als ich zu den anderen zurückkehre, sehe ich sie erneut. Sie wischt Tische und fegt den Boden hinter der Theke. Neben ihr steht schimpfend ein großer, dunkelhaariger Fae, der attraktiv sein könnte, wären da nicht sein wutverzerrtes Gesicht und die Art, wie er mit seiner jungen Frau spricht. Nein, dieser Fae ist innerlich so hässlich, dass es auf sein Aussehen abfärbt. Er muss der Besitzer der Taverne sein.

Skylar bohrt mir den Ellbogen in die Rippen. »Könntest du aufhören, sie so anzustarren?«

Ich schaue wieder auf mein Abendessen, aber aus dem Augenwinkel beobachte ich, dass der Fae sich zu einer Gruppe aus rund einem Dutzend Gäste gesellt hat, die an einem langen Tisch bei der Theke sitzen. Sie tragen alle dieselbe braune Uniformhose und olivgrüne Weste. Einige haben sich einen Sichelmond auf den Hals tätowiert. Der Wirt kehrt immer wieder zu ihrem Tisch zurück und unterhält sich lachend mit ihnen.

»Was wisst ihr über diese Gruppe?«, frage ich leise. »Über die lauten Typen da drüben, an denen der Wirt anscheinend einen Narren gefressen hat.«

»Genug, um sie in Ruhe zu lassen«, sagt Skylar, die den Blick nicht von ihrer Schüssel hebt.

Remme nickt zustimmend.

Kendricks Blick wandert nur kurz zu der Gruppe hinüber und dann weiter zu Natan.

»Ich weiß«, sagt Natan. »Wird erledigt.«

»Was soll das heißen?«, frage ich.

»Das heißt, dass wir die Leute um uns herum, die uns Schwierigkeiten bereiten könnten, gern im Auge behalten«, sagt Remme mit leiser Stimme, »aber nicht so dumm sind, sie das merken zu lassen.«

Hinter der Bar schimpft der Wirt weiter mit seiner Frau und kehrt in regelmäßigen Abständen mit frisch gefüllten Bierkrügen zu der lauten Gruppe am Tisch zurück.

»Hör endlich auf, sie anzustarren.« Skylar rammt mir noch einmal den Ellbogen in die Seite.

»Sorry.« Ich schaue wieder hinunter auf meinen Eintopf, aber den Hass, der in Wogen in mir aufsteigt, kann ich nicht unterdrücken. Als dieser Mann seine Frau gekauft hat, war sie wahrscheinlich jünger, als ich es war, als ich an Mordeus verkauft wurde. Er hat ihr die Kindheit gestohlen. Ihr Vater hätte sie beschützen müssen. Die Welt sollte kein Ort sein, an dem so etwas passiert – weder in der Menschenwelt noch in Faerie.

Mein Ring, den ich vor dem Abendessen in mein Mieder gesteckt habe, liegt warm an meiner Brust. Ich spüre, dass er nach mir ruft.

»Halt dich von solchen Typen lieber fern«, sagt Remme. »Die sind von Grund auf verdorben. Mir ist die politische Lage in Faerie zwar vollkommen egal, aber selbst ich bin der Meinung, dass dieses gottverlassene Reich mit deiner Schwester auf dem Thron wahrscheinlich besser dran ist als ohne sie.«

»Vorsicht«, murmelt Kendrick.

Ich starre Remme erbost an. »*Wahrscheinlich?* Sie sind mit ihr *definitiv* besser dran.« Ich zwinge mich, leise zu sprechen.

»Nicht, wenn du diese Typen da drüben fragst«, sagt Skylar und zeigt mit ihrem Löffel auf die uniformierten Fae.

Kendrick verzieht das Gesicht und reibt sich die Schläfen. »Danke, Sky.«

»Das ist eine Tatsache. Was ist dein Problem?«

Remme nimmt einen tiefen Schluck aus seinem Bierkrug und wischt sich den Mund mit dem Handrücken ab. »Das *Problem* ist die Wut in ihren Augen«, sagt er und nickt mir zu.

Skylar kichert. »Glaubst du wirklich, sie wird etwas unternehmen? Gegen *die da*? Das würde ich nur zu gerne sehen.«

Kendrick reibt sich die Stirn. »Bitte hör auf.«

Sie zwinkert ihm zu. »Ich dachte, es gefällt dir, wenn ich deine kleine Freundin ein bisschen aus der Reserve locke.«

Ich beschließe, alle drei zu ignorieren, und wende mich stattdessen an Natan. »Jemand hat mir gesagt, dass diese Gruppe bald aufbrechen wird. Wo gehen sie deiner Meinung nach hin?«

Natan schaut zu Kendrick.

»Nein!«, fauche ich. »Sieh *mich* an. Du brauchst seine Erlaubnis nicht. Sag es mir.«

Ein Muskel an Kendricks Kiefer zuckt. »Mach nur.«

»Wir wissen nicht, wo sie hinwollen«, sagt Natan im Flüsterton. Er schiebt sich die Brille auf der Nase hoch. »Aber ich vermute, dass sie durchs Königreich reisen, um Gefolgsleute zu rekrutieren. Noch sind sie nicht stark genug, aber wenn sie weiter so wachsen wie bisher, werden sie in nicht allzu ferner Zukunft versuchen, deine Schwester vom Thron zu stürzen.«

Wut und Hass lassen mein Blut kochen. Ich wusste, dass überall im Reich noch versprengte Grüppchen von Mordeus' Anhängern existieren, aber mir war nicht klar, dass sie einen Umsturz planen. Sie sollten sich glücklich schätzen, meine Schwester zu haben. Sie haben keine Ahnung, was meine Familie alles geopfert hat, damit das Schicksal oder die Bestimmung oder Mab, oder wer auch immer für diese Idiotie verantwortlich ist, sie auf diesen Thron befördern konnte. Dass sie das nicht zu schätzen wissen, sondern sie gewaltsam stürzen wollen, macht mich so wütend, dass ich sie mit bloßen Händen zerfleischen könnte. Auch ohne den Ring wird mir innerlich ganz kalt und ich spüre den Frost in meinem Herzen.

»Bleib ruhig, Slayer«, sagt Kendrick. »Wir können heute nicht das ganze Land retten. Erst mal müssen wir das Schwert finden.«

Er meint damit, dass wir zuerst den Anführer der Sieben Magier töten müssen, und ich weiß immer noch nicht, wie ich dazu stehe. Ich habe zwar nur ein paar Löffel Eintopf gegessen, aber mir ist der Appetit vergangen. Ich schiebe meinen Stuhl zurück und stehe auf. »Entschuldigt mich. Ich glaube, ich gehe jetzt ins Bett.«

»Iss doch erst mal fertig«, sagt Kendrick und betrachtet mich voller Sorge.

Ich schnappe mir mein Stück Brot und nicke ihm zu. »Bis morgen früh.«

Auf dem Weg zur Treppe höre ich die anderen hinter mir murmeln, und gleich darauf spüre ich, dass mir jemand folgt. Ein Schulterblick bestätigt mir, dass Remme ein paar Schritte hinter mir ist. Er macht eine entschuldigende Geste, aber ich bin bloß froh, dass es nicht Skylar ist. Ich will einfach nur kurz allein sein.

KAPITEL 11

JASALYN

Unser Stockbettzimmer hat seinen Namen wirklich verdient – ein Zimmer mit einem stabilen, zweckmäßigen Metallstockbett und gerade genug Platz an einer Seite, um daran vorbeizugehen. In der Wand hinter dem Bett befindet sich ein kleines Fenster. Ob ich einfach Glück hatte oder Remme sich für mich eingesetzt hat, weiß ich nicht, aber ich bin so oder so dankbar dafür.

Eine Kerze flackert in ihrer Halterung, und an der Decke tanzen Schatten. Meine Matratze ist bretthart. Aber das macht nichts. Heute Nacht habe ich Wichtigeres zu tun, als meine Nachtruhe zu genießen.

»Du benimmst dich seltsam«, sagt Skylar.

Ich liege im oberen Stockbett auf dem Rücken und warte darauf, dass sie ins Bett geht, damit ich meinen Ring anstecken und mich nach unten schleichen kann. Mal sehen, was ich noch über die Rebellen herausfinden kann, die sich in der Taverne versammelt haben. Ich will nicht zu lange warten, weil ich nicht weiß, wann sie aufbrechen werden. Andererseits möchte ich Komplikationen vermeiden, deswegen wäre es mir lieber, wenn Skylar schon schläft, wenn ich mich auf den Weg mache. Sie wird sich zwar an nichts erinnern, aber sollte sie der Bezaubernden Lady verfallen und ihr schöne Augen machen, könnte das morgen sehr unangenehm werden. Für mich zumindest. »Ich bin bloß müde.«

Sie grunzt, und das Stockbett wackelt, als sie sich auf die Matratze wirft. »Nee. Du bist nicht müde. Du bist sauer.«

»Ist doch verständlich, oder? Ich versuche zu schlafen, und meine Zimmergenossin hört nicht auf zu reden.«

»Bist du sicher, dass es nichts mit diesen Mistkerlen unten in der Schenke zu tun hat, die deine hübsche Schwester aus dem Weg räumen wollen?«

Ich seufze. »Lass mich in Ruhe, Skylar. Ich bin nicht in der Stimmung, zu streiten.«

»Na gut.« Das Bett wackelt wieder, als sie sich auf die Seite dreht.

Ihr Atem wird leiser, und ich will gerade nach meinem Ring greifen, als sie sagt: »Ihm liegt etwas an dir, aber das hat keine Zukunft.«

Ich erstarre. »Was?«

»Es gibt eine Menge Scheißkerle auf dieser Welt, aber Hale Kendrick ist einer von den Guten. Mach es ihm nicht noch schwerer, wenn das alles hier vorbei ist und er sich von dir lossagen muss.«

»Ich … wir sind nicht … er will nicht …« Ich weiß nicht, wie ich den Schwarm Schmetterlinge bändigen soll, der bei ihren Worten begonnen hat, aufgeregt in meinem Bauch herumzuflattern. »Hat er etwas zu dir gesagt?«

Sie prustet los. Laut. Wahrscheinlich können die Jungs sie nebenan hören. »Das muss er nicht.«

Ich beiße mir auf die Unterlippe und schließe die Augen. Wie gerne würde ich mich in Gedanken an Schwärmereien und mögliche Romanzen verlieren. In Träumen von einer Zukunft mit dem Menschen, der in einer Welt voller Finsternis mein einziger Lichtblick war. Aber deswegen bin ich nicht hier. »Ich bin mir sicher, dass du dich irrst«, flüstere ich.

»Nicht einmal du kannst derart naiv sein«, sagt sie. »Du solltest dich glücklich schätzen. Die meisten von uns schaffen es nicht mal, die Aufmerksamkeit eines so guten Manns auch nur eine Sekunde lang auf uns zu ziehen. Aber bitte halte Abstand zu ihm. Um seinetwillen.«

»Und was ist mit dir? Mir ist nicht entgangen, wie du ihn ansiehst.«

Sie bleibt lange Zeit still. »Für mich ist er genauso wenig bestimmt wie für dich. Der einzige Unterschied zwischen uns beiden ist, dass ich meinen Frieden damit gemacht habe.«

Ich hole den Ring aus der Tasche in meinem Unterkleid hervor, rolle ihn zwischen Daumen und Zeigefinger hin und her und verliere mich in Gedanken an Kendrick, während ich darauf warte, dass sie einschläft. Sie täuscht sich. Ich muss daran glauben, dass sie sich täuscht. Denn selbst wenn Kendrick an mir interessiert wäre, würde das nichts ändern. Ich kann ihn nicht haben. Und selbst wenn ich es könnte, muss er nach alldem hier wieder nach Hause gehen. Zurück nach Elora. Und ich werde dann fort sein.

Erst als ich Skylars leises Schnarchen höre, stecke ich mir den Ring an den Finger und klettere aus dem Bett.

»Wo gehst du hin?«, fragt Skylar, die sofort hellwach ist.

»Nirgendwohin. Ich liege noch im Bett und schlafe. Du träumst. Mach einfach die Augen zu.«

Sie gehorcht mir. Ich nehme meinen Umhang vom Haken an der Tür und ziehe ihn über mein Nachthemd. Dann schnappe ich mir den Zimmerschlüssel von der kleinen Anrichte und trete auf den Flur hinaus.

Es ist Natan, nicht Kendrick, der vor unseren Zimmern Wache hält, und ich schiebe das Knäuel wirrer Gefühle, das sich in mein kaltes Herz drängen will, resolut beiseite. Ich weiß nicht, ob ich enttäuscht oder erleichtert sein soll, und ich will meine Emotionen nicht allzu genau unter die Lupe nehmen. *Weil es egal ist, was ich fühle.*

Natan schaut mich mit glänzenden Augen an. »Ich glaube, ich liebe dich«, flüstert er und drückt sich eine Hand aufs Herz.

Ich lege einen Finger an die Lippen. »Psst. Ich muss gehen. Du hast mich nie gesehen.«

Er nickt. »Okay. Darf ich dich begleiten?«, fragt er noch leiser flüsternd.

»Nein. Du musst hierbleiben und auf deine Freunde aufpassen.«

Seine Augen verlieren ein wenig von ihrem Glanz, aber er nickt. Er würde alles für mich tun. »Wenn es das ist, was du willst.«

»Ja, das will ich. Ich bin bald zurück.«

Er starrt wie gebannt auf meinen Mund. Der nette Bücherwurm Natan ist vollkommen fasziniert von der Bezaubernden Lady. »Versprochen?«

»Versprochen.« Ich zwinkere ihm zu und gehe die Treppe hinunter.

Als ich im Gastraum ankomme, ist er leer. Die lauten Fae von vorhin sind nicht mehr da. Auf dem Tisch stehen schmutzige Teller und leere Gläser, und die Lampen im Raum sind gedimmt.

Ich habe sie verpasst.

Soll ich nach oben gehen und alle Zimmer durchsuchen, bis ich den Wirt gefunden habe? Ich könnte ihn fragen, was sie planen und wo sie hingegangen sind, aber eigentlich wollte ich heute Nacht viel wichtigere Dinge herausfinden.

Das Klirren von Geschirr lenkt mich von dem schmutzigen Tisch ab, und ich folge dem Geräusch in die Küche, wo die Frau des Wirtes mit dem Rücken zu mir auf Händen und Knien den Boden schrubbt.

»Hallo«, sage ich sanft.

»Die Küche ist geschlossen«, sagt sie, ohne aufzusehen. Ihre Hände sind gerötet und rau von ihrer Arbeit. Die Hände meiner Schwester haben früher genauso ausgesehen, aber jetzt sind sie weich und makellos. Vielleicht gibt es auch für diese Fae eine bessere Zukunft.

»Bitte sieh mich an.«

Sie gehorcht, dreht sich um und hebt den Kopf. Als sich unsere Blicke begegnen, lässt sie ihren Lappen fallen und rappelt sich hoch. »Es tut mir so leid, Mylady. Was kann ich für Euch tun?«

»Die Freunde deines Mannes haben vorhin hier zu Abend gegessen. Sind sie schon zu Bett gegangen?«

»Nein, Mylady. Sie feiern im Herrenhaus von High Captain Vauril weiter. Sie werden heute dort übernachten und morgen früh weiterziehen.«

Ich lege fragend den Kopf schief. »High Captain?«

Sie errötet. »Er wurde zum High Captain von Mordeus' persönlicher Leibgarde ernannt, bevor der König den Tod fand. Seine Freunde benutzen diesen Titel auch weiterhin.«

Mein Magen verkrampft sich, als ich den Namen des falschen Königs höre. »Es wundert mich, dass die Königin ihm nach allem, was geschehen ist, erlaubt hat, seinen Besitz zu behalten.«

»Die Königin weiß nicht, dass er noch lebt, Mylady. Sie glaubt, das Anwesen gehöre seinem Sohn, und hat dem Jungen gesagt, dass sie nichts davon hält, Kinder für die Verbrechen ihrer Eltern zu bestrafen. Sie ist eine gütige Königin. Vielleicht zu gütig für dieses Land, wenn Ihr mich fragt.«

Sie ringt nervös die geschundenen Hände, und ich streiche ihr über den Handrücken. »Tu dir nicht weh«, flüstere ich.

»Schlechte Angewohnheit, Mylady«, winkt sie ab, aber sie hört auf und schiebt die Hände in die Taschen ihres Rocks. »Bitte sagt mir, was ich für Euch tun kann. Ich bin eine gute Köchin. Darf ich Euch etwas zu essen zubereiten? Oder möchtet Ihr lieber eine Fußmassage? Oder ein warmes Bad in unserem schönsten Zimmer? Ich kann den Gast, der dort schläft, hinauswerfen und das Zimmer in einer Stunde für Euch vorbereitet haben.«

»Das ist alles nicht nötig. Sag mir nur eins: Gibt es einen Ort, an den du gehen kannst, falls deinem Ehemann etwas zustoßen sollte?«

Sie blinzelt. »Meine beste Freundin ist Witwe. Ihr Mann ist im Krieg gefallen und hat ihr und den Kindern ein Haus hinterlassen. Sie will unbedingt, dass ich bei ihr einziehe. Das würde ich auch sehr gerne tun, aber solange mein Mann mich braucht, muss ich bei ihm bleiben.« Sie senkt die Stimme zu einem leisen, kaum hörbaren Flüstern. »Manchmal wünschte ich, er würde auf seinem dummen Rachefeldzug gegen die Königin sterben. Dann wäre ich endlich frei von ihm und seiner Wut.«

»Das wünsche ich dir.«

Ihre Augen füllen sich mit Tränen. »So gütige Wünsche von einer so wunderschönen Dame habe ich nicht verdient, Mylady.«

Manchmal hasse ich den Ring, weil er sämtliche Interaktionen verfälscht. Diese Fae verdient echte Liebe und Zuneigung, nicht diesen magischen Ersatz, an den sie sich morgen nicht einmal mehr erinnern wird. Ich manipuliere nur ungern diejenigen, die meine Ehrlichkeit verdient hätten, aber wenn es sein muss, will ich, dass sie wenigstens etwas davon haben.

»Du verdienst noch viel mehr. Du verdienst ein besseres Leben«, raune ich ihr beschwörend zu. »Und das darfst du nicht vergessen, wenn du es bekommen willst.«

»Wie Ihr wünscht, Mylady.«

»Und jetzt sag mir bitte, wie ich das Herrenhaus von High Captain Vauril finden kann.«

***

Es ist eine dunkle, beinahe mondlose Nacht, und das einzige Licht, das auf die schmale Dorfstraße fällt, stammt von den wenigen Häusern, an deren Türschwellen noch Laternen brennen. Heute macht mir die Dunkelheit trotz des Ringes etwas aus. Vielleicht liegt es daran, dass ich so viel über Mordeus gehört habe oder mir der anstrengende Tag noch in den Knochen steckt, aber wo das Eis der Bezaubernden Lady sich ausbreiten sollte, lässt stattdessen Angst mir das Blut in den Adern gefrieren, und als ich beim Herrenhaus des High Captain ankomme, bin ich dankbar für die Fackeln, die neben dem Eingangstor brennen.

Das Herrenhaus erweckt den Eindruck eines ehemals prächtigen Anwesens, das inzwischen aber völlig verwahrlost wirkt. Der Garten ist überwuchert und braucht dringend Pflege. Das Tor ist an mehreren Stellen kaputt und von den Hauswänden blättert die Farbe.

An den Wachen am Tor und am Hauseingang vorbeizukommen gelingt mir so mühelos wie erwartet. Noch leichter fällt es mir, die Gruppe aus der Taverne zu finden. Sie haben sich im

Speisesaal um einen abgewetzten Holztisch versammelt, und der Wirt der Taverne steht auf einem Stuhl.

»Früher war es eine Frage der Ehre, Unseelie zu sein«, ruft er.

»Hört! Hört!«, grölen seine Kameraden und heben die Gläser.

»Früher waren wir nicht mit dem Seelie-Königreich verbündet, wir wollten es vernichten!«, fährt er fort.

»Das waren noch Zeiten!«, ruft eine gehörnte Fae aus der Ecke.

Ein Ork mit gespaltener Zunge grunzt: »Ein paar von uns wollen das immer noch.«

Der Wirt grinst auf sein Publikum herab. »Wir sollten noch heute Nacht zum Palast aufbrechen. Sie im Schlaf abmurksen. Mordeus ist auferstanden. Wozu brauchen wir eine Armee, wenn die Götter auf unserer Seite sind?«

»Du bist betrunken«, sagt die Fae mit den Hörnern.

»Das wäre reiner Selbstmord!«, ruft ein anderer.

»Glaubt ihr, das würde ich nicht schaffen? Das wäre überhaupt kein Problem. Ich habe für Mordeus gearbeitet und kenne alle Geheimnisse des Palasts. Ich könnte dort eindringen, ohne dass es jemand merkt, und hätte ihr Blut an den Händen, noch bevor sie nach der Menschenschlampe rufen kann, die sie Mutter nennt.«

Lautes Gelächter. Ich habe genug gehört und löse mich aus den Schatten.

Als ich zum ersten Mal den Abend unter Mordeus' Anhängern verbrachte, habe ich jede einzelne Sekunde gehasst. Ich habe es gehasst, zwischen ihnen herumzulaufen und dieselbe Luft zu atmen wie sie. Ich habe ihr sorgloses Lachen gehasst, das sich mit fröhlicher Tanzmusik mischte. Wie konnten sie es *wagen*, trotz ihrer zutiefst verdorbenen Seelen so glücklich zu sein? Wie konnten sie es wagen, in dem Reichtum zu schwelgen, den sie den Ärmsten gestohlen hatten?

Aber ich lernte schnell, diese Augenblicke zu genießen. Lernte, meine Stunden in ihren Festungen mit dem befriedigenden letzten Atemzug meiner Opfer in Verbindung zu bringen. Heute Nacht muss ich mich nicht zu meinem Lächeln zwingen. Es ist genauso echt wie das Glitzern meiner Augen, als ich die volle Kraft meiner Aufmerksamkeit auf den betrunkenen Idioten richte, der sich nichts lieber wünscht, als meiner Schwester eine eiserne Klinge ins Herz zu stoßen.

Er sieht mich und strafft die Schultern. »Oh. Hallo.«

»Hallo.« Ich lächele, und sein Blick wird glasig.

Die gesamte Tischgesellschaft lehnt sich sehnsüchtig in meine Richtung, und die Fae aus der Ecke macht ein paar Schritte auf mich zu, aber ich konzentriere all meine Aufmerksamkeit auf ihren betrunkenen Anführer – den Frauenschläger.

»Würdest du mit mir nach oben gehen? Irgendwohin, wo es ein bisschen ruhiger ist?«

Er hüpft von seinem Stuhl und stolpert über seine eigenen Füße. Hastig richtet er sich auf und kommt auf mich zu. »Es wäre mir eine unfassbare Ehre, Mylady.« Seine schmeichelnden Worte werden von einem lauten Schluckauf unterbrochen.

Einer seiner Freunde springt auf und packt ihn am Arm. »Du solltest hierbleiben. Du bist verheiratet. Ich bringe die edle Lady, wohin sie will.«

Der Wirt reißt sich los. »Sie hat *mich* gefragt.« Er dreht sich zu mir um und sieht mir schmachtend in die Augen.

Ich tue so, als würde ich nicht bemerken, dass er vor Aufregung und Entzücken zittert, und als er mir seinen Arm anbietet, nehme ich ihn und lasse mich von ihm zur Treppe führen.

Im ersten Stock ist es dunkler als im Erdgeschoss, und wieder greift meine alte Angst nach meinem Herzen und lässt mich überprüfen, ob der Ring noch an Ort und Stelle ist. Ich will das Ganze schnell hinter mich bringen. Die Nähe zu diesem Fae mit seinen Umsturzplänen und dem Gestank nach Bier und Hass ekelt mich an.

»Wo würdet Ihr gerne hingehen?«, fragt er am oberen Ende der Treppe. Er öffnet die Tür zum nächstgelegenen Schlafzimmer. »Hier wären wir unter uns. Ist Euch das recht, Mylady?«

»Das ist es.« Ich gehe ins Zimmer und drehe mich zu ihm um, kaum dass er die Schwelle überschritten hat. »Küss mich.«

»Ja.« Er beugt sich vor und legt seine Lippen auf mein Lächeln.

Ich lasse seinen Leichnam zu Boden sinken und mache mir nicht die Mühe, meine Genugtuung zu verbergen, als ich aus dem Zimmer schlendere. Vielleicht sollte ich Reue empfinden, und früher hätte ich das wahrscheinlich auch getan. Aber jetzt nicht mehr. Meine Schwester ist jetzt in Sicherheit. Die junge Frau des Fae ist jetzt in Sicherheit. Diese Welt ist ohne ihn besser dran.

Ich gehe zurück auf den Flur, ziehe mir die Kapuze meines Umhangs tief ins Gesicht und mache mich auf den Weg zur Treppe.

Aus einem Zimmer von der anderen Seite des Treppenabsatzes vernehme ich Stimmen, und nach kurzem Zögern stelle ich mich in den Schatten, um zu lauschen.

»Unser König ist geschwächt«, sagt eine tiefe Stimme. »Er muss sich stärken, bevor er vor die Massen tritt.«

»Sie werden erst glauben, dass Mordeus lebt, wenn sie sein Gesicht gesehen haben.«

Mein kaltes Herz setzt einen Schlag aus. Ich will nicht glauben, dass es wahr ist – oder wünsche ich es mir etwa? Ich weiß nicht genau, was ich empfinde, aber je mehr Leute von einer Auferstehung sprechen, desto schwieriger wird es, die Möglichkeit zu verleugnen.

»Dann sind sie keine wahren Gefolgsleute. Er hat uns eine bessere Zukunft versprochen, eine Welt, in der wir unsere Kräfte nicht im Zaum halten müssen. Vergiss das nicht.«

»Schon, aber –«

»Also müssen sie warten. Er wird vor sie treten, wenn er dazu bereit ist.«

»Natürlich.«

»Und jetzt nüchtere diese Narren da unten aus. Eine solche Armee wäre eine Schande für den König.«

»Sehr wohl, Eure Lordschaft. Habt Ihr Neuigkeiten von unseren Leuten in der Hauptstadt?«

»Noch nicht, aber es wird nicht mehr lange dauern. Der König gehört in den Mitternachtspalast, und ich werde nicht zulassen, dass diese Schlampe uns im Weg steht, wenn mein König bereit ist, erneut den Thron zu besteigen.«

Rasende Wut steigt in mir auf. Ich könnte in dieses Zimmer gehen und die beiden an Ort und Stelle ausschalten.

»Vielleicht hatte Winstom ja recht. Vielleicht sollten wir lieber früher zuschlagen …«

»Geduld. Unser König wird den rechten Zeitpunkt wählen.«

Ich habe genug gehört, doch ich habe erst einen Schritt in Richtung Treppe gemacht, als ich von rauen Fingern gepackt und in ein dunkles Zimmer gezerrt werde, wo ich mich an eine warme, harte Brust gedrückt wiederfinde.

»Was zum Henker machst du hier?«, knurrt eine wütende Stimme an meinem Ohr.

»Lass mich los«, säusele ich und lasse die Worte von der verführerischen Kraft des Rings in Honig tauchen.

»Erst, wenn du mir gesagt hast, was du hier zu suchen hast.«

Selbst wenn ich mich umdrehen könnte, wäre es hier drin viel zu dunkel, um sein Gesicht zu erkennen, aber ich kenne Kendricks raue Stimme besser als alles andere auf der Welt. Ich kenne sie, weil sie das Einzige in diesen dunklen, endlosen Nächten im Kerker war, an das ich mich gerne zurückerinnere.

»Antworte mir, Jasalyn.«

Als ich meinen Namen höre, zucke ich zusammen und vergewissere mich mit einer leichten Bewegung meines Daumens, dass der Ring noch an meinem Finger steckt.

Die Magie des Rings sorgt dafür, dass alle mir gehorchen. Wer mich ansieht, wird durch meine Gegenwart geradezu hypnotisiert.

Wahrscheinlich kann er mich nicht richtig sehen. Ich versuche, mich loszureißen, aber sein Griff ist zu fest.

»Lass mich los«, wiederhole ich.

»Götter, du bist es wirklich. Du bist tatsächlich so leichtsinnig.« Dann verschwindet die Wärme hinter mir, und er schließt die Tür und führt mich in einen angrenzenden Raum, in dem flackernde Kerzen brennen. Zum ersten Mal kann ich sein Gesicht erkennen, und – was noch wichtiger ist – er meines.

»Kendrick.«

Er mustert mich von Kopf bis Fuß und atmet mühsam ein. Sieht er die mystische, verführerische Aura des Rings, oder sieht er mich? In seinen Augen scheint keine Spur der üblichen magischen Verzückung zu liegen. *Aber wie kann das sein?*

»Was machst du hier, und warum trägst du dein verdammtes *Nachthemd?*«

Ich hebe den Kopf. »Genau dasselbe könnte ich dich fragen.«

»Ich bin hier, weil diese Fae da unten, die sich als Rebellen aufspielen, mehr über die Pläne und Standorte von Mordeus' Gefolgsleuten wissen als wir, und wir brauchen diese Informationen, falls das Schwert doch nicht in Feegus Keep sein sollte. Aber im Gegensatz zu dir war ich so klug, mir dafür Straßenkleidung anzuziehen.«

»Ich hatte nicht vor, die Taverne zu verlassen«, sage ich achselzuckend. »Kurzfristige Planänderung.«

»Warum liegst du nicht im Bett? Wie bist du an Skylar vorbeigekommen? Und warum zum Henker hat Natan dich gehen lassen?«

»Vielleicht bin ich geschickter, als du denkst.«

»Ist dir eigentlich klar, wo du hier bist?« Er schaut über die Schulter zu der Tür, die er hinter uns geschlossen hat.

»Hältst du mich für dumm?«, frage ich herausfordernd.

Er beißt die Zähne zusammen. »Das fragst du mich, während ich dich in einem Rebellenversteck vorfinde. Die Unseelie-Prinzessin im Quartier der schlimmsten Feinde der Königin. Wenn man die Umstände bedenkt, glaube ich nicht, dass dir meine Antwort gefallen würde. Deswegen frage ich dich zum letzten Mal: *Was* willst du hier?«

»Rache.«

»Geh nach Hause, Jasalyn.«

»Nach Hause?« Ich lege den Kopf schief. »Und wo genau soll das sein? In der Menschenwelt von Elora, wo ich mich von Mordeus' Folter erholen sollte, nur damit mich kurz darauf die *nächste* böse Fae mitten in der Nacht aus dem Bett reißt, um mich für ihre Pläne zu benutzen? Oder meinst du den Palast, in dem meine Schwester – meine *Fae*-Schwester – regiert? Der Palast, der mich täglich daran erinnert, dass das Blut derjenigen, die ich am meisten hasse, auch durch meine Adern fließt? Du meinst ja wohl kaum dieses winzige Stockbett in der verschimmelten Taverne bei deinen Freunden, die mich liebend gern gefesselt in der Hütte zurückgelassen hätten, wenn es nach ihnen gegangen wäre. In welches *Zuhause* soll ich also deiner Meinung nach zurückkehren?« Ich schnappe keuchend nach Luft. *Warum* beruhigt mein Ring mich heute nicht?

Kendrick wirkt nicht geschockt von meinem Ausbruch. Sein Blick ist eindringlich, und ich frage mich, wonach er in meinem Gesicht sucht, frage mich zum wiederholten Mal, warum mein Ring nicht funktioniert.

»Es tut mir leid«, sagt er leise. »Das *alles* tut mir leid. Aber hier bist du nicht sicher. Sobald dich jemand erkennt, wird man dich gefangen nehmen und dazu benutzen, die Königin zu manipulieren. Sie werden dich zu dem Werkzeug machen, mit dem sie deine Schwester stürzen. Willst du das wirklich?«

»Sie werden mich nicht erkennen. Ich bin verzaubert.« Ich strecke ihm die Hand mit dem Ring entgegen und hoffe, dass das immer noch stimmt, obwohl die Magie auf Kendrick nicht zu wirken scheint.

»Und wenn dieser Zauber versagt?«

Wider besseres Wissen mache ich den Mund auf. »Was siehst du, wenn du mich anschaust?«

Kendrick schüttelt den Kopf. »Ich sehe Jasalyn.« Er mustert mich ausgiebig. »Eine erwachsenere Version des Mädchens, das in Mordeus' Kerker in der Zelle gegenüber von meiner gefangen gehalten wurde.«

Das kann nicht sein. »Aber wieso?«

»Bist du okay? Ich sehe dich, weil du vor mir stehst.«

Ich nehme seine Hand und führe ihn zu dem Spiegel, der auf der anderen Seite des schwach erleuchteten Zimmers auf einer Kommode steht. »Was siehst du dort?«

Seufzend hebt er den Blick zum Spiegel – und erstarrt. Schaut mich an und wendet sich dann wieder dem Spiegel zu. »Wer ist das?«

Die Frau im Spiegel hat mein langes braunes Haar und meine Augen. Sie ist gleichzeitig ich und auch wieder *nicht*.

Ihr Haar ist dunkler als meins. Glänzender. Ihre Wangenknochen sind markanter, ihre Lippen voll und so rot wie ihr Kleid. Die Frau im Spiegel ist pure, selbstbewusste Sinnlichkeit. Ihr Blick ist souverän, mit einem wissenden Glanz in den Augen – das genaue Gegenteil des verängstigten kleinen Mädchens, das Kendrick in Mordeus' Kerker vorgefunden hat. Er hat mir den Spitznamen *Slayer* gegeben, weil ich genau das *nicht* war. Aber sie … zu ihr passt es.

»Wie hast du das gemacht?« Er reißt seinen Blick vom Spiegel los, um mich anzusehen. »Ist das deine Magie? Eine Art Spiegelbild-Manipulation? Welches ist dein wahres Ich?«

»Was du im Spiegel siehst, ist das, was alle anderen sehen, wenn sie mich anschauen.« Ich hebe die Hand. »Solange ich diesen Ring trage.«

»Und warum funktioniert das bei mir nicht?«

»Keine Ahnung.«

»Hast du keine Angst, dass die Magie vielleicht auch bei jemand anderem versagen könnte, wenn sie bei mir nicht wirkt?«

»Ich habe keine Angst.«

»Das solltest du aber.«

Ich kneife die Augen zusammen. »Und was bringt dich zu der Annahme, dass du unter diesen Leuten sicherer bist als ich?«

»Vor allem die Tatsache, dass ich nicht die Schattenprinzessin bin. Außerdem glauben sie, dass ich mich ihrer Sache anschließen will.«

»Und warum sollte ich das nicht auch glauben?«

Kurz sehe ich einen Ausdruck über Kendricks Gesicht huschen, den ich nicht identifizieren kann – *Ärger? Schmerz?* –, bevor er seine Mimik wieder unter Kontrolle hat. Er schaut mich lange an. Ich hatte vergessen, wie tröstlich es ist, den Blick dieser Augen auf mir zu spüren. Zu wissen, dass er seinen scharfen Verstand dazu einsetzt, mich zu beschützen. »Weil du mich kennst«, sagt er schließlich.

»Ich kannte dich vor drei Jahren. Leute verändern sich. Ich habe mich verändert.«

»Du hast dich verhärtet.« Seine Knöchel streichen mir federleicht übers Schlüsselbein. »Aber das ist nur ein Schutzschild.« Er legt mir eine Hand auf die Brust. »In deinem Herzen bist du immer noch dieselbe. Und ich bin es auch.«

Ich hole tief Luft, weil ich fürchte, dass er besagtes Organ unter seiner Hand rasen hören kann. »Ich lasse mich aber nicht von meinem Herzen leiten, und das solltest du auch nicht tun.«

Der Geräuschpegel von der Gruppe unten steigt an, als jemand laut zu grölen beginnt. Dann hören wir Stühle quietschen, Glas zerbersten und lautes, vielstimmiges Gelächter, gefolgt von den schweren Schritten mehrerer Fae, die die Treppe hinaufrennen.

Dann wird mit einem Mal die Tür aufgestoßen und ein Fae stolpert ins Zimmer.

Blitzschnell dreht Kendrick mich um, drückt mich gegen die Wand und schirmt mich mit seinem Körper ab.

Er beugt sich vor und senkt den Kopf, kommt mir immer näher. Voller Panik versuche ich, ihn wegzuschieben, aber er lässt sich nicht bewegen.

In letzter Sekunde lege ich ihm eine Hand auf den Mund und kann gerade noch verhindern, dass seine Lippen meine berühren.

»'tschulligung«, nuschelt der betrunkene Fae, und die Tür wird mit lautem Krachen zugezogen. Kendrick sackt erleichtert in sich zusammen und legt seine Stirn an meine.

Mein Herz flattert und der intime Kontakt lässt mich erröten. Im Kerker war er mein Beschützer, aber Skylar hat mir klargemacht, dass er die romantischen Gefühle, die ich für ihn entwickelt habe, niemals erwidern kann. Ich habe nicht vor, mir einzureden, dass sie sich täuschen könnte. Das wäre ein dummer Fehler, und ich bin klug genug, um zu wissen, dass sie recht hat.

»Versprich mir etwas«, sage ich und löse langsam meine Hand von seinem Mund.

Er schluckt. »Was denn?«

Ich schließe die Augen und versuche, mir den Klang seiner Stimme aus nächster Nähe und die Wärme seines Atems in meinem Ohr ins Gedächtnis einzubrennen. »Versprich mir, dass du mich nicht küssen wirst.« Ein Teil der Magie des Rings scheint bei ihm zwar nicht zu wirken, aber wer weiß, ob das für alle Aspekte des Zaubers gilt. Dieses Risiko kann ich nicht eingehen. Ich warne ihn nun schon zum zweiten Mal. Solange ich diesen Ring trage, muss ich ihn beschützen, und wenn ich den Ring nicht trage, muss ich mich selbst schützen. »Niemals.«

Kendrick löst sich von mir und richtet sich zu seiner vollen Größe auf. »Ich …« Er schließt den Mund wieder, reibt sich übers Gesicht. »Ja, okay. Sorry. Ich wollte dich nur verstecken.«

»Wenn ich diesen Ring trage, musst du mich nicht verstecken.« Ich hoffe sehr, dass das immer noch der Wahrheit entspricht, aber die Tatsache, dass wir gerade dieses Gespräch führen, lässt mich stärker an der Magie des Rings zweifeln als die Angst vor der Dunkelheit, die ich auf dem Weg hierher verspürt habe.

»Was ist das für ein Ring? Warum hast du ihn?«

»Wie schon gesagt, um Rache zu nehmen.«

»Du hast mir nie gesagt, wie schrecklich die Zeit im Kerker wirklich für dich war.« Kendrick nimmt meine Hand – die mit dem Ring – und streicht sanft über das silberne Band, bevor sein Daumen winzige Kreise über den Mondstein zieht. »Ich wünschte, du hättest dich mir anvertraut. Versprich mir, dass du nie wieder allein auf die Jagd gehst. Ich kann den Gedanken nicht ertragen, dass du diese Hölle noch einmal durchleben musst.«

Ich schlucke. »Das kann ich dir nicht versprechen.«

Als er mich aus seinen eisblauen Augen ansieht, ist sein Blick stahlhart. »Du *musst.*«

Trotzig starre ich zurück. »Behandele mich nicht wie ein Kind.«

»Dann benimm dich auch nicht wie ein Kind. Hör mit diesem Leichtsinn auf.«

»Erst, wenn Mordeus endgültig tot ist. Wenn ich ihn mit meinen eigenen Händen getötet habe.«

Er schüttelt frustriert den Kopf. »Wir reden morgen darüber. Lass uns jetzt von hier verschwinden.« Er zieht mich tiefer ins Zimmer. »Dort hinten ist eine Dienstbotentür.«

Ich lasse mich von ihm die Treppe hinab- und aus dem Herrenhaus führen. Als wir wieder in der Taverne ankommen, steht Natan immer noch vor unseren Zimmern Wache.

»Sieh mal, wen ich im Haus des High Captain gefunden und vor dem sicheren Tod bewahrt habe«, sagt Kendrick.

»Oh nein.« Natan mustert mich mit vor Panik weit aufgerissenen Augen. »Bist du in Ordnung, Jasalyn? Hoffentlich hast du dich nicht verletzt.«

»Mir geht es gut«, beruhige ich ihn. »Kendrick übertreibt maßlos.«

»Kannst du mir verraten, wie sie an dir vorbeigekommen ist?«, fragt Kendrick scharf.

Natan runzelt die Stirn. »Ich weiß nicht … Habe ich etwas falsch gemacht?«

Kendrick schaut verwirrt zwischen uns beiden hin und her. Ich halte ihm meine Hand vors Gesicht und zeige ihm den Ring.

»Darüber reden wir morgen.« Er zeigt auf meine Tür. »Geh jetzt schlafen.« Dann schiebt er Natan in Richtung der anderen Tür. »Du auch. Ich übernehme die nächste Wache.«

Natan schaut mich an wie ein Welpe, der um die Zuneigung seines Frauchens bettelt.

»Bis morgen, Natan«, sage ich lächelnd. »Und vielen Dank für deine Hilfe heute Nacht.«

Erleichtert entspannt er sich. Er hat mir eine Freude gemacht, und damit ist er wunschlos glücklich.

Wir beobachten, wie er ins Zimmer schlüpft. Als sich die Tür hinter ihm geschlossen hat, schaut Kendrick mich mit gefurchter Stirn an. »Was hast du mit meinem Historiker angestellt?«

»Das ist der Ring. Morgen früh ist er wieder ganz der Alte und wird sich an nichts erinnern.«

»Soll mich das etwa beruhigen?«

»Ich sage dir nur, wie es ist«, erwidere ich mit einem Schulterzucken. »Wie du damit umgehst, ist deine Sache.«

Er mustert mich wieder. »Du bist in Panik geraten, als du dachtest, ich würde dich küssen. Liegt das auch an dem Ring?«

Ich zögere kurz. »Ja.«

»Darf ich um eine Erklärung bitten?«

Ich halte seinem Blick stand. Kann ich ihm erklären, dass dieser magische Ring mir den Kuss des Todes verleiht, ohne dabei zu offenbaren, wie ich in den letzten drei Monaten meine Nächte verbracht habe? »Frag mich das morgen früh noch mal.«

»Werde ich mich morgen noch an unser Gespräch erinnern?«, fragt er.

Ich drehe den Türknauf, halte aber auf der Schwelle noch einmal inne. »Gute Frage. Finden wirs raus.«

KAPITEL 12

JASALYN

Ich umklammere die Armlehnen des Throns der Schatten ein wenig fester und schaue hinaus in die Nacht, die sich jenseits der Fenster erstreckt. Der Himmel ist endlos dunkel, Sterne glitzern am Firmament und tanzen um eine schmale Mondsichel.

Ich sollte mich stark fühlen. So mächtig, wie es der Thron ist, der mich auch weiterhin abweist. Mächtiger. Aber die Krone ist nicht mein. Ich bin schwach, und ich darf mir keine Schwäche erlauben.

»Braucht Ihr noch irgendetwas anderes, mein König?«, fragt meine Dienerin. Sie hält den Kopf gesenkt, ihr aschblondes Haar fällt nach vorn und verbirgt ihr menschliches Gesicht. Sie zittert. Sie zittert so heftig, dass es ein Lächeln auf mein Gesicht zaubert.

Ich bin mir der Dienstboten bewusst, die an der gegenüberliegenden Wand aufgereiht stehen. Sie lassen mich nicht aus den Augen.

Furcht.

Ich will, dass sie alle mich fürchten, Sterbliche und Fae gleichermaßen.

Denn dieser Thron sollte mir gehören. Diese Krone sollte mir gehören.

»Das tue ich.« Ich nehme ihre zitternde Hand in meine, drehe sie um und studiere die weiche, rosige Haut ihrer Handfläche. »Du wirst den Bund mit mir schließen.«

»Ich … ich stehe Euch zu Diensten, mein König.« Ihre Stimme bricht. Ich genieße diesen Klang. Den Beweis meiner Macht. Ich genieße den Anblick ihrer Tränen, die auf den Boden zu ihren Füßen tropfen. »Aber … bitte. Ich möchte den Bund nicht eingehen. Bitte lasst mich Euch auf andere Weise dienen.«

Sie wagt es nicht, mich anzusehen, deswegen sieht sie es nicht kommen, als ich mein Messer ziehe und es ihr durch die Hand stoße.

Ihr Schrei hallt von den Wänden des Thronsaals wider und lässt die Fensterscheiben erbeben.

Ich hebe den Kopf und schaue die Dienstboten hinter ihr an. Männer. Frauen. Manche blicken zu Boden, andere beobachten mich wie das Gnu den Löwen. Ich ziehe die Klinge aus der Hand des Mädchens und ihr Blut spritzt auf den Boden. Sie drückt sich die verletzte Hand an die Brust, und ihr hellblaues Kleid färbt sich rot.

»Wer mir verweigert, was ich will, wird dafür bezahlen.«

Ich steche erneut zu, aber dieses Mal weicht mir das Mädchen angstvoll aus.

Lachend lähme ich sie mit meiner Magie.

»Schaut her. Das ist es, was euch blüht, wenn ihr eurem König nicht zu Diensten seid.«

Ich schlitze ihr mit meiner Klinge das Gesicht auf und stoße sie ihr in die Augen. Oh, ich genieße es, wie sie vor Schmerzen aufheult, die Art, wie ihr Körper aufgibt und im Angesicht ihrer eigenen Hilflosigkeit erschlafft. Ich werde mir viel Zeit mit ihr lassen. Sie alle sollen begreifen, welche Konsequenzen es hat, sich mir zu widersetzen.

***

»Wach auf, Prinzessin. Wir müssen in die Gänge kommen.«

Keuchend schieße ich im Bett hoch und ringe nach Luft. Fast bin ich erstaunt, dass mein Bettlaken nicht mit dem Blut des Mädchens aus meinen Träumen durchtränkt ist.

Stattdessen sehe ich Skylar, die zu mir hochgeklettert ist, sich quer über meine Matratze beugt und mich am Arm rüttelt.

»Sieh an, sie lebt ja.« Sie springt zu Boden und beginnt, ihre Sachen in einen Rucksack zu stopfen.

Es war ein Albtraum. Nur ein Albtraum.

Ich schlinge die Arme um meinen Oberkörper und reibe mir die klamme Haut. Ich kann immer noch das Messer in meiner Hand spüren, höre immer noch den Schrei des Mädchens in meinen Ohren widerhallen, erinnere mich daran, wie ich mich an ihrem Entsetzen und ihrem Schmerz ergötzt habe.

Das warst nicht du. Es war nur ein Albtraum.

Ich hasse es, wenn ich von Mordeus träume, aber diese Art von Träumen – in denen ich in seiner Haut stecke und andere foltere, anstatt selbst gefoltert zu werden – ist die schlimmste. *Es hat mir gefallen.*

Möglicherweise ist es eine Bewältigungsstrategie – mein Unterbewusstsein versucht, mein Trauma aus einem anderen Blickwinkel zu betrachten, um es besser verarbeiten zu können. Aber als ich einer Heilerin im Mitternachtspalast von diesen Träumen erzählte, weil ich hoffte, sie könne mich von ihnen befreien, sagte sie, dass dies wahrscheinlich frühe Manifestationen meiner einzigartigen Magie seien. Danach verlor ich nie wieder ein Wort darüber.

»Ich sags ja nur ungern, Prinzessin, aber falls du darauf wartest, dass ich dir dein Frühstück ans Bett bringe, kannst du noch ewig warten«, sagt Skylar.

Neben ihr steht eine flackernde Laterne, und mein Glimmstein erhellt den Bereich um mein Bett. Ich blinzele zu dem winzigen Fenster am Fußende des Bettes hinüber.

»Es ist noch dunkel draußen.«

Sie blickt nicht von ihrem Rucksack auf. »Sag bloß.«

»Kendrick hat gesagt, wir reisen bei Tagesanbruch ab.«

»Wenn wir bei Tagesanbruch abreisen wollen, müssen wir uns *vor* Tagesanbruch fertig machen.« Sie wirft mir ein paar Kleidungsstücke aufs Bett. »Für dich.«

Ich reibe mir das Gesicht mit den Händen und versuche, wach zu werden. Es fühlt sich an, als hätte ich gerade erst die Augen zugemacht. Nachdem ich Kendrick im Flur zurückgelassen hatte, bin ich sofort ins Bett gegangen. Eigentlich müsste ich ausreichend Schlaf bekommen haben, aber mir fallen immer wieder die Augen zu. Das Einzige, was mir die Kraft gibt, wach zu bleiben, ist meine Angst davor, in diesen Traum zurückzufallen.

Während Skylar mir den Rücken zudreht, ziehe ich mein Nachthemd aus und entdecke dabei eine neue Narbe an meiner Hüfte. Sie ist dünn und gebogen und stürzt mich in eine Erinnerung an silberfarbene Augen, die mich gebannt beobachten, während eine Klinge meine Haut aufschlitzt.

»Schau mich an, dann nehme ich dir den Schmerz.«

Ich freue mich beinahe über den Anblick der Narbe, klammere mich an diese Erinnerung, dass ich das Opfer war und nicht diejenige, die andere gefoltert hat.

Aber du genießt es, seine Gefolgsleute zu töten. Du genießt den Moment, in dem das Leben aus ihren Augen entweicht.

Bittere Galle steigt mir in die Kehle, und ich schiebe diese unerwünschten Gedanken mit aller Macht beiseite, als ich mein heutiges Outfit anziehe. Das langärmelige, bauchfreie Top sieht beinahe aus wie das von Skylar, aber ihres ist schwarz, während meins goldfarben ist.

»Hast du dich letzte Nacht aus dem Zimmer geschlichen, um Kendrick zu sehen?«, fragt Skylar.

Ich bin gerade dabei, mein Nachthemd zusammenzulegen, aber ihre Frage lässt mich erstarren. »Wieso? Hat er heute Morgen irgendetwas gesagt?« Erinnert er sich an die gestrige Nacht? Ich weiß nicht, was mir lieber wäre: wenn er sich erinnert oder wenn er alles vergessen hat. Mein Ring muss einfach funktionieren, und wenn Kendrick gegen seine Kräfte immun ist, gilt das möglicherweise auch für andere. Andererseits wäre es eine Erleichterung, dieses Geheimnis nicht mehr allein mit mir herumtragen zu müssen.

»Kein Wort.« Skylar dreht sich zu mir um und schüttelt den Kopf. »Ich weiß auch nicht. Ich werde das Gefühl nicht los, dass ich die meiste Zeit allein im Zimmer war. Nenn es Instinkt.«

»Nö. Hab die ganze Nacht hier geschlafen. Du kannst Natan fragen.«

Sie zieht die Augenbrauen zusammen, als wäre ihr klar, dass ich ihrer Frage ausweiche.

Als ich aus dem Bett klettere, höre ich ein leises Klopfen an der Tür. Skylar öffnet sie, und ich erkenne an ihrem Lächeln, dass Kendrick auf der anderen Seite stehen muss.

»Deine Prinzessin hätte am liebsten den ganzen Tag weitergeschlafen.«

Ich will protestieren – schließlich habe auch ich meinen Stolz –, muss aber gähnen, bevor ich nur ein Wort rausbringen kann. Ich lehne mich an den Bettpfosten und lasse mich von ihm stützen. Selbst mein Kopf fühlt sich heute Morgen bleischwer an, und ich will nichts lieber als noch ein paar Minuten lang die Augen schließen.

»Kurze Nacht?«

Ich zwinge mich, die Augenlider zu heben, und werde für meine Bemühungen mit Kendricks lächelndem Gesicht belohnt. Er sieht so gut aus mit diesen klaren blauen Augen. Und sein Lächeln lässt Wärme –

Ich richte mich auf und räuspere mich. »Ich bin einfach noch nicht ganz ich selbst.«

Wer bin ich dann? Ein grausamer König. Ich fühle mich wie der Fae, den zu töten ich entschlossen bin.

»Sie ist mehr Komfort gewohnt«, sagt Skylar.

Ich spare es mir, das abzustreiten. Vielleicht hat sie recht. Vielleicht haben mich die letzten drei Jahren wirklich verweichlicht.

Kendrick mustert mich, aber nichts an seiner Miene deutet darauf hin, dass er ihr zustimmt. Ich weiß nicht, ob ich den Respekt verdiene, den ich in seinen Augen sehe. »Gestern war ein anstrengender Tag – körperlich und emotional. Bist du okay?«

»Das wird schon. Ich bin heute Morgen nur etwas langsam.« Ich unterdrücke ein weiteres Gähnen. »Gibt es hier Kaffee?«

»Die Küche unten öffnet heute aus unerfindlichen Gründen nicht«, sagt er. »Wir halten in ein paar Stunden irgendwo an.«

Skylar grummelt irgendetwas darüber, wie grausam es ist, vor Sonnenaufgang aufzustehen und dann nicht einmal Kaffee zu bekommen, und ich kann ihr nur beipflichten.

Als sie aus dem Zimmer geht und sich draußen mit Remme und Natan unterhält, bedeute ich Kendrick, zurückzubleiben.

»Alles okay?«, fragt er.

Ich schlucke. »Wegen gestern Abend …«

Er schüttelt den Kopf. »Vergiss es. Ich weiß, dass es nicht leicht für dich ist, Mordeus' Gefolgsleuten zu begegnen, und ich hatte nicht vor, dich zum Essen zu zwingen, wenn du dich unwohl fühlst. Ich hoffe nur, du bist jetzt nicht allzu hungrig.«

»Das meine ich nicht.«

Kendrick verschränkt die Arme und runzelt die Stirn. »Geht es um die Sieben Magier?«

Er erinnert sich an nichts. »Nein … ich meine, natürlich beschäftigt mich das noch.«

Mit einem bedächtigen Nicken sagt er: »Nun, du bist immer noch hier, das werte ich als gutes Zeichen.« Er grinst. »Außerdem haben wir das Orakel auf unserer Seite.«

»Ja, aber …« Vielleicht sollte ich nicht weiter nachbohren, aber der Ring hatte so wenig Wirkung auf ihn, dass ich sichergehen muss. »Warst du letzte Nacht noch unterwegs?«

Er winkt ab. »Ich wollte versuchen, den Typen, die wir im Gastraum gesehen haben, ein paar Informationen abzuluchsen, also habe ich so getan, als wolle ich mich ihrer Sache anschließen, und bin ihnen zum Herrenhaus eines Captains hier im Dorf gefolgt.«

»Und? Hast du dort etwas Interessantes gesehen?«

»Nur das übliche Rebellen-Machogetue«, sagt er achselzuckend.

Ich spüre einen Stich im Herzen. Es sollte mir nichts ausmachen. Ich sollte froh sein, dass mein Ring noch funktioniert, dass mein Geheimnis immer noch sicher und die Magie noch intakt ist. »Ah, bevor ich es vergesse.« Er zieht ein Fläschchen aus seiner Tasche und reicht es mir. »Du musst deinen Verhüllungszauber auffrischen, bevor du das Zimmer verlässt.«

Stirnrunzelnd schaue ich ihn an. Wieso haben er und die anderen bereits ihre spitzen Ohren und den ätherischen Fae-Schimmer? »Hat Skylar ihren Trank genommen, als ich noch geschlafen habe?«

»Nee. Wir machen das schon eine ganze Weile. Wir können höhere Dosierungen vertragen und müssen das Zeug deshalb nicht so oft nehmen.«

»Oh.« Ich versuche, ausdruckslos zu bleiben, aber mein Gesicht verrät mich.

»Warum siehst du mich so böse an?«, lacht Kendrick. »Bist du neidisch, dass wir *mehr* von der Schlonze herunterwürgen müssen als du?«

»Nein, natürlich nicht.« Ich betrachte seine Ohren und seine hellblauen Augen, die sogar in seiner menschlichen Gestalt leuchten, jetzt aber umso mehr. »Ich hatte mich nur darauf gefreut, dich jeden Morgen in deiner Menschengestalt zu sehen.«

Sein Gesicht wird ernst. »Du hasst die Fae wirklich, oder?«

»Das haben wir doch schon längst geklärt.«

»Dir bleibt aber nicht mehr viel Zeit, um dich damit zu arrangieren. Wenn du immer noch so empfindest, wenn du achtzehn wirst, dann –«

»Ich sollte packen.« Ich schiebe ihn aus dem Zimmer, schließe die Tür hinter ihm und sinke zu Boden. Ich bin in jeder Hinsicht völlig erschöpft.

***

Wir schaffen es natürlich nicht, bei Tagesanbruch aufzubrechen, und das ist hauptsächlich meine Schuld. Ich brauche mehr Zeit als erwartet, um meinen Rucksack zu packen, und als ich schließlich bei den Stallungen ankomme, steht die Sonne bereits am Horizont.

Jetzt sind wir endlich unterwegs, aber wir kommen nur bis zum Herrenhaus des High Captain, bevor Remme die Hand hebt und uns bedeutet, die Pferde zu zügeln.

Ich recke den Hals, und dann sehe ich, warum. Vor uns blockieren uniformierte Wachposten die Straße. Hinter ihnen entdecke ich mehrere Kinder, die sich weinend an die Beine ihrer Mütter klammern.

»Was geht da vor?«, frage ich mit gerecktem Kopf und versuche zu erkennen, was genau die Wachposten da blockieren.

Remme wartet auf uns, und Kendrick bringt unsere Stute neben der seines Freundes zum Stehen. Ein Wachposten löst sich aus der Gruppe und kommt auf uns zu.

Kendrick presst mir seine raue Handfläche auf den nackten Bauch, und ich unterdrücke mein Schaudern. »Überlass das Reden uns, okay?«, murmelt er mir ins Ohr. »Das sind Palastuniformen, und es wäre ziemlich ungünstig, wenn sie die Stimme ihrer Prinzessin erkennen.«

Ich nicke. Er nimmt seine Hand nicht weg, sondern zieht mich stattdessen noch enger an sich, als hätte er Angst, diese Palastwache könnte mich ihm entreißen.

»Wir können niemanden auf dieser Strecke durchs Dorf reiten lassen«, sagt der Wachposten. »Sie müssen einen Umweg nehmen.«

»Was ist denn los?«, fragt Kendrick. »Sie sind ziemlich weit vom Mitternachtspalast entfernt.«

»Ihre Majestät, Königin Abriella, hat meine Schwadron damit beauftragt, die mysteriösen Todesfälle zu untersuchen, von denen das Königreich heimgesucht wird. Und dieses Dorf ist leider frisch betroffen.«

»Es tut mir leid, das zu hören«, sagt Kendrick ernst.

»Wie sollen wir darauf vertrauen, dass sie die Ursache finden wird? Wahrscheinlich steckt sie selbst dahinter«, ruft ein gehörnter Fae hinter den Wachen.

»Sie hat ihre Palastwache geschickt«, sagt die große Fae neben ihm. »Was willst du denn noch?«

»Sie könnte viel mehr tun!«, protestiert der Gehörnte. »Es kann gut sein, dass die Königin die gesichtslose Seuche dazu benutzt, ihre Feinde auszuschalten. Es ist kein Geheimnis, dass mein Bruder und meine Schwester keine Fans der Königin waren, und jetzt schau sie dir an!«

Das Kind, das sich an seine Beine klammert, wimmert. »Ich will zu meinem Daddy.«

»Wie viele Todesopfer gibt es?«, fragt Skylar.

»Ich darf Ihnen zu diesem Zeitpunkt der Untersuchungen leider keine Details verraten, Mylady. Falls Sie sich Sorgen um Ihre Familie machen, empfehle ich Ihnen, persönlich Kontakt zu ihnen aufzunehmen und sich zu vergewissern, dass sie in Sicherheit sind. Wir raten allen Bewohnern, nachts nicht nach draußen zu gehen. Im Moment ist diese Ausgangssperre noch freiwillig, aber sie zu ignorieren ist meiner Ansicht nach das Risiko nicht wert.«

»Haben Sie vielen Dank, Sir«, sagt Skylar.

Er nickt uns zu, bevor er auf seinen Posten zurückkehrt.

»Es wird schlimmer«, sagt Natan. »Wenn die Königin so viele ihrer eigenen Wachposten in diese abgelegene Gegend schickt, dann *muss* es immer schlimmer werden.«

»Umso mehr Grund, schnell weiterzureiten«, erwidert Skylar. Stirnrunzelnd schaue ich zwischen Kendricks Freunden hin und her.

»Warum kümmert es euch, dass jemand Fae umbringt? Und was wisst ihr darüber?«

»Nicht genug«, sagt Natan und wendet sein Pferd. Diesmal reitet er voran, Kendrick und ich folgen ihm, und Remme und Skylar bilden das Schlusslicht.

»Es hängt alles zusammen«, sagt Kendrick, als wir wieder in Bewegung sind. »Ob es uns gefällt oder nicht, zwischen dieser Welt und unserer bestehen jahrhundertealte Verbindungen. Unsere oberste Priorität ist natürlich Elora, aber zu versuchen, die Probleme dort zu lösen, ohne genauer zu untersuchen, was hier passiert, ist, wie ein krankes Kind zu pflegen, ihm aber weiterhin verdorbenes Essen zu geben.«

»So habe ich das noch nie gesehen«, sage ich.

Kendrick umfasst meine Taille fester und drückt mich kurz an sich, was sich gleichzeitig tröstlich und besitzergreifend anfühlt. »Weil sie versucht haben, das zu verhindern.«

»Meine Schwester steckt nicht hinter diesen Todesfällen«, sage ich abwesend und blicke ins Leere. »Wenn sie Verräter aus dem Weg schaffen würde, hätte sie das schon längst zugegeben.«

»Ich habe sie nie verdächtigt«, sagt Kendrick.

Aber wie ist dieser Fae überhaupt auf die Idee gekommen, meine Schwester könnte für die Seuche verantwortlich sein? »Halt!« Ich merke erst, dass ich gesprochen habe, als die Worte mir bereits über die Lippen gekommen sind. Sogar Natan hat meinen Befehl gehört. Er schaut mit großen Augen zu uns zurück.

»Wir sollten weiterreiten«, raunt Kendrick mir ins Ohr. »Es wäre nicht gut, wenn die Wachposten auf dich aufmerksam werden.«

Meine Schwester hat mehrere Hundert Soldaten in ihrer Wache. Keiner der Wachposten, die im Palast stationiert sind oder meinem persönlichen Schutz dienen, würde hierhergeschickt werden. »Bitte?«

Ich drehe mich im Sattel um und werfe in genau dem Moment einen Blick zurück, als ein Wachposten einen Schritt zur Seite geht, um mit einem Soldaten seiner Truppe zu sprechen. Mein Blick fällt auf die Leichen hinter ihm, und mir rutscht das Herz in die Kniekehlen. Ich erkenne diese Kleidung – die braunen Hosen und olivfarbenen Westen, die Sichelmond-Tattoos. *Die Rebellen aus dem Haus des Captains.*

Ich schüttele den Kopf. »Nein.« Nachdem ich den Wirt erledigt hatte, bin ich mit Kendrick zum Gasthaus zurückgegangen. Ich habe nur den einen Fae getötet und die restliche Nacht geschlafen. *Nur den einen.*

Und dann hast du die ganze Nacht von Gewaltexzessen geträumt.

Einer der Wachposten bemerkt, dass wir noch nicht weitergeritten sind, und kommt mit wachsamer Miene auf uns zu. »Gibt es ein Problem?«

»Ist die Seuche ansteckend?«, fragt Skylar in so überzeugend ängstlichem Tonfall, dass ich nicht sagen kann, ob sie sich wirklich Sorgen macht oder mich nur decken will. »Wir haben gestern neben diesen Leuten zu Abend gegessen.«

Ich schließe die Augen und zähle meine Atemzüge, wie es mir einer meiner Lehrer im Mitternachtspalast beigebracht hat. Ihre Stimmen rücken in den Hintergrund, als ich sieben Sekunden lang einatme, für sieben Sekunden den Atem anhalte und dann sieben Sekunden lang ausatme. Einatmen bis sieben, anhalten bis sieben …

Ich öffne weder die Augen, als wir weiterreiten, noch registriere ich die Stimmen meiner Gefährten, die sich über die heutige Tagesetappe unterhalten. Ich atme einfach mit geschlossenen Augen ein und aus und mache meinen Geist von allen Gedanken frei.

Als ich mich wieder so weit beruhigt habe, dass ich die Augen aufmachen kann, reiten wir gerade mitten in die Morgensonne hinein, und Kendricks Arm liegt fest und warm um meine Taille.

Auf meinen nächsten freien Atemzug hin lockert er seinen Griff. »Geht es dir besser?«

»Ja. Sorry.« All diese Fae sind tot. *All diese Fae sind tot, und man sieht weder Blut noch Spuren von Gewalt. Nur den Tod. Genau wie nach einem Besuch der Bezaubernden Lady. Und ich kann mich nicht daran erinnern, ihnen etwas angetan zu haben.*

»Ich muss gestehen, dass ich auch ziemlich geschockt war«, sagt Kendrick. »Vor ein paar Stunden habe ich noch mit ihnen geredet, und jetzt sind sie tot. Aber mir geht es gut. Du brauchst dir keine Sorgen um mich zu machen.«

Ich schüttele stumm den Kopf und versuche, mich auf die Umgebung zu konzentrieren – die niedrigen Hügel in der Ferne, die Bäume zu beiden Seiten der Schotterstraße, den Geruch des frischen Herbstlaubs – und an irgendetwas anderes zu denken als an die bleichen Gesichter der toten Fae-Rebellen.

»Was wisst ihr über diese sogenannte Seuche?«, frage ich, nachdem wir eine Zeit lang schweigend nebeneinander hergeritten sind.

»Nicht viel«, sagt Kendrick. »Aber genug, um vorsichtig zu sein.«

Ich kneife die Augen zusammen und sehe das kleine Mädchen vor mir, wie es die Beine seines Onkels umklammert. *»Ich will zu meinem Daddy.«*

»Ich werde nicht zulassen, dass dir etwas passiert, Slayer. Die Mutter hat größere Pläne für uns beide.«

Ich lege mir eine Hand auf die Brust und ertaste den Ring unter meinen Fingerspitzen. »Davor habe ich keine Angst.«

»Wovor dann?«

»Die Opfer, die wir heute gesehen haben, waren Rebellen. Wisst ihr, ob das auch auf die anderen Toten zutrifft?«

»Schwer zu sagen. Im Gegensatz zu den Idioten, denen wir gestern Abend begegnet sind, gehen die meisten Gefolgsleute von Mordeus nicht damit hausieren, dass sie loyale Anhänger eines toten Königs sind.«

Ich drehe den Kopf und suche Kendricks Blick. »Tot? Du glaubst also nicht an die Gerüchte?«

Er verzieht das Gesicht. »Es ist nicht unmöglich, aber sehr, sehr unwahrscheinlich. Viel wahrscheinlicher ist doch, dass jemand etwas dabei zu gewinnen hat, Mordeus' Anhänger glauben zu lassen, dass er wiederauferstanden ist. Dieser Jemand hat das Gerücht in die Welt gesetzt und nutzt es zu seinem Vorteil.«

»*Du* hast zum Beispiel etwas zu gewinnen. So wollt ihr doch das Schwert finden, richtig? Dem Weg zu Mordeus folgen?«

»Das stimmt. Aber falls ich recht habe und er nicht wirklich wieder zum Leben erwacht ist, vermute ich, dass sich jemand für ihn ausgibt.«

»Ein Gestaltwandler?«

»Ein sehr guter Gestaltwandler«, nickt er. »Und diese Person nutzt ihre Position, um sich Mordeus' Ressourcen zu sichern.«

Als ich letzte Nacht das Gespräch der beiden Fae belauscht habe, war ich so überzeugt, dass Mordeus zurück ist. Aber Kendricks Theorie lässt mich daran zweifeln. Widersprüchliche Emotionen kämpfen in meinem Inneren um die Oberhand – Erleichterung darüber, dass der Fae, den ich am meisten fürchte, tatsächlich tot sein könnte, und Bedauern, weil mir dann die einzige Rache verwehrt wäre, mit der ich vielleicht das klaffende Loch in meiner Brust füllen könnte.

Kendrick richtet sich im Sattel auf. »Natan!«, ruft er voraus. »Was kannst du uns über die gesichtslose Seuche sagen?«

»Was wollt ihr denn wissen?«

»Sind Mordeus' Anhänger häufiger betroffen als andere?«

Natan reibt sich den Nacken. »Das weiß ich nicht, aber ich kann es herausfinden. Ich frage Shae, wenn wir ihn heute Abend sehen. Falls er es auch nicht weiß, kennt er bestimmt jemanden, den er fragen kann.«

»Danke«, sage ich leise. Ich versuche, an etwas anderes zu denken, aber es gelingt mir nicht. »Ich verstehe das einfach nicht. Gestern Nacht waren sie alle noch völlig gesund.«

»Bist du wirklich so unglücklich darüber, dass sie aus dem Leben gerissen wurden?«, fragt Kendrick.

»Nein, aber …« Ich kaue auf meiner Unterlippe herum, versuche, meine Gefühle zu analysieren. »Die Zeit im Kerker hat mich hart gemacht und mich einen Hass gelehrt, den ich vorher so nie gekannt habe. Das macht mich in gewisser Hinsicht stärker, aber ich will nicht zu jemandem werden, die sich freut, wenn ihre Feinde in Scharen dahingerafft werden.« *Ich will nicht jemand sein, die sich an Folter, Tod und Macht ergötzt. Ich will nicht zu* ihm *werden.* »Vielleicht ist diese Welt ohne sie wirklich besser dran, und vielleicht ist der Anspruch meiner Schwester auf den Thron dadurch sicherer, aber …« *Aber ich habe Angst davor, was diese Tode bedeuten könnten. Ich habe Angst davor, zu wem ich durch diesen Ring werde, aber noch mehr Angst, ihn aufzugeben.*

»Ich werde dich nicht dafür verurteilen, dass du deine Gefühle nicht genau einordnen kannst, Jas«, sagt Kendrick. »Falls es das ist, worüber du dir Sorgen machst.«

Ich beiße mir in die Innenseite meiner Wange, bis der Schmerz die Bilder der Leichen aus meinem Kopf vertreibt. »Ich weiß nicht, wovor ich mich mehr fürchte: immer noch das naive Kind zu sein, das ich war, bevor Mordeus diesen Teil von mir zerstört hat, oder so kalt und skrupellos zu werden, dass ich meinen Feinden jegliche Menschlichkeit abspreche.«

Vielleicht ist meine größte Angst aber auch, dass ich Letzteres längst geworden bin – dass ich den Ring gar nicht brauche, um kalt und skrupellos zu sein, sondern es ohnehin schon bin. Mordeus hat in den Wochen, die ich in seinem Kerker gefangen war, mein innerstes Wesen unwiderruflich verändert. Andernfalls wäre ich niemals überhaupt auf die Idee gekommen, mir den Ring zuzulegen.

»Menschlichkeit würde voraussetzen, dass sie Menschen sind«, sagt Kendrick leise.

»Sie hatten Familien. Es gab Leute, die sie geliebt haben. Es ist leicht, das zu vergessen, wenn man sie als betrunkene Aufrührer kennenlernt, die ihre Königin verfluchen.«

»Vielleicht steckt in uns allen ein bisschen von beidem – naives Kind und skrupelloser Feind«, sagt er, und seine Finger ziehen beruhigende Kreise über meine Haut. »Und vielleicht ist das Entscheidende, beide Extreme nie aus den Augen zu verlieren. Wir können barmherzig handeln, ohne dabei naiv zu sein, und Gerechtigkeit walten lassen, ohne zu vergessen, dass unsere Feinde komplexe Personen sind.«

Ich konzentriere mich auf den beruhigenden Rhythmus der Hufschläge unseres Pferdes. »Befürchtest du manchmal, dass du dir nur einredest, das richtige Gleichgewicht gefunden zu haben? Dass du dir selbst Sand in die Augen streust, im Endeffekt aber keinen Deut besser bist als sie?«

»Ja«, krächzt er. Er vergräbt seine Nase in meinem Haar und atmet so tief ein, als sei mein Geruch das reinigende Tonikum, das er braucht, um nicht die Fassung zu verlieren. »Und ich klammere mich an dieser Angst fest. Denn genau sie ist es, die uns von ihnen unterscheidet. Es gibt nicht nur Schwarz und Weiß, und auch wenn wir das Böse bekämpfen und uns für das Wohl aller einsetzen, laufen wir irgendwann Gefahr, Dinge zu tun, die sich viel zu sehr wie die Handlungen unserer Feinde anfühlen. Ich wünschte, es wäre anders, aber meiner Erfahrung nach ist das meistens der Fall.«

»Wenn wir genauso handeln müssen wie sie, wie schaffen wir es dann, nicht genauso zu *werden* wie sie?«

»Indem wir uns immer wieder daran erinnern, wer wir sind und wofür wir kämpfen. Indem wir unsere Sache über uns selbst stellen.«

»Und was genau ist noch mal unsere Sache?«

Er gluckst leise, aber es klingt nicht amüsiert, sondern eher so, als wolle er mich aufheitern. »Elora. Die Zukunft von Elora und das Ende der Missstände, die dort herrschen.«

Ich nicke, und zum ersten Mal wird mir klar, dass mir vielleicht wirklich etwas an dieser Mission liegen sollte, für die Kendrick mich rekrutiert hat. Vielleicht sollte ich dieses Anliegen auch zu meiner Mission machen, damit ich nicht so werde wie die Fae in Mordeus' Kerkern. Damit ich nicht selbst zu dem Bösen werde, das ich so verzweifelt besiegen wollte, dass ich mein Leben dafür eingetauscht habe.

KAPITEL 13

FELICITY

Sie schreckt aus dem Schlaf, als grelles Licht in ihre Zelle fällt. Ein Messer landet klirrend zwischen ihr und Crissa auf dem Boden.

»Wer ist schneller?«, trällert der Wärter in singendem Tonfall. »Und wer wird überleben?«

Crissa springt auf und starrt das Messer an. Sie wechselt einen raschen Blick mit Jasalyn und schaut dann wieder zu Boden.

»Oder soll ich lieber noch einen anderen Gefangenen zu euch in die Zelle werfen?«, fragt er. »Vielleicht gefällt ihm mein Geschenk ja.«

»Nein.« Crissa bewegt sich so schnell, dass Jasalyn es kaum erkennen kann, aber dann steht sie dicht vor den Gitterstäben und starrt den Wärter wütend an. Das Messer hält sie fest umklammert. »Ich sollte dir damit die Eingeweide herausschneiden«, zischt sie.

Sein Kichern ähnelt einem heiseren Keuchen. »Du kannst es ja versuchen.«

Sie hält das Messer so fest in der Hand, dass ihre Knöchel weiß hervortreten. Jas versucht, den Wärter zu erkennen, aber das Licht hinter ihm ist blendend hell und taucht sein Gesicht in Schatten.

»Schon mal einen anderen Menschen aufgeschnitten, Mädchen?«,

fragt der Fae. »Schon mal gesehen, wie sich sein Gesicht vor Schmerz verzerrt?«

»Du bist ekelhaft.« Crissa hechtet mit ausgestrecktem Arm auf ihn zu, will die Klinge durch die Gitterstäbe stoßen und in seiner Brust vergraben, aber in dem Bruchteil einer Sekunde, bevor sie ihn berühren kann, ist sie plötzlich wie erstarrt.

»Sieh mal einer an, was für ein schönes Spielzeug mein König mir beschert hat«, lacht er.

Crissa dreht sich zu mir um. An ihren verkrampften, ruckartigen Bewegungen erkennt Jas sofort, dass Crissa ihren eigenen Körper nicht länger kontrollieren kann. Schritt um Schritt torkelt sie auf Jas zu, das Messer in der Hand.

Jas kauert sich in der Zellenecke zusammen, aber es nützt nichts, das weiß sie schon lange. In diesen Situationen ist Widerstand zwecklos.

»Entspann dich«, sagt der Wärter und zwingt Crissa, sich auf den Boden zu knien. Tränen strömen ihr über die Wangen. »Ich will nur, dass du ihr ein hübsches Bild malst.«

In ihren Augen liegt so viel Entsetzen. So viel Angst.

»Du kannst nichts dafür«, flüstert Jas. Danach kann sie überhaupt nichts mehr sagen, denn auch sie ist erstarrt. Gezwungen, mit anzusehen, wie der Wärter die Klinge in Crissas Griff so führt, dass ihre Spitze in die Haut ihres Handgelenks schneidet.

»So ist es gut«, sagt er. »Mal einen hübschen Kreis.«

★★★

Als ich mir mein Leben als Prinzessin im Schloss der Wilden Fae vorgestellt habe, hätte ich nie gedacht, dass dazu ein König gehören könnte, der im Morgengrauen an meine Schlafzimmertür hämmert und mich aus dem Bett zerrt, bevor ich mir den Schlaf aus den Augen gewischt habe.

So kann man sich irren.

Ich bin zwar völlig erschöpft, aber auch froh darüber, aus dem Traum gerissen zu werden, der mir Jas' Erinnerung beschert hat. Der Schrecken jener Stunden hängt an diesem ungewöhnlich warmen Herbstmorgen wie ein dunkler, feuchter Nebelschleier über mir.

Der Trainingsplatz von Castle Craige liegt hinter dem Schloss, auf einem glatten Felsvorsprung, der aus dem Berg herausragt. Er ist spärlich ausgestattet, auf dem staubigen Boden liegen nur ein paar Speere, Holzstäbe und eine Sammlung ordentlich aufgestapelter Bögen. Wir sind allein hier, und ich frage mich, ob Mishas Wachposten woanders trainieren oder er absichtlich diese Uhrzeit gewählt hat, um mich vor neugierigen Blicken zu schützen.

Misha zieht sein Schwert aus der Scheide und wirft es mir zu. Instinktiv fange ich es auf und bedenke ihn anschließend mit einem bösen Blick.

Er schmunzelt, und in Verbindung mit seinem zu einem Pferdeschwanz gebundenen Haar und dem engen schwarzen Hemd, das sich über seiner Brust und seinem Bizeps spannt, sorgt dieses Lächeln dafür, dass mir die Spucke wegbleibt.

Ich starre ihn schon wieder an.

Eilig richte ich meine Aufmerksamkeit auf das Schwert in meiner Hand, und der Anblick der Klinge wirft mich zurück in Jas' Erinnerung. Mein Magen hebt sich.

»Du wirst nie eine Waffe beherrschen, die du fürchtest«, sagt Misha, der mich aufmerksam beobachtet.

»Ich fürchte mich nicht davor«, sage ich und verdränge den

Traum in den hintersten Winkel meines Bewusstseins, damit ich mich konzentrieren kann.

Ich habe seit meiner Flucht aus Elora kein Schwert mehr in der Hand gehalten. Und angesichts des Grundes, weshalb ich von zu Hause geflohen bin, war mir das auch sehr recht. Aber ich hätte trainieren müssen. Mit zwölf Jahren konnte ich es mit den besten Schwertkämpfern meines Dorfes aufnehmen, aber jetzt scheinen meine Hände sogar vergessen zu haben, wie man den Griff richtig hält. Dazu kommt, dass ich in Jasalyns Körper stecke. Ihre zarte Gestalt ist nicht für den Schwertkampf geschaffen, und ihre Hände sind klein und feingliedrig.

»Hat deine Schwester dir denn *gar nichts* beigebracht?«, fragt Misha, als er mich ungeschickt meinen Griff justieren sieht.

Ich verenge die Augen. »Die Königin ist zu nett, um mich vor Sonnenaufgang aus dem Bett zu zerren.«

»Und was ist mit all den anderen Tageszeiten?«, fragt er. »Du siehst aus, als hättest du noch nie ein Schwert in der Hand gehalten.«

»Ich trainiere sehr wohl.« Ich recke empört das Kinn. Kein Wunder, dass die Prinzessin so überempfindlich ist. Sie wird ständig unterschätzt. »Ich habe gelernt, mich zu verteidigen.«

»Das Gewicht dieses Schwertes würde dich beim kleinsten Windhauch umwerfen. Du hättest die letzten drei Jahren damit zubringen sollen, dir ein paar Muskeln zuzulegen.«

»Ich trainiere nicht mehr, als von mir erwartet wird.« In meinem kurzen Gespräch mit Jasalyn habe ich herausgefunden, dass sie nichts anderes will, als in Ruhe gelassen zu werden.

»Nun, ob du willst oder nicht, solange du hier bist, wirst du trainieren.«

»Warum?«, frage ich betont genervt und ablehnend. Jasalyn

ist kein weinerliches Kind. Sie ist ein verletzter Vogel, der sich zurückziehen will.

»Selbstverteidigung?«

»Dafür habe ich meine Leibwächter.«

»Und was ist, wenn deine Leibwächter sich gegen dich wenden?« Misha kommt langsam auf mich zu. »Was ist, wenn sie in Wahrheit deine Feinde sind, die sich in die Palastgarde eingeschlichen haben, um dich auszuschalten?« Er schaut auf mich hinab und mein Herz schlägt schneller. Auch mein Atem beschleunigt sich. »Was ist, wenn deine Leibwächter getötet werden? Oder du in einen Hinterhalt gerätst und sie dich nicht erreichen können?«

Mit einer einzigen blitzschnellen Bewegung schlägt er mir die Klinge aus der Hand, wirbelt mich herum und drückt mich an sich. Mein Rücken ist an seine Brust gepresst, meine Arme fest umklammert.

Mistkerl.

»Du weigerst dich so resolut, dir deine Schwächen einzugestehen«, sagt er, »und gleichzeitig verleugnest du nach Leibeskräften, dass du in neun Monaten zur Fae werden wirst.«

»Ich habs verstanden«, presse ich zwischen zusammengebissenen Zähnen hervor und bin mir dabei viel zu sehr der Wärme bewusst, die sein kräftiger Körper an meinem Rücken ausstrahlt. Ich kann nicht *denken*, wenn dieser Fae mir nahe kommt.

»Wirklich?« Sein Atem strömt heiß in mein Ohr. »Ich glaube nicht, dass du den Ernst der Situation vollständig begriffen hast.«

»Den Ernst *welcher* Situation? Dass ich mich in deinem schicken Schloss verstecken muss?«

»Du bist *sterblich*«, knurrt er und verstärkt seinen Griff.

Ich ramme ihm einen Ellbogen in die stahlharten Bauchmuskeln, mache einen Schritt zur Seite und drehe mich weg, aber ich weiß, dass ich seiner Umarmung nur entkommen bin, weil er es zugelassen hat. »Beurteile mich nicht danach, wie ich einen Schwertgriff halte, der für deine monströsen Riesenpranken bestimmt ist«, fauche ich ihn an.

»Die hier?« Spöttisch lächelnd hebt er eine Hand und spreizt die Finger. »Hast du ein Problem mit meinen Händen? Komisch. Über die hat sich vor dir noch keine Fae beschwert.«

Blut steigt mir in die Wangen. Ich habe die Situation völlig falsch eingeschätzt. Innerlich verfluche ich mich dafür, dass ich es versäumt habe, meine Gaben einzusetzen.

Beziehungen haben eine bestimmte Energie, und Echos verfügen über die Gabe, sie zu erspüren. Diese Kraft fühlt sich zwar oft unangebracht an, weil sie in die Privatsphäre der anderen Person eindringt, aber ohne sie wäre ich jetzt völlig verloren. Jas hätte mir diese Seite von Misha niemals beschreiben können.

Misha ist nicht nur ein Freund der Schattenkönigin, der die Prinzessin *kennt*. Ihm liegt etwas an der Prinzessin. Sehr viel sogar. Er fühlt sich für sie verantwortlich.

Jasalyn hat nichts davon erwähnt, als sie mir von ihm erzählte, und ich frage mich, was ihr sonst noch alles entgangen ist – ob die Art, wie er mich gerade ansieht, bedeutet, dass er noch ganz andere Gefühle für sie hegt. Hat er ein romantisches Interesse an der Prinzessin?

Hinter mir räuspert sich jemand, und Misha zuckt zurück, als hätte man ihn mit der Hand in der Keksdose erwischt.

Als ich mich umdrehe, sehe ich einen dunkelhäutigen Fae mit kurzen schwarzen Dreadlocks, der uns neugierig betrachtet.

»Zu deinem Glück hat Tynan sich dazu bereit erklärt, mit dir zu trainieren«, sagt Misha. »Ich vertraue sie dir an, Tynan.«

Tynan nickt mir zu und lächelt höflich. Wie sein König trägt auch er ein silbernes Netztattoo auf der Stirn, aber im Gegensatz zu seinem König scheint er nicht sehr gesprächig zu sein. Wie gut kennen Jas und er sich? Er erinnert sich offenbar an sie, aber sie hat ihn mir gegenüber nicht erwähnt, und in der Handvoll Erinnerungen, die ich von ihr habe, ist er bisher nicht vorgekommen.

»Tynan wird dir ein paar Übungen zeigen«, sagt Misha.

»Und du?«, frage ich, bevor ich es verhindern kann.

»Willst du, dass ich bleibe, damit du meine Hände weiter beleidigen kannst?« Er zwinkert mir zu und deutet dann auf zwei Fae, die aus dem Schloss auf uns zukommen. »Ich muss mein eigenes Training absolvieren, aber ich bin ganz in der Nähe, falls du mich brauchst.«

»Danke«, sage ich verlegen und verbiete mir rigoros, ihm nachzusehen, als er sich abwendet. Aber ich war schon immer besser darin, Regeln zu brechen, als sie zu befolgen, und ich kann mir gut vorstellen, dass selbst eine so stoische Person wie Jasalyn diesem Anblick nicht widerstehen könnte.

Tynan hüstelt, und ich reiße meinen Blick vom Rücken des Königs los.

Er beginnt mit einigen Aufwärmübungen und zeigt mir dann, wie ich das Schwert richtig halten kann, wenn – wie bei Mishas Schwert – der Griff eigentlich zu groß für mich ist. Mir fällt schon bald alles wieder ein, aber ich achte darauf, die Beinarbeit und die richtige Handhaltung ein paar Mal zu »vergessen«, damit es nicht so aussieht, als würde ich zu schnell lernen oder sei zu erfahren für eine Prinzessin, die nur die Grundlagen gelernt hat.

Während wir trainieren, bin ich mir vage bewusst, dass König Misha auf der anderen Seite des Trainingsplatzes mit den beiden Wachposten exerziert. Es gefällt mir, dass er mit ihnen scherzt, als sei er einer von ihnen. Und wenn sie reden – ihm davon erzählen, was im Dorf gerade los ist –, hört er ihnen zu wie ein Freund, nicht wie ihr Herrscher.

Als hätte Misha meine Gedanken gespürt und würde versuchen, die Entschlossenheit auf die Probe zu stellen, mit der ich meine Anziehung zu ihm unterdrücke, hat er irgendwann sein Hemd ausgezogen und präsentiert nun seine breite, mit einer dünnen Schweißschicht bedeckte Brust. Er ist so groß und einschüchternd, dass niemand ihn jemals für dünn oder schlaksig halten könnte, aber ohne Hemd sind seine Stärke und Muskelkraft beim besten Willen nicht zu leugnen.

Dich in den König zu verknallen wird dir nicht dabei helfen, den Gang der Türen zu finden.

Sobald ich den Gedanken zu Ende gedacht habe, höre ich Hales Stimme in meinem Kopf, die mir sagt, dass der schnellste Weg zum Gang der Türen durch Mishas Herz führt, aber diese Schwärmerei wird ihn mit Sicherheit nicht dazu bringen, mir sein Vertrauen zu schenken.

Ich muss mich konzentrieren. Als ich meine Aufmerksamkeit wieder Tynan zuwende, beobachtet er mich erneut mit diesem neugierigen Gesichtsausdruck.

»Was ist?«, frage ich, aber meine Wangen sind bereits rot angelaufen.

Er schüttelt den Kopf. »Es geht mich nichts an.«

»Du kannst trotzdem fragen.« Denn wenn ich gerade dabei bin, alles zu vermasseln, sollte ich das so schnell wie möglich erfahren.

Tynan reicht mir ein Handtuch und schaut zwischen mir und Misha hin und her. »Ich habe mich nur gefragt, was sich zwischen euch verändert hat.«

»Gar nichts hat sich verändert. Wovon sprichst du?«

Er schüttelt wieder den Kopf. »Es geht mich wirklich nichts an.«

Ich würde gerne nachhaken, aber ich verkneife es mir. Offensichtlich herrscht zwischen Misha und mir eine Spannung, die zwischen ihm und der echten Jas nicht vorhanden war. Das hätte nie zum Problem werden dürfen. Ich habe mich davon ablenken lassen, dass ich mich zu ihm hingezogen fühle, und das könnte alles ruinieren.

»Du solltest heute viel Wasser trinken«, sagt Tynan, »und ein ordentliches Frühstück zu dir nehmen. Wenn du erst mal ein bisschen mehr Fleisch auf den Knochen hast, wird das Training dir viel leichter fallen. Du bist ein Naturtalent.«

»Dasselbe habe ich auch gedacht.« Flankiert von seinen beiden Trainingspartnern schlendert Misha zu uns herüber. Er schnappt sich ein Handtuch und wischt sich den Schweiß von der Brust.

Ich schaue schnell zu Boden.

»Apropos«, fährt Misha fort. »Das Frühstück wird in einer Stunde auf der Speiseterrasse serviert.«

Ich lasse den staubigen Boden nicht aus den Augen, weil ich befürchte, dass ich den König sonst gleich wieder anstarren werde. »Ich werde in meinem Zimmer frühstücken, vielen Dank«, sage ich. *Sei Jas. Geh auf Distanz.*

»Von mir aus«, sagt er. »Dann frühstücke eben allein. Aber bereite dich darauf vor, eine Stunde später im Sattel zu sitzen.«

Ich reiße den Kopf hoch und sehe, dass er mich mit einem so süffisanten Grinsen anschaut, als hätte er gerade eine Partie Schach gewonnen. »Warum?«

»Deine Schwester will, dass ich eine Königin aus dir mache«, sagt Misha. »Und eine Königin versteckt sich nicht unter der Bettdecke, wenn ihr Hof in Gefahr schwebt. Sie geht los und sucht nach Antworten.« Er wirft mir ein strahlendes, komplett unechtes Lächeln zu und marschiert dann vom Trainingsplatz zurück zum Schloss.

***

Zwei Stunden später kommt Misha in mein Zimmer gestürmt, ohne sich die Mühe zu machen, sich vorher anzukündigen. »Es gab eine kleine Planänderung. Wir brechen erst nach dem Mittagessen auf.«

Ich schaue ihn ausdruckslos an. »Bitte, komm doch rein. Fühl dich wie zu Hause.«

Er grinst, und seine rötlichen Augen funkeln amüsiert. »Ich *bin* zu Hause.«

»Ich hätte nackt sein können«, murmele ich.

»Enttäuscht über die verpasste Gelegenheit?«, fragt er. Ich starre ihn geschockt an und er verdreht leicht die Augen. »Ich habe draußen deine Zofe getroffen, und sie hat mir gesagt, dass du aufbruchsbereit bist. Beruhige dich.«

»Nächstes Mal kannst du ihr einfach ausrichten, was du zu sagen hast.«

»Und damit auf deine betörende Gesellschaft verzichten? Nicht doch.«

Misha ist bloß Misha, hatte Jas gesagt. *Er ist der beste Freund meiner Schwester*, hatte sie gesagt. Nichts über diese konstante Flirterei, die verspielten verbalen Schlagabtausche, oder was immer das sein mag. Wie kann Jasalyn von ihm reden, als wäre er bloß ein weiterer Fae-König, der sie nicht interessiert? Er ist wie ein

Magnet. Immer, wenn er in meiner Nähe ist, ertappe ich mich dabei, wie ich ihn anstarre, mich mit ihm streite oder ihn fragen will, was genau ihm gerade durch den Kopf geht.

Ich drehe ihm den Rücken zu und beginne, meine Haare zu einem Zopf zu flechten.

»Wir müssen die Pferde nehmen«, sagt er. »Der Weg in die Berge ist ziemlich anstrengend, aber die Bewegung und die frische Luft werden dir guttun.«

»Wo genau wollen wir hin?«

»Das habe ich dir schon gesagt. Wir suchen nach Antworten.«

Ich bin fertig frisiert und verschränke die Arme. »Sind deine Aussagen immer so vage?«

Misha imitiert meine Pose und wippt auf den Fußballen auf und ab. »Willst du nicht wissen, ob an den Gerüchten etwas dran ist? Ob Mordeus tatsächlich wieder am Leben ist?«

Ich schnappe nach Luft.

»Das dachte ich mir.«

»Wie …« Ich befeuchte meine Lippen. Ich darf nicht zu interessiert wirken. »Wo willst du diese Antworten finden?«

»Im Gegensatz zum Unseelie-Hof war mein Reich nicht jahrhundertelang in Kriege verwickelt, deshalb sind viele unserer ältesten Weisen noch am Leben. Heute besuchen wir Gaelynn, Juwel des Friedens.«

»Das ist ihr Name? Gaelynn, Juwel des Friedens?«

Seine Mundwinkel zucken. »Ihr Name ist Gaelynn. Ihr Titel lautet Juwel des Friedens. Du würdest das Konzept von Titeln sicher besser verstehen, wenn du den Pflichten nachkommen würdest, die deine Stellung mit sich bringt, anstatt dich nur in deinem Zimmer zu verstecken.«

Seine Kritik erinnert mich daran, wer ich eigentlich sein sollte, und ich seufze schwer. »Und warum muss ich unbedingt mitkommen?«

»Weil ich dich dort brauche«, sagt Misha. Er wirft sich in einen Polstersessel und trommelt mit den Fingerspitzen auf die Armlehne. »Du repräsentierst die Unseelie-Krone. Ich weiß, dass dir das im Moment ziemlich egal ist, aber eines Tages wirst du als Schattenprinzessin eine aktivere Rolle einnehmen *müssen*.«

Ich senke den Blick. »Meine Schwester repräsentiert die Krone. Ich bin bloß ein Menschenmädchen, das …«

»Du wirst nicht mehr lange ein Mensch sein, Jasalyn«, sagt er leise. »Und ich weiß, dass du das nicht hören willst, aber es ist höchste Zeit, dass du beginnst, dich darauf vorzubereiten.«

»Haben wir nicht genau das heute Morgen getan? Mit dem Training?«

»Deine körperliche Fitness hat nichts mit deiner Magie zu tun.« Er trommelt so rasant mit den Fingern, als würde ihm das Stillsitzen schwerfallen. »Ich habe Amira gebeten, sich morgen früh mit dir zu treffen. Ihre Gabe wird dir helfen, mit deinen Kräften in Kontakt zu treten – und deine schlummernden Fähigkeiten zu wecken.«

»Ich habe keine magischen Kräfte«, sage ich knapp.

»Das ist genau mein Punkt. Du *glaubst*, dass du keine hast, aber es ist völlig unmöglich, dass ein Kind von Mab keine Magie besitzt – auch wenn sie ein Mensch ist. Arbeite mit Amira zusammen, vielleicht kann sie die Magie in dir ans Licht locken.«

Das klingt gefährlich. Mich dazu zu drängen, meine Magie zu zeigen, wird mich in Schwierigkeiten bringen. Falls die ehemalige Königin es tatsächlich schafft, *meine* wahre Magie zutage zu fördern, fliege ich auf. »Ich will das nicht«, sage ich. »Bitte zwing mich nicht dazu.«

Er schüttelt den Kopf, aber ich spüre, dass er mich vorerst in Ruhe lassen wird. »Irgendwann musst du dich den Tatsachen stellen.«

Ich schlucke mühsam. Ich muss alles tun, was nötig ist, um Misha und seine Freunde davon abzuhalten, in meinem Geist herumzustochern. Und wenn das bedeutet, dass ich einen Teil meiner eigenen Magie als die von Prinzessin Jasalyn ausgeben muss, dann sei es eben so. »Es gibt da vielleicht etwas.«

Mishas Kopf schnellt zu mir, der Blick forschend. »Was?«

»Statt es zu beschreiben, zeige ich es dir lieber.« Jasalyn wird eine Menge zu erklären haben, wenn sie meine Magie später nicht reproduzieren kann, aber ich könnte mir vorstellen, dass das nicht ihr größtes Problem sein wird. Je länger ich hier bin, desto größer wird der Schlamassel, mit dem sie bei ihrer Rückkehr zurechtkommen muss, und desto schwerer wird es ihr fallen, so zu tun, als wäre sie nie weg gewesen. Aber wenn ich diese Täuschung auch nur eine Woche lang aufrechterhalten will, darf mir das jetzt nichts ausmachen.

»Bring mich zu jemandem, zu dem du irgendeine Verbindung hast – jemandem, den ich nicht kenne –, und sag mir nicht, wer diese Person ist oder woher ihr euch kennt.«

Er hebt eine Augenbraue, neugierig, und geht dann zur Tür. Ich lasse erleichtert die Schultern hängen, bis er sich zu mir umdreht.

»Kommst du?«

»Was – jetzt gleich?«

Sein Mundwinkel zuckt. »Jetzt gleich, Jasalyn.«

Misha führt mich in den zweiten Stock zu einer wundervollen, kreisförmig angelegten Bibliothek. Die Wände sind von Bücherregalen gesäumt, und durch die gläserne Decke wird der Raum mit Tageslicht geflutet. Überall in dem riesigen Saal sehe ich

Arbeitsplätze und einladende Leseecken, und ich würde nichts lieber tun, als mich hier tagelang in einem gemütlichen Sessel zusammenzurollen und mich in einem Buch nach dem anderen zu verlieren.

Ich kann den Anblick nur kurz genießen, bevor Misha meine Schritte zu einer blassen, schmal gebauten jungen Fae lenkt, die unaufhörlich zu lächeln scheint.

»Guten Morgen.« Sie neigt den Kopf vor ihrem König und macht errötend einen Knicks.

Ich unterdrücke ein Seufzen. Wenn sie in ihn verliebt ist, wird er mir nie glauben, dass meine Fähigkeiten wirklich magisch sind, und dann muss ich morgen die ehemalige Königin in meinem Kopf herumwühlen lassen. Aber wahrscheinlich sind die meisten Fae, die etwas Zeit mit ihrem König verbringen dürfen, bis zu einem gewissen Grad in ihn verliebt.

»Guten Morgen«, sage ich. »Ich bin Jasalyn.«

»*Prinzessin* Jasalyn«, korrigiert Misha, und ich werfe ihm einen genervten Blick zu, weil das der echten Prinzessin unangenehm wäre.

»Wie heißt du?«, frage ich.

»Blake, Eure Hoheit.«

»Blake, könntest du dich kurz mit König Misha unterhalten – am besten über etwas Alltägliches, wenn es dir nichts ausmacht.« Ich weiche zurück, um ihrem Gespräch auch körperlich Raum zu geben.

Sie legt die Stirn in Falten. »Stecke ich in irgendwelchen Schwierigkeiten?«

»Nein, überhaupt nicht«, sagt Misha. »Die Prinzessin will mir eine ihrer Fähigkeiten zeigen, und dafür muss sie uns miteinander sprechen sehen.«

Blakes Gesicht hellt sich auf. »Ach so. Der Enkel des neuen Mannes meiner Tante kann aus einer kurzen Unterhaltung heraushören, wie loyal die Sprecher in der Zukunft sein werden. Ist das so ähnlich?«

»So ähnlich, aber leider bei Weitem nicht so nützlich«, sage ich lächelnd. Ich mag sie. Und mir gefällt, was sie für ihren König empfindet. Sie ist *nicht* verliebt in ihn. Respekt, Ehrerbietung, ein Hauch von Freundschaft, derer sie sich aber nicht ganz sicher ist. Und Misha …

»Erzähl mir doch einfach, was du für heute so alles geplant hast«, schlägt Misha vor.

»Meine Schicht in der Bibliothek ist in ein paar Stunden zu Ende, und dann werde ich an der frischen Luft den Abend genießen. Die kalte Jahreszeit kommt leider schon bald.«

»Ja, in der Tat«, sagt Misha. »Was wirst du denn draußen unternehmen?«

Er ist ihr für ihre Arbeit dankbar – damit meint er die Arbeit in der Bibliothek, denke ich. Aber da ist noch etwas anderes. Eifersucht? Nein. Eifersucht ist es nicht.

»Mein Mann, meine Tochter und ich erkunden gern gemeinsam den Wald hinter unserem Häuschen. Das habe ich in meiner Kindheit auch immer getan, und ich freue mich, dass wir ihr die gleichen Kindheitserinnerungen geben können.« Ihre Wangen röten sich.

Der Stich, den ihre Worte Misha versetzen, ist so heftig, dass ich ihn beinahe selbst spüre. *Familie.*

»Die Mutter macht uns jeden Tag die wundervollsten Geschenke«, setzt Blake leise hinzu.

»Da hast du recht. Und kein Wald in Faerie ist schöner als die Wälder in unserem Land«, sagt Misha.

»Wenn Ihr es sagt«, erwidert sie lachend. »Ich habe dieses Land noch nie verlassen. Ich wollte nie in die anderen Reiche reisen, weil dort immer so viel Unruhe zu herrschen scheint.«

»Das kann ich dir nicht verübeln«, sagt er mit einem Schmunzeln.

»Oh. Nichts für ungut, Eure Hoheit.« Sie neigt den Kopf vor mir.

Ich setze ein höfliches Lächeln auf. »Nicht doch.«

»Brauchst du noch mehr?«, fragt Misha. »Für das, was du mir zeigen willst?«

Ich schüttele den Kopf. »Nein, das sollte reichen.«

»Danke, Blake«, sagt er. »Bis bald.«

»Schaut jederzeit gern wieder vorbei«, sagt sie. Sie nickt mir mit gesenktem Blick zu. »Hat mich gefreut, Euch kennenzulernen, Prinzessin.«

»Gleichfalls«, sage ich, und dann führt Misha mich von ihr fort in eine ruhige Ecke der Bibliothek.

Er deutet auf einen Sessel, und ich lasse mich hineinsinken und schaue ihm dabei zu, wie er mir eine Tasse Kaffee einschenkt. Er reicht mir das dampfende Gebräu ohne einen Tropfen Sahne oder auch nur einen Hauch Zucker. »Und?«, fragt er und setzt sich in den Sessel mir gegenüber.

Ich umfasse die Tasse mit beiden Händen und verfluche Jasalyn im Stillen für ihre, wie sie es ausgedrückt hat, beinahe krankhafte Kaffee-Besessenheit. Ich verabscheue die dunkle Plörre, aber natürlich erwartet Misha, dass ich die Tasse mit Genuss leere. Ich nehme einen Schluck und versuche, ausdruckslos zu bleiben, als mir die bittere Flüssigkeit über die Zunge rinnt. »Es überrascht mich, dass du hier drin Kaffee erlaubst. Hast du keine Angst um all die Bücher?«

Er stutzt kurz. »Sie sind magisch geschützt. Etwas so Banales wie verschütteter Kaffee kann ihnen nichts anhaben.«

»Oh. Wie … praktisch.« Ich verfüge zwar über magische Kräfte, aber ich habe die ersten sechzehn Jahre meines Lebens in Elora verbracht, wo meine Art von Magie lebensgefährlich war, also habe ich bis auf meine mentalen Schilde und die Entwicklung meiner Echo-Fähigkeiten nur gerade genug Magie eingesetzt, um den Umgang mit ihr zu erlernen. Der einzige Ort, wo Magie so im Überfluss vorhanden ist, dass man eine ganze Bibliothek verzaubern könnte, ist der Palast von Elora, und den meide ich schon mein ganzes Leben lang.

»Versuchst du, mich hinzuhalten?« Misha lehnt sich in seinem Sessel zurück.

»Na ja, ich bin mir nicht sicher, ob das, was ich sagen kann, als Beweis wirklich ausreicht. Es ist offensichtlich, dass ihr beide euch freundschaftlich verbunden seid und gegenseitig respektiert.«

»Soll das heißen, du kannst die Beziehung zwischen zwei Personen erkennen?«

Ich stelle meine Tasse auf dem gläsernen Beistelltisch ab. »Ich glaube schon. Wenn sie sich im selben Zimmer befinden und in irgendeiner Form miteinander interagieren, kann ich spüren, was sie füreinander empfinden. Anfangs habe ich das nicht für Magie gehalten. Ich dachte, ich werde erwachsen und entwickle eine gewisse Sensibilität für die Menschen um mich herum.«

Misha beugt sich vor und stützt die Hände auf den Knien ab. »Aber jetzt hältst du es für Magie, sonst hättest du es nicht erwähnt. Du *willst* nur nicht, dass es Magie ist.«

Ich stoße den Atem aus. Dass meine Gabe nicht nur reine Beobachtung war, realisierte ich an dem Tag, an dem ein Mann aus dem Palast von Elora ins Haus meiner Mutter kam und ich wusste, dass sie ihn zutiefst verabscheute, obwohl alles, was sie sagte und tat, nur Gastfreundschaft und Güte ausstrahlte. »Manchmal denke ich, dass ich viel zu viel weiß.«

»Wie eine Empathin«, sagt er.

Ich schüttele den Kopf. »Wenn ich Empathin wäre, müsste ich dann nicht auch wissen, was du jetzt gerade fühlst?«

»Nicht unbedingt. Empathische Magie kann die unterschiedlichsten Formen annehmen.«

Er hat recht, und ich weiß das, aber Jasalyn wäre das neu. Und falls sie es wüsste, würde sie wahrscheinlich leugnen, dass ihre Gabe irgendetwas mit einer bekannten Form der Magie zu tun hat. In Wirklichkeit ist meine Gabe zwar empathische Magie, aber eine, mit der die meisten Fae nicht vertraut sind.

»Und was hast du aus meinem Gespräch mit Blake noch erfahren?«

»Sie respektiert dich als König und als Fae.« Ich räuspere mich. »Und manchmal denkt sie, ihr wärt Freunde, aber sie weiß nicht, wie sie damit umgehen soll, weil sie nur eine Gelehrte ist und du ihr König bist.«

»Faszinierend.« Er schlägt lässig die Beine übereinander. »Und was noch? Beeindrucke mich, Jas.«

Ich beiße mir auf die Unterlippe. »Das Schlimmste daran, diese Dinge zu spüren, ist, wie übergriffig ich mir dabei vorkomme.« Das galt auch für das Echo-Dasein im Allgemeinen. Wenn ich daran denke, wie die Schattenkönigin sich fühlen würde, wenn sie wüsste, dass sie ihre Ängste und ihre Liebe vor einer Person ausgebreitet hat, die ihre Schwester nur imitiert, dreht sich mir der Magen um. »Diese Emotionen gehören mir nicht.«

»Aber es kann hilfreich sein, sie zu kennen. Und falls nicht, kannst du sie blockieren. Ich kann dir beibringen, wie.«

Ich unterdrücke ein Lächeln. Misha ist extrem talentiert in mentaler Magie und dem psychischen Abschirmen, aber mein Leben hing schon in jungen Jahren davon ab, auch die mächtigsten Fae zu blockieren. Wahrscheinlich könnte ich *ihm* noch ein paar Dinge beibringen. »Es kann hilfreich sein, das gebe ich zu.«

»Und jetzt sag mir, was du gerade über mich erfahren hast – weshalb hast du jetzt Schuldgefühle?«

Ich schaue ihm in die Augen und halte seinem Blick stand. Als er und die ehemalige Königin ihre Ehe auflösten, sprach Amira ganz offen über ihre gemeinsame Entscheidung und zitierte historische Fälle von Fae-Königen, die zwei- oder sogar dreimal geheiratet hatten, wenn die erste Ehefrau ihnen keine Kinder schenken konnte. Sie sagte, sie habe sich entschieden, abzudanken und einer neuen Königin Platz zu machen, die dem König einen Erben schenken könnte. Die Könige, von denen sie sprach, lösten ihre Ehen zwar erst auf, als sie ihre nächste Frau schon gefunden hatten – was bei Misha nicht der Fall war –, aber der Hof schien ihre Erklärung zu akzeptieren. Doch jetzt frage ich mich, ob es wirklich nur um die Erbfolge ging. Misha wünscht sich eine Familie. Er sehnt sich nach *Liebe*.

Es ist mir unbegreiflich, dass ein so guter Fae wie Misha noch keine romantische Liebe gefunden hat. Auch wenn seine Ehe aus rein politischen Gründen geschlossen wurde, überrascht es mich, dass er nie wahre Liebe mit einer anderen Fae gefunden hat, und dass nach seiner Trennung von Amira keine Mätresse bereits darauf wartete, die Rolle der Königin zu übernehmen.

»Das, was du empfindest, wenn sie von ihrer Familie spricht – zuerst dachte ich, es wäre Eifersucht«, sage ich langsam, »aber das ist es nicht. Du *beneidest* sie. Um ihre Ehe, um ihr Kind. Du wünschst dir eine Familie, und du gönnst Blake zwar jeden glücklichen Moment mit der Familie, die sie sich aufgebaut hat, aber ihr Anblick erinnert dich immer daran, wie viel leichter auch dir diese Dinge zugefallen wären, wenn du nicht die Bürde dieser Krone tragen müsstest. Denn egal wie sehr du auf eine bessere Zukunft hoffst, egal wie tapfer du zu sein versuchst, ein Teil von dir wird sich immer an die Ehe deiner Eltern erinnern und überzeugt sein, dass du dazu verdammt bist, ihr Schicksal zu wiederholen.«

Mishas Miene wird ausdruckslos und er schluckt schwer, hält aber meinem Blick stand. »Warst du in meinem Kopf? Ich habe dich nicht gespürt …«

»Nein. Wie gesagt – ich erkenne diese Dinge in der Verbindung, die du zu einer anderen Person hast. Ich kann keine Gedanken lesen.«

»Das bedeutet also, dass auch jemand, der hervorragend abgeschirmt ist, von dir entlarvt werden kann.«

Ich habe zu viel gesagt. Ich habe zu viel verraten. »Ach, ich weiß nicht«, sage ich achselzuckend. »Wie gesagt, vielleicht ist es ja gar keine Magie. Vielleicht ist es nur eine Mischung aus einer guten Beobachtungsgabe und gesundem Menschenverstand.«

»Das glaubst du nicht wirklich«, sagt Misha sanft. »Du wünschst dir vielleicht, du könntest es, aber es geht nicht.«

Ich reiße mich von seinem Blick los und schaue auf meine Hände.

»Es ist nicht so furchtbar, dieses Leben«, sagt er. »Das Leben als Fae mit magischen Kräften. Du hast dir bisher nur noch nicht erlaubt, das Gute darin zu sehen. Ich hoffe, eines Tages wirst du mir erlauben, es dir zu zeigen.«

Aus dem Augenwinkel sehe ich, wie er die Hand nach mir ausstreckt, sie im letzten Augenblick aber fallen lässt.

Er steht so abrupt auf, als wolle er mir und diesem Gespräch entfliehen. »Bestimmt würde Amira sich trotzdem gerne mit dir treffen, wenn du möchtest. Sie kann dir dabei helfen, diese Gabe zu verfeinern.«

»Danke, aber nein danke.«

Er ist bereits auf dem Weg zur Tür. »Wer weiß. Vielleicht änderst du deine Meinung ja noch.«

KAPITEL 14

FELICITY

Der Ritt durch die Berge ist atemberaubend. Ich habe seit meiner Ankunft in Faerie vor drei Jahren nur im Königreich des Mondes gelebt, und das ist unfassbar schön – aber das Land der Wilden Fae besticht durch eine ganz andere Art von Schönheit. Hier bezeichnet man die Natur als die Mutter und verehrt sie wie eine Gottheit, und es scheint so, als würde die Natur rundherum besonders prächtig gedeihen, um sie für diese Anbetung zu belohnen. Auch wenn sich die Blätter bereits herbstlich bunt verfärben, wirken die Bäume üppig und voller Leben. Chrysanthemen und spät blühende Hortensien säumen den Wegrand, als würde jeder Zentimeter des Landes von einem erfahrenen Gärtner gepflegt.

Misha und ich reiten Seite an Seite, gefolgt von zwei seiner Wachen – nicht zu dicht hinter uns, aber nahe genug, um ihren König zu beschützen, falls jemand diese Gelegenheit nutzen sollte, um einen Anschlag auf ihn zu verüben.

Misha ist schweigsam, seit wir aufgebrochen sind. Keine Spur von Flirtereien und charmantem Gestichel wie vor dem Training oder heute Vormittag in meinem Zimmer. Ich glaube, ich bin ihm zu nahe gekommen, als ich ihm erzählt habe, was ich zwischen ihm und Blake gespürt habe. Ich habe nicht den Eindruck, dass es ihm unangenehm ist, dass ich weiß, wie er zu dem Thema steht. Es sind die Worte, die er danach zu mir gesagt hat, die ihn dazu veranlasst haben, sich zurückzuziehen.

»Ich hoffe, eines Tages wirst du mir erlauben, es dir zu zeigen.«

Ich hätte seine Worte als die freundliche Geste eines Fae verbuchen können, der sich bemüht, der Schwester seiner besten Freundin zu helfen. Oder sogar als die Höflichkeit eines guten Gastgebers. Wenn nicht … wenn er danach nicht die Hand nach mir ausgestreckt hätte. Nur um sie dann fallen zu lassen, als ihm klar wurde, was er da gerade tat.

Ich spüre eine Anziehung zu Misha, die ich nicht verleugnen kann – eine Anziehung, die meiner Meinung nach nichts mit der Schattenprinzessin zu tun hat. Aber so gerne ich mir auch einreden würde, dass er dasselbe empfindet wie ich, darf ich trotz aller Schwärmerei doch nicht die Realität vergessen. Ich bin gerade nicht Felicity. Ich bin die kleine Schwester der besten Freundin des Königs. Ich bin die Schattenprinzessin. Für Misha bin ich Jasalyn – gleichzeitig schöne Frau und eine politisch vorteilhafte Partie.

Falls Misha tatsächlich etwas für die Bruchstücke von *mir* empfinden sollte, die in den letzten Tagen sicherlich zum Vorschein gekommen sind, wird es für ihn unmöglich sein, diese Gefühle von dem zu trennen, was er für die echte Jasalyn empfindet oder empfunden hat. Und den Luxus, ihm die Wahrheit zu sagen, darf ich mir leider nicht gönnen. Das würde alles ruinieren.

Falls der König tatsächlich Gefühle für mich – für *sie* – hegt, muss ich diese Gefühle zu meinem Vorteil nutzen. Anfangs kam mir Hales Plan noch lächerlich vor. Misha würde einer Geliebten niemals verraten, wo sich der Gang der Türen befindet, nur weil er Gefühle für sie hat, aber … wenn diese Geliebte die Schwester der Schattenkönigin ist, die seinem innersten Kreis ohnehin schon so nahesteht, dann könnte es vielleicht klappen.

Jetzt, da ich weiß, wie sehr er sich nach einer Lebensgefährtin sehnt – nach einer Fae, mit der er den Bund eingehen würde –, gefällt mir der Gedanke, diese Sehnsucht für meine eigenen Zwecke zu manipulieren, ganz und gar nicht. Ich verabscheue ihn sogar so sehr, dass ich heute, als er mich in der Bibliothek allein gelassen hatte, zu Blake gegangen bin und sie nach Büchern über Portale und Portalmagie gefragt habe. Ich muss dieses Portal finden, komme, was wolle, aber wenn ich es allein finde, kann ich mir selbst vielleicht noch in die Augen sehen, wenn das hier alles vorbei ist.

Ich verfüge zwar nicht über die Kraft, die nötig ist, um ein Portal zu erschaffen, aber ich weiß ziemlich viel über diese Art von Magie. Ein Portal, das zu einem Gang voller weiterer Portale führt, muss einen Einfluss auf die Umgebung haben, in der es sich befindet. Als ich mir die Bücher, die ich brauchte, zusammengesucht und gerade mit dem Lesen begonnen hatte, informierte mich meine Zofe, dass Misha in den Stallungen auf mich wartete.

»Worüber denkst du so angestrengt nach?«, fragt Misha jetzt.

Ich schaue zu ihm hinüber und zwinge mich zu einem zaghaften Lächeln. »Ich frage mich, wer in dieser Abgeschiedenheit leben kann.«

»Gaelynn, Juwel des Friedens«, sagt er mit einem Seitenblick auf mich. »Hast du heute Gedächtnisprobleme?«

»Nein, ich meine, wie kann sie hier so völlig isoliert leben? Wovon ernährt sie sich? Du sagtest, sie sei eine eurer ältesten Weisen. Erlegt sie ihre Beute immer noch selbst? Mit wem redet sie? Macht sie noch irgendetwas anderes, außer darauf zu warten, dass jemand ihren Rat sucht? Hütet sie die Geheimnisse deines Königreichs?«

Wie in dem ersten Buch stand, das ich heute gefunden habe, können sehr mächtige Portale eine Art magisches Vakuum erzeugen, wie es im Unseelie-Reich bei einem Portal zur Unterwelt der Fall ist. Das gesamte Gebiet, in dem sich das Portal befand, wurde zu dem, was heute als der Stille Grat bekannt ist, eine Gebirgsgegend, in der nur noch die Magie des Portals selbst funktioniert. Was zur Folge hat, dass sich die Fae nur sehr ungern längere Zeit in diesem Gebiet aufhalten und niemand dort lebt.

In dem Buch stand aber auch, dass ein solches Vakuum nur sehr selten vorkommt. Weit häufiger ist es so, dass die mächtigsten Portale eine starke Energie abgeben, die die meisten Fae davon abhält, sich lange in ihrer Nähe aufzuhalten. Diese Berge sind so abgelegen, dass ich mich allmählich frage, ob wir in einem solchen Gebiet gelandet sind.

Misha schmunzelt. »So viele Fragen.«

Ich seufze. »Tut mir leid. Vergiss es.«

»Nein, so war das nicht gemeint. Stell ruhig deine Fragen.« Der Weg wird steiler, und Misha treibt sein Pferd an. »Dem Juwel sind eine Reihe Priesterinnen zur Seite gestellt, die mit ihr in ihrem Heiligtum leben. Sie versorgen sie mit allem, was sie braucht und sich durch Magie nicht selbst beschaffen kann.«

Ich warte darauf, dass er auch meine restlichen Fragen beantwortet. Falls er behauptet, dass das Juwel nichts bewacht, würde ich wahrscheinlich erkennen, ob er lügt oder die Wahrheit sagt.

Er schaut zu mir zurück. »Gefällt es dir nicht, so weit von allem anderen entfernt zu sein?«

Ich liebe es. Ich bin ein von Natur aus soziales Wesen und gerne in Gesellschaft, deswegen weiß ich nicht, ob ich mich in einer so einsamen Gegend dauerhaft niederlassen würde, aber vielleicht würde es sich lohnen, wenn ich dafür jeden Tag so viel Schönheit sehen könnte. Die Blätter verfärben sich bereits, und immer mal wieder erreichen wir einen Felsvorsprung, der uns einen großartigen Blick auf das Tal unter uns freigibt – in den zahllosen Bäumen mischen sich Grün, Gelb, Rostrot, Orange und Rot zu einer Farbexplosion, die aussieht wie die Palette eines Künstlers.

Ich zögere, bevor ich antworte, weil ich mir überlegen muss, was Jasalyn dazu sagen würde. »Vielleicht beneide ich sie ein wenig«, erwidere ich schließlich. »Sie muss sich keine Sorgen darum machen, belästigt zu werden, wenn sie nur in Ruhe gelassen werden will.«

»Wir alle haben Verantwortung zu tragen, Prinzessin«, brummt Misha. »Manchmal fühlt sie sich schwer und ermüdend an, aber wenn du ihr eine Chance gibst, könnte es sein, dass du mit der Verantwortung glücklicher bist als ohne sie.«

»Es ist ziemlich egozentrisch, wenn man zu wissen glaubt, was für jeden das Beste ist. Hat dir das schon mal jemand gesagt?«

»Nein.« Er lehnt sich im Sattel zur Seite, beugt sich zu mir und flüstert: »Aber man hat mir gesagt, ich solle König sein.«

»Ganz schön aufgeblasen«, schnaube ich.

»Verwechsle Weisheit nicht mit Arroganz.«

»Und was macht dich so weise?«

Er lacht leise. »Zum Beispiel mein sehr, *sehr* langes Leben.«

»Also dass du alt bist?«

Er zwinkert mir zu und zeigt dann nach vorne. »Da ist es«, sagt er, und ich sehe, was er meint. Aus den Baumwipfeln vor uns blitzt ein Spitzturm aus weißem Stein hervor, sanft leuchtend, so als wäre er aus von der Sonne beschienenen Wolken erbaut.

Misha gibt seinem Pferd leicht die Sporen, als wolle er das letzte Stück des Weges möglichst schnell hinter sich bringen, und ich versuche, nicht den Anschluss zu verlieren. Als das Heiligtum in Gänze zu sehen ist, stockt mir der Atem. Es ist nicht sehr groß, aber wunderschön – all diese weißen, leuchtenden Steine mit dem Spitzturm in der Mitte, der von zwei kleineren Türmen flankiert wird. Die ganze Anlage ist von buschigen weißen Hortensien umgeben, um die zahllose Schmetterlinge flattern.

Ein Junge wartet an der Treppe auf uns, und Misha steigt vom Pferd und reicht ihm die Zügel. Dann dreht er sich zu mir um und streckt die Arme aus.

Mein Herz rast und scheint auf einmal zu groß für meine Brust zu werden, als ich mir vorstelle, wie er mir aus dem Sattel hilft, also tue ich das, was Jas wahrscheinlich tun würde, und ignoriere ihn. Ich schwinge ein Bein über den Rücken des Pferdes und lasse mich so elegant wie möglich zu Boden gleiten.

Als meine Füße den Boden berühren, höre ich Misha hinter mir leise schnaufen. »Stures Mädchen«, murmelt er, aber der Stolz in seiner Stimme entgeht mir nicht.

Ich reiche meine Zügel ebenfalls dem Jungen und drehe mich grinsend zu Misha um. »Nicht ganz so hilflos, wie du glaubst.«

»Du hast die Strecke besser bewältigt, als ich erwartet hätte, wobei du morgen wahrscheinlich Muskelkater haben wirst.«

Davon gehe ich aus. Ich bin zwar besser ans Reiten gewöhnt als die Prinzessin, aber ich fürchte, dieser Körper wird die Stunden im Sattel morgen spüren.

Misha streckt eine Hand aus und bedeutet mir, vor ihm die Stufen hinaufzugehen.

»Ich bin stolz auf dich«, sagt er, als er dicht hinter mir die

Treppe hochsteigt. Seine Stimme ist rau, als würden ihm die Worte schwerfallen, hätten ihm aber schon den ganzen Weg über auf der Zunge gebrannt. »Ich bin nicht herzlos. Mir ist klar, was Mordeus dir angetan hat, und unter anderen Umständen hätte ich es dir erspart, daran teilzunehmen, Informationen über ihn zu beschaffen. Ich will, dass du das weißt.«

Ich schaue ihn kurz an, bevor ich mich wieder auf die Stufen konzentriere. Sowohl er als auch Brie meinen, sie wüssten, was Mordeus Jas angetan hat, aber soweit ich sehen kann, haben beide keine Ahnung, wie furchtbar es wirklich war, wie unwiderruflich sie durch die Zeit in seinem Kerker das Vertrauen in die Welt verloren hat. In die Fae. Und schlimmer noch, in sich selbst.

Wir erreichen die geschwungene Eichentür, und ich wende mich ihm zu. »Und wie sähen diese anderen Umstände aus?«, frage ich.

»Du hast dich schon zu lange abgekapselt, Jas.« Seine Augen sind voller Trauer, als er mein Gesicht mustert. »Lange Zeit habe ich es mir für deine Schwester gewünscht – habe gehofft, du würdest um ihretwillen aufwachen und dich aus dieser Dunkelheit befreien. Oder für das Königreich.« Er schluckt mühsam. »Aber jetzt will ich nur noch, dass du es für dich selbst tust. Dass du um deiner selbst willen wieder ins Leben zurückfindest.«

Mein Herz zieht sich zusammen. Wenn doch nur Jas das hören könnte. Ich glaube nicht, dass ihr klar ist, wie viel den Leuten in ihrem Leben an ihr liegt. Wahrscheinlich wollte sie es einfach nicht verstehen. Sie konnte ihre selbst gewählte Isolation viel besser rechtfertigen, solange sie sich einredete, dass niemand sie verstand und niemand ihre Wunden sah.

»Glaubst du wirklich, er ist zurück?«, frage ich.

Misha legt nachdenklich den Kopf schief. »Sollte so etwas

möglich sein, wird uns das Juwel erklären können, wie es dazu kommen konnte. Ihre Zeit ist wertvoll, also wäre ich nicht hier, wenn ich nicht glauben würde, dass die Möglichkeit besteht.« Er greift an mir vorbei und öffnet die Tür.

Das Heiligtum ist mit Quarz und Glas ausgekleidet. Alle Oberflächen funkeln und glänzen, ein visuelles Gegenstück zu dem leisen, beruhigenden Summen, das meine Ohren erfüllt. Als die Tür hinter uns ins Schloss fällt, senkt sich Stille auf mich herab – aber diese Stille ist nicht angenehm, und ein uralter Instinkt gebietet mir, hier sehr vorsichtig zu sein. Er ruft mir ins Gedächtnis, wie verwundbar ich bin, und gibt mir das Gefühl, dass die nächste Welt, die Welt, die nach diesem Leben auf mich wartet, mir hier viel zu nahe ist.

Misha dreht sich fragend zu mir um, und ich merke, dass ich stehen geblieben bin. Ich stehe wie angewurzelt in der Eingangshalle dieses verstörend schönen Heiligtums.

»Es ist alles okay«, sagt er leise. »Was du spürst, ist ganz normal. Ich kann mir vorstellen, dass das Gefühl für einen Menschen noch intensiver ist. Bleib einfach wachsam.«

Ich nicke, folge ihm und bleibe so dicht an seiner Seite wie irgend möglich.

Je tiefer wir in das Heiligtum vordringen, desto lauter wird das Summen, und der Raum um uns herum scheint zu wachsen – als würden wir die Empfangshalle eines riesigen Palastes durchqueren anstatt den Eingangsbereich eines kleinen Heiligtums. Es fühlt sich so falsch an, dass ich fröstele.

»Die Tür«, flüstere ich. Ich gehe weiter, setze einen Fuß vor den anderen, während mir die Nackenhaare zu Berge stehen und mein Verstand mich anschreit, dass wir das kleine Gebäude, das wir gerade betreten haben, schon längst durchquert haben müssten.

»Sprich hier nicht darüber«, erwidert er mit ebenso leiser Stimme.

Ich greife nach Mishas Hand, und er drückt sie beruhigend. Tiefer und tiefer gehen wir in das Heiligtum hinein, und ganz hinten sitzt mit geschlossenen Augen eine verwitterte, uralte Fae im Schneidersitz auf dem Boden. Das Silbertattoo auf ihrer Stirn leuchtet pulsierend. Betet sie? Meditiert?

Misha streckt einen Arm aus und stoppt meine Schritte. Er sinkt auf die Knie nieder und neigt den Kopf. Ich tue es ihm gleich und knie mich neben ihn auf den harten Boden. Das Summen kommt von ihr. Es lässt den Boden vibrieren, und ich spüre es in den Gliedern.

»Ich danke Euch, dass Ihr uns eine Audienz gewährt, Gaelynn, Juwel des Friedens«, beginnt Misha.

Ich spüre seine Angst. Er kommt nur sehr ungern hierher, besucht sie nur selten. Die Gespräche mit ihr sind für ihn zugleich Pflicht und Privileg, aber er fürchtet sich trotzdem vor ihnen.

Die Fae antwortet nicht, aber das leise, konstante Summen bricht nicht ab.

»Wir sind hier, weil wir eine Bedrohung einschätzen müssen. Wir müssen wissen, ob jemand von der anderen Seite den Weg zurück in die Welt der Lebenden gefunden hat.«

Das Juwel nickt, das einzige Anzeichen dafür, dass sie ihn gehört hat. »Sprich weiter«, sagt sie schließlich. Die Worte dringen mit dem Summen aus ihr heraus, sind Teil davon.

»Es gibt Gerüchte, dass Mordeus, der falsche König des Unseelie-Reiches, von den Toten auferstanden ist. Wir haben keine Beweise für diese angebliche Wiederbelebung, aber wir müssen wissen, ob es wahr ist.«

Das Summen bricht ab, und sie öffnet die Augen – milchig

weiß blicken sie ins Leere. Die Stille, die dem Summen folgt, ist ohrenbetäubend.

»Warum kümmerst du dich um die Belange anderer Reiche, Mishamon Nico Frendilla? Du bist König der Wilden Fae. Du bist frei von den Streitigkeiten und den Intrigen der Höfe der Sonne und des Mondes. Misch dich nicht in ihre Machtspielchen ein.«

Misha senkt erneut den Kopf. »Ihr ehrt mich mit Euren weisen Worten, mein Juwel. Aber ich bin hier, weil die Zukunft meines Landes ebenso auf dem Spiel steht wie die der anderen Reiche. Sollte Mordeus wirklich zurückgekehrt sein, ist kein Hof vor ihm sicher.«

Sie richtet ihre milchigen Augen auf ihn und mustert ihn lange. »Du bist ein guter König, mein Kind. Dein Hof gedeiht prächtig unter deiner Herrschaft und wird das auch weiterhin tun. Aber dieses Mädchen neben dir bringt dich dazu, dich um Probleme zu sorgen, die nicht die deinen sind. Willst du das leugnen?«

Misha schaut weder mich noch Gaelynn an. »Nein, mein Juwel. Ich leugne Eure Weisheit nicht.«

»Gut. Dann höre, was ich dir sage: Als die Götter Mab aus dem Reich des Todes ins Leben zurückholten, wandelte sich das Universum, nicht nur in dieser Welt, sondern weit darüber hinaus. Schicksale wurden über Jahrtausende hinweg unwiderruflich verändert. Die Götter erklärten, sie würden dies nicht noch einmal tun. Nicht einmal für den größten Herrscher, und ganz sicher nicht für einen Schurken wie den falschen König.«

Misha atmet erleichtert auf. »Ich danke Euch für Eure Weisheit, mein Juwel. Es ist beruhigend zu wissen, dass er nicht wieder am Leben ist.«

»Das habe ich nicht gesagt, mein Kind. Ich sagte, die Götter hätten ihn nicht zurückgebracht.«

Misha hebt den Kopf, aber ich lasse meinen weiterhin gesenkt. »Würdet Ihr mir das erklären, mein Juwel? Kann ein solches Unterfangen ohne die Hilfe der Götter gelingen?«

»Ob es gelungen ist oder nicht, kann ich nicht sagen. Ich habe keine Verbindungen zum Hof des Mondes oder der Reihe seiner Herrscher. Was ich sagen kann, ist nur eines: Es ist möglich. Unwahrscheinlich, aber möglich. Um denjenigen, der ins Zwielicht übergegangen ist, in diese Welt zurückzuholen, bedarf es unvergleichlicher Magie – sowohl was den Katalysator angeht, der den Geist zurückholt, als auch bei der physischen Verwirklichung, die den Körper ins Leben zurückbringt.«

»Gibt es denn einen Körper?«

»Mordeus' ergebenste Anhänger glauben, dass die treusten Berater des Königs seinen Leichnam noch am Tag seiner Ermordung geborgen und durch Magie konserviert haben, um für den Tag bereit zu sein, an dem ihnen genügend zerstörerische Magie zur Verfügung steht, ihn zurückzuholen.«

»Aber woher könnte diese Magie stammen? Feuerjuwelen? Blutsteine?«

»Nicht einmal die heiligen Steine könnten die Macht verleihen, die Toten wiederzuerwecken.«

»Woher dann?«

»Keine Auferstehung ist ohne große Opfer möglich. Wir alle wissen, dass der Tod uns eines Tages holen wird, aber sich aus seinem Reich zu befreien erfordert Opfer, die ein wahrer König niemals akzeptieren würde. Aus diesem Grund werden wir nie die besten Königinnen und Könige auf ihren Thron zurückkehren sehen. Nur die schlimmsten.«

»Welche Art von Opfer?«, fragt Misha.

»Es gibt Legenden von uralten Zaubern, die den Lebenden

die Magie rauben können, um die Toten aufzuerwecken.« Sie schüttelt den Kopf. »Aber es erfordert den Tod unzähliger treu ergebener Anhänger, einen Einzelnen ins Leben zurückzubringen.«

Misha schluckt hörbar. »Für ein solches Unterfangen müssten also viele sterben?«

»Woher sollte eine so mächtige Magie sonst stammen? Leben ist Magie. Magie ist Leben. Die Voraussicht, die ein solches Vorhaben erfordert, macht es beinahe unmöglich, es zu planen. Es sind zu viele Faktoren einzuberechnen«, sagt sie. »Den Göttern sei Dank würde niemand, der ein zweites Leben verdient hat, einen so schändlichen Plan erlauben, und die Unwürdigen haben nur selten genügend ergebene Anhänger, die sich für sie opfern würden. Darin liegt die Schönheit der Sache.«

Misha blinzelt, und ich frage mich, ob er dasselbe denkt wie ich.

Die gesichtslose Seuche. All die toten Fae. Hängen sie mit Mordeus zusammen? Raubt er ihnen irgendwie die Lebenskraft, um sich selbst zurückzubringen?

»Aber angenommen, jemand würde über diese Legionen von Anhängern verfügen, die bereit sind, ihr Leben für ihn zu opfern«, sagt Misha. »Wäre es dann möglich?«

Das Juwel verzieht den Mund zu einer Art schrecklichem Lächeln, das all ihre Zähne freilegt. »Auch nach dem Opfer, das den Geist aus dem Zwielicht holt, ist für eine Auferstehung noch der Körper nötig, und einen toten Körper wiederzubeleben erfordert wahrhaft unermessliche Magie.«

»Aber es wäre möglich?«, fragt Misha.

Gaelynn beginnt wieder zu summen, und das Geräusch erfüllt den Raum, der in der Stille so endlos und leer gewirkt hatte. »Ich würde nur ungern dem Fae begegnen, der über Mächte gebietet, die allein den Göttern vorbehalten sein sollten«, sagt sie. »Meine Priesterin wird dir den Namen einer begabten Zauberin nennen, die an der Küste lebt. Bring ihr einen Gegenstand, der dem falschen König gehört hat, dann kann sie dir sagen, ob er lebt.«

***

Auf dem ganzen Weg durch den viel zu langen Gang, der aus dem Heiligtum hinausführt, lässt Misha meine Hand nicht los.

Als wir die Tür erreichen, wartet dort eine Priesterin auf uns. »Für Euch«, sagt sie und reicht Misha eine Pergamentrolle.

Er steckt sie in seine Weste. »Danke, und richtet auch dem Juwel meinen ergebensten Dank aus.«

»Lang möge sie leben«, murmelt die Priesterin.

Als sie uns die Tür öffnet, sehe ich Mishas Wächter mit unseren Pferden am Fuß der Treppe warten.

Wir halten uns immer noch an den Händen, als wir die Stufen hinabgehen.

»Haben sie die ganze Zeit hier draußen auf uns gewartet?«, frage ich.

Misha schüttelt den Kopf, was meinen Verdacht bestätigt. »Woher wussten sie dann, dass wir jetzt rauskommen?«

»Meine engsten Vertrauten erlauben mir, direkt in ihren Geist zu sprechen.« Er wirft mir einen scharfen Blick zu. »Zumindest diejenigen, die ihren Kopf nicht wie einen Stahlkäfig abgeriegelt haben.«

»Du warst derjenige, der mir beigebracht hat, wie das geht«, sage ich achselzuckend.

»Wenn du mir vertraust, kannst du dein Innerstes schützen und mich trotzdem in deine Gedanken lassen«, sagt er.

»So viel Vertrauen zu fassen fällt mir schwer.«

Er drückt meine Hand. »Das begreife ich allmählich.«

Wir erreichen das Ende der Treppe, und ich erlaube ihm, mir auf mein Pferd zu helfen, bevor ich es mir anders überlegen kann. Er zieht die Berührung aber nicht in die Länge und sitzt Sekunden später ebenfalls im Sattel. Dann beginnen wir unseren Ritt zurück zum Schloss.

Ich werfe über die Schulter einen letzten Blick zurück auf das Heiligtum, dann konzentriere ich mich auf den Weg vor mir. »Ist dieser Ort ein Tor zu einer anderen Welt?«

»Das Juwel des Friedens lebt zu ihrer eigenen Sicherheit in einer Art Parallelwelt. Es gibt viele Leute, die ihr die Magie stehlen wollen, die sie im Laufe ihres Lebens angesammelt hat.«

Ich schaudere. »Es hat sich … falsch angefühlt, dort drin zu sein.«

»Ich finde es auch nicht sehr angenehm. Ich glaube, es ist einen Schritt näher am Zwielicht als diese Welt, und deshalb lehnen unsere Körper es instinktiv ab, länger dort zu verweilen.« Er dreht sich zu mir um, die Hände auf den Sattelknauf gelegt. »Bist du okay?«

Ich schlucke. Wie würde Jasalyn mit dem umgehen, was wir gerade erfahren haben? Sie glaubt bereits, dass Mordeus lebt, und hat vor, ihn noch einmal zu töten. Nur deshalb reite ich hier neben Misha und nicht sie. »Ich bin okay«, sage ich. »Hast du dasselbe gedacht wie ich? Darüber, dass zwischen Mordeus und der gesichtslosen Seuche eine Verbindung bestehen könnte?«

»Ja.« Seine Knöchel treten weiß hervor, als er die Zügel fester umklammert. »Ich werde deine Schwester kontaktieren. Sie muss davon erfahren.«

»Du glaubst also, es ist wahr? Dass er wieder da ist?«

»Magie ist Leben. Leben ist Magie. Mordeus hat sich noch nie gesträubt, andere für seine Zwecke zu opfern. Falls er wirklich einen Weg gefunden hat, um diesen Fae die Lebenskraft zu rauben und sie sich selbst einzuverleiben, würde er es, ohne zu zögern, tun.«

»Aber was ist mit dem zweiten Teil? Welcher Fae besitzt die Macht, einen toten Körper wiederzubeleben?«, frage ich.

Misha reibt sich über das Gesicht. »Ich weiß es nicht. Ich habe schon viele Nekromanten getroffen, aber keiner von ihnen konnte eine wahre Auferstehung vollbringen. Sie haben es höchstens geschafft, jemand frisch Verstorbenes ein oder zwei Minuten lang aufzuwecken, aber danach sind die Toten wieder tot. Ihre Körper verwesen auch in dieser Zeit weiter.«

»Wir müssen also herausfinden, wer Mordeus' Körper wiederbeleben könnte, und vor allem müssen wir die gesichtslose Seuche stoppen. Wenn immer noch Leute sterben und es eine Verbindung zu ihm gibt, bedeutet das, dass sein Geist noch nicht vollständig wiederbelebt ist.« Ich denke laut vor mich hin, und damit sollte ich schleunigst aufhören. Jas würde ihre Überlegungen für sich behalten.

»Genau das denke ich auch, aber deshalb muss Abriella unbedingt von dieser Verbindung erfahren. Wenn wir die Ursache herausfinden, können wir Mordeus vielleicht aufhalten.« Er fährt sich mit der Hand durch die Haare. »Außerdem brauchen wir noch etwas, das Mordeus gehört hat.«

»Willst du trotz allem noch die Zauberin aufsuchen? Obwohl du schon davon überzeugt bist, dass er wirklich wieder da ist?«

»Sich auf Vermutungen zu verlassen – egal, wie wahrscheinlich sie sind – ist töricht, wenn uns die Werkzeuge zur Verfügung stehen, an echte Beweise zu kommen. Ich bin sicher, Finn findet in diesem Palast einen Gegenstand, der seinem Onkel wichtig war.«

»Wahrscheinlich.« Ich sollte vorschlagen, selbst in den Palast zu gehen und diesen Gegenstand zu holen. Das ist es, was Jas tun würde, richtig? Aber der Gedanke, Abriella zu begegnen, macht mich nervös und –

»Eigentlich bräuchten wir Mordeus' Seher«, sagt Misha. »Das Juwel hat über die Voraussicht gesprochen, die nötig ist, um so etwas zu planen, und ich würde nur zu gerne wissen, was ihm prophezeit worden ist. Das könnte unsere einzige Chance sein, seinen Nekromanten zu finden.«

»Aber sind Seher nicht dafür berüchtigt, ungenaue und widersprüchliche Aussagen zu treffen?«

»Das sind sie. Vertrau mir, meine Nichte hat das zweite Gesicht, und wenn du dir bei einer Sache unsicher bist, bevor du mit ihr geredet hast, weißt du danach überhaupt nicht mehr, was du tun sollst.« Er lacht leise. »Ich werde Finn auch danach fragen.«

»Gute Idee«, sage ich, aber ich glaube nicht, dass Finn ihm helfen kann. Falls Mordeus wirklich wusste, dass er sterben würde, und über die Voraussicht verfügte, seine eigene Wiederauferstehung zu planen, bezweifle ich, dass er das von einem Seher erfahren hat.

Das klingt eher wie das Werk eines Orakels.

***

Als wir anhalten, sind wir nicht auf Castle Craige, sondern in dem geschäftigen kleinen Dorf in den Ausläufern des Gebirges.

»Was machen wir hier?«, frage ich, als Misha vom Pferd steigt.

Er reicht seinem Wachposten die Zügel und dreht sich zu mir

um. »Der Ritt war anstrengend und wir haben eine Menge unschöner Informationen erhalten. Du hast das alles wunderbar gemeistert. Das Mindeste, was ich im Gegenzug für dich tun kann, ist, dich zum Abendessen auszuführen.«

Ich verlagere mein Gewicht, um aus dem Sattel zu steigen, und verziehe das Gesicht, als der Schmerz in meinen Oberschenkeln aufflammt.

»Schon gut, ich hab dich.« Er stellt sich neben mein Pferd, und als ich mein Bein über den Sattel schwinge, packt er mich an den Hüften und lässt mich langsam zu Boden gleiten. Als er seine Hände von mir löst, ist mir viel zu warm und meine Eingeweide haben sich zu einem Knoten verschlungen,.

Er führt mich in eine kleine, mit Stroh gedeckte Hütte. Dass es sich dabei um ein Restaurant handelt, erkenne ich erst, als wir drinnen sind. Eine bucklige Fae mit für ihren Körper viel zu kleinen Flügeln und für ihren Kopf viel zu großen Spitzohren erwartet uns.

»Mein König«, sagt sie und macht eine schmerzhaft aussehende Verbeugung. »Es ist mir eine Ehre, Euch heute Abend bewirten zu dürfen.«

»Bitte steh auf, Fancee. Es ist mir eine Freude, heute Abend das beste Essen meines Reiches kosten zu können.«

»Ihr schmeichelt mir, Eure Hoheit, aber Ihr meintet doch sicher das beste Essen von ganz Faerie.«

Misha schmunzelt. »Natürlich. Mein Fehler.«

Sie dreht sich um und führt uns eilig humpelnd durch die Hütte. Wir bahnen uns einen Weg zwischen Tischen voller Gäste hindurch, bis wir auf einer Terrasse hinter dem Gebäude ankommen, die von Lichterketten über unseren Köpfen und auf dem Boden stehenden Kerzen beleuchtet wird. Von den vier Tischen ist nur der mittlere gedeckt. Er ist mit Rosenblüten, Kerzen und Kristallgläsern beladen. Irgendjemand hat sich um jedes Detail dieses besonderen Abendessens für den König gekümmert.

»Das ist wundervoll, Fancee«, sagt Misha. »Danke für deine Mühe.«

»Mein König ist wieder auf Freiersfüßen«, sagt Fancee und nickt mir zu. »Es ist keine Mühe, sondern eine große *Ehre* für mich, Euch dabei helfen zu dürfen, unsere neue Königin zu finden.«

»Oh. Nein.« Hitze steigt mir ins Gesicht. »Das ist kein … ich meine, ich bin nicht …«

Misha drückt mir die Hand. »Danke, Fancee. Das wissen wir sehr zu schätzen.«

Sie zwinkert mir zu und eilt dann in die Hütte zurück.

Misha zieht einen Stuhl für mich heran. »Bitte entschuldige das Missverständnis.«

Ich setze mich, und als er seinen Platz mir gegenüber eingenommen hat, räuspere ich mich vielsagend. »Ich hatte ja keine Ahnung, dass Ihr einen so romantischen Abend geplant habt, mein König. Und sogar auf *Freiersfüßen* wandelt. Was für interessante Neuigkeiten. Könntet Ihr mir aber bitte rechtzeitig Bescheid sagen, wann unsere Hochzeit stattfindet?«

»Das war nicht … tut mir leid.« Seine Wangen röten sich leicht. »Ich wusste, dass die Sonne schon fast untergegangen sein würde, wenn wir hier ankommen, und weil ich weiß, wie du zu der Dunkelheit stehst, habe ich sie um besonders viel Licht und Kerzen gebeten. Das muss den falschen Eindruck erweckt haben.«

»Vielleicht wartet sie aber auch nur sehr ungeduldig auf eine neue Königin.«

Er schürzt die Lippen. »Möglich. Das scheint allen so zu gehen.«

»Dir nicht?«, frage ich und male mit dem Zeigefinger Muster in den feuchten Beschlag meines Wasserglases.

Misha studiert die Lichterketten auf der Terrasse so eingehend, als könnten sie ihm den Weg zu der Königin zeigen, auf die sein ganzes Reich zu warten scheint. »Verzeihung – wie bitte?«

»Wartest du auch ungeduldig auf deine neue Königin?« Mein Magen zieht sich zusammen, kaum dass ich die Frage gestellt habe. Ich warte zugleich atemlos und angstvoll auf seine Antwort.

Er atmet hörbar aus. »Das kommt darauf an, wie genau du *ungeduldig* definierst. Meine Berater sind definitiv ungeduldig. Es gefällt ihnen gar nicht, dass ich weder eine Königin noch einen Erben vorzuweisen habe, aber meine Schwester ist wohlauf. Falls mir etwas zustoßen sollte, ist sie die Nächste in der Erbfolge, und falls uns beiden etwas passiert, hat sie eine Tochter. Die Sache ist also längst nicht so dringlich, wie meine Berater vorgeben.«

»Und doch …?«, ermutige ich ihn, während ich meine Unterarme auf die Tischkante lege und mich vorbeuge.

Er hebt den Blick und sieht mich geradeheraus an. »Und doch … wenn jemand eine zweite Chance bekommt, Liebe zu finden, wird er verständlicherweise begierig darauf sein, dass ihm diese in den Schoß fällt.« Er schluckt. »Wie du heute Morgen ganz richtig gesagt hast, dachte ich früher, dass meine eigene Ehe genauso lieblos enden würde wie die meiner Eltern. Doch die Wahrheit sah anders aus. Meine Ehe mit Amira war zwar nicht mehr als eine Freundschaft, aber eine sehr gute. Was Ehen angeht, war schon meine erste besser als die meiner Eltern. Ich habe unsere gemeinsame Zeit sehr geschätzt.«

»Vermisst du sie?«

Ein brauner Hühnerhabicht kreist über unseren Köpfen und

lässt sich dann auf einem Pfosten in der Ecke der Veranda nieder. Einen so großen Vogel habe ich noch nie aus nächster Nähe gesehen, und Misha betrachtet das Tier, während er weiterspricht. »Nicht wirklich. Amira hat mir die Ehre erwiesen, auch weiterhin meine Freundin zu bleiben, obwohl sie mir nichts schuldig ist.«

»Vielleicht bleibt sie ja gar nicht aus Pflichtgefühl mit dir befreundet, sondern weil sie die Freundschaft zwischen euch ebenso sehr schätzt wie du.«

Er schnaubt ungläubig. »Jetzt klingst du genau wie sie.«

»Ich habe nicht den Eindruck, als wäre das etwas Schlechtes.«

»Ganz im Gegenteil.« Er malt unsichtbare Muster auf die Tischdecke. »Falls ich wieder heirate – oder vielmehr, *wenn* ich wieder heirate, wie ich es laut meinen Beratern ausdrücken sollte –, werde ich es bestimmt nicht aus den gleichen Gründen tun, die meine Eltern dazu bewogen haben, sich zu vermählen. Ich werde auf keinen Fall heiraten, nur um einen Erben zu zeugen. Und auch nicht für eine Beziehung, die weniger eng ist als meine Freundschaft mit Amira.«

»Warum wart ihr zwei nie mehr als Freunde?«

Er hebt den Kopf und schaut mich skeptisch an. »Hat deine Schwester dir das nie erzählt?«

Ich erstarre. Ich habe keine Ahnung. Hätte Brie so etwas mit ihrer kleinen Schwester geteilt? Es wäre gut möglich, aber die Schattenkönigin wirkt eigentlich nicht wie eine große Freundin von Klatsch und Tratsch. Außerdem hätte sich Jas wahrscheinlich gar nicht dafür interessiert. »Die Details habe ich offenbar nicht mitbekommen«, sage ich schließlich.

»Amira und ich wurden aus politischen Gründen vermählt, aber bei unserer Heirat trug sie schon eine andere Liebe im Herzen. Ich … ich habe das respektiert.«

»Willst du damit sagen, dass du nie von ihr erwartet hast, dass sie deine Liebe erwidert?«, frage ich, weil es eindeutig ist, dass der König durchaus etwas für seine Königin empfunden hat.

»Ich will damit sagen, dass wir unsere Ehe unseren einzigartigen Umständen gemäß so gut geführt haben, wie wir konnten.« Er schaut zur Terrassentür hinüber, als wolle er sicherstellen, dass uns niemand belauscht. »Anders ausgedrückt: Wir hatten nie Grund, aus unserer Verbindung einen Erben zu erwarten.«

Ich räuspere mich verlegen. »Oh. Ich verstehe.«

Die alte Fae kommt wieder auf die Veranda gehumpelt und stellt dampfende Schüsseln und einen mit einer Serviette abgedeckten Korb vor uns auf den Tisch.

»Karotten-Ingwer-Suppe mit Curry und Kokosnusscreme, und dazu frisch gebackenes Sauerteigbrot«, verkündet sie. Dann holt sie eine Flasche Wein aus der Tasche ihrer Schürze und füllt die Gläser. »Und ein Schaumwein, der all diese herbstlichen Aromen noch betonen wird – ein echter Fae-Wein. Eine Spezialität des Hauses.«

»Danke«, sage ich. »Wenn das alles auch nur halb so gut schmeckt, wie es duftet, dann speisen wir heute Abend wahrhaft königlich.«

Die alte Wirtin strahlt mich an. »Die hier gefällt mir, Eure Majestät.«

Misha betrachtet forschend mein Gesicht und nickt kaum merklich. »Mir auch«, sagt er dann, ohne den Blick von mir abzuwenden, und mein Herz macht einen Purzelbaum.

Mit einem Zwinkern in seine Richtung geht Fancee ins Restaurant zurück.

Mishas Miene wird weich. »Danke«, sagt er.

»Was? Wofür?«

»Dafür, dass du so freundlich zu Fancee warst. Es ist nur eine kleine Geste, aber ihr bedeutet sie alles. Und mir auch.«

Das Blut steigt mir in die Wangen und ich greife nach meinem Weinglas. »Ich war nur ehrlich, sonst nichts.«

Misha legt die Hand auf mein Glas. »Das ist ihr *besonderer* Wein.«

»Sollte ich ihn erst trinken, nachdem ich die Suppe probiert habe?«, frage ich verwirrt.

»Dies ist ein echter Fae-Wein. Und das bedeutet, dass er deine Hemmschwelle senken und dein Zeitgefühl verändern wird. Fancee will offenbar dafür sorgen, dass dies ein denkwürdiger Abend wird.«

Ich lasse mein Glas los. »Oh.«

Sein Grinsen wird breit und verschmitzt. »Du darfst ihn natürlich *trinken*, wenn du willst. Du solltest nur vorher wissen, worauf du dich einlässt.«

»Ich glaube, ich bleibe lieber bei Wasser, danke.« Meine Wangen brennen, und sicherlich ist mir die Röte bereits bis zum Haaransatz gestiegen. Das Letzte, was ich tun sollte, ist, diesem Fae gegenüber meine Hemmschwelle zu senken. Ich schaffe es schon jetzt kaum, in seiner Gegenwart mein Mundwerk zu zügeln. Kaum auszudenken, was passieren könnte, wenn dann noch Fae-Wein ins Spiel kommt.

Stattdessen nehme ich den Löffel in die Hand. »Ist die Suppe sicher?«

»Ja, die Suppe ist sicher«, sagt Misha schmunzelnd. »Und ich vertraue ihr. Sie will uns nicht täuschen – sie versucht nur, mir auf ihre Art zu helfen.« Er deutet auf die Kerzen, die uns umgeben. »Genau wie mit dem Ambiente.«

»Ich bin noch nie zu einem romantischen Dinner bei Kerzenschein ausgeführt worden«, sage ich. »Also ist das eigentlich ganz nett.«

»Nicht einmal von deinem Bäckerssohn?«, fragt Misha und in seinen Augen blitzt etwas auf.

»Ich …« Ich senke den Kopf. *Konzentrier dich, Felicity.* »Wir mussten diskret sein.« Ich hasse diese Lüge. Ich beginne, all die Lügen zu hassen, die ich ihm auftischen muss.

Um mich abzulenken, esse ich einen Löffel Suppe. Misha beobachtet mich. Die Suppe schmeckt köstlich, aber es fällt mir schwer, mich aufs Essen zu konzentrieren, während er so gebannt auf meinen Mund starrt, wenn ich schlucke. »Ist das dein Habicht?«, frage ich und nicke in Richtung des Vogels. Alles nur, um seinen Blicken zu entfliehen.

Misha wirft dem Habicht einen kurzen Blick zu und richtet seine volle Aufmerksamkeit dann wieder auf mich. »Das ist Sturm, mein Vertrauter.«

Ich schaue ihn erwartungsvoll an.

»Ich kann nicht an zwei Orten gleichzeitig sein, also hilft Sturm mir dabei, alles im Auge zu behalten. Unser Geist ist verbunden, deswegen kann ich alles sehen, was er sieht.«

Ich grinse. »Dein persönlicher Spion also.«

Misha schnaubt und greift nach seinem Löffel. »Stört er dich? Soll ich ihn bitten, uns allein zu lassen?«

Ich schüttele den Kopf. »Es überrascht mich nur, dass du ihn hergerufen hast.« Ich esse einen weiteren dampfenden Löffel Suppe und muss einen Seufzer der Verzückung unterdrücken, als die Aromen auf meiner Zunge explodieren.

»Er hat alles erledigt, was ich ihm für heute aufgetragen hatte, und er ist gerne in meiner Nähe, wenn es geht.«

»Das ist irgendwie süß.« Ich rühre in meiner Suppe herum. Sie ist so köstlich, dass ich sie mir aufsparen will. »Und wen hat er heute für dich ausspioniert?«

»Ehrlich gesagt behält er zurzeit mehrere Personen für mich im Auge. Wir veranstalten Ende der Woche unseren jährlichen Herbstball im Schloss. Es ist immer ein Sicherheitsrisiko, so viele Fremde in mein Reich und in mein Zuhause zu lassen.« Misha nimmt die Serviette vom Korb und reicht mir ein Stück knuspriges Brot. »Sturms Fähigkeiten sind eine Möglichkeit, mich vor denen zu schützen, die möglicherweise etwas gegen mich im Schilde führen.«

Ich breche mir ein Stück Brot ab und tunke es in meine Suppe. »Wird von mir erwartet, dass ich an diesem Ball teilnehme?«

»Als Ehrengast an meinem Hofe bist du natürlich herzlich eingeladen, und als Prinzessin des Schattenreiches wird deine Anwesenheit erwartet. Aber Jasalyn –« Ich hebe den Kopf und begegne dem Blick seiner schönen Augen, die plötzlich überraschend ernst dreinschauen. »– von Einladungen und Erwartungen einmal abgesehen, hoffe ich, dass du kommst, weil du es gerne möchtest. Ich hoffe, dass du kommst, weil wir Freunde sind.«

Mein Name liegt mir auf der Zungenspitze. *Felicity. Nenn mich Felicity.* Aber ich schlucke diese schmerzhafte Wahrheit mit meinem nächsten Löffel Suppe hinunter.

KAPITEL 15

JASALYN

Ich weiß nicht, ob es an der frischen Luft liegt, an der tröstlichen Nähe von Kendricks Körper oder an schlichter Logik, aber als sich die Sonne in Richtung des Horizonts neigt, ist die Panik von heute Morgen verschwunden. Ich kann unmöglich all diese Rebellen getötet haben.

An die gestrige Nacht erinnere ich mich noch sehr genau. Ich bin mit Kendrick zur Taverne zurückgegangen und dann ins Bett gestiegen. Dass all diese Leute jetzt tot sind, ist nur ein verstörender Zufall.

Es kann nicht anders sein. Überall im Hof des Mondes sterben Fae, und diese Todesfälle unterscheiden sich nicht von den anderen.

»Halten wir bald an?«, frage ich, weil mein Magen gerade so laut geknurrt hat, dass sogar Remme zwei Pferdelängen vor uns ihn gehört hat.

»Shae hätte längst zu uns stoßen müssen«, murmelt Skylar.

»Dass er sich verspätet, muss noch gar nichts heißen«, sagt Kendrick. »Remme, wo können wir die Nacht verbringen?«

»An der letzten Taverne für heute sind wir vor gut einer Stunde vorbeigekommen.«

»Was?«, quieke ich. »Warum haben wir nicht angehalten?«

»Unser Freund hätte sich uns eigentlich heute Nachmittag anschließen sollen«, erklärt Kendrick. »Er sollte uns an unseren Schlafplatz für die Nacht bringen.«

»Mir gefällt das nicht«, sagt Skylar. Sie legt sich die Hand über die Augen, um sie vor der sinkenden Sonne zu schützen, und sucht den Horizont ab. »Was, wenn sie …«

»So darfst du nicht denken«, sagt Remme schnell.

»Wir suchen uns hier irgendwo einen Platz, um unser Lager aufzuschlagen«, sagt Kendrick. »Remme, wenn er morgen früh noch nicht da ist, reitest du voraus und stellst Erkundigungen an, okay?«

»Das könnte ich auch jetzt schon machen«, sagt Remme.

»Nein. Ich will nicht, dass einer von uns nach Einbruch der Dunkelheit allein da draußen ist. Nicht in der aktuellen Situation.«

Ich schaue zum bewölkten Himmel hinauf und ein eiskalter Schauer läuft mir den Rücken hinunter. Bis heute hatte ich zwar keine Angst vor der unsichtbaren Gefahr, die all diese Unseelie getötet hat, aber den anderen Opfern ging es mit Sicherheit genauso. »Ich dachte, es sei zu gefährlich, draußen zu übernachten.«

»Heute ist das leider unsere beste Option«, sagt Kendrick und starrt mit grimmiger Miene in den Wald. »Ich würde lieber hier übernachten, als noch zwei Stunden weiterzureiten und dann im Dunkeln in einer fremden Stadt anzukommen.«

***

Eine halbe Stunde später haben wir unser Lager auf einer kleinen, von Bäumen umstandenen Lichtung aufgeschlagen, und Kendrick kocht über dem Feuer einen Topf deftigen Eintopf. Ich weiß nicht, was darin ist, aber es riecht himmlisch. Die anderen suchen im Wald nach Feuerholz für die Nacht, und ich schneide die Äpfel, die wir zum Nachtisch essen werden.

»Es tut mir wirklich leid«, sagt Kendrick. »Unser Freund hätte eigentlich ein Haus für uns vorbereiten sollen – mit weichen Betten und sauberen Badezimmern. Du hättest dir eine Auszeit verdient.«

»Und was ist mit dir?«, frage ich.

»Ich kann überall schlafen, aber ich wollte dir eine bequeme Nacht verschaffen – und eine Verschnaufpause an einem sicheren Ort, bevor wir in Feegus Keep ankommen.«

»Ich brauche auch nicht mehr Komfort als die anderen. Ist schon in Ordnung.«

Kendrick rührt so lange stumm den Eintopf, dass ich unser Gespräch für beendet halte, aber schließlich sagt er: »Bist du ganz sicher, dass du mitkommen willst?« Er holt tief Luft. »Als ich dich gebeten habe, dich uns anzuschließen, hatte ich deine Narben noch nicht gesehen. Er hat dich dort verletzt – auf eine Art und Weise, die ich immer noch nicht ganz begreife. Ich will nicht, dass du dich diesen traumatischen Erinnerungen aussetzt, wenn es nicht unbedingt nötig ist.«

Mir wird eiskalt und ich lasse das Messer fallen. »Redest du von Mordeus' Kerkern?«

»Ja. Feegus Keep.« Als er den Blick zu mir hebt, stutzt er kurz. »Du wusstest es nicht.«

Ich schüttele den Kopf. »Nein. Ich wusste nie, wo die Kerker waren. Lange Zeit dachte ich, sie wären im Mitternachtspalast.«

»Die Palastkerker waren für Mordeus' Geschmack viel zu zivilisiert.« Kendrick nimmt einen Stock, stochert in den brennenden Ästen unter dem Topf herum und verteilt die Hitze gleichmäßiger.

»Jetzt weiß ich das auch.« Ich wende mich ab und starre in den Wald, damit er meine Augen nicht sehen kann. »Ich war schon über ein Jahr im Mitternachtspalast, bevor ich den Mut aufbringen konnte, mir die Kerker anzusehen. Davor saß ich jede Nacht verängstigt in meinem Zimmer und fürchtete mich vor dem dunklen Loch unter dem Ort, den meine Schwester unser wahres Zuhause nannte. Ich hatte ständig Albträume, in meiner alten Zelle aufzuwachen.«

Mit einem Fluch lässt Kendrick unser Abendessen im Stich, steht auf und kommt zu mir. Seine blauen Augen brennen vor Zorn und heften sich auf meine, als er nach meiner Hand greift und unsere Finger verschränkt.

»Letztendlich hat Misha meine Schwester davon überzeugt, dass ich mir den Kerker im Palast ansehen muss«, sage ich und schlucke mühsam die Flut unerwarteter Gefühle herunter, die mich zu überwältigen droht. »Er sagte, ich müsste auf der anderen Seite der Gitterstäbe stehen, um meinen Verstand davon zu überzeugen, dass ich wirklich frei bin.«

»Ein guter Plan«, sagt Kendrick leise. »Wenn man so eine Konfrontation verkraften kann.«

»Ich habe mich an dem Morgen dreimal übergeben. Ich hätte alles dafür getan, nicht in dieses Verlies hinuntergehen zu müssen – alles, *außer* natürlich, meiner Schwester zu sagen, wie sehr mich diese Wochen der Gefangenschaft gebrochen hatten und wie sehr mich die Erinnerungen daran verfolgten. Also ging ich hinunter. Sie gab mir die Hand und führte mich in die Tiefen des

Palasts. Sie sagte mir, im Kerker säßen sechs Aufständische, die einen Umsturz geplant hätten und deshalb eingesperrt seien. Sie schirmte uns mit ihrer Schattenmagie ab, sodass die Gefangenen uns weder sehen noch hören konnten, aber in dem Moment, als wir die Kerkertreppe hinuntergingen, wusste ich schon, dass dieses Verlies nicht der Ort war, an dem ich die schlimmsten Nächte meines Lebens verbracht hatte.«

»Wie hat sie darauf reagiert? Hat sie versucht herauszufinden, wo du gefangen gehalten wurdest?«

»Ich habe es ihr nie gesagt. Ich ließ mich von ihr an den Zellen vorbeiführen und tat so, als würde ich nach einer suchen, die mir bekannt vorkam. Als hätte ich diesen Ort des Grauens jemals vergessen können. Und als wir fertig waren, sagte sie mir, sie sei stolz auf mich.« Ich beginne zu zittern, als ich mich an jenen Tag zurückerinnere. Wie ich gelächelt hatte, als sei ich geheilt, als hätte ich mich meinem Monster gestellt und wäre triumphierend aus dem Kampf hervorgegangen. Warum hätte ich ihr sagen sollen, dass mir das Palastgefängnis viel lieber gewesen wäre als der Kerker aus meinen Erinnerungen? Warum hätte ich ihr sagen sollen, dass all ihre Bemühungen, mich zu heilen, vergeblich waren?

»Sie wäre auch stolz auf dich, wenn sie die Wahrheit wüsste.«

Ich schaue zur Seite. Ich habe schon viel zu viele Wahrheiten vor Abriella verborgen. Einige würden sie vielleicht stolz machen, aber andere?

Ich könnte die Enttäuschung nicht ertragen, die ich in ihren Augen sehen würde, wenn sie von all meinen Geheimnissen wüsste.

»Mir gefällt der Gedanke ganz und gar nicht, dass du ohne eigene Waffen an diesen Ort zurückkehren musst«, sagt er.

Ich schaue ihn herausfordernd an. »Dann bewaffne mich. Gib mir ein Messer oder ein Schwert.«

Er zieht einen Dolch mit kurzer Klinge aus seinem Waffenrock und legt ihn auf den improvisierten Tisch.

»An deiner Hose ist eine Tasche, in die du ihn stecken kannst.«

Ich ziehe eine Augenbraue hoch. »Hast du keine Angst, ich könnte dich im Schlaf abmurksen?«

Sein unterdrücktes Lachen verrät mir, dass nichts an mir ihm Angst macht. »Ich vertraue darauf, dass du deine mörderischen Tendenzen unter Kontrolle hast, aber eigentlich habe ich von *magischen* Waffen gesprochen.« Er betrachtet forschend mein Gesicht. »Wenn es eine Möglichkeit gäbe, deine schlummernde Fae-Magie zu wecken, würdest du das wollen?«

Ich nehme den Dolch und stecke ihn in die Lederscheide, die in meine Hose eingenäht ist. Dabei weiche ich seinem Blick aus. Ein Bild von Mordeus' Gesicht steigt vor meinem inneren Auge auf. *»Warum haben die Götter solche Magie ausgerechnet einem Menschenmädchen verliehen?«*

»Was wäre, wenn ich dir sage, dass ich diesen Teil von mir schon längst abgelegt habe?«

»Die Magie steckt immer noch in dir. Sie schläft nur.«

»Wie wäre es, wenn du mir *deine* Magie beibringst? Du bist mächtiger als alle anderen Menschen, die ich je gesehen habe.«

»Ich bin seit meiner frühesten Kindheit ausgebildet worden – Tränke, Zaubersprüche, Beschwörungen. Unsere Eltern haben darauf bestanden, dass wir alle Methoden der Magie erlernen, die uns zur Verfügung standen.«

Meine Mutter erzählte uns zwar jeden Abend spannende Märchen von magischen Welten, aber sie hat uns nie beigebracht, wie man zaubert. »Warum?«

Er legt mir zwei Finger unters Kinn und hebt meinen Kopf an. »Weil wir die Revolution anführen sollten und sie wussten, dass wir es brauchen würden.«

Das bringt mich beinahe zum Lächeln. Ich war noch nie Teil von etwas so Wichtigem. Ich habe nie für eine Sache gekämpft. Und ich hätte nie gedacht, dass es sich so gut anfühlen würde. »Warum haben sie dich auserwählt?«

Sein Blick wird traurig, als er antwortet. »Das Orakel prophezeite bei meiner Geburt, ich würde die Sieben Magier von Elora stürzen. Also jage nicht nur ich Erith, er jagt, seit ich denken kann, auch mich.«

»Bist du so mit Mordeus aneinandergeraten – damals, als wir zusammen im Kerker saßen? Ging es um die Revolution?«

Er löst sich von mir und dreht sich wieder zum Feuer um. »Für Mordeus war alles eine Frage der Strategie. Ich war nur eine Schachfigur für ihn.« Er atmet tief ein und langsam wieder aus. »Die Sieben waren eine Art pragmatische Allianz mit Mordeus eingegangen und hatten ihn damit beauftragt, mich zu finden und zu töten, aber dafür war er viel zu eigennützig. Er wollte mich am Leben lassen, um sie zu erpressen – um die Oberhand über sie zu gewinnen. Aus demselben Grund hat er auch das Feuerschwert für sich behalten. Weil sie es brauchten. Weil er wusste, dass es ihre größte Schwäche ist.«

»Das Orakel hat also prophezeit, dass ich Erith töten werde und du die Sieben Magier stürzen wirst?«

»Wir sind ein richtiges Traumpaar, was?« Aber seine Worte klingen resigniert.

Als er über meinen Kopf hinweg Richtung Wald schaut, realisiere ich, dass Remme und Skylar ins Lager zurückgekommen sind.

»Ist die Umgebung sicher?«, fragt Kendrick.

Remme seufzt, und Skylar reckt das Kinn. »Wir haben Gesellschaft«, sagt sie. »Ein paar Unseelie-Rebellen östlich von uns. Näher, als mir lieb ist.«

»Rebellen?«, frage ich. »Anhänger von Mordeus?«

»Ja. Und interessanterweise haben sie gerade über ihren König gesprochen, als wir ihr Lager ausgekundschaftet haben.«

»Habt ihr etwas Nützliches in Erfahrung bringen können?« Kendrick richtet sich auf und wischt sich die Hände an der Hose ab.

»Nichts wirklich Neues«, sagt Remme. »Sie glauben, er sei auferstanden, und sprachen davon, dass er durchs ganze Reich reisen und seine Anhänger segnen wird. Offensichtlich hoffen sie darauf, dass er sie mit einem Besuch überrascht.«

Kendrick schaut mich kurz an, und ich zweifle nicht daran, dass er die Angst in meinen Augen gesehen hat, bevor ich sie verbergen konnte. »Sie kämpfen einen aussichtslosen Kampf und sehnen sich verzweifelt nach etwas, woran sie glauben können«, sagt er leise, und ich weiß, dass seine Worte für mich bestimmt sind.

Ich schaue zu Boden, weil ich ihm nicht verraten will, wie kompliziert meine Gefühle über Mordeus' Rückkehr wirklich sind.

»Sind sie so nah, dass wir uns nach dem Essen einen neuen Lagerplatz suchen müssen?«, fragt Kendrick.

»Solange wir sie in Ruhe lassen, werden sie dasselbe tun«, sagt Remme, »aber wir sollten heute Nacht trotzdem Wache schieben, falls einer von ihnen betrunken Ärger sucht.«

***

»Wie wurde Elora vor den Sieben Magiern regiert?«, frage ich nach dem Essen. Wir haben uns alle ums Feuer versammelt und niemand scheint es besonders eilig damit zu haben, schlafen zu gehen. Danach zu urteilen, wie oft die anderen zur Straße zurückschauen, hoffen sie wahrscheinlich immer noch, dass ihr Freund zu uns stoßen wird. Mir ist das ganz recht. Sobald sie alle schlafen, werde ich weiterhin hellwach sein und vollkommen allein mit der Dunkelheit. Mein Körper ist zwar völlig erschöpft, aber mein Geist kommt nie zur Ruhe, und ich freue mich nicht unbedingt auf eine weitere schlaflose Nacht. »Wer war die Herrscherdynastie?«

»Aha, so ist das also«, schnaubt Remme.

Ich schaue ihn an. »Wie ist was?«

»Wenn ich über die Zeit vor den Sieben Magiern rede, glaubst du mir kein Wort, aber sobald unser ach so perfekter Kendrick dir von einem Matriarchat erzählt, ist deine Skepsis wie weggeblasen.«

»Och, bist du etwa eifersüchtig?«, stichele ich.

»Höchstens ein bisschen«, murmelt er.

Kendrick schüttelt sich stumm vor Lachen. Er schnitzt abwesend mit seinem Taschenmesser an einem Stock herum und wirft die Holzspäne gelegentlich ins Feuer.

»Wenn man bedenkt, dass du achtzig Prozent der Zeit nur Blödsinn redest, können wir ihr das kaum vorwerfen«, sagt Skylar trocken.

»Natan«, sagt Kendrick. »Möchtest du Jasalyn antworten?« Natan nickt. Er nimmt meine Frage so ernst wie alle Fragen, die man an ihn richtet. »Ich habe bisher drei Reiche besucht und sieben studiert, aber in keinem findet sich eine Monarchie, die der des historischen Elora gleicht.«

»Wa– Moment.« Ich schüttele den Kopf. »Du warst in drei Reichen? Du warst also nicht nur in Faerie und Elora, sondern auch in einem dritten Reich?«

»Mit Elora sind es sogar vier.«

Ich starre ihn fassungslos an. Es ist schon schwierig genug, zwischen Elora und Faerie hin- und herzureisen, aber die anderen Reiche bewachen ihre Portale so strikt, dass es quasi unmöglich ist, dorthin zu gelangen.

»Aber wie? Du kannst doch höchstens zwanzig Jahre alt sein.«

»Das würde jetzt zu weit führen«, sagt Natan. »Willst du nun etwas über Eloras Monarchie erfahren oder nicht?«

»Ja, bitte.«

»Bevor die Sieben Magier die Macht ergriffen und das bestehende politische System abschafften, wurde Elora lange von einem Matriarchat regiert. Die Königin herrschte über das Land, das in kleinere Territorien aufgeteilt war, über die wiederum Fürsten und Fürstinnen herrschten.«

»Das klingt eigentlich wie eine ganz typische Monarchie«, sage ich.

»Untypisch ist nicht die Machtverteilung«, sagt Kendrick neben mir, »sondern die Art, wie diese Macht weitergegeben wurde, wenn die Regierungszeit einer Königin vorbei war.«

Natan nickt. »In Elora wurden Kronen und Throne nicht an blutsverwandte Nachkommen vererbt. Selbst die Tochter der Königin hatte keinen Anspruch auf den Thron, und es wäre unvorstellbar gewesen, dass sie als Nachfolgerin ausgewählt wird.«

»Wie wurde die Thronfolge denn dann entschieden?«, frage ich. Ich rolle meine Schultern und versuche, meinen schmerzenden Rücken zu strecken. »Haben die Fürsten darüber abgestimmt?«

»Das Orakel bestimmte ein Mädchen bei seiner Geburt zur

Nachfolgerin der Königin, und sie und ihre Familie wurden in den Palast gebracht und dort beschützt, bis es für sie an der Zeit war, den Thron zu besteigen.«

»Das Orakel? Die Königin wurde durch Magie ausgewählt?«

»So könnte man es ausdrücken«, sagt Natan.

»Aber wo bleibt da der freie Wille? Was, wenn die Entscheidungen, die das Mädchen traf, und das Leben, das es führte, sie als Königin ungeeignet machten? Was, wenn das Mädchen nicht regieren *wollte*? Und was, wenn das Orakel korrumpiert wurde – wenn jemand es schaffte, die Prophezeiung zu manipulieren und die Zukunft der Krone zu beeinflussen?«

»Falls das jemals passiert sein sollte, steht es zumindest nicht in den Geschichtsbüchern«, sagt Natan.

Ich schnaube. »Das heißt noch gar nichts, denn schließlich hat es auch das Matriarchat, von dem ihr redet, nicht in die Geschichtsbücher geschafft.«

»Oh doch. Die Sieben Magier haben sie bloß zerstört.«

»Aber woher weißt du das alles? Die Sieben Magier regieren Elora schon seit beinahe fünfhundert Jahren. Wie kannst du wissen, was in Büchern stand, die vor so langer Zeit zerstört wurden?«

Kendrick wirft Natan einen Blick zu und schaut dann mich an. »Natans Familie hat ihr Möglichstes getan, um die wahre Geschichte Eloras zu erhalten und weiterzugeben. Er war noch sehr jung, als seine Eltern ermordet wurden – die Sieben fanden die Bücher, die sie so mühsam konserviert hatten, zerstörten sie und richteten die beiden dann vor den Augen der ganzen Stadt hin.«

Meine Kehle ist wie zugeschnürt. »Natan, das tut mir so leid. Wie schrecklich.«

Natan starrt ins Leere und würdigt mich keines Blickes. Sein Gesicht ist angespannt, seine übliche Sanftheit verschwunden. »Das war es.«

»Es ist schwierig, die Grausamkeit zu beschreiben, zu der die Sieben wirklich fähig sind«, sagt Kendrick. »Verstehst du jetzt, warum ich will, dass du so gut gewappnet bist wie nur möglich, wenn du Erith gegenüberstehst?«

»Wenn ich sage, dass ich keinerlei Anzeichen für magische Kräfte in mir spüre, dann ist das nicht übertrieben. Ich denke, sie sind einfach nicht da.« Aber Mordeus glaubte an ihre Existenz, und das war, lange bevor irgendjemand wusste, dass ich eine Nachkommin von Mab war. Selbst wenn er recht gehabt haben sollte, habe ich noch nie einen Funken dieser Macht gespürt. Vielleicht habe ich sie aber auch verloren, als ich mein Fae-Leben gegen meinen Ring eintauschte.

»Natan hat schon oft mit blockierten Magie-Nutzern zusammengearbeitet und ihre Blockaden gelöst«, sagt Kendrick. »Das könnte er sicher auch für dich tun.«

»Warum glaubst du, dass ich *blockiert* bin?«, frage ich verständnislos.

»Weil du, wie du immer wieder betonst, keine magischen Kräfte hast. Aber das ergibt absolut keinen Sinn. Du stammst von einer der mächtigsten Fae ab, die jemals in dieser Welt gelebt haben. Ihr Blut fließt in deinen Adern, also *muss* die Magie in dir existieren. Deswegen bin ich der Ansicht, wir sollten Natan bitten, sie für dich zu finden.«

»Und was ist, wenn ich das nicht will?«, frage ich.

Kendrick legt sein Messer beiseite. »Ich weiß, was das Orakel mir gezeigt hat, Jasalyn. In meiner Vision hast du Erith getötet, aber ich werde dich nicht in diesen Kampf schicken, wenn diese

Prophezeiung deine einzige Waffe ist. Das Schicksal ist nicht unveränderlich, und Erith ist zu gefährlich.«

»Glaubst du, das Orakel hat dich angelogen?«

Er schüttelt den Kopf. »Orakel lügen nicht, aber die Zukunft ist nicht in Stein gemeißelt. Wir treffen Entscheidungen, die unsere Pfade umleiten. Das Orakel kann uns nicht alles zeigen, also müssen wir uns, so gut es irgendwie geht, auf alle Eventualitäten vorbereiten.«

Ich denke über seine Worte nach. »Du hast gesagt, sie hat dir in einer *Vision* gezeigt, wie ich Erith töte. Meinen Namen hat sie also nie genannt, richtig?«

»Richtig«, sagt Kendrick.

»Woher weißt du dann, dass ich es sein werde, die ihn tötet, und nicht Felicity in meiner Gestalt?«

Skylar schmunzelt. »Sie ist eindeutig schlauer als Felicity.«

»Felicity glaubt das, was sie glauben muss«, sagt Kendrick und schaut mit gefurchter Stirn auf seinen geschnitzten Stock.

»Im Endeffekt ist es egal.« Das kommt von Remme. »Ob nun du ihn tötest oder Felicity in deiner Gestalt – wir tun unser Möglichstes, um auf dieses Ziel hinzuarbeiten. Es ist höchste Zeit, dass die Herrschaft der Sieben endet – und Erith zu töten ist der erste Schritt dazu.«

»Darf ich dich mal fragen, was so schlimm daran ist, magische Kräfte zu haben?«, fragt Skylar. Sie geht ums Feuer herum und lässt sich neben mir auf den Boden sinken. »Hast du Angst vor der Verantwortung, die solche Mächte mit sich bringen, oder hasst du die Fae wirklich so sehr, dass du den Gedanken, eine von ihnen zu werden, nicht ertragen kannst?«

Ich schweige lange und überlege, ob ich überhaupt auf ihre Frage antworten soll, aber sie wartet so geduldig – sie alle warten so geduldig – auf meine Antwort, dass ich mich auf einmal ganz ruhig und seltsam … *verstanden* fühle. Akzeptiert.

Sie *wollen* mich verstehen und werden meine Antwort hinnehmen, egal wie sie ausfällt. »Ich habe keine Angst vor der Macht, aber ich weiß auch nicht, was ich mit ihr anfangen sollte«, sage ich schließlich. »Meine Schwester war diejenige, die immer davon geträumt hat, so mächtig zu sein, dass sie die Machtlosen retten und die Grausamen bestrafen kann.«

»Und du wolltest das nicht?« Skylar legt fragend den Kopf schief.

»Doch, schon, aber ich habe mich dabei nie als Anführerin gesehen.«

»Vielleicht liegt das daran, dass du immer in ihrem Schatten gestanden hast. Dir ist nie aufgefallen, dass du die Welt mit deinem eigenen Licht erstrahlen lassen kannst«, sagt Remme, und von ihm sind diese Worte so unerwartet fürsorglich und tiefsinnig, dass ich einen Kloß im Hals bekomme.

»Vielleicht«, flüstere ich.

»Und was ist deine Antwort auf den zweiten Teil meiner Frage?«, hakt Skylar nach.

»Ich hasse die Fae nicht.«

Remme und Skylar tauschen einen skeptischen Blick.

»Was? Ich hasse sie wirklich nicht. Es gibt eine Menge Fae, die sich meinen Hass redlich verdient haben, aber ich bin nicht so geblendet von meinen Vorurteilen, dass ich glaube, ihre gesamte Spezies sei böse. Meine eigene Schwester ist schließlich eine Fae.«

Natans freundliches Lächeln lässt seine Augen weich werden. »Deine Schwester ist für dich die große Ausnahme.« Seine Stimme ist sanft, aber bestimmt. »Ausnahmen bestätigen nur die

Regel und können Vorurteile nicht überwinden. Das ist schon seit Jahrtausenden so.«

Ich öffne den Mund, um zu protestieren, klappe ihn dann aber wieder zu und schaue beschämt auf meine Hände. »Die Vertrauten meiner Schwester sind auch in Ordnung, aber ich gebe zu, dass Fae sich vor mir beweisen müssen. Ich vertraue ihnen nicht ohne Weiteres. Und wenn ich die Wahl hätte ... ja, dann wäre es mir lieber, meine Schwester und ich wären nie in diese Welt geworfen und in diese Rollen gedrängt worden. Ich will unser Leben in Elora zurück – ohne all diese Magie und ...« *Diese Angst.* In Elora hatte ich nie so viel Angst, aber das sage ich nicht laut. Ich bin nicht bereit, diese Schwäche zuzugeben.

Als ich den Kopf hebe, beobachtet Kendrick mich, seine schönen blauen Augen traurig.

»Warum siehst du mich so an?«

»Vielleicht, weil *du selbst* eine Fae bist«, sagt Skylar. »Und es tragisch ist, mit anzusehen, wie jemand so sehr von Selbsthass geplagt wird.«

»Ich habe nie darum gebeten, das Blut einer uralten Fae-Königin in den Adern zu tragen«, zische ich. »Ich will keine Fae sein, und ich hasse es, dass mich alle behandeln, als wäre es das größte Glück der Welt, dass ich nie eine andere Wahl hatte.«

»Ach, du armes kleines –«

»Lass es gut sein, Skylar«, unterbricht Kendrick sie.

Sie schaut ihn lange an. Anspannung liegt in der Luft, bis sie plötzlich verschwindet, als sei sie nie da gewesen. »Kein Problem.« Sie springt auf und klopft sich den Staub von der Hose. »Remme, geh doch mit mir die Umgebung ab, während die beiden hier in Jas' Kopf herumstochern.«

Remme steht auf, und nach einem peinlich berührten Blick in die Runde folgt er ihr. »Sagt Bescheid, wie es gelaufen ist.«

Ich senke den Kopf und lausche dem Knirschen seiner Schritte im Laub, als er davongeht.

»Versuch, deine Magie nicht als Teil deines Fae-Erbes zu betrachten«, sagt Kendrick neben mir. »Sieh sie einfach als eine Waffe, die du einsetzen kannst, wenn du deinen Feinden gegenüberstehst.«

Aber was ist, wenn ich sie benutze und dann feststellen muss, dass ich keinen Deut besser bin als sie? Was ist, wenn dieser Rachedurst nicht nur der Wunsch nach Gerechtigkeit ist, sondern etwas Dunkles in mir – der Teil von mir, der sich in meinen Träumen an den Schmerzen anderer ergötzt, der Teil von mir, der sich beinahe wünscht, dass Mordeus am Leben ist, weil ich unbedingt diejenige sein will, die ihn ein für alle Mal tötet?

Kendrick greift nach meiner Hand und drückt sie. »Ich bin die ganze Zeit an deiner Seite, okay?«

Ich nicke. Er hat recht. Ich sollte wissen, wozu ich fähig bin. Als Kendrick und die anderen mich entführten und mir meinen Umhang wegnahmen, konnte ich mich nicht gegen sie verteidigen – und sie verfügen nur über menschliche Magie. Sollte ich noch einmal gefangen genommen werden, meinen Ring verlieren und einem Entführer gegenüberstehen, der mir wirklich etwas antun will, dann brauche ich alle Kraft, die ich kriegen kann.

Natan setzt sich neben mich, wendet den Oberkörper aber mir zu.

Dann tippt er mir mit dem Finger aufs Knie. »Dreh dich zu mir um.«

Ich hole tief Luft, schlucke meine Furcht herunter und gehorche ihm. »Es ist deine Magie.« Natans braune Augen schauen in meine, und ich sehe in ihnen so viel Güte, dass ich mich entspanne. »Du brauchst sie nicht zu fürchten. Sie gehorcht dir, du bist ihre Herrin.«

»Okay«, flüstere ich. *Genau wie der Ring. Ich entscheide, wann ich ihn benutze. Ich entscheide, wie ich ihn einsetze.*

»Schließ die Augen.«

Ich tue, was er sagt, und spüre, wie er mir die Hände auf die Knie legt.

»Jetzt bitte ich dich, deine Schutzschilde zu senken. Du bist hier sicher. Nur Kendrick und ich sind hier, und du kannst deine Schilde jederzeit wieder hochziehen.«

Als Misha mir beibrachte, wie man seinen Geist abschirmt, stellte ich mir meine Schilde wie die Betonziegelmauern vor, die unsere winzige Kammer im Keller meiner Tante umgaben. Sie sind massiv und schwer, und ich stelle mir vor, wie ich Stein um Stein herunternehme, um für Natan einen Durchgang zu schaffen. »Gut«, sagt er. »Das reicht. Jetzt möchte ich, dass du dich an eine Zeit erinnerst, in der du dich sicher und glücklich gefühlt hast. Was siehst du? Wie fühlst du dich?«

Ich beantworte seine Fragen nicht laut, aber ich bin dort. In diesem dummen kleinen Kellerraum, der nie als Schlafzimmer gedacht war, geschweige denn als Zuhause. Es war dunkel und kalt dort, und die Kammer war viel zu klein für zwei heranwachsende Mädchen. Brie hat es gehasst. Sie hat es beinahe noch mehr gehasst, als sie Madame V hasste, glaube ich. Aber ich nicht. Es war nichts Besonderes, aber es war unser Zuhause, und wenn wir zusammen dort waren, existierte der Rest der Welt nicht mehr.

Das Zimmer war fensterlos, aber ich hatte dort nie Angst vor der Dunkelheit. Weil ich die Schrecken, die mich in Faerie erwarten sollten, dort noch nicht kannte. Und weil Brie immer bei mir war.

Ich stelle mir vor, wie ich mit vor Müdigkeit schweren Augenlidern auf dem Bett liege und zusehe, wie Brie sich für den Tag bereit macht. Sie erzählt mir eine Geschichte über unsere verwöhnten Cousinen – die Mädchen, die oben leben und denen wir dienen und hinterherputzen müssen, wenn wir nicht gerade bei der Arbeit sind. Sie sind herrisch und schrecklich grausam, und sie behandeln uns, als müssten wir ihnen für die Gelegenheit dankbar sein, ihre Wäsche waschen zu dürfen. Aber das alles ist mir egal, denn ich bin mit meiner Schwester zusammen, und gerade ist sie nicht so gestresst wie sonst. In diesem Augenblick lastet die Bürde unserer Schulden nicht so schwer auf ihr wie sonst. Sie ist glücklich, also bin ich es auch.

»Gut gemacht, Jas«, sagt Natan. »Wunderbar. Jetzt möchte ich, dass du dir etwas vorstellst, das dir Angst macht.«

Unwillkürlich balle ich die Hände zu Fäusten, und meine Nägel graben sich in meine Handflächen.

»Schsch. Es ist alles okay. Du bist in Sicherheit. Du stellst dir diese Angst nur vor, sonst nichts. Atme tief durch, Jas. Atme und denk an einen Moment, in dem du schreckliche Angst hattest. Das muss nicht deine schlimmste Erinnerung sein. Nimm einfach einen Moment echter Angst.«

Meine Lungen brennen, als ich endlich keuchend Luft hole. Dann laufen mir heiße Tränen über die Wangen.

»So ein hübsches Ding.«

Er hat die Hand um meinen Hals gelegt, und er drückt zwar nicht zu, aber ich weiß, dass er es könnte. Er will mich spüren lassen, dass er die Kraft und die Macht hat, mein Leben in Sekundenschnelle auszulöschen.

Ein Schluchzer entringt sich mir und lässt meinen Brustkorb erbeben.

»Ach komm schon, warum weinst du denn? So abstoßend bin ich doch nun wirklich nicht.«

Seine Orks lachen, als sei dies der Witz des Jahrhunderts.

»Ich habe gehört, dass du dich weigerst zu essen, kleines Menschlein. Und dass du auch das Wasser nicht trinkst, das in deine Zelle gebracht wird«, sagt Mordeus.

Ich schaue den Ork hinter ihm an – der jeden Tag in mein Wasser spuckt – und lasse meinen Blick dann wieder zu Boden sinken.

Er hebt mein Kinn an, aber ich schaue stur nach unten. »Sieh mich an!«

Das werde ich nicht, aber dann … dann tue ich es. Mein Körper gehört mir nicht mehr. Meine Augen begegnen den seinen, und egal wie verzweifelt ich auch versuche, den Blick abzuwenden, es geht nicht.

»Siehst du das? So einfach geht das. Du gehörst mir. *Du kannst dich mir nicht widersetzen.«*

»Das reicht!«

Der Klang von Kendricks Stimme reißt mich aus der Erinnerung und bringt mich in die Gegenwart zurück. Ich sitze immer noch im Schneidersitz am Feuer, Natan gegenüber, aber ich zittere am ganzen Körper und mein Gesicht ist tränennass, so wie es auch an jenem Tag war – als mein Körper mir zum ersten Mal nicht mehr gehorchte.

Natan ist sehr blass, und seine Augen sind so rot, als sei er zu lange wach gewesen und hätte zu wenig geblinzelt.

»Und?« Ich schniefe und versuche, wieder in der Gegenwart Fuß zu fassen, aber es ist nicht leicht. Immer, wenn ich an Mordeus denke, fühlt es sich so an, als sei er ganz nah. Als würde ich ihn mit mir herumtragen. Deshalb muss ich mich unbedingt mit eigenen Augen von seinem Tod überzeugen.

Natan schaut Kendrick an. »Nichts«, murmelt er. »Ich bin so tief gegangen wie möglich, konnte aber nichts finden.«

Meine Kehle wird eng.

»Bist du sicher?«, fragt Kendrick.

»Da war nichts.«

Ich hole tief Luft, sauge die Nachtluft, den Rauch des Lagerfeuers und den schwachen Nachgeruch unseres Abendessens in mich auf – alles, um mich daran zu erinnern, dass ich *hier* bin und nicht wieder im *Damals*. »Vielleicht bin ich ja doch keine Fae.« Aber ich weiß, dass das nicht stimmt.

Ich stehe auf, weil ich mir beweisen muss, dass ich es kann.

Dieser Körper gehört mir.

Ich habe die Kontrolle über ihn.

»Ich brauche einen Moment.« Ich drehe mich um und mache zwei Schritte in Richtung Wald, bleibe dann aber wie angewurzelt stehen und starre in die Dunkelheit. Angst schlägt ihre Klauen in mein Herz, bis ich plötzlich Kendricks warme Hand in meiner spüre und alles Entsetzen von mir abfällt.

Er drückt meine Hand und nickt dann in Richtung der Bäume, und ich lasse mich von ihm in die Dunkelheit des Waldes führen, wo Laub unter unseren Stiefeln knirscht und das Summen der Insekten lauter wird.

»Es tut mir leid«, sagt er.

»Was denn?«

»Ich habe dich dazu gedrängt, Natan in deinen Kopf zu lassen. Ich habe dich dazu gebracht, dich an etwas Schreckliches zu erinnern und …«

Und es war alles umsonst. Weil ich überhaupt keine Macht besitze. Ich habe sie verschwendet, um mein dunkelstes Verlangen zu befriedigen. Habe sie für einen Ring verschwendet, anstatt sie für eine gute Sache aufzusparen.

»Es tut mir leid«, sagt er noch einmal.

»Mir tut es auch leid.«

»Dir muss gar nichts leidtun.«

Ich schüttele den Kopf. »Doch. Mir tut alles leid – dass ich ein ängstliches kleines Mädchen bin, dass ich keine magischen Kräfte habe, dass mir sogar mein eigener Schatten Angst macht.« *Dass ich für meine Rache alles geopfert habe.*

»Ich finde dich ehrlich gesagt verdammt mutig.«

Ich schnaube verächtlich. »Dann hast du offensichtlich nicht sehr gut aufgepasst.«

Er bleibt stehen und dreht sich zu mir um. »Es gibt nichts Mutigeres, als sich den Dingen zu stellen, die einem Angst machen.«

Ich lege den Kopf in den Nacken und suche seinen Blick, betrachte sein Gesicht und studiere seinen weichen Mund.

Sein Blick folgt demselben Pfad und bleibt an meinem Mund hängen. Er leckt sich nervös über die Lippen.

Dann weicht er zurück. Einen Schritt. Zwei Schritte. Und ich bleibe vor Enttäuschung wie ausgehöhlt zurück.

Ein Zweig knackt, und Kendrick schirmt mich augenblicklich mit seinem Körper ab.

Er beschützt mich. Ständig beschützt er mich.

»Skylar«, sagt Kendrick nach einer kurzen Pause, erleichtert. »Was ist los?«

»Sorry«, sagt Remme, und als ich den Kopf drehe, sehe ich, wie er versucht, Skylar in Richtung Lager zurückzuzerren. »Wir wollten nicht stören. Es ist nicht dringend.«

»Sagt, was ihr zu sagen habt«, seufzt Kendrick.

»Wir haben unsere Nachbarn belauscht«, sagt Skylar. »Da es so aussieht, als hätten sie dasselbe Ziel wie wir, wollten wir uns Informationen beschaffen.«

»Und?«, fragt Kendrick.

Remme sieht mich an und zieht eine Grimasse. »Ich weiß nicht, ob sie recht haben, was ihren König angeht, aber Feegus Keep hat die Sicherheitsvorkehrungen verschärft. Irgendetwas hat sie in Angst und Schrecken versetzt.«

Remme und Skylar wechseln einen Blick, dann senkt Remme den Kopf.

»Natan hat uns gesagt, dass er keine Magie in ihr finden konnte«, sagt Skylar mit einem Kopfnicken in meine Richtung. »Vielleicht sollten wir unsere Pläne für Feegus Keep der Situation anpassen. Möglicherweise wäre es besser, wenn wir uns jetzt dafür entscheiden, eine sichere Unterkunft für sie zu finden, in der sie bleiben kann, bis wir in Feegus Keep bekommen haben, was wir brauchen.«

Kendrick erstarrt.

»Nein«, platze ich heraus, und instinktiv wandert meine Hand zu dem Ring, der in meinem Umhang versteckt ist. »Ich will nicht irgendwo rumsitzen und auf euch warten. Ich will mitkommen.«

Kendrick schaut mich zerknirscht an. »Wir müssen überlegt handeln, Slayer. Du könntest verletzt oder entführt werden.«

»Ich habe ein Koboldarmband.« Ich strecke die Hand aus und streiche über die unsichtbaren Fäden an meinem Handgelenk. »Wenn ich einen Faden zerreiße, holt mein Kobold mich sofort da raus.«

»Aber nur, solange du nicht in Lebensgefahr schwebst«, sagt Skylar.

»Was? Das kann nicht stimmen.«

»Hat er dir nicht die Regeln erklärt, als er dir dieses Armband gegeben hat?«, fragt Kendrick stirnrunzelnd.

Ich erinnere mich vage daran, dass mein Kobold irgendetwas von Regeln gefaselt hat, als Abriella mich ihm vorstellte. Aber damals war alles so verschwommen – unter der schweren Decke meiner Erinnerungen erkannte ich die Welt kaum. Ich konnte mich nicht auf Details konzentrieren, solange ich all meine Kraft dafür brauchte, den nächsten Atemzug zu nehmen.

»Und warum nicht?«, frage ich.

»Der Kobold-Kodex verbietet es ihnen, dem Schicksal in die Quere zu kommen«, sagt Remme. »Wenn du also einen Faden an deinem Armband zerreißt, aber in einer ausweglosen Lage ohne Möglichkeit zur Flucht steckst …«

Skylar nickt. »Wenn dein Tod unmittelbar bevorsteht, dürfen sie sich nicht einmischen.«

»Aber Bries Kobold – Bakken heißt er – hat sie mal gerettet.« Ich schaue nacheinander in all ihre Gesichter, weil ich unbedingt eine Bestätigung brauche, dass sie sich täuschen. Nicht nur, weil ich mit ihnen nach Feegus Keep gehen will, um Mordeus zu finden. Dieses Armband hat mir seit Jahren ein gewisses Gefühl von Sicherheit gegeben, und falls sie recht haben, hätte ich mich nie darauf verlassen dürfen, dass es mich im Notfall retten wird. »Sie hatte etwas aus dem Seelie-Schloss gestohlen, und die Wachen hätten sie beinahe erwischt. Sie hat einen Faden ihres Armbands zerrissen, und Bakken hat sie da rausgeholt.«

»Und diesen Bakken gibt es noch?«, fragt Skylar skeptisch.

»Er ist auch heute noch ihr Kobold.«

Remme schüttelt den Kopf. »Dann hätten diese Wachen ihr entweder kein Haar gekrümmt, oder sie hat irgendwie bewiesen, dass sie auch selbst mit ihnen zurechtgekommen wäre.«

Ich muss lächeln. Ich habe zwar weder für Fae noch für Magie viel übrig, aber ich erzähle immer gern von den Heldentaten meiner Schwester. »Sie hat sie in eine Decke aus Schatten gehüllt, bevor Bakken sie mitgenommen hat.«

»Dann hat er damit keine Regeln gebrochen«, sagt Kendrick so langsam, dass ich merke, wie ungern er mir meine Illusionen nimmt. »Die Kobolde können diese Regel nur umgehen, wenn die Person, die sie ruft, einen klaren Fluchtweg vor Augen hat – oder den Kobold ruft, bevor der Tod die Hand nach ihr ausgestreckt hat.«

»Und was hält die Kobolde davon ab, gegen den Kodex zu verstoßen?«, frage ich.

»Kobolde haben einen freien Willen, genau wie wir«, sagt Remme. »Aber es hat Konsequenzen, den Kodex zu missachten.«

Ich schaue mein Armband enttäuscht an. Mein Kobold ist zwar ein nerviger Besserwisser, aber bisher hatte ich das Gefühl, dass er mich mag. Die Vorstellung, dass er mich für einen blöden Kodex meinen Feinden überlassen würde, tut weh. »Und die wären?«

»Sie hören auf, zu existieren«, sagt Kendrick. »Sie verwirken damit ihr Leben.«

Remme schaut Kendrick mitfühlend an und seine Stimme ist sehr sanft, als er sagt: »Wir müssen einen sicheren Ort finden, an dem sie bleiben kann, bis wir die Situation in Feegus Keep evaluiert haben. Wir können nicht riskieren, sie bei einem simplen Einbruch zu verlieren. Wir brauchen sie für Erith.«

»Ich kann euch helfen«, sage ich. Das klingt zwar verzweifelt, aber wenn sie die Sicherheitsvorkehrungen verstärkt haben, könnte es durchaus sein, dass Mordeus dort ist. »Ich kann uns da reinbringen.«

Remme stutzt. »Wie bitte?«

»Die Festungsanlage ist riesig, richtig? Wenn wir an den Wachen am Eingang vorbeikommen und uns die richtigen Uniformen anziehen, wird uns wahrscheinlich niemand als Eindringlinge erkennen, sobald wir erst mal drin sind.«

»So einfach ist das nicht«, sagt Skylar. »Am Eingangstor sitzen keine leicht zu täuschenden Bengel. Dort stehen Wachposten, die darauf gedrillt worden sind, erst zu schießen und dann Fragen zu stellen.«

Ich schlucke. Wenn sie es so sagt, klingt es furchtbar, aber im Grunde genommen ist es auch kein Unterschied zu den anderen Situationen, in denen ich den Ring benutzt habe. »Ich schaffe das. Ich bringe uns da rein.«

»Du musst schon ein bisschen ausführlicher werden, Slayer«, sagt Kendrick.

Ich beiße mir auf die Unterlippe. Wenn ich es ihnen jetzt nicht erzähle, verpasse ich vielleicht meine Chance, an Mordeus heranzukommen. »Ich besitze einen magischen Ring, den ich von einer Hexe in Elora bekommen habe. Ich wollte den Mitternachtspalast verlassen können, wann immer mir danach war, und dafür brauchte ich Sicherheit – alle sollten tun, was ich ihnen befehle, und sich dann nicht mehr daran erinnern, dass sie mich gesehen hatten.«

Kendrick schaut mich aufmerksam an. »Und was passiert, wenn du ihn aufsteckst?«

»Alle tun, was ich ihnen befehle.«

»Bullshit«, murmelt Remme.

»Klingt so«, stimmt Skylar ihm zu. »Das soll keine Beleidigung sein. Ich bin mir sicher, es *fühlt sich an*, als würde es funktionieren. Aber so mächtige Magie ist nicht so simpel.«

Ich seufze. »Na gut«, sage ich und hole den Ring aus meinem Umhang. »Ich zeigs euch.«

KAPITEL 16

JASALYN

Als ich den Ring wieder abnehme, trage ich mein süffisantestes Grinsen. Und noch eine ganze Menge anderer Sachen.

»Zeigst du es uns jetzt bald mal?«, fragt Skylar.

»Das habe ich schon.«

»Aber du hast nichts *gemacht*«, sagt sie.

Mit hochgezogener Augenbraue halte ich ihr ihre Ohrringe vor die Nase. An meinen Handgelenken trage ich Remmes heiß geliebte Ledermanschetten, und Natans Brille habe ich zum Haarreif umfunktioniert. »Bist du dir da ganz sicher?«

Ihr klappt der Mund auf. »Was ist das für Hexenwerk?« Sie dreht sich zu Kendrick um. »Sie hat also doch Magie!«

»Nein.« Bei den Göttern, ich lächele ja. Ich weiß nicht mehr, wann ich das letzte Mal so aufrichtig gelächelt habe, ohne in der Haut der Bezaubernden Lady zu stecken.

Kendrick ignoriert Skylar – und starrt wie gebannt *mich* an. »Sag mir, wie das funktioniert.«

»Wenn ich den Ring trage, befolgen alle meine Befehle.« Muss ich ihnen wirklich auch noch den Rest verraten? Würden sie mir glauben, wenn ich ihnen vom Kuss des Todes erzähle? »Genau wie ich gesagt habe.«

»Und sie erinnern sich an *nichts*«, sagt Remme. Er streckt die Hand aus. »Gib mir meinen Kram zurück.«

Ich löse seine Ledermanschetten, und auch die anderen erhalten ihre Habseligkeiten zurück.

»Kendrick hast du also nichts abgenommen?«, fragt Skylar.

»Nein.«

»Bevorzugung«, grummelt Remme.

»Warum nicht?«, fragt Skylar.

Ich schaue Kendrick an und sage dann achselzuckend: »Er gehorcht meinen Befehlen nicht, wenn ich den Ring trage, und ich wollte keine Zeit damit verschwenden, ihn zu überreden.«

Skylar hebt alarmiert die Hände. »Moment mal. Wenn das nicht bei jedem wirkt, warum reden wir dann überhaupt darüber?«

Kendrick reibt sich die Stirn. »Weil ich mich trotzdem an nichts erinnern kann. Selbst wenn ich also nicht dazu bereit bin, ihr all meine Habseligkeiten zu geben, kann sie trotzdem jederzeit abhauen, wenn sie will, oder euch anderen befehlen, mich auszuschalten. Ich werde mich an nichts davon erinnern.«

»Und er ist bisher der Einzige, bei dem der Ring nicht funktioniert«, gestehe ich. Obwohl ich immer noch manchmal an den Abend zurückdenke, an dem ich meine Schwester getroffen habe, während ich meinen Ring trug. Misha und Finn führten sich wie liebestolle Idioten auf, Brie aber nicht. »Es ist … merkwürdig.«

»Und bei wie vielen Leuten hast du den Ring bislang eingesetzt?«, fragt Remme.

Ich werfe ihm einen kalten Blick zu. »Bei genügend.«

Natan vergräbt eine Hand in seinem Haar. »Was für eine Hexe hat dir den Ring gegeben?«

»Eine mit Zauberkräften?«, schnappe ich und wende mich dann wieder Kendrick zu. »Ich kann es euch noch mal demonstrieren, aber egal wie oft ich es tue, ihr werdet euch nicht daran erinnern, was passiert ist oder wie ich es gemacht habe. So funktioniert der Ring.«

»Wir glauben dir«, sagt Kendrick und tauscht einen Blick mit Natan. »Aber das ist extrem mächtige Magie.«

Ich richte mich auf. »Ihr kritisiert meinen Ring, obwohl ihr ständig mit Magie um euch werft?« Ich zeige auf meine spitzen Fae-Ohren. »Schaut mich doch an. Schaut doch euch selbst an.«

»Das ist nicht dasselbe«, sagt Natan. Er schüttelt den Kopf. Normalerweise ist der Typ nicht aus der Ruhe zu bringen, aber gerade wirkt er beinahe verstört. »Meine Tränke ... die wirken nur oberflächlich. Sogar die Schattenmagie deiner Schwester hat ihre Grenzen. Aber die Magie in diesem Ring beeinflusst das Unterbewusstsein aller Personen, mit denen du in Kontakt kommst.« Er zählt seine Bedenken an den Fingern ab. »Ihren freien Willen, ihre Zukunft, ihre Erinnerungen. Eine derart komplexe Form der Magie hätte ich mir nie vorstellen können.«

»Das ist doch krank«, sagt Remme. »Bist du sicher, dass das keine Fae-Magie ist?«

»Ich weiß es nicht – gibt es Fae-Zauberinnen, die in Elora magische Ringe verkaufen?«

»Was wollte sie dafür haben?«, fragt Kendrick.

Ich wende meinen Blick ab, als könnte er die Antwort in meinen Augen lesen. Ich habe zu viel für diesen Ring bezahlt. Einiges davon gehörte mir, und anderes nicht. Auf nichts davon bin ich stolz.

»Mir gefällt das nicht«, sagt Natan. »Dieser Zauber wird uns noch gewaltig in den Arsch beißen, das sage ich euch.«

»Das kannst du nicht wissen«, erwidert Remme. »Und es wäre dumm, ihn in der Zwischenzeit nicht zu benutzen. Sie kann uns völlig mühelos an den Wachen vorbeibringen. Einfach so.« Er schnippt mit den Fingern. »Lasst uns dieses Geschenk nutzen und ihr später dabei helfen, sich aus der Bredouille zu befreien, in die sie sich damit gebracht hat.«

»Aber zu welchem Preis?«, fragt Natan.

»Ich stimme Remme zu«, sagt Skylar. »Lasst uns da reingehen, das Schwert finden und über die Konsequenzen später nachdenken. Sie hat das Ding ja schon. Was getan ist, ist getan.«

Ich hebe den Kopf und sehe, dass Kendrick mich immer noch anstarrt. Ich glaube, er hat den Blick nicht von mir abgewendet, seit ich mit ihren Sachen am Feuer aufgetaucht bin. »Was ist?«, frage ich.

»Was hast du für diesen Ring bezahlt?«, fragt er leise, und zum ersten Mal klingt es, als sei er wütend auf mich.

Ich schaue ihn nur schweigend an.

»Sie macht gleich dicht, Bruder«, sagt Remme und stößt ihm den Ellbogen in die Seite. »Vielleicht solltest auch du diesem geschenkten Gaul nicht allzu genau ins Maul schauen.«

Natan dreht sich mit gefurchter Stirn zu mir um und starrt mich an, als sei ich ein Puzzle, in dem plötzlich ein Stück aufgetaucht ist, das er nicht erwartet hatte. »Lass mich mal sehen.« Er streckt die Hand aus und ich weiche zurück, drücke mir die Hand auf die Brust, wo ich den Ring wieder unter meine Kleider gesteckt habe.

»Slayer«, sagt Kendrick sehr behutsam. »Wenn wir darauf vertrauen sollen, dass uns dieser Ring unbeschadet ins Territorium unserer Feinde bringen kann, muss mein Historiker ihn zuerst untersuchen. Ich verspreche dir, dass er ihn dir danach sofort zurückgibt.«

Er hat recht. Sie haben keinen Grund, dem Ring zu vertrauen, und allen Grund, mehr über ihn erfahren zu wollen. Dennoch zittern meine Hände, als ich Natan meinen Ring reiche.

»Danke«, flüstert Kendrick.

Skylar murmelt etwas, das ich nicht verstehen kann, und lässt einen Lichtstrahl auf den Ring fallen. Der Mondstein glänzt in seinem Schein.

Natan hebt ihn hoch und dreht ihn zu allen Seiten. »So etwas habe ich noch nie gesehen.«

Ich verziehe das Gesicht. »Bitte sei vorsichtig.«

»Was, glaubst du, könnte passieren?«, fragt Skylar. »Dass er sich das Ding in den Mund steckt und aus Versehen verschluckt?«

Remme schaut stirnrunzelnd über Natans Schulter auf den Ring. »Diese Gravierungen auf der Innenseite – das ist nicht das alteloranische Alphabet. Welche Sprache ist das?«

»Gute Frage«, sagt Natan. Er dreht den Ring nach links und rechts. »Ich müsste das in meinen Büchern nachschlagen, aber ich glaube, das ist Alt-Elfisch.«

»Elfisch? Du meinst Fae?«, frage ich.

Natan wirft mir einen flüchtigen Blick zu, bevor er seine Aufmerksamkeit wieder dem Ring zuwendet. »Ich meine Elfisch.«

»Ich habe noch nie gehört, dass sie sich als etwas anderes als Fae bezeichnen.« Ich balle die Hände zu Fäusten. Am liebsten würde ich ihm meinen Ring aus der Hand reißen.

»Das liegt daran, dass du anscheinend nicht in der Lage bist, zu begreifen, wie groß die Welt da draußen ist«, sagt Remme. »Und daran, dass du in Elora dein ganzes Leben lang nur angelogen wurdest.«

Kendrick gibt ihm einen Stups. »Was Remme dir damit so ungeschickt sagen will, ist, dass die elfischen Fae hier einfach nur *Fae* genannt werden, weil in dieser Welt ausschließlich Fae leben. Aber in einer Welt, in der magische und nichtmagische Wesen zusammenleben – zum Beispiel Elfen und Menschen, aber sonst keine anderen Fae –, werden die Elfen einfach nur als *Elfen* bezeichnet.«

»Aber in welcher Welt leben denn *Elfen* und Menschen?«, frage ich.

»Elfen leben in vielen Welten, unter anderem auch in Elora«, sagt Natan.

»Du willst mir also wirklich allen Ernstes weismachen, die Elfen seien eine alteingesessene Bevölkerungsgruppe von Elora.« Ungläubig stemme ich mir die Hände in die Hüften und starre ihn an. »Und dass die Gravuren auf meinem Ring Zauberworte in ihrer Sprache sind.«

»So sieht es jedenfalls aus«, sagt Natan, lässt den Ring sinken und reicht ihn mir. Er dreht sich zu Kendrick um und schaut ihn so lange an, dass ich mich frage, ob sie sich telepathisch unterhalten.

Dann atmet Kendrick heftig aus. »Wir sollten schlafen gehen. Ich übernehme die erste Wache. Bei Tagesanbruch brechen wir auf.«

»Aber ihr nehmt mich mit, richtig?« Meine Stimme ist von einer Panik erfüllt, die ich nicht verbergen kann. Ich schaue Kendrick an. »Lasst mich nicht hier zurück.«

»Ich hätte dich auf keinen Fall hier zurückgelassen«, sagt Kendrick sanft.

Alle machen sich auf in Richtung Wald, vermutlich um sich zu erleichtern, bevor sie sich bettfertig machen. Ich will ihnen gerade folgen, da stellt sich Kendrick mir in den Weg. Seine Augen glänzen im Schein des nahen Feuers.

»Warum siehst du mich so an?«, frage ich.

Kendrick lacht auf. »Warum ich dich so ansehe, als hättest du Geheimnisse vor mir?« Er tippt sich mit dem Zeigefinger an die Lippen. »Vielleicht … weil es stimmt?«

»Wenn ich dir von Anfang an von dem Ring erzählt hätte, wärst du wahrscheinlich auf den Gedanken gekommen, ihn mir abzunehmen. Das konnte ich nicht riskieren.«

Er schaut zur Baumlinie, wo seine Freunde bereits zwischen den Stämmen verschwunden sind. »Du musst mir den Rest erzählen. Die anderen brauchen es nicht zu erfahren, aber ich muss es wissen.«

»Was soll ich dir denn noch erzählen?«

»Alles. Wo in Elora hast du ihn bekommen?«

»In Fairscape – wo Brie und ich aufgewachsen sind«, sage ich achselzuckend. Ich schaue zum dunklen Himmel hinauf und denke an den Knoten aus Angst und Abscheu, der mich zu diesem Tag geführt hat. »Ich war an meinem siebzehnten Geburtstag dort und … habe mir einen Ring gekauft.«

»Aber von *wem*?«

»Von einer Zauberin.« Ich werde nie vergessen, wie mich das alte Weib in ihre Hütte gerufen hat. Mich mit dem Versprechen anlockte, sie könne alles Unrecht ungeschehen machen.

»Ich hatte schreckliche Angst vor ihr, aber sie versprach mir, dass der Ring mir meine Angst nehmen würde. Und dieses Versprechen hat sie gehalten.«

Er umschließt mein Handgelenk locker mit seiner großen

Hand und streicht mit dem Daumen sanft über meine Pulsadern. »Aber du schleppst so viel Angst mit dir herum.«

»Nicht, solange ich den Ring trage.« Ich schlucke mühsam. Ich liebe es, wenn er mir so nahe ist, doch ich weiß nicht, wie ich mit diesem Gefühl umgehen soll. »Zumindest war es anfangs so. Inzwischen kommt es mir so vor, als würde die Angst zurückkommen.«

»Lässt die Magie nach?«

Ich beiße mir auf die Unterlippe und schüttele den Kopf. »Ich glaube schon, aber ich weiß es nicht. Vielleicht verändert sie sich auch nur.«

»Ich werde mich nicht darauf verlassen, dass du mit diesem Ring in Sicherheit bist, wenn seine Magie nicht zuverlässig ist.«

»Lass das meine Sorge sein.«

Seine Miene ist so grimmig, dass ich weiß, wie schwer ihm das fällt. »Was für Kräfte verleiht er dir noch?«

Ich gehe auf ihn zu und hebe meine Finger zu seinen Lippen. Sein Atem stockt. Ich lasse die Hand sinken. »Den Kuss des Todes.«

Kendrick schaut auf meine Lippen und lässt seinen Blick dort verweilen. »Und hast du diesen Kuss des Todes schon mal eingesetzt?«

Ich betrachte seinen Mund und stelle mir vor, wie er sich auf meinem anfühlen, wie er schmecken würde. »Ja. Deshalb wollte ich den Ring haben. Ich wollte all die Wachen ausschalten, die mich in diesem Kerker gefoltert haben.«

Er schaut immer noch auf meinen Mund. »Du hast also deine Feinde geküsst, aber mich willst du nicht küssen.«

»Hätte böse enden können.«

»Das verstehe ich.« Sein Kehlkopf hüpft.

Willst du, dass ich dich küsse? Ist das eine Frage, die ich ihm stellen kann?

Er runzelt immer noch die Stirn. »Es gibt nur sehr wenige Magier in Elora, die mächtig genug wären, einen Ring mit dieser Art Zauberkraft herzustellen. Und keiner von ihnen würde uneigennützig handeln.« Er streicht mir das Haar hinter die Ohren und lässt seine Finger über meine empfindliche Ohrmuschel wandern. Ich erschauere. »Ich habe nur vor sehr wenigen Dingen Angst, Jas, aber ich fürchte mich entsetzlich davor, mir vorzustellen, was sie im Austausch für diesen Ring von dir verlangt haben muss.«

»Sie hat nichts von mir verlangt, was ich nicht bereitwillig aufgegeben hätte«, sage ich leise.

»Verrate es mir.«

»Ich kann nicht.«

»Kannst du nicht oder willst du nicht?«

»Macht das einen Unterschied?«

Er streicht mir mit dem Daumen der Hand, die noch immer meine umfangen hält, sanft über die Knöchel und seufzt. »Manchmal ist das, was wir an unserem Tiefpunkt bereitwillig opfern, genau das, was wir uns am sehnlichsten wünschen, wenn wir aus der Dunkelheit zurück ins Licht treten.«

Seine Worte treffen mich hart, und ich versuche den Schmerz, den sie in mir auslösen, mit einem gezwungenen Lachen zu übertönen. »Ach, und diese Weisheit hast du im Laufe deines *langen Lebens* erworben?« Sein Gesicht wirkt im Feuerschein so ernst, und sein Mund ist mir so nah.

»Ich bin älter als du«, sagt er.

»Wie alt genau?«

»In ein paar Monaten werde ich einundzwanzig. Aber angeblich bin ich sehr weit für mein Alter.« Er lässt seinen Blick noch einen Moment auf meinem Mund verweilen und schaut mir dann wieder in die Augen. »Was hat die Hexe im Austausch für den Ring verlangt?«

Ich kann mich nicht überwinden, ihm zu antworten. Scham lässt mir die Worte im Hals stecken bleiben. *Mein Leben. Jede Minute nach meinem achtzehnten Geburtstag. Jeden Tag, den ich als Fae verbracht hätte.*

Ich wollte diesen Teil meines Lebens nicht. Im Grunde genommen hatte ich das Gefühl, dass sie mir damit einen Gefallen tut. Die Monate erstreckten sich endlos lang vor mir. Ich war zu betäubt, hatte zu viel Angst vor dem Monster in meinen Erinnerungen, um mich davor zu fürchten, an meinem achtzehnten Geburtstag mein Leben zu verlieren. Aber jetzt frage ich mich, was mein Opfer ihr eingebracht hat, und frage mich auch, ob es einen Weg gibt, mir mein Leben zurückzuholen.

Kendrick schaut mich immer noch an und wartet auf die Antwort, die ich ihm nicht geben werde. »Ich muss wissen, ob es ein Problem gibt, damit ich weiß, ob ich es wieder in Ordnung bringen muss«, sagt er.

»Du kannst es nicht wieder in Ordnung bringen.«

»In einer Welt voller Magie gibt es nur wenige Dinge, die sich nicht wieder in Ordnung bringen lassen.«

Ich halte seinen Blick fest und lege mich vor ihm bloß, nur ein bisschen. Er verdient es, zu sehen, wie gebrochen ich bin. »Ich hätte alles gegeben, nur um für eine einzige Stunde – einen *Augenblick* – nicht mehr diese Angst zu spüren.«

Er schließt die Augen und senkt den Kopf. Ich glaube, er könnte mich küssen. Ich will einen Kuss spüren, der Leben schenkt, anstatt es zu nehmen. Ich will einen Kuss spüren, der mit Zärtlichkeit und Zuneigung verbunden ist anstatt mit Rache und Hass. Aber er legt nur seine Stirn an die meine und flüstert »Ich weiß«, bevor er sich von mir löst.

»Warum tust du das?« Die Worte sind mir entwischt, bevor ich sie aufhalten kann.

»Was denn?«

Ich bin eine Idiotin. »Nichts.« Ich wende mich ab, aber er packt meine Hand, bevor ich weit gekommen bin. Ich halte inne, drehe ihm aber weiter den Rücken zu.

»Warum tue ich *was*, Slayer?«

»Manchmal verwirrt mich die Art, wie du mich ansiehst. Ich verstehe nicht, was du von mir willst.« Ich starre auf den Feuerschein, der sich auf meinen Stiefeln spiegelt. »Vergiss, dass ich etwas gesagt habe.«

Langsam dreht er mich zu sich herum und mustert mich eingehend. »Ich versuche, mich an deine Regeln zu halten.« Er tut es schon wieder – starrt auf meine Lippen, als könne er nicht aufhören, daran zu denken.

Der Schmerz meiner Sehnsucht löst einen Knoten tief in meinem Inneren. »Welche Regeln?«

»An dem Tag, an dem du dich bereit erklärt hast, uns mit Erith zu helfen, hast du mir geradeheraus gesagt, dass ich dich nicht küssen darf.«

Ich blinzele. »Aber da wusstest du noch nichts von dem Ring.«

»Bitte drück dich jetzt ganz deutlich aus, Prinzessin.« Seine Augen wandern über mein Gesicht. »Willst du mir damit sagen, dass deine Regeln sich geändert haben?«

In meinem Bauch tobt ein Schwarm Schmetterlinge. *Ja. Nein.* Was ist, wenn ich ihn küsse und mich die Enormität dessen, was ich verloren habe – was ich weggegeben habe –, von den Füßen reißt? Was ist, wenn diese neun Monate vergehen und ich nie seinen Kuss gespürt habe?

»Du fragst dich, was ich *will?*« Er senkt den Kopf, bis seine Nasenspitze die meine streift. Sein Atem tanzt über meine Lippen, und ich schmiege mich an ihn. »Du sagst, dein Kuss sei tödlich, aber mit jeder Stunde, die vergeht, bin ich mehr und mehr davon überzeugt, dass ich ohne ihn sterben werde.« Seine Lippen streichen hauchzart über meinen Mund. »Sag mir, dass die Regeln sich geändert haben.«

Ich hole tief Luft und nehme all meinen Mut zusammen. »Diese Regeln gelten nur, solange ich den Ring trage.« Ich begegne seinem Blick und beobachte, wie sich die Flammen des Feuers in seinen Augen spiegeln. »Ich weiß nicht einmal, wie sich ein Kuss anfühlen *sollte*.«

Er umschließt mein Gesicht mit den Händen, sein Blick wandert zwischen meinen Augen hin und her. »So.« Langsam, so quälend langsam, senkt er seinen Mund auf meinen.

Bis zu diesem Moment habe ich nicht gewusst, wie sehr ich das brauchte. Wie sehr sich mein Herz danach sehnte. Nach dieser Wärme. Dieser zaghaften Berührung seiner Lippen. Bisher endete jeder Kuss in meinem Leben mit dem Tod. Jedes Mal, wenn ich meine Lippen auf die eines anderen presste, spürte ich, wie das Leben aus ihnen entwich. Jeder Kuss vor diesem gehörte den dunkelsten, zerstörtesten Teilen von mir, und sie alle waren eine Erinnerung daran, wie viel von mir selbst ich in jenen Wochen der Gefangenschaft verloren habe.

Aber als Kendrick seinen Mund auf meinen legt, spüre ich nichts als *Leben*. Seine Zunge fährt über meine Unterlippe, und instinktiv öffne ich mich ihm. Er schmeckt nach Apfelpunsch und Wärme. Nach Sicherheit.

Wie mein Zuhause.

Ich sauge seine Unterlippe zwischen meine Zähne, weil ich mehr von ihm will. Mehr von seinem Geschmack, von seiner Wärme. Ein unterdrücktes Stöhnen entringt sich seiner Kehle, und ich vergrabe meine Hände in seinem Haar.

Als er seine Lippen öffnet, folge ich seinem Beispiel, winkle den Kopf an und berühre seine Zunge mit meiner.

Ich will nie mehr aufhören, ihn zu küssen. Tiefer und tiefer in ihm versinken.

Seine Hände wandern an meinen Seiten auf und ab, und sein Daumen streicht über die Unterseite meiner Brüste, bevor er sich mühsam von mir losmacht und langsam aufrichtet.

Ich würde ihn am liebsten wieder an mich reißen. Als ich in dieser Zelle saß, habe ich nie davon geträumt, ihn zu küssen, in den Jahren danach aber schon. Und seit unserem Wiedersehen? Kann ich ihn kaum ansehen, ohne daran zu denken.

Er atmet heftig. Seine Lippen sind geschwollen.

Ob auch ich so aussehe? Selbstvergessen und der Welt entrückt? Ich will ihn wieder an mir spüren, und dieses Mal soll er nicht aufhören.

Er streicht mit dem Daumen über meine Unterlippe. »Du bist so schön«, murmelt er. »Kein Wunder, dass dieser Ring bei mir nicht funktioniert. Ich bin schon verzaubert, wenn ich dich nur ansehe.« Dann schaut er bedauernd in Richtung Wald. »Die anderen kommen gleich zurück. Du solltest dich bettfertig machen.«

»Okay.« Ich schlinge die Arme um mich und nicke, weil ich nicht zu verzweifelt wirken will, indem ich ihn bitte, mich noch einmal zu küssen.

Hinter der Baumlinie entdecke ich tiefer im Wald zwei Gestalten – der Form nach zu urteilen männlich. Im flackernden Licht der Laterne zu ihren Füßen kann ich gerade so erkennen, dass der eine rücklings an einem Baum lehnt und der andere sich über ihn gebeugt hat. Er stützt sich mit einer Hand an der Baumrinde ab, während sein Partner ihm sanft über das Gesicht streichelt.

Sollten sie mich entdecken, könnte ich den Ring anstecken und ihnen entkommen, aber ich versuche, möglichst lautlos weiterzugehen, weil ich diesen intimen Moment nicht stören will. Dann stockt mir der Atem, als ich sehe, wie das Laternenlicht sich in Brillengläsern bricht, und ich begreife, wen ich da vor mir habe.

Natan und Remme.

Die zärtliche Zuneigung, die ich hier zwischen ihnen beobachte, wärmt mir das Herz, aber diese vorübergehende Wärme wird rasch von der Erkenntnis vertrieben, dass ich diese Leute anscheinend überhaupt nicht kenne. Ich habe begonnen, ihnen zu vertrauen, sie als meine Freunde zu betrachten, aber diese beiden sind ganz offensichtlich ein Liebespaar und haben das bisher vor mir verborgen.

Was verbergen sie wohl sonst noch vor mir?

***

Sobald ich eindöse, wache ich wieder auf. Wieder und wieder – ein endloses Tauziehen zwischen meinem Körper und meinem Geist.

Ich vernehme leises Stimmengemurmel jenseits des Feuers und rolle mich in eine Position, aus der ich sehen kann, dass Kendrick und Natan immer noch am Feuer sitzen und sich unterhalten.

»Aber du bist sicher, dass du tief genug gegraben hast?« Das ist Kendricks Stimme.

Natan legt den Kopf in den Nacken und schaut zu den Sternen hinauf. »Ganz sicher.« Er vergräbt die Hände in seinen Haaren, seine Ellbogen zeigen zum Himmel. »Ich verstehe das nicht. Ich konnte ihre Kraft spüren. Sie glüht tief in ihrem Inneren, aber sie ist gleichzeitig wie ein leeres Blatt Pergament.«

»Wie kann beides zugleich stimmen?«

»Wenn ich das wüsste«, stöhnt Natan. »Deshalb habe ich weitergesucht. Sonst hätte ich wahrscheinlich geglaubt, dass sie recht hat und die Magie ihrer Vorfahren nicht im Blut trägt.«

»Was, glaubst du, hat das zu bedeuten?«

»Ich weiß es nicht, aber ich frage mich, ob es vielleicht an der Blutmagie liegen könnte.«

»Das habe ich mich auch gefragt.« Kendrick flucht leise. »Aber *keine Anzeichen* von Magie? Als Kind von Mab? Ich habe noch nie gehört, dass Blutmagie jemandem so viel wegnehmen kann.«

»Ich habe aber auch noch nie erlebt, dass sie so häufig bei derselben Person eingesetzt wurde«, sagt Natan.

»Das ist wahr«, nickt Kendrick. »Und dann ist da noch dieser Ring.«

»Glaubst du ihr, wenn sie sagt, dass er bei dir nicht funktioniert? Bis zu einem gewissen Punkt muss er bei dir wirken, weil du dich ebenfalls an nichts erinnern kannst. Wir nehmen sie also einfach beim Wort, wenn sie behauptet, dass du im Gegensatz zu allen anderen nicht ihren Befehlen gehorchst, wenn sie ihn trägt?«

»Warum sollte sie lügen?«

Natan schüttelt den Kopf. »Ich glaube nicht, dass sie das tun würde. Ich weise nur darauf hin, dass wir es nicht mit Sicherheit wissen.« Er schmunzelt. »Interessant.«

»Was?«

»Erinnerst du dich an die alten Legenden über Sirenen?«

»Sie ist keine Sirene.«

»Das habe ich auch nicht behauptet, aber die Magie, die der Ring ihr schenkt, unterscheidet sich nicht groß von der einer Sirene. Und wer waren in den alten Geschichten die einzigen Männer, die gegen den Sirenengesang immun waren?«

»Niemand war dagegen immun, egal ob Frauen, Männer oder Fae. Diese Kreaturen haben ausnahmslos alle ins Verderben gestürzt.«

»Erinnerst du dich an die Legende von Fienna?«

»Ja, schon.« Kendrick schweigt lange. »Glaubst du, daran könnte es liegen?«, fragt er dann.

Natan schmunzelt erneut. »Du streitest es also nicht ab?«

Kendrick reibt sich übers Gesicht. »Weil es nicht relevant ist.«

»Ich wünsche mir aber eine bessere Zukunft für dich.«

»Elora bekommt eine bessere Zukunft«, sagt Kendrick. »Und nur das zählt.«

Ich bin wieder eingedöst und aufgewacht, als ich ein paar Meter neben meinem Schlafsack Schritte höre.

Skylar und Kendrick stehen sich mit verschränkten Armen gegenüber, beide wirken wütend.

»Was ist, wenn sie noch am Leben ist? Wenn wir sie finden? Hast du etwa die Hoffnung verloren? Denn wenn selbst *du*, Kendrick der Erwählte, die Hoffnung verloren hast, dann mögen die Götter uns beistehen. Warum machen wir das alles dann überhaupt?«

»Im Moment wissen wir noch gar nichts.«

»Dein *Schicksal* erwartet dich, und du …«

»Du weißt ganz genau, dass ich meine Pflicht tun werde, wenn und falls die Zeit dafür gekommen ist. Ich habe noch nie etwas über meine Pflicht gestellt.«

»Und du bist sicher, dass es klug ist, zuzulassen, dass dieses Mädchen sich in dich verliebt? Glaubst du etwa, das macht es leichter, *wenn* die Zeit gekommen ist?«

»Ich will mit dir nicht darüber reden. Der Wind hat sich gewendet und unser Schicksal mit ihm.«

»Möglich«, erwidert Skylar. »Aber du solltest Lust nicht mit Schicksal verwechseln.«

»Und du meine Freundschaft nicht mit Willensschwäche. Vergiss deine Stellung nicht.«

KAPITEL 17

FELICITY

»Du wirst essen!«, brüllt Mordeus, und Jas Körper wird so heftig in den Stuhl geschleudert, dass ihre Kiefer aufeinanderschlagen.

Die Speisen müssten eigentlich verführerisch duften. Hätte er sie an ihrem ersten Tag hier in diesen Raum gebracht, dann wäre ihr allein von den köstlichen Gerüchen das Wasser im Mund zusammengelaufen. Sie wird seit weniger als einem Monat gefangen gehalten, aber sie hat seit Jahren nicht ordentlich gegessen, und von Mahlzeiten wie dieser träumt sie, wenn sie abends mit leerem Magen zu Bett geht. Aber jetzt wird ihr beim Anblick und Geruch der aromatischen Speisen übel. Sie ist jenseits von Gefühlen wie Hunger, und die Tage in diesem Kerker und die grausamen Spiele ihrer Wärter haben jeglichen Appetit zerstört.

»Ich habe keinen Hunger«, krächzt sie mit ausgedörrten Lippen.

Er verengt die unnatürlich silbernen Augen zu Schlitzen. »Ich habe nicht gefragt, ob du Hunger hast. Ich sagte, du wirst essen.«

Ihre Hand greift nach der Gabel und spießt ein Stück Fleisch auf – gegen ihren Willen. Sie hat keine Gewalt über ihren Mund, als sie ihn öffnet und zu kauen beginnt.

Beim Schlucken muss sie würgen, aber die Magie ist zu stark und der Bissen geht hinunter, in ihre Kehle gestopft wie Glasscherben.

Bissen für Bissen füttern sie diese Hände, die sich nicht wie ihre eigenen anfühlen, und führen Wasser an ihre Lippen.

Der König lässt sie keinen Moment aus den Augen.

Niemals hätte sie sich einen derartigen Übergriff vorstellen können. Hätte man ihr erzählt, wie entsetzlich es ist, von einem Fae gezwungen zu werden, köstliche Speisen zu essen, dann hätte sie gelacht und gefragt, wo sie sich freiwillig melden kann; jetzt erlebt sie jeden einzelnen Bissen als Verrat ihres Körpers. Jedes Stückchen Nahrung, das in ihren Magen gelangt, ist ein Angriff auf das letzte bisschen Ich, das von ihr geblieben ist. Selbst ihr eigener Körper gehört ihr nicht mehr.

Als der Teller leer ist, ihr Gesicht mit Soße verschmiert, ihr Hemd vom Wasser durchnässt, da krampft sich ihr Magen zusammen – zu voll, nachdem er zu lange so leer war –, und sie glaubt, sie müsse sich erbrechen, aber wieder bemächtigt sich Magie von ihr und das Würgen legt sich.

Und er lässt sie immer noch nicht gehen. Lässt ihr nicht die Kontrolle über ihre Gliedmaßen. Sie ist an diesen Stuhl gekettet, während er sie anstarrt wie ein Rätsel, das er zu lösen versucht.

»Nahrung und Wasser zu verweigern ist sinnlos«, sagt er schließlich. »Ich bestimme über dein Schicksal. Deine Zukunft liegt in meiner Hand. Verstehst du das jetzt?«

Sie versteht überhaupt nichts, aber das spielt keine Rolle. Antworten kann sie ohnehin nicht. Ihre Lippen wollen sich nicht bewegen. Und selbst wenn sie sprechen könnte, hätte sie ihm nichts zu sagen. Es hat keinen Sinn, ihn anzuflehen, keinen Sinn, zu fragen, warum er all das tut. Er ist böse, und sie wünscht sich nur, frei zu sein.

***

Ich schrecke aus dem Schlaf hoch und würge trocken über die Bettkante, zu frisch ist das Gefühl von Nahrung und Wasser, die gegen meinen Willen in meinen Schlund – *Jas'* Schlund – gestopft werden.

»Prinzessin«, sagt meine Zofe und eilt heran.

Das Geräusch, als sie in mein Zimmer kam, muss mich aus diesem entsetzlichen Traum gerissen haben. *Dieser Erinnerung.*

»Geht es Euch gut? Soll ich beim König lieber absagen für heute Morgen?«

Ich setze mich im Bett auf und versuche, wieder ganz zu mir zu kommen. »*Was* absagen?«

»Euer Training.«

Ich kneife die Augen zusammen und versuche, den Aufruhr in meinem Magen zu beruhigen. *Es war nur ein Traum.* Aber nicht für Jas. Für sie war es sehr real.

»Alles in Ordnung. Ich habe nur schlecht geträumt.«

Ich steige aus dem Bett und ziehe mir die feine Lederhose und das Baumwolltop an, die mir die Zofe rausgelegt hat, bekomme die Erinnerung aber nicht aus dem Kopf. Das Entsetzen darüber. Welch ein Übergriff.

Kein Wunder, dass sie ihn töten will.

Misha ist schon auf dem Trainingsplatz, als ich zu unserer Übungseinheit erscheine. Sein Anblick, wie er im engen schwarzen Hemd geistesabwesend in die Ferne schaut, holt meine Gedanken zum ersten Mal, seit ich aus den Federn gekrochen bin, weg von diesem grässlichen Traum.

Seine Muskeln spannen sich an und treten deutlich unter seinem Hemd hervor, während er einen Speer in den Händen kreisen lässt und seine Finger geschickt über den Schaft tanzen.

»Wirst du mir das auch beibringen?«, frage ich.

Er wirft seinen Speer zu den anderen auf einen Haufen, dreht sich zu mir um und mustert mich. »Ich war mir nicht sicher, ob du dich heute früh überhaupt rühren kannst. Wie fühlst du dich?« Seine Stimme klingt tief und heiser, als wäre er selbst gerade erst aus dem Bett gekrochen, aber seine Augen sind scharf und wachsam wie immer – diese rostbraunen Augen, wie die einer Eule, stets auf der Hut.

»Gar nicht so schlimm«, sage ich. »Die Zofe hat mir vor dem Schlafengehen ein Stärkungsmittel gegeben.« Ich hätte es lieber selbst zubereitet. Der Geschmack hatte mir verraten, dass es Lavendel anstelle von Weidenwurzel enthielt, die meiner Erfahrung nach doppelt so stark gegen Muskelkater wirkt.

»Gut. Dann bist du ja bereit für eine weitere Trainingseinheit.«

Er kommt näher, und dann ist da plötzlich sein Geruch. Kiefernnadeln, Rosenholz und etwas eindeutig *Männliches.* Ich möchte mich zu ihm vorbeugen, die Augen schließen und tief durch die Nase einatmen, bis die schreckliche Erinnerung aus meinem Geist verschwunden ist.

»Du siehst noch ziemlich verschlafen aus.« Er streicht mir eine aufmüpfige Locke hinters Ohr und sein Blick bleibt für einen Moment an meinen Lippen hängen, bevor er sich löst. »Dann wollen wir mal dein Blut in Wallung bringen, damit du aufwachst.« Er tritt zurück, als würde es ihm möglicherweise zu sehr gefallen, mich zu berühren.

Mich oder Jas? Ich muss endlich aufhören, mich das ständig zu fragen. Am Ende wird es doch keine Rolle spielen.

Ich blicke mich auf der kahlen Fläche um. »Wo bleibt eigentlich mein Trainer heute Morgen?«

»Er steht vor dir. Und wir werden Nahkampf üben.«

Mir bleibt der Mund offen stehen. Schon für einen ganzen

Morgen in Mishas Nähe fühle ich mich viel zu unsicher, aber in *Nahkampf-Nähe*? »Was? Warum mit dir?«

»Tynan steht nicht zur Verfügung. Er leitet an einem Außenposten den ganzen Tag eine Übungseinheit für meine anderen Wachleute an.«

»Oh.«

Er lacht und in seinen Augen blitzt es. »Tut mir leid, dich zu enttäuschen.«

»Ich bin nicht *enttäuscht*. Ich hätte nur nicht erwartet, mit dir zu trainieren.«

Wieder mustert er mich, aber diesmal deutlich bedächtiger. »Ist das ein Problem?«

»Kommt darauf an. Hast du einen Heiler in Rufbereitschaft? Ich weiß, du bist schon *sehr alt,* und ich möchte dich auf keinen Fall verletzen.«

Er kichert. »Ich glaube, ich werde es überleben.« Er hebt auffordernd die Hände. »Na los, versuch mich aufs Kreuz zu legen.«

Mein Blick wandert an dem Körper hinunter, in dem ich stecke, und dann zu ihm. »Du bist doppelt so groß wie ich.«

»Wohl kaum«, schnaubt er.

»Aber fast!«

»Und genau deshalb bin ich der ideale Trainingspartner. Oder glaubst du, deine Feinde werden dir nur kleine Fae-Frauen auf den Hals hetzen?« Wieder streckt er mir auffordernd eine Hand entgegen. »Versuchs einfach.«

Meine Gedanken rasen in zwei Richtungen gleichzeitig – einerseits ist da alles, was ich darüber gelernt habe, wie man mit einem größeren Gegner fertigwird, und andererseits versuche ich mir vorzustellen, was Jas wohl darüber weiß. Mir ist bekannt, dass ihre Schwester dafür gesorgt hat, dass sie Selbstverteidigung lernt – also kann ich wohl mit den *meisten* Techniken durchkommen, aber –

»Wenn du mitten in einem richtigen Kampf so lange überlegst, bist du am Ende tot«, sagt Misha. Er schnellt nach vorn, packt mich mit einem überraschend flinken Griff, wirbelt mich herum, bis ich ihm den Rücken zukehre, und schlingt seine Arme um meinen Hals. »Oder schlimmer noch – jemand hat dich in seiner Gewalt.«

Augenblicklich sind meine Gedanken wieder bei meinem Traum und dem Gefühl, wie jemand anderes meine Gliedmaßen kontrolliert und mich zum Essen zwingt. Die Prinzessin würde in einer solchen Lage den Verstand verlieren, also zappele ich nach Leibeskräften und versuche, mich mit den Armen von ihm loszumachen. Er rührt sich kein bisschen.

»Hör auf, es mit Gewalt zu versuchen«, raunt er mir ins Ohr. »Dazu bist du zu schwach. Gegen die Kraft deiner Feinde hast du keine Chance. Stell es *schlau* an. Befreie dich. Du behauptest, du wärst nicht hilflos, also beweise es.«

Also schön. Ich packe seine Arme, drehe meinen Kopf zur Seite, reiße an seinem Handgelenk und knicke dann in den Knien ein, sodass mein Körpergewicht Richtung Boden zieht.

»Gut«, murmelt er, aber ich weiß aus Erfahrung, dass er nicht einmal versucht, sich zu wehren.

Ich schwinge auf der Suche nach dem passenden Hebel ein Bein nach hinten – gerade weit genug, um meinen Schwerpunkt hinter ihn zu verlagern. Als ich mich noch tiefer sinken lasse, lässt er mich los. Ich reiße das Bein hoch, um ihm die Beine unter dem Körper wegzuziehen. Er schlägt mit einem ächzenden *Umpf* auf dem Boden auf.

»Ich bin *nicht hilflos*«, sage ich.

Ich weiche zurück, aber bevor ich weit kommen kann, hat er mich im Nacken gepackt, sein Bein um meine Taille geschlungen und rollt uns herum, bis er auf mir liegt.

»Das habe ich nie behauptet«, erwidert er. »Aber hör nicht auf zu kämpfen, bis es *wirklich vorbei ist.*«

Ich muss husten und bekomme kaum Luft. »Kapiert«, presse ich hervor.

Mit einer gemurmelten Verwünschung stützt er sich auf die Ellbogen. »Alles in Ordnung? Habe ich dir wehgetan?«

»Geht schon. Gut, dass ich meinen Stolz gar nicht erst mitgebracht habe.«

Er grinst und streicht mir das Haar aus dem Gesicht. »Du bist anders«, sagt er, immer noch heftig keuchend.

Seine Worte sollten mich in Panik versetzen, aber ich kann keinen vernünftigen Gedanken fassen, solange er mit seinem vollen Körpergewicht zwischen meinen Schenkeln liegt, seine Lippen so dicht vor meinen. Sein Mund ist einfach vollkommen. Sanft geschwungen und weich. Vielleicht ein bisschen zu breit für sein Gesicht. Und voller Begierde, genau wie seine Augen.

»Anders?« Ich bekomme das Wort kaum heraus, denn ich brauche all meine Energie, um meine Hände davon abzuhalten, sich in seinem Haar zu vergraben und seinen Mund an meinen zu ziehen.

Ihn zu küssen wäre ein Fehler. Ein schrecklicher Fehler, dieser unerklärlichen Leidenschaft für diesen Fae nachzugeben, diesen *König,* der glaubt, ich wäre eine andere.

»Ich kann es nicht auf den Punkt bringen«, sagt er und mustert mein Gesicht. »Du siehst nicht anders aus. Du …« Er fährt sich mit der Zunge über die Zähne, und ich möchte es ihm nachtun. Wie würden sich diese Zähne wohl auf meinen Lippen anfühlen?

An meinem Hals? »Schon seit du an meinem Hof angekommen bist. Vielleicht war ja genau das nötig, damit ich dich richtig *sehe.*«

Ich verlagere unter ihm das Gewicht, stelle ein Bein auf und schaffe für seine kräftigen Schenkel mehr Raum zwischen meinen schlankeren. Sein Körper presst sich *enger* an mich.

Er schließt die Augen und stößt einen Fluch aus. »Was tust du nur mit mir?«

»Ich weiß es nicht«, flüstere ich. »Ich habe das noch nie gefühlt. Ich …« Als er schluckt, starre ich wie gebannt auf seinen Hals. Auch den möchte ich schmecken.

»Dein Duft ist es nicht. Auch nicht, wie du aussiehst, und nicht deine Stimme.« Wieder fährt er mir mit den Fingern über die Wange, als wolle er mein Haar zurückstreichen, aber da ist keine Strähne mehr, keine Ausrede. Nur die Berührung. Als wolle er mein Gesicht erkunden, sich einprägen. »Ist es die Fae in deinem Blut? Weil du dich schon bald verwandeln wirst, und jetzt …« Er schüttelt den Kopf. »Selbst das ergibt für mich keinen Sinn.« Als er mir in die Augen sieht, wirkt er beinahe nervös. »Fühlst du das auch?«

Ich kann es nicht leugnen. Will es nicht leugnen. *Ich sollte es aber.* »Ja«, hauche ich.

»Aber dieser Bäckerssohn bei dir zu Hause. Dein –«

Ich schüttele den Kopf. »Das liegt hinter mir.« *Was tue ich da?*

»Und fehlt er dir? Denkst du oft an ihn?«

In deiner Gegenwart kann ich an niemand anderen denken. Ich weiß nicht einmal mehr, wer ich bin oder warum ich hier bin. Ich sage aber nur: »So war es besser für uns beide.«

Er legt eine Hand an meine Wange und starrt auf meinen Mund. Aber dann, so unvermittelt, wie wir auf dem Boden gelandet sind, rollt er plötzlich von mir herunter und springt gewandt auf. Er wischt sich die Hände an den Hosenbeinen ab und hilft mir dann ebenfalls auf die Füße. Sein Blick richtet sich allerdings auf etwas hinter mir.

»Ich wollte nicht stören«, ist eine weibliche Stimme zu vernehmen, leicht geziert. »Ich wollte nur wissen, ob du immer noch möchtest, dass ich mich heute mit der Prinzessin treffe.«

Ich drehe mich um und muss kurz die Augen zusammenkneifen, denn vor mir steht die ehemalige Königin der Wilden Fae. Sie ist hochgewachsen – fast so groß wie Misha –, mit dunklem Teint, dunkelbraunen Augen und sehr kurz rasiertem Schädel. Dass sie eine Empathin ist, bemerke ich schon an der Gelassenheit, die ich bei ihrem Anblick empfinde. Im Augenblick versucht sie, meine Sorge über das zu zerstreuen, wobei sie uns gerade unterbrochen hat.

»Aber vielleicht ein andermal«, sagt sie. »Ich wusste nicht, dass du heute früh mit dem König trainierst.«

Misha räuspert sich und sein Blick springt zwischen uns beiden hin und her. »Ich glaube, wir werden unsere heutige Übungseinheit ein bisschen früher beenden, Jasalyn«, sagte er und blickt in meine Richtung, ohne mir in die Augen zu sehen. »Ich würde gerne mit Amira sprechen.«

Ich muss heftig schlucken, bin verlegen und fühle mich verunglimpft und zurückgewiesen zugleich. »Natürlich.« Ich ziehe den Kopf ein, damit ich die Reue in seinen Augen nicht sehen muss. Er war kurz davor, mich zu küssen, und er weiß, dass es ein Fehler war. *Kapiert.*

Eigentlich sollte es mir genauso gehen. Aber vielleicht braucht es bei mir einfach ein bisschen länger, bis ich es begriffen habe.

***

Dem König und seiner ehemaligen Gemahlin nachzuspionieren ist unverzeihlich.

Trotzdem trägt es sich zu, dass ich die Gestalt einer Dienerin annehme, um mich in die Gemächer des Königs einzuschleichen. Nur damit ich die beiden miteinander sehen kann.

Bei Echos ist es anders als bei Gestaltwandlern: Es braucht Schlaf – Träume, genau genommen –, um eine andere Gestalt anzunehmen. Man macht es also nicht mal eben aus einer Laune heraus. Aber hier? Wo man von mir erwartet, dass ich Jasalyn bin, deren Abwesenheit rasch bemerkt würde? Mich in dieser Situation in jemand anderen zu verwandeln ist geradezu leichtsinnig, aber als ich hörte, dass der König und die frühere Königin in seinen Gemächern gemeinsam zu Mittag speisen würden, konnte ich einfach nicht widerstehen.

Ich muss wissen, wie er darüber denkt, was heute Morgen passiert ist. Es ist eine Sache, wenn er aus einer spontanen Gefühlsregung heraus erklärt, ich sei anders, aber falls er sich später über seine Gefühle klar geworden sein sollte und womöglich Verdacht schöpft, dann muss ich das wissen.

Ich verließ den Trainingsplatz und suchte mir eine Küchenbedienstete, die ich für eine Besorgung ins Dorf schickte. Dann zog ich mich in meine Räumlichkeiten zurück und machte, eine Haarsträhne der Magd um meine Finger gewickelt und an meine Brust gepresst, ein kurzes Schläfchen. Als ich erneut die Küche betrat, wunderte das Küchenpersonal sich über meine schnelle Rückkehr, war aber froh über mein Angebot, dem König das Mittagsmahl aufzutragen, sodass sie sich schon an die Vorbereitung des Abendessens machen konnten.

Mishas Gemächer sind weitläufiger als meine, was auch zu erwarten war, aber beileibe nicht über die Maßen prächtig. Sie sind behaglich – ein Ort, an den man sich nach einem anstrengenden Tag mit einem Übermaß an Verantwortung gerne zurückzieht. Während ich in der kleinen Essecke die Teller bereit mache, sitzt er mit einem Buch auf dem Schoß in einem Ohrensessel. Die Mittagssonne hebt die scharfen Kanten seiner Wangenknochen und den dunklen Saum seiner Wimpern hervor. Im Sessel neben ihm schenkt sich Amira eine Tasse Tee ein.

Sie lächelt, als sie mich bemerkt, und wendet den Kopf etwas zur Seite. »Alles in Ordnung bei dir, Welsey?«

Natürlich kennt sie die Namen jeder einzelnen Bediensteten. Ich lächele und richte meine Gedanken auf beruhigende Dinge – wie ich als Kind durch die Felder geritten bin oder mit meiner Mutter zusammen Kekse gebacken habe; alles, nur nicht, wie leichtsinnig es ist, jetzt hier zu sein. Es ist das eine, meine Gedanken gegen Misha abzuschirmen. Meine Gefühle vor seiner Frau, einer Empathin, zu verbergen ist etwas ganz anderes. »Alles bestens.«

Sie runzelt die Stirn, hakt aber nicht weiter nach. Wahrscheinlich hat sie ein Leben lang Erfahrungen mit Leuten gesammelt, die sich ihre Gefühle nicht eingestehen wollen. »Lass mich wissen, falls du irgendetwas brauchst«, sagt sie noch. Die beiden sind so gütig – kein Wunder, dass sie von ihrem Volk geliebt werden.

Ich widme mich weiter dem Anrichten der Teller. Ich weiß nicht, was für eine Unterhaltung ich zwischen den beiden erwartet hatte, aber bislang ist es bei diesem Besuch sehr schweigsam zugegangen. Wie bei alten Freunden, die nicht reden müssen, um die gemeinsame Zeit zu genießen.

Ich fürchte schon, dass meine Mühe umsonst gewesen ist, als Misha schnaubend das Buch zuklappt und auf den Tisch wirft. »Na los, sag es.«

Amira sieht ihm in die Augen. »Was soll ich sagen?«, fragt sie arglos.

»Ich habe heute einen Fehler gemacht. Du hast mich in einem schwachen Moment erwischt, und ich habe es verdient, mir anzuhören, was immer du dazu zu sagen hast.«

Sie summt leise.

Misha legt den Kopf in den Nacken und starrt zur Decke. »Ich weiß nicht, was in mich gefahren ist.«

»Vielleicht die Tatsache, dass sie schön ist, und gütig? Dass sie dich ansieht wie einen leibhaftigen Gott, der unter uns wandelt?«

Nachdenklich blickt er aus dem Fenster. »Aber ist das nicht seltsam?«

Amira lacht auf. »Also wirklich, Misha, sonst bist du doch auch nicht so bescheiden.«

Er knurrt. »Ich meine … sie ist irgendwie anders. Seit sie hier ist. Vor ihrem Besuch hatte ich nie –« Er schüttelt den Kopf. »Es war unschicklich.«

Amira wendet sich ihm im Sessel zu, lächelt traurig und sagt: »Niemand kann dir die Verlockung vorwerfen. Und es ist nur zu natürlich, dass dir alles neu vorkommt, dass du sie in einem anderen Licht siehst, jetzt, wo sie eine Frau geworden ist.«

Er reibt sich mit der Hand übers Kinn. »Wenn ich Jasalyn ohne ernsthafte Heiratsgedanken auch nur anrühre, wird Abriella mir den Kopf abreißen.« Er stemmt sich aus dem Sessel hoch und geht vor der Fensterflucht auf und ab. »Brie wollte, dass ich Jas aus ihrem Schneckenhaus heraushole, aber ich glaube nicht, dass sie dabei eine Affäre im Sinn hatte.«

Amira stellt ihre Teetasse ab. »Es muss ja keine Affäre sein. Vielleicht ist eine Verbindung zwischen dir und der Schattenprinzessin ja genau das, was unser Reich braucht.«

Misha bleibt stehen und dreht sich zu seiner früheren Ehefrau um. »Wenn es wirklich darum ginge, was für das Reich am besten ist, würden wir die Schattenprinzessin mit dem Goldenen König verheiraten.«

Sie neigt den Kopf zur Seite. »Keiner von beiden würde das wollen. Er verehrt immer noch ihre Schwester.«

»Sprechen wir jetzt von Liebe oder von Pflichtgefühl?«

»Ich meine nur, du hast hier eine Möglichkeit, wie du beidem gerecht werden könntest«, sagt sie mit fast schon einem Übermaß an Geduld.

Meine Brust schmerzt wie ausgehöhlt bei der Vorstellung, Misha könnte Jas heiraten. Was natürlich völlig lächerlich ist, weil er denkt, ich wäre sie. Und weil sie nichts davon wissen wollen würde.

»Jetzt sei ehrlich«, sagt Amira. »Hältst du dich nun aus Ehrgefühl zurück oder weil du immer noch auf die Fae aus deinen Träumen wartest?«

Wieder zerrt etwas an meiner Brust – bin ich etwa eifersüchtig auf einen *Traum*? Ich bin wirklich lächerlich. Aber er sieht gequält aus, als er Amira anblickt. »Sie müssen doch etwas bedeuten, oder?«

»Sie haben seit der Ankunft der Prinzessin nicht nachgelassen?«

Er schüttelt den Kopf und lässt ihn dann hängen. »Eher noch verstärkt, wenn dus genau wissen willst. Des Nachts sehne ich mich nach einer Fae, die ich noch nie getroffen habe, und am Tage wundere ich mich, wie sehr es mich zu einer anderen hinzieht.«

»Wenn du ein Leben lang auf einen Traum warten wolltest, könnte ich das verstehen. Aber wenn du diese Gefühle für eine *wirkliche* Frau empfindest, die zudem unter deinem Dach lebt und deine Gefühle zu erwidern scheint –«

»Aber sie kann nicht Königin eines ganzen Landes werden, wenn sie nicht einmal eine Fae sein will!«

Amira schweigt für einen Moment, bevor sie bemerkt: »Du verdienst Liebe. Eine echte, romantische Partnerin.«

Ich beobachte ihn aus dem Augenwinkel, während er sich mit der Hand durch die langen seidenschwarzen Locken fährt.

»Dann würdest du deinen Thron und deine Krone also einer jungen Menschenfrau überlassen?«

»Sie wird nicht mehr lange eine Menschenfrau sein.«

Misha blickt seine Ex-Frau traurig an. Es fällt mir schwer, ihn nicht anzustarren, wo ich doch jede einzelne flüchtige Emotion in seinem schönen Gesicht erhaschen will. Langsam geht er auf sie zu. »Und was ist mit dir?«

Sie lacht leichthin. »Mit mir?«

»Du bist die Königin der Wilden Fae.«

»Nicht mehr.«

»Das Volk liebt dich. Und ich hätte niemals zugelassen, dass du mich aus dieser Ehe freigibst, wenn ich mir nicht sicher gewesen wäre, dass du dich bemühst, deine eigene große Liebe zu verwirklichen.«

Sie streicht ihm über die Wange, und ich muss mich von dem Anblick losreißen, während ich mir vorstelle, wie sich diese rauen Barthaare und die weiche Haut anfühlen. Es ist völlig hirnrissig, eifersüchtig auf sie zu sein. Die Ehe der beiden war nie eine richtige Ehe. Aber es ist egal, dass es zwischen ihnen an Romantik fehlt. Misha mag zwar behaupten, Abriella sei seine beste Freundin, aber letztlich ist es Amira, die ihn besser kennt als jeder andere.

»Ich hatte meine eigene große Liebe, für eine Weile«, sagt sie leise, aber bestimmt.

»Aber vielleicht könntest du sie ja zurückgewinnen«, erwidert Misha.

»Sie hat mir nie verziehen, dass ich der Pflicht den Vorzug gegenüber der Liebe gegeben habe. Und ich werde sie nicht darum bitten, nach all den Jahren.« Während ich am Tisch wie angewurzelt auf die fertig angerichteten Teller der beiden starre, schnellt ihr Blick zu mir herüber. »Das wäre dann alles, Welsey. Wenn du nichts weiter von uns brauchst, kannst du später kommen und abräumen.«

Ich schüttele den Kopf und eile aus dem Raum. Ich warte draußen auf dem Flur, bis man mich ruft.

KAPITEL 18

JASALYN

»Ihr sollt über mein Blut verfügen. Ich werde Euer Blut schützen«, gelobt der junge Fae-Krieger vor mir, den dunklen Kopf demütig gebeugt. »Blut um Blut, Magie um Magie, Leben um Leben, erkläre ich mich zu Eurem Diener.«

Er schlitzt sich die Handfläche auf, beobachtet gebannt, wie das Blut hervorquillt, bevor er die Faust ballt und den Strom in den Kelch zwischen uns leitet. Kurz schwenkt er den Inhalt, dann hebt er den Kelch an die Lippen und trinkt.

Sie stehen Schlange für das Privileg, sich vor mir zu verbeugen, für eine Gelegenheit, vor dem König, den sie verdienen, auf die Knie zu gehen – dem König, der sie niemals für eine niedere Menschenfrau im Stich lassen würde. Ich bin es, der ihre Rechte als magische Wesen beschützen wird. Und ich bin es, der ihr Geburtsrecht als Angehörige der Fae-Oberschicht anerkennt.

»Du erweist mir Ehre«, sage ich und nehme den Kelch von ihm entgegen. Ich trinke einen Schluck von unserem vereinten Blut und schließe die Augen, als ich spüre, wie sich seine Macht – seine Magie, seine Lebenskraft – der meinen anfügt.

»Dein Tod wird nun niemals vergeblich sein, und durch mich wirst auch du auf ewig herrschen.«

***

Überall sind Hände, die mich festhalten, während seine Magie in meine Haut schneidet wie ein heißes Messer durch Butter. Und immer zwingt er mich, ihm in die Augen zu sehen. *»Sieh mich an, kleines Menschlein. Warum fürchtest du dich so? Zusammen können wir die Welt beherrschen.«*

»Sieh mich an, Jasalyn.« *Hände an meinen Schultern, raue Finger an meinem Kinn.* »Sieh mich an. Komm zurück zu mir.«

Die Stimme durchtrennt den Nebel meines Albtraums, aber die Erinnerung presst mich genauso nieder wie diese allzu starken Hände. *»Wach auf, kleines Menschlein.«*

»Bitte, Jas. Sieh mich an.«

Ich blinzele und konzentriere mich auf die blauen Augen vor mir. *Blau. Nicht silbern. Nicht Mordeus.* »Kendrick«, flüstere ich und beuge mich vor, um ihn zu küssen – diese Lippen auf meinen zu spüren. Weil ich muss. Weil ich es will und weil mich irgendetwas Namenloses dazu drängt, es mir zu *nehmen*. Das angenehme Gefühl seines Mundes, die Wärme seiner Umarmung.

Er macht sich los. Hält mich mit steifen Armen auf Abstand, die Hände auf meinen Schultern. »Nein.«

»Nein?«

»Jas. Der Ring.«

»Der Ring?« Ich blicke auf meine Hand, und da erinnere ich mich – der Ring, die Magie, der *Kuss* –, und ich erkenne, wo wir sind.

Augenblicklich wird mir eiskalt.

Wir befinden uns im Wald, spätmorgendliches Licht dringt durch die Baumkronen und wirft vieleckige Schatten auf Kendricks vor Sorge zerfurchtes Gesicht.

Wie bin ich hierhergekommen? Habe ich das Bewusstsein verloren?

In einem Anflug von Panik spähe ich zwischen die Bäume und entdecke Gommid, nur wenige Schritte entfernt. Er presst missbilligend die Lippen aufeinander und ist im nächsten Augenblick verschwunden.

»Was ist passiert?« Auf der Suche nach einer Erklärung blicke ich zur Seite. Ein kleines Stück hinter Kendrick stehen Remme und Skylar mit zwei Pferden zwischen den Bäumen und starren voller Bewunderung herüber, und es ist klar, dass mein Ring sie in seinem Bann hält.

Meine letzte Erinnerung ist der Wortwechsel zwischen Kendrick und Skylar, den ich belauscht habe. Aber wann habe ich den Ring angesteckt? Habe ich mich von Gommid irgendwo hinbringen lassen?

»Jas.« Kendrick legt die Hände an mein Gesicht, fährt mit den Augen jede Einzelheit ab und streicht mir mit dem Daumen übers Kinn. »Wo bist du gewesen?«

»Ich …« Ich werde von heftigem Schwindel ergriffen und schließe die Augen. *Ich wollte ihn an mich ziehen. Fast hätte ich ihn geküsst.*

»Jas, sieh mich an. Du musst den Ring ablegen.«

Der Ring. Deswegen bin ich so benommen. Der Ring ist nur für die Dunkelheit gedacht.

Aber ich zittere so sehr, dass Kendrick mir helfen muss, ihn vom Finger zu ziehen.

Wir haben zwei Schritte in Richtung unserer Freunde gemacht, als sich in meinem Kopf plötzlich alles dreht. Die Welt kippt zur Seite und ich breche zusammen.

***

»Sie muss sich fortgeschlichen haben, während wir schliefen.«

»Wir müssen herausfinden, wo sie hingegangen ist. Sollte sie jemandem von unseren Plänen erzählt haben –«

»Wir können ihr vertrauen.«

»Ich will das ebenso sehr glauben wie du, aber es ist eine Tatsache, dass sie sich mithilfe dieses Rings mitten in der Nacht davongestohlen hat. Wir müssen wissen, warum.«

Ich höre ihre Stimmen wie aus weiter Ferne, aber ich weiß, dass sie in der Nähe sind. Ich bin in Sicherheit. Weich. Warm. Ein Bett.

»Die Antworten haben Zeit. Sie schwebt zwischen Leben und Tod.«

»Ist das der Preis für die Magie des Ringes?«

»Glaubst du, dass sie die Wahrheit gesagt hat? Dass er ihr den Kuss des Todes verleiht?«

»Ich werde heute in die Archive gehen und sehen, was ich herausfinden kann.«

Sie müssen erfahren, dass ich das Bewusstsein verloren habe. Ich möchte ihnen sagen, dass ich mich nicht daran erinnere, mich fortgeschlichen zu haben. Ich sollte meinen Kobold rufen. Gommid könnte uns sagen, wo ich war. Aber ich finde nicht die Kraft, meine Augen zu öffnen.

»Sie muss einen Grund gehabt haben, weshalb sie fortgegangen ist, wohin auch immer. Und wir werden die Antwort noch bald genug bekommen.«

»Du bist dir sicher, dass sie wieder aufwacht.«

»Sie wird aufwachen.«

Die letzten Worte kommen von Kendrick, und obwohl der Rest der Unterhaltung meine Gedanken so sehr in Aufruhr versetzt hat, dass ich alles tun würde, um mich nicht vom Schlaf überwältigen zu lassen, beruhigen mich diese Worte. *Sie wird aufwachen.*

KAPITEL 19

FELICITY

»Da ist sie.« Mordeus' silberne Augen schweifen über sie, abschätzend und leuchtend. Zufrieden. »Da ist die Macht, die mir versprochen wurde. Hell lodert sie in dir.«

Sie möchte ihn anspucken, aber wieder hat sie keine Gewalt über ihren Körper. Diese Besuche sind schlimmer als die Zelle. Schlimmer als die Folter der Wärter und das Ungeziefer, das über ihr Essen krabbelt. Diese lähmende Hilflosigkeit ist genau das, was ihre Schwester meinte, als sie sie vor den Fae warnte. Und ich habe nicht auf sie gehört.

Der Schrei, der aus ihrem Mund dringt, ist das einzige Anzeichen dafür, dass sie wieder die Kontrolle über ihre Stimmbänder hat. Sie versucht, die Finger zu bewegen, sich aus ihrem Stuhl zu winden, aber nichts geschieht. Sie kann nur sprechen, sonst nichts.

Tränen laufen ihr über die Wangen. »Ich weiß nicht, wovon du redest.«

»Du besitzt eine Gabe. Und ich sehe sie, hinter deiner Angst.« Er neigt den Kopf zur Seite. »Warum nur hielten es die Götter für angebracht, einem Menschenmädchen solche Magie zu verleihen?«

Er hat den Verstand verloren. Ein wahnsinniger Fae-König, der ein geraubtes Menschenmädchen für irgendwelche aberwitzigen Fae-Spiel-

chen mit unsinnigen Anwürfen überschüttet. Sie besitzt keine Macht, und wenn sie welche besäße, würde sie sie niemals zu seinem Nutzen einsetzen. Niemals.

»Ich habe keine Macht.« Sie schluchzt, und sie hasst ihn dafür. Hasst sich selbst dafür. Sie ist es so leid, ohnmächtig zu sein, schwach zu sein, und es vor diesen schrecklichen Kreaturen nicht verheimlichen zu können.

Und dann bekommt die Dunkelheit sie zu fassen – sie beißt zu, schlägt ihre Klauen in sie, zerrt sie in alle Richtungen und droht, sie zu zerreißen. Ihr Schluchzen wird zu klagenden Hilfeschreien. Sie ruft nach ihrer Schwester, die nicht gekommen ist, nach ihrer Mutter, die sie vor Langem verlassen hat, nach den Göttern, die sie den Fae als Beute überlassen haben.

Und da ist dieser Schmerz. Er ist eins mit der Dunkelheit. Dann, in einem Auflodern von Flammen, ist er plötzlich verschwunden. Das Zimmer nimmt wieder Gestalt an – der Tisch vor ihnen mit den flackernden Kerzen.

Sie springt auf und stürzt genauso schnell zu Boden, nicht darauf gefasst, wieder Gewalt über ihre Gliedmaßen zu haben. Der Schmerz ist fort, aber sie spürt seinen Nachhall in jedem einzelnen Knochen. Sie rollt sich zusammen, denn die Vorstellung, sich zu bewegen, ist zu entsetzlich.

Mordeus geht vor ihr in die Knie. »Der Schmerz macht dich stärker, kleines Menschlein. Halte durch.«

Durch die Tränen sieht sie ihn nur verschwommen. Nichts von dem, was er sagt, ergibt einen Sinn. Das Einzige, was sie versteht, ist ihr Hass. Er kocht und wütet in ihrem Inneren wie ein Sturm.

Sollte sie jemals Macht erlangen, dann wird sie ihm damit ein Ende bereiten.

***

»Glaubst du an das Schicksal?« Möglicherweise ist es seltsam, einem Kobold eine solche Frage zu stellen, aber ich vertraue Nigel mehr als fast jedem anderen und ich weiß, dass er die Welt durch das kollektive Wissen der Kobolde besser versteht, als ich es je tun werde.

»Gewisse Dinge sind unausweichlich«, sagt er. Er legt auf dem Fußboden vor meinem Bett eine Patience, während ich mich in einem Sessel am Fenster zusammengerollt habe.

Es ist ein kalter Nachmittag im Land der Wilden Fae, ein früher Wintereinbruch droht, und obwohl es im Schloss warm ist, spüre ich kaltes Wetter immer in den Knochen.

»Unausweichlich?«, frage ich. »Klingt wie ein anderes Wort für Schicksal.«

»Du kannst es auch Schicksal nennen, wenn du willst.« Er deckt eine Karte auf und gackert triumphierend. Er liebt es, Patiencen zu legen. Vor Jahren habe ich ihm das Kartenspiel geschenkt, aber er hat mich gebeten, es für ihn aufzubewahren – er meinte, er würde nicht gern allein spielen. Die Ironie war ihm gar nicht aufgefallen.

»Dann gibt es also keinen freien Willen?«, frage ich.

Er sieht von den Karten auf. »Mein Kind, für jede Vision, in der du deinem Vater die Klinge ins Herz stößt, hatte das Orakel eine andere, in der er dir die Kehle aufschlitzt, noch während deine ersten Schreie durch die Gänge seines Palasts hallen. Es können nicht beide wahr sein, also muss es einen freien Willen geben.«

Ich ziehe meine Knie an die Brust und schlinge meine Arme um die Beine. »Findest du es dann nicht egoistisch von mir, dass ich mich weigere, meinen Vater zu ermorden?«

Er schüttelt den Kopf, behält den Blick aber auf das Spiel gerichtet, während er einen Kartenstapel auf einen anderen legt. »Mein Mädchen ist nie egoistisch gewesen, aber verwegen würde ich es schon nennen.«

»Verwegen?«, schnaube ich. »Wie kannst du so etwas sagen?«

»Da versucht sie, das Schicksal zu beeinflussen, und geht ihnen doch selbst nur allzu leicht in die Falle.«

Ich schüttele den Kopf. »Ich kann es nicht tun. Ich werde Hale nicht opfern, wenn es eine andere Möglichkeit gibt, Erith zu Fall zu bringen.«

Er deckt eine Karte auf und klatscht sie auf den Boden. »Verflixt!« Er schiebt das ganze Spiel zusammen und blickt mich dann wieder an. »Fragst du nun nach dem Schicksal, weil du neugierig bist, wen du töten wirst, oder weil es dich verletzt, dass der Fae, für den du schwärmst, dir aus dem Weg geht?«

Ich runzele die Stirn. Misha geht mir *tatsächlich* aus dem Weg. Er war nicht auf dem Trainingsplatz, als ich heute bei Sonnenaufgang dort eintraf, obwohl wir seit unserer Rangelei gestern kein Wort mehr miteinander gewechselt haben. Stattdessen ist Tynan die Übungen mit mir durchgegangen. Als ich fragte, ob ich Misha zum Frühstück sehen würde, hieß es, der König habe das Schloss aufgrund von Regierungsgeschäften verlassen und ich könne meine Mahlzeit einnehmen, wo immer ich wolle.

Ich hätte Misha und Amira nicht belauschen sollen. Ich war so nervös, dass er mir auf die Schliche gekommen sein könnte, aber hinterher wurde mir klar, dass ich das nur als Vorwand benutzt hatte. Ich wollte wissen, was Misha fühlt, aber zu hören, wie er über eine Beziehung zu Jasalyn nachsann, verdarb mir gänzlich die Laune.

Ich hasse es, dass er nach unserem flüchtigen gemeinsamen

Augenblick – was immer er bedeuteten mag – die Flucht ergriffen hat. Ich habe mir einzureden versucht, das läge nur daran, dass meine Recherche über Portale zu nichts führt und ich möglicherweise tatsächlich auf ihn angewiesen bin, wenn ich den Gang der Türen finden will. Vielleicht ist es in Wahrheit aber auch gar nicht so verwickelt. Ich bin einfach gern in der Nähe des Königs der Wilden Fae, und schon nach einem einzigen Tag vermisse ich seine Gesellschaft.

Es ist eine Schande, wie viel Zeit des Tages ich jetzt schon mit Grübeleien und Sehnsüchten vergeudet habe, anstatt weitere Nachforschungen anzustellen. Ich habe ein Buch durchgesehen, das die Vorzüge der Platzierung von Portalen in den Bergen behandelt, wo ihre Macht von den nahen Felswänden wie ein Echo zurückgeworfen und verstärkt wird, anstatt sich am offenen Horizont zu verflüchtigen. Im Hoheitsgebiet der Wilden Fae, wo es deutlich mehr Berge als Ebenen gibt, hilft mir das allerdings wenig.

»Das habe ich mir gedacht«, sagt Nigel.

Ich verziehe das Gesicht. »Ich schwärme für niemanden, also hör auf.«

Er reißt die großen Augen auf. »Sie lügt! Da schwöre ich diesem Kind, als es noch in Windeln liegt, die Treue, und jetzt belügt sie mich in Herzensdingen!«

Ich blicke zum Fenster hinaus auf das Tal in der Ferne. »Ich weiß nicht, wovon du redest.«

»Da verliebst du dich endlich, und dann willst du es verbergen – ausgerechnet vor *mir*?«

»Mach dich nicht lächerlich. Mit Liebe hat das nichts zu tun.«

Wieder kichert er und kommt auf mich zugewatschelt. »Törichtes Mädchen. Du vergisst, wie lange ich schon lebe. Ich kenne den Geruch anbrechender Liebe. Viel zu stinkig, um ihn nicht wahrzunehmen – erdig, reif und voller Hoffnung.«

Ich kaue auf der Innenseite meiner Wange herum. »Er glaubt, ich wäre Jasalyn.«

Er schnippt mit seinem knotigen Finger gegen meine Nasenspitze. »Ah, aber er wünscht, du wärst es nicht.«

Ich lächele ihn kurz an. »Ähm, danke?« Nigel findet immer tröstliche Worte, die mich nicht besonders trösten. »Geht es meiner Mutter gut?«

»Deine Mutter wurde von deinem Vater noch am selben Tag getötet, an dem er herausfand, dass sie dich vor ihm versteckt hatte.«

Ich zucke zusammen. *Immer so wörtlich.* »Nein, ich frage nach Hales Mutter – der Frau, die mich *aufgezogen hat.*«

»Oh. Sie. Sie ist nicht tot.«

Dumme Frage, dumme Antwort. »Auf der Gefühlsebene, Nigel. Wie geht es ihr?«

»Bestens. Sehr willensstark, diese Frau.« Er zuckt mit den Schultern. »Ihren Kobold ruft sie nur selten.«

Ich nicke. Sie war schon immer eher für andere da, als sich selbst helfen zu lassen.

»Was bekümmert dich sonst noch heute Abend, mein Kind?«

»Ich muss immer wieder an die Auferstehung des bösen Königs denken.« Der Traum von letzter Nacht geht mir nicht aus dem Kopf. Der Schmerz. Mordeus, wie er darauf bestand, dass Jas eine magische Gabe besitzt, die ihm das Orakel gezeigt hat. Nur, warum sollte das Orakel ihm Jasalyns Magie offenbaren? Und welche Art von Macht könnte sie besitzen, die er für erstrebenswert halten würde? Ist sie die Nekromantin, die er braucht, um seine Wiederauferstehung zu vollenden? Ist es möglich, dass sie mächtiger ist als jede andere Totenbeschwörerin, der Misha je begegnet ist? Und wenn es so wäre, wie könnte er sie jemals dazu bringen, solch machtvolle Magie für seine Rückkehr einzusetzen, wo sie doch alles dafür tun würde, ihn ein für alle Mal zu vernichten?

Sosehr ich Antworten brauche, muss ich mich vorsehen, was ich Nigel frage, und wie. Ich würde ihm mein Leben anvertrauen, aber ich kann nicht allen Kobolden trauen. Alles, was ich Nigel erzähle, wird Teil des allgemeinen Koboldbewusstseins, ob Nigel das nun will oder nicht. Es kommt vor, dass die falschen Leute den richtigen Kobold bezahlen und die richtige Frage stellen, und die Information, die man geteilt hat, um seine eigene Sache zu unterstützen, wendet sich mit einem Mal gegen einen selbst. »Wie könnte so etwas überhaupt funktionieren, wenn nicht die Götter dahinterstehen?«

»Durch Opfer, mein Kind.« Er reißt den Kopf zu der geschlossenen Tür am anderen Ende meines Zimmers herum. »Du hast einen Besucher«, sagt er und verschwindet.

Es klopft zweimal kurz, dann schwingt die Tür auf und herein kommt Misha in ledernen Reithosen, einen Gurt voller Messer um die Hüften und sein Schwert auf dem Rücken. »Einen schönen Nachmittag, Prinzessin. Wie ich sehe, bist du wieder in die alte Gewohnheit verfallen, den Tag zu verschwenden.«

Ich kann mich nur mit Mühe zurückhalten, aus dem Sessel aufzuspringen. Stattdessen setze ich in aller Ruhe die Füße auf den Boden, stütze meine Hände auf den Knien ab und beuge mich leicht in seine Richtung. »Ist das dein Ernst?«

Mit gerunzelter Stirn starrt er auf den Träger meines Unterkleides, der mir über die Schulter gerutscht ist. »Willst du leugnen, dass du dich schon seit dem Frühstück hier auf deinem Zimmer aufhältst und liest?« Er schiebt die Hände in die Taschen. »Zieh dich an, und zwar schnell. Wir müssen aufbrechen.«

»Du hast mich gestern Abend sitzen lassen, und auch fürs Training und das Frühstück heute Morgen, und jetzt platzt du hier herein und besitzt die Dreistigkeit, *mich dafür zu kritisieren*, wie ich meine Zeit verbringe?«

Sein Mundwinkel zuckt. »Du hast mich vermisst.«

»Sieh an – eingebildet bist du also auch noch.«

»Nein.« Er lehnt sich an meinen Schrank, verschränkt die Arme und mustert mich. »Nur aufmerksam.«

»Ich war davon ausgegangen, dass wir zusammen trainieren«, sage ich. Sein Blick verrät, dass er mich durchschaut, und ich konzentriere mich auf mein Buch und fahre die Buchstaben auf dem Einband mit dem Finger nach. »Ich habe mir Sorgen gemacht.«

»Ich hatte etwas zu erledigen.« Er schlendert zu mir herüber und zieht ein silbernes Collier aus der Tasche. Es besteht aus einer dicken Kette, mit einer Mondsichel aus Ebenholz als Anhänger. Der Mond liegt auf dem Rücken, wie eine Schale, mit der man Regenwasser auffängt. »Ich wollte dies hier aus dem Mitternachtspalast holen.«

Mir stockt der Atem. »Hat das Mordeus gehört?«

»Ja.« Er verstaut es wieder in seiner Tasche. »Mach dich bereit. Wir werden Gaelynns Hexe einen Besuch abstatten und uns bestätigen lassen, was wir eigentlich schon wissen.«

Ich hebe den Blick. »Warum hast du mir nicht gesagt, wohin du gehst?«

Er zieht eine Grimasse und blickt mit zusammengekniffenen Augen zum Fenster hinaus. »Offen gestanden hatte ich befürchtet, du würdest mitkommen wollen, und ich dachte, wenn du das tust, würdest du vielleicht dortbleiben wollen.« Er räusperte sich. »Und da dir deine Schwester offensichtlich keinen Wunsch abschlagen kann, wollte ich sie gar nicht erst in diese Lage bringen.«

Ich verkneife mir ein Lächeln. »Oh. Du hast es Brie zuliebe getan.«

»Sie ist meine Freundin, Jasalyn.«

»Hast du es nicht vielleicht doch aus einem anderen Grund getan?«, frage ich und lege meine Decke zur Seite. »Zum Beispiel, weil du mich vermissen würdest, wenn ich fort wäre?«

»Sieh an, wer jetzt eingebildet ist.«

»Nein«, erwidere ich, stütze mich aus dem Sessel hoch und gehe auf ihn zu, bis ich ganz dicht vor ihm stehe. »Nur aufmerksam.«

***

Die Hütte der Hexe ist schlimmer als Gaelynns Heiligtum. Während das Heiligtum selbst mich beunruhigt hat, ist es hier die Hexe, bei der mir alle Instinkte raten, ihrer Gesellschaft so schnell wie möglich zu entfliehen.

Nach dem Ankleiden brachte uns Mishas Kobold an die Küste zu einer steilen Felsklippe mit einer winzigen Hütte, die aussieht, als hätten Stürme sie schon längst hinwegfegen müssen.

»Und diese Halskette hat ihm gehört?«, fragt die Hexe, als Misha erklärt, weshalb wir gekommen sind. Derweil geht sie auf einen Stock gestützt auf und ab und sieht dabei mindestens so klapprig aus wie das alte Gebälk. Ihre Gestalt wirkt, als könne ein sanfter Lufthauch sie zu Staub zerfallen lassen. Ihre Energie lässt allerdings erahnen, dass sie einen *vernichten* könnte, wenn man einen falschen Mucks von sich gibt.

»So ist es. Sein Neffe sagt, sie sei eines von Mordeus' Lieblingsstücken.«

»Müsst Ihr sie zurückhaben?«

»Tu, was immer nötig ist. Ich muss nur wissen, ob er lebt.«

Sie wirbelt herum und lässt die Kette in einen dampfenden Kessel fallen, wo sie zischt und stöhnt. »Er lebt«, sagt sie und beobachtet, wie der Dampf aufsteigt. »Er lebt, aber er stirbt.«

»Was hat das zu bedeuten?«, frage ich. Es kostet mich meinen ganzen Mut, dabei *neben* Misha zu treten, anstatt mich hinter ihn zu kauern.

»Er kämpft um sein Leben – er schwebt zwischen Leben und Tod. Er hat einen Körper, aber der stinkt nach Tod und Verwesung. Er kann ihn nicht erhalten. Er ist bei Bewusstsein, ist aber nicht ganz Teil dieser Welt. Seine Magie ist schwach.« Der Dampf verflüchtigt sich in der Luft, und sie meint achselzuckend: »Mehr kann ich nicht sagen.«

»Mehr brauchen wir auch nicht zu wissen«, erwidert Misha. »Man hat ihn – *wird* ihn auferstehen lassen.«

»Nein. Auferstehung ist ein Geschenk, das nur von den Göttern erteilt wird.« Sie führt einen Finger an die Stirn, senkt den Kopf und murmelt etwas, vielleicht ein Sühnegebet an die Götter für Mishas bloße Vermutung.

Als sie wieder aufblickt, stützt sie sich mit beiden Händen auf die Arbeitsplatte. »War das alles?«

Misha blickt zu mir, dann wieder zu der Hexe. »Eine Frage hätte ich noch.«

»Dann heraus damit. Ich werde nicht jünger.«

»Die Prinzessin hat diese Narben. Sie erscheinen wie aus dem Nichts, seit Monaten etwa jede Woche eine neue. Hast du eine Ahnung, warum?«

Ich wirbele abrupt zu ihm herum. »Was? Was soll das?«

»Zeig her«, blafft die Hexe.

»Bitte«, flüstert er.

Meine Brust ist wie in einen Schraubstock gezwängt. Ich will *auf keinen Fall,* dass diese Fae mich untersucht. Nicht einmal in meiner wahren Gestalt würde ich sie auch nur in meiner Nähe haben wollen, aber in *dieser* Gestalt zittere ich geradezu, während ich den Ärmel hochschiebe und meinen Unterarm entblöße.

Die Hexe zieht ein Vergrößerungsglas hervor und hält es über die kreisförmige, knotige Narbe an meinem Handgelenk. »Wie aus dem Nichts, sagt Ihr?«

»Ja. Sie geht ohne Narbe zu Bett, und manchmal ist eine neue aufgetaucht, wenn sie erwacht.«

Ich wünschte, er hätte mich vorgewarnt, dass er dies vorhat. Dann hätte ich eine Möglichkeit gefunden, der Sache aus dem Weg zu gehen. Zum einen hat Jas ihre Schwester und ihre Freunde angelogen, wenn sie glauben, diese Narben kämen aus heiterem Himmel. Und falls während der vergangenen drei Monate praktisch wöchentlich neue Narben aufgetaucht sind, ist es zum anderen mehr als verdächtig, wenn keine neuen Narben erscheinen, während ich auf Castle Craige weile. Und selbst wenn bei Jasalyn täglich neue Narben auftauchen sollten, werden bei mir keine dazukommen. Ich trage nur jene, die sie schon hatte, als sie sich das Haar abschnitt, mit dem ich ihre Gestalt annehme.

»Jede Woche?«, fragt die Hexe.

Misha sieht mich an und ich schüttele den Kopf. Ich habe keine Ahnung, aber je uneinheitlicher das Ganze aussieht, desto besser für mich. »In verschiedenen Abständen.«

»Narben erzählen eine Geschichte«, erklärt die Hexe und fährt ein ums andere Mal mit den Fingern über die Stelle. »Ein Abenteuer, ein Verrat, eine Verletzung, ein Trauma.« Sie presst ihre Handfläche auf die Narbe und schließt die Augen. Sie legt die Stirn in Falten und drückt noch fester zu.

»Autsch!«, zische ich unwillkürlich durch die Zähne.

Sie öffnet die Augen zu schmalen Schlitzen. »Oh. Verzeihung. Das Mädchen möchte wohl, dass ich dieses Rätsel ohne Unbehagen löse?«

»Das *Mädchen* ist wegen dieses Rätsels nicht in Sorge«, murmele ich. Und das stimmt. Als ich von Jas' Erinnerungen träumte, wie sie mit einer neuen Narbe aufwachte, reagierte sie erstaunlich gleichmütig. Sie wusste, wovon die Narbe herrührte, und fragte sich nur, warum sie sich erst mit solcher Verspätung zeigte. An ihr Aussehen verschwendete sie dabei keine Gedanken, und mögliche Erinnerungen, die das Mal heraufbeschwor, verdrängte sie ganz tief in ihr Unterbewusstsein.

»Hinsetzen«, schnauzt die Hexe. »Du bist blockiert. Wir müssen dich öffnen.«

Ich blicke Misha mit flehentlichen Augen an. »Ich will das nicht.«

Er zieht einen mit grünem Samt bezogenen Stuhl an den kleinen Tisch der Hexe. »Du kannst ihr vertrauen. Wir brauchen Antworten.«

Ich lasse mich nieder und verstärke währenddessen im Stillen jeden einzelnen meiner Schutzschilde.

Die Hexe öffnet einen Schrank und klaubt Phiolen und Fläschchen voller Flüssigkeiten und Pülverchen in verschiedenen Farben heraus. »Es gibt Kräfte in Elora«, sagt sie, während sie die Dinge zusammenmischt, »die mit Blutmagie herumpfuschen. Schon mal davon gehört?«

Ich schon, aber Jas ganz bestimmt nicht. Das gehört zu den Abschnitten der Geschichte von Elora, die verloren gingen – *begraben wurden,* um genau zu sein –, als die Sieben an die Macht kamen. So geschah es, dass nur noch sie von dieser Magie wissen und diese für sich nutzen können. Magie ist umso stärker, je weniger Personen Zugang dazu haben, und nichts ist den Sieben von Elora heiliger als ihre Macht.

Misha verschränkt die Arme vor der Brust. »Blutmagie? Die Magier in Elora praktizieren so etwas?«

»Magier? Diese menschlichen Scharlatane mit ihren Zaubersprüchen«, schnaubt sie. »Nein, nein. Blutmagie ist uralt. Sie stammt aus einer Zeit, bevor die Tore zwischen unseren Reichen geöffnet wurden, und sie wurde dort im ganzen Land verboten, aber manche hat das nicht davon abgehalten, sie sich zunutze zu machen.«

»Wenn die Magier sie nicht anwenden, wer dann?«

Sie hält mit dem Fläschchen, das sie gerade in ein anderes Gefäß umgießen will, inne und wendet sich mit zusammengekniffenen Augen zum König um. »Hat man Euch nie die wahre Geschichte des Reiches von Elora erzählt? Von der Zeit, bevor die Portale geöffnet wurden?«

Er wippt auf den Fersen zurück. »Ich habe nicht allzu viel Zeit damit zugebracht, mir über die Geschichte anderer Reiche Gedanken zu machen.«

»Vielleicht solltet Ihr das aber. Besonders, wenn Ihr den Beweis dafür seht, dass bei einer Prinzessin aus Faerie Blutmagie angewendet wurde.«

»Und was bewirkt sie?«, fragt Misha.

Die Hexe streut ein wenig Pulver in das Glas, das schon verschiedene Flüssigkeiten enthält, und es zischt. »Blutmagie erfüllt viele Zwecke – man kann sich die Magie eines anderen ausborgen oder für größere Stärke in der Schlacht die eigene Lebenskraft mit der eines anderen verbinden – aber diese Narben wecken meinen Argwohn.« Sie setzt sich mir gegenüber und blickt Misha an. »Narben, die durch Blutmagie hervorgerufen worden sind, habe ich selbst noch nie gesehen, aber als mich meine Mutter die Magie lehrte, hat sie mir davon erzählt. Wenn für ein Blutmagie-Ritual ins Fleisch geschnitten wird, bleibt kein Mal zurück. Die Magie heilt die Wunde. Die Narbe erscheint erst später, wenn die Magie in Anspruch genommen wird.«

Misha lässt sich neben mir auf einen Stuhl sinken und betrachtet mich. »Könnten diese Narben etwas mit dem zu tun haben, was dir in Mordeus' Kerker widerfahren ist?« Er ballt seine Hände auf den Oberschenkeln zu Fäusten, wie um sich zu wappnen. Für den Fall, dass ich nicht antworte? Oder in Erwartung der Wut, die er angesichts der Wahrheit verspüren könnte?

Jas würde ihm wahrscheinlich nicht antworten, und jede andere Reaktion fühlt sich an, als würde ich Jas verraten, aber mir bleibt keine andere Wahl. Wenn ich weiterhin schweige, wird er nur umso verbissener nachbohren. Und das kann ich nicht riskieren.

»Ich weiß nicht, ob er Blutmagie angewendet hat«, sage ich, »aber diese Narben?« Ich schlucke und nicke. »Es ist, als wären es Narben von dem Geschehen im Kerker.«

»Und wie viele sind es?«, fragt die Hexe. »Mehr als diese eine?«

Ich beobachte Misha, während ich nicke. »Eine Menge mehr.«

Misha erbleicht und presst die Augen zusammen. Ich weiß, was er denkt, denn ich habe dasselbe gedacht. *Kein Wunder, dass sie die Fae hasst. Kein Wunder, dass sie so gebrochen ist.*

»Was wollte er nur mit einem Menschenmädchen?«, haucht

die Hexe und wirbelt den Trank im Glas herum. »Und warum erscheinen die Male erst jetzt?« Sie packt erneut mein Handgelenk und hebt mit zitternder Hand das Glas. »Das wird nur für eine Minute brennen.«

Mit einer raschen Handbewegung kippt sie die dampfende Flüssigkeit direkt auf die knotige Narbe und ich schreie auf. Es ist, als würde mir das Fleisch von den Knochen geschält. Als hätte sie Hunderte winziger rot glühender Schwerter in die Narbe gestoßen. Würde sie darin herumbewegen und tiefer in mich bohren.

Als der Schmerz so weit nachlässt, dass ich die Augen öffnen kann, ist der Raum voller Dampf und ich kann weder Misha noch die Hexe ausmachen.

Ein Stuhl knarzt, der Dampf lichtet sich ein wenig, und ich sehe, dass sie aufgesprungen ist. Das Glas gleitet ihr aus den Fingern und zerspringt auf dem Boden.

»Raus hier!«

»Was ist los?«, fragt Misha.

»Verschwinde aus meinem Haus!« Die Hexe zeigt auf mich. »Sie ist kein Menschenmädchen, und mit diesen Narben stimmt etwas nicht.«

Ich weiche in Richtung Tür zurück und meine Hände zittern, während mein Blick zwischen der Hexe und Misha hin- und herspringt. *Ich bin aufgeflogen. Es ist vorbei.*

»Erzähle, was du gesehen hast«, sagt Misha. Er ist völlig ruhig. Gänzlich unbeeindruckt von dem, was sie gesagt hat.

»Nichts!«, kreischt sie. »Ich habe nichts gesehen, und das ist nicht möglich.« Sie schiebt sich rückwärts an die Arbeitsplatte und stößt dabei ein Fläschchen um. Es rollt über die Kante, zerschellt auf dem Boden und eine rote Dampfwolke steigt in die

Höhe. »Verlasse dieses Haus und kehre niemals zurück mit deinen Lügen. Du bist eine *Fae,* die sich in menschlicher Haut verbirgt.«

»Sie trägt Fae-Blut in sich«, sagt Misha, steht auf und bietet der Hexe zur Beruhigung seine Hand. »Sie ist ein Kind von Mab.«

Sie weicht seiner Hand aus. »Schon möglich, aber diese Narben tragen keine Geschichte, keinen Schmerz, kein Gefühl in sich. Hinter dem, was wir dort sehen, sind nur Lügen und Betrug. Seht Euch vor, mein König.«

***

Misha schweigt lange, während wir uns vom Haus der alten Hexe entfernen. Ich gebe mir alle erdenkliche Mühe, ihn nicht anzustarren, aber ich muss unbedingt wissen, was in seinem Kopf vor sich geht. Die Hexe hat ihm erzählt, dass meine Narben eine Lüge sind. Dass all dies Betrug ist.

Trotzdem bleibt er an meiner Seite, als wären wir alte Freunde, und nicht so, als würde er mich sogleich in den Kerker werfen lassen. Und vielleicht ist das sogar noch schlimmer. Mein schlechtes Gewissen angesichts seines Vertrauens ist kaum zu ertragen.

»Wie viele Narben sind da noch?«, fragt er. »Die auf deinen Armen habe ich gesehen, aber wie viele …« Seine Stiefel knirschen im Kies, als er stehen bleibt und sich mir mit gequältem Blick zuwendet.

»Ich habe nicht gezählt.« Ich lege eine Hand auf meinen Bauch. »Viele hier. Weitere auf meinem Rücken. Einige an meinen Fußgelenken.«

»Das hat er dir angetan.« Es ist keine Frage. Er spricht die Worte für sich aus, als versuche er, sie zu begreifen. »Du wolltest

Brie schützen. Deswegen hast du ihr nichts erzählt – du wusstest, woher sie stammen, aber du wolltest nicht, dass sie weiß, was er dir angetan hat.«

Ich schlucke und senke den Kopf. »Was hätte es genützt?« Wie viele Male hat Jas genau dasselbe gedacht?

Er zieht mich in seine Arme, eine Hand an meinem Rücken, die andere in meinem Haar, und birgt meinen Kopf unter seinem Kinn.

Ich erstarre, zuerst weil mich die Geste überrascht, aber dann, weil mir einfällt, dass ich das tun muss – dass Jas es nicht erträgt, berührt zu werden.

Misha lässt mich los und weicht zurück. »Es tut mir so leid«, sagt er, weicht einen weiteren Schritt zurück und schiebt die Hände in die Taschen. »Ich wünschte, du hättest das nie erdulden müssen, und wenn ich zurückgehen könnte –«

»Das kannst du nicht. Wir können das nicht.«

Er nickt, den Blick weiter auf meinen Bauch gerichtet, als könne er den Flickenteppich aus Narben durch meine Kleider sehen. »Er war einer von der besonders üblen Sorte. Ich wusste es schon damals.«

Ich blicke über die Schulter durch den heulenden Meereswind zurück in Richtung der Hütte, die jetzt hinter einem Baumgrüppchen verborgen liegt. »Was hältst du von dem, was sie gesagt hat? Dass meine Narben Lügen sind?« Ich schlucke heftig. »Glaubst du, es könnte mit der Blutmagie zu tun haben? Dass den Narben die Erinnerung fehlt?«

Auch Misha blickt zum Hexenhäuschen. »Das würde ich vermuten. Sie hat selbst gesagt, dass sie solche Narben noch nie gesehen hat. Ich finde, wir sollten nicht zu viel auf ihre Panik geben. Denk daran, dass sie uns auch gesagt hat, Mordeus wäre am Leben, und gleich danach, Auferstehung wäre ohne die Götter nicht möglich.«

»Und was ist damit, dass ich kein Mensch sein soll?«

Aus seiner Miene verfliegt ein Großteil des nachdenklichen Kalküls. »Tut mir leid, Jasalyn, aber das halte ich einfach für eine Tatsache. Du bist eine Fae. Nur ist die Umwandlung noch nicht abgeschlossen.«

Ich lasse den Kopf sinken, um meine Erleichterung zu verbergen. Er ist überhaupt nicht besorgt. Nicht einmal ein bisschen argwöhnisch – obwohl er das sein sollte.

Sollte er jemals dahinterkommen, dann wird dies einer der Augenblicke sein, für die er sich hasst. Für die er *mich* hasst. Ich habe es zu geschickt angestellt, und seine Zuneigung zu mir hat sein Urteilsvermögen getrübt.

»Es tut mir leid«, sagt er noch einmal. »Vielleicht musst du nur mehr Zeit mit uns verbringen, um zu erkennen, dass wir nicht wie er sind. Manche schon – und ich habe es zu meiner Aufgabe gemacht, dass sie bekommen, was sie verdienen, aber die Mehrheit von uns ist überwiegend gut und möchte dieses ganze Land zu einem besseren Ort machen.«

»Ich weiß«, flüstere ich. Jas allerdings weiß das überhaupt nicht, glaube ich. Ich atme tief durch. »Wäre es möglich, dass Mordeus' Auferstehung etwas mit dieser Blutmagie zu tun hat, von der die Hexe gesprochen hat?«

»Selbst wenn deine Macht der der Großen Königin Mab ebenbürtig wäre, würde sie doch nicht ausreichen, um einen König aus dem Reich der Toten zurückzuholen. Wenn du aber nun nicht die Einzige bist, an der er diese Blutmagie ausgeübt hat. Wenn er nun auch auf die Magie anderer zugreift …« Er zuckt mit den Schultern. »Das ist alles so beispiellos. Ich würde nicht mit Sicherheit behaupten, dass es völlig ausgeschlossen wäre.«

»Sie sagte, er lebe, liege aber im Sterben. Sein Körper würde sterben. Ich frage mich, ob das bedeutet, dass er seinen Nekromanten noch nicht gefunden hat.« Wieder habe ich laut nachgedacht. Ich muss wirklich damit aufhören.

»Hoffentlich nicht«, sagt Misha. »Mich schaudert bei dem Gedanken, jemand könnte über solche Macht verfügen. Selbst wenn wir mit der Vermutung richtigliegen, dass die gesichtslose Seuche ihn stärker macht, sollte echte Auferstehung eine Gabe sein, über die nur die Götter verfügen.«

»Das Juwel hat von Voraussicht gesprochen – dass alles vorbereitet sein muss, und Mordeus …« Ich presse mir eine Hand auf die Brust und versuche, mein pochendes Herz zu beruhigen. Mir graut bei dem Gedanken, was Jas tun würde, wenn sie wüsste, dass Mordeus Kraft von ihr bezieht. Wenn sie wüsste, sie könnte auch nur ein winziger Teil dessen sein, was ihm die Rückkehr ermöglicht. »Als ich im Kerker versuchte, das Essen und Trinken zu verweigern, zwang Mordeus mich dazu. Er sagte, er bräuchte mich lebend – um mich im nächsten Atemzug wieder zu foltern. Er sagte, der Schmerz mache mich stärker. Ich glaube, er wusste, dass er von meiner Macht würde zehren müssen, noch bevor irgendjemand sonst wusste, dass ich überhaupt über Macht verfüge.«

Als ich den Kopf hebe und Misha ansehe, ist seine Miene gequält, und ich begreife zu spät, was ich gerade verraten habe: dass Jas im Kerker aufgehört hatte, zu essen und zu trinken. Dass es dort so entsetzlich war, dass sie den Tod willkommen hieß. »Wir haben alle unterschätzt, wie schlimm diese Wochen für dich waren«, erklärt er mit heiserer Stimme. »Und du hast es zugelassen. Du hast uns glauben lassen, du wärst dickköpfig und voreingenommen, anstatt deiner Schwester die Wahrheit zu sagen.«

Da ich nicht weiß, was ich antworten soll, und keinesfalls noch mehr preisgeben möchte, sage ich gar nichts.

»Es tut mir leid, dass ich das nicht schon früher gesehen habe«, fährt er fort und schluckt.

Sein wehmütiger Blick schneidet mir ins Herz – dass er sich selbst die Schuld gibt, nicht Bescheid gewusst zu haben, wo doch Jas alles in ihrer Macht Stehende getan hat, um die Wahrheit zu verheimlichen. »Ich wollte nicht, dass du es siehst.«

»Wir brauchen mehr Antworten«, sagt er. »Aber ich werde dich da nicht weiter mit hineinziehen.«

»Nein!«, platzt es aus mir heraus. »Vielleicht ist das ja gut für mich. Ich glaube … Ich finde, ich sollte daran teilhaben.«

»Wenn du meinst«, sagt er leise.

Ich nicke etwas ruckartig, werde aber von Sorge und Schuldgefühlen zerrissen. Misha hat recht. Wir wissen einfach noch nicht genug. Wenn wir Mordeus wirklich aufhalten wollen, muss Jas uns alles erzählen, was sie weiß: was dort im Kerker geschehen ist und was sich während der letzten drei Monate, als die Narben auftauchten, verändert hat. Auch könnten wir mit ihrer Hilfe herausfinden, auf welche Weise sich Mordeus der Blutmagie bedient. Langsam glaube ich, dass nur sie uns die Antworten geben kann, die wir brauchen.

Irgendwann im Verlauf dieser Woche sollte Hale jemanden vorbeischicken, um nach mir zu sehen. Ich weiß, dass er Spione im Schloss hat, aber meinen umfassenden Bericht wird er nicht einfach irgendwem anvertrauen. Dafür wird er jemanden aus seinem engsten Kreis schicken.

Ich hoffe nur, das geschieht so bald wie möglich. Die anderen müssen erfahren, was wir in der Zwischenzeit herausgefunden haben, bevor Mordeus seinen Nekromanten findet.

KAPITEL 20

JASALYN

Als ich in einem kleinen Schlafzimmer aufwache, steht die Sonne draußen vor dem Fenster tief am Himmel. Ich weiß nicht, wie lange ich geschlafen habe, und bin so desorientiert, dass ich nicht einmal weiß, ob sie auf- oder untergeht. Ich setze mich auf, strecke mich und lasse die Laken bis zu meiner Taille hinabgleiten.

»Den Göttern sei gedankt«, flüstert Kendrick hinter mir. Ich drehe mich um und sehe ihn auf der anderen Seite des Bettes in einem Polstersessel sitzen. Sein Kehlkopf bewegt sich, als er schluckt. Er mustert mich. »Wie geht es dir?«

Ich schwinge die Beine über die Bettkante und gehe auf seine Seite hinüber. Meine Glieder sind ganz steif und alles schmerzt, aber ich spüre nichts mehr von der Schwäche von zuvor, als ich hörte, wie sie über mich redeten, und die Augen nicht öffnen konnte. »Besser.«

Er neigt sich vor und dreht an der Laterne neben dem Bett den Docht höher. Es wird hell im Zimmer. Als er mich wieder ansieht, weicht schlagartig jegliche Farbe aus seinem Gesicht. »Was ist passiert?«

»Was meinst du? Was ist los?«

»Was hat dieser Bastard dir angetan?« Er löst sich aus dem Sessel, nimmt mein Gesicht in beide Hände und streicht mit dem Daumen von der Mitte meiner Wange hinauf bis rings um mein Auge, die seinen weit aufgerissen.

»Ich habe keine Ahnung, was du meinst.« Ich lege meine Hand auf seine. »Mir geht es gut. Jetzt sieh mich nicht so erschrocken an.«

Sein Hals bebt. »Da ist eine neue Narbe.«

»Vielleicht werde ich diese hübschen Augen einfach herausschneiden. Dann musst du mich ansehen.«

Ich mache mich von ihm los und eile hinüber zu dem kleinen Spiegel über der Kommode. Meine Hand zittert, als ich sie an die gezackte, wulstige Narbe hebe, die von der Mitte meiner Wange aufwärts verläuft und eine leichte Kurve um mein Auge beschreibt.

Eigentlich war ich nie besonders eitel – jedenfalls nicht, seit ich in Faerie lebe. Es kümmerte mich nicht, dass aus heiterem Himmel immer wieder diese Narben von Wunden auftauchten, die mir vor Jahren zugefügt worden waren. Es spielte keine Rolle. Ich hatte nichts übrig für diesen Körper mit seinem Fae-Blut. Dieses Leben in einem Land, das ich hasste, und dieses Schicksal, das ich mir niemals gewünscht hatte, bedeuteten mir nichts.

Aber das war, bevor ich wusste, wie es sich anfühlt, wenn man sich nach etwas anderem als Gefühllosigkeit und Vergeltung sehnt. *Das war vor Kendrick.*

In meinen Augen brennen die Tränen des schwachen Mädchens, das zu sein ich mir nicht mehr gestatte, und ich presse sie zusammen, damit ich das nicht sehen muss. Ich halte mich an der Kante der Kommode fest und lasse den Kopf hängen.

Es ist egal. Es ist nur eine weitere Narbe. In neun Monaten wird all das ohnehin keine Rolle mehr spielen.

Ich verliere mich so sehr in Selbstmitleid, dass ich Kendrick erst hinter mir bemerke, als er die Arme um mich legt und mich rücklings an sich zieht.

Ich hebe den Kopf und finde im Spiegel seinen Blick. »Alle werden es sehen«, flüstere ich und erkenne erst jetzt, wie viel mir das ausmacht. »Alle werden wissen, dass ich ein Opfer war.«

Unsere Blicke treffen sich im Spiegel, während er mit dem Finger die Linie meines Kinns nachzieht. »Alle werden wissen, dass du eine Überlebende bist.«

Ich schlucke den dicken Kloß an Gefühlen hinunter, der mich zu ersticken droht.

»Könnte ich doch nur zurückgehen und das alles noch einmal überdenken«, murmelt er, während sein Atem mein Haar verwirbelt. »Dann würde ich nicht davon ausgehen, dass ich weiß, was geschehen ist. Ich würde nicht davon ausgehen, dass du nur die Wunden trägst, die ich sehen kann.« Er vergräbt sein Gesicht an meinem Hals und seine Worte werden zu einem Gebet, geflüstert in meine Haut. »Jedes Mal, wenn sie dich zurückbrachten, warst du augenscheinlich unversehrt, und ich habe nicht …«

Der Ring seiner Arme zieht sich enger, als wolle er uns zurück in eine andere Zeit zwingen, damit er den Lauf der Geschichte ändern kann. »Natürlich hat er dich wieder geheilt. Jedes Mal. Damit ich hinterher nicht sehen konnte, wie schlimm es war. Warum nur hast du mir nicht erzählt, was geschehen ist?«

Ich muss schlucken. Er hält mich beinahe zu fest, aber ich hoffe, dass er mich niemals loslässt. »Ich habe immer das Bewusstsein verloren, und wenn ich aufwachte, war das Blut fort und der Schmerz nur mehr eine Erinnerung.« Ich drehe mich in seinen Armen herum und blicke in seine forschenden Augen. »Ich wusste nicht einmal, ob es wirklich geschehen war oder nur ein Albtraum.«

Er legt seine Lippen an die Narbe, als wäre sie eine frische Wunde, die er mit einem Kuss bessern möchte. Dann führt er den Mund an mein Ohr und haucht fast unhörbar: »Ich werde ihn eigenhändig töten, wenn wir ihn finden.«

Ich schließe die Augen. Und erkenne, dass es sich gut anfühlt, jemanden zu haben, mit dem ich meine Wut teilen kann. Zu lange habe ich sie allein mit mir herumgetragen.

Und vielleicht … vielleicht war genau das mein Fehler. All das in mir einzuschließen, all diese verdrehten, zerbrochenen Teile – vielleicht habe ich diesen alten Wunden dadurch nur ermöglicht, im Dunkeln weiter zu faulen.

»Ich möchte dich fragen, was passiert ist, bevor ich zusammengebrochen bin, aber …« Ich sehe ihn voller Hoffnung an.

»Du kannst dich auch nicht daran erinnern?«, fragt er.

»Ich hatte fürchterliche Albträume. Albträume von …« Albträume, in denen ich Mordeus war. Albträume, in denen ich spüren konnte, wie es sich anfühlt, über seine Art von Macht zu verfügen und dazu bereit zu sein, alles zu zerstören, nur um diese Macht zu behalten. Nur erschreckten mich diese Träume nicht. Nein, die Nächte, in denen mein Bewusstsein sich ausmalt, wie es wäre, er zu sein – das sind mit die erholsamsten Nächte, die ich habe. Es fühlt sich *gut* an, aber ich will lieber nicht zu viel darüber nachdenken, was das über mich aussagt.

»Du hattest Albträume über die Zeit im Kerker«, sagt Kendrick.

Es ist keine Frage, und ich will ihn nicht korrigieren. Ich starre nur auf meine Hände. Die Hände eines Mädchens, das einst von einem Monster gequält wurde, sind zu den Händen eines Monsters geworden. »Ich bin eingeschlafen und habe geträumt, und das Nächste, woran ich mich erinnere, bist du, wie du mich im Wald wieder zu Bewusstsein gebracht hast.«

»Du weißt nicht mehr, dass du fortgegangen bist?«, fragt er. Ich schüttele den Kopf und er zieht scharf die Luft ein. »Wir sind alle erst nach Sonnenaufgang aufgewacht. Du musst den Ring angesteckt und Skylar aufgetragen haben, sich schlafen zu legen, denn du warst noch da, als ihre Schicht begann, und sie kann sich an nichts erinnern, bis sie auf ihrem Schlaflager aufgewacht ist. Als wir begriffen, dass du nicht da bist, haben wir dich gesucht. Zuerst im Lager, dann im Wald; wir haben deinen Namen gerufen.«

»Und dann bin ich mit meinem Kobold wiederaufgetaucht.«

Er dreht mich an den Schultern zu sich herum und schüttelt den Kopf. »Ich weiß nicht. Ich kann mich nur daran erinnern, dass ich dir den Ring abgezogen habe.«

Die Panik presst meine Brust zusammen wie eine schweißnasse Faust. »Wo ist er? Der Ring?«

»Natan hat ihn. Er stellt Nachforschungen an.«

Ich schlucke das Entsetzen darüber hinunter, von der einzigen Macht, die ich besitze, getrennt zu sein.

Kendrick umfasst meine Hand und spielt mit meinen Fingern. »Hast du eine Ahnung, wo du gewesen sein könntest?«

Ich schüttele den Kopf. Aber dann erinnere ich mich an das Lager der Rebellen in der Nähe, und blitzartig gehen mir Bilder der aufgereihten Leichen vor dem Herrenhaus des Captains durch den Kopf. Was, wenn ich in jener Nacht nun auch das Bewusstsein verloren habe? Was, wenn …

»Bist du schon öfter auf diese Weise in Ohnmacht gefallen?«, fragt Kendrick.

»Ich war in Captain Vaurils Herrenhaus an dem Abend, als alle dort starben – *bevor* sie alle starben.«

Für einen langen Moment herrscht Schweigen. »Du warst dort?«

»Und ich trug meinen Ring. Ich bin dem Wirt gefolgt. Ich wollte …« Ich muss schlucken. »Er hatte seine Frau sehr schlecht behandelt und ich wollte dafür sorgen, dass er ihr nichts mehr antun kann. Ich erinnere mich aber, nur ihn getötet zu haben, nicht die anderen. Aber dann am nächsten Morgen …«

»Deswegen warst du so erschüttert, als sie alle tot waren? Du hattest den Verdacht, du könntest das gewesen sein.«

»Ja.« Ich starre auf meine Hände. »Aber ich wusste es einfach nicht. Bis jetzt habe ich jedes Mal immer nur eine Person getötet – das dachte ich jedenfalls. Aber …« Ich reiße den Kopf hoch. »Die Rebellen mit ihrem Lager ganz in der Nähe … wenn ich nun dort war? Wenn ich –«

»Du warst nicht dort. Auf der Suche nach dir haben wir auch ihr Lager inspiziert.« Er zieht mich an sich und lässt zu, dass ich meine Wange an seine Brust lege. »Die Rebellen sind alle wohlauf. Dort warst du jedenfalls nicht.«

»Ich muss meinen Kobold rufen. Ich habe ihn gesehen, als ich wieder zu Bewusstsein kam. Wenn ich mich von ihm irgendwo habe hinbringen lassen, dann kann er uns das sagen.«

Kendrick verzieht das Gesicht. »Ich würde nur zu gern hören, was er zu erzählen hat, aber wir können ihn nicht fragen.«

»Warum nicht?«

»Die Loyalität der Kobolde ist zu unbeständig. Wir können nicht riskieren, dass die Information über diesen Ort zu den Sieben von Elora gelangt.«

»Dann sollen wir einfach damit leben, es nicht zu wissen?«

Er nickt. »Fürs Erste zumindest.«

Ich schlucke und blicke mich im Zimmer um. »Wo sind wir hier überhaupt?« Von unten sind Stimmen zu hören und das Klappern von Besteck auf Tellern.

»Ironmoore. Eine Siedlung von Eloranern. Dies ist der sicherste Ort für dich, während wir ein paar Sachen klären.«

»Eloraner? In Faerie?«

Ihm huscht der Schatten eines Lächelns übers Gesicht, während er mir eine Locke hinters Ohr streicht. »Warum ist das so schwer zu glauben? *Wir* sind doch auch alle hier.«

»Ja, aber ihr seid doch nur …« Ich mache eine Handbewegung, die ihn und seine Freunde, die ich unter uns hören kann, umfassen soll. »Ihr seid doch nur wenige.«

»Die Herrschaft der Sieben hat viele aus Elora vertrieben«, erklärt er. »Mehr, als du dir vorstellen kannst. Ob du es glaubst oder nicht, als zeitweiliger Wohnsitz ist Faerie gar nicht so schlecht.«

Ich verkneife es mir, ihm zu widersprechen, da ich befürchten muss, dass er mich auf die Widersprüche meiner Gefühle bezüglich der Schatten-Fae festnagelt. Vielleicht haben seine Freunde ja recht. Vielleicht sind meine Gefühle nichts anderes als Vorurteile.

»Jetzt müssen wir dir erst mal etwas zu essen besorgen«, sagt Kendrick schließlich.

»Ich möchte immer noch mit euch mitgehen«, platzt es aus mir heraus, als mir der Rest seiner Worte bewusst wird. *Der sicherste Ort für mich.* Haben sie vor, mich hier zurückzulassen? Ich recke mein Kinn. Die Gelegenheit, Mordeus zu töten, werde ich mir nicht nehmen lassen. »Ich möchte dabei sein, wenn ihr nach Feegus Keep geht.«

Kendrick lacht freudlos auf und schüttelt den Kopf. »Was ist nur aus dem schüchternen kleinen Mädchen im Kerker geworden?«

Ich weiß, dass er das im Scherz gesagt hat, aber ich sehe ihm fest in die Augen, als ich antworte: »Sie hat es nicht geschafft.«

***

Remme und Skylar sitzen unten in der Küche des Hauses an einem kleinen Tisch, beide mit einer dampfenden Schale Eintopf vor sich.

»Ich finde es immer noch riskant, vor dem Ball hinzugehen«, sagt Remme gerade. »Die Wächter des Königs werden alles genau im Auge haben, was ihnen verdächtig vorkommt.«

»Deshalb schicken wir auch Shae und nicht dich«, erwidert Skylar. »*Er* ist nicht verdächtig.«

»Ihr habt euren Freund gefunden?«, frage ich und alle Blicke richten sich auf mich.

Skylar grinst breit, als sie mich mit hochgezogenen Augenbrauen mustert. »Krasse Narbe. Wie gehts dir, Slayer?«

Mir verschlägt es die Sprache. Sie hat mich bislang nicht bei diesem Spitznamen genannt. »Besser. Wo ist Natan?«

»Stellt noch ein paar Nachforschungen an«, antwortet Remme. »Er wird bald zurück sein.«

Ich runzele die Stirn. »Über den Ring?«

Remme nickt. »Wir lassen uns nicht gern auf Magie ein, die wir nicht ganz verstehen. Und nach dem, was gestern passiert ist …« Er zuckt mit den Schultern.

»Gestern?«, frage ich verwundert. »Wie lange habe ich überhaupt geschlafen?«

»Anderthalb Tage«, antwortet Kendrick mit einer solchen Zärtlichkeit im Blick, dass ich sofort beweisen möchte, dass ich weder hilflos noch schwach bin.

Aber stimmt das überhaupt – ohne den Ring?

»Haut es dich jedes Mal so um, wenn du ihn benutzt hast?«, fragt Remme.

Ich schüttele den Kopf. »Nein. Ich gerate nur in Schwierigkeiten, wenn ich ihn am Tage benutze.«

»Was für Schwierigkeiten?«, will Kendrick wissen.

»Übelkeit, Abgeschlagenheit, leichte Schwächeanfälle.«

»Du bist in Ohnmacht gefallen und hast vierunddreißig Stunden lang geschlafen«, gibt Skylar zu bedenken. »Das ist schon mehr als ein *leichter Schwächeanfall.*«

»Erst der Kuss des Todes, und jetzt das?«, fragt Remme.

Ich werfe Kendrick einen Blick zu und er zuckt mit den Achseln. »Sie mussten Bescheid wissen«, sagt er.

»Gibt es noch andere Details, die du vielleicht der ganzen Klasse verraten möchtest, Prinzessin?«, fragt Remme.

»Das war alles. Der Ring ist als Werkzeug für die Dunkelheit gedacht.« Ich würde jetzt wirklich gern das Thema wechseln und blicke mich in der Küche um. »Gibt es hier auch Kaffee?«

»Auf der Theke«, sagt Skylar, aber Kendrick ist schon unterwegs.

Er schenkt Kaffee in einen Becher und reicht ihn mir. »Du musst auch etwas essen.« Er nickt in Richtung eines Stuhls – des einzigen, der noch frei ist. »Setz dich, ich bringe dir was.«

»Willst du denn nichts essen?«, frage ich, während ich mich niederlasse.

»Hab schon«, antwortet er.

»Mir hat er noch nie Essen gebracht«, mault Remme.

»Er sieht dich auch nicht so an wie sie«, murmelt Skylar.

Mir ist gar nicht wohl und wieder wechsele ich das Thema. »Wo will Shae denn hin?«

»Ins Land der Wilden Fae«, sagt Remme. »Um bei Felicity vorbeizuschauen.«

»Habt ihr schon irgendwas gehört?«, frage ich. »Wie es Felicity auf Castle Craige bis jetzt ergangen ist?«

»Scheint gut zu laufen«, antwortet Remme achselzuckend.

»Dann schöpft Misha überhaupt keinen Verdacht? Oder bleibt sie nur für sich, wie ich ihr geraten habe?«

Kendrick schiebt mir eine Schale mit Eintopf hin, und ich schenke ihm ein dankbares Lächeln.

»Nur die Ruhe«, antwortet Skylar und stochert in ihrem Essen herum. »Ihr gehts bestens. Sie gewinnt den König langsam, aber sicher für sich, genau wie geplant.«

Ich setze mich kerzengerade auf. »Wie bitte? Ich habe ihr doch gesagt, sie soll in ihren Gemächern bleiben. Wenn sie zu viel Zeit mit ihm verbringt, wird er ihr auf die Schliche kommen, und wenn Misha dahinterkommt, dann *wird* er es meiner Schwester erzählen.«

Remme und Skylar wechseln einen Blick und er seufzt. »Hör mal, ich kann deinen Standpunkt verstehen«, sagt er, »aber Felicity ist wirklich gut in dem, was sie tut. Das hast du doch selbst gesehen.«

»Und *Misha* ist wirklich gut in dem, was *er* tut. Er kann *Gedanken lesen.* Warum kapiert ihr das nicht?«

Skylar verschränkt die Arme. »Deine liest er aber nicht.«

»Ja, klar, weil er mir beigebracht hat, ihn zu blockieren.«

»Dann kann es mit seinen Fähigkeiten ja nicht so weit her sein«, entgegnet sie.

Meine Faust krallt sich um den Löffel. »Brie sagt, sie hat ihn Leute brechen sehen.«

Remme seufzt. »Aber dich hat er nicht gebrochen, weil er dich respektiert. Er hat dir beigebracht, wie du deine Gedanken abschirmst, und er respektiert diesen Schutzschild – und den von Felicity wird er ebenfalls respektieren, weil er glaubt, sie ist du. Deshalb brauchst du dir *überhaupt keine* Sorgen zu machen.«

Ich rühre in meinem Essen und schüttele den Kopf. »Warum muss sie ihm überhaupt nahekommen? Mir scheint das ein unnötiges Risiko. Niemand hat mir gesagt, dass das zum Plan gehört.«

»Wir müssen in den Palast von Elora gelangen«, erklärt Kendrick und lehnt sich hinter Skylar an die Wand. »Und da gibt es nur zwei Möglichkeiten: entweder mit dem Feuerschwert, von dem wir nicht wissen, ob wir es beschaffen können, oder durch einen Gang der Türen mit seinen Portalen, die zu vielen Orten in vielen Reichen führen. Der genaue Standort der Säle wird aber geheim gehalten.«

Ich lege den Kopf schief. »Wenn es in jedem Reich so einen Gang gibt, warum benutzen wir dann nicht den am Hof des Mondes?«

»Weil die Säle verborgen sind«, antwortet Skylar, »und ihre Lage von einem Herrscher an den nächsten weitergegeben wird. Nur hat Mordeus für deine Schwester leider keine Notizen hinterlassen.«

Remme nickt und kratzt den Rest Eintopf aus seiner Schale. »Wenn wir das Schwert nicht finden, brauchen wir ein Portal.«

»Wenn es diese andere Möglichkeit gibt, zu Erith zu gelangen«, frage ich, »warum sucht ihr dann überhaupt schon so lange nach dem Schwert?«

»Das Schwert öffnet nicht nur Portale«, erklärt Remme, setzt seine Schale ab und lehnt sich in seinem Stuhl zurück. »Es ist eine allmächtige Waffe. Hätten wir das Schwert, dann wäre der Sieg über Erith sicher. Er ist dagegen wehrlos.«

Mein Blick schnellt hinüber zu Kendrick, der mich aufmerksam beobachtet. »Wenn ihr also das Schwert findet, dann braucht ihr mich gar nicht.« Ich weiß nicht, warum mich diese Erkenntnis so traurig macht. Ich bin nicht mitgekommen, weil ich irgendeinen Supermagier aus Elora töten will. Ich wollte Mordeus finden. Aber jetzt möchte ich Teil ihrer Mission sein.

»Wenn wir das Schwert finden, dann finden wir das Schwert«, sagt Kendrick bedächtig. »Aber wer kann schon sagen, was zwischen dem Finden des Schwerts und dem Eintreffen bei Erith geschehen wird? Da sind einfach zu viele Unwägbarkeiten, und wie ich schon gesagt habe – wenn ich wählen kann, werde ich immer auf der Seite des Orakels bleiben. Wenn wir entweder mit dir zu Erith kommen – der es bestimmt ist, ihn zu töten – oder mit dem Schwert, gegen das er nichts ausrichten kann, dann wäre mir« – er grinst und seine Grübchen zeichnen sich noch deutlicher ab – »nun ja, *beides zusammen* am liebsten.«

»Trotzdem ist es wichtig, dass Felicity den Gang sucht«, erklärt Skylar, »weil uns die Zeit davonläuft. Wir wissen nicht, wann sie den nächsten Novizen für die Sieben auswählen, und sie werden viel leichter zu besiegen sein, wenn ihnen der Siebte fehlt.«

Kendrick deutet auf meine Schale. »Iss.«

Ich nehme einen Löffel voll. »Zu Befehl.« Mein Magen hat sich noch nicht beruhigt und ich bin mir nicht sicher, ob ich schon etwas essen kann, aber der Eintopf schmeckt und duftet großartig und scheint mich von innen heraus zu wärmen. Sofort schiebe ich einen zweiten Löffel hinterher. »Aber wenn nur die gekrönten Häupter der Wilden Fae wissen, wie man diesen Gang findet, warum sollte Misha Felicity überhaupt den Standort verraten?«

Remme kichert und Skylar grinst. »Mit seiner Geliebten wird ein Fae so gut wie alles teilen«, sagt sie.

»Seiner *Geliebten*?«, stottere ich. »Aber er glaubt doch, Felicity wäre *ich*!«

»Wenn ich raten müsste, würde ich sagen, er hat schon seit einiger Zeit eine Schwäche für dich«, sagt Remme.

Mir bleibt der Mund offen stehen. »Dann liegst du mit deiner Vermutung *falsch*.«

»Wie auch immer«, meint Remme achselzuckend. »Der König ist schon dabei, ihr zu verfallen.«

»Aber wenn das alles hier vorbei ist – wenn ich zurückgehe … erwartet ihr von mir, dass ich das alles geheim halte?« Ich schüttele den Kopf. »Nein. Niemand hat mir gesagt, dass sie vorhat, Misha in meiner Gestalt zu verführen. Das ist nicht in Ordnung.«

Remme schiebt seine Schale zur Seite und beugt sich mit den Ellbogen auf dem Tisch nach vorn. »Wenn du Erith für uns getötet hast und Felicity dieses Schloss verlassen hat, dann kannst du Misha und deiner Schwester, und wem auch immer du sonst noch willst, ruhig alles erzählen.«

Und dann werden sie alle wissen, dass ich daran beteiligt war. Hatte ich geglaubt, ich bräuchte keine Konsequenzen für meine Entscheidung zu tragen? Hatte ich gedacht, niemand würde je davon erfahren?

Aber wird das dann überhaupt noch eine Rolle spielen? Werden wir unsere Mission erfüllen, bevor mir die Zeit ausgeht?

»Jetzt mach nicht so ein Gesicht«, sagt Skylar. »Dieser König ist *zum Anbeißen*. Hochgewachsen, dunkler Typ, mächtig? Betrachte es als Gefälligkeit und mach einfach dort weiter, wo Felicity aufgehört hat.«

Ich zucke zurück. »Du bist widerlich.«

»Nein. *Du* hast keine Fantasie. Dabei heißt es, deine Schwester hätte nichts dagegen, dich mit ihm zu verheiraten. Greif zu. Du könntest *Königin* sein.«

»Ich passe.« Ich werfe Kendrick einen Blick zu. Er muss doch etwas zu sagen haben angesichts ihrer ungeheuerlichen Vorstellungen, aber er hat sich zum Fenster weggedreht und blickt mit gerunzelter Stirn in die untergehende Sonne.

»Als Königin der Wilden Fae wärst du immerhin in Sicherheit«, sagt er, ohne mich anzusehen.

Mir sinkt das Herz in die Hose. Als wir uns geküsst haben, dachte ich, da wäre etwas zwischen uns – mehr als die einseitigen Gefühle, die mir seit unserem Wiedersehen zu schaffen machen –, aber seit ich aufgewacht bin, hat er mich nicht ein Mal berührt. Jedenfalls nicht auf diese Weise.

Kendrick zieht ein Fläschchen aus der Tasche und stellt es vor mir auf den Tisch. »Natan hat einen Verwandlungstrank für dich dagelassen, falls du ihn möchtest.«

Ich sehe ihm in die Augen und betrachte dann seine spitz zulaufenden Fae-Ohren. Die anderen sind alle verwandelt – warum sollte ich das nicht auch wünschen?

»Wahrscheinlich ist es besser, wenn du getarnt bleibst«, erklärt Skylar. »Menschen sind hier zwar sicher, aber es sind einfach zu viele Leute, um zu garantieren, dass man allen trauen kann. Nur ein kleiner Kreis weiß von unserer Mission, und es wäre besser, wenn es sich nicht im Dorf herumspricht, dass wir mit der Schattenprinzessin unterwegs sind.«

»Iss auf«, sagt Kendrick. »Und dann treffen wir uns alle draußen.« Er marschiert aus der Küche und verschwindet auf den Flur.

»Gut gemacht, Skylar«, brummt Remme, stößt sie mit dem Ellbogen an und trägt dann seine Schale zum Spülstein.

»Ich hatte nicht vor, einen wunden Punkt zu treffen.« Sie blickt Richtung Treppe und verzieht das Gesicht. »Soll ich mit ihm reden oder ihn lieber in Frieden lassen?«

Remme runzelt die Stirn. »Lass ihn. Er ringt mit sich.«

»Weshalb?«, frage ich, bevor ich mich bremsen kann.

Skylar wechselt einen Blick mit Remme, steht dann vom Tisch auf und trägt ihr Geschirr zur Spüle. »Hale ist ein guter Kerl«, sagt sie. »Einen besseren wird man nicht finden. Er wird schon damit klarkommen.«

Meine Frage hat sie nicht beantwortet, aber ich hake nicht nach.

Remme betrachtet mich. »Ich bin froh, dass du okay bist, Kleines«, sagt er sanft. »Du hast uns echt einen Schrecken eingejagt.«

Mein Sichtfeld verschwimmt und ich muss hinunter auf meine Schale blicken, um die Tränen zu verbergen, die in meinen Augen brennen. Ich hätte nie erwartet, dass ich diesen Leuten etwas bedeuten könnte. Dass es mir so wichtig ist, was sie über mich denken. »Alles gut«, flüstere ich.

»*Gut* gehts dir ganz bestimmt nicht«, sagt Skylar, »aber du bist immer noch bei uns – also werden wir den Rest auch noch hinbekommen.« Sie drückt meine Schulter. »Sorry, dass ich dich mit dem sexy König aufgezogen habe. Ich vergesse manchmal, dass nicht alle über so was scherzen können. Ich bin nur neidisch.«

»Jetzt iss erst mal auf, und dann zeigen wir dir alles«, sagt Remme. »Wir haben da einen alten Freund, der dich unbedingt kennenlernen möchte.«

KAPITEL 21

JASALYN

Die Siedlung der Eloraner ist riesig. Eigentlich hatte ich ein Dutzend Zelte um ein Lagerfeuer erwartet, vielleicht noch ein paar festere Gebäude, aber nichts an diesem Ort wirkt notdürftig. Die Straßen werden gesäumt von kleinen Hütten, deren Grasdächer bis zum Boden reichen, und in der Mitte der Siedlung gibt es einen Versammlungsplatz, einen Pavillon und einen Altar.

Es dauert etwa eine Viertelstunde, bis Kendrick sich uns draußen anschließt. Er ist stiller als sonst und ich muss ihn ständig ansehen. Normalerweise trägt er immer zahlreiche Gurte für alle Arten von Waffen am Körper. Selbst in Mordeus' Kerker hatte Kendrick lederne Reithosen an. Jetzt trägt er Baumwollhemd und -hose, und ich glaube nicht, dass ich ihn jemals in so zwangloser Alltagskleidung gesehen habe.

Irgendwie ist er auf diese Art sogar noch attraktiver, und mein Herz tut sich mit dieser Erkenntnis schwer. Ich sehe ihn gern so, weil das die Ausnahme bleiben wird. Jeder neue Tag erinnert mich daran, dass meine Zeit mit ihm begrenzt ist. Er setzt alles daran, nach Elora zurückzukehren, und wenn ich ihm dabei geholfen habe, werde ich wieder im Palast sitzen, und dann werde ich … dann werde ich überhaupt nichts mehr sein.

»Hast du genug zu essen bekommen?«, fragt er, als wir uns auf den Weg die Straße hinunter zur Dorfmitte machen.

Ich schlinge die Arme um meinen Oberkörper. Ich bin noch nicht einmal zwei Stunden wach, und schon würde ich am liebsten wieder zurück ins Bett kriechen und schlafen. »Du brauchst mich nicht zu verhätscheln.«

Zwischen Remme und Skylar, die vor uns gehen, findet eine geflüsterte Auseinandersetzung statt.

Kendrick steckt die Hände in die Taschen. »Ich verhätschele dich nicht. Aber du warst krank, und ich möchte sichergehen, dass du dich vollständig erholst.«

»Na, dann besten Dank«, erwidere ich mit einer angedeuteten Verbeugung, »aber keine Sorge. Mir gehts gut.«

Seine Augenbraue hebt sich, als er mich mustert, und sein Gesichtsausdruck verrät, dass es mir nicht gelungen ist, meine Erschöpfung zu verbergen.

»Weiß meine Schwester von diesem Ort?«, frage ich, nicht so sehr aus Interesse, sondern um das Thema zu wechseln.

»Das könnte ich mir vorstellen«, antwortet Kendrick, »obwohl ich nicht weiß, ob ihr klar ist, dass es hier mehr Eloraner gibt als irgendwo sonst in ihrem Reich.«

»Wie ist es dazu gekommen? Haben die Fae sie willkommen geheißen?«

»Vor fünf Jahren hat Mordeus dieses Dorf überfallen«, erklärt Skylar mit einem Blick über die Schulter. »Er hat die Häuser und Geschäfte erst plündern und dann niederbrennen lassen, weil er gehört hatte, man habe seinem Neffen, der nach Oberons Tod natürlich der rechtmäßige Thronfolger gewesen wäre, hier Unterschlupf gewährt.«

Mein Magen zieht sich zusammen. »Das ist ja schrecklich.« Ich habe immer gewusst, dass Mordeus grausam war – ich hatte nie Grund, daran zu zweifeln –, aber bis jetzt habe ich nie wirklich all das Gute gewürdigt, das meine Schwester seit ihrer Thronbesteigung bewirkt hat. Vielleicht wollte ich es aber auch einfach nicht verstehen.

»Viele Dörfer wie dieses wurden zerstört«, sagt Kendrick.

»Und Mordeus hat nicht bemerkt, dass die Eloraner gekommen sind und den Ort übernommen haben?«

»Wir sind das strategisch angegangen«, erklärt Remme. Er dreht sich zu mir um und geht rückwärts, damit er mich ansehen kann, während er spricht. »Mit dem Wiederaufbau haben wir erst begonnen, nachdem deine Schwester den Thron bestiegen hatte, zeitgleich mit vielen anderen Fae, die aus ihren Verstecken kamen und wieder errichteten, was Mordeus zerstört hatte – entweder direkt oder durch seine erdrückenden Gesetze.«

»Jenkish«, ruft Kendrick unvermittelt und winkt einen älteren Mann mit schulterlangem weißem Haar und dunklem Teint heran. Er ist nicht durch einen Verwandlungszauber getarnt, wie ich bemerke – offenbar fühlen sich Menschen an diesem Ort auch in ihrer eigenen Gestalt sicher.

»Hale«, erwidert der Mann, lächelt herzlich und nickt mir zu. »Es freut mich zu sehen, dass es deiner Freundin wieder besser geht.«

Kendrick dreht sich um und weist mit der Hand in meine Richtung. »Jas, das ist Lons Jenkish, der älteste Freund meines Vaters. Lons, gestatte mir, dich Prinzessin Jasalyn vorzustellen, Kind von Mab.«

Ich blicke Kendrick verwundert an. Diesem alten Freund seines Vaters ist es doch bestimmt egal, dass ich nicht nur ein Mensch bin, der durch einen Verwandlungszauber wie eine Fae aussieht – dass sich Fae-Blut in meinen Adern verbirgt. Ich hasse die Vorstellung, diese Eloraner zu treffen und von ihnen als etwas gesehen zu werden, das sie alle zu fürchten gelernt haben. »Einfach nur Jas genügt. Mit meinen Vorfahren hatte ich nicht viel zu tun.«

Lons Miene leuchtet auf und er lacht. »Jedenfalls ist sie nicht auf den Kopf gefallen, was?« Er blickt mich mit funkelnden Augen an. »Auch ohne deine einzigartige Abstammung wärst du für mich etwas ganz Besonderes. Freunde von Hale sind immer auch meine Freunde.«

»Geht mir genauso«, sage ich leise.

Remme knurrt hinter mir: »Bis zu mir hat diese Aufmerksamkeit aber nicht gereicht. Ich musste mir den Platz in deinem Herzen *erarbeiten*.«

Ich werfe ihm einen Blick zu. »Aber jetzt hast du ihn, also was jammerst du?«

»All die vielen verlorenen Tage, Prinzessin …«, erwidert Remme und zwinkert mir zu.

Lons wendet sich an Kendrick. »Was für ein Glück, dass Felicity sich für die Prinzessin ausgeben konnte. Weißt du schon – funktioniert es?«

Als ob er meine Anspannung angesichts dieser Frage spüren könnte, umfasst Kendrick meine Hand und drückt sie fest. »Besser als erhofft.«

Lons lässt erleichtert die Schultern sinken. »Gut. Was wir jetzt überhaupt nicht gebrauchen können, ist eine wütende Schattenkönigin, die auf der Suche nach ihrer Schwester unser Lager hier auseinandernimmt.«

Mir schnürt es bei dem Gedanken das Herz zusammen. Genau das würde sie tun. Wenn meine Schwester wüsste, dass Felicity eine Hochstaplerin ist, würde sie in ihrem Reich keinen Stein auf dem anderen lassen, bis sie mich gefunden hat. Und an allen, die ihr dabei im Weg stehen, würde sie ein Exempel statuieren.

»Morgen Abend werdet ihr unsere Ehrengäste sein«, sagt Lons. Ich werfe Kendrick einen raschen Blick zu, denn ich war davon ausgegangen, wir würden gleich am Morgen wieder aufbrechen. »Was ist denn morgen?«

»Die Leute von Ironmoore möchten eine Feier abhalten, um uns Glück für unsere Reise zu wünschen«, erklärt Kendrick.

Ich frage mich, ob er bemerkt, dass er immer noch meine Hand festhält, und ob ihm klar ist, wie viel mir diese kleine Geste bedeutet, vor allem an diesem Ort, wo sich alle zu kennen scheinen und ich die einzige Fremde bin.

»Das ist das Mindeste, was wir tun können«, sagt Lons, aber dann bleibt sein Blick an unseren verschränkten Fingern hängen und wird für einen Augenblick ernst, bevor er ein Lächeln aufsetzt.

Ich löse meine Hand von Kendricks und lege sie auf meinen Bauch. Vor wenigen Augenblicken war dort noch alles voller Schmetterlinge, aber mit Lons' missbilligendem Blick sind sie im Handumdrehen verflogen. Liegt es daran, dass er mich als Fae betrachtet, oder gibt es einen anderen Grund?

»Danke für alles, Lons«, sagt Kendrick.

»Mein Sohn, wir sind es, die zu danken haben. Wir schulden dir die Zukunft von Elora.«

»Noch haben wir nichts erreicht. Wir sollten lieber nicht voreilig sein.«

Lons klopft Kendrick auf den Rücken. »Ich habe vollstes Vertrauen in dich.« Er wendet sich zu mir und nickte höflich. Kommt es mir nur so vor, oder leuchten seine Augen nun ein bisschen weniger hell als noch bei unserer Vorstellung gerade eben? »Jetzt lasse ich euch für den Abend in Ruhe. Wir freuen uns auf die morgige Feier.«

Wir schlendern noch eine Weile durch die Straßen der Siedlung, und Kendrick zeigt mir, wo die Kinder in die Schule gehen, und auch den grasbewachsenen Dorfplatz, wo morgen Abend das Fest stattfinden soll. Er nimmt mich nicht mehr an die Hand, und ich versuche, nicht weiter darüber nachzudenken.

Ich habe keine Ahnung, was er über unseren Kuss denkt. Er scheint jetzt schon so lange her zu sein, aber *trotzdem* muss ich ständig daran denken. Findet er, dass es ein Fehler war? Und wenn ja, hat das etwas damit zu tun, wie Lons unsere ineinandergelegten Hände angesehen hat?

Ich bin so in meine Gedanken vertieft, dass ich kaum wahrnehme, wie die Sonne untergeht, bis Remme erklärt, er werde jetzt beim Archiv vorbeigehen, um nach Natan zu sehen, und Kendrick sagt, wir sollten besser wieder reingehen.

Skylar entschuldigt sich, und Kendrick bringt mich bis zu meinem Zimmer und schließt leise die Tür hinter uns.

Mit einem Mal kommt mir der Raum zu groß und gleichzeitig viel zu klein vor. Es ist unmöglich, Kendrick so nah zu sein und ihn nicht noch näher bei mir zu wünschen, aber ich finde keinen Vorwand, seinen Körper so an meinen zu pressen, wie ich es mir ersehne.

Ich räuspere mich und sage das Erste, was mir in den Sinn kommt. »Also, Natan und Remme? Sie sind … ein Liebespaar?«

Kendrick erstarrt und blickt über meine Schulter, als wolle er sichergehen, dass die Tür geschlossen ist. »Sag nicht so was.«

»Weil es ein Geheimnis ist?«, frage ich verwundert nach.

Er kommt etwas näher. »Du warst noch jung, als du in Elora gelebt hast«, meint er leise, »aber hast du damals Männer gekannt, die einander liebten?«

»Nein, aber wir haben so gut wie keine anderen Menschen gekannt. Brie und ich hatten immer alle Hände voll damit zu tun, irgendwie die Raten für unseren Vertrag zusammenzukratzen.«

Er zieht scharf den Atem ein. »Einen Vertrag, den ihr als Kinder unterschrieben hattet? Und der es eurer Tante erlaubt hat, dich an Mordeus zu verkaufen?«

Unwillkürlich zucke ich bei seinem Namen zusammen.

»Wir werden solchen Verträgen ein Ende machen. Und *diesen* Tag werden wir feiern.«

»Und Remme und Natan?«, bohre ich nach.

»Du solltest lieber nicht davon sprechen, denn wenn du dich daran gewöhnst, rutscht es dir vielleicht versehentlich irgendwo raus, wo sie deswegen getötet werden könnten. Die Herrscher von Elora erlauben es nicht, dass Männer andere Männer lieben. Es wird mit dem Tode bestraft.«

Mir wird das Herz schwer angesichts dieser unnötigen Grausamkeit. »Das ist … einfach widersinnig. Da sind Kinder am Verhungern, aber sie sind damit beschäftigt, Menschen dafür zu bestrafen, wen sie lieben?«

»Nur ein weiterer von zahllosen Gründen, weshalb es Zeit ist für einen Wandel.«

Ich muss an die Zärtlichkeit denken, die ich im Wald mitbekommen habe. Warum sollte sich irgendjemand *weniger* davon auf der Welt wünschen? »Ich werde euch helfen, Kendrick. Mit allem, was nötig ist. Ich weiß, dass ich es damals zu Hause nicht leicht hatte, aber ich glaube, das ganze Ausmaß … Ich habe es nicht gewusst.«

Er schweigt lange und blickt mir nachdenklich ins Gesicht. »Du konntest es nicht wissen.«

»Ich kann ein Geheimnis für mich behalten, aber offen gestanden ist es zu schade, dass ich Remme nicht wenigstens ein bisschen aufziehen kann. Natan ist *wirklich* eine Nummer zu groß für ihn.«

Sein Lachen sehe ich eher am Beben seiner Brust, als dass ich es höre. Er kommt noch einen Schritt näher, und ich muss den Kopf in den Nacken legen, um zu ihm aufzusehen.

»Die beiden sind mehr als ein Liebespaar«, sagt er. »Sie sind miteinander verbunden.«

»Eloraner können sich nicht verbinden.«

»Ach nein?«

»Nun ja, sie können sich an Fae binden, aber doch nicht untereinander.«

Er legt die Hand an mein Gesicht und streicht mir mit den Knöcheln über die Wange. Meine Brust fühlt sich an, als würde das Innere nach außen gekehrt. »Versuch, unvoreingenommen zu bleiben. Man hat dir beigebracht, nur sehr wenig für möglich zu halten, damit du schwach bleibst. Du würdest dich wundern, wenn du wüsstest, wie viel Magie unter den Straßen von Elora fließt.«

»Magie, die stark genug ist, um meinen Ring zu erschaffen«, sage ich leise.

Er mustert mein Gesicht. »Du bist müde. Gleich kommt eine Magd. Sie wird dir ein Bad einlassen und alles besorgen, was du brauchst, aber ich möchte, dass du dich heute Abend und morgen den Tag über entspannst. Du hast immer noch Ruhe nötig.«

»Und wo wirst du sein?« Ich gebe mir nicht die Blöße, ihn zu bitten, bei mir zu bleiben.

»Gleich nebenan, falls du mich brauchst.«

Ich betrachte sein Gesicht – diese eisblauen Augen, sein markantes Kinn und seine vollen Lippen. Ich möchte mich an seine Brust schmiegen, möchte mit dem Daumen über sein Kinn streichen, über die rauen Bartstoppeln. »Du hast mich nicht noch einmal geküsst.«

Sein Blick fällt auf meinen Mund, auf meine Brüste und wandert dann wieder nach oben. Er streckt den Rücken durch und sieht mir in die Augen. »Jas, wenn ich nach Elora zurückkehre, werden dein und mein Leben sehr kompliziert werden. Du bist die Schattenprinzessin, und ich –«

Ich lege meine Finger auf seinen Mund und schüttele den Kopf. »Nicht. Ich will nicht *sie* sein. Nicht heute Nacht. Und nicht morgen. Lass uns das nicht tun.«

Sanft zieht er meine Hand weg. »Es ist aber wichtig. Du verdienst zu wissen, was ich dir bieten kann und was nicht, bevor noch etwas zwischen uns beiden geschieht.«

»Ich fordere nichts von dir.« In mir steigt Panik auf. Bevor Kendrick in mein Leben trat, wollte ich der Zukunft am liebsten ausweichen, weil sich die kommenden Stunden und Tage wie ein weiteres Gefängnis anfühlten. Jetzt möchte ich nicht über die Zukunft reden, weil ich sie bereits verdorben habe.

Ich möchte nicht darüber sprechen, weil die Reue mich vernichten könnte. Ich darf die Tage, die mir bleiben, nicht vergeuden.

»Das solltest du aber«, erwidert er. »Du solltest *alles* fordern, denn du hast es verdient. Es ist schon egoistisch von mir, überhaupt hier bei dir zu sein. So dicht bei dir zu stehen. Dich anzusehen. Dich zu begehren. Ich war die ganze Zeit egoistisch.«

»Deine Zukunft liegt in Elora. Das weiß ich.« Ich gehe auf die Zehenspitzen und streiche federleicht mit meinen Lippen über seine – zu groß der Drang, ihn wieder zu berühren, das Aufwallen von Hitze in meiner Brust zu spüren.

Ich will all das Eis fortspülen, das ich so genossen habe, will die Taubheit des Rings aus meinem Herzen verbannen.

Seine großen Hände liegen auf meinen Hüften und ich lehne mich vor, presse meine weichen Kurven gegen die harten Flächen seines Körpers. Er schließt die Augen. »Du wirst mich noch umbringen.«

Mein Magen flattert und ich muss lächeln. »Küss mich immer nur zur rechten Zeit, dann wird alles gut gehen.« Ich presse mich an ihn, und er flucht. Ich habe zwar weder Erfahrung mit Männern noch mit diesen körperlichen Dingen, aber ich spüre ganz genau, dass er mich begehrt – sein Körper jedenfalls.

Er fasst mich am Kinn und streicht mit dem Daumen über meine Unterlippe. »Ich gebe hier wirklich mein Bestes, mich zu benehmen, aber wie es scheint, ist mein Wille nicht so stark, wie ich mal gedacht habe.« Er beugt sich vor und sein Mund streift meinen. »Warum können unsere Schicksale nicht zusammenpassen? Warum hat die Mutter unsere Begegnung veranlasst, wenn ich dich doch wieder aufgeben muss?«

Woher weißt du, dass du mich aufgeben musst? Aber ich stelle ihm diese Frage nicht. Er ist ein Mensch und er glaubt, dass ich in wenigen kurzen Monaten eine Fae sein werde. Aber stattdessen werde ich … Nun, wahrscheinlich ist das noch schlimmer.

An nichts von alldem will ich jetzt denken, fahre stattdessen mit der Hand in sein Haar und ziehe seinen Mund herunter, bis auf meinen. Er seufzt, als sich unsere Lippen endlich berühren.

In neun Monaten wird er wieder in Elora sein, und ich werde fort sein. Ich kann mir wegen meiner dummen Fehler die Haare raufen und mit den Zähnen knirschen, oder ich kann die letzten gemeinsamen Tage genießen, die uns noch bleiben. In Mordeus' Zelle hätte ich mir den Tod gewünscht, wenn Kendricks Stimme und seine Geschichten und beruhigenden Worte mich nicht in der Dunkelheit gefunden hätten.

Diesen Moment jetzt erlebe ich nur dank ihm, und deshalb werde ich jede Sekunde davon mit ihm gemeinsam auskosten.

Seine Hand wandert abwärts über meine Hüfte und die Außenseite meines Schenkels entlang, bevor er mein Bein in der Kniekehle packt, anhebt und über seinen Hüftknochen schlingt. Als er seinen Körper zum ersten Mal an mich presst, zerschmelze ich fast, aber er ist da und hält mich aufrecht, während seine Lippen meinen Mund erkunden.

Seine Finger flechten sich in mein Haar, er zieht meinen Kopf zur Seite und drückt eine Spur von Küssen auf meinen Hals, bis die Schauer, die mir über den Rücken laufen, beinahe knistern.

Kendrick wirft einen raschen Blick zur Tür und lehnt dann seine Stirn gegen meine. »Deine Magd wird bald hier sein.« Mit geschickten Fingern schließt er die oberen Knöpfe meiner Bluse.

»Wann sind die überhaupt aufgegangen?«, frage ich, betrachte derweil seine starken Hände und wünschte, wir wären nicht unterbrochen worden.

Sein Mundwinkel verzieht sich zu einem schiefen Grinsen. »Vielleicht ist es ganz gut, dass ich nicht bleiben kann.«

»Hmm. Offenbar haben wir unterschiedliche Definitionen von *gut*.«

Er stöhnt. »Führe mich nicht in Versuchung, Prinzessin. Was dich betrifft, habe ich schon jetzt größte Schwierigkeiten, mich zu beherrschen.« Er schließt den letzten Knopf, presst dann mit geöffnetem Mund einen heißen Kuss auf mein Schlüsselbein, direkt über seinen Fingern. Bevor er sich von mir löst, saugt er sanft an meiner Haut, und mein ganzer Körper zieht sich vor Hitze zusammen, aber da ist sein Mund schon fort und er schiebt sich rückwärts in Richtung Tür. »Genieß dein Bad. Wir sehen uns morgen früh.«

KAPITEL 22

FELICITY

Ihre Freundin verfügt über Magie.

Nicht wie diese niederträchtigen Fae, und auch nicht wie die Magier zu Hause in Elora. Crissa kennt die Worte, die man murmeln muss, wenn der Schmerz und die Dunkelheit und die Panik überhandnehmen und Jasalyn nicht mehr aufhören kann zu zittern. Sie weiß, wie man der Panik Einhalt gebietet und wie sie Jasalyn vor ihren eigenen Gedanken schützen kann.

Ihre geflüsterten Beschwörungen beruhigen Jas. Sie bringen ihr den ersehnten Schlaf, wenn der Schrecken sie von innen heraus zu zerstören droht.

Aber ihre Freundin bleibt geschwächt zurück. Dann schläft sie stundenlang.

Ihre Freundin sagt, Magie sei Leben, sagt, sie wisse, wie sie ihre Energie zum Heilen bündeln könne; sie sagt, es sei in Ordnung, es mache ihr nichts aus, und es sei ihr wichtig, dass Jas durchhält.

Kannst du das für mich tun? Kannst du durchhalten?

Ihre Freundin sagt, das viele Schlafen sei normal. Sie sagt, das komme davon, dass sie als Mensch Fae-Magie benutzt. Sie sagt, dass Hilfe un-

terwegs sei. Sie sagt, Jas müsse an das Leben glauben, das sie jenseits der Kerkermauern erwartet. Sie sagt, Jas würde bald nach Hause gehen.

Aber inzwischen schläft ihre Freundin schon seit zwei Tagen, und Jas befürchtet, dass sie nicht mehr aufwachen wird.

***

Ein weiterer Tag, an dem der König der Wilden Fae durch Abwesenheit glänzt – ein weiterer Tag, an dem ich mich frage, was genau ich hier eigentlich tue.

Ich kann es nicht mehr abstreiten. Ich habe *Gefühle*. Große, komplizierte, lästige *Gefühle*.

Und um dem Ganzen noch die Krone aufzusetzen, soll morgen Abend dieser Ball stattfinden, und überall im Schloss wird getuschelt, Dutzende der Gäste seien heiratswillige Fae, die sich perfekt für die Rolle der neuen Königin eignen würden. Da meine Anwesenheit erwartet wird und ich aus einer Vielzahl von mehr oder weniger offensichtlichen Gründen nicht Mishas Königin werden kann, sehe ich dem Spektakel zahlloser weiblicher Wesen, die sich ihm an den Hals werfen, mit mehr als gemischten Gefühlen entgegen.

So verzweifelt sehne ich mich danach, vor dem großen Fest noch etwas Zeit allein mit ihm zu verbringen, dass ich entgegen sämtlichen Vorsätzen meine Nachforschungen frühzeitig beende und auf der Suche nach Anzeichen für seine Rückkehr – von welchen wichtigen königlichen Erledigungen auch immer – durchs Schloss streife.

Ich gehe seit dem Mittagessen schon zum zweiten Mal in Richtung Trainingsplatz, als mir Tynan über den Weg läuft.

»Suchst du immer noch nach dem König?«, fragt er.

Sofort werden meine Wangen heiß. »Ich möchte keine Umstände machen. Ich hatte nichts Besseres zu tun und dachte, ich könnte mal hier draußen nachsehen.«

Ich sollte zu meinen Büchern zurückkehren, sollte die Landkarten der Wilden Fae nach entlegenen Bergregionen durchforsten, in denen sich das Portal verbergen könnte. Stattdessen jage ich einem Fae nach, den ich nicht haben kann.

Tynan antwortet mit einem Lächeln. »Er fehlt dir.«

Mein Blick wandert zu Boden und ich fürchte, zu viel preiszugeben. »Ich wollte nur wissen, ob er mit mir zu Abend speisen möchte. Nicht so wichtig.«

»Er wurde heute früh überraschend in ein anderes Reich gerufen.«

Ich reiße den Kopf hoch. *Ein anderes Reich?* »Wohin? Elora?«

»Die Wilden Fae pflegen eine enge Verbindung zu Summerbend, einem anderen Fae-Reich.« Er legt den Kopf schief. »Ich verspreche dir, er ist dort absolut in Sicherheit. Möglicherweise wird er dort sogar noch mehr geachtet als hier zu Hause.«

»Ist er mit einem Kobold gereist?«

»Nein. Kobolde reisen zwischen Faerie und Elora, weil diese beiden Reiche so eng miteinander verbunden sind, aber für die Reise nach Summerbend reichen ihre Fähigkeiten nicht aus.«

Und das bedeutet, dass er durch ein Portal gereist sein muss.

»Ah, und da ist er auch schon«, bemerkt Tynan. »Siehst du? Ich sagte doch, dass kein Grund zur Sorge besteht.«

»Wer hat sich Sorgen gemacht?«

Ich drehe mich um, als ich Mishas Stimme höre. Tynan hatte recht. Ich habe ihn vermisst, und ich kann die Erleichterung nicht leugnen, die ich bei seinem Anblick empfinde. Seine olivfarbene Haut wirkt an diesem Nachmittag noch dunkler – als habe er den ganzen Tag in der Sonne verbracht, und ich mustere ihn unwillkürlich, als müsste ich sicherstellen, dass er tatsächlich unversehrt zurückgekehrt ist. Wunden kann ich jedenfalls keine entdecken – nur seine breite Brust unter dem leichten Hemd und seine muskulösen Beine, die sich durch die engen ledernen Reithosen abzeichnen.

»Die Prinzessin hat sich gefragt, wohin du verschwunden bist. Als ich ihr sagte, du seist in einem anderen Reich, schien sie in Sorge, du könntest nach Elora gegangen und dort in Schwierigkeiten geraten sein.«

»Ist das wahr?« Er tritt näher, scheint sich dann aber gerade noch zu besinnen, bleibt in der Mitte des Flurs stehen und schiebt die Hände in die Taschen.

Ich erröte, als ich ihm in die Augen sehe. »Du hattest mir nicht erzählt, dass du heute fortmusst.«

Tynan räuspert sich und tritt einen Schritt zurück. »Wenn du mich entschuldigst, mein König, ich muss noch in den Stallungen nach dem Rechten sehen.«

Misha nickt Tynan zu und richtet seine Aufmerksamkeit dann wieder auf mich. »Ich wurde in letzter Minute fortgerufen. Mir war nicht klar, dass du nach mir suchen würdest.«

»Misha!«, ruft ein junges Mädchen, rennt an mir vorbei und fliegt in seine Arme. Sie mag vielleicht acht oder neun Jahre alt sein und hat das gleiche dunkle Haar wie Misha, nur dass ihres in langen Wellen über den Rücken fällt.

Er hebt sie hoch und wirbelt sie herum, bis sie lacht. »Ich kann gar nicht glauben, dass du noch weißt, wer ich bin«, sagt er. »Es ist schon so lange her … Ich dachte, du hättest mich vergessen.«

»Auf keinen Fall!«, antwortet sie und kichert.

Lächelnd dreht er sie zu mir herum. »Lark, erinnerst du dich noch an Prinzessin Jasalyn von Abriellas Hof?«

»Hallo, Lark.« Es kostet mich einige Mühe, bis sich meine Hände an meinen Seiten entspannen. »Wie schön, dich wiederzusehen.«

Misha setzt sie auf dem Boden ab; sie schürzt die Lippen und neigt den Kopf zur Seite, als versuche sie, aus mir schlau zu werden. »Bald wirst du deine wahre Gestalt annehmen.«

Mein Herz gerät kurz ins Stolpern und ich werfe Misha einen Blick zu.

Er erwidert ihn mit einer vielsagend hochgezogenen Augenbraue. »Nicht einmal mehr neun Monate. Also schon sehr bald.«

Oh. Ich räuspere mich. »Ach … du meinst, an meinem Geburtstag?«, frage ich das kleine Mädchen.

»Lark ist eine Seherin«, erklärt Misha. Augenblicklich bin ich in heller Aufregung und überlege panisch, was ich sagen könnte, damit sie nicht weiterredet, aber ich bekomme die passenden Worte nicht zu fassen.

»Nein«, sagt Lark verwundert. »Nicht in neun Monaten. *Viel* früher.« Sie greift nach meiner Hand, und ich muss mich ungemein zusammennehmen, um sie nicht zurückzureißen. Der Blick ihrer silbernen Augen wird unscharf, als schweife er in weite Ferne. »Warum hast du solche Angst? Du weißt doch, dass du das hier nicht wirklich bist. Warum willst du nicht –«

»Das genügt.« Misha zieht ihre Hand weg. »Es tut mir leid.«

Sie blickt ihren Onkel mit gefurchten Brauen an. »Du wirst ihr das Herz brechen«, flüstert sie. »Sei sanft mit ihr. Sie fürchtet sich, und sie würde das hier nicht tun, wenn sie eine Wahl hätte.«

Misha geht vor seiner Nichte in die Hocke und schenkt ihr ein nachsichtiges Lächeln. »Ich weiß, dass sie sich fürchtet. Und genau deshalb solltest auch du sanft vorgehen, wenn du ihr dein Wissen mitteilst. Wir haben darüber schon gesprochen, weißt du noch?« Er blickt zu mir auf. »Larks Gabe ist ziemlich kompliziert. Sie sieht oft Dinge, die keinen Sinn ergeben.«

Ihre Augen sind schmal, als sie ihrem Onkel antwortet: »Mutter sagt, meine Gaben zählen zu den wertvollsten im ganzen Reich.« Sie wendet sich wieder an mich. »Du kennst dein Schicksal bereits. Kämpfe nicht dagegen an. Du kannst nicht alle beschützen, die du liebst, ohne alles zu opfern, was ihnen heilig ist.«

Meine Augen brennen und ich kneife sie zu. Ist es das, was ich getan habe, als ich mich weigerte, Erith zu töten, so wie das Orakel es mir gezeigt hat? Habe ich versucht, Hale auf Kosten dessen zu beschützen, was ihm teuer ist?

Misha räuspert sich. »Das ist jetzt genug von dir«, sagt er, aber sein Tonfall ist gutmütig. »Geh und such deine Mutter, und sag ihr, dass ich in ein paar Minuten bei euch sein werde. Wir haben heute Abend unten im Dorf eine Überraschung für dich geplant.«

Sie grinst. »Okay!« Ihre hübschen Schuhe klappern auf den Steinfliesen, als sie über den Flur davonjagt.

Während er ihr nachsieht, sehe ich etwas Rotes in seinem Haar aufblitzen.

Ich gehe näher heran und ziehe es heraus. »Was ist das?« Es ist flaumig wie eine Pusteblume, aber leuchtend rot und längst nicht so zart, wie es erscheint. »So etwas habe ich noch nie gesehen.«

Misha fährt sich mit der Hand durchs Haar und lässt es zerzaust zurück. »Der Hiluca-Baum verteilt seine herbstlichen Blüten freigiebig an jeden, der vorbeikommt.«

»Hiluca-Baum? Von dem habe ich noch nie gehört.« Ich lasse die Blüte über meine Handfläche rollen. Sie ist fast ein bisschen klebrig.

»Er kommt auch nur in meinem Reich vor. In den anderen Reichen gibt es keine Hilucas, und deshalb haben meine Vorfahren ihn zum heiligen Baum des Landes ernannt.«

»Aber warum habe ich noch nie einen gesehen?«

»Sie wachsen nur in den nördlichen Bergen, wo die Wildpferde leben.« Sein Lächeln ist zärtlich. »Ich sollte mit dir dorthin gehen und sie dir zeigen, bevor der Winter kommt. Zu dieser Jahreszeit sind sie atemberaubend. Besonders bei Sonnenuntergang.«

»Das wäre wundervoll.«

Er nimmt mir die Blüte aus der Hand und steckt sie mir hinters Ohr. »Sie steht dir«, erklärt er und tritt zurück, als wäre meine Nähe ein zu großes Wagnis. »Ich habe versprochen, den Abend mit meiner Schwester und meiner Nichte im Dorf zu verbringen, aber falls du etwas brauchst oder Gesellschaft fürs Abendessen suchst, bin ich sicher, dass Tynan dir weiterhelfen kann.«

Ich senke den Kopf, um meinen Schmerz darüber zu verbergen, dass ich nicht eingeladen bin.

Mit zwei Fingern unter meinem Kinn hebt Misha mein Gesicht an, bis ich ihm in die Augen sehe. »Es sei denn, du möchtest uns begleiten?«

Aber vielleicht ist es besser so. Pretha kennt Jasalyn viel besser als Misha, und es könnte riskant sein, zu viel Zeit mit ihr zu verbringen.

»Nein. Danke«, antworte ich. »Du solltest deine Familie erst mal für dich haben.«

Er lässt die Hand mit einem knappen Nicken sinken und wendet sich dann zur Tür.

»Misha?«, rufe ich ihm nach, als er nach der Klinke greift. Er bleibt stehen und dreht sich noch einmal zu mir um. Die Reue sticht mir schon jetzt wie ein Messer in die Brust. Eigentlich wollte ich es allein schaffen und das Portal ohne seine Hilfe finden, damit er mich vielleicht ein bisschen weniger hasst, wenn dies alles vorüber ist – aber wenn er mich zu diesen Bäumen bringt, unter denen er heute unterwegs war, dann werde ich wissen, wo ich das Portal finden kann. Ich muss diese Gelegenheit nutzen. »Ich würde diese Hilucas wirklich gern sehen. Ich hoffe, du findest die Zeit, sie mir zu zeigen.«

Er blickt mich so lange forschend an, dass ich schon befürchte, er könnte die Betrügerin sehen, die sich in dieser Haut verbirgt. »Vielleicht nach dem Ball.«

Mein Magen zieht sich zusammen. Der Ball, bei dem er seine Braut zu finden hofft. Und was, wenn es tatsächlich so kommt? Was, wenn er irgendeiner Fae verfällt, die sich perfekt als seine Königin eignet, und er keine Zeit mehr findet, sich mit mir abzugeben? Was, wenn diese Fae aus seinen Träumen auftaucht?

Dann musst du den Gang der Türen ohne ihn finden.

Aber der brennende Schmerz in meiner Brust hat nichts mit der Furcht zu tun, bei meiner Aufgabe zu versagen, und umso mehr mit meinem rebellischen Herzen.

***

Voller Herz- und Heimweh wandere ich nach dem Abendessen allein durch die Palastgärten, um der stillen Einsamkeit meiner Gemächer zu entgehen.

Die Sterne funkeln hell und scheinen zum Greifen nah. Ich wünschte, ich könnte mich bis zu ihnen hinaufrecken und sie neu anordnen. Würde ich das mir bestimmte Schicksal verändern wollen? Hätte das Orakel niemals vorhergesagt, dass die Zwillingstochter Erith töten würde, wäre ich dann wie mein

Zwillingsbruder aufgewachsen? Wäre ich gerade in Ausbildung, um eine der Sieben zu werden? Oder wäre ich gar bereits eine von ihnen? Und hätte ich dann die Frau, die ich als meine Mutter ansehe, niemals kennengelernt?

»Dachte ich mir doch, dass ich dich hier finden würde«, höre ich eine Stimme hinter mir. »Meine Nichte hat ein Talent dafür, einen darüber nachsinnen zu lassen, was die Sterne einem wohl bescheren werden.«

Mir wird ganz warm und wohlig, während ich mich zu Misha umdrehe. Er ist allein, als er mit den Händen in den Taschen heranschlendert. Sein Haar ist nach hinten gebunden und er trägt Schwarz. Er sieht so betörend gut aus, dass mein Herz vor Sehnsucht fast vergeht. »Wahrscheinlich war es einfach höchste Zeit, mal wieder ein bisschen nachzusinnen«, erwidere ich, als er bei mir stehen bleibt.

»Aber interessant ist es schon, nicht wahr? Was Lark dir gesagt hat?«

Meine Haut wird augenblicklich klamm. »Darüber habe ich eigentlich noch nicht viel nachgedacht.« Eine glatte Lüge. Ich habe praktisch an nichts anderes gedacht, seit ich die beiden heute Nachmittag getroffen habe. Und ich weiß, die Prophezeiungen der Kleinen galten nicht Jas, sondern mir.

»Du kennst dein Schicksal bereits.«

Aber wie kann ich etwas akzeptieren, wenn ich die schrecklichen Folgen gesehen habe?

»Ich wünschte, dir würde es nicht so sehr davor grauen«, sagt Misha, der meine traurige Miene missversteht. »Allerdings frage ich mich, wie sie das mit dem Zeitpunkt gemeint hat – dass es noch vor deinem Geburtstag geschehen würde.« Als er mir in die Augen blickt, ist sein Gesicht voller Sorge. »Vielleicht ist es an der

Zeit, dich nach Hause zu bringen und deiner Priesterin einen Besuch abzustatten. Möglicherweise weiß sie –«

»Nein.«

Seine Augenbrauen schießen in die Höhe. »Nein? Du möchtest nicht nach Hause?«

»Ich möchte nicht so nahe bei Mordeus sein. Ich …« Das Beben in meiner Stimme brauche ich nicht vorzutäuschen. Die Vorstellung, dieses Schloss auch nur einen Moment früher zu verlassen als absolut nötig, bereitet mir beinahe *körperliche* Schmerzen. Ich weiß, dass meine Zeit mit Misha zu Ende geht und ich das akzeptieren muss, aber der Besuch bei einer Unseelie-Priesterin wäre noch viel schlimmer. Ich kann nicht riskieren, dass jemand allzu tief in mein Blut blickt.

Er nickt und lässt den Blick auf seine Hände sinken. »Ich muss gestehen, ich bin einigermaßen erschüttert angesichts dessen, was Lark gesagt hat.«

»Dass du mir das Herz brechen wirst?«, frage ich leichthin, wie im Scherz, auch wenn meine Stimme ganz anders klingt.

Er seufzt. »Deswegen wahrscheinlich auch, aber hauptsächlich von dem Gedanken, dass du dich schon vor deinem Geburtstag verwandeln könntest.«

»Aber hast du nicht selbst gesagt, dass sich die Zukunft ständig verändert, und dass nicht alle ihre Visionen in Erfüllung gehen?«

»Ja, aber –«

»Dann solltest du versuchen, dir deswegen keine Sorgen zu machen.«

»Warum in aller Welt sollte ich das tun?«

Weil ich nicht Jas bin. Weil du deine Sorgen verschwendest, und auch deine Energie.

»Ich mache mir tatsächlich Sorgen«, sagt er. Er sieht so zermürbt aus, als hätte ihm der Gedanke den ganzen Abend im Kopf herumgespukt, mit verheerenden Folgen. Er wendet sich einer spätblühenden Chrysantheme zu, als er fortfährt: »Ich mache mir Sorgen, weil Mab höchstpersönlich verkündet hat, dass du an deinem achtzehnten Geburtstag zur Fae wirst – und die einzige Möglichkeit, die mir einfallen will, wie es schon früher geschehen könnte, ist, dass du den Trank des Lebens nimmst. Und so, wie du darüber denkst, eine Fae zu werden, kann ich mir nur einen einzigen Umstand vorstellen, unter dem du diesen Trank zu dir nehmen würdest.«

»Und der wäre?«

Er sieht mit leerem Blick zu mir auf. »Wenn du dem Tode nahe wärst, Jasalyn. Dass du den Trank des Lebens nimmst und nicht abwartest, bis du an deinem achtzehnten Geburtstag zur Fae wirst, könnte ich nur begreifen, wenn du im Sterben lägst und dich nur so retten könntest.«

Da dachte ich heute Nachmittag, er würde mich von sich stoßen, aber stattdessen hat er sich den ganzen Abend über Sorgen gemacht, ich könnte dem Tode nahe sein. Sorgen, er könnte mich verlieren.

Nein. *Jas verlieren.*

Mir stockt der Atem. Ich bin so durcheinander, und niemand außer mir selbst trägt die Schuld daran.

Misha fasst mich an den Hüften und dreht mich zu sich herum. Ich lege den Kopf in den Nacken, um ihn anzusehen, und so verbleiben wir, nur eine Handbreit voneinander entfernt, und starren uns in die Augen.

Seine Hände rühren sich nicht, liegen auf meinen Hüften, während er mein Gesicht betrachtet. »Und wenn es so käme, dann hätte das nur ein Gutes.«

»Und was wäre das?«

»Es würde bedeuten, dass du dich endlich dafür entschieden hast, Fae zu werden, und damit gegen den Tod.«

Ich beiße mir auf die Lippe. Ich habe es ihm doch nicht erzählt, oder? Ich habe geschildert, wie schlimm die Gefangenschaft für Jas war, aber dass sie sich auch danach noch nach dem Tod gesehnt hat? Das war ein Geheimnis, das ich niemals verraten hätte.

»Du hast es nicht sonderlich gut versteckt.« Er streicht mir das Haar aus dem Gesicht, lässt seine Hand dann aber an meinem Kinn verweilen und streicht mit dem Daumen darüber. »Ich hatte allerdings gehofft, deine Gefühle hätten sich seit deiner Ankunft hier verändert.«

»Ich fühle so viele Dinge, und sie sind alle nicht einfach.«

»Das kann ich verstehen«, antwortet er leise.

Er legt seine Lippen so sanft auf meinen Mund, dass es den vielleicht zaghaftesten ersten Kuss der Weltgeschichte ergibt. Er bittet um Erlaubnis. Er ist darauf vorbereitet, den Kuss zu beenden, noch bevor er richtig begonnen hat, und ich würde in Tränen ausbrechen, wenn er das tut.

Ich neige den Kopf kaum merklich zur Seite.

Er schiebt seine langen Finger in mein Haar. Unsere Lippen öffnen sich.

Er schmeckt nach Fae-Wein. Ob er welchen zum Abendessen getrunken hat? Senkt er seine Hemmschwelle? Ist das der einzige Grund, weshalb er mich gerade küsst?

Ich erwarte, dass er seinen Mund ganz auf meinen schiebt und den Kuss vertieft, aber er weicht zurück und seufzt.

Stirn an Stirn ringen wir um Atem. Ich versuche, mich daran zu erinnern, wer ich bin, was ich haben darf und was nicht, aber ich kann immer noch nicht klar denken. Nicht, wenn er so nahe ist. Nicht mit seinem Geschmack auf meinen Lippen.

Er streicht mit dem Daumen über meine Wange. »Das hätte ich niemals erwartet.«

»Ich auch nicht«, murmele ich. Götter im Himmel, ich möchte mich an ihn schmiegen. Ich möchte, dass er mich die ganze Nacht lang festhält und mich vor diesen Gedanken bewahrt.

Er hebt mein Kinn an, sodass wir uns in die Augen sehen. »Kommst du mit mir? Ich möchte dir meinen Lieblingsort zeigen.«

Ich nicke und versuche, nicht gar zu eifrig zu wirken. Er könnte mich überall hinbringen. Ich möchte mich einfach noch nicht von ihm lösen.

***

»Es ist so dunkel hier unten«, sage ich und schmiege mich ein wenig enger an ihn.

Misha hat mich in eine Höhle tief unter Castle Craige gebracht, und vor mir kann ich nicht das Geringste erkennen, aber ich spüre seine Wärme an meiner Seite und höre in der Ferne Wasser plätschern.

Ich fürchte das Dunkel vielleicht nicht so sehr wie Jasalyn, habe aber nichts gegen die Ausrede, dicht bei Misha zu bleiben.

»Ich könnte unseren Weg beleuchten«, erklärt er, »aber dann würde dir« – mit einem Mal werfen die Stalaktiten über unseren Köpfen einen sanften Lichtschein auf den unterirdischen Weg – »das hier entgehen.«

»Wow. Was ist das?«

»Im Tau auf den Stalaktiten leben Höhlenpixies. Aber wenn wir zu viel Licht mitbringen, leuchten sie nicht.«

»Dann war das also gar kein Vorwand, damit ich ganz nah bei dir bleiben muss?«

Er kichert und zieht mich noch enger an sich. »Das habe ich nicht gesagt.«

Ich richte den Blick nach oben. »Sie sind wunderschön.«

»Stimmt. Pixies sind Erd-Fae; die meisten verbringen ihre Tage über der Erde, aber manche leben auch hier unten.« Das Wasser rauscht nun lauter. »Es ist gleich um diese Ecke«, sagt er.

Wir gehen noch ein kurzes Stück. Der gewundene Pfad führt bis zu einer kleinen Höhle, die von einer größeren abgeht.

Mit einer Handbewegung erfüllt Misha den Raum mit weichem Licht, sodass ein Teich mit kristallklarem Wasser zum Vorschein kommt, gespeist von einem kleinen Wasserfall.

»Es heißt, unsere Vorfahren hätten dieses Wasser gesegnet, für die Stärke und Gesundheit ihrer Anführer«, sagt er, »aber die Dunkelheit und Abgeschiedenheit hier wirken eher auf meinen Geist als auf meinen Körper.«

»Ist es nicht kalt?«, frage ich. Hier unter der Erde ist es kühler als im Garten und ich fröstele ein wenig.

»Es ist eine natürliche heiße Quelle.« Er nickt in Richtung des einfließenden Wassers. »Berühre es.«

Ich halte die Hand unter den Strahl und stöhne fast auf angesichts der Wärme. »Wie in einem perfekten Bad.«

»Und es wird nie kalt«, sagt er. Einen Moment lang schweigt er, fast als wäre er nervös und würde mit sich ringen. »Möchtest du mit mir darin baden?«

»Oh …« Hitze steigt mir in die Wangen. »Ich …« Unmöglich, dieses Angebot auszuschlagen. Ich will hierbleiben. Ich will diesen wunderbaren Ort erleben. Ich möchte mit ihm zusammen sein. »Drehst du dich um?«, frage ich.

Er gehorcht, und das Licht, das er ausgesandt hat, wird langsam schwächer. Ich begreife, dass er mir Privatsphäre verschaffen möchte, ohne mich dabei im Dunkeln stehen zu lassen.

Ich öffne die Schnüre meines Oberteils, ziehe mich bis aufs Unterkleid aus und schlüpfe dann aus Stiefeln und Strümpfen. Er kehrte mir immer noch den Rücken zu, als ich in das warme Wasser steige und mich auf einem steinernen Sims niederlasse.

»Und, wie ist es?«, fragt er, ohne sich umzudrehen.

»Ich gehe niemals wieder von hier weg.«

Er kichert. »Nun, hättest du etwas gegen meine Gesellschaft einzuwenden? Nicht für immer, aber vielleicht für die erste Stunde vom Rest deines Lebens in meiner heißen Quelle?«

»Ich denke, das wäre in Ordnung.« Ich senke den Kopf und versuche, ihn nicht anzustarren, nehme aber jede seiner Bewegungen wahr, als er seinen Waffenrock auszieht und den Gurt mit den Messern auf dem kalten Kalkstein ablegt.

Er zieht Stiefel und Hosen aus und trägt nun nichts mehr bis auf enge, kurze Leinenshorts. Er steigt ins Wasser, hält den Blick aber abgewandt. »Hättest du lieber etwas mehr Licht oder weniger?«, fragt er.

Ich schlucke meine aufwallenden Gefühle hinunter. Eigentlich möchte ich überhaupt kein Licht. Ich möchte bei ihm sein und nicht daran erinnert werden, dass er hier Zeit mit mir verbringt, während er den Körper einer anderen Frau betrachtet. Ich schiebe diesen Gedanken resolut beiseite. »So ist es gut.«

Er sitzt auf der mir gegenüberliegenden Seite des Wasserbeckens, und ich frage mich, ob er das so geplant hat – ob er wirklich vorhatte, mich hierher zu bringen und mich dann nicht noch einmal zu küssen.

Bei dem Gedanken zieht sich mein Magen schmerzhaft zusammen. Morgen schon findet der Ball statt, und am Tag darauf muss ich mich auf die Suche nach den Hiluca-Blüten und dem Gang der Türen begeben. Wenn ich nicht diejenige sein kann, die Erith tötet und den Sieben von Elora ein Ende bereitet, dann muss ich alles in meiner Macht Stehende versuchen, um meinen Bruder dabei zu unterstützen.

Bevor ich Gelegenheit habe, darüber nachzudenken, lasse ich mich auf die andere Seite des Beckens hinübertreiben und sinke neben ihm nieder.

Er verfolgt jede einzelne meiner Bewegungen, lässt den Blick über meine nackten Schultern schweifen und bleibt dann wieder an meinem Mund hängen. »Ich kann an nichts anderes denken, als dich zu küssen.« Seine Worte klingen wie eine Beichte, als würde ich sie nicht hören wollen. Dann schließt er die Augen, als kämpfe er immer noch dagegen an.

»Ich hatte gehofft, du würdest es nicht tun.«

»Wenn du das nicht möchtest, dann sag es mir, weil –«

Ich lege meinen Zeigefinger auf seine Lippen. Ich will nicht, dass er noch mehr sagt. Ich will nicht, dass er es sich ausredet, mich erneut zu küssen. Ich will auch nicht, dass er mir ausredet, seinen Kuss zuzulassen. Ich sollte das nicht tun, aber ich brauche diesen einen Abend. Wenn ich das Portal erst gefunden habe, werde ich Castle Craige verlassen und keinen Grund haben, jemals zurückzukehren. Und wenn Jasalyn Erfolg hat, werde ich auch Faerie verlassen.

»Ich hatte gehofft, dass du nicht aufhören würdest, daran zu denken. Weil auch ich an nichts anderes denken kann«, sage ich. »Und schon daran gedacht habe, lange bevor du mich heute Abend geküsst hast.«

Er fasst mich langsam an der Hand, webt unsere Finger ineinander und zieht mich durchs Wasser zu sich heran. »Sie sagte, ich werde dir das Herz brechen.«

»Wahrscheinlich«, flüstere ich. Ich setze mich rittlings auf seinen Schoß und lege die Arme um seinen Hals.

»Ich möchte dir nicht wehtun, niemals.« Seine Lippen öffnen sich und sein Blick wandert wieder und wieder über mein Gesicht. »Wir haben noch gar nicht darüber gesprochen, was geschieht, wenn du zurück an den Hof des Mondes gehst.«

»Ich weiß.«

Seine Hände gleiten durchs Wasser, finden meine Hüften und ergreifen sie, seine Daumen streichen durch den nassen Stoff meines Unterkleids über meinen Bauch. »Und trotzdem wirst du zulassen, dass ich dich küsse?«

»Nein.« Ich streiche meinen Mund über seinen, unsere Lippen berühren sich noch nicht, sind aber kaum einen Atemzug voneinander entfernt. »Ich werde dich küssen.«

Und das tue ich auch. Völlig eigensüchtig küsse ich den König der Wilden Fae. Sein Mund fühlt sich weich an, und als ich seine Unterlippe zwischen meine Zähne sauge, packt er meine Hüften fester und zieht mich ganz an sich heran.

Er neigt den Kopf leicht zur Seite und öffnet die Lippen. Ich hauche einen lustvollen Seufzer aus.

Ich begehre ihn so heftig, dass es mein Innerstes zusammenzieht.

Seine Finger krallen sich in das nasse Gewebe meines Hemdes und schieben es hoch, bis es sich unter meinen Rippen bauscht, seine großen Hände meine Taille umfassen und seine Daumen die empfindsame Haut über meinen Hüftknochen liebkosen. Behagen und Begierde verschmelzen miteinander und sammeln sich tief in meinem Bauch.

Dann löst sich unversehens sein Mund, er drückt einen Finger auf meine Lippen und blickt hinüber zu dem langen, dunklen Gang, der zu den Eingangsstufen führt. Jetzt höre ich es auch. *Da kommt jemand.*

Meine Augen werden groß und ich muss ein Kichern unterdrücken, wie ein Schulmädchen, das bei etwas Ungehörigem erwischt wird. Mishas Hand liegt immer noch auf meiner Taille, und ich kann ihn auf meiner Zunge schmecken. Ich bin wie im Liebeswahn, betrunken von ihm.

»Was sollen wir tun?«, frage ich. »Uns … verstecken?«

Zwei Stimmen. Inzwischen kann ich sie deutlicher hören. Schon ganz nah.

Mit einem leisen Stöhnen hebt er mich von seinem Schoß, aber seine Hände verweilen bis zum letzten Augenblick an meinen Hüften, als wolle er mich nicht loslassen. »Hol dir deine Kleider.«

Er will, dass ich mich anziehe?

Aber dann steigt er aus der heißen Quelle, hebt seine Kleider vom Boden auf und drückt sie an die Brust. Und bevor ich reagieren kann, hat er sich auch meine Kleider geschnappt und reicht mir die Hand, um mir aus dem Becken zu helfen.

Ich ergreife sie, und er grinst, als er mich eng an seine Brust zieht. »Halt dich fest«, flüstert er.

Im nächsten Atemzug befinden wir uns in meinen Gemächern, vier Stockwerke über der heißen Quelle.

Er lässt unsere Kleider auf den Boden fallen und zieht mich wieder an sich.

»Wie …?«, frage ich, ganz dicht an seinem Mund.

»Magie.« Er lächelt und lässt die Hände über mein nasses Hemd wandern – am Rücken hinunter, die Seiten wieder hinauf, und dann gleiten sie über meine Brüste.

Mir stockt der Atem. »Das ist … eindrucksvoll.«

Seine Küsse wandern von meinem Hals abwärts, und er streift mit blanken Zähnen meine nackte Schulter. »Ich weiß. Ich wollte ein bisschen angeben.«

Ich lache, dann erschauere ich. Die Luft hier ist so viel kälter als das Wasser der heißen Quelle, und in dem nassen Unterkleid, das mir am Körper klebt, bekomme ich eine Gänsehaut.

»Du frierst«, sagt er und rückt leicht von mir ab.

Ich schüttele den Kopf. »Mir gehts gut.« Aber dann lässt mich der nächste Kälteschauer erbeben und straft mich Lügen.

Es klopft an der Tür. Einmal. Zweimal. »Prinzessin, ich möchte Euch das Bad einlaufen lassen.«

Ich reiße panisch die Augen auf. »Meine Zofe!«

Misha fasst mich am Kinn und drückt mir einen festen Kuss auf die Lippen. »Genieße dein heißes Bad und wärme dich auf. Wir sehen uns morgen.«

»Du *gehst?*«

Er schließt die Augen, atmet tief durch und nickt dann. »Ja. Obwohl ich nicht möchte. *Kein bisschen.*« Er blickt mir forschend in die Augen und betrachtet dann meine Lippen und meine geröteten Wangen. »Und genau deshalb muss ich es tun.«

Er verschwindet in dem Augenblick, als meine Zofe mit einem frischen Nachthemd in der Hand durch die Tür kommt.

Mein Blick fällt auf Mishas Kleider auf dem Boden, und ich befördere sie mit einem Tritt unter mein Bett.

»Du meine Güte!«, entfährt es der Zofe. »Prinzessin, Ihr seid ja völlig durchnässt. Wurdet Ihr vom Regen überrascht?«

Ich hatte gar nicht bemerkt, dass es zu regnen begonnen hat. Der Abend war wolkenlos. Aber tatsächlich prasselt es nun stetig gegen die Fensterscheiben.

Misha, wird mir klar und ich muss ein Lächeln unterdrücken. Ist das nun wieder Prahlerei, oder will er mich decken? Wahrscheinlich beides. »Ja, anscheinend.«

»Ich werde heißes Wasser holen«, sagt sie.

Kaum hat sie die Tür hinter sich geschlossen, als vom Bad her ein tiefes Pfeifen ertönt.

Ich drehe mich erschrocken zu dem Geräusch um und entdecke Shae, wie er mit schwingendem dunklem Zopf und durchdringenden grünen Augen herausschlendert. Er lehnt sich an meinen Schrank und ich presse eine Hand auf die Brust.

»Götter der Ober- und Unterwelt, Shae. Was hast du mich erschreckt.« Aber wir wissen beide, dass mein Herz noch aus einem anderen Grund so heftig pocht. Und der hat mit dem Abend zu tun, an dem ich vom Orakel heimgekehrt bin und er mich anflehte, meinem Schicksal zu folgen – ungeachtet dessen, was ich gesehen hatte.

Er hätte mich damals beinahe geküsst, seine Lippen dicht vor meinem Mund, als er flüsternd bat: »Zwing mich nicht, ihn anstatt deiner zu wählen.«

»Tut mir leid, dass ich störe«, sagt er jetzt. Er lässt den Blick über meine Gestalt schweifen, und seine kalten Augen verdunkeln sich auf eine Weise, von der ich fürchte, sie könnte etwas mit Lust zu tun haben. Zu viel von mir – von diesem Körper – gibt das nasse Unterkleid preis.

Die Erkenntnis trifft mich wie ein Schlag in die Magengrube. Nie hat er mich in meiner eigenen Gestalt so angesehen – voller Zartheit und Zuneigung, das schon, aber nie mit unverblümter Lust. Ich hätte es mir bloß gewünscht.

Trotzig recke ich das Kinn; er soll sich unterstehen, mir wegen der Szene eben ein schlechtes Gewissen einzureden. »Ich wusste nicht, ob ich dich jemals wiedersehen würde«, sage ich, frage mich aber, ob er versteht, was ich damit meine. *Hast du jemals nach mir gesucht? Hast du mich überhaupt vermisst? War es ernst gemeint, als du sagtest, du könntest es nicht ertragen, Erith am Leben zu lassen, wenn das bedeutet, dass ich in Gefahr bin?*

Nur an diesem einen Abend zeigte er so etwas wie Interesse – weil er es bis dahin vor mir verborgen hatte, oder wollte er damit nur versuchen, mich zum Handeln zu bewegen?

Ich gestattete mir damals keine derartigen Spekulationen, aber das ist nun drei Jahre her. Drei Jahre auf der Flucht, immer im Verborgenen. Ich musste schnell erwachsen werden und bin längst nicht mehr so naiv wie damals.

»Sollte ich vielleicht einfach tatenlos zusehen, während dein Vater Jagd auf dich machte?«, fragt er.

Mir wird unwohl im Bauch. »Ich möchte diese Diskussion nicht schon wieder führen.«

Er mustert mein Gesicht, aber aus seiner Miene ist nichts zu lesen. »Ich habe den Auftrag, nach dir zu sehen«, sagt er in kühlerem Tonfall. »Wie ist die Lage?«

Eigentlich hatte ich Remme oder Skylar erwartet, vielleicht sogar Natan. Aber der Anblick von Shae spült eine Menge gemischter Gefühle an die Oberfläche. Die Ängste einer Heranwachsenden, Sehnsucht und Zurückweisung, und das alles verwoben mit der Einsamkeit, die ich nun schon so lange mit mir herumtrage.

Bis Misha, flüstert eine leise Stimme in meinem Kopf. *Bei Misha fühlst du dich niemals einsam.*

Ich atme aus, fest entschlossen, das hier hinter mich zu bringen. Für Hale. »Wir glauben, dass Mordeus Blutmagie benutzt hat, um alles für seine Auferstehung vorzubereiten.«

Er reißt die Augen auf. »Weißt du das aus einem Traum?«

Ich schüttele den Kopf, obwohl meine Träume wahrscheinlich zu dieser Erkenntnis beigetragen haben. »Misha und ich haben nachgeforscht. Du musst Hale erzählen, dass Jasalyns Narben auf Blutmagie beruhen. Irgendwie hat Mordeus es geschafft, zurückzukommen, und jetzt benutzt er die Prinzessin, um stärker zu werden. Jedes Mal, wenn von dieser Magie gezehrt wird, erscheint eine neue Narbe. Aber wie man uns sagte, ist die Auferstehung noch nicht abgeschlossen. Er wird noch einen Nekromanten brauchen, um seinen leiblichen Körper wiederzubeleben. Wir müssen dafür sorgen, dass es nicht so weit kommt.«

Shae verschränkt die Arme. »Und das Portal?«

»Ich bin dicht dran, aber das hier ist wichtig. Hale muss Jas dazu bringen, ihm so viel wie möglich zu erzählen, damit wir herausfinden können, wie wir dieser Blutmagie ein Ende setzen können. Vielleicht weiß sie ja etwas über Mordeus, das ich noch nicht erfahren habe – etwas, das uns hilft, ihn aufzuhalten.«

»Gut. Verstanden. Ich berichte Hale also, dass seine Freundin eine Zauberin ist, die einen Fae-König auferstehen lassen kann.«

Seine Leichtfertigkeit ist wie ein Hieb in die Magengrube. »Du weißt genau, dass ich es so nicht gesagt habe.«

»Wir brauchen dieses Portal, Felicity. Uns läuft die Zeit davon.« Er kommt näher und legt den Kopf schief. »Bemühst du dich überhaupt?«

»Natürlich bemühe ich mich. Ich weiß auch schon, wo ich suchen muss – in den nördlichen Bergen, wo die Hiluca-Bäume wachsen. Nach dem Ball werde ich dorthin reisen.«

»Kann ich dir vertrauen? Der König und du, ihr scheint ja einen sehr vertrauten Umgang zu pflegen.« Er blickt zum Bett und runzelt die Stirn. »Was wäre wohl geschehen, wenn die Zofe nicht aufgetaucht wäre? Glaubst du, du könntest ewig so tun, als wärst du die Prinzessin? Dass du und der König glücklich bis ans Ende eurer Tage leben werdet und er niemals bemerkt, dass du nicht die bist, für die du dich ausgibst?«

»Du bist doch nicht etwa eifersüchtig?«, frage ich und erkenne im selben Moment, dass ich mir das auch gar nicht erhoffe.

»Würde das einen Unterschied machen?«

Vor drei Jahren wäre mein Blut in Wallung geraten, wenn Shae bei mir Besitzansprüche angemeldet hätte. Jetzt ist diese Vorstellung einfach nur ermüdend. Irgendwann im Laufe der vergangenen drei Jahre habe ich alles losgelassen, was ich für Shae empfunden habe. Vielleicht, weil er nie den Kontakt zu mir gesucht hat – nie seine Gesellschaft angeboten hat, als ich aus Elora fliehen musste. Oder vielleicht liegt es an meiner Zuneigung zu Misha, die mich hat erkennen lassen, dass meine Gefühle für Shae nie so tief gegangen sind. »Ich habe dir mein Herz geschenkt, und du hast mich einfach stehen lassen. Hast du etwa gedacht, ich würde auf dich warten?«

»Ich habe dich stehen lassen, weil irgendjemand Elora retten musste, als du zu viel Angst davor hattest.«

Ich beiße die Zähne zusammen und blicke ihn finster an. »Du *weißt*, warum ich das nicht tun werde. Ich will nicht, dass Hale das neue Elora nicht mehr erlebt.«

»Hast du schon einmal daran gedacht, dass *der Erwählte* genau das bedeuten könnte? Dass all das nur durch sein nobles Opfer ermöglicht wird?«

Ich schüttele heftig den Kopf. »Elora braucht Hale. Unsere Königin braucht ihn.«

»Dann solltest du dich besser beeilen und dieses Portal finden.«

Ich kneife die Augen zusammen. »Wann bist du nur so kalt geworden?«

»Etwa zu dem Zeitpunkt, als du dich für Feigheit entschieden hast und gegen dein Schicksal.« Er hebt die Faust und mir wird zu spät klar, dass er meinen Vorrat an Haar der Prinzessin in der Hand hält. »Sie haben dir zu viel Zeit gegeben, und damit ein falsches Gefühl der Sicherheit. Vielleicht brauchst du ja nur« – er zieht eine hauchfeine Haarsträhne aus dem Bündel – »ein Dutzend? Das sollte dich anspornen, die Sache zu erledigen.« Er schüttelt den Kopf und nimmt noch einmal die Hälfte davon weg. »Ach nein, wenn du schon weißt, wo es ist, dann brauchst du wirklich nur ein paar Haare, nicht wahr?«

Mir zieht sich der Magen zusammen. »Du willst wohl, dass ich getötet werde.«

Shaes Augen blitzen wütend auf. »Wie viele sind schon getötet worden, weil du dein Schicksal verleugnet hast?« Er wirft das Bündel aus Jasalyns Haar in den Abfalleimer und lässt ihn mit einem Fingerschnippen in Flammen aufgehen.

KAPITEL 23

JASALYN

Trotz meiner Bedenken, die Nacht allein in einem unbekannten Zimmer zu verbringen, schlafe ich tief und fest, und als ich aufwache, kann ich hören, wie die anderen unten das Frühstück abräumen.

Ich ziehe das dünne weiße Nachthemd aus, das mir die Magd nach dem Bad gegeben hat, und finde auf der Kommode eine frische Leinenhose mit einem passenden Oberteil bereitgelegt. Daneben steht wieder ein Fläschchen für meinen Fae-Zauber. Ich brauche keinen Spiegel, um zu wissen, dass der gestrige bereits verflogen ist. Meine Narben sind mir beim Anziehen schmerzlich bewusst, und ich gehe dem Spiegel über der Kommode aus dem Weg, bis ich das Fläschchen ausgetrunken habe.

Noch während ich nach unten gehe, versuche ich, meine betrübte Stimmung abzuschütteln. Ich habe von Crissa geträumt, wie sie war, bevor sie bewusstlos und schlaff aus meiner Zelle geschleift wurde, aber in diesem Traum lag sie auf einem Berg von weißem Bettzeug, und ich war nicht ich selbst. Ich war jemand anderes und beobachtete genüsslich, wie sie um Atem rang.

Ein Fae stand neben mir und grinste verächtlich auf sie herab. Seine Augen waren moosgrün, das dunkle Haar an den Schläfen rasiert, sodass über seinem linken Ohr zwei weiße Narben wie von Schwerthieben zu sehen waren. Sein Haarschopf war über dem Scheitel zu einem festen Zopf gebunden, der bis zur Mitte seines Rückens herabfiel. »Und Ihr seid Euch sicher, dass sie das beste Gefäß ist?«

»Es gibt kein anderes.« Ich nickte in Richtung des Körpers zu seinen Füßen, *meines* Körpers, der dort ohnmächtig zusammengekrümmt lag, das kastanienbraune Haar um meinen Kopf zerzaust. »Das Orakel spricht die Wahrheit. Ich sehe die Macht in ihr.«

Der Grünäugige ging neben dem Mädchen – neben mir – auf die Knie, schlitzte mir den Bauch auf, tauchte die Finger ins blutige Fleisch, zog sie wieder heraus und presste sie gegen seine Nase. »Wir werden ihr Vertrauen gewinnen«, sagte der Fae, die Augen voller Befriedigung. »Und wenn die Zeit gekommen ist, werden wir sie zu Euch bringen, und Ihr werdet auferstehen wie ein Phönix aus der Asche.«

»Gut.« Ich hörte mich selbst kichern und wachte mit diesem Geräusch im Kopf auf – Mordeus' tiefes Gackern lässt mir keine Ruhe und erinnert mich daran, wie diese sadistischen silbernen Augen in meine Seele blickten.

Der Traum der vergangenen Nacht fühlte sich so real an, dass mir beim Aufwachen übel war. Wenn diese Träume nun mehr sind als nur Träume? Wenn sie Erinnerungen sind? Wenn –

Ich schlage mir diese Gedanken aus dem Kopf, bevor sie mich zu sehr runterziehen können, und gehe in Richtung Küche.

Natan, Remme, Kendrick und Skylar sitzen um den Tisch. Natan rollt meinen Ring zwischen Daumen und Zeigefinger hin und her.

Ich kämpfe den instinktiven Drang nieder, ihm den Ring aus den Händen zu reißen.

Kendrick steht auf, als er mich sieht. »Wie hast du geschlafen?«, fragt er und mustert mich.

»Besser als erwartet«, räume ich ein. Ich nicke in Richtung von Natan mit dem Ring. »Hast du etwas darüber herausgefunden?«

Natan und Kendrick wechseln einen Blick.

Natan räuspert sich. »Dein Ring trägt ähnliche Zeichen, wie sie Gerüchten zufolge auch auf zwei alten eloranischen Ringen zu finden waren. Vielleicht sind sie sogar identisch – es ist schwer zu sagen, denn es war verboten, ein Bildnis davon anzufertigen.«

»Warum?«, frage ich.

»Weil die Ringe für das Herrscherhaus bestimmt waren. Nach den Bräuchen von Elora wird der König ausgewählt, um die Königin zu beschützen. Er widmet dieser Aufgabe sein Leben und nutzt dazu alle Werkzeuge, die ihm zur Verfügung stehen.«

»Und wie soll ihm der Ring dabei helfen?«

»Dieser Ring erlaubte es ihm, Stärke von einem treuen Diener zu beziehen, der in diesem Fall den anderen Zwilling des Rings trug. Der Ring verlieh dem König mehr Macht.«

»Du glaubst also, mein Ring könnte Teil eines Paares sein, und wenn ich ihn trage, beziehe ich Kraft von jemand anderem?«, frage ich.

Wieder sieht Natan Kendrick an, bevor er antwortet. Er atmet tief durch. »Möglicherweise.«

Ich kann die Worte beinahe hören, die er nicht ausspricht. *Oder jemand anderes bezieht Kraft von mir.*

Kendricks Kiefer zuckt, während er auf den Ring starrt. »Bist du dir sicher, dass die Hexe, von der du ihn hast, nichts über ein

Gegenstück gesagt hat? Musstest du einen bestimmten Spruch aufsagen – etwas geloben oder dich einer Person oder einer Sache verschreiben?«

Verwundert schüttele ich den Kopf. »Nichts dergleichen. Sie sagte, er würde mir den Kuss des Todes verleihen und die Angst aus meinem Herzen verjagen. Von einem zweiten Ring hat sie nichts gesagt.«

Natan betrachtet mich mit gerunzelter Stirn. »Ich habe Verbindung zu einem Freund aufgenommen, der sich mit eloranischen Artefakten auskennt, und mit seiner Hilfe ein Echo der Magie des Rings erschaffen. Gleich und Gleich gesellt sich gern. Wenn der Ring ein Gegenstück besitzt, dann sollte uns das Echo zu ihm führen.« Nach kurzem Zögern hält er mir den Ring hin. »Bis dahin wirst du ihn wahrscheinlich zurückhaben wollen.«

»Ja.« Ich nehme ihn an mich und stecke ihn rasch in meine Tasche. »Danke.«

»Ich kann nicht begreifen, dass du dieses Ding immer noch haben willst«, sagt Kendrick mit verschränkten Armen. »Versprich mir bitte wenigstens, dass du ihn nur benutzen wirst, wenn ich dabei bin und ein Auge auf dich haben kann.«

Ich zucke mit den Schultern. »Ich habe nicht vor, ihn zu benutzen, aber ich möchte auch nicht ohne ihn erwischt werden. Immerhin werdet ihr alle nicht müde, darauf hinzuweisen, dass ich keine andere Magie zu meinem Schutz besitze.«

Kendrick brummt: »Ich habe kein gutes Gefühl dabei.«

»Dich stört doch nur, dass du dich nicht daran erinnern kannst, was passiert, während sie ihn trägt«, wendet Remme ein.

»Unter anderem«, murmelt Kendrick.

Ich blicke unwillkürlich auf und sehe, dass er auf meinen Mund starrt.

Er zwinkert mir zu, und in meinem Bauch regen sich Schmetterlinge.

Unter anderem.

***

Ich habe kein Kleid mehr getragen, seit ich den Mitternachtspalast verlassen habe, und obwohl ich das ganze Getue um Kleidung und Haar kaum vermisse, an diesem Abend genieße ich es. Vermutlich könnte ich auch in einem Paar von Kendricks Reithosen und einem zerfledderten Hemd nach draußen gehen, und er würde mich trotzdem so ansehen, als wäre ich das Allerschönste, was ihm je unter die Augen gekommen ist, aber heute Abend will ich die Gelegenheit nutzen, mich für ihn zurechtzumachen.

Vor meinem gestrigen Bad hatte die Magd meine Maße genommen, und als ich heute früh aufwachte, stand sie schon mit einem Kleid bereit. »Für heute Abend«, erklärte sie.

Das Kleid sah nicht schlecht aus und war dem Anlass völlig angemessen, aber insgeheim wünschte ich mir – mit einem Anflug von schlechtem Gewissen – etwas Hübscheres und beschloss, mir ausnahmsweise ein wenig Egoismus zuzugestehen.

Ich bat um Schere, Nadel und Faden, und während Kendrick und die anderen unterwegs waren, um alte Freunde zu treffen, verbrachte ich den Tag damit, das schlichte Kittelkleid in etwas umzuarbeiten, um das sich meine Cousinen während meiner Zeit als Näherin in Elora gerissen hätten. Der Rücken bekommt einen tiefen Ausschnitt fast bis zur Taille und der Rock einen hohen Schlitz an der Seite, wie Brie es bei ihren Kleidern mag – damit sie sich frei bewegen kann, sagt sie, und das stimmt, aber ich weiß auch, wie sehr sie es genießt, wenn Finn den Blick nicht von ihr wenden kann. In das Mieder arbeite ich einen tiefen V-Ausschnitt ein, mitsamt einem Band im Nacken für besseren Halt.

Als mir die Magd beim Anziehen hilft, lächelt sie. »Es gefällt mir, was Ihr daraus gemacht habt.«

»Nähen war früher meine Lieblingsbeschäftigung.« Ich nehme vor dem Spiegel Platz. Heute Abend stören mich nicht einmal die Fae-Ohren. Ich will, dass der Zauber mir erlaubt, mich wie jemand anderes zu fühlen. Jemand, der nicht zerbrochen ist. Jemand, der nicht alles gegen einen Ring eingetauscht hat.

Ich schließe die Augen und schiebe die unerwünschten Gedanken fort. Die Magd rafft das Haar von meinen Schultern zusammen und dreht es zu einem eleganten Knoten, den sie mit Haarnadeln feststeckt. »Könntet Ihr Euch mit der Nadel doch nur auch einmal an meiner Garderobe zu schaffen machen«, sagt sie. »Dann würde ich vielleicht einen Ehemann finden.«

Ich muss lachen und blicke sie im Spiegel an. Sie ist so groß wie ich, aber etwas weniger füllig in Brust und Hüften. Sie ist hübsch, mit rotbraunem Haar und funkelnden Haselnussaugen. »Du bist auch so schön. Eine gewagte Garderobe würde bestimmt keinen Unterschied machen.«

Sie senkt den Blick. »Nett, dass Ihr das sagt. Aber in Wahrheit stehe ich mir selbst im Weg. Eigentlich hatte ich gehofft, ich wäre wieder zu Hause, bevor ich eine Familie gründe. Meine Mutter sagt immer, es kann Jahrzehnte dauern, bis man mit einem Kind gesegnet wird, und auch das nur, wenn einem die Götter gewogen sind.«

Ich blicke sie verwundert im Spiegel an. *Jahrzehnte*? Irgendwie seltsam, wie sie das sagt. Natürlich gibt es Paare, die zehn oder fünfzehn Jahre lang auf Nachwuchs hoffen, bevor sie einsehen, dass es ihnen nicht beschieden ist, aber *Jahrzehnte*? Nur Fae, mit ihrer Lebensspanne von Hunderten von Jahren und ihren Schwierigkeiten bei der Empfängnis, bemessen ihre Fruchtbarkeit in Jahrzehnten.

»Mir ist aufgefallen, dass nicht alle Menschen hier im Dorf Verwandlungszauber benutzen«, sage ich vage, während ich ihre Fae-Ohren betrachte.

Sie zieht überrascht die Augenbrauen hoch. »Welche Art von Zauber sollten sie denn tragen?«

»Ich dachte, sie würden vielleicht die Gestalt von Fae annehmen«, erkläre ich. »So wie ich. Zu ihrem Schutz.«

Sie hebt das Kinn, als sie begreift. »So war es vielleicht, bevor Eure Schwester den Thron bestieg und den Fluch der Goldenen Königin beendete, aber nun nicht mehr. Es gibt so viele Menschen in Faerie – hergebracht als Wechselbälger oder während der Jahre des Fluches –, dass es die Menschen aus der Heimat nicht kümmert, wenn sie erkannt werden.«

Wie merkwürdig, dass Kendrick und die anderen es trotzdem für sicherer halten, als Fae zu reisen, und meinen, dass wir als Menschen zur Zielscheibe würden. »Wie alt bist du?«

Sie errötet. »Erst fünfunddreißig Jahre alt. Sehr jung für meinesgleichen, keine Frage.«

»Dann bist du tatsächlich eine Fae? Das ist kein Verwandlungszauber?«

Sie lacht leise. »Kein Zauber. Wenn ich schon die Mühe auf mich nehmen würde, dann, um mir solche Kurven wie Eure zuzulegen.«

Meine Schultern lösen sich, zusammen mit meiner Anspannung. Ich hatte schon befürchtet, angelogen zu werden, aber ihre Offenheit ist eine Erleichterung für mich. Trotzdem habe ich Fragen. »Und du bist in Elora geboren worden?«

Sie erwidert meinen Blick. »Ja, Mylady. Ich war ein junges Mädchen, als meine Familie nach Faerie floh. Es ist leichter, hier in aller Offenheit unauffällig zu bleiben, als sich dort komplett zu verstecken. Außerdem kann ich so meine göttergegebene Magie nutzen, ohne alles als Magier-Tricks ausgeben zu müssen – das ist wirklich angenehmer.«

Ich schüttele den Kopf. Für mich ergibt das keinen Sinn. Die ersten vierzehn Jahre meines Lebens habe ich ausschließlich in Elora verbracht – wie kann ich dort von Fae umgeben gewesen sein, ohne es zu wissen?

»Seid ihr so weit?«, ist eine tiefe Stimme von der Tür her zu vernehmen.

Ich drehe mich um und erblicke Kendrick, das Haar nach hinten gebunden und prächtig anzusehen in seinen engen dunkelbraunen Reithosen und einem zobelbraunen Hemd mit dunkler Stickerei. Die Gewissheit, diesen Abend an seinem Arm zu verbringen, versetzt die Schmetterlinge in meinem Bauch und meiner Brust in neuerliche Aufruhr.

»Fast fertig«, sagt meine Magd und steckt mir eine letzte Nadel ins Haar. »Ich hoffe, Ihr habt einen wunderbaren Abend. Vielleicht sehe ich Euch ja bei der Feier.«

Ich starre mich im Spiegel an – als Fae mit den Ohren und leuchtenden Augen und der schimmernden Haut –, und die Reue versetzt mir einen regelrechten Stich, weil ich die Fae niemals kennenlernen werde, die aus mir hätte werden können, wenn ich meine Unsterblichkeit nicht gegen einen magischen Ring eingetauscht hätte. Ich weiß immer noch nicht, wie dieses Leben ausgesehen hätte, aber vielleicht hätte ich den Mut aufbringen müssen, es herauszufinden.

Ich schließe die Augen. *Jetzt ist nicht die Zeit dafür.*

Schwielige Finger streichen meinen nackten Rücken hinauf. Ich schnappe erschrocken nach Luft und erwidere im Spiegel Kendricks Blick.

»Lass dich ansehen«, sagt er mit einer Stimme, die ebenso rau ist wie seine Fingerkuppen.

Ich schlucke einen heftigen Anflug von Nervosität hinunter, stehe auf und streiche mein Kleid glatt, während ich mich zu ihm umdrehe.

Kendricks Augen verdunkeln sich und seine Nasenflügel beben, als er mich betrachtet. Er fährt sich mit der Hand übers Gesicht, aber als sein Blick auf die bleiche, glatte Haut meines Oberschenkels fällt, beißt er sich auf den Knöchel. »Wenn du versuchst, mich ganz langsam umzubringen, dann ist das die perfekte Methode.«

»Du meinst, das wäre Folter?«, necke ich ihn und blicke an meinem Kleid hinunter. »Dabei habe ich mir damit so viel Mühe gegeben.«

Seine Hände zucken, er ballt sie abwechselnd zu Fäusten und öffnet sie wieder, als versuche er, sich unter Kontrolle zu behalten. »Jede Sekunde, die ich dich nicht berühre, ist Folter.«

»Oh. Dann versuche ich in dieser Hinsicht vielleicht *tatsächlich,* dich zu foltern.« Meine Nervosität verfliegt, und an ihre Stelle tritt ein gelassenes Ichbewusstsein, wie ich es bisher nur als Bezaubernde Lady erlebt habe. Aber heute Nacht bin ich nicht sie. Ich bin Jas, und Kendrick begehrt mich nicht wegen irgendeiner großartigen, machtvollen Magie. Er will mich, weil ich *ich* bin.

Er kommt näher, lässt die Hände aber seitlich hängen, während er den Mund ganz dicht an mein Ohr senkt. »Besser, als dich in diesem Kleid zu sehen, ist nur die Gewissheit, wie leicht es wäre, es dir auszuziehen.«

Seine Fingerspitzen streichen über meinen unteren Rücken und schon jagen Schauer von meinem Kreuz aufwärts. Ich lehne mich gegen ihn.

Als ich den Kopf zur Seite wende, nimmt er mein Kinn in beide Hände und presst seinen Mund auf meinen. Er schmeckt nach Whisky und steigt mir genauso zu Kopfe.

Ich packe ihn am Hemd, brauche ihn näher bei mir, und eine seiner Hände sinkt von meinem Gesicht zu meinem Brustkorb, wo er mit dem Daumen über die Unterseite meiner Brust streicht.

Hinter ihm geht die Türe auf und ich nehme undeutlich wahr, dass jemand etwas sagt.

Aber man kann von mir wohl kaum erwarten, die Worte zu verstehen, wenn mein ganzer Verstand von *ihm* benebelt ist.

»Raus!«, knurrt Kendrick, ohne hinzusehen.

Leises Kichern. »Entschuldige die Störung«, sagt Remme, »aber draußen verlangen sie nach dir.«

Kendrick reißt den Mund von mir los, nickt und verharrt einen Moment, heftig keuchend. »Eine Minute«, sagt er, ohne mich aus den Augen zu lassen.

»Ich sage ihnen, dass du schon unterwegs bist.« Remme mustert mich und zieht eine Augenbraue hoch. »Gut siehst du aus, Prinzessin.« Er zieht die Tür mit einem sanften *Klick* wieder ins Schloss, und ich löse mich aus Kendricks Armen.

»Bei dir alles in Ordnung?«, fragt er.

Ich nicke und wende mich zum Fenster, von wo aus man das Dorf überblickt. In der Ferne leuchten schon die Lagerfeuer für die Feier am Abend. »Ich weiß, wir müssen los, aber ich würde am liebsten hierbleiben.«

Kendrick kommt zu mir heran, legt die Arme um meine Taille und vergräbt das Gesicht in meiner Halsbeuge. »Es wäre zu schön, wenn wir das könnten.« Sein Mund ist warm. Ich möchte die Augen schließen und ganz in diesem Genuss versinken, aber er richtet sich auf, bevor ich Gelegenheit dazu habe.

Ohne seinen Mund fühlt sich mein Hals entsetzlich kalt an.

Seufzend blicke ich auf die Menschenmenge in der Ferne und muss an meine Unterhaltung mit der Magd denken.

»Wie viele der Fae, die ich heute Abend treffen werde, sind tatsächlich Fae?«

»Wie meinst du das?«

»Ich weiß, dass nicht alle von ihnen Menschen mit Verwandlungszauber sind. Meine Magd ist eine Fae, und du hast selbst gesagt, früher habe es in Elora Fae gegeben, die sich Elfen nannten. Wie viele Eloraner werde ich heute Abend in ihrer wahren Gestalt sehen?«

Er mustert mich lange. »Soweit ich weiß, werden alle, die du heute Abend siehst, in ihrer wahren Gestalt sein. Nur in Elora müssen sie verbergen, wer sie wirklich sind. Sie sind hierhergekommen, um frei zu sein.«

»Und die Menschen? Wussten die Bewohner von Elora, dass Fae – Elfen – unter ihnen lebten?«

»Einstmals war das kein Geheimnis, und es gab auch keine Zwietracht zwischen den beiden Völkern. Das kam erst später.«

»Mit den Sieben Magiern«, zähle ich eins und eins zusammen.

»Genau. Sie profitierten davon, die Menschen gegen die Fae und ihre Magie aufzubringen, und indem sie Angst schürten und Gerüchte verbreiteten, machten sie den in Elora ansässigen Fae das Leben so schwer, dass sie in ihrem eigenen Land nicht mehr offen leben konnten.«

Ich sehe die Leute am Lagerfeuer plötzlich mit anderen Augen. Ich weiß, wie es ist, wenn man sich nach der Heimat sehnt, aber gleichzeitig weiß, dass man dort nicht willkommen ist. »Also haben sie sich versteckt?«

»Manche sind fortgegangen und haben sich in einem Reich niedergelassen, wo sie sich nicht verbergen mussten. Aber andere sind geblieben und haben sich als Menschen ausgegeben.«

»Aber warum? Warum hätten sie so etwas tun sollen?«

»Warum verbirgt jemand, was er ist? Um der Verfolgung zu entgehen und seine Familie zu schützen. Um in Frieden zu leben.« Er holt tief Luft. »Um den kursierenden Vorurteilen zu entgehen.«

Ich lasse mich auf einen Stuhl sinken und versuche, das alles zu verarbeiten. »Warum haben die Sieben die Fae nur so gehasst?«

»Weil nur die Fae sie als das bloßstellen konnten, was sie wirklich waren.«

Ich schüttele den Kopf. »Das begreife ich nicht. Du meinst, die Fae konnten beweisen, dass die Sieben böse sind?«

Kendrick antwortet nicht, hält aber den Blick auf mich gerichtet.

Die Sieben Magier. Die mächtigsten Anwender von Magie im gesamten Reich der Menschen. Das Kollektiv, das aus der Ferne regiert, um die Fae von unserem Land fern- und die Portale geschlossen zu halten – oder ihre Benutzung zumindest zu erschweren – und dafür zu sorgen, dass die Magie nicht missbraucht wird. »Nein«, flüstere ich. »Sie können doch nicht …« Er wendet den Blick nicht ab. »Sie sind Fae? Dieser Erith, den ich töten soll, ist ein *Fae*? Wie ist das möglich? Wie können sie uns nur so lange getäuscht haben? Wie …« Aber das *wie* ist so offensichtlich. Magie, und zwar eine ganze Menge davon. Mehr, als jeder menschliche Magier jemals ausüben könnte. »Warum?«

»Macht. Gier. Leider sind die Gründe fast immer so einfach.«

»Warum habt ihr mir nicht gleich gesagt, dass Erith ein Fae ist – wo ihr doch wisst, was ich über sie denke?«

Er schweigt lange und mustert nur unverwandt meinen Gesichtsausdruck. »Ich wollte nicht, dass du nur deswegen zustimmst.«

Das kann ich verstehen und ich bin froh, dass ich nicht nur aus diesem Grund eingewilligt habe. »Ihr wollt, dass Fae und Menschen wieder friedlich in Elora zusammenleben können – so, wie du sagst, wie es früher gewesen ist.«

»Ja. Und ich kenne viele, die sich genauso sehnlich wie du wünschen, nach Hause zurückzukehren.«

Ich lasse den Blick auf meine Hände sinken. »Es gibt nur wenig, das ich mir mehr wünsche.«

Er streicht mir eine Haarlocke hinters Ohr. Sie muss sich bei unserem Kuss gelöst haben. »Manchmal glaube ich, du weißt nicht mehr, wie es wirklich in Elora war, weil du die Jahre, die du mit deiner Schwester dort verbracht hast, verklärst. Du möchtest glauben, das Leben sei besser gewesen, bevor sie den Thron bestieg, und erinnerst dich nur an das Gute, vor allem eure gemeinsame Zeit dort, und hast dabei verdrängt, wie schlimm der Rest war.«

Ich beiße mir auf die Unterlippe. »Ist es so schrecklich, dass ich mir wünsche, dorthin zurückzukehren? Dass Elora in meinem Herzen immer meine Heimat bleiben wird?«

»Es ist nicht schrecklich«, antwortet er und zieht mich hoch, »aber ich bin nicht davon überzeugt, dass es wahr ist.«

Du möchtest also nicht, dass ich mit dir mitkomme? Aber ich stelle die Frage nicht. Ich neige den Kopf, weil ich bereits versprochen habe, nicht nach seiner Zukunft zu verlangen. Es ist nicht fair, dieses Versprechen zu brechen, wenn ich ihm nichts zu bieten habe.

»Jas …« Er fährt mit der Hand über meinen Hals, dann zwischen meine Brüste, bis er seine Handfläche auf mein stetig pochendes Herz presst. »Vielleicht geht es bei deinem Heimweh ja gar nicht um Elora. Vielleicht würde es gar nicht verschwinden, wenn du dort wärst. Ich glaube, du vermisst deine Schwester – und hast sie sogar vermisst, während du mit ihr zusammen im Palast gelebt hast –, aber du liebst sie zu sehr, um sie sehen zu lassen, wie tief diese Narben wirklich reichen. Ich glaube, dein Schmerz hat nichts mit diesem Land zu tun, das wir retten wollen, aber umso mehr damit, dass du während der letzten drei Jahre die eine Person aus deinem Leben ausgeschlossen hast, die immer deine Heimat war.«

Seine Worte treffen mich mit solcher Wucht, dass ich die Augen zukneife, und als mich Trauer und Bedauern zu überwältigen drohen, begebe ich mich in seine Arme und klammere mich an ihm fest. Ich bin wie in Trance durchs Leben gegangen, habe Taubheit dem Schmerz vorgezogen, und Rache der Angst. Ich war so abgeschieden von allem. Jahrelang habe ich mich durchs Leben treiben lassen und war zu verängstigt, um irgendwelche Gefühle zuzulassen – in letzter Zeit zusätzlich betäubt durch den Ring. Und endlich erinnere ich mich wieder daran, wie es sich anfühlt, am Leben zu sein, entsinne mich der Kehrseite von Schmerz und Angst.

Es ist, als hätte Kendrick mich aufgeweckt. Und es ist wunderbar und schrecklich gleichermaßen – zu erkennen, dass ich das Gute immer noch fühle, dass ich mir zum ersten Mal seit langer Zeit eine Zukunft ersehne, und zu begreifen, was ich an Möglichkeiten hingegeben habe für meine Rache.

»Versprich mir etwas«, murmelt er in mein Haar. Seine Hand liegt immer noch auf meinem Herzen, zwischen unseren Körpern. »Wenn das alles vorbei ist und du zum Mitternachtspalast zurückkehrst, dann erzähle deiner Schwester, was dort im Kerker geschehen ist. Erzähle ihr, was Mordeus dir angetan hat.«

Das könnte ich nicht. Es würde sie zerstören, aber trotzdem höre ich mich fragen: »Warum?«

Er seufzt. »Weil du niemals glauben wirst, dass sie dich so liebt, wie du bist, wenn du weiterhin die Wahrheit vor ihr verbirgst.«

»Mir geht es bestens. Ich muss von niemandem geliebt werden.«

Er lächelt mich traurig an, streicht mir über die Wange, dann um mein Auge und liebkost meine Narbe durch den Verwandlungszauber. »Ich habe noch nie jemanden getroffen, der Liebe nötiger gebraucht hätte als du.«

»Es würde sie zerstören«, räume ich ein. »Die Wahrheit. Sie würde denken, dass sie mich im Stich gelassen hat. Wenigstens ist auf diese Weise nur eine von uns beiden zerbrochen.«

»Hale! Die Leute warten!«, ruft Remme von unten herauf.

Er achtet nicht auf ihn. »Du glaubst, du bist zerbrochen?«

Ich stöhne auf und mache mich von ihm los. »Ist doch offensichtlich.« Eigentlich will ich meine Erwiderung mit einem Grinsen garnieren, aber seine Miene ist zu eindringlich und ich halte es nicht durch. »Gehen wir. Es ist höchste Zeit.«

»Jas –«

»Ist doch keine große Sache«, sage ich und schlucke all die Gefühle hinunter, die mich zu ersticken drohen. »Wir sind doch alle ein bisschen zerbrochen.«

Ich versuche, mich gänzlich aus seinen Armen zu lösen, aber er hält mich fest.

»Die meisten von uns, das stimmt.« Sein Blick wandert wieder und wieder über mein Gesicht. »Und niemand hätte es dir verübelt, wenn du an dem Erlebten zugrunde gegangen wärst, aber das bist du nicht. Jede einzelne deiner Narben ist der Beweis dafür – und überall dort, wo eine Narbe ist, bist du ein klein bisschen stärker geworden.«

»Lass das.« Meine Augen brennen. Ich will das nicht. Nicht, wo das Ganze doch eine einzige Lüge ist. »Das ganze aufmunternde Zeug kannst du für dich behalten. Mir gehts gut.«

»Dir gehts *nicht* gut, aber zerbrochen bist du auch nicht.« Er umfasst mein Gesicht mit beiden Händen und drückt mir einen festen Kuss auf den Mund. »Angst ist kein Maß für Feigheit, und Schmerz kein Maß für Schwäche. Du bist mutig und stark, und alles andere als zerbrochen.«

Wieder ruft Remme nach ihm, und ich wische mir über die Wangen. »Ich kann noch nicht da rausgehen.«

»Nimm dir so viel Zeit, wie du brauchst.« Kendrick schiebt sich rückwärts aus dem Zimmer und behält mich im Auge, bis er sich schließlich zur Treppe umwendet.

***

»Hoffentlich hast du nicht damit gerechnet, heute viel von Hale zu sehen zu bekommen«, sagt Skylar, als sie mich eine Viertelstunde später in die Mitte des Dorfes führt. »Alle werden heute ein Stück von ihm abhaben wollen.«

Der Festplatz ist gefüllt mit Fae und Menschen gleichermaßen, und ich lasse mich durch die Menge treiben, beobachte die Leute, wie sie das Essen von den langen Tafeln voller Obst und Brot und Gebäck genießen und sich Glas um Glas von einem rosafarbenen Schaumwein einschenken.

Zum Glück hatte ich ein paar Minuten, um mich zu sammeln,

bevor Skylar in meinem Zimmer aufgetaucht ist und wissen wollte, warum ich nicht mit Kendrick zum Fest hinuntergegangen war.

Ich entdecke ihn im Gespräch mit Lons, der gestern so unglücklich darüber ausgesehen hatte, dass wir uns an den Händen hielten. Beide lachen, und ein anderer Mann scheint schon darauf zu warten, Kendrick begrüßen zu können. Ich kann es ihnen nicht verübeln, dass sie ihn für sich haben wollen. Mir geht es genauso. Aber ich verstehe es nicht. »Welche Bedeutung hat er für sie?«, frage ich und reibe mir über die Arme. Der Abend ist zu kühl für den Schnitt meines Kleides, und schon jetzt bereue ich das kleine bisschen Eitelkeit, wo doch Kendrick nicht einmal da ist, um sich daran zu erfreuen. Ich wünschte, wir wären näher beim Feuer und der behaglich knackenden Glut.

Skylar schnappt sich eine Weinflasche und schenkt zwei Gläser ein. »Hale ist einfach magnetisch. Er hat das Charisma, das es braucht, um die Welt zu verändern, und zwar weil er an das glaubt, wofür er kämpft. Er glaubt daran, mit jeder Faser seiner Persönlichkeit. Nur verstehen die Leute – *dich* eingeschlossen – oftmals nicht, dass der Kampf, seine Sache, für ihn immer an erster Stelle stehen wird. Das ist seine Natur, es ist vorbildlich und bewundernswert, und man muss ihn dafür einfach verehren.« Sie reicht mir ein Glas. »Das geht so lange gut, bis er sich zwischen dir und seiner Sache entscheiden soll.«

»Ich würde ihn nie dazu drängen, sich für mich zu entscheiden.«

Ihr Lächeln wirkt niedergeschlagen. Ihre mitleidig herabgezogenen Mundwinkel offenbaren eine Person, die glaubt, dass man auf demselben Pfad unterwegs ist wie sie einst. »Das glauben wir alle.«

»Du hast meine Frage noch nicht beantwortet«, sage ich. »Wer ist er – außer ein Freiheitskämpfer von vielen? Alle seht ihr zu ihm auf, und für jeden ist es schon ein Fest, nur sein Gesicht zu sehen, also tu nicht so, als wäre er genau wie ihr.«

»Du solltest das alles nicht von mir erfahren«, erwidert sie.

»Aber ich stelle die Frage dir.«

Sie seufzt. »Er ist Kendrick der Erwählte.« Der Ausdruck auf ihrem Gesicht ist eine Mischung aus Bewunderung und Trauer. »Er ist der, dem das Orakel geweissagt hat, dass er die Sieben von Elora stürzen wird.«

Ich nicke. »Das hat er mir auch erzählt.«

Sie erwidert kurz meinen Blick und fügt dann hinzu: »Und wenn er Erfolg hat, wird er unser neuer König werden.«

»Warum können unsere Schicksale nicht zusammenpassen? Warum hat die Mutter unsere Begegnung veranlasst, wenn ich dich doch wieder aufgeben muss?«

Sein Widerstreben, mit mir zusammen zu sein, ergibt plötzlich auf völlig andere Weise einen Sinn.

Skylar hat mich zu warnen versucht, nicht wahr? *»Für mich ist er genauso wenig bestimmt wie für dich. Der einzige Unterschied zwischen uns beiden ist, dass ich meinen Frieden damit gemacht habe.«*

Ich lasse mir den Schmerz nicht anmerken. »Und wer wird seine Königin sein? Das Orakel wird sie auserwählen, richtig?«

»Sie ist schon auserwählt worden.« Ihr Blick verhärtet sich, während er über die Menge schweift. »Und wir haben sie verloren. Mordeus hat sie nur Wochen vor seinem Tod gefangen genommen. Kendrick verhandelte um ihre Freilassung, aber sie verschwand. Manche verlieren bereits die Hoffnung, dass sie je wiederauftauchen wird, aber solange das Orakel keine neue Königin benennt, müssen wir daran glauben, dass sie noch am Leben ist.«

Deswegen war Skylar also immer so vehement gegen jede Annäherung zwischen Kendrick und mir. Sie möchte, dass er Abstand von mir hält, weil sie glaubt, dass seine Königin noch irgendwo da draußen ist. Und auf ihn wartet.

»Und –?« Ich muss heftig schlucken. »Liebt er sie?«

Skylars Mund wird zu einer schmalen Linie. »Er liebt Elora. Das ist das Einzige, was zählt.«

Ich beobachte, wie die Luftbläschen in meinem Weinglas aufsteigen und zischend zerplatzen, und verkneife mir alle Einwände, die mir auf der Zunge liegen. Meine Verbindung mit Kendrick fühlt sich besonders an – vom Schicksal vorherbestimmt sogar, wenn ich an so etwas glauben würde –, aber Skylar hat mir schon die ganze Zeit klarzumachen versucht, dass sich jeder zu Kendrick hingezogen fühlt.

Ihr zukünftiger König.

»Es tut mir leid«, sagt Skylar. »Auch wenn du mir das wahrscheinlich nicht glaubst, wollte ich nie, dass du verletzt wirst.«

Unterscheide ich mich tatsächlich nicht von allen anderen? Fühle ich mich wie sie nur aufgrund seiner Herzensgüte zu ihm hingezogen? Habe ich mir selbst etwas vorgemacht, als ich hoffte, mein Schicksal könne sich endlich zum Guten wenden? Dass er auch für mich fühlt, was ich für ihn empfinde? Hatte es denn gar nichts zu bedeuten, dass er just in dem Moment im Kerker aufgetaucht ist, als ich ihn am dringendsten brauchte? Und dass der Ring bei ihm nicht in gleichem Maße wirkt? Hat das alles nichts zu bedeuten?

»Ich sollte gehen«, erklärt Skylar und blickt betreten um sich. »Dieser ganze heikle Kram ist nicht so mein Ding.«

»Skylar, warte.« Ich versuche mich an den Namen zu erinnern, von dem Kendrick und Natan neulich sprachen, nachdem ich ihnen zum ersten Mal den Ring gezeigt hatte. »Hast du schon mal von der Legende von Fienna gehört?« Natan hatte auf diese Legende verwiesen, als mögliche Erklärung, weshalb der Ring bei Kendrick nicht wirkt.

Sie runzelt die Stirn. »Wow. Wie kommst du jetzt darauf? Ähm, ja. An alle Einzelheiten kann ich mich nicht erinnern, aber das war doch diese Sirene, nicht wahr?«

Ich schüttele den Kopf. »Ich habe diese Geschichte noch nie gehört. Könntest du sie mir erzählen?«

Sie kippt den Rest ihres Weins hinunter und blickt gedankenverloren zu den Sternen auf. »Soweit ich weiß, war sie eine Sirene, die aus irgendeinem Grund ihre Insel verlassen hatte. Sie lernte diesen Seemann kennen und die beiden verliebten sich ineinander, aber er wusste natürlich nicht, dass sie eine Sirene war. Schließlich musste sie zu ihrer Familie zurückkehren. Jahre später fuhr derselbe Mann mit einem Schiff vorüber. Sie war an diesem Tag an der Reihe, auf dem Felsen zu singen, aber der Seemann erlitt keinen Schiffbruch. Ihr Gesang wirkte bei ihm nicht, weil er schon zuvor in sie verliebt gewesen war.«

Remme taucht plötzlich wie aus dem Nichts neben Skylar auf und nickt vielsagend. »Wahre Liebe ist eben mächtiger als die Imitation, die der Gesang der Sirenen heraufbeschwört«, sagt er und lächelt in sein Weinglas. »Ich habe diese Geschichte immer geliebt.«

»Genau«, schnaubt Skylar. »Bis die Mutter der Göre dafür sorgt, dass bei der Rückfahrt des Seemanns ihre Schwestern auf dem Felsen singen, und Fienna mit ansehen muss, wie ihr Geliebter das tödliche Felsenriff ansteuert und ums Leben kommt.«

»Also gut, *Teile* der Geschichte sind wirklich schön«, räumt Remme ein.

Skylar verdreht die Augen. »Ich hole mir jetzt etwas zu essen. Ihr wisst, wo ihr mich finden könnt, falls ihr mich braucht.«

Remme blickt ihr nach und wendet sich dann zu mir um. »Tut mir leid, dass ich euch vorhin unterbrochen habe.« Er räuspert sich und knurrt gequält: *»Schon wieder.«*

Ich muss unwillkürlich grinsen. »Zugegeben, dein Timing ist grausig.«

Er blickt über die Schulter in die Richtung, wo Skylar in der Menge verschwunden ist. »Diese Fienna-Geschichte – ist das deine Theorie, weshalb der Ring bei Hale nicht die gleiche Wirkung hat wie bei uns anderen?«

Ich wende den Blick vom Feuer ab, bevor mich das Mitgefühl in seinen Augen erneut in Tränen ausbrechen lässt. Davon hatte ich heute Abend schon genug. »Ich habe Natan darüber reden hören.«

»Nun ja, Natan ist bei Weitem die klügste Person, die ich je getroffen habe. Dann ist an der Sache wahrscheinlich etwas dran.« Remmes Augen leuchten, als er mich anstupst. »Ich finde, du passt sehr gut zu Hale, Jasalyn. Ich hoffe jedenfalls inständig, dass du nicht einfach deiner Wege gehst.«

Mein Lächeln erstirbt. Nie ist es mir so schwergefallen, meine Gefühle unter Kontrolle zu halten, wie während der vergangenen zwei Tage. Das ist der Preis für das Aufwachen – der Preis für Freude, Sehnsucht und Leidenschaft. Nun stehen die Tore zu allem, was ich so sorgfältig weggeschlossen hatte, weit offen.

Remme runzelt die Stirn. »Habe ich irgendetwas Falsches gesagt?«

Ich schüttele den Kopf. »Nein. Ich bin einfach nur müde.«

»Schwachsinn.« Irgendwie ist das Wort sanft und voller Mitgefühl.

»Es ist nur so, dass irgendwo dort draußen Kendricks Königin auf ihn wartet, also macht das alles ohnehin keinen Unterschied, oder?«

Remme verzieht das Gesicht. »Skylar hat es dir erzählt?«

Ich beiße die Zähne zusammen und nicke. Hat Kendrick nicht versucht, mich zu warnen? Und ich habe ihm gesagt, dass die Zukunft mich nicht kümmert. Es wäre also nicht fair, jetzt plötzlich die Regeln zu ändern.

Ich muss hier weg.

»Hey.« Remme fasst mich am Handgelenk, bevor ich mich abwenden kann. »Wir haben zwar diese Orakel und die Prophezeiungen, aber sie verändern sich ständig. Sie werden missverstanden und falsch gedeutet, werden durch irrige Annahmen entstellt und am Ende durch unseren freien Willen über den Haufen geworfen. Niemals würde ich jemanden aufgeben, den ich liebe, weil andere meinen, das Schicksal spräche dagegen. So finster die Aussichten auch sein mögen, die Sterne weisen einen Weg, für den es sich zu kämpfen lohnt.«

»Und was, wenn man merkt, dass das eigene Leben unter einem verfluchten Stern steht?«

Remme beugt sich vor, bis wir auf Augenhöhe sind, und murmelt voller Zuneigung und Verständnis: »Dann musst du losziehen und eine Welt mit einem ganz neuen Nachthimmel für dich entdecken.« Er schiebt seine Hand in meine und drückt sie fest. »Und ein paar Freunde, die dir zeigen, wie man dorthin kommt.«

KAPITEL 24

JASALYN

»Da bist du ja«, sagt Kendrick und schlingt von hinten die Arme um mich.

Ich erstarre – nicht, weil ich drei Jahre lang jedwede Berührung abgelehnt habe, sondern weil dieser Mann mein Herz in Händen hält. Ich habe es trotz Skylars Warnungen dort hineingelegt. Und trotz *seiner* Warnungen. Ich kann ihn nicht einmal darum bitten, es mir nicht zu brechen. Wie sich herausstellt, kann keiner von uns beiden dem anderen eine gemeinsame Zukunft versprechen.

»Alles okay?«, fragt er.

»Klar.« Ich betrachte sein Gesicht, weiche aber den wunderschönen eisblauen Augen aus. Er ist einer anderen versprochen, und mir sitzt die Zeit im Nacken, die die Sekunden bis zu meinem achtzehnten Geburtstag herunterzählt.

Er dreht mich zu sich herum und fährt mit seinen Händen an meinen nackten Armen auf und ab. »Bist du dir sicher?«

»Ich friere nur ein bisschen und bin müde.«

»Ich muss noch ein paar Stunden hierbleiben, aber du kannst jederzeit zurück zum Haus gehen, wenn du möchtest.«

Ich forsche in seinem Gesicht, als könne es mir erklären, warum er mir nie erzählt hat, dass er einer anderen versprochen ist. *Er hat versucht, es dir zu sagen.* »Ich möchte nicht, dass du etwas vor mir verheimlichst. Sosehr es auch schmerzen mag. Wenn du mich wirklich für so stark hältst, dann beweise es und erzähl mir auch die unangenehmen Dinge.«

Er geht auf Distanz, kaum merklich, aber es könnten genauso gut Meilen zwischen uns liegen. »Ich wollte dich nur davor schützen. Bis ich Mordeus mit eigenen Augen sehe –«

»Was?« Kendricks gestrige Worte fügen sich in meinem Hinterkopf passgenau zusammen. *»Ich werde ihn eigenhändig töten, wenn wir ihn finden.«* Wenn *wir ihn finden.* Ich hebe den Kopf und halte seinem Blick stand. »Du glaubst, dass Mordeus zurückgekehrt ist.«

Seine Miene ist mit einem Mal ausdruckslos. »Woran hattest denn *du* gedacht?«

»Daran, wer du für diese Leute bist.« Ich schüttele den Kopf. *Mordeus ist zurückgekehrt.* Ich hatte es schon die ganze Zeit vermutet, aber jetzt, wo auch Kendrick daran glaubt, wird es unerträgliche Wirklichkeit. »Wie lange weißt du schon, dass die Gerüchte um Mordeus stimmen?«

Er betrachtet mich lange – ein Schweigen so voller Anspannung, dass es zu zerreißen droht. »Ich habe Verdacht geschöpft, als ich deine Narben sah und du sagtest, sie stammten von Mordeus. Nur Blutmagie kann Narben erzeugen, die mit solcher Verzögerung erscheinen.«

Blutmagie. Auch darüber hatten sie an jenem Abend am Lagerfeuer gesprochen. Er und Natan hatten überlegt, ob Blutmagie der Grund dafür sein könnte, dass Natan meine Macht nicht finden konnte. Eigentlich hatte ich nachfragen wollen, aber dann hatte ich das Bewusstsein verloren und war zu sehr mit meiner Genesung beschäftigt, um weiter darüber nachzudenken.

Kendrick fasst meine Hand und fährt mit dem Daumen über das unebene Narbengewebe an meinem Handgelenk. »Die Blutmagie wurde vor langer Zeit verboten, aber manche benutzen sie noch immer.« Er schluckt schwer. »Als ich deine Narben sah und du sagtest, sie stammten tatsächlich aus deiner Zeit in Mordeus' Gefangenschaft, da vermutete ich schon, dass das Gerücht über seine Auferstehung stimmen könnte – oder er womöglich nie tot gewesen war. Wenn Wunden erst sehr viel später Spuren hinterlassen, wenn Narben so plötzlich auftauchen wie bei dir, dann ist das ein Anzeichen dafür, dass von dieser Art der Magie gezehrt wird.«

Mich schaudert. »Was bedeutet das – *von ihr gezehrt wird*?«

»Die Blutmagie erlaubt es demjenigen, der sie ausübt, Kraft von seinem Subjekt zu beziehen. Insofern ist es ähnlich wie bei den Verknüpften, mit denen Mabs Ahnenreihe gesegnet ist, wo ein Fae auf die Kraft eines anderen zugreifen kann. Für Blutmagie ist allerdings kein Geschenk der Götter nötig – lediglich Schmerz, Leid, und in manchen Fällen Angst. Jede Wunde, die im Rahmen des Zaubers zugefügt wurde, entwickelt sich zu einer kleinen Einlage magischer Kraft, auf die der Ausübende zu einem späteren Zeitpunkt zurückgreifen kann. Ich wusste, dass er am Leben ist, weil man aus dem Grabe heraus nicht auf Blutmagie zugreifen kann.«

»Nein.« Ich schüttele den Kopf. »Ich würde es doch merken, wenn er Kraft von mir bezieht.« *Oder etwa nicht?*

»Ich glaube nicht, dass es so funktioniert. Gewissheit liefern einzig die Narben, die erscheinen.«

»*Du* wusstest es also.« Ich befreie mein Handgelenk aus seinem Griff und weiche einen Schritt zurück. »Und das schon seit Tagen.«

»Ich weiß.«

Mein Magen ist in Aufruhr. »Wir haben über seine Auferstehung gesprochen, nachdem du meine Narben gesehen hattest, und du sagtest, es sei unwahrscheinlich. Du meintest, jemand würde sich möglicherweise für ihn ausgeben.«

Sein Kiefer ist angespannt. »Ich habe dir gesagt, was du hören musstest.«

»Du hast mich angelogen.« Es ist leichter, sich auf dieses eine Detail zu konzentrieren, als sich damit auseinanderzusetzen, was das alles zu bedeuten hat. Leichter, bei den Versäumnissen des Mannes vor mir anzusetzen, als sich zu vergegenwärtigen, dass mein Dasein diesem Ungeheuer in irgendeiner Weise *helfen* könnte – *es stärken könnte.* »Dann hat er es also auf diese Weise geschafft? Bin ich schuld an seiner Auferstehung?«

»Nein. So ist das nicht. Wenn er wieder da ist, dann muss es eine andere Erklärung geben. Blutmagie ist zwar mächtig, aber sie kann niemanden aus dem Grab zurückholen.«

»Trotzdem hättest du es mir sagen müssen. Immerhin solltest *du* derjenige sein, dem ich vertrauen kann.«

»Ich wollte nichts sagen, bevor ich über stichhaltige Beweise verfüge.«

»Und dann hättest du es mir erzählt? Wenn du deine *Beweise* hast?«

Er schließt die Augen und atmet langsam aus. »Ich weiß es nicht.«

Ich zucke zurück. Nie haben vier Worte mehr geschmerzt. »Ich dachte, wir wären ein *Team,* aber offenbar hältst du Dinge vor mir geheim. Ich dachte, ich wäre Teil deiner Mission, aber vielleicht bin ich doch nur ein Werkzeug.«

Seine Stimme wird zu einem tiefen Grollen. »Du weißt, dass das nicht stimmt.«

»Tue ich das? Du weißt, welches Mal Mordeus auf mir hinterlassen hat. Du weißt, wie sehr er mich verfolgt. Und trotzdem hast du diese schreckliche Gewissheit vor mir geheim gehalten.«

Er schließt die Augen, und als er sie wieder aufschlägt, ist die sorgfältige Maske verflogen und seine Züge sind schmerzverzerrt. »Über *Monate* hatte ich Informanten im Mitternachtspalast, Jasalyn. Sie haben mir berichtet, dass du nur noch eine leere Hülle von einem Menschen warst, seit du dort eingezogen bist. Sie haben mir berichtet, dass deine Zofe im Auftrag deiner Schwester deine Gemächer nach Messern durchsucht habe, weil die Königin fürchtete, du könntest dir etwas antun – oder Schlimmeres. Also nein. Ich wollte es dir nicht erzählen. Ich hatte Angst, was du tun könntest, wenn du erfährst, dass Mordeus nicht nur zurückgekommen ist, sondern dass er all den Schmerz, den er dir zugefügt hat, dazu benutzt, um stärker zu werden. Kannst du mir das vorwerfen?«

Kann ich ihm das vorwerfen? Er hat recht. Bei der Vorstellung, dass Mordeus irgendwie Macht von mir beziehen könnte, würde ich am liebsten aus meiner Haut fahren. Vor gerade mal drei kurzen Monaten – damals hatte ich noch keinerlei Gerüchte über Mordeus' Rückkehr vernommen und keine Ahnung, dass er Kraft von mir bezog – tauschte ich mein *Leben* gegen eine bloße Kostprobe von Vergeltung ein.

»Was verheimlichst du sonst noch vor mir?«, schnauze ich ihn an, ungeachtet meines Gewissens, das mich vor meiner eigenen Heuchelei warnt. Schließlich ist Kendrick beileibe nicht der Einzige, der Geheimnisse hat.

»Hale!«, ruft Remme, der herbeigerannt kommt, gefolgt von Natan. Er hat einen knallroten Kopf und ist völlig außer Atem.

Mit gerunzelter Stirn wendet Kendrick sich zu seinem Freund um. »Was ist los? Ist etwas passiert?«

»Isaak von Lune ist zurückgekehrt.«

Kendrick richtet sich auf. »Ich war überzeugt, er hätte den Tod gefunden.«

»Wir alle«, erwidert Remme. Seine Augen leuchten, aber dann wirft er mir einen seltsamen Blick zu – als wäre die Nachricht nicht für meine Ohren bestimmt. »Er wurde gefangen genommen und in den Verfallenen Höhlen festgehalten, aber jetzt ist er zurück – und er ist nicht allein.«

»Sie ist am Leben, Hale«, sagt Natan leise. »Crissa lebt und ist zu uns zurückgekehrt.«

»Crissa?« Der Name kommt über meine Lippen, bevor ich es verhindern kann. Es kann sich unmöglich um dieselbe Person handeln. Wie groß kann die Wahrscheinlichkeit schon sein, dass die Leute hier nach demselben Menschenmädchen suchen, das ich damals so gerne gerettet hätte?

»Sie stammt aus Elora«, erklärt Remme, und sein Blick wandert für einen Moment in meine Richtung, bevor er rasch wegsieht. »Sie ist uns wichtig.«

Kendrick ist ganz blass geworden, und als er mich ansieht, glaube ich, so etwas wie Mitleid in seinen Augen zu erkennen. »Wir dachten, sie wäre tot.« Er sagt das wie eine Entschuldigung, und ich begreife nicht, warum.

Dann kommt Skylar heran; ihre Brust hebt und senkt sich, als wäre sie gerannt. »Habt ihr schon gehört?«

»Mordeus hat ein Mädchen namens Crissa zu mir in die Zelle gesteckt«, sage ich rasch. Ich brauche jetzt Gewissheit. »Sie war in meinem Alter und hatte dieses weiße, seidige Haar. Sie glaubte fest daran, dass sie gerettet werden würde. Sie sagte, dass Leute kommen würden, um sie herauszuholen.« Ich beiße mir auf die Unterlippe. »Sie kannte diese Beschwörungsformeln, die mich beruhigt haben, wenn ich in Panik geriet.«

Skylar lacht schnaubend auf. »Unsere Crissa, wie sie leibt und lebt.«

»Und wir sind sicher, dass sie es ist?«, fragt Kendrick.

»Ja«, antwortet Natan. »Isaak hatte eine Vision und zog los, um sie zu finden. Dabei geriet er in Gefangenschaft, konnte sich aber befreien. *Mit Crissa.*«

Skylar strahlt. »Isaak ist zurück und Crissa ist am Leben.« Sie klatscht in die Hände. »Was für ein Tag!«

»Wo sind sie?«, fragt Kendrick.

»Man hat sie in die Krankenstation gebracht«, sagt Natan. »Isaak ist so übel zugerichtet, dass ich mich frage, wie er es überhaupt hergeschafft hat, und Crissa ist bewusstlos. Unsere Heiler kümmern sich um alle beide.«

»Sie erwarten dich«, sagt Skylar. »Ich bleibe solange bei unserem Slayer hier.«

Ich verschränke die Arme. »Nein. Ich komme mit.« Alle starren mich an, als wäre das eine fürchterliche Idee. »Bevor Kendrick im Kerker in die gegenüberliegende Zelle geworfen wurde, war Crissa dort meine einzige Freundin. Sie hat sich bis zur Bewusstlosigkeit geschwächt, um mir beizustehen. Ich will sie sehen.«

Skylar verzieht das Gesicht. »Ich glaube nicht –«

»Sie kann mitkommen«, erklärt Kendrick, woraufhin alle ihn anstarren, als habe er gerade verkündet, ich könne fliegen.

***

»Danke«, sagt Kendrick, nachdem wir alle anderen aus der Krankenstation hinausgeschickt haben. Ihren Freund Isaak hatte es ziemlich böse erwischt, er hatte unzählige blutunterlaufene Prellungen erlitten und humpelte, war aber auf dem Wege der Besserung. Die Heiler hatten ihn bereits nach Hause geschickt, um sich zu erholen.

Ich betrachte Crissa, deren zierlicher Körper in Decken gewickelt auf dem Bett liegt. Sie ist so winzig. In meiner Brust kämpfen entgegengesetzte Gefühle miteinander: Erleichterung und Schuldbewusstsein, Dankbarkeit und Angst. »Wird sie wieder gesund werden?«, frage ich. »Sie war bewusstlos, damals im Kerker, als sie sie wegbrachten. Aber ich dachte …« Ich dachte, wenn sie sich nicht mehr verausgabte, um mich zu beschützen, würde sie sich wieder erholen. Jedenfalls hoffte ich es.

»Wir sind sie holen gekommen«, erklärt Kendrick. »Genau wie sie erwartet hatte. Ihr Zustand war stabil, als ich sie zuletzt gesehen habe. Geschwächt, aber bei Bewusstsein.«

Ich hebe den Blick und sehe ihn mit großen Augen an. »Deshalb warst du also dort, gleich nachdem sie fort war. Hast du dich gegen sie eingetauscht?« Natürlich. Natürlich würde er so etwas tun. Natürlich hat er das getan.

Sein Kiefer spannt sich an. »Ich bin einen Handel mit Mordeus eingegangen, um sie dort herauszuholen.«

»Kendrick –«

»Nicht. Sieh mich nicht an, als wäre ich ein Held.« Er wendet den Blick ab. »Ich tat, was ich an jenem Tag für das Richtige hielt. Aber dann haben wir sie abermals verloren, und ich fragte mich, ob alles umsonst gewesen war.«

»Und warum stellst du das jetzt noch infrage?« Aus dem Augenwinkel sehe ich etwas Scharfes, Glänzendes aufblitzen, aber als ich genauer hinsehe, ist da nur Crissas Hand, die sich auf der Decke zur Faust ballt. »Wer ist sie?« Ich weiß, wer Crissa für mich ist, aber offensichtlich bedeutet sie auch den anderen viel.

Seine Brust dehnt sich, als er sich mir wieder zuwendet. »Ich habe wirklich geglaubt, wir hätten sie dieses Mal endgültig verloren.« Er blickt mich forschend an, aber dann bleibt sein hungriger Blick an meinem Mund hängen. Seine Nasenflügel beben und seine Pupillen weiten sich. »Noch nie in meinem Leben habe ich mir so sehr gewünscht, egoistisch zu sein.«

Ich weiche zurück, stoße mit den Oberschenkeln gegen die Bettkante. Denn ich weiß Bescheid. Ich glaube, ich wusste es schon in dem Augenblick, als sich seine Freunde mit der Nachricht ihrer Rückkehr um ihn drängten, aber der Schmerz in seinen Augen lässt keinen Zweifel aufkommen. »Sie ist deine Königin.« Meine Stimme klingt dumpf. Leer. »Deshalb kannte sie so viel Magie, obwohl sie sterblich ist. Sie ist es, die das Orakel als Königin benannt hat.« Ich schlucke. »Und du hast um ihre Freiheit gefeilscht, weil es als ihr zukünftiger König deine Aufgabe ist, sie zu beschützen.«

Der Schmerz in meinem Herzen spiegelt sich in seinen Augen wider, als er antwortet: »Ich habe mich nie von meiner Verpflichtung gegenüber dem rechtmäßigen Königreich von Elora abgewandt – und dem *Volk* von Elora. Ich genieße nicht das Privileg, mit meinem Herzen zu wählen. Du musst verstehen –« Kendrick schnappt erschrocken nach Luft und macht große Augen. »Jasalyn, lauf.«

Ich wirbele herum und pralle augenblicklich rückwärts gegen Kendricks Brust. Auf der Matratze, wo Crissa nur Augenblicke zuvor gelegen hat, ringelt sich nun ein beschupptes, geflügeltes Untier.

Kendrick packt mich an der Hand und zerrt mich aus der Krankenstation hinaus auf die Straße. »Wyvern!«, ruft er gellend. »Remme! Skylar!«

Aus der Krankenstation dringt ein entsetzliches, bestialisches Kreischen, und im nächsten Augenblick steht das Gebäude in Brand, Flammen schlagen in den Nachthimmel, und mit wütenden Flügelschlägen bricht der Wyvern durch das Dach.

»Bringt euch in Sicherheit!«, ruft Kendrick der Menge zu. »Geht in den unterirdischen Schutzraum. Sofort!«

Ich reiße meinen Blick von der Bestie los und starre ins blanke Chaos. Die Leute um uns rennen in alle Richtungen davon. Panik liegt in der Luft.

Der Wyvern stößt auf uns nieder und reißt mit einem wütenden Schrei den Rachen auf. Kendrick breitet die Arme aus, und der Flammenstoß, der dem Ungeheuer aus der Kehle brandet, wird abgelenkt, als wäre er an eine unsichtbare Barriere gestoßen.

»Jas, geh in den Schutzraum auf der anderen Seite des Dorfplatzes. Wenn du Remme oder Skylar siehst, sag ihnen, sie sollen mich auf dem Dach des Apothekers treffen.«

Wieder kreischt der Wyvern, und dann lässt er aus seinem Rachen einen wahren Feuersturm auf eine Reihe von Hütten niederprasseln. *Hier waren Menschen zu Hause.*

»Auf dem Dach wirst du ein leichtes Ziel abgeben!«

Er blickt mich wütend an. »Beeil dich!«

Ich starre ihn für die Dauer eines langen, schmerzlichen Herzschlages an. Ich will ihn nicht verlassen, aber wenn ich bleibe, lenke ich ihn nur ab. Wenn ich doch nur Magie besäße. Hätte ich doch nur etwas anderes als diesen dummen Ring. »Ich werde es dir nie verzeihen, wenn du stirbst!«, rufe ich.

»Dann geh in den Schutzraum, damit ich mir keine Sorgen um dich machen muss.«

Mit einem letzten Blick in seine Richtung stürze ich mich ins Getümmel und laufe zur anderen Seite des Platzes hinüber.

Abermals kreischt der Wyvern, und als er dieses Mal Flammen auf das Dorf herabregnen lässt, klingen mir Schmerzensschreie in den Ohren und der Gestank von verbranntem Fleisch verbreitet sich in der Luft.

Hinter mir rast Feuer über das trockene Gras, leckt an meinen Fersen. Ich wage nicht, mich umzusehen.

Ich renne so schnell ich kann und gestatte mir keinen Blick über die Schulter; dennoch sind meine Gedanken bei jedem Schritt bei Kendrick und meinen Freunden. *Ihr müsst das überstehen. Ihr dürft nicht sterben.*

Hinter mir höre ich die Rufe der Leute, die sich zum Kampf rüsten.

Die Tür zum Schutzraum steht offen und viele eilen bereits die Stufen hinunter, aber ein paar Schritte entfernt knien zwei Mädchen auf der verbrannten Erde und klammern sich an eine mit Brandblasen übersäte Gestalt.

Ich halte inne, packe sie an den Armen und zerre sie in Richtung Schutzraum.

»Mama!«, schreien die Mädchen, reißen sich von mir los und stürzen zu Boden.

Ihre Mutter ist längst tot – eines der vielen Opfer dieses Angriffs.

»Ihr müsst mit mir kommen«, beschwöre ich sie. »Wir müssen Schutz suchen.«

Die Mädchen fassen sich entschlossen an den Händen. »Familien bleiben zusammen«, sagt die Ältere.

Sie sind so jung und so verzweifelt – gar nicht so verschieden von Brie und mir, als unsere Mutter uns verlassen hat. Wir hätten damals alles getan, um sie zurückzubekommen. Das Schicksal dieser Mädchen bricht mir das Herz.

Pfeile schwirren durch die Luft, aber der Wyvern weicht ihnen aus, kreischt laut auf und lässt noch mehr Feuer auf das Dorf niederprasseln.

»Eure Mutter würde wollen, dass ihr in den Schutzraum geht«, sage ich. Ich berühre die Mädchen kein zweites Mal. Meine Kraft würde ohnehin nichts gegen die Macht ihrer Verzweiflung ausrichten. »Kommt bitte mit mir. Sie würde wollen, dass ihr überlebt.«

Ich sehe den Widerschein der Flammen in den Augen der Jüngeren, als sie mich anschreit: »Nein!« Ihre Brust wird von Schluchzern geschüttelt.

Mit einem Blick über die Schulter sehe ich, dass immer mehr Menschen in den unterirdischen Schutzraum strömen. Ich muss diese Mädchen dort hinbringen, solange noch Platz ist.

Ich ziehe den Ring aus meinem Mieder und atme einmal tief durch, bevor ich ihn anstecke.

»Bitte komm mit mir«, sage ich, bevor die Kleine wegsehen kann. »Ich möchte, dass du mit mir in den Schutzraum gehst.«

Sofort verändert sich ihre Miene und sie entspannt sich. »Kann ich in deiner Nähe bleiben?«, fragt sie, während sie aufsteht. »Bei dir hätte ich weniger Angst.«

Ihre Schwester dreht sich um, und ich sehe den Augenblick, in dem meine Magie auf sie überspringt. »Kann ich auch mitkommen?«, fragt sie.

»Aber gern.« Ich bedeute ihr mit der Hand, uns zu folgen. »Gehen wir.«

Wir steigen in den Keller hinunter und ich bitte die Mädchen, sich dort auf den Boden zu setzen. Der Raum ist voller Leute und es gibt kaum noch genug Platz für uns drei. *Aber wir haben es geschafft.*

»Hier.« Ein alter Mann erhebt sich auf wackeligen Beinen, als ich das Ende der Treppe erreicht habe. »Bitte nehmt meinen Platz.«

»Ich brauche ihn nicht«, sage ich ihm. »Bitte setz dich.«

Alle starren mich an, deswegen versuche ich, den Ring abzuziehen.

Aber er rührt sich nicht.

Ich versuche es noch einmal.

Er sitzt fest.

KAPITEL 25

FELICITY

Vor meinem Fenster liefern sich die Strahlen der Abendsonne einen Wettstreit mit den leuchtenden Farben der Bäume um den schönsten Anblick. Nur zu gern würde ich das leise Klopfen an meiner Tür ignorieren und die ganze Nacht hier sitzen bleiben. Wenn ich könnte, würde ich mich vor all den Gästen verstecken, die für den Ball heute Abend ins Schloss geströmt sind. Ich würde mich verstecken vor den Verpflichtungen der Unseelie-Prinzessin Jasalyn und einfach nur hier sitzen und jeden einzelnen Moment der vergangenen Nacht mit Misha noch einmal durchleben.

Aber Zeit ist ein Luxus, den ich mir nicht leisten kann. Dafür hat Shae gesorgt, als er mir nur wenige Haare ließ. Der heutige Abend bleibt mir noch. Morgen früh allerdings muss ich das Portal finden.

»Herein!«, rufe ich und mache mir nicht die Mühe, mich vom Fenster wegzubewegen.

Die Zofen haben mich vorgewarnt, dass sie schon früh hier sein und mir beim Ankleiden helfen würden, damit ich gleich zu Beginn des Balls angekündigt werden kann. »Wie sich das für eine Königin gehört«, meinte eine von ihnen augenzwinkernd, als plaudere sie da ein großes Geheimnis aus.

Schon der Gedanke ist lächerlich. Ich bin keine Königin. Ich bin die Tochter eines entsetzlich bösartigen Mannes, ein Mädchen, das in den ländlichen Gegenden von Elora groß geworden ist und sich sein ganzes Leben lang versteckt hat. Aufgewachsen bin ich auf einem Bauernhof, wo ich den lieben langen Tag barfuß und mit aufgeschlagenen Knien und Ellbogen herumrannte. Über die höfische Etikette habe ich nur etwas gelernt, weil Hales Mutter wusste, dass ich diese Fähigkeiten eines Tages brauchen könnte, um die Gestalt eines Mitglieds des Königshauses anzunehmen – obwohl sie in Wahrheit hoffte, ich müsste die Sicherheit des Bauernhofes nie verlassen.

Das war auch meine Hoffnung, aber das Schicksal hatte etwas anderes mit mir vor.

»Guten Abend«, sagt jemand hinter mir.

Ich drehe mich um und richte mich auf, als ich die ehemalige Königin der Wilden Fae erblicke. »Königin Amira.« Ich raffe mein Kleid so gut ich kann und mache einen Knicks. »Verzeihung, Hoheit, ich hatte meine Zofen erwartet.«

»Bitte einfach nur Amira«, sagt sie und gleitet in den Raum. Sie ist ungemein elegant – ihre Bewegungen harmonieren vollkommen mit ihrer friedenstiftenden Ausstrahlung. Sie verschränkt ihre Hände ineinander und schenkt mir ein kleines Lächeln. »Ich hatte gehofft, wir könnten uns vor dem Ball noch einen Moment unterhalten.«

Aber natürlich, es stimmt, ich bin verliebt in deinen früheren Ehemann, den König, und es stimmt auch, dass ich ihn Tag für Tag täusche, und wenn er mir auf die Schliche kommt, wird er mich auf ewig hassen, ohne dass er jemals mein wahres Gesicht gesehen hat. Danke für das nette Gespräch. Auf Wiedersehen!

Ich erwidere ihr Lächeln. »Aber natürlich!«

Sie blickt zum Schrank, an dessen Tür bereits mein Kleid für den Abend an einem Haken hängt. Das Ballkleid ist herrlich, ein schulterfreies Wickelkleid in gedecktem Orange, das Jasalyns Vorzüge bestens zur Geltung bringt – ihren Teint ebenso wie ihre zierliche Sanduhrfigur.

Nicht zum ersten Mal wünsche ich mir, ich säße nicht in dieser Gestalt hier fest, aber heute graut mir regelrecht vor dem ganzen Gewese um das Kleid, das Make-up und meine Frisur für den Abend. Dabei hege ich keinerlei Zweifel, dass ich wunderschön anzusehen sein werde, wenn ich den Ballsaal betrete. Weil *Jas* wunderschön ist.

Und wenn Misha mich ansieht und seine Augen sich verdunkeln, wenn er die Hände in den Taschen vergräbt, als fürchte er, er könne sie andernfalls nicht bei sich behalten, dann weiß ich schon jetzt, dass es mir einen kleinen Stich versetzen wird, und für diesen Schmerz kann ich niemand anderen verantwortlich machen als mich selbst.

Ich habe die Dinge zu lange laufen lassen.

Als Amira sich vom Kleid wieder mir zuwendet, liegt ihre Stirn in Falten. »Es gefällt dir nicht?«

Ich winde mich innerlich. Als Empathin müssen meine widersprüchlichen Gefühle sie verwirren, besonders da das Kleid so schön ist. »Doch, schon.« Ich habe einen Kloß im Hals. »Ich glaube, es könnte das hübscheste Kleid sein, das ich je getragen habe.«

Sie legt den Kopf zur Seite und beobachtet mich. »Aber du bist dir nicht sicher, was Misha davon halten wird.« Sie seufzt und blickt zum Bett hinüber. »Darf ich mich setzen?«

»Ähm … ja, bitte.«

Sie streicht ihre Röcke glatt und lässt sich auf der Kante des ordentlich gemachten Bettes nieder. »Misha ist nicht nur mein König und mein früherer Gemahl«, erklärt sie, »sondern auch mein liebster Freund.«

Ich ringe die Hände. »Natürlich. Das hat er mir auch erzählt. Ich bewundere die Beziehung zwischen euch beiden.«

Aus ihren Augen strahlt mir Aufrichtigkeit entgegen. »Als er dich nach Castle Craige brachte, tat er das ohne jedwede Absichten …« Sie räuspert sich und lässt den Blick in den Schoß sinken. Dies ist keine Fae, die sich grundlos einmischt. Sie ist gekommen, weil sie Misha liebt – aus keinem anderen Grund –, aber diese Situation ist ihr unangenehm. »Nun, ich möchte jedenfalls nicht, dass du den Eindruck erhältst, es habe einen ausgefeilten Plan gegeben, deine Hand zu gewinnen. Er hat dich hergeholt, um Abriella einen Gefallen zu tun, und ich glaube, der Wandel, der sich zwischen euch vollzogen hat, überrascht euch beide.«

Ich umklammere meine Hand so fest mit der anderen, dass ich einen Bluterguss riskiere. »Was möchtest du damit sagen?«

Als sie den Kopf hebt und mich ansieht, glitzern Tränen in ihren Augen. »Ich wünsche mir nur, dass er die Liebe findet, die er mit mir nicht erleben konnte. Ich weiß, dass ich hier eigentlich nichts zu suchen und dir nichts zu sagen habe, aber ich kenne ihn nun mal so gut, dass ich weiß, was er für dich empfindet. Wie es meine Gabe mit sich bringt, weiß ich, dass du« – sie atmet einmal tief durch – »dass du nicht mehr das verschreckte kleine Mädchen bist, das ich bei meinem letzten Besuch am Hof des Mondes kennengelernt habe, aber ebenso weiß ich, dass es dich ängstigt, was du für Misha empfindest. Jedes Mal, wenn du ihn ansiehst, kann ich es spüren. Ich weiß nicht, liegt es nun daran, dass er Fae ist, oder dass er König ist, oder dass sich jeder mit einem gesunden Selbsterhaltungstrieb ein klein wenig vor einer Liebe fürchtet, die so allumfassend ist, aber ich möchte dich bitten ...« Sie blickt zur Seite, als brächte sie es nicht über sich, den Satz zu beenden.

»Um was?«, frage ich.

»Eigentlich möchte ich dich bitten, ihm eine Chance zu geben.« Sie schnieft und wischt sich die Tränen aus den Augen. »Aber das ist nicht fair angesichts all dessen, was du durchgemacht hast und was bereits von dir verlangt wurde. Deshalb werde ich stattdessen einfach nur sagen, tu ihm bitte nicht weh.«

Der Schmerz in meiner Brust ist unmenschlich. »Das habe ich nicht vor«, sage ich leise.

Sie sieht mir lange in die Augen und nickt schließlich kurz. »Ich danke dir. Wir sehen uns auf dem Ball.«

***

Mein Abbild im Spiegel versetzt mich gleichzeitig in Erstaunen und macht mich traurig. Die Zofe hat mir glänzendes Rosa auf die Lippen getupft und meine Augen mit einem Kohlestift nachgezogen, bevor sie dafür gesorgt hat, dass mir das Haar in weichen Wellen über den Rücken fällt.

Ohne Zweifel werden Mishas Augen heute Abend auf mir verweilen, und jeder sehnsüchtige Blick wird das Messer, das ich mir selbst in die Brust gestoßen habe, ein kleines Stück weiter herumdrehen.

Was würde ich in seinen Augen sehen, wenn er mich jemals in meiner wahren Gestalt erblicken würde? Vielleicht ist es besser, das nicht zu wissen. Wahrscheinlich würde es mir nichts als Schmerz bereiten.

»Es ist Zeit, Mylady«, sagt meine Zofe.

Ich streiche das Kleid glatt und folge ihr hinaus auf den Korridor, wo mich ein Wachmann begrüßt. Er bietet mir seinen Arm und führt mich die Treppe hinunter und dann weiter durchs Schloss, an dem gewundenen Bach entlang bis an die Türen des Ballsaals.

»Wartet hier, bis man Euch ausruft«, sagt er, und wenige Augenblicke später werden die Flügeltüren aufgestoßen und geben den Blick auf eine prächtige Steintreppe frei, die sich auf den Innenhof hinunterschwingt. Der Platz wurde für den Anlass in einen Ballsaal verwandelt. Funkelnde Kugeln, die gemeinsam mit dem Mond und den Sternen über der Tanzfläche schweben, sorgen für festliches Licht.

Eine durchdringende Stimme verkündet: »Jasalyn Kincaid, Prinzessin vom Hof des Mondes, Schwester der Königin der Unseelie, Kind von Mab.«

Alle Augen sind auf mich gerichtet. Die Musik setzt ein, und einer von Mishas Offizieren ergreift meine Hand und führt mich die Stufen hinunter bis aufs Kopfsteinpflaster, das heute Abend die Tanzfläche bildet.

Ich entdecke Misha auf der gegenüberliegenden Seite des Innenhofes. Er ist umringt von Leuten, die um seine Aufmerksamkeit buhlen, aber sein Blick ist auf mich gerichtet – langsam, Zentimeter für Zentimeter, wandert er über meinen Körper in diesem Kleid.

Mir wird ganz heiß und mein Magen zieht sich beklommen zusammen. *Er betrachtet Jas, nicht dich.*

»Darf ich um diesen Tanz bitten?«, fragt jemand hinter mir und fasst mich am Ellbogen. Bevor ich recht begreife, wie mir geschieht, ist das Orchester bereits in eine sanfte Melodie verfallen, und der gut aussehende Fae mit dem weißen Haar hat mich ins Gewühl der Tänzer entführt.

»Guten Abend«, sage ich verlegen. Ich schaue hinauf in seine meergrünen Augen und stolpere beinahe beim Anblick des Fae vor mir. Der Seelie-König. Ich *tanze* mit *König Ronan*.

»Ein beeindruckender Auftritt«, sagt er. »Sämtliche Augenpaare werden für den Rest des Abends nur auf dich gerichtet sein.«

Mir schießt die Hitze in die Wangen. »Da bin ich mir nicht so sicher.«

»Ich schon. Die Hälfte der hier anwesenden weiblichen Fae versucht, Mishas Hand zu ergattern, aber jetzt wissen alle, wie er dich ansieht. Du hast gewissermaßen eine Zielscheibe auf dem Rücken, ob es dir nun gefällt oder nicht.«

»Das war nicht meine Absicht.«

»Das wollte ich dir auch nicht unterstellen.« Er lächelt und in seinen Augenwinkeln bilden sich Fältchen. »Schön, dich wiederzusehen, Jas. Ich habe dich vermisst.«

Oh nein. Sie sind befreundet? »Das ist wahrscheinlich meine Schuld«, sage ich und weiche seinem Blick aus. »Ich muss zugeben, dass ich in den vergangenen Jahren nicht besonders gut darin war, Kontakt zu halten.«

Sein Gesichtsausdruck wird sanfter. »Dich trifft dabei keine Schuld. Wenn überhaupt, dann hätte ich mich mehr bemühen müssen, die nötige Zeit zu finden.« Er senkt den Kopf, sodass sein Mund ganz dicht neben meinem Ohr ist, als er sagt: »Ich bin immer noch dein Freund, genau wie damals in Elora, und ich werde für dich da sein, solltest du irgendetwas brauchen. Bitte vergiss das nicht.«

Ich muss schlucken und weiß nicht recht, was ich davon halten soll, aber eine Antwort wäre in jedem Fall verfänglicher als mein Schweigen.

Das Lied endet, König Ronan tritt zurück und drückt mir die Hände. »Du wirst heute Abend zweifellos weit mehr in Anspruch genommen werden, als du erwartet hattest, deswegen möchte dir schon jetzt sagen, dass ich hoffe, du kommst mich im Goldenen Palast besuchen. Du bist jederzeit willkommen. Es würde meinem Herzen guttun, wenn eine alte Freundin dort durch die Gänge wandelt.«

Ich erwidere seinen Händedruck. »Ich weiß das Angebot zu schätzen und werde es in Betracht ziehen.«

Er blickt über meine Schulter und nickt zur anderen Seite des Hofes hinüber. »Aber nun rasch zu Misha mit dir, bevor er noch vor Eifersucht platzt.«

Er zwinkert mir zu und ich bin schon zwei Schritte weit gekommen, als ich Misha entdecke. Er unterhält sich mit einer schönen, hellhäutigen Fae mit seidigem, schwarzem Haar. Sie haben die Köpfe zusammengesteckt wie bei einem vertraulichen Gespräch. Er lacht.

Er verdient es, glücklich zu sein.

»Sieh mal einer an!«, sagt jemand und berührt mich an der Schulter.

Ich wirbele herum und reiße die Augen auf. *Die Königin.* »Abriella!«, kiekse ich.

»Überraschung!« Sie drückt mir einen Kuss auf die Wange.

»Warum hast du mir nicht gesagt, dass du heute Abend hier sein würdest?« Ich bin mir nicht sicher, was ich getan hätte, wenn ich es gewusst hätte. Wahrscheinlich hätte ich eine Erkrankung vorgeschoben und wäre in meinem Zimmer geblieben.

Nein. Ich hätte es darauf ankommen lassen, der Schwester

der Prinzessin womöglich das Falsche zu sagen. Ich hätte meine Enttarnung riskiert – für diesen letzten Abend mit Misha.

»Ehrlich gesagt wusste ich wirklich nicht, ob wir es schaffen würden, und ich wollte dich keinesfalls enttäuschen.« Abriella blickt über ihre Schulter zu Finn. Er mustert mich mit silbernen Augen, die –

Mein Magen zieht sich zusammen beim Anblick dieser Augen. Silbern, genau wie die seines Onkels. Ich werde niemals in solche Augen sehen können, ohne an das Entsetzen zu denken, das Jas unter Mordeus zu erdulden hatte. Musste auch sie jedes Mal an Mordeus denken, wenn Finn sie ansah?

Brie wechselt einen Blick mit Finn, und als sie sich wieder zu mir umwendet, senkt sie die Stimme. »Wir waren Sebastian bei einem Problem am Hof der Sonne behilflich. Offenbar fordert ein Teil seiner Bevölkerung, er solle sich eine Frau nehmen.«

Ich setze ein Lächeln auf, obwohl ich keine Ahnung habe, wer *Sebastian* ist. »Gibt es schon eine Kandidatin?«, frage ich.

»Seine Berater haben einen Vorschlag gemacht, aber ich bin mir nicht sicher, ob er mir gefällt.«

»Und der wäre?«, frage ich.

»Ich bin mir auch nicht sicher, ob er dir gefällt.« Sie neigt den Kopf zur Seite und mustert mich. »Insbesondere, falls es stimmt, was mir über dich und Misha zu Ohren gekommen ist?« Meine Wangen werden heiß, und alle meine Sorgen, weil ich keinen Sebastian kenne, verflüchtigen sich. Und die Königin fügt mit einem breiten Lächeln hinzu: »Ich muss allerdings zugeben, dass ich immer gehofft habe, dass ihr beide beginnt, euch mit anderen Augen zu sehen.«

Ich senke den Kopf. »Ich weiß nicht, wovon du da redest.«

Sie legt mir einen Arm um die Schultern und führt mich in

eine ruhige Ecke. »Kein Grund, dich zu schämen, Jas. Du kannst mir alles erzählen.«

Ich schüttele den Kopf. »Da gibt es nichts zu erzählen.«

»Die Röte deiner Wangen sagt etwas anderes.« Sie sieht über ihre Schulter, und ich folge ihrem Blick bis zu dem betreffenden Fae. Mir wird klar, dass er mich beobachtet – *nein,* er beobachtet *Jas.* »Und auch wie er dich ansieht, sagt etwas anderes.«

»Da ist nichts. Wir sind Freunde geworden, das ist alles.«

»Er sucht eine Ehefrau und verbringt dabei seine ganze Zeit mit dir anstatt mit den Fae, denen er eigentlich den Hof machen sollte. Und *das* hat etwas zu bedeuten.«

»Nun, du hast ihn doch darum gebeten, oder? Dass er Zeit mit mir verbringt? Damit ich aus meinem Zimmer herauskomme und weg von meinen Büchern?«

Sie winkt ab. »Ich muss doch nur wissen, wie du darüber denkst. Ich weiß, dass du den Hof des Mondes nicht verlassen wolltest, aber du siehst so gut aus und scheinst dich hier wirklich wunderbar einzuleben. Falls Misha also tatsächlich *ernsthafte* Absichten verfolgt … wärst du dann interessiert?«

Ich bin innerlich zerrissen. Misha ist warmherzig und rücksichtsvoll, und er hat etwas Besseres verdient als das Spiel, das ich mit ihm treibe. Ich weiß nicht, ob er und die echte Jasalyn ein gutes Paar abgeben würden oder nicht, aber ich hasse es, so in seine Zukunft einzugreifen. Schlimmer ist nur die Gewissheit, tief in meinem Inneren, dass ich länger hierbleiben würde, wenn ich könnte. Um mehr Zeit mit Misha zu haben. Auch wenn dies alles nicht real ist. Obwohl ich weiß, dass es den Schmerz nur vergrößert, wenn der Moment des Abschieds dann unweigerlich kommen wird.

Morgen. Schon morgen wird das alles vorüber sein.

Ich starre auf meine Schuhspitzen. »Ich glaube nicht.«

Ich spüre die Enttäuschung der Schattenkönigin, blicke aber nicht auf.

»Ich werde dich nicht drängen«, sagt sie schließlich, »und ich werde immer dafür kämpfen, dass du volle Entscheidungsgewalt über deine Zukunft hast. Ich möchte nicht, dass du zu einer politischen Schachfigur wirst, aber, Jas« – sie wartet, bis ich sie ansehe –, »dir muss bewusst sein, dass die Berater jeden Hofes versuchen werden, dich als solche zu benutzen, solange du ledig bist. Falls du eine Chance siehst, eine Beziehung einzugehen, die wirklich auf Liebe beruht – *das* ist es, was ich mir für dich wünsche.«

Ich nicke, weiche aber ihrem Blick aus. »Danke.«

Mit einem Seufzen drückt sie meine Schultern. »Wir müssen jetzt die Runde machen. Leider können Finn und ich heute Abend nicht lange bleiben, aber wir haben vor, nächste Woche für einen ausgedehnten Besuch zurückzukehren.«

»Ich bin so froh, dass du gekommen bist.«

Sie drückt mich an sich und flüstert mir ins Ohr: »Du verdienst alles Glück der Welt. Und wenn du irgendwo auch nur einen Fitzel davon hervorblitzen siehst, lauf ihm nach und halte ihn mit beiden Händen fest.«

Ihre Worte erinnern mich so sehr an etwas, das meine Mutter immer gesagt hat, dass meine Augen brennen und die Tränen mir die Kehle zuschnüren. Ich möchte ihr sagen, dass sie Jas nie im Stich gelassen hat, dass sich die Prinzessin glücklich schätzen darf, eine Schwester wie sie zu haben, und dass Jas all diese Geheimnisse nur für sich behalten hat, um Brie zu schützen. Aber weil ich das nicht darf, nicke ich nur.

»Wir sehen uns bald.« Sie blickt über meine Schulter in Mishas Richtung. »Denk über das nach, was ich dir gesagt habe.«

KAPITEL 26

FELICITY

Castle Craige mangelt es nicht an Balkonen mit herrlicher Aussicht, und die große Terrasse, die gleich hinter dem Innenhof weit über die Seite des Berges hinausragt, bildet da keine Ausnahme. Allerdings ist sie vollgestopft mit Partygästen mit ihrem Fae-Wein und ihrem falschen Lächeln.

In meinem Kopf rasen die Gedanken und ich brauche ein bisschen Ruhe, deswegen schleiche ich mich durch den Dienstbotengang fort vom Fest, zurück ins Schloss. Ich schlängele mich durch die Küche, wo die Bediensteten Tabletts mit Schaumwein und Desserts vorbereiten. Auf der anderen Seite entdecke ich eine schmale Wendeltreppe und steige zwei Absätze weit nach oben. Ich weiß nicht genau, wo ich hingehe, und ich glaube, es ist mir auch egal. Ich möchte einfach nur allein sein – fort von der Gästeschar und der Vorstellung, dass sich irgendwo zwischen diesen Fae-Frauen auch die eine befindet, in die Misha sich verlieben wird. *Eine, die seine Liebe verdient.*

Ich biege vom Treppenhaus in einen langen Flur, der vom Getöse des Balls fortführt, und gelange schließlich zu Mishas

Lieblingsterrasse, leer bis auf eine leichte Brise und das Licht der Sterne. Ich nehme mehrere tiefe, bebende Atemzüge der kühlen Nachtluft, bevor ich endlich spüre, wie sich meine Muskeln entspannen.

Ich fühle mich fast, als wäre ich gerade vor einem Geschenk davongelaufen, aber was hätte ich tun sollen? Hätte ich der Schattenkönigin sagen sollen, ja, ich möchte mit Misha zusammen sein? Hierbleiben und ihn glauben lassen, dass er Jasalyn umwirbt, nur um die echte Prinzessin dann jäh in diese Situation hineinzustoßen, wenn Erith tot ist und ich nach Hause gehen kann? Oder schlimmer noch – Misha näher an mich heranlassen, einfach weil ich nicht widerstehen kann, und riskieren, dass er die Wahrheit erfährt, bevor ich wieder sicher daheim bin?

Der Wind frischt auf und weht das Haar von meinen Schultern. Ich stütze meine Unterarme auf die geschnitzte hölzerne Balustrade, schließe die Augen und lasse die Brise über meine Haut tanzen.

»Wie kommt es, dass ich schon geahnt habe, du würdest einen Grund finden, dich vom Fest davonzustehlen?«, ertönt Mishas tiefe Stimme hinter mir.

Lächelnd drehe ich mich um. Ich kann nicht anders, ich bin froh, dass er hier ist. Unwillkürlich löst sich die Beklemmung in meinem Herzen und mein Blut beginnt in der Wärme seiner Gegenwart zu summen. »Wie hast du mich gefunden?«

Vom Himmel hallt ein Krächzen herab, und Mishas Habicht lässt sich auf dem gegenüberliegenden Geländer nieder.

»Guten Abend, Sturm«, begrüße ich den Vogel, bevor ich mich erneut Misha zuwende. »Ich vergesse immer wieder, dass du überall deine Augen hast.«

»Nicht überall«, erwidert er und mustert mich bedächtig. »Ich hatte noch keine Gelegenheit, dir zu sagen, wie anmutig du in diesem Kleid aussiehst.«

Meine Wangen werden heiß, was absolut lächerlich ist. Die echte Felicity würde er wahrscheinlich überhaupt nicht attraktiv finden: ein wenig mollig, weißes Haar, blaue Augen. Das genaue Gegenteil von Jasalyn in praktisch allen Belangen. Nicht dass ich das Recht hätte, deswegen verbittert zu sein. »Vielen Dank.«

»Zugegeben, es hat mich überrascht, dass du es nicht selbst nähen wolltest. Ich habe deine Kreationen immer geliebt. Und ich weiß, dass bis heute alle Lieblingsstücke im Schrank deiner Schwester aus deiner Hand stammen.«

Ich zucke mit den Schultern. »Ich habs wohl einfach ein bisschen über.«

Er nickt und tritt an die Balustrade. Die Sonne ist längst untergegangen, aber der Mond scheint hell, und die Lampen an den Straßen unten im Tal bieten einen wundervollen Anblick.

»Brie meint, sie hätte mit dir über das gesprochen, was sich am Seelie-Hof zuträgt. Der Druck, unter dem der König steht.«

Hat das irgendetwas mit diesem Sebastian zu tun, den sie erwähnt hat? »Ja, kurz«, antworte ich und hoffe, wir wechseln das Thema, bevor ich etwas sage, das mich entlarven könnte.

»Ich fürchte, seine Berater greifen nach Strohhalmen. Dich mit dem Goldenen König zu verheiraten wird niemanden zufriedenstellen, aber deine Schwester ist in einer heiklen Lage, angesichts der Vorgeschichte der beiden. Wenn sie es verhindert, wird es aussehen, als hege sie immer noch Gefühle für ihn.«

Nennt Abriella den Goldenen König etwa Sebastian? »Warte mal – wenn sie *was* verhindert?«

»Den Teil hat sie dir wohl nicht erzählt.« Er verzieht das Gesicht. »In diesem Reich gibt es Berater, die glauben, alle politischen Zwistigkeiten ließen sich durch eine Heirat lösen. Auch meine eigenen Berater neigen reflexhaft dazu, auf diese Strategie zurückzugreifen, aber ich persönlich bin anderer Meinung. Diejenigen an Ronans Hof, die seine Legitimität als König infrage stellen, sind dieselben, die sich gegen eine Unseelie-Prinzessin als ihre Königin sperren würden.«

Mein Blick schnellt zu ihm hinüber. »Warum wird dieser Plan dann überhaupt verfolgt?«

»Weil sie alle Narren sind. Hinterhältige Narren.« Misha schüttelt den Kopf. »Ich weiß nicht, was schlimmer ist – dass seine Berater wirklich so töricht sind, zu glauben, dass die Heirat mit dir allen Unfrieden beseitigen wird, oder die noch viel wahrscheinlichere Möglichkeit.«

»Und die wäre?«, frage ich.

Er schluckt. »Dass sie ganz genau wissen, dass das nicht funktionieren wird, sie es aber lieber sähen, wenn *du* zur Zielscheibe der politischen Unzufriedenheit wirst anstatt ihr König.« Er schlägt mit der flachen Hand aufs Geländer. »Irrsinn in jedem Fall.«

»Glaubst du denn, König Ronan würde mich überhaupt heiraten *wollen*?« Meine Frage klingt schriller als beabsichtigt.

Misha zieht eine Augenbraue hoch. »König Ronan? Übst du etwa schon für deine Zeit bei Hofe?« Er schnaubt verächtlich. »Eigentlich glaube ich, er liebt immer noch deine Schwester.«

»Aber sie ist mit Finnian verbunden.«

»Natürlich, und wir wissen alle, dass sich nichts daran ändern wird, solange die beiden leben, aber das, was er für deine Schwester empfunden hat? So eine Liebe wird nicht so schnell vergehen.«

Meine Gedanken rasen. Wäre Hale die tiefe Verbindung zwischen den Anführern der anderen Höfe bewusst gewesen, dann hätte er einen Weg gefunden, mich an den Hof der Sonne zu schicken anstatt ins Land der Wilden Fae. Ich bin mir sicher, die Königin hätte ihrer Schwester erlaubt, ihre Zeit stattdessen dort zu verbringen, wenn sie – wenn *ich* – gefragt hätte. Ich bin unendlich froh, dass ich jetzt hier stehe.

»Würdest du …« Er wendet sich mir zu und mustert mein Gesicht, als versuche er, sich jede Einzelheit einzuprägen. »Von der ganzen Politik einmal abgesehen – würdest du das denn wollen? Eine Ehe mit dem König der Seelie? Ein Leben als Königin am Hof der Sonne?«

Ich bewege mich auf immer gefährlicherem Terrain, wenn ich in Herzensdingen für Jasalyn antworten muss, aber Misha fragt ja nicht, was Prinzessin Jas, das Mädchen, das er früher kannte, darüber denkt. Er fragt *mich*. Vielleicht mache ich mir selbst etwas vor, wenn ich glaube, dass dieser Unterschied existiert. Vielleicht macht das meine Täuschung nur noch schlimmer, aber ich schiebe jeden Gedanken daran, was Jas wohl antworten würde, weit von mir und antworte für mich selbst: »Nein, das würde ich nicht wollen.«

Misha blickt auf unsere Hände, die nebeneinander auf dem Geländer liegen, und streckt seinen kleinen Finger, bis er sanft über meinen streicht. »Ist es eigensüchtig von mir, dass ich dich hierbehalten möchte?«

»Ist es eigensüchtig von mir, dass ich bleiben möchte?«, frage ich, und die aufschwellenden Gefühle lassen mir den Atem stocken. Ich wünschte, ich könnte mich für immer hier verstecken. Und ich wünschte, mir bliebe all der Schrecken erspart, der mich in Elora erwartet. Ich vermisse meine Familie, aber solange Erith lebt, werde ich niemals in mein früheres Leben zurückkehren können.

Mishas Gesichtszüge werden ganz weich, als er meinen inneren Tumult bemerkt, und er schließt mich in seine Arme. Ich versuche nicht, ihn aufzuhalten. Ich schmiege mich an seine Brust und atme ihn ein. Er duftet nach frischer Pinie und einem neuen Tag, und mit seiner Wärme an meiner Wange jagt mir meine Zukunft sofort weit weniger Angst ein.

Er legt sein Kinn auf meinem Scheitel ab und spielt mit dem weichen Haarflaum in meinem Genick. »Du kannst bleiben, solange du möchtest. Solange dies mein Königreich ist, wirst du hier immer einen Platz haben.«

Ich schließe die Augen und lege eine Hand flach an seine Brust. »Deine neue Gemahlin wird das vielleicht anders sehen.«

Er knurrt: »Ich habe es nicht eilig, eine neue Gemahlin zu finden, Jas.«

Der Klang dieses Namens erinnert mich daran, weshalb ich hier bin. Ich mache mich von ihm los und richte mich auf. »Du brauchst einen Thronfolger, und du wirst nicht jünger.«

Er schmunzelt. »Ich bin in der Tat schon ziemlich alt.«

Lachend blicke ich durch meine Wimpern zu ihm auf.

Er wird wieder ernst, als er mein Gesicht betrachtet. »Ich weiß immer noch nicht, ob ich es nun lieben oder hassen soll, dass du mich nicht in deine Gedanken lässt.«

Mein Lächeln erstirbt. »Misha …«

»Ich verstehe schon«, sagt er und schiebt seine Hand auf dem Geländer über die meine. »Und ich respektiere das. Aber da ich nicht in deinen Gedanken herumstöbern und es selbst herausfinden kann … verrate mir doch, was du von diesem Abend hältst – dem Ball. Der ganzen Pracht und Herrlichkeit.«

Ich runzele die Stirn. »*Das* würdest du also herausfinden wollen, wenn du meine Gedanken lesen könntest?«

»Eigentlich nicht.« Sein Blick sinkt hinab auf meinen Mund und verweilt dort lange genug, um mir den Atem zu rauben. »Wenn ich wählen könnte, würde ich wissen wollen, ob du an mich gedacht hast, nachdem ich letzte Nacht deine Gemächer verlassen habe, und was genau in diesen Gedanken enthalten war.« Er verzieht den Mund zu einem verwegenen Grinsen. »Aber ich versuche, ein Gentleman zu sein.«

Jetzt brennen meine Wangen geradezu und ich sehne mich so sehr danach, von ihm geküsst zu werden, dass mein Herz schmerzt. Sehne mich so sehr danach, dass meine Lippen kribbeln. Auf meinen nächsten Atemzug muss ich mich regelrecht konzentrieren. »Es ist ein wunderschöner Ball«, sage ich mit einem gezierten Lächeln. »Ebenso wie alle deine Gäste.«

Er stößt ein Knurren aus, das halb Lachen, halb widerwillige Zustimmung ist. »Er ist ein Spektakel. Mein Hof ist vielleicht nicht so straff reglementiert wie die Höfe der Sonne und des Mondes, aber die Leute wollen zumindest sehen, dass ich auf Brautschau bin.«

»Vielleicht solltest du lieber dort unten sein, damit sie sehen, wie du schaust«, erwidere ich und bemerke, dass dieses Mal ich es bin, die auf seinen Mund starrt.

Er bemerkt es, und die Luft zwischen uns lädt sich auf. »Vielleicht sollte ich das.«

Als er seinen Mund auf meinen senkt, weichen alle Gedanken aus meinem Verstand und alle Worte von meinen Lippen. Ich weiß nur noch eines: wie sehr ich mir wünsche, noch einmal seinen Kuss zu spüren.

Seine großen Hände streichen meine Seiten hinauf und schließen sich durch den Stoff des Kleides um meine Brüste. Wäre es doch nur fort. Ich sehne mich nach der Berührung von letzter

Nacht – mit nichts als dem dünnen, nassen Hemdchen zwischen seinen Händen und meiner Haut. Ich vergrabe meine Finger fest in seinem Haar, und er vertieft den Kuss. Unsere Lippen und Zungen sprechen ihre eigene Sprache, ein Spiel aus Ruf und Antwort, das sich halb wie ein heiliger Ritus und halb nach verbotener Lust anfühlt.

Er fährt mit dem Mund seitlich an meinem Hals hinab, dann noch tiefer, bis mir hörbar der Atem stockt. Seine Hände sind überall – in meinem Nacken, wandern abwärts über die entblößte Haut meines Rückens, bis sie meinen Hintern packen. Als er mit den Zähnen über die Wölbung meiner Brüste streicht – heiß und nass und vielversprechend –, erschauere ich am ganzen Körper.

Wahrscheinlich wimmere ich leicht, als er sich wieder aufrichtet, meinen Körper fest an sich zieht und seinen Mund an mein Ohr presst. Ich zittere definitiv.

»Ich weiß«, murmelt er. Eine seiner Hände ist in meinem Haar, und ich spüre, wie sich die kunstvoll hochgesteckten Locken lösen. Es kümmert mich nicht. »Bei den Göttern, ich weiß.« Er hält mich umschlungen, als würde er von der Welt herunterfallen, wenn er loslässt. Und ich tue es ihm gleich. »Ich möchte nicht zurück in den Schlosshof gehen und tanzen und den Anschein wahren. Ich möchte dich in meine Gemächer bringen und dir dieses Kleid ausziehen.«

Ich schmiege mich an seine Brust. *Ja. Bitte. Genau das.* »Aber du musst gehen«, sage ich.

»Du hast deiner Schwester erklärt, du wärst nicht an einer romantischen Beziehung mit mir interessiert«, sagt er. »Aber dann sagst du, du möchtest bleiben, und dann küsst du mich auf diese Weise, und …« Er tritt einen Schritt zurück und fährt sich mit der Hand übers Gesicht. »Ich weiß nicht, was ich denken soll.«

Ich sehe in seinen rostbraunen Augen, dass er verletzt ist. Ich hätte nicht gedacht, dass Misha von meiner Äußerung erfährt – jedenfalls nicht so schnell.

»Ist es wegen deines Bäckerssohnes oder weil ich Fae bin, oder –«

»Nein.« Hinter meinen Augenlidern brennen die Tränen, die ich nicht freigebe. »Nichts von alldem.«

»Ich weiß, was Lark gesagt hat, aber sie hat nicht immer recht. Ich verspreche dir, dass sie sich in diesem Punkt irrt. Ich werde dir nicht das Herz brechen. Dazu ist es mir viel zu kostbar.« Er ergreift meine Hand und führt sie an seine Brust. »Ich bin nicht nur ein König auf der Suche nach einer Königin. Ich bin ein Mann, der erkennt, dass er sich in die eine Person verliebt hat, von der er es am wenigsten erwartet hätte. Ich weiß, dass es beängstigend ist. Und wenn ich mich schon fürchte, will ich mir gar nicht vorstellen, wie du dich fühlen musst, aber … Gib mir eine Chance. Jasalyn, gib uns diese Chance.«

Jasalyn. Ihr Name ist der Hammer, der mir das Herz bricht. Lark hat sich *tatsächlich* geirrt. Misha trifft keine Schuld. Ich habe es *selbst* getan. Und ich muss von hier weg. Nicht nur, weil mir die Zeit davonläuft, sondern weil ich es nicht ertragen könnte, ihn zu verletzen.

»Geh zurück zum Ball.« Ich streiche mir durch die herabhängenden Locken. »Ich sollte jetzt auf mein Zimmer gehen und mich wieder herrichten.«

»Ist das ein Ja?«, fragt er, während seine Augen über mein Gesicht wandern.

Ich presse meinen Handballen auf meine Brust, als könnte ich mein Herz durch den Druck allein zusammenhalten. »Wenn du mich nach dieser Nacht immer noch willst, vielleicht …« Ich weiß, dass ich mein Lächeln nicht durchhalten kann, also lasse ich es wanken und meine Furcht durchscheinen. »Vielleicht werde ich dann morgen versuchen, mich davon zu überzeugen, dass ein Fae wie du wirklich ein Mädchen wie mich wollen könnte.«

»Du hast ja keine Ahnung, wie sehr.« Er streicht mir mit zitternden Fingern seitlich über den Hals, vergräbt dann die Hände in den Taschen und wendet sich ab, zurück zum Schloss und dem Ball.

Lebe wohl, Misha. Du wirst mir fehlen.

Ich wage nicht, die Worte laut auszusprechen, aber er dreht sich trotzdem noch einmal mit fragendem Blick zu mir um, als hätte der Gedanke womöglich doch den Weg zu ihm gefunden.

Dann lass mich nicht zu lange warten, Prinzessin.

Die Worte sind so klar wie der helle Tag – als hätte er sie laut ausgesprochen –, aber ich weiß, dass er sie nur in meinen Geist geflüstert hat. Mein Herz rast, während ich beobachte, wie er zum Fest zurückgeht, zurück zu seinen Gästen.

Wie ist das passiert? Warum hat es sich so *richtig* angefühlt? Und wie kann ich dafür sorgen, dass es nie wieder geschieht?

Ich schiebe meine Bedenken beiseite und eile zurück in meine Gemächer. Dort angekommen lehne ich mich rücklings an meine Tür und presse die Hand an die Stelle auf meiner Brust, die sich anfühlt, als würde ein Dämon versuchen, sich mit seinen Klauen den Weg nach draußen zu bahnen.

Wie konnte ich das nur zulassen? Wie konnte ich mich nur in einen Fae verlieben, der nicht einmal weiß, wer ich bin? Wie konnte ich zulassen, dass er sich in eine Lüge verliebt?

Ich mag mit Romantik nicht viel Erfahrung haben, bin aber nicht so naiv, dass mir nicht bewusst wäre, was zwischen Misha und mir heute Nacht geschehen wird, wenn ich zurück zum Fest gehe. Entweder werde ich die Nacht in seinem Zimmer verbringen oder er sie in meinem; und mich danach von ihm abzuwenden könnte mich für immer zerstören.

Aber selbst, wenn ich es überstehen könnte? Ich darf nicht riskieren, die Nacht mit ihm zu verbringen – nicht einmal einen einzigen Tanz –, wenn er plötzlich meine Gedanken hören kann. Wenn meine Schutzschilde bei ihm nicht mehr wirken und er das Netz der Täuschungen durchschaut, in das ich ihn verwickelt habe, werde ich mit der Suche nach dem Portal nicht bis morgen warten können.

Ich muss das Ganze jetzt beenden. Heute Nacht.

KAPITEL 27

JASALYN

Im Schutzraum vergeht die Zeit nur quälend langsam. Unaufhörlich kreisen meine Gedanken, und ständig stelle ich mir vor, was meinen Freunden zustoßen könnte. Was Kendrick zustoßen könnte. Aber als das Kreischen des Wyvern endlich verstummt und jemand die Tür zum Schutzraum aufreißt, ist noch nicht einmal eine Stunde vergangen.

»Jasalyn!«, ruft Kendrick.

Ich jage hinter einigen anderen die Stufen hinauf und werfe mich in seine Arme. *Er ist hier. Er ist am Leben. Es geht ihm gut.*

Für einen kurzen Moment hält er mich fest, bevor er mich wieder loslässt. Sein Gesicht wirkt ausgezehrt, die Augen gerötet, aber er ist unversehrt. »Ich hatte schon befürchtet, es hätte dich erwischt. Ich dachte …«

»Und die anderen?«, frage ich. Erst da erkenne ich, dass ringsum Leichen verstreut liegen und ich genauer nachfragen muss. »Remme, Skylar, Natan?«

»Bei ihnen ist alles okay«, antwortet er. Dann wirken seine Augen gequält. »Ich wünschte, ich könnte dasselbe auch für alle von Lons' Kämpfern sagen. Diese Leute haben heute mehr als nur ihre Häuser verloren.«

Ich kneife die Augen zu. »Ich wünschte, ich hätte helfen können.«

Ich versuche, mir einen Überblick zu verschaffen, aber wohin ich auch sehe, zeigen sich neue grausige Bilder. Das halbe Dorf liegt in Schutt und Asche.

»Das war nicht Crissa«, sage ich.

Kendricks Kiefer zuckt. »Nein. Das war eine Falle, und wir sind mitten hineingetappt.«

»Die Sieben?«

»Ich glaube schon.« Er fährt sich mit der Hand übers Gesicht. »Sie müssen wissen, dass wir unserem Ziel ganz nahe sind. Aber außerhalb von Elora haben sie uns immer in Ruhe gelassen. Ich hätte nicht gedacht, dass sie wissen, wo wir zu finden sind, aber dies war ein gezielter Angriff. Es ist kaum vorstellbar, dass jemand anderes dafür verantwortlich ist.«

»Was ist mit Isaak? Wusste er, dass er einen Wyvern mit nach Hause brachte?«

Kendrick schließt einen Herzschlag lang die Augen. »Wenn ja, dann hat er sein gerechtes Ende gefunden.« In seinen Worten schwingt keine Befriedigung mit.

»Er hat es nicht überlebt.«

Er schluckt und schüttelt dann den Kopf. »Er war bei sich zu Hause – wo wir ihn hingeschickt hatten –, und sein Haus war eines der ersten, die der Wyvern vernichtet hat.«

Allmählich kommen immer mehr Leute aus dem Keller und blicken sich mit großen Augen um.

»Geht zu Lons auf den Dorfplatz«, ruft Kendrick den Leuten zu, die aus dem Schutzraum heraufströmen. »Er wird dort allen, die ihre Häuser verloren haben, einen vorübergehenden Wohnraum zuteilen.«

Dann stutzt er, als er bemerkt, dass die Leute mich wie gebannt anstarren, anstatt zu versuchen, ihre überlebenden Angehörigen zu finden. »Trägst du etwa den Ring?«

Ich nicke unsicher. »Ich musste. Um zu helfen.« Und mit dem überzeugendsten Lächeln, das ich zustande bringe, sage ich: »Sucht eure Familien und versammelt euch bei Lons auf dem Dorfplatz.«

Kendricks Augenbrauen ziehen sich zusammen. »Willst du ihn nicht wieder ablegen?«

»Er klemmt fest«, antworte ich. Ich ziehe noch einmal daran, aber der Ring rührt sich immer noch nicht. Keinen Millimeter.

»Wie meinst du das, *er klemmt fest*?«

Mir wird ganz mulmig. Den Gedanken habe ich noch nicht zugelassen. Das schaffe ich einfach nicht.

»Na komm. Lass mich mal probieren.«

Er führt mich zurück zu unserem Haus und weiter bis in die Küche. Meine Hand zittert, als Kendrick sie mit Seifenlauge einweicht, aber die Angst hat sich wie ein Eispanzer um mein Herz gelegt. Während der gesamten Wartezeit im Keller habe ich versucht, den Ring vom Finger zu bekommen, und ich weiß, dass auch Kendrick nichts daran ausrichten wird.

Als er meine bebende Hand umfasst, sind seine Finger ganz ruhig. Das Gefühl ist tröstlich – seine raue Haut auf meiner glitschigen –, aber ich kenne das Ergebnis bereits.

»Wie …?« Er hebt meine Hand an die Laterne, dreht sie in die eine und dann in die andere Richtung und fährt mit dem Daumen immer wieder über den Rand des Rings. »Es ist, als wäre das gar kein Ring … sondern ein *Teil* von dir.«

***

Wir sitzen in der Küche als Natan, Remme und Skylar zurückkehren.

»Wir haben ein Problem«, sagt Kendrick. Er drückt meine Hand, während die anderen der Reihe nach glasige Augen bekommen.

»Jasalyn«, sagt Remme und kommt auf uns zu.

Skylar springt ihm in den Weg, den Blick fest auf mich gerichtet.

»Was kann ich für dich tun, Prinzessin?«, fragt Natan.

»Jetzt schaut schon weg, verdammt noch mal«, befiehlt Kendrick, aber sie beachten ihn nicht.

Kendricks Autorität hat keine Bedeutung, solange ich den Ring trage.

Ich lächele. »Bitte wendet eure Aufmerksamkeit der Wand dort drüben zu«, sage ich leise. »Wir müssen mit euch reden, während ihr mich nicht anseht – damit ihr euch konzentrieren könnt.«

Kaum dass alle drei uns den Rücken zukehren, lassen sie die Schultern sinken, als die Macht meines Zaubers allmählich die Gewalt über sie verliert.

»Jasalyn hat im Durcheinander des Angriffs den Ring benutzt, um zu helfen«, erklärt Kendrick, »aber jetzt lässt er sich nicht mehr abziehen.«

Natan dreht sich zu uns um.

»Zur Wand«, erinnere ich ihn freundlich, und er richtet den Blick wieder in die entgegengesetzte Richtung, die Hände an seinen Seiten zu Fäusten geballt.

»Wie meinst du das, er *lässt sich nicht mehr abziehen*?«, will er wissen. »Habt ihr schon versucht, ihn nass zu machen?«

»Es ist, als wäre er jetzt ein Teil von ihr«, sagt Kendrick. »Der

Ring ist eins mit Jas geworden, und sie kann sich nicht von ihm befreien.«

Skylar presst die Handflächen gegen die Wand und schließt die Augen. »Bedeutet das, dass ich mich jetzt immer so fühlen werde, wenn sie in der Nähe ist?«, fragt sie.

Kendrick wirft mir einen Blick zu und meint dann an seine Freunde gewandt: »Wahrscheinlich.«

»Ich will doch nur *schauen*. Ich will sie *zufriedenstellen*«, sagt Remme und schüttelt den Kopf. »Ich verspreche, wirklich ganz artig zu sein.«

»Je länger du wegsiehst, desto einfacher wird es«, sagt Natan, dessen Fäuste sich allmählich lösen.

»Warum kann Hale sie ansehen?«, fragt Skylar.

Ich blicke Kendrick einen kurzen Moment an. »Das ist eine gute Frage.«

»Ich weiß es nicht«, antwortet er leise, aber etwas in seinen Augen verrät mir, dass er entweder lügt oder zumindest einen Verdacht hegt. *Fienna*.

Skylars Schultern heben und senken sich mit einem tiefen, kontrollierten Atemzug. »Okay. Jetzt gehts wieder besser, glaube ich. Wir sollten sie also nicht ansehen, und dir macht es nichts aus, aber was unternehmen wir wegen der Sache mit den Erinnerungen?«

Kendrick drückt noch einmal meine Hand. »Ich glaube, solange die Magie nicht denkt, dass sich unsere Wege getrennt haben, werde ich meine Erinnerungen auch nicht verlieren. Und ich werde zeitnah Tagebuch führen für den Fall, dass wir uns trennen müssen.«

»Und wie willst du dafür sorgen, dass diese Magie irgendetwas *denkt*?«, frage ich.

Er behält mich im Blick. »Wir bleiben durchgehend miteinander verknüpft. Insbesondere, während wir schlafen.«

Schlafen. Verknüpft mit Kendrick. Mein Magen schlägt einen winzigen Salto, sackt dann aber vor Angst ins Bodenlose, als ich begreife, was am nächsten Morgen folgen wird. »Und wie halten wirs mit dem Tageslicht?«, frage ich.

»Stimmt.« Kendrick verzieht das Gesicht. »Du wirst den ganzen Tag über geschwächt sein. Kehren deine Kräfte denn abends wieder zurück?«

»Das weiß ich nicht. Ich habe den Ring noch nie so lange getragen.«

»Na wunderbar!«, bemerkt Skylar.

Remme stößt einen Fluch aus.

»Können wir sicher sein, dass er genauso wirkt wie bisher, wenn er pausenlos getragen wird?«, fragt Natan.

»Da können wir nur abwarten, fürchte ich«, sagt Kendrick. »Wenn es bei der Schwäche am Tage bleibt, lassen wir uns etwas dagegen einfallen.«

»Wir müssen zusehen, dass wir diesen Ring von ihr herunterbekommen«, erklärt Natan.

»Ganz meine Meinung«, erwidert Kendrick. »Wenn der Ring sie tagsüber schon nach ein paar Stunden so krank macht, dann fragt sich, was er auf lange Sicht alles anrichten wird, aber gut wird es in keinem Fall sein.«

»Wenn er sie zu krank macht, müssen wir ihr vielleicht den Finger abschneiden«, sagt Skylar.

Ich zucke zusammen. Remme und Natan stockt der Atem.

»Um sie zu *schützen*«, knurrt Skylar.

»Die drastischen Maßnahmen heben wir uns auf, bis wir wissen, dass sie nötig sind«, erklärt Kendrick.

»Bringen wir sie nach Hause und suchen ihr einen Magier, der ihn zerstören kann.« Natan sagt das ganz nüchtern. *Den Ring zerstören.* Ich warte auf das Gefühl, dass meine Brust in einen Schraubstock gezwängt wird, aber es kommt nicht. Ich will frei sein von diesem Ring – vom Guten wie vom Schlechten.

»Je früher, desto besser«, sagt Skylar. »Ich fand Mädels ja schon früher scharf, aber dieses Gefühl jetzt nennt man unter Heteros *in ein Mädchen verschossen sein*, und ich würde mich dafür am liebsten selbst ins Gesicht boxen.«

»Tu das nicht«, sage ich.

»Werde ich auch nicht, versprochen. Ich werde keinesfalls etwas tun, das dir missfällt«, sagt sie beschwichtigend und mit großen Augen. Dann knurrt sie: *»Mach, dass es aufhört.«*

»Jetzt schlafen wir erst mal«, sagt Kendrick. »Den Rest klären wir morgen.«

***

Als wir gemeinsam das Zimmer betreten, in dem Kendrick und ich schlafen werden, ist die Atmosphäre eine völlig andere – ich mit dem Ring am Finger, der Morgen ungewiss.

»Ich würde dir ja gern etwas Privatsphäre zum Umziehen lassen, aber –«

»Nein, schon klar.« Ich sehe mich im Zimmer um. Wenn ich Skylar wäre, würde ich mich wahrscheinlich völlig ungeniert vor ihm bis auf die Unterwäsche ausziehen. »Aber wenn du dich vielleicht kurz umdrehen könntest?«

Wortlos dreht er sich zur Wand, aber meine Hände zittern dennoch, als ich mein Kleid ausziehe und das weiche Baumwollnachthemd überstreife. Es ist ärmellos, weißgrau und reicht mir bis knapp übers Knie. Nichts daran ist sexy.

»Okay«, sage ich. »Ich bin wieder schicklich.« Dann richte ich meine volle Aufmerksamkeit darauf, mein Kleid zusammenzulegen, damit ich ihm nicht in die Augen sehen muss.

Leise höre ich hinter mir Klingen aneinanderstoßen und das Rascheln von Stoff, aber ich wage nicht, hinzusehen. Ich frage mich, wie er wohl schläft – auf der Seite oder auf dem Rücken? Auf einer Seite vom Bett oder in der Mitte? Wird er heute Nacht um meinetwillen anders schlafen als sonst?

Ich fühle ihn hinter mir herankommen, bevor ich spüre, wie er mir das Haar über eine Schulter streicht. Dann fährt er mit den Fingerspitzen über die empfindsame Haut in meinem Nacken. »Was tust du da?«

»Ich möchte sehen, ob es eine Stelle gibt, wo dich dieser Hurensohn nicht geschnitten hat.«

Ich presse die Augen zusammen. Mein morgendlicher Verwandlungszauber hatte bereits nachgelassen, während wir unten in der Küche auf die Rückkehr unserer Freunde warteten. »Wenn du die schon hässlich findest, solltest du mal sehen, was er in meinem Kopf angerichtet hat.«

Er dreht mich langsam zu sich herum. Seine breite, starke Brust ist nackt, und mein Blick fällt unwillkürlich auf die Linien aus tätowierten Zeichen über seinem Herzen. Er hebt mein Kinn an, bis ich ihm in die Augen sehe. »Da ist nichts Hässliches an dir. Du bist wunderschön, innen wie außen.«

Ich lecke mir über die Lippen. »Das liegt nur an dem Ring, der dir einen Streich spielt.«

»Das glaube ich nicht. Schon bevor ich dich mit dem Ring sah, warst du die schönste Kreatur, die mir je begegnet ist.«

»Kreatur?« Ich versuche, das Wort wie einen Scherz klingen zu lassen, aber es gelingt mir nicht. *Kreatur. Kein Mensch.*

»Person. Mensch, der bald eine Fae sein wird.«

Ich halte seinem Blick stand. »Macht dir das Angst?«

»Nicht so sehr wie dir.«

Ich öffne den Mund, um noch mehr zu sagen – zu erklären, warum es mir solche Angst macht, und ihm zu sagen, dass ich lieber ein Mensch geblieben wäre wie er, wenn ich die Wahl hätte. Aber dazu gibt es nichts mehr zu sagen, bis ich zu enthüllen bereit bin, was ich gegen diesen Ring eingetauscht habe. Und ich möchte diesen Tag nicht noch schlimmer für ihn machen, indem ich ihn jetzt in dieses letzte Geheimnis einweihe.

»Es tut mir leid, dass ich dir nicht von Mordeus erzählt habe. Von der Blutmagie.« Er kommt näher und schließt den geringen Abstand, der noch zwischen uns bestand. »Ich konnte meinen Verdacht nicht mit dir teilen, weil ich nicht riskieren durfte, dich zu verlieren.«

»Weil du mich brauchst, um Erith zu töten.«

Er öffnet den Mund, schließt ihn wieder und fährt mir dann sanft mit den Knöcheln über die Wange. »Mein Bedürfnis, dich gesund, munter und vor allem lebendig zu sehen, hatte nie nur diesen einen Grund.«

Irgendwie kann ich die Wut von zuvor nicht mehr aufbringen. Vielleicht sollte ich das, aber wenn ich in meinem Inneren danach suche, ist sie wie verflogen. Ich hätte Kendrick heute Abend verlieren können.

Ich blicke zum Bett hinüber. Es ist groß genug für uns beide – gerade so. Und schon sind die nervösen Schmetterlinge zurück.

Er folgt meinem Blick. »So hatte ich mir unsere erste gemeinsame Nacht nicht vorgestellt.«

Ich blinzele zu ihm auf und fühle, wie ein Schmunzeln an meinen Lippen zupft. »Du hast sie dir schon ausgemalt?«

Seine Augen sind dunkel und ernst, als sie über mein Gesicht streichen. »Tausende Male allein während der letzten Woche.«

Mein Gesicht glüht vor Hitze. »Und was war in deiner Vorstellung anders?«

»Zunächst einmal konnte ich dich küssen.« Er lässt ein trauriges Lächeln aufblitzen und schnappt sich dann ein Handtuch von einem kleinen Stapel neben der Waschschüssel. Ich habe noch nicht begriffen, wozu, da hat er es schon in drei schmale Streifen gerissen, die er aneinanderknotet. »Ist es am Handgelenk okay?«, fragt er und streckt die Hand nach meiner aus.

Ich nicke und sehe zu, wie er uns aneinanderbindet, seine Bewegungen ruhig, beinahe feierlich. Es erinnert mich an einen Brauch aus meiner Heimat, und ich muss etwa nach der Hälfte wegsehen, damit der Kloß in meinem Hals nicht zu einem Tränenausbruch wird.

»Ist das zu fest?«

Ich schüttele den Kopf. »Nein, es ist gut so.«

Er sieht mich noch einmal kurz an und nickt dann. Ich folge ihm, als er die Laternen auf der anderen Seite des Raumes auspustet, aber als er die kleine Lampe neben dem Bett erreicht, dreht er die Flamme nur herunter.

»Du musst das nicht für mich tun. Alles gut.« Eigentlich sollte es mir gut gehen, wenn ich den Ring trage, und doch bin ich wegen ein paar Stofffetzen an meinem Handgelenk den Tränen nahe. Offenbar bin ich überhaupt nicht gefühllos.

»Es macht mir nichts aus.« Er nickt in Richtung Bett und bedeutet mir, mich als Erste hineinzulegen.

Ich komme seiner wortlosen Aufforderung nach und platziere

meinen freien Arm unter meinem Kopf; er folgt, sodass unsere zusammengebundenen Hände zwischen unseren Körpern liegen.

Im fahlen Schein der Lampe treffen sich unsere Blicke.

»Erzähl mir, was dir gerade durch den Kopf geht«, sagt er.

Mein Blick fällt auf das weiche Bettzeug. »Das eben hat mich an etwas aus meinem früheren Leben erinnert, und ich glaube, ich habe deswegen einfach Heimweh.« Ich werfe ihm einen kurzen Blick zu. »Brie und ich hatten damals in Elora nur wenige enge Freunde, aber die, die wir hatten, waren uns teuer. Einmal hat uns dieses Paar, dem wir nahestanden, zu seiner Handfasting-Zeremonie eingeladen. Und ich erinnere mich …« Wieder brennt es in meinen Augen. »Es ist so albern. Eigentlich bedeutet es mir gar nicht so viel. Ich weiß nur noch, dass ich damals gehofft habe, eines Tages selbst mit so einer Zeremonie feiern zu können, dass ich einen Partner gefunden habe. Seit Jahren habe ich nicht mehr daran gedacht, aber dann plötzlich …«

Er flicht seine Finger in meine.

»So viel dazu, dass dieser blöde Ring mein Herz verhärtet«, schniefe ich. »Ich glaube, seine Magie erlischt allmählich.«

»Da bin ich aber froh. Ich habe viel übrig für dein Herz.«

Ich lasse den Blick auf unsere Hände fallen. Den Ring. Auf den Stoff, der uns aneinander bindet.

»Das ist ein alter Brauch«, bemerkt er leise. »Das Handfasting war in Elora einst das wichtigste Ritual bei der Hochzeitsfeier, aber dann kam es aus der Mode. Es gefällt mir, dass es immer noch Leute gibt, die diese Tradition bewahren.«

»War das auch etwas, das sich durch die Sieben verändert hat? Haben sie es verboten?«

»Ganz so war es nicht«, meint er, den Blick immer noch auf unsere miteinander verbundenen Hände gerichtet. »Aber als sie kamen, überzeugten sie das ganze Reich, dass es vor den Fae beschützt werden müsste, und je mehr sie die Fae verteufelten, desto mehr fielen auch deren Bräuche in Ungnade.«

Ich stütze mich auf den Ellbogen. »Das Handfasting ist ein Fae-Brauch?«

Er nickt. »Ja, ursprünglich schon. Ein Elfen-Brauch.«

»Das wusste ich nicht.« Aber es ergibt einen Sinn. Es passt irgendwie.

Er führt unsere verbundenen Hände an seine Lippen und küsst meine Knöchel. Als er unsere Hände wieder aufs Bett sinken lässt, richtet sich sein Blick auf meinen Mund.

»Und woran denkst *du*?«, frage ich.

Er umfasst mein Kinn und fährt mit dem Daumen über meine Unterlippe. »Ich denke« – er beugt sich vor, seine Nase so dicht an meiner, dass sie sich berühren, seine Lippen so nah, dass ich mich danach sehne, sie zu kosten –, »dass diese Lippen es wert wären, dafür zu sterben.«

»Das meinst du nicht wirklich.«

»Es schmerzt, wie nahe es an der Wahrheit dran ist«, murmelt er, während sein Atem über meinen Mund streicht. Er bewegt sich weiter, fährt mit den Lippen seitlich an meinem Hals abwärts, dann hinauf zu meinem Ohr. »Nie im Leben habe ich mich so sehr nach etwas gesehnt wie nach deinen Lippen.«

»Das ist der Ring«, sage ich, obwohl ich nichts lieber täte, als ihm zu glauben. »Seine Magie zieht dich zu mir hin.«

»Aber warum hatte ich dann schon vor heute Abend dieses Verlangen nach dir?« Er nimmt mein Ohrläppchen zwischen die Zähne, und mir läuft ein Schauer über den Rücken. »Der Ring bewirkt nicht, dass ich dir treu ergeben bin. Er führt nicht dazu, dass ich meine eigenen Gedanken vergesse und dich anflehe, jeden deiner Wünsche erfüllen zu dürfen. Und ich glaube nicht eine Sekunde lang, dass er irgendetwas damit zu tun hat, weshalb ich mich zu dir hingezogen fühle.« Er fährt mit den Fingern meinen Rücken hinauf und ertastet dabei jeden einzelnen Wirbel, als würde er dort eine verborgene Botschaft zu lesen versuchen. »Vielleicht würde ja auch der Rest der Magie nicht funktionieren. Vielleicht könnte ich dich küssen und am Leben bleiben.«

Ich kneife die Augen zusammen – wegen all dem, was seine Berührung in mir auslöst, und weil ich mir so sehr wünsche, dass es stimmt, was er sagt. »Vielleicht ist es ja gerade der Reiz des Verbotenen, der dich anzieht.«

»Zahllose Genüsse waren mir in meinem Leben schon verboten, aber vor dir hat mich das nie gekümmert.« Er atmet tief ein, als versuche er, seine Seele mit mir anzufüllen. »Ich habe heute Abend solche *Erleichterung* verspürt. Als ich begriff, dass meine Königin doch nicht gefunden worden war.«

»Kendrick …« Aber ich weiß nicht, was ich sagen soll. Dass er sich wünschen sollte, dass Crissa gefunden wird? Dass er aufhören sollte, mich zu begehren? Das kann ich nicht. Nicht, wenn es mir so vorkommt, als würde mein nächster Atemzug von seiner Berührung abhängen. Nicht, wenn die Vorstellung, ihm zu entsagen, so sehr schmerzt.

»Ich bin nicht stolz darauf, aber so ist es nun mal. Drei Jahre lang habe ich nach ihr gesucht, und als ich heute Abend dachte, sie sei gefunden, da habe ich nichts als Grauen empfunden. Ich *brauche dich,* Jasalyn. Und ich glaube nicht, dass die Mutter diese Gefühle zulassen würde, wenn es mir bestimmt wäre, mit einer anderen zusammen zu sein.«

Ich schiebe meine freie Hand in seinen Nacken und lehne meine Stirn mit stockendem Atem an seine Brust.

Als seine Finger meine Taille erreichen, verlangsamen sie ihre Reise mein Rückgrat entlang. Seine Berührung wechselt die Spur und folgt der Rundung meiner Hüfte. Dann vergräbt er die Nase in meinem Haar und atmet tief ein. »Dein Duft ist wie eine Heimsuchung für mich – aber nicht so schlimm wie dein Kuss.« Er schiebt langsam den dünnen Stoff aufwärts, fährt mit der Hand darunter und lässt sie an meiner Seite hinaufwandern.

Ich erschauere und tauche meine Finger in sein Haar. Ich vergrabe mein Gesicht an seinem Hals und atme ihn ein, voller Angst, dass, wenn ich ihm in die Augen blicke und die Sehnsucht in ihnen sehe, wir beide die brüchige Kontrolle über unsere verbliebene Selbstbeherrschung verlieren.

Er streicht mein Haar zurück und zieht eine Spur heißer Küsse meinen Hals hinab. Ich neige den Kopf, um ihm den Zugang zu erleichtern, woraufhin er dem unsichtbaren Pfad bis zu meiner Schulter folgt, wo er den Träger meines Nachthemds meinen Arm hinabgleiten lässt, um für seinen Mund noch mehr Haut zu entblößen.

Lippen und Zähne und Lust.

Ich kann nicht denken. Kann mich nicht erinnern, was meine Aufgabe ist und warum ich mich von ihm lösen sollte. Es kümmert mich nicht, dass er einer anderen versprochen ist. Nichts kümmert mich mehr, außer mich ihm zu versprechen.

Kendrick lässt von mir ab und folgt der heißen Spur, die sein Mund hinterlassen hat, nun mit der Hand. Sein Blick verdunkelt sich, haftet wie gebannt an seinen Fingern auf meiner Haut. Als er mit den rauen Fingerkuppen über die Wölbung meiner Brüste streift, stockt mir der Atem – von der Hitze, die tief in meinen Bauch zusammenströmt, der Hitze, die sich in seinen Augen widerspiegelt.

Er hält Blickkontakt, während er seine Reise über die Vorderseite meines Körpers nach unten fortsetzt. Sieht mich fragend an, als er die Hand zwischen meine Beine schiebt.

Die gesamte Hitze in meinem Bauch scheint ihm dorthin zu folgen. Ich stöhne auf – weil er seine Hand kaum bewegt, es sich aber so unbeschreiblich gut anfühlt, und ich hätte niemals daran gedacht, mir so etwas auch nur vorzustellen.

Sein Blick brennt sich in meinen, aber wir sehen uns unaufhörlich in die Augen, während er mich berührt und seine rauen Hände dabei mit einer Zärtlichkeit einsetzt, die ich nicht für möglich gehalten hätte.

Als sich mein Rücken durchbiegt und mein Körper sich mit einem Mal allzu sehr anspannt, stockt auch ihm der Atem, und er schiebt sich näher heran. »So wunderschön«, murmelt er, und für einen Augenblick scheint die ganze Welt von uns abzufallen. Es gibt keine Königin. Es gibt keinen Ring. Es gibt keine Narben. Es gibt keine leichtfertig geopferte Zukunft. Es gibt nur noch Kendrick und mich und diesen Augenblick.

Als ich wieder zu Atem komme, klammere ich mich noch immer an seinen Arm und ziehe mich so dicht an ihn heran, wie ich nur kann. »Ist es das, was du dir vorgestellt hast?«

»Ein sehr kleiner Vorgeschmack.« Wieder streicht er mit seinem Mund über meinen Hals. »Schlaf nun, Prinzessin. Morgen geht wieder die Sonne auf.«

Ich schließe die Augen und muss an Fiennas Seemann denken. Ich denke daran, wie schön dieser Augenblick ist – trotz allem – und dass ich mir wünsche, er möge niemals enden. Und ich denke daran, wie sehnlich ich mir wünsche, ich hätte diesen Ring nie bekommen, nie meine Zukunft gegen etwas eingetauscht, das ich nicht verstand.

KAPITEL 28

FELICITY

»Und warum, während der Mond noch hoch am Himmel steht, möchte mein Kind in die nördlichen Berge mit ihren wilden Pferden gebracht werden?«, fragt Nigel.

Ich setze ein Lächeln auf, obwohl ich weiß, dass ich Nigel nicht zum Narren halten kann. »Es ist Zeit. Ich kann nicht länger warten.«

»Mir wäre es lieber, mein Kind bliebe hier in diesem hübschen Schloss, wo man sie wie die Prinzessin behandelt, die sie sein sollte. Wo sie in *Sicherheit* ist«, sagt er und ringt die Hände.

Ich trete an ihn heran. »Die Entscheidung ist gefallen.«

Er knurrt etwas über dumme kleine Mädchen, fasst mich aber an der Hand, und wenige Augenblicke später fliegen und taumeln und stürzen wir ins Nichts, und wie immer – kurz bevor ich panisch werde, kurz bevor mich die Gewissheit überwältigt, dass es *dieses Mal* zu lange dauert – setzen meine Füße wieder auf festem Boden auf.

Ich mustere die vom Mond beschienene felsige Bergflanke und erschauere. Es ist kalt, und ich bin froh, dass ich meine gefütterten

Ledersachen angezogen habe, aber da ist noch etwas anderes, das mir das Blut in den Adern gefrieren lässt. Etwas Urtümliches, das mich vor der Gefahr warnt, die in diesem Gebirge lauert.

»Vielleicht möchte mein Kind jetzt doch lieber zum Schloss zurückkehren?«

Ja. Bitte. Bitte bring mich zurück. Aber was erwartet mich dort? Herzenskummer. Enttarnung. Oder Schlimmeres? »Noch nicht, aber du kannst hier warten, wenn du willst.«

Nigel greift hinter seinen Rücken und bringt aus dem Nichts einen faustgroßen Edelstein zum Vorschein. »Hier, nimm«, sagt er, und als ich ihn ergreife, erwacht er zum Leben und erhellt alles in einem Umkreis von fünf Schritten.

»Ein Leuchtjuwel.« Ich bin seltsam gerührt. Eigentlich wollte ich meine eigene Magie einsetzen, aber da ich im Grunde nicht viel Übung darin habe, etwas anderes zu tun, als eine fremde Gestalt anzunehmen, schaffe ich es nicht verlässlich, Licht heraufzubeschwören. Das weiß er. »Vielen Dank, Nigel.«

Meine Stiefel schrammen über den felsigen Untergrund, als ich mich gen Norden wende. Mir fällt die flaumige rote Blüte an einem Hiluca-Baum ein Stück vor mir ins Auge, und mein Herz gerät darüber ins Stolpern. *Hier ist es.* In dieser Gegend war Misha, bevor er das andere Fae-Reich besuchte, und das bedeutet, das Portal zum Gang der Türen muss irgendwo hier auf dem Berg verborgen liegen.

Ich rolle meine Schultern zurück und beginne meinen Aufstieg.

Hinter mir brummt Nigel irgendetwas, das ich nicht verstehe. Als ich mich umsehe, ist er verschwunden.

Bebend vor Aufregung schöpfe ich tief Atem. *Wenn ich das wichtigste Portal des Reiches auf diesem Berg verstecken müsste, wo würde ich es platzieren?*

Stundenlang folge ich dem Pfad – bis meine Oberschenkel von der Steigung brennen und die Haut, die anfangs so gefröstelt hatte, vor Schweiß nur so glänzt. Der Weg scheint nirgendwohin zu führen, und ich habe keine Ahnung, ob ich meinem Ziel überhaupt näher bin als beim Aufbruch.

Ich könnte Nigel herbeirufen, um mich zu holen, aber nach Castle Craige kann ich nicht zurückkehren. Nicht jetzt, da Misha in meinen Gedanken gewesen ist.

Wenn ich das Portal nicht finden kann, muss ich woanders hingehen. Wieder von vorn anfangen, wie damals, als ich nach Faerie kam. Bei dem Gedanken fühle ich mich einsamer, als ich es seit langer Zeit gewesen bin.

Ich lasse mich auf einen umgestürzten Baumstamm sinken, um wieder zu Atem zu kommen, und nehme einen Schluck Wasser aus meiner Flasche. Als Misha vom Portal zurückkehrte, hing ihm die Hiluca-Blüte im Haar, was bedeutet, dass er sich vom Weg entfernt haben muss. Wenn ich raten müsste, würde ich auf einen unterirdischen Bau oder eine Höhle tippen.

Ich wische mir mit dem Handrücken über den Mund und stemme mich mit frischer Entschlossenheit wieder hoch. Wenn nötig, werde ich jede einzelne Höhle auf dieser Bergflanke absuchen.

Ich bin eine weitere Stunde gewandert, als ich sie endlich entdecke – eine frische Spur im Laub auf dem Waldboden, und Stiefelabdrücke. *Stiefelabdrücke.*

Ich folge ihnen in ein dichtes Gebüsch, wo ich die Spur verliere und den Umkreis ohne ihre Hilfe absuchen muss. Der Leuchtstein wird allmählich schwächer. Bald muss ich Nigel herrufen – ich habe nicht vor, hier draußen umzukommen. Aber ich bin schon *so nah dran.*

Und deshalb suche ich weiter. Ich suche weiter und weiter, und selbst als sich in mir der Verdacht regt, dass ich mich zu weit von den Stiefelspuren entfernt und mich zu oft um die eigene Achse gedreht habe, um noch zu wissen, wo der Hauptweg liegt, suche ich dennoch weiter.

Der Stein erlischt in dem Moment, als ich auf den Eingang einer Höhle stoße.

Er ragt nur flach über den Boden hinaus, verborgen hinter Gestrüpp und Bäumen, und wäre der perfekte Ort, um ein Portal zu verstecken. *Ich brauche es nur mit eigenen Augen zu sehen.* Wenn ich weiß, dass es sich hier befindet, und mir genau einpräge, wie ich wieder zum Hauptweg zurückgelange, dann kann ich Hale später herführen.

Ich lege mich flach auf den Bauch, um in die Höhle zu kriechen, aber die Öffnung ist sogar noch schmaler als gedacht, und ich schlängele mich durch den Schlamm, bevor sich der Raum tatsächlich weitet und ich mich zunächst auf die Knie und dann schließlich ganz erheben kann.

Für den weiteren Weg brauche ich Licht, also atme ich tief durch, konzentriere meine Energie auf meine Handfläche und beschwöre sie, zu leuchten.

Es wird hell in der Höhle, und die Kristallflügel winziger Pixies, die zwischen den Stalaktiten schlafen, werfen das Licht zurück. Ich murmele rasch einen Dankesgruß an die Mutter und arbeite mich weiter vor.

Am Boden der Höhle zieht sich ein winziges Rinnsal entlang, das durch die Öffnung, durch die ich gekommen bin, nach draußen abfließt. Das erklärt den Schlamm am Eingang, denn ansonsten ist es hier weitgehend trocken. Vor mir teilt sich die Höhle. Ein Blick nach rechts offenbart einen breiten Weg in Richtung

Wald – wahrscheinlich liegt dort ein leichter begehbarer Eingang als der, den ich gewählt habe. Ich mache mir in Gedanken eine Notiz, auf dem Rückweg in diese Richtung zu gehen. Zu meiner Linken windet sich die Höhle tiefer in den Berg hinein.

Ich folge diesem Weg und schiebe mich behutsam weiter, denn ich muss immer wieder Stalaktiten ausweichen. Das Wasser kümmert mich nicht, denn meine Stiefel sind genauso schmutzig wie der Rest von mir. Wenn das Portal tatsächlich hier unten liegt, muss sich Misha vor der Rückkehr zum Schloss mithilfe von Magie gereinigt haben – oder sie genutzt haben, um seine Kleidung auf dem Weg durch die Höhle zu schützen.

Der Tunnel wird mit jedem Schritt schmaler und zieht sich in engen Biegungen und Wendungen immer weiter in die Tiefen des Berges. An der schmalsten Stelle muss ich mich seitwärts zwischen den Felswänden hindurchschieben; ein ausgewachsener Mann könnte sich hier nur mühsam durch die etwas breitere Stelle am Boden zwängen.

Dann sehe ich auf der anderen Seite dieser Verengung einen roten Lichtschein.

Das Portal.

Ich muss näher rankommen. Um ganz sicher zu sein. Nicht alle Portale sehen gleich aus. Manche sehen aus wie Türen, andere wie Tunnel, aber wenn sie aktiv sind, verströmen die meisten durch den Überschuss an enthaltener Magie einen deutlich sichtbaren Lichtschein.

Ich zwänge mich das letzte Stück zwischen den Höhlenwänden hindurch und lande in einem glitschigen Becken. Meine Füße verlieren den Halt und meine Zähne schlagen aufeinander, als ich rücklings auf den Hosenboden falle und bis auf den matschigen Grund der Kuhle schlittere.

Das rot glimmende Portal befindet sich gegenüber von dem Tunnel und reicht vom Boden annähernd drei Meter hoch bis zur Decke. Es hat eine Form wie die Pupille einer Katze. Jetzt muss ich nur noch auf der anderen Seite dieser Vertiefung hinaufsteigen.

Mit im Schlamm schmatzenden Stiefeln kämpfe ich mich voran, als das Katzenauge plötzlich erzittert.

Ich erstarre, sehe noch einmal genauer hin und bemerke, dass sich auf der anderen Seite etwas bewegt. Ist das ein Gesicht? Kommt da jemand –

Das Portal wird aufgerissen.

Nein. *Kein Portal.*

Eine Fledermaus, so groß wie diese ganze Höhle. Ein Höhlendämon.

Das rotäugige Ungeheuer entdeckt mich, und sein wütender Schrei hallt von den Höhlenwänden wider. Seine Flügel – blutrot und von demselben transparenten Lichtschein wie ein magisches Portal – messen mindestens vier Meter und stoßen fast an die Felswände zu beiden Seiten.

Die Bestie sieht mir in die Augen und ich bleibe für einen Moment wie angewurzelt stehen. In meinem Geist sehe ich Bilder von meinem Körper, der hier in diesem fauligen Schlamm verrottet. Das Untier wird mich in Stücke reißen. Und das geschieht mir recht, weil ich es aufgeweckt habe.

Ich bin tot. Ich weiß bereits, dass ich tot bin. *Es tut mir leid, Misha.*

Der Dämon reißt die Flügel nach hinten und stürzt sich auf mich; seine langen, spitzen Zähne schnappen nur eine Handbreit vor meinem Gesicht zusammen.

LAUF!

Das Wort ist ein Befehl, der in meinem Kopf gebrüllt wird. Er stammt nicht von mir, aber ich stelle ihn nicht infrage. Ich beschwöre eine Handvoll Feuer herauf und schleudere sie dem Dämon mitten in die funkelnden Augen, wirbele herum und treibe meine Beine an, mich durch den zähen Schlamm wieder zum Tunneleingang zu tragen.

Hinter mir kreischt der Dämon. Seine Schreie zerreißen mir fast die Trommelfelle. Mit jedem Schritt rutsche ich wieder einen halben Schritt zurück in Richtung Beckengrund, aber ich klettere weiter, kämpfe mich voran in Richtung Tunnel.

Schon greife ich nach dem Felsabsatz, und als sich meine Finger darum schließen, ist hinter mir ein gewaltiges Schmatzen zu hören. *Er kommt.*

Ich packe auch mit der anderen Hand zu und ziehe mich mit schmerzenden Fingern und zitternden Armen hoch. Hinauf, hinauf – wenn ich doch nur mein Knie über den Rand bekommen könnte.

Etwas schlingt sich um mein Fußgelenk, und im nächsten Augenblick werde ich zurückgerissen und mein Kiefer knallt auf die Felskante. In meinem Mund schmeckt es plötzlich nach Kupfer. Der Höhlendämon hat mich am Bein gepackt, aber ich trete und zappele, bis mein Fuß aus dem Stiefel schlüpft. Ich schaffe es wieder hinauf über den Rand, aber das Biest ist bereits zur Stelle, nur einen Schritt hinter mir.

Mach, dass du da rauskommst!

Ich ziehe mein Schwert aus der Scheide auf meinem Rücken. Der Dämon schlägt mit seiner riesigen Klaue nach mir, reißt mir mit seinen langen Krallen die Kleidung auf und schlägt sie tief in meine Seite. Mit einem Schrei stoße ich ihm meine Klinge direkt zwischen die Augen.

Er stürzt, reißt mein Schwert mit sich fort, und ich renne zum Tunnel, zwänge mich so schnell ich kann hindurch, mit nur einem Stiefel und einer klaffenden Wunde in der Seite.

Als der Tunnel sich endlich öffnet, falle ich auf Hände und Knie. All meine Kraft schwindet zusammen mit dem Blut, das aus meiner Seite läuft. Ich schaffe es nicht, mich wieder aufzurichten, und krieche stattdessen um die Biegungen.

Gerade, als die Höhle sich weitet, sinke ich endgültig zu Boden, die Wange im Schlamm. Meine Augen wollen nicht mehr offen bleiben. Ich bin so *müde*.

»Jasalyn, bist du okay?«

Dieses Mal scheint Mishas Stimme tatsächlich hier bei mir zu sein und nicht nur in meinen Gedanken. Ich versuche, die Augen aufzubekommen, um zu sehen, ob ich mir das nur einbilde, aber sie wollen mir nicht gehorchen. Ich mache nur ein kleines Nickerchen. Nur ein paar Minuten, und dann sehe ich zu, dass ich aus dieser Höhle herauskomme, und kümmere mich darum, warum ich die Stimme des Mannes höre, den ich hintergangen habe.

»Wir müssen los.« Wieder Misha. Wenn ich schon an diesem entsetzlichen Ort schlafen muss, dann kann ich dabei wenigstens seine Stimme hören. »Du brauchst einen Heiler.« Die Panik in seinen Worten lässt mich wieder gegen den Schlaf ankämpfen.

In der Ferne kreischt der Dämon, dann hebt mich ein Paar starke Arme vom Boden hoch.

Mishas reiner Duft nach Pinie und Rosenholz steigt mir in die Nase. Ich möchte ihn einsaugen, aber mir fehlt selbst dafür die Kraft.

Wieder ein wütender Schrei der Bestie, woraufhin die ganze Höhle erzittert, als drohe sie einzustürzen.

»Sie wird es nicht schaffen, wenn Ihr ihr nicht sofort ein Gegengift gebt«, höre ich eine vertraute Koboldstimme sagen. »Nehmt meine Hand.« *Nigel.* Spricht er mit mir?

Ich möchte ihm sagen, dass es mir gut geht. Dass ich nur müde bin. Wenn sie mich eine Minute ausruhen lassen, wird alles wieder gut sein. Aber ich habe nicht die Kraft dazu.

»Aber du darfst nicht –«

»Ihr könnt vor ihm nicht davonlaufen«, sagt Nigel. »Und wenn Ihr bleibt, um zu kämpfen, wird es für sie zu spät sein. Ich bringe euch beide nach Castle Craige. Jetzt sofort.« Warum klingt er dabei so traurig? So resigniert?

Ich blinzele und sehe den Dämon aus der Höhle mit seinen roten Augen und den nach hinten gefalteten Flügeln, wie er sich auf uns stürzt. Es gibt einen Grund, weshalb Shae wollte, dass ich zu einer Suche gezwungen werde, bevor Hale das Schwert findet.

»Er wollte, dass ich sterbe.« Es ist das Letzte, was ich sage, bevor wir ins Nichts verschwinden.

***

Als die Welt um uns herum wieder erscheint, bin ich kaum noch bei Bewusstsein, und als Misha mich auf eine unbeschreiblich weiche Daunenmatratze sinken lässt, entgleitet mir die Welt vollends. Ich wünsche mir nur noch, dass der Schlaf mich fortträgt.

»Es wäre am besten, wenn du wach bleibst, mein Kind«, sagt Nigel mit schwacher Stimme. »Träumen würde jetzt nichts Gutes bringen.«

Ich reiße die Augen auf.

Nigel.

Er war mit Misha in der Höhle. Hat er ihn dort hingebracht? Und dann war der Dämon zurück, und Nigel …

»Du hast mich gerettet«, flüstere ich heiser und blinzele mehrmals, um ihn deutlicher zu sehen. *Er hat für mich gegen den Kodex verstoßen.*

Er nickt knapp, aber ich sehe die Angst in seinen Augen. Angst um mich, wegen dieser Verletzungen. Und darüber hinaus Resignation angesichts seines eigenen Schicksals. Kobolde dürfen in Augenblicken tödlicher Gefahr nicht eingreifen. Ausnahmen machen sie von dieser Regel meines Wissens nur, wenn ihre Schutzbefohlenen in Bedrängnis sind – was ihnen die Konsequenzen aber nicht erspart.

Tränen brennen mir in den Augen, und ich spüre, wie sie durch den angetrockneten Schlamm auf meinem Gesicht laufen. »Warum?«

»Du weißt, warum.«

Misha blickt mit vor Verwirrung zusammengezogenen Brauen zwischen uns beiden hin und her. »Kennst du diesen Kobold etwa, Jas?«

»Ich kenne ihn länger als irgendwen sonst«, flüstere ich, obwohl ich weiß, dass meine Worte für Misha überhaupt keinen Sinn ergeben. Ich strecke die Hand aus, umfasse die von Nigel und drücke sie.

»Das Mädchen braucht Gegengift und einen Heiler«, sagt Nigel zu Misha.

»Wenn du mich sterben lässt«, hauche ich, »können sie dich nicht dafür bestrafen.«

»Nicht, solange ich atme«, sagt Nigel.

Ich höre jemanden herbeirennen. Mishas Heiler. Sie werden mich retten, und dann wird Nigel …

»Es ist meine Schuld.« Ich kneife die Augen zu und kralle mich an ihm fest.

»Schuld ist so eine heikle Angelegenheit«, sagt er. *Wenn keine Tat für sich allein steht.* Der Rest des Sinnspruchs ertönt nur in meinem Kopf, und als ich die Augen aufschlage, ist Nigel fort, und ich weiß, dass ich ihn niemals wiedersehen werde.

Und da, wo seine Hand in meiner lag, ist nun ein einzelnes Haar, von dem ich weiß, dass es von Jasalyn stammt. Er hat mir das Leben gerettet, und jetzt schenkt er mir noch einen weiteren Tag. Einen Tag, bevor meine Geheimnisse offenbar werden. Einen Tag, um mich selbst zu retten.

Ich wickele das Haar um meine Finger und presse die Faust an meine Brust. »Lass mich schlafen«, bitte ich Misha unter Schluchzen.

»Die Heilerin ist hier«, sagt er, während ich schon spüre, wie mir eine Spritze in die Seite geschoben wird. *Gegengift.* »Sie wird sich um deine Schmerzen kümmern.«

Aber das kann sie nicht. Nicht bei diesem Schmerz.

KAPITEL 29

FELICITY

»Sage mir, was du am meisten begehrst, Kind.«

»Ich möchte mich nie wieder fürchten.«

Die Dame neigt den Kopf zur Seite und mustert Jas. »Das ist alles, was du willst? Furchtlosigkeit?«

Nein. Ich will mehr. Ich will ihren Tod. Ich möchte jeden einzelnen von Mordeus' grausamen, höhnischen Schergen vom Angesicht der Erde tilgen.

Sie spricht es nicht aus, aber das Lächeln, das die Lippen der Hexe kräuselt, spricht Bände. Irgendwie, durch Jas' Gedanken – durch die Schutzschilde, die sie so mühsam errichtet hat – hat die Hexe sie gehört.

»Ich kann dir alles geben, was du willst«, sagt sie, »aber was du forderst, ist starke Magie. Stärker als alles, was eine gewöhnliche Hexe dir bieten könnte.«

Jas schlingt die Arme um ihren Oberkörper und reibt sich die nackte Haut. Wie kalt es hier ist. So kalt und so dunkel. Sie hasst die Dunkelheit. »Ich zahle jeden Preis. Was immer es kostet, ich werde das Geld beschaffen. Nenne mir nur den Preis.«

»Mehr Geld brauche ich nicht. Ich brauche bessere Werkzeuge.« Sie

hält inne, forscht mit ihrem Blick, selbst in der Dunkelheit. »Ich brauche das Grimoricon.«

Jas schüttelt den Kopf. »Ich weiß nicht, was das ist.«

»Erzählt dir deine Schwester denn gar nichts? Es ist ein dickes Buch voller Zauberformeln und magischer Sprüche, das im Reich Faerie als heilig gilt. Das Buch selbst ist magisch und enthält den Schlüssel zu wahrhaft machtvoller Magie. Ohne dieses Buch kann ich dir nicht geben, was du verlangst.«

Ein Buch. Nichts als ein Buch, um von dieser erstickenden Angst frei zu sein. »Wo kann ich es finden?«

»Es befindet sich im Palast«, sagt sie. »Viel zu lange war es am Hof der Sonne verborgen, im Palast der Gelassenheit, aber als du gefangen genommen wurdest, hat deine Schwester es als Teil ihrer Abmachung mit Mordeus an den Hof der Schatten zurückgebracht.«

Ja, Brie hat etwas von einem Buch erzählt, das sie gestohlen hat. Ein Buch, das sich in eine Schlange und einen kleinen Jungen verwandelt hat. Ein Buch, das sie verletzt hat.

Es ist lange her, dass Brie mit Jas über die Schwierigkeiten gesprochen hat, die sie während jener Wochen zu überwinden hatte. Sie glaubt, Jas wird zusammenbrechen, wenn sie sie daran erinnert, dass sie nicht mehr in Elora sind – als wäre diese Tatsache nicht überall und allezeit gegenwärtig.

»Bring es mir, dann werden wir beginnen«, sagt die Stimme in der Dunkelheit.

»Das ist alles? Nur das Buch?«

»Das Grimoricon enthält das Wissen, das ich brauche, aber allein wird es nicht genügen. Ich brauche auch noch einen Katalysator. Ich brauche die Fae-Kraft, die in dir verborgen liegt. Ich brauche die Magie, die dort ruht, die Magie, die auf deinen achtzehnten Geburtstag wartet. Bringe mir das Buch und übertrage mir deine Kraft, dein Leben als Fae,

und ich werde dir einen Ring erschaffen, der dein Herz verhärtet. Einen Ring, der dir den Kuss des Todes verleiht.«

***

Ich erwache in meinem Bett auf Castle Craige. Es ist dunkel im Zimmer, aber der silberne Lichtschein, der zwischen den Vorhängen hindurchfällt, verrät mir, dass es mitten am Tag ist.

Ich versuche, mich auf die Seite zu rollen, verspüre aber sofort einen jäh stechenden Schmerz – der mir die vergangene Nacht in Erinnerung ruft. Die Höhle, der Dämon, Misha, der mich hinausträgt.

Und Nigel.

Ich schöpfe mühsam Atem, als sich ein Schluchzen Bahn bricht.

Nigel ist fort.

»Du bist wach.« Die Stimme klingt tief und weich, und so beruhigend, dass sie nur zu Misha gehören kann.

Behutsam drehe ich mich zu ihm auf die Seite.

Er sitzt neben meinem Bett und hat sich vorgebeugt, die Ellbogen auf den Knien.

In der Dunkelheit kann ich allmählich seine Gesichtszüge ausmachen – der vor Sorge zusammengepresste Mund, die Erschöpfung um seine Augen.

»Du warst in meinem Kopf«, sage ich. »Wie ist das möglich?«

Er schluckt. »Das passiert manchmal unabsichtlich, wenn ich eine Verbindung zu jemandem aufbaue.«

»Aber aus so großer Entfernung?« Woher wusste er, dass ich in Gefahr war? Was weiß er sonst noch?

»Wer bist du?« Seine Worte sind so sanft, dass ich zunächst fast nicht begreife, was er mich da fragt. Erst mit Verspätung feuert mein Gehirn einen Blitz des Entsetzens in jede Faser meines Körpers ab.

»Was?«

Er lehnt sich noch weiter vor und neigt den Kopf zur Seite. Lodernde Flammen der Wut tanzen in seinen Augen. »Wer. Bist. Du.«

Ich setze mich im Bett auf und mein ganzer Körper scheint vor Schmerz aufzuschreien. Ich brauche gar nicht so zu tun, als würde ich mich fürchten. Misha kann sehr gütig sein, aber ebenso hart und grausam. Das muss er auch, als König seines Hofes.

Und während er Jasalyn gegenüber niemals grausam sein würde, hält ihn nichts davon ab, seinen ganzen Zorn gegen ein Mädchen zu richten, das vorgibt, sie zu sein.

»Misha, du machst mir Angst.« Da ich Jas sein soll, und Jas nicht davonlaufen würde, rolle ich mich lediglich zusammen. Wegen der Schmerzen könnte ich nicht einmal weglaufen, wenn ich wollte.

Letzte Nacht war ich nur einen Atemzug vom Tode entfernt, aber Nigel –

Misha stützt sich aus dem Sessel hoch. »Wo ist die Prinzessin?«

»Ich weiß nicht, wovon du redest. Ich bin die Prinzessin. *Ich bin Jasalyn.* Du kennst mich.«

»Jasalyn wäre niemals allein in eine dunkle Höhle gegangen. *Jasalyn* hätte meine Gelehrten nicht nach Büchern über Portalmagie gefragt. *Sie* braucht meinen Gang der Türen nicht.« Er ballt die Hände an den Seiten zu Fäusten. »Ich war so ein Narr. Dabei gab es so viele Anzeichen. Seit dem Augenblick, da du an meinem Hof angekommen bist und mich angesehen hast wie …«

Er schluckt. »Ich wusste, dass irgendetwas nicht stimmt, aber ich habe mich trotz all der Warnungen von dir täuschen lassen – die Hexe an der Küste, Larks Behauptung, du wärst nicht in deiner wahren Gestalt. Alles, was ich hörte, habe ich so verdreht, bis es das war, was ich hören *wollte.* Und ich habe geglaubt, was ich glauben wollte, obwohl ich die Wahrheit direkt vor Augen hatte.«

»Sieh mich an. Du *kennst* mich.« Das Entsetzen ist mir in die Glieder gefahren und lässt meine Stimme zittern. Entsetzen, und noch etwas … etwas, als würde sich ein Riss in meiner Brust auftun.

An mein Herz darf ich in diesem Moment gar nicht denken. Ich muss mich auf meine Flucht konzentrieren.

Ich hätte auf irgendeiner Art der Absicherung bestehen sollen, hätte darauf bestehen sollen, dass die Prinzessin mir etwas von sich anvertraut, das ich dem König im Fall meiner Entdeckung sagen kann. Er wird mir niemals glauben, dass sie mich an ihrer Stelle hierhergeschickt hat. Er wird niemals glauben, dass sie mich hier haben will. Und jetzt bin ich so gut wie tot.

»Wer. Bist. Du.«

»Jas«, versuche ich ein letztes Mal, aber es ist zu spät.

»Lügnerin! Sag mir, warum ich dich nicht auf der Stelle töten sollte.« Aus dem Boden brechen Ranken hervor, schlingen sich um meine Beine und fesseln mich ans Bett. Ihre Dornen bohren sich in meine Haut. Ein Blitz erhellt das Fenster und in der Ferne ertönt tiefes, wütendes Donnergrollen.

»Bitte«, ächze ich. Mir steigen Tränen in die Augen, die über meine Wangen herablaufen. »Bitte lass mich frei.«

»Sei froh, dass ich dich nicht hier und jetzt vernichte«, knurrt er. Er tritt zurück und lässt voller Abscheu den Blick über mich schweifen. »Beinahe hättest du es geschafft. Ich weiß nicht, wie du das gemacht hast, aber ich hätte dir beinahe geglaubt, dass …« Unsere Blicke treffen sich. Anstelle von Flammen der Wut schwelt in seinen Augen nur noch dunkle Glut und legt die Narben des Verrats frei. *Herzenskummer.* Ich habe ihn verletzt. Obwohl ich das niemals wollte.

»Misha«, flüstere ich.

»Ich bin der *König,* und als solchen wirst du mich auch ansprechen.«

Seine Wut lässt mich wie ausgehöhlt zurück. Dort, wo mein Herz sein sollte, herrscht jetzt nur noch eine hallende, gähnende Leere.

Auch ich habe mich in dich verliebt. Auch mir tut es weh, möchte ich sagen, aber meine Beichte würde alles nur noch schlimmer machen.

Auf der Treppe sind schwere Schritte zu hören, und dann marschieren bewaffnete Wachleute in mein Schlafzimmer. Er muss sie kraft seiner Gedanken herbeordert haben.

»Du kannst deine letzten Tage in meinem Kerker verbringen, während ich auf die Ankunft der Schattenkönigin warte. Sie wird Gelegenheit erhalten, dich zu befragen, bevor wir deine Hinrichtung ansetzen.«

»Bitte nicht.« Ich schließe die Augen und versuche, mein Gedankenkarussell zum Stillstand zu bringen und einen Plan zu fassen.

Mishas Ranken lassen mich so unvermittelt los, dass ich zu Boden sinke, um sogleich von den Wächtern aufgegriffen zu werden – einer unter jedem Arm.

»Lass mich erklären. Ich werde dir alles erzählen.«

Sein Blick wandert über mein Gesicht, den Mund vor Abscheu verzogen. »Nein. Ich glaube, ich lasse dich erst mal ein paar Tage in meinem Kerker verrotten, bevor ich mir neue Lügen von dir anhöre. Wir werden sehen, was du zu sagen hast, nachdem du mit den Ratten geschlafen hast.«

Die Wachsoldaten zerren mich zur Treppe, wobei meine Zehen kaum den Boden berühren.

»Jasalyn ist in Schwierigkeiten!«, rufe ich.

Die Wachen bleiben nicht stehen, und jeder Schritt bringt mich näher in Richtung Kerker und weiter fort von meiner Gelegenheit, alles zu erklären.

»Sie hat ihre Unsterblichkeit gegen den Kuss des Todes eingetauscht.«

Die Wachleute erstarren und drehen mich zu ihrem König herum.

Misha starrt vom oberen Ende der Treppe wütend auf mich herab. »Willst du die Prinzessin der Unseelie etwa des Mordes bezichtigen?«

»Ich sage, sie ist in Schwierigkeiten.«

»Sagt die Kreatur, die in ihrer Haut lebt.«

»Auf ihren Wunsch!«

»Noch mehr Lügen!«

»Ich werde meine Gedanken für dich öffnen – schau nach, dann wirst du sehen, dass ich die Wahrheit sage.«

»Du musst mich wirklich für einen Narren halten, wenn du glaubst, ich würde jetzt noch auf irgendetwas vertrauen, das ich dort sehe, nach all deinen überzeugenden Tricksereien und Lügen.« Ich kann unmöglich all die Gefühle benennen, die über sein Gesicht huschen, aber das Letzte erkenne ich, als er die Kiefer zusammenpresst. Finstere Entschlossenheit. »Schafft sie fort.«

KAPITEL 30

JASALYN

Ich starre finster auf den Fae, der sich für den nächsten König von Elora hält. »Du bist also wegen der kindlichen Königin hier? Die die Sieben so sehr fürchten?«

Seine Augen blitzen, und die feinen Linien, die auf seine Stirn tätowiert sind und ihn als den Erwählten kennzeichnen, leuchten wie zur Antwort auf.

»Meine Freunde unter den Sieben wollten, dass ich sie aus dem Weg schaffe.« Ich lächele ihn breit an. »Genauso, wie sie dich tot sehen wollen.«

Er reckt lediglich das Kinn ein bisschen höher.

»Aber sie unterschätzen mich. Es gibt etwas, das ich noch dringender brauche als eure Königin. Bist du bereit, einen Tauschhandel einzugehen?«

Seine Nasenflügel weiten sich. Sein hochmütiger Blick lässt in mir den Wunsch aufkeimen, ihn ganz langsam in Stücke zu schneiden, nur um klarzustellen, wer hier das Sagen hat, aber das kleine Kincaid-Mädchen, das in meinem Kerker dahinsiecht, ist wichtiger als mein Stolz.

Mein Seher sagt mir, dass dieser arrogante Fae aus Elora mit den eisblauen Augen über die Macht verfügt, sie dazu zu bringen, am Leben bleiben zu wollen.

»Ich schlage dir einen Handel vor«, sage ich. »Ich werde deine Königin freilassen, im Austausch gegen dich. Du wirst ihren Platz in meinem Kerker einnehmen und das Vertrauen des eloranischen Mädchens gewinnen, das ich dort festhalte.«

»Warum?«

Ich neige den Kopf zur Seite. »Kümmert dich das wirklich? Kendrick der Erwählte, der alles aufzugeben bereit ist für die Zukunft seines Reiches. Würdest du dafür nicht auch diese Kleinigkeit erledigen? Du möchtest, dass deine Königin freikommt, und ich brauche mein Mädchen am Leben. Jetzt – und später, wenn ich fort bin.«

»Was schwebt dir vor?«

»Das Leben als Gefangene bekommt ihr nicht gut. Sie braucht … einen Freund. Und was könnte es für einen besseren Freund geben als einen charmanten jungen Mann aus Elora?«

Kendrick zieht eine Augenbraue hoch. »Einen Mann?«

»Ich kann dich nicht als Fae dort hinunterschicken, wo sie sich doch so vor unseresgleichen fürchtet. Du wirst ihr Hoffnung machen. Mut. Du wirst der Grund sein, weshalb sie morgen wieder aufwachen möchte. Und danach. Du wirst auf sie achtgeben, und ich werde dir die Sieben Magier auf einem Silbertablett präsentieren.«

»Wenn du meine Königin heute freilässt, stehe ich zu deinen Diensten.«

***

Ich reiße die Augen auf. Wut, schwarz wie die Nacht und doppelt so furchterregend, wallt in meinem Blut. Der Raum kippt zur Seite und mein Magen sackt weg.

Kendrick setzt sich neben mir auf. »Alles okay?«

Ganz und gar nicht.

»Was ist los?« Er streicht mir das Haar aus dem Gesicht. »Rede mit mir.«

Mein Blick bleibt an seinen Fae-Ohren hängen. Sein Verwandlungszauber ist noch intakt, aber auf seiner Stirn, wo er in meinen Träumen ein Tattoo trug, ist nichts zu sehen. Um mich zu vergewissern, hebe ich meine freie Hand und fahre ihm mit dem Finger von einer Schläfe bis zur anderen.

Ihn schaudert und seine Augen schließen sich für einen Moment. »Jasalyn.«

»Nur ein Albtraum«, sage ich – zu ihm? Zu mir?

Das hier ist Kendrick. Der Mann, der die Streitkräfte gegen die bösen Fae anführt, die sein Reich zerstört haben – *mein* Reich.

»Du wirst auf sie achtgeben, und ich werde dir die Sieben Magier auf einem Silbertablett präsentieren.«

Nein. Das war nur ein Traum. Ein Albtraum. Ein kunstvolles Machwerk meiner zerbrochenen Seele.

»Du würdest mir niemals wehtun«, flüstere ich.

Seine blauen Augen sehen erschrocken aus, als er unsere Hände an seinen Mund führt und einen Kuss auf meine Knöchel haucht. »Eher würde ich sterben.«

***

Die Vorhänge werden aufgerissen und Licht flutet den Raum.

»Steh auf, Hale«, donnert Remme. »Wir wollen los nach … Oh. Mist. Tut mir leid. Ich werde einfach –«

»Warte, Remme«, sagt Kendrick und zieht mit der freien Hand das Laken über mir zurecht.

Ich stecke den Kopf unter der Decke hervor und mustere Kendricks Gesicht. »Hat es funktioniert?«, frage ich. »Kannst du dich erinnern?«

Er nickt, aber in seinem Gesicht liegt eine Traurigkeit, die ich nicht ganz verstehe. »Es hat funktioniert.«

»Ihr zwei habt die Nacht miteinander verbracht, und du dachtest, er könnte das vergessen?«, fragt Remme und runzelt die Stirn. »Wie könnte er eine Nacht mit dir vergessen?«

»Hey, Remme?«, ruft Skylar aus dem Flur. »Hast du Hale gesehen? Shae ist zurück und will mit ihm sprechen, aber er ist nicht –« Sie taucht in der Tür auf und erstarrt, als sie uns zusammen in Kendricks Bett entdeckt. »Oh. Jasalyn. Wie hast du geschlafen?«

Kendrick setzt sich auf, mit blanker Brust. »Guten Morgen, Skylar. Guten Morgen, Remme. Wir haben euch beide gestern Abend gesehen und erklärt, dass Jasalyn ihren Ring nicht mehr ablegen kann, aber ihr könnt euch natürlich nicht daran erinnern, weil sie den Ring trug, genau wie ihr euch an das hier nicht erinnern werdet, aber jetzt macht verdammt noch mal, dass ihr hier rauskommt.« Er fügt ein Lächeln an, um dem Befehl ein wenig die Schärfe zu nehmen.

Remmes Stirn wirft immer mehr Falten, während er zwischen uns hin- und hersieht. »War ja nur eine Frage der Zeit.«

Ich hebe unsere zusammengebundenen Hände in die Höhe. »Es ist nichts passiert. Wir haben nebeneinander geschlafen, damit Kendrick mit mir verbunden bleibt und nichts vergessen würde. Wie wärs, wenn ihr jetzt geht?«

Remme nickt. »Wie du wünschst, Prinzessin.«

»Brauchst du noch irgendwas, Jasalyn?«, fragt Skylar. »Ich könnte dir ein heißes Bad einlaufen lassen?«

Ich verkneife mir ein Schmunzeln. Bestimmt wird mir das schon bald auf die Nerven gehen, aber im Augenblick macht es noch Spaß.

»Alles bestens«, erwidere ich. »Warum macht ihr euch nicht was zum Frühstück, und wir treffen uns dann alle unten.«

»Oh. Okay. Danke. Wirklich freundlich von dir. So ein Glück, dass ich dich kenne.«

Wir warten, bis sie wieder draußen sind und die Tür hinter sich geschlossen haben.

»Wow«, meint Kendrick und lässt sich zurück auf sein Kissen fallen. »Wenn sie sich später daran erinnern könnte, würde sie es wirklich hassen.«

»Da bin ich mir sicher.«

Er rollt sich auf die Seite, um mich anzusehen, und mein Traum schleicht sich wieder in meine Gedanken. Kendrick, wie er sich mit Mordeus unterhält. Kendrick als Fae, wie er verspricht, dafür zu sorgen, dass ich mich nicht selbst zerstöre, damit Mordeus mich benutzen kann.

Er legt seine große Hand an mein Gesicht und streicht mit dem Daumen über meine Unterlippe. Ich versuche zu lächeln, kann aber den Traum nicht vergessen. Er lässt mich an diesem Mann zweifeln, der mich schon mehrfach gerettet hat.

»Wie geht es dir heute Morgen?«, fragt er.

Meine Träume waren nichts weiter als Spiele, die der Ring mit mir trieb, so wie er auch die Wahrnehmung der Personen in meiner Umgebung verzerrt, während ich ihn trage. Oder vielleicht liegt es an der Blutmagie – vielleicht kann Mordeus mir ja Gedanken eingeben, während er Kraft von mir bezieht.

Was auch immer der Grund sein mag, bestimmt gibt es eine Erklärung. Kendrick half mir, meine Flucht aus dem Kerker zu planen. Das hätte er bestimmt nicht getan, wenn er mit Mordeus unter einer Decke steckt.

Ich schiebe diesen Anflug unfairer Zweifel und Verdächtigungen von mir. Kendrick hat etwas Besseres verdient.

»So weit, so gut«, flüstere ich. In Wahrheit bin ich allerdings schon jetzt auf eine Weise erschöpft, die nichts mit der Anzahl von Stunden zu tun hat, die wir geschlafen haben. Dieser Ring ist nicht für das Tageslicht gedacht, und jeder einzelne Überlebensinstinkt rät mir, im Bett zu bleiben. Und eine ganz andere Art von Instinkt rät mir, Kendrick sehr nah bei mir zu behalten.

»Vielleicht verändert sich ja die Magie, wenn du mit dem Ring verschmilzt.«

»Schon möglich.« Sein Körper fühlt sich hier unter der Decke so warm neben meinem an, und ich konzentriere mich lieber darauf anstatt auf den Gedanken, wie real dieser Traum mir erschien.

»Dann ist vergangene Nacht also *nichts passiert*, was? Ist es das, was dir davon in Erinnerung geblieben ist?«

Meine Wangen werden heiß. »Nun ja, da war jedenfalls nichts, wovon ich Remme erzählen werde.«

Sein Blick verdunkelt sich, während er über meinen Oberkörper wandert. »Wir müssen diesen Ring herunterbekommen, damit ich dich wieder küssen kann.« Er setzt sich auf und löst das Handtuch, das unsere Hände verbindet.

»Was tust du da?« Ich bin so schwach. Wie soll ich nur die nötige Stärke vortäuschen, um es durch den Tag zu schaffen?

»Dir geht es nicht gut.« Er schaut mich kurz an, bevor er sich wieder dem Knoten widmet. »Wir werden also erst mal frühstücken und dann herausfinden, wie man diesen Ring loswerden kann. Natan sollte im Laufe des Vormittags von seiner Quelle hören. Du musst ihm alles über den Ring sagen, was du weißt, damit wir dahinterkommen, wie er sich zerstören lässt.«

»Okay«, hauche ich. Wenn wir den Ring zerstören, könnte ich dann all das zurückbekommen, was ich dafür eingetauscht habe?

Da ist etwas, das mich an der Brust packt und sich ein bisschen anfühlt wie Hoffnung, allerdings mit Krallen. Es tut weh, sich etwas so intensiv zu wünschen. Und es war unsagbar töricht von mir, jemals so viel wegzugeben.

Ich gestatte mir den Gedanken an gemeinsame Tage mit Kendrick, während derer ich lerne, nicht über meine eigene Furcht zu urteilen. Wie gut es sich doch anfühlen würde, meine Dämonen ohne dieses entsetzliche Hilfsmittel zu konfrontieren.

Schweigend verlassen wir das Bett. Kendrick wendet sich ab, während ich meine Reithosen und ein neuerliches Oberteil von Skylar anziehe. Er kritzelt in sein Tagebuch, während ich mein Haar bürste und zu einem hohen Pferdeschwanz zusammenbinde, aber dann beobachtet er mich, während ich meine Stiefel zuschnalle.

Ich erhasche seinen Blick und frage mich, ob er jemals begreifen wird, was er in unserer kurzen gemeinsamen Zeit alles für mich getan hat. Wie schwer es für mich zu ertragen war, wenn jemand mich auch nur am Arm berührte, bevor er in mein Leben trat. Und dass ich mir nur dank ihm und seiner Freunde überhaupt wünsche, die Sterne hätten mir ein anderes Schicksal bestimmt – anstelle von überhaupt keinem.

Wie konnte ich nach alldem nur an ihm zweifeln?

Das Klopfen an der Tür reißt mich aus meinen Gedanken.

»Hale, ich muss mit dir reden.« Es ist Natan, und er klingt aufgeregt. »Es geht um den Ring.«

Kendrick öffnet die Tür, Natan kommt herein, bleibt aber stehen, als unsere Blicke sich treffen. »Jasalyn, wie geht es dir?«

Ich muss schlucken. »Alles okay. Hast du schon herausgefunden, wie man den Ring zerstören kann?«

Er zuckt unvermittelt mit dem Kopf. »Wäre das dein Wunsch? Ich kann auf der Stelle versuchen, das zu klären.«

»Wir müssen wissen, was du herausgefunden hast«, sagt Kendrick mit einem unüberhörbar tiefen Knurren in der Stimme.

Natan beachtet ihn gar nicht und schenkt mir seine ganze Aufmerksamkeit.

»Schau Kendrick an und erzähle ihm, was du über meinen Ring weißt«, weise ich ihn freundlich an.

Natan atmet tief durch, nickt und wendet sich an Kendrick. »Anhand des Echos des Rings konnten wir seinen Zwilling orten und zum Palast von Elora zurückverfolgen.«

»Wer trägt den anderen?«, fragt Kendrick.

»Darauf habe ich noch keine Antwort, aber ich habe einen Verdacht.« Natan spielt mit dem geflochtenen Lederband an seinem Handgelenk, und sein Zögern schneidet wie ein durchdringender Klageschrei in die Stille. »Prinzessin, wann sind die ersten Narben bei dir erschienen?«

»Vor ein paar Monaten vielleicht?«, antworte ich verwundert. »Hast du mehr über die Blutmagie herausgefunden?«

»Sind die Narben schon aufgetaucht, bevor du diesen Ring bekamst, oder erst danach?«, fragt Natan.

»Sie …« Ich krame in meinem Gedächtnis, um mich an die erste zu erinnern. Ich war damals so erschöpft, weil ich lange aufgeblieben war, um den Ring zu benutzen, und als ich dann das erste Zeichen auf meinem Bauch entdeckte, empfand ich überhaupt nichts. Keine verletzte Eitelkeit, keine Überraschung, keine Neugierde, nichts. Eigentlich schien es nur zu passend, dass die Spur, die Mordeus in meinem Geist hinterlassen hatte, sich nun auf meiner Haut abzeichnete. »Es war danach.« Meine Worte sind zu leise. Und mit einem Mal möchte ich dieses Gespräch beenden, bevor er noch mehr sagen kann.

»Hattest du jemals den Eindruck, dich an zwei Orten gleichzeitig zu befinden?«, fragt Natan nun. »Hast du gleichzeitig durch deine eigenen Augen und die eines anderen gesehen? Hast du Dinge gewusst ... die du eigentlich nicht wissen konntest?«

Mein Herz setzt einen Schlag aus. Dann zwei. Ich fühle mich wie eingefroren, so hilflos, wie ich es an Mordeus' Tafel war, eine Gefangene in meinem eigenen Körper, während er seine Magie dazu benutzte, mich zu füttern.

Könnte Natan damit so etwas wie meine Träume meinen?

Kendricks blaue Augen blitzen vor Wut. »Mordeus bezieht Kraft aus ihr, nicht wahr? Er benutzt den Ring, um die Blutmagie zu verstärken. Deshalb brauchte er sie unbedingt lebendig.«

Natan nickt mit schmerzverzerrter Miene. »Ich habe noch nicht alle Antworten. Diese Art von Magie ist anders als alles, was ich kenne, aber wie es scheint, wusste der falsche König Bescheid. Aus irgendeinem Grund wusste er, dass er Jasalyn brauchte – dass der Tag kommen würde, an dem er nur durch sie wieder auf die Welt zurückkehren könnte. Jede einzelne Tortur, die sie in seinem Kerker erdulden musste, hatte zum Ziel, dass sie ihn und jeden anderen Fae an diesem Ort fürchtete. Und er musste dafür sorgen, dass ihre Angst so groß war, dass sie zur gegebenen Zeit, wenn seine Hexe sie fand, so verzweifelt wäre, dass sie jede mögliche Ausflucht akzeptieren würde.«

»Was willst du damit sagen?«, fragt Kendrick. »Wie könnte Mordeus von Jasalyns Angst und Schmerz profitieren? Was ist die Verbindung zwischen der Folter und seiner Wiederauferstehung?«

»Ihre Magie allein würde nicht ausreichen, um ihn wieder zum Leben zu erwecken«, sagt Natan. »Aber wenn sie anfängt, Leben zu beenden, die Mordeus verpfändet waren – entweder direkt oder über einen Stellvertreter …«

In meinem Kopf erscheint blitzartig das Bild eines Raumes voll tätowierter Aufständischer, die wie auf Kommando zu Boden stürzen. Totenblässe legt sich über ihre Gesichter. »Nein«, hauche ich. Wie die Erinnerung an einen Traum bleibt die Vision für einen Moment bestehen, dann ist sie fort, verronnen wie Sand zwischen den Fingern.

Natan fährt sich mit der Hand durchs Haar. »Heute Morgen haben wir Meldung erhalten über Mordeus' Legion, die in Feegus Keep stationiert ist.«

Die Erschütterung, die zunächst von meinem Bauch ausgeht, breitet sich unaufhaltsam aus und strahlt weiter in meine Arme, bis selbst meine Hände zittern. »Sie sind alle tot«, sage ich mit erstickter Stimme. »Die Nacht, als ich verschwand – in dieser Nacht starben sie, nicht wahr?«

»Wir wissen nicht mit Sicherheit, dass du verantwortlich warst«, sagt Natan, aber ich spüre, dass er davon überzeugt ist, selbst jetzt, unter dem Einfluss des Rings.

»Der Dreckskerl wusste, dass sie seine Leute aufs Korn nehmen würde«, sagt Kendrick, und sein Kiefer zuckt dabei. »Er wusste, sie würde all diese Angst und all den Hass benutzen und gegen seine eigenen Wachleute richten, Wachleute, von denen sie auf *seinen* Befehl hin gefoltert wurde.«

In meinen Ohren ist ein Summen, das immer lauter und lauter wird. *Magie ist Leben. Leben ist Magie.* Ist das nicht Regel Nummer eins in diesem verfluchten Reich?

Ich habe diese Magie gespürt. Jedes Mal, wenn ich die tödliche Macht des Rings benutzte, spürte ich, wie die Kraft meines Opfers mich durchströmte. Der ganze Raum gerät ins Wanken, und ich kralle mich am Fußende des Bettes fest, damit ich nicht abstürze.

Durch meine Rachemission habe ich Mordeus zurückgeholt.

Ich habe all diese Leute getötet.

Ich bin die gesichtslose Seuche.

Ich stolpere zurück, bis ich an die Wand gelehnt stehen bleibe. Alles in meinem Kopf dreht sich. Das ist alles meine Schuld. Die Tode. Mordeus. Der Schrecken, der durch das Reich meiner Schwester fegt.

Ich bin für all das verantwortlich.

Nichts von alldem wäre geschehen, wenn ich nicht diesen Ring gekauft hätte.

Nichts von alldem wäre geschehen, wenn ich nicht so bereitwillig *alles* für meine Rache aufgegeben hätte.

Galle brennt mir wie Säure in der Kehle und das Sprechen kostet mich größte Mühe. »Du sagst, Mordeus bezieht nicht nur Kraft von mir. Er ist *meinetwegen* wieder am Leben, *durch das, was ich getan habe.*«

»Das ist nicht möglich«, sagt Kendrick. »Um der Katalysator für seine Auferstehung zu sein, hätte sie der Hexe …« Ich spüre die Last, die ihn im selben Augenblick befällt, als er die Antwort erkennt. Als ich wieder in seine Augen sehe, ist in ihren eisblauen Tiefen nichts als Verwüstung zu sehen. »Was hast du für diesen Ring eingetauscht, Jasalyn?«

Ich möchte aus meiner Haut kriechen. Aus der Fäulnis meiner Fehler entkommen. Und all die Schrecken ungeschehen machen, die ich über diese Welt gebracht habe.

»Was hast du dieser Hexe versprochen, Jas?«, fragt Kendrick mit rauer Stimme.

In meinen Augen brennen Tränen und das ganze Zimmer verschwimmt. »Es hat mir nichts bedeutet, ein Leben hinzugeben, das ich niemals haben wollte«, flüstere ich. Bei dem Ring ging es immer nur darum, mich von meiner Furcht zu befreien – und jetzt fürchte ich nichts so sehr wie das, was ich dafür getan habe.

Die Ironie des Ganzen zwingt mich in die Knie und ich sinke zu Boden.

»Das warst nicht du.« Kendrick geht vor mir in die Hocke. »Wenn überhaupt, dann war es dieser Ring. Aber *nicht du.* Du könntest niemals wie die Ungeheuer werden, die dir diese Narben beigebracht haben.«

Nein. Weil ich keine Narben zurücklasse, nur Leichen.

»Jasalyn«, flüstert Kendrick. »Das warst nicht du.«

Aber er versteht es nicht. Ich wollte diesen Ring besitzen, weil ich die Macht haben wollte, um genau das zu vollbringen. *Alles* habe ich eingetauscht für diesen *Fluch.* Ich *wollte* ihren Tod. Und jetzt sind sie tot, und so viele mehr.

»Mordeus ist im Palast von Elora?«, frage ich Natan.

»Ich glaube schon, ja.« Er blickt besorgt zwischen mir und Kendrick hin und her. »Offenbar beschützen ihn die Sieben, während er an Stärke gewinnt.«

»Warum sollten sie ihn beschützen?«

Er seufzt tief. »Aus demselben Grund, weshalb sie überhaupt jemals etwas für ihn getan haben, selbst wenn er das, was sie am dringendsten brauchten, immer gerade so außerhalb ihrer Reichweite behielt. Offenbar versprechen sie sich davon irgendeinen Vorteil.«

Ich blicke zu Kendrick hinüber. Ich habe jahrelange Erfahrung damit, meine Gefühle wegzuschließen, und genau das nutze ich jetzt aus, als ich mich hochstemme. »Und das Schwert – das Schwert in Feegus Keep – kann uns zum Palast bringen?«

Kendricks Gesicht ist ohne jeden Ausdruck. Er mustert mich, als er seufzt: »Ja.«

»Dieses Schwert – kann es jemanden töten? Auch einen wiederauferstandenen König?«

Er wirkt gequält. »Ja, aber solange du diesen Ring trägst, wird das Tageslicht dich schwächen und –«

»Wir brechen noch heute auf.« Ich kämpfe gegen Panik und Schrecken an, die von mir Besitz ergreifen wollen, und hebe trotzig das Kinn. »Ich bin der Grund, weshalb er zurückgekehrt ist. Ich werde nicht der Grund sein, weshalb er noch stärker wird.«

KAPITEL 31

FELICITY

Wenn ich nicht noch immer gegen das Gift des Höhlendämons in meinem Körper ankämpfen müsste, hätte ich es wahrscheinlich einen ganzen Tag lang vermeiden können, einzuschlafen, vielleicht sogar zwei. Aber mein Körper ist trotz der Bemühungen der Heilerin zu sehr malträtiert, und auf meine alten Tricks kann ich auch nicht zurückgreifen.

Wenn ich in der Zelle auf und ab gehe, bin ich nicht nach Stunden, sondern schon nach wenigen Minuten völlig erschöpft und werde noch müder anstatt wacher. Im Kerker ist es finster, und selbst Licht zu machen, um wach zu bleiben, kostet mich mehr Magie, als ich mir so kurz nach meiner Begegnung mit dem Tod leisten kann. Mit mir selbst zu reden wird nach einer oder zwei Stunden ebenfalls langweilig.

Ich glaube nicht, dass ich auch nur einen Tag durchgehalten habe, bevor mich meine Träume einholten.

Als ich aufwache, stecke ich zum ersten Mal seit drei Jahren wieder in meiner eigenen Haut und empfinde dabei ungeahnte Erleichterung. Es ist, als würde man ein Paar Stiefel ausziehen, die etwas zu stramm sitzen. Ich würde mich in dem Gefühl suhlen und mich rekeln wie ein Kätzchen, wenn die Folgen nicht so entsetzlich wären.

Ich bin tot.

Ich frage mich, wie gut dieser Kerker bewacht wird. Nun wird Erith mich holen kommen – er wird wissen, wo er mich finden kann, jetzt, wo ich wieder in meiner eigenen Gestalt bin –, und hier unten festzusitzen könnte das Einzige sein, was mir das Leben rettet. Wenn Misha mich nicht zuerst tötet.

Schon bevor ich die Augen aufschlage, weiß ich, dass ich nicht allein bin. Ich kann ihn spüren.

Misha ist bei mir in der Zelle. Es ist dunkel, aber ich kann die langen Linien seiner Silhouette ausmachen, wo er an die gegenüberliegende Zellenwand gelehnt sitzt, die Beine gespreizt, die Füße aufgestellt. Ich wage nicht, mich ihm zu nähern. Er könnte mich mit seiner Magie augenblicklich vernichten. Und das ist durchaus möglich, denn als sich unsere Blicke treffen, sehe ich die Wut in seinen Augen brennen.

Mit einem Fingerschnippen lässt er Flammen aus seinen Fingerspitzen schlagen, deren flackerndes Licht seine kantigen Züge hervorhebt. »Soll das irgendeine Art Witz sein?«, fragt er und beschreibt mit einer ausladenden Geste seiner freien Hand meine Gestalt. Meine *wahre* Gestalt.

Ich zucke zusammen. Ihm muss es wohl so vorkommen. Ich bin überhaupt nicht wie Jasalyn. Nach den gängigen Maßstäben nicht annähernd so attraktiv. Ich war zwar seit drei Jahren nicht mehr in diesem Körper, aber ich brauche keinen Spiegel, um zu wissen, dass ich mich seit meinem sechzehnten Geburtstag kaum verändert habe.

Ein Witz. Mir wäre lieber, er hätte mich getreten.

»Was hast du mit meinem Hof vor, und wozu brauchst du unseren Gang der Türen?«, fragt Misha.

Ich senke den Kopf und schweige.

»Ich muss zugeben, dass ich beeindruckt bin«, sagt er. »Mir ist bislang noch keine Gestaltwandlerin mit solch vollendeten Fertigkeiten begegnet, und keine, die ihren Duft so *präzise* anpassen konnte. Selbst Finns Wölfe hast du getäuscht. Vielleicht habe ich die Gestaltwandler ja unterschätzt.«

»Ich bin keine Gestaltwandlerin«, flüstere ich.

»Nun, *irgendwas* musst du ja sein«, schnaubt er verächtlich, »denn Jasalyn bist du nicht. Ich hätte es nicht für möglich gehalten. Ich habe dich in meinem Schloss willkommen geheißen, habe dich unter meinem Dach aufgenommen.« Er kneift die Augen zusammen und ich spüre die Worte, die er nicht ausspricht. Es ist schlimmer, als dass ich hier gewohnt habe. Schlimmer, als dass ich ihn all diese Tage getäuscht habe. Er hat etwas für mich empfunden. Hat sich vielleicht sogar eine Zukunft mit Jasalyn erhofft. Und nicht irgendeine beliebige Zukunft, sondern eine, wie er sie sich erträumt hat. Ich habe ihn glauben lassen, dass er eine Chance auf Liebe und eine Familie habe. Und das wird er mir niemals verzeihen.

»Es tut mir leid«, flüstere ich, und nie ist eine Entschuldigung mehr von Herzen gekommen.

»Du hättest wohl gern, dass ich das glaube«, höhnt er. »Ich weiß, wer du bist, Felicity, Tochter von Erith, Patriarch der Sieben.«

Beim Klang meines Namens aus seinem Mund läuft es mir eiskalt über den Rücken. *Er weiß Bescheid. Er weiß alles.* »Du bist in meine Gedanken eingedrungen«, hauche ich. Meine Brust schmerzt. Er hätte das nicht getan, wenn er noch einen letzten Rest Achtung vor mir hätte.

»Du bist in mein Schloss eingedrungen«, knurrt er. »Ich habe von dir gehört. Das Orakel hat deinem Vater geweissagt, seine Frau würde ihm Zwillinge schenken. Einen Jungen und ein Mädchen. Das Orakel sagte ihm, die Tochter würde seinem Leben ein Ende bereiten. Ich weiß, dass deine Mutter ihre Hebamme dafür bezahlt hat, dich nach deiner Geburt zu verstecken und deinen Bruder vor ihrem Mann als Einzelkind zu präsentieren. Ich weiß, dass diese Hebamme ans andere Ende von Elora floh und dich einer anderen Familie übergab, den Kendricks, die dich aufzogen und beschützten – bis Mordeus deinem Vater von der Täuschung durch deine Mutter erzählte und Erith eine Einheit zusammenstellte, um dich zu finden.«

Ich presse die Augen zusammen. Er weiß mehr über mich, als ich selbst über mein Leben wusste, bis ich sechzehn war. Der Tag, an dem Eriths Soldaten bei uns zu Hause auftauchten, bedeutete das Ende eines Lebens, das ich geliebt hatte. Vater starb bei dem Versuch, Mutter die nötige Zeit zu verschaffen, mich zu verstecken, aber als die Soldaten wieder abzogen, blieb ihr nichts anderes übrig, als mir die Wahrheit zu sagen – über meine Geburt, über meinen leiblichen Vater, und mein Schicksal. Sie schickte mich daraufhin zum Orakel, in der Hoffnung, mir würde dort ein Weg in ein sicheres Leben aufgezeigt werden. Stattdessen bekam ich dort zum ersten Mal ein Bild meines leiblichen Vaters zu sehen. Zuerst sah ich, wie ich Erith eine Klinge ins Herz stieß, und dann Hales Tod – das Schicksal sollte mich also in eine ausweglose Situation führen.

Wenn ich Erith tötete, würde ich meinen Bruder verlieren. Und wenn ich es nicht tat, lautete die Frage nicht mehr, *ob* Erith mich fand, sondern nur noch, *wann*.

Mir blieb keine andere Möglichkeit, als den einzigen Ort zu

verlassen, der mir je ein Zuhause gewesen war. Aber solange ich Erith nicht tötete, musste ich Hale auch nicht sterben sehen. Und solange ich nie meine eigene Gestalt annahm, nie in meiner eigenen Haut lebte, konnte Erith mich auch nicht aufspüren.

So ging das drei Jahre. Bis jetzt.

»Sag mir«, fordert Misha, lauter als zuvor, »was du mit meinem Hof und dem Gang der Türen vorhast? Worauf hast du es abgesehen, *Felicity*?«

Jeden Tag, den ich mit ihm verbracht habe, sehnte ich mich danach, den Klang meines Namens von seinen Lippen zu hören, und so schmerzt es jetzt umso mehr, als er ihn mit solchem Abscheu ausspricht. »Ich wollte deinem Reich niemals Schaden zufügen. Meine Freunde suchen nach einem Weg in den Palast von Elora. Sie wollen die Sieben stürzen und wieder die rechtmäßige Königin von Elora einsetzen. *Deshalb* wollte ich deinen Gang der Türen finden.«

»Lächerlich. Versuchs noch mal.«

»Das ist die Wahrheit.«

»In meinem Gang gibt es kein Portal zum Palast von Elora. Es hat niemals eines gegeben. Die Sieben Magier haben niemandem von meinem Hof je gestattet, über ein Portal dort hinzureisen.«

»Aber man hat uns gesagt –« Ich ziehe scharf die Luft ein. Diese Information stammte von Shae. Shae, der sich so grausam zeigte. Shae, der mich dazu zwang, in aller Eile nach einem Portal zu suchen, das von einem tödlichen Höhlendämon bewacht wird.

»Ich habe mich dir geöffnet«, sagt Misha, »und es war alles eine Lüge. Warum? Worauf bist du aus?«

Ich presse die Augen zu und spüre, wie mir heiße Tränen über die Wangen laufen. Nichts von all dem, was ich für ihn empfunden habe, war eine Lüge, aber das wird er mir nun nicht mehr glauben.

»Was hast du mit der Prinzessin angestellt? Was willst du von ihr? Was willst du mit meinem Hof?«

»Ich sagte dir doch, ich habe ihr nichts zuleide getan. Sie wollte, dass ich hier für sie einspringe.« Er glaubt mir kein Wort, und ich frage mich, ob es sich überhaupt lohnt, weiter meinen Atem zu verschwenden, aber ich fahre trotzdem fort: »Sie besitzt einen magischen Ring, der ihr den Kuss des Todes verleiht. Ich glaube, das hängt alles mit der gesichtslosen Seuche und der Auferstehung von Mordeus zusammen.«

Durch den Korridor hallen schwere Schritte, und als ich mich umsehe, steht Finnian, König der Unseelie, vor meiner Zelle, und seine silbernen Augen glühen. Hinter ihm seine Königin, die mich wutentbrannt anstarrt. Jeden Augenblick werden sich ihre Schatten aus dem Boden erheben und mich in Stücke reißen.

»Das ist Hochverrat«, sagt sie und beginnt, vor meiner Zelle auf und ab zu gehen, während Finn sich im Hintergrund hält.

Sie bleibt stehen, ergreift die Gitterstäbe und beugt sich bedrohlich vor. Um ihre Handgelenke winden sich Schattenfetzen wie schmusende Kätzchen. »Wo ist meine Schwester?«

»Ich habe es Mish– *dem König* bereits gesagt. Ich sagte dem König, dass ich es nicht weiß. Sie hat mich darum gebeten, an ihrer Stelle hierherzukommen. Ich glaube, sie ist immer noch im Schattenreich. Alles, was ich weiß …« Ich senke den Kopf. Mein ganzes Leben lang habe ich verheimlicht, was es wirklich bedeutet, ein Echo zu sein. Die Gabe ist heilig und darf mit niemandem geteilt werden, es sei denn, es geht um Leben und Tod. *So wie jetzt.* Ich muss schlucken. »Alles, was ich weiß, stammt von den Erinnerungen, die ich jedes Mal erhielt, wenn ich ihre Gestalt annahm. Und zuletzt habe ich einige Dinge gesehen, die mir … aus jüngerer Vergangenheit zu stammen scheinen. Wie sie sich einen magischen Ring kaufte.«

Die Königin dreht sich zu Misha um, der immer noch an der gegenüberliegenden Wand meiner Zelle sitzt, als würde er mir nicht trauen, hier alleine zu bleiben. »Wovon redet sie da? Erinnerungen durch Gestaltwandlung? Hast du von so etwas schon einmal gehört?«

Misha beäugt mich argwöhnisch. »Ich weiß von Gerüchten, aber …« Er schüttelt den Kopf. »Felicity behauptet, sie sei keine gewöhnliche Gestaltwandlerin.«

»Beweise es«, sagt Brie. »Erzähl mir etwas, das nur Jasalyn wissen kann.«

Ich zermartere mir den Kopf nach etwas Besonderem. Etwas anderem als den Narben und den Schrecken von Mordeus' Kerker. »Eure Mutter hat euch zum Einschlafen immer Geschichten erzählt. Geschichten dieses Landes. Jasalyn war klein, aber Ihr habt ihre Hand gehalten und ihr habt euch kichernd vorgestellt, wie es wäre, Faerie zu besuchen.«

Abriella verschränkt die Arme, die Miene noch mehr verhärtet. »Das könnten auch zwei beliebige Menschenmädchen sein. Gib mir etwas Besseres.«

Ich halte ihrem wütenden Blick stand. »Ich weiß nicht alles über Eure Schwester, aber nach der Begegnung mit ihr und von dem, was ich gesehen habe, weiß ich, dass sie nicht will, dass Ihr erfahrt, was sie im Kerker zu ertragen hatte. Sie will nicht, dass Ihr die Wahrheit über ihre Narben erfahrt.«

Die Königin zuckt merklich zusammen. »Wir wissen nicht, woher sie stammen. Sie sind einfach so aufgetaucht.«

»Aber *sie* weiß es. Es sind Narben von all dem, was Mordeus und seine Handlanger ihr im Kerker angetan haben, aber Jasalyn wusste nicht, dass es sich dabei um Blutmagie handelt – dass sie Anzeichen dafür sind, dass er die Verbindung aufruft, die er im Kerker zu ihr geschaffen hat. Dass er sie für seine Rückkehr benutzt.«

Abriella blickt Misha beschwörend an. »Sie verdreht doch einfach nur das, was ihr von dieser Hexe erfahren habt.«

Er starrt mich an. »Ich weiß nichts von einem Ring«, erklärt er. »Und auch keine Einzelheiten über das, was im Kerker vorgefallen ist.«

»Sag es uns«, fordert Abriella.

»Warum sollte ich?«, entgegne ich. »Warum sollte ich ihre Geheimnisse enthüllen, wenn Ihr doch ohnehin bereits entschieden habt, dass ich eine Lügnerin bin?«

»Warum?«, fragt die Königin mit gerunzelter Stirn. »Weil du sonst noch vor Sonnenuntergang *tot* sein wirst.«

Ich bin ohnehin schon tot.

»Ich warte!«, schnauzt die Königin.

»Wollt Ihr das denn überhaupt hören?«, frage ich mit gedämpfter Stimme, voller Scham darüber, etwas zu verraten, was Jas drei Jahre lang unbedingt für sich behalten wollte. »Wie verängstigt sie war, in diesem Reich zu leben? Wie sehr sie es hasste, Tag für Tag so tun zu müssen, als ginge es ihr gut, obwohl sie sich vor den Nächten noch viel mehr fürchtete? Wollt Ihr wirklich wissen, dass sie es so sehr hasste, berührt zu werden, dass selbst Ihr – selbst die Schwester, die sie über alles liebt – sie nicht berühren konntet, ohne dass sie dabei am liebsten aus der Haut gefahren wäre?«

Die Königin verliert sichtlich die Fassung und in ihren Augenwinkeln blitzen Tränen. »Das reicht.«

Ich hebe das Kinn. »Das dachte ich mir. Ich denke, Jasalyn hatte recht mit ihrer Vermutung, dass Ihr die Wahrheit nicht ertragen könnt.«

Eine Kugel aus Schatten saust auf mich zu, packt mich am Schopf und reißt meinen Kopf zurück, bis ich der Königin wieder in die Augen sehe. »Was haben sie ihr angetan?«

Der Schmerz treibt mir das Wasser in die Augen, aber das kümmert mich nicht. »Sie haben ihr wehgetan. Sie haben sie bluten lassen – wegen der Magie, aber auch …« Ich schüttele den Kopf. »Ich weiß es nicht. Mordeus erklärt sich nie in ihren Erinnerungen. Er sprach, als wüsste er, dass sie Magie besitzt und dass sie für ihn wichtig sein würde – aber ich glaube, er tat das alles, damit sie ihn fürchtet, damit sie diesen Kerker fürchtet und alles an diesem Hof. Ich glaube, er wusste, dass ihre Furcht und ihr Hass ihn eines Tages zurückholen würden.«

Die Schattenkönigin verstärkt ihren Griff um die Stäbe, bis ihre Knöchel weiß hervortreten. »Diese Geschichte erscheint mir allzu zweckmäßig. Du hast mir noch nichts erzählt, was beweist, dass du meine Schwester nicht getötet und ihren Leichnam versteckt hast, um ihr Leben zu übernehmen.«

Misha reißt den Kopf herum und starrt die Königin an. »Brie«, sagt er, seine Stimme tadelnd und beschwichtigend zugleich.

»Meine Königin hat nicht ganz unrecht«, sagt Finn, lehnt sich mit dem Rücken an die Zelle gegenüber und verschränkt die Arme. »Wir brauchen mehr Einzelheiten. Wenn du uns nicht zu der Prinzessin führen kannst, gib uns etwas anderes. Etwas, das du eigentlich nicht wissen kannst.«

Ich werfe frustriert die Hände in die Luft. »Wie könnte ich *überhaupt* etwas von alldem wissen – ohne ihre Erinnerungen?«

»Vielleicht stammst du ja von der alten Rasse ab, die die Herzen ihrer Opfer auffraß, um deren Magie zu stehlen«, sagt Finn.

Ich weiche entsetzt zurück. »Als ich die Prinzessin zuletzt sah, war sie am Leben. Ich esse *keine Herzen*.«

»Dieser magische Ring, den meine Schwester angeblich verwenden soll«, sagt die Königin mit mühsam unterdrückter Wut in der Stimme. »Woher stammt der?«

»Sie hat ihn in Elora von einer Hexe bekommen, im Austausch gegen ihre Unsterblichkeit.« Ich sehe Misha an. »Was, wenn er nun irgendwie ihr Leben übernimmt? Was, wenn Mordeus plant, durch Jasalyn zurückzukommen?«

»Du gehst zu weit«, blafft die Königin.

»Die Hexe brachte die Prinzessin dazu, ihr ein Buch zu beschaffen – das Grimoricon –, denn sie sagte, sie bräuchte es, um den Ring zu erschaffen.«

»Das reicht.« Abriella wendet sich abrupt ab, und ihr Umhang bauscht sich hinter ihr auf, als sie aus dem Kerker stürmt, gefolgt von ihrem Gemahl.

»Ich sage die Wahrheit«, rufe ich ihr nach. »Da ist etwas an Eurer Schwester, von dem Mordeus wusste, dass er es brauchen würde – etwas an ihren besonderen Gaben, das ihm erlaubt, etwas zu tun, was bis jetzt nur Mab gelungen ist.«

Misha schnaubt und kommt auf die Füße. »Das Grimoricon verlässt den Mitternachtspalast niemals. Selbst die Schattenprinzessin hätte es dort nicht hinausschaffen können.«

Ich blinzele kaum, da steht er schon auf der anderen Seite des Gitters und starrt mich mit verschränkten Armen an.

Ich springe auf und laufe nach vorn an die Stäbe. »Mein Vater wird mich holen kommen. Er wollte mich schon töten, bevor ich überhaupt geboren wurde.«

»Dann wird er mir diese Mühe wohl abnehmen.« In seinen Augen sehe ich Wut, aber auch Verletzlichkeit, und dieser Anblick macht mir das alles noch viel schwerer. Noch immer betrachtet er mich, als könne er mich in meiner wahren Gestalt nicht begreifen. Schließlich beugt er sich vor – nahe genug für eine Berührung. »Du solltest hoffen, dass wir sie schnell finden. Und du solltest zu den Göttern beten, wenn sie dich noch nicht verlassen haben, dass es Jasalyns tiefster Wunsch ist, dass wir dein Leben verschonen.«

Ich lege meine Hände um die Gitterstäbe und rahme sein Gesicht ein. »Ich hatte niemals vor, dich zu verletzen.«

Seine Augen blitzen auf und sein Blick wird hart. »Ich hatte niemals vor, es dir zu erlauben.«

KAPITEL 32

JASALYN

Kendrick und ich gehen nebeneinander die Treppe hinunter. Er achtet darauf, dicht bei mir zu bleiben, um zu verhindern, dass ihn die Magie des Rings etwas vergessen lässt.

Ich kann nicht klar denken. Ich bin schon jetzt so müde und meine Glieder so schwer – wegen des Rings, wegen der Wahrheit. Ich glaube, es bleibt mir nicht mehr viel Zeit, bis die Müdigkeit zu Schwäche wird, aber ich will es heute unbedingt bis nach Feegus Keep schaffen. Und wenn ich dorthin kriechen muss.

An der Schwelle zur Küche bleibt Kendrick abrupt stehen und fasst meine Hand. »Wir sollten heute noch nicht aufbrechen. Wir sollten bis zum Abend warten. Wir können warten, bis wir wissen, wie wir den Ring zerstören –«

»Und wenn ich wieder in Ohnmacht falle? Oder noch ein Dutzend von Mordeus' Gefolgsleuten töte?« Wieder droht mich der Schrecken zu packen, aber ich kämpfe ihn nieder. Ich habe jetzt keine Zeit für Selbstmitleid. »Ich will das jetzt tun. Ich habe dieses Chaos angerichtet und ich muss es auch wieder in Ordnung bringen.«

Als ich in die Küche einbiege, erstarre ich beim Anblick des neuen Gesichts am Tisch. Eines Gesichts, das ich aus meinen Träumen kenne. Sein geflochtener Zopf schwingt auf seinem Rücken, während er über etwas lacht, das Remme gesagt hat, und just bevor seine grünen Augen auf meine treffen, erhasche ich einen Blick auf die beiden Narben, die sich über seine linke Schläfe ziehen.

»Und wenn die Zeit gekommen ist, werden wir sie zu Euch bringen, und Ihr werdet auferstehen wie ein Phönix aus der Asche.«

»Was ist los?«, fragt Kendrick.

»Wer ist das?«, bringe ich mühsam hervor.

»Das ist Shae. Er gehört zu meinem Team. Er wird uns helfen, wenn wir Feegus Keep erreichen.«

»Ich habe von ihm geträumt. Ich habe geträumt, dass er –« Mich aufgeschlitzt hat. Genau wie die anderen. Er arbeitete mit Mordeus zusammen. Plante etwas mit ihm.

Wir werden sie zu Euch bringen.

Ich fahre zu Kendrick herum – starre auf seine bloße Stirn.

Dieser Traum kann nicht Wirklichkeit gewesen sein. Warum sollten die Sieben Mordeus beschützen, wo er sie doch an Kendrick verraten hat? Oder hatte Mordeus gar nicht mehr die Gelegenheit, sie zu verraten, bevor Abriella ihn tötete?

Mein Blick wandert zurück in die Küche, zurück zu dem Fremden, dessen Zopf und Narben mir so vertraut sind, und mir wird ganz flau im Magen.

»Leg deinen Verwandlungszauber ab.«

Kendrick weicht zurück. »Jasalyn –«

»Deshalb brauchte er sie unbedingt lebendig.« Das waren Kendricks Worte zu Natan, als er erfuhr, dass Mordeus möglicherweise den Zwilling von meinem Ring trägt. Warum sonst hätte er so etwas

sagen sollen, wenn Mordeus die Abmachung aus meinem Traum nie eingegangen wäre? Warum hätte er genau das sagen sollen, wenn er nicht mit dem grässlichen König zusammenarbeiten würde?

»Lege. Deinen. Verwandlungszauber. Sofort. Ab.«

Sein Kehlkopf hüpft auf und ab, und dann verwandelt er sich vor meinen Augen: Seine Ohren werden rund und sein Fae-Leuchten verblasst. »Ist es so besser?«

»Du lügst.« Es kommt als Schluchzen heraus, weil mit einem Mal alles auf mich einprallt. Er wollte nicht, dass ich erfahre, dass Mordeus am Leben ist, und jetzt das hier. »Lüg mich nicht an.«

Er verzieht das Gesicht. »Ich wollte nicht –«

»Lass mich dich so sehen, wie du wirklich bist. Keine Magie. *Keine Lügen.*«

Mit einem Seufzer verwandelt er sich noch einmal. Die Veränderungen sind so geringfügig, und ein Teil von mir wünscht sich, sie seien bedeutungslos. Aber jetzt sieht er so aus, wie er in meinem Albtraum erschienen ist. Ein Fae. Mit sanft schimmernder Haut und spitzen Ohren.

Und mit den fein verzweigten Linien einer Krone, die ihm auf die Stirn tätowiert ist.

Ich fühle mich, als hätte er mir gerade das Herz aus der Brust gerissen. »Du hast mich glauben lassen, du wärst ein Mensch.«

»Jas …«

»Und das hast du getan, weil Mordeus es von dir verlangt hat. Weil du alles tun würdest, um die Sieben zu stürzen.«

Sein Kiefer zuckt, während er mir in die Augen sieht. »Ich hatte keine Ahnung, was er dir antat, wenn er dich aus dieser Zelle holte. Ich hatte keine Ahnung, wie schlimm es war, bevor ich dort hinkam. Du hattest keine Male, keine Blutergüsse –«

»Du hast eine Abmachung mit ihm getroffen. Du würdest mich davon abhalten, mich selbst zu zerstören – im Austausch gegen die Freilassung eurer Königin.« Mein Inneres stürzt in sich zusammen und droht mich mitzureißen. »Du hast für ihn gearbeitet. Und tust es *immer noch.*«

Er blickt weg. Sein Hals bebt. »Ich sollte dich am Leben erhalten, dir einen Grund geben, durchzuhalten, und dafür würde er Crissa freilassen. Wie kannst du mir das vorwerfen?«

Mir ist so kalt, ich fühle mich so ausgehöhlt, dass es mich überrascht, als ich die Tränen auf meinen Wangen spüre. »All diese Zeit dachte ich, du hättest mich in diesem Kerker gerettet. Aber du hast mich dort festgehalten. Und du hast es für ihn getan. Du hast mir sogar geholfen, meine Flucht zu planen – war irgendwas davon echt? Wolltest du mir wirklich helfen, von dort wegzukommen, oder wolltest du mir nur einen Grund geben, daran zu glauben, dass es möglich wäre?«

Er senkt den Kopf. »Ich glaubte, du wärst in Sicherheit, solange du bei mir bist.«

»*Wag es ja nicht!* Du wusstest, dass ich nicht in Sicherheit war. Du wusstest, wie sehr ich mich fürchtete. Du *wusstest,* dass ich für ihn einen Zweck erfüllte, und *hast ihm dabei geholfen.*« Bei den letzten Worten bricht meine Stimme.

Und jetzt bin ich ein Monster.

Er hebt den Blick. »Du machst dir keine Vorstellung, wie leid es mir tut.«

»Mir auch.« Eine Träne fällt auf die Steinfliesen, und ich starre ihr einen Moment hinterher, bevor ich blinzele und wieder Kendrick ansehe. Es bereitet mir größere Schmerzen, als Mordeus anzusehen. Damals war es ein Schmerz der Angst. Dies ist ein Schmerz des Verrats. »Ich muss gehen.« Meine Stimme ist heiser.

»Jas, tu das nicht.«

Er wird sich an nichts von alldem erinnern. Wird sich nicht mehr daran erinnern, dass ich weiß, wie er mich verraten hat. Wird sich nicht mehr daran erinnern, wie wir uns vergangene Nacht berührt haben. Wird sich nicht mehr daran erinnern, wie er meine tiefsten Narben gefunden und mich in Stücke gerissen hat.

»Nachdem ich dich kennengelernt hatte, hätte ich dich beschützt, ganz egal was geschieht«, sagt er. »Mordeus ist irrelevant.«

»Aber das ist er nicht.« Ich hechte zur Tür, stoße sie auf und stürze nach draußen.

»Was hast du vor?«, ruft er.

Mit letzter Kraft renne ich um die Hausecke und hocke mich hinter die verkohlten Reste eines Pferdestalls.

Als ich zurückblicke, sehe ich Kendrick auf den Eingangsstufen stehen. Er blickt hinaus auf die Straße und fährt sich verwirrt mit der Hand übers Gesicht.

Er wendet den Kopf zurück ins Haus. »Hat einer von euch Jasalyn heute schon gesehen?«

Ich weiß, was ich zu tun habe. Eigentlich weiß ich es schon, seit Natan uns gesagt hat, dass Mordeus den Zwilling meines Rings trägt. Aber jetzt weiß ich, dass ich es allein tun muss.

KAPITEL 33

MISHA

Die Fae-Göttin in meinem Kerker stammt geradewegs aus meinen Träumen. Und ich weiß nicht, was mich wütender macht – wie befriedigend es war, nach über drei Jahren nächtlicher Visionen endlich auch nur eine Nachahmung von ihr in Fleisch und Blut vor mir zu sehen, oder die Gewissheit, dass Felicity mich abermals manipulierte. Dass sie irgendwie einen Weg in meinen Kopf gefunden und dann das eine Gesicht gewählt hatte, das mich schwach werden lassen würde.

Ich sollte nicht überrascht sein. Sie war von dem Augenblick an in meinem Kopf, als sie an meinem Hof eintraf. Mein Bauchgefühl sagte mir, dass etwas an ihr grundlegend anders war. Etwas Wichtiges fühlte sich *falsch* an. Aber ich traute diesem Instinkt nicht. Ich ließ zu, dass diese unerwartete Anziehungskraft meinen Verstand trübte. Ich ließ mich so sehr davon einschüchtern, dass ich sämtliche Anzeichen ignorierte, obwohl die Wahrheit doch so offensichtlich war.

Als mir schließlich die Augen aufgingen, fielen mir auf einen Schlag tausend Gründe ein, weshalb die Frau, die bei mir zu Gast war, nicht Jasalyn sein konnte. Ihr ungezwungenes Lachen. Die Art, wie sie ihr Haar über die Schulter wirft. *Wie sie mich ansieht.*

»Misha«, sagt Abriella und zerrt mich am Hemdsärmel in meinen Besprechungsraum. Ihre Schatten schlagen die Tür hinter mir zu.

Am anderen Ende des Raumes starrt Finn grüblerisch in die schwarze Nacht hinaus.

»Es tut mir leid.« Ich schiebe die Hände in die Taschen. »Ich weiß nicht, wie ich das geschehen lassen konnte.«

»Wir müssen sie finden«, sagt sie. Ihre Furcht ist förmlich mit Händen zu greifen.

»Ich verspreche dir, dass wir in diesem Land das Innerste nach außen kehren werden, aber ich möchte nicht, dass du dir allzu große Hoffnungen machst. Wir haben –«

»Misha.« Sie ringt um Atem, ihr Blick ist wild. »Hör mir zu. Ich habe es niemandem erzählt, aber das Grimoricon ist verschwunden.«

Ich erstarre. *»Verschwunden?«*

»Ja«, erwidert sie verzweifelt. »Schon vor drei Monaten.«

Mir sackt der Magen durch. Felicity könnte die Wahrheit sagen. Vielleicht hat tatsächlich Jasalyn das Buch an sich genommen. »Wäre das überhaupt möglich? Wie hätte Jas das Buch aus dem Palast schaffen können?«

Ihr Hals bebt. »Es war durch einen Zauber geschützt, sodass es von niemandem bewegt werden konnte, der nicht von Mabs Blut abstammt.«

»Abriella.« Ich fahre mir mit der Hand übers Gesicht. »Es ist *dir nie in den Sinn gekommen*, dass es deine Schwester sein könnte, die es mitgenommen hat?«

»Misha, lass sie in Ruhe«, sagt Finn. »Das wäre dir auch nicht in den Sinn gekommen. Du hast doch gesehen, in welchem Zustand Jas war.«

»Jas wusste nicht einmal davon«, sagt Brie. »Abgesehen davon, was ich ihr darüber erzählt habe, was ich zu ihrer Rettung unternommen habe. Sie wusste nicht, wo ich es aufbewahrte oder welche Bedeutung es hatte. Solche Dinge waren ihr egal. Und ich –« Sie blickt zur Decke auf, die Augen immer noch tränennass. »Ich habe sie auch nicht dazu *gezwungen*, all das zu lernen, was sie wissen musste, weil ich mich so sehr um ihre *Genesung* sorgte.«

»Du kannst dir das nicht vorwerfen«, sagt Finn und legt ihr eine Hand auf die Schulter. »Du hast getan, was du für richtig hieltest.«

»Ich wollte sie vor allem Schlechten in diesem Reich beschützen und so tun, als wäre alles gut und schön. Und damit habe ich sie verraten.«

Ich raufe mir die Haare. »Wir werden dafür sorgen, dass alle nach ihr Ausschau halten, und dann werden wir sie im Handumdrehen finden.«

»Nein«, sagt Brie. »Wir müssen das für uns behalten. Wenn sich die Kunde verbreitet, dass meine Schwester allein da draußen unterwegs ist, bringt sie das nur in noch größere Gefahr. Ganz abgesehen davon, dass es meinen Hof inmitten der gesichtslosen Seuche und Mordeus' Auferstehung ins Chaos stürzen würde.« Sie schöpft Atem und sieht mir in die Augen. »Die Wahrheit ist, dass wir die Hilfe deiner Gestaltwandler-Freundin brauchen werden, um Jasalyn zu finden.«

»Nein.« Ich schüttele den Kopf. »Auf gar keinen Fall. Selbst *wenn* wir ihr vertrauen könnten, wird sie mir unter diesen Umständen bestimmt keinen Gefallen tun wollen.«

»Dann bieten wir ihr einen Handel an«, erklärt Brie. »Es muss etwas geben, das sie haben will.«

Sie starrt mir so lange ins Gesicht, bis ich weiß, dass sie nicht nachgeben wird. Brie will, dass meine Gefangene ihr hilft, und ich bin nicht so töricht, mich zwischen die Schattenkönigin und ihre Schwester zu stellen.

Resigniert seufze ich: »Sie hat versucht, den Gang der Türen der Wilden Fae zu finden.«

»Warum?«

»Sie sagte, ihre Leute würden versuchen, in den Palast von Elora zu gelangen, aber in unserem Gang gibt es kein Portal zum Palast. Die Sieben haben das nie zugelassen.«

Brie und Finn wechseln einen Blick.

»Am Hof des Mondes schon«, sagt Brie. »Es wurde ein Teil des Gangs, als Mordeus den Thron stahl.«

»Er pflegte mit den Sieben Magiern von Elora beste Beziehungen«, erklärt Finn. »Zumindest, wenn es ihm nutzte.«

»Aber wir können sie nicht einfach euer Portal benutzen lassen«, sage ich. »Wir wissen ja nicht einmal, was sie vorhat.«

Abriella schnaubt höhnisch. »Dieses Reich ist so korrupt und rückständig, von mir aus kann sie den ganzen Palast von Elora in die Luft jagen. Ich will meine Schwester wiederhaben.«

»Mein König!«

Wir alle wirbeln herum. In der Tür zum Besprechungszimmer steht Tynan, mit heftig bebender Brust, als wäre er hergerannt.

»Was ist?«, frage ich.

»Die Wache aus dem Kerker hat Verstärkung angefordert.«

Ich werfe Brie meinen besten *Hab-ichs-doch-gesagt*-Blick zu. Als könnte die Tatsache, dass ich mit so belanglosem Mist recht hatte, das gewaltige Loch in meiner Brust ausgleichen. »Was hat sie angestellt?«

»Gar nichts«, antwortet Tynan. »Das ist es ja gerade. Sie saß seelenruhig in ihrer Zelle, und plötzlich flehte sie den Wachmann an, ihr zu helfen, und meinte, die würden sie holen kommen.«

»Das ist unmöglich. Der ganze Kerker ist gegen Magie und Koboldreisen abgesichert. Es gibt keinen Weg aus dieser Zelle. Das ist ein Trick.«

Tynan schluckt. »Es ist kein Trick, Misha. Sie ist weg.«

Ich presse die Kiefer zusammen. »Sucht das Schloss und das ganze Gelände ab«, befehle ich Tynan. Erst als er wieder fort ist, wende ich mich an Abriella. »Warum Jas? Warum benutzt er ausgerechnet sie, um zurückzukommen? Welcher Nekromant wäre mächtig genug für eine wirkliche Auferstehung?«

Finn und Brie wechseln einen Blick, der mir verrät, dass sie bereits eine Vermutung haben, aber noch unentschlossen sind, ob sie die mit mir teilen sollen.

»Brie, wenn ich euch helfen soll, muss ich Bescheid wissen.«

»Wir haben uns so auf die Frage konzentriert, *wie* jemand Mordeus' Leichnam auferstehen lassen könnte, dass wir nie wirklich darüber nachgedacht haben, ob sein ursprünglicher Körper überhaupt jemals Teil des Plans war«, antwortet Finn leise. »Es gibt keinen Nekromanten, der ein vollwertiges Leben in Körper und Geist wiederherstellen kann, und deshalb hat Mordeus sich auf das Nächstbeste verlegt.«

Abriella verliert vollends die Fassung und dreht sich zu Finn um. Sie ist leichenblass. »Oh, bei den Göttern, Finn, wenn sie wirklich ihre Unsterblichkeit eingetauscht hat, dann bleibt uns nicht viel Zeit.«

Entsetzen ergreift allmählich von mir Besitz. Felicitys Täuschung hat uns wertvolle Tage gekostet. »Und jetzt will ich wissen«, sage ich, »was ihr mir über Jasalyn verheimlicht!«

»Ich habe Pretha in Jasalyns Gedanken sehen lassen«, platzt Brie mit Schamesröte auf den Wangen heraus. »Als sich bei ihr vor zwei Jahren immer noch keinerlei Magie offenbarte, begann ich mich zu sorgen, dass Jas unseren Feinden schutzlos ausgeliefert sein könnte. Deshalb bat ich Pretha, ihren Geist nach Anzeichen von Magie zu durchsuchen. Ich habe Jas nie davon erzählt, weil ich dachte, sie würde sich vielleicht fürchten vor dem, was Pretha gefunden hat.«

Ich schüttele den Kopf. »Ich verstehe das nicht. Welche Art von Macht würde es Mordeus erlauben, mit ihrer Hilfe wieder von den Toten aufzuerstehen?«

»Er will nicht einfach nur wieder am Leben sein«, erklärt Finn leise. »Er will Vergeltung, und dazu braucht er Macht. Mit seiner Blutmagie an Ort und Stelle, und Jasalyns Gabe unter seiner Kontrolle, könnte es ihm ein Leichtes sein, beides zu bekommen.«

»Wie?« Ich verliere allmählich die Geduld, aber ich will es endlich verstehen.

»Sie ist ein Phönix, Misha.« Bries Gesicht ist todernst. »Meine Schwester kann zu Asche verbrennen und dann wiederauferstehen, neu geboren.«

Ich spüre geradezu, wie mir jegliche Farbe aus dem Gesicht weicht. »Das ist eine unsagbar seltene Gabe.«

Brie nickt. »Ich weiß. Und wenn Mordeus ihrer beider Leben wirklich mithilfe seiner Blutmagie aneinander gebunden hat, dann könnte er die Macht ihres Phönix befehlen, um zurückzukehren – sein Geist in ihrem Körper.«

Danksagung

Meine Karriere nahm immer dann ihre besten Wendungen, wenn ich meiner Muse nachgab und das Resultat durch den Rückhalt meiner Leser zu neuen Abenteuern wurde. *Beneath Cursed Stars* existiert heute nur, weil sich Leser so begeistert für *Court of Sun* und *Court of Moon* eingesetzt haben. Ob nun in ihrem örtlichen Lesekreis, auf einer Bookstagram-Seite, auf TikTok oder einfach nur im Chat mit euren Bücherfreund*innen – eure Unterstützung für meine Fantasy-Debütserie ermöglichte es mir, weiterzuschreiben, und ein besseres Geschenk hättet ihr mir nicht machen können. Also herzlichen Dank für die Gelegenheit, zu dieser Welt und ihren Charakteren, die mir so viel bedeuten, zurückzukehren. Dafür bin ich wirklich dankbar!

Beneath Cursed Stars wurde erdacht, geschrieben und redigiert, während ich lernen musste, mein Leben mit der zusätzlichen Verantwortung für die Pflege meines an Demenz leidenden Vaters zu meistern. Zusätzlich musste unsere Familie mit dem plötzlichen und unerwarteten Tod meiner Schwägerin fertigwerden. Ohne die umfassende Unterstützung zu Hause hätte ich während dieser Zeit niemals etwas Neues erschaffen können. Mein Dank gilt daher, wie immer, meinem Ehemann Brian, der mich an der Hand hielt und aufmunterte, während er selbst mit seiner eigenen Trauer zu kämpfen hatte. Brian, du bist der beste Zuhörer, den ich kenne, und ich kann mich für jeden einzelnen Tag glücklich schätzen, an dem du da bist und mir durch Gutes wie Schlechtes die Hand hältst. Danke, dass du mein Fels in der Brandung bist.

Danke auch meinen Kindern Jack und Mary, die wegen ihres Großvaters auf allzu viel Zeit mit ihrer Mom verzichten mussten. Ihr zwei macht mich unsagbar stolz und glücklich, eine Mom zu sein. Ihr helft dabei, unser Zuhause zu einem sicheren Hafen zu machen, und ich kann nur hoffen, dass es mir stets gelingt, für euch dasselbe zu tun.

Mein Dank gilt meiner Mutter, meinen Geschwistern und meiner Schwiegerfamilie, dafür, dass ihr mich so tatkräftig bei den Herausforderungen dieser Lebensphase unterstützt. Ich wünschte, mir würde das alles mit mehr Feingefühl von der Hand gehen, weiß es aber sehr zu schätzen, dass ihr fest an meiner Seite steht.

Danke auch meinen Freund*innen, dass ihr mich beständig anfeuert. Mira Lyn Kelly und Lisa Kuhne, danke, dass ihr an meine Worte glaubt, selbst wenn ich das nicht kann. Danke an alle Autoren in meiner *Write All the Words* Slack-Gruppe dafür, dass ihr mir Gesellschaft leistet, wenn sich das Schreiben allzu einsam anfühlt. Danke auch an Robin Danek, die als Akademikerkollegin besonders viel Verständnis dafür aufbringt, dass ich so hart arbeite, um nicht mehr dorthin zurückkehren zu müssen.

Für meinen Agenten Dan Mandel, der mir den Rücken freihält, wann immer ich es brauche. Ein Prost auf eine gemeinsame Reise, die nun schon mehr als ein Jahrzehnt dauert!

Dank schulde ich auch dem Team bei HarperTeen, das mir geholfen hat, das Buch zu dem zu machen, was es heute ist. Besonderer Dank gilt dabei meiner Lektorin Emilia Rhodes für ihre beruhigende Unterstützung während der vielen Veränderungen der vergangenen beiden Jahre, und besonders dafür, dass sie mich immer genau an der richtigen Stelle und zur richtigen Zeit antreibt, wo es nötig ist, um das Buch zu etwas zu machen, auf das ich wirklich stolz sein kann. Briana Wood, herzlichen Dank für deine Bemerkungen und Einschätzungen, und für all deine Hilfe entlang des Weges. Danke auch an die Vertriebs- und Rechtsabteilungen wie auch den Rest der großartigen Truppe, die es schafft, aus meiner Vision ein wunderschönes Buch entstehen zu lassen, das auf der ganzen Welt verfügbar ist: Marketingchef Michael D'Angelo, Pressesprecher John Sellers, die Textredakteurin Ana Deboo, Chris Kwon und Jenna Stempel in der Designabteilung, Herstellerin Trish McGinley, die Redaktionsleiterrinnen Erika West und Mary Magrisso sowie TK für Korrekturen.

Zuletzt, liebe Leser*innen, möchte ich noch sagen, dass ich sehr dankbar dafür bin, zu einer Zeit zu leben, in der es möglich ist – und man sogar dazu ermuntert wird –, über psychische Probleme zu sprechen. Diese Dinge sind bei mir nicht neu, haben sich aber durch die Umstände verschärft. Glücklicherweise habe ich Zugang zu einer guten Therapie und verfüge über einen großartigen Hausarzt, aber am besten lässt sich so etwas für mich immer mit einer Geschichte verarbeiten. Ich fühle mich Jasalyn in ihrem Kampf so unmittelbar verbunden, dass es bei mir eine heilende Wirkung entfaltet hat, sie auf ihrer Reise zu begleiten. Falls ihr genau wie ich mit Depressionen und Ängsten zu kämpfen habt, hoffe ich, dass ihr immer wisst, ihr seid nicht allein. Die Depression lügt. Ängste täuschen. Ich weiß, dass ihre Stimmen sehr laut sein können, aber geht weiter euren Weg. Morgen geht wieder die Sonne auf.

DIE GESCHICHTEN
VON JASALYN UND FELICITY
GEHEN WEITER IN …

BETWEEN BROKEN HEARTS

HERBST 2025

EIN MÄDCHEN ZWISCHEN ZWEI ELFENREICHEN – UND ZWEI PRINZEN …

Lexi Ryan
COURT OF SUN 1:
COURT OF SUN
Klappenbroschur
496 Seiten
ISBN 978-3-551-58503-5
Auch als E-Book erhältlich

DIE BEGNADETE DIEBIN BRIE HASST DIE FAE ABGRUNDTIEF. Doch als ihre Schwester Jas an den König der Schatten verkauft wird, setzt Brie alles daran, sie zu retten. Der Weg ans Ziel führt nur über den Hof des Lichts. Dort wird Brie nicht nur in ein Netz von Intrigen verstrickt, sondern gerät auch zwischen die Fronten einer uralten Fehde. Zwei Fae-Prinzen kämpfen um ihr Herz und verfolgen in Wahrheit eigene Pläne. Einem von ihnen wird Brie vertrauen, einer wird sie verraten …

WWW.CARLSEN.DE

CARLSEN

ZWISCHEN LIEBE UND VERRAT

Lexi Ryan
COURT OF SUN 2:
COURT OF MOON
Klappenbroschur
544 Seiten
ISBN 978-3-551-58504-2
Auch als E-Book erhältlich

ALLES, WAS BRIE ZU WISSEN GLAUBTE, hat sich in Schatten und Dunkelheit verloren. Zutiefst verletzt von Sebastians Verrat ist sie wild entschlossen, ihre Stärke in sich selbst zu finden. Doch während am Hof des Mondes ein Bürgerkrieg tobt, weiß Brie weniger denn je, auf welcher Seite sie stehen sollte. Immerhin hat auch Finn in der Vergangenheit ihr Vertrauen missbraucht. Nur eines wird immer deutlicher: vor einer Prophezeiung kann man nicht davonlaufen, Brie muss sich ihr stellen – ob sie will oder nicht. Denn es ist nicht nur ihr eigenes Schicksal, das sie in Händen hält.

WWW.CARLSEN.DE

CARLSEN

DIE VOLLSTÄNDIGE ROMANTASY-DILOGIE ALS TASCHENBUCH-BUNDLE!

Lexi Ryan
COURT OF SUN:
BEIDE BÄNDE IM BUNDLE
Broschuren im Schuber
ISBN 978-3-551-32220-3

WWW.CARLSEN.DE

Carlsen-Newsletter: Tolle Lesetipps kostenlos per E-Mail!
Unsere Bücher gibt es überall im Buchhandel und auf carlsen.de.

Wir produzieren nachhaltig
- Klimaneutrales Produkt
- Papiere aus nachhaltigen und kontrollierten Quellen
- Hergestellt in Deutschland

FSC www.fsc.org MIX Papier | Fördert gute Waldnutzung FSC® C014496

Alle deutschen Rechte bei Carlsen Verlag GmbH, Hamburg 2024
Völckersstraße 14–20, 22765 Hamburg
Originalcopyright: © 2024 by Lexi Ryan
Published by arrangement with HarperCollins Children's Books, a division of HarperCollins Publishers.
Originaltitel: *Beneath These Cursed Stars*
Dieses Werk wurde vermittelt durch die Literarische Agentur Thomas Schlück GmbH, Garbsen
Illustration Karte: © 2021 by Aaron Stratten
Umschlaggestaltung, -typografie und Farbschnitt: formlabor
Umschlagabbildungen: shutterstock.com © Alona_S, Roman99, Dejan Novakov, Helga Chirk
Aus dem Englischen von Violeta Topalova und Friedrich Pflüger
Lektorat: Ellen Kurtz
Produktionsmanagement: Björn Liebchen
Satz: Dörlemann Satz, Lemförde
Lithografie: Margit Dittes Media, Hamburg
ISBN 978-3-551-58580-6